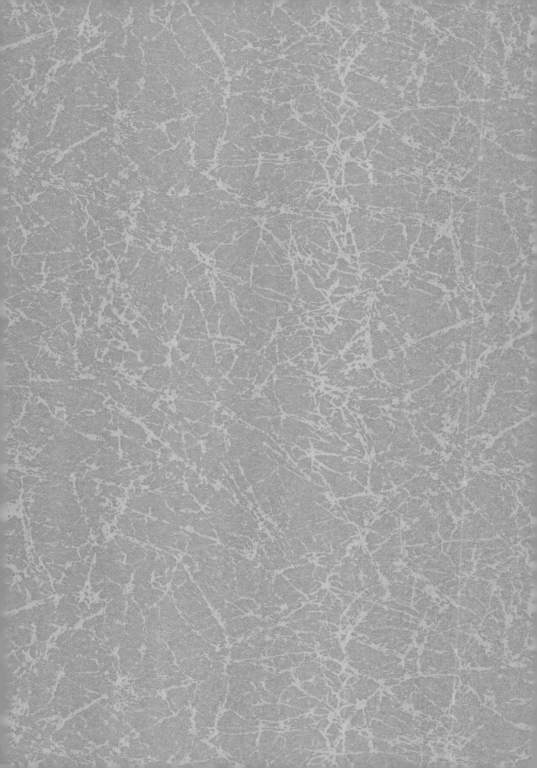

阿部泰記著

宣講による民衆教化に関する研究

汲古書院

（上）雲南通海県の晏公廟に安置された「聖諭十六条」牌（筆者撮影）
（下）廟内における宣講生の聖諭宣講（『玉渓地区曲芸音楽』）（本書33頁、297頁参照）

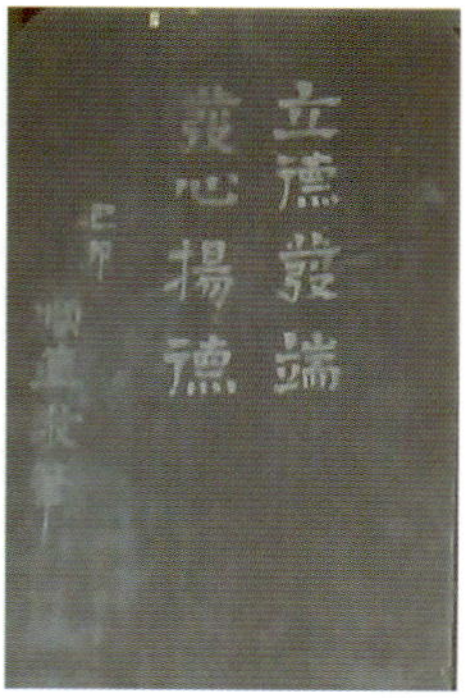

（上）台湾嘉義県頂菜園南壇水月庵（筆者撮影）

（下）庵内に安置された「聖諭」牌（紹介冊子より）とその背面（林仁昱氏撮影）
（第一代陳順直が乾隆二十四年〔1759〕に福建から「聖諭」牌を請来して聖諭宣講を行った。背面に己卯年の順直親筆の銘がある。）

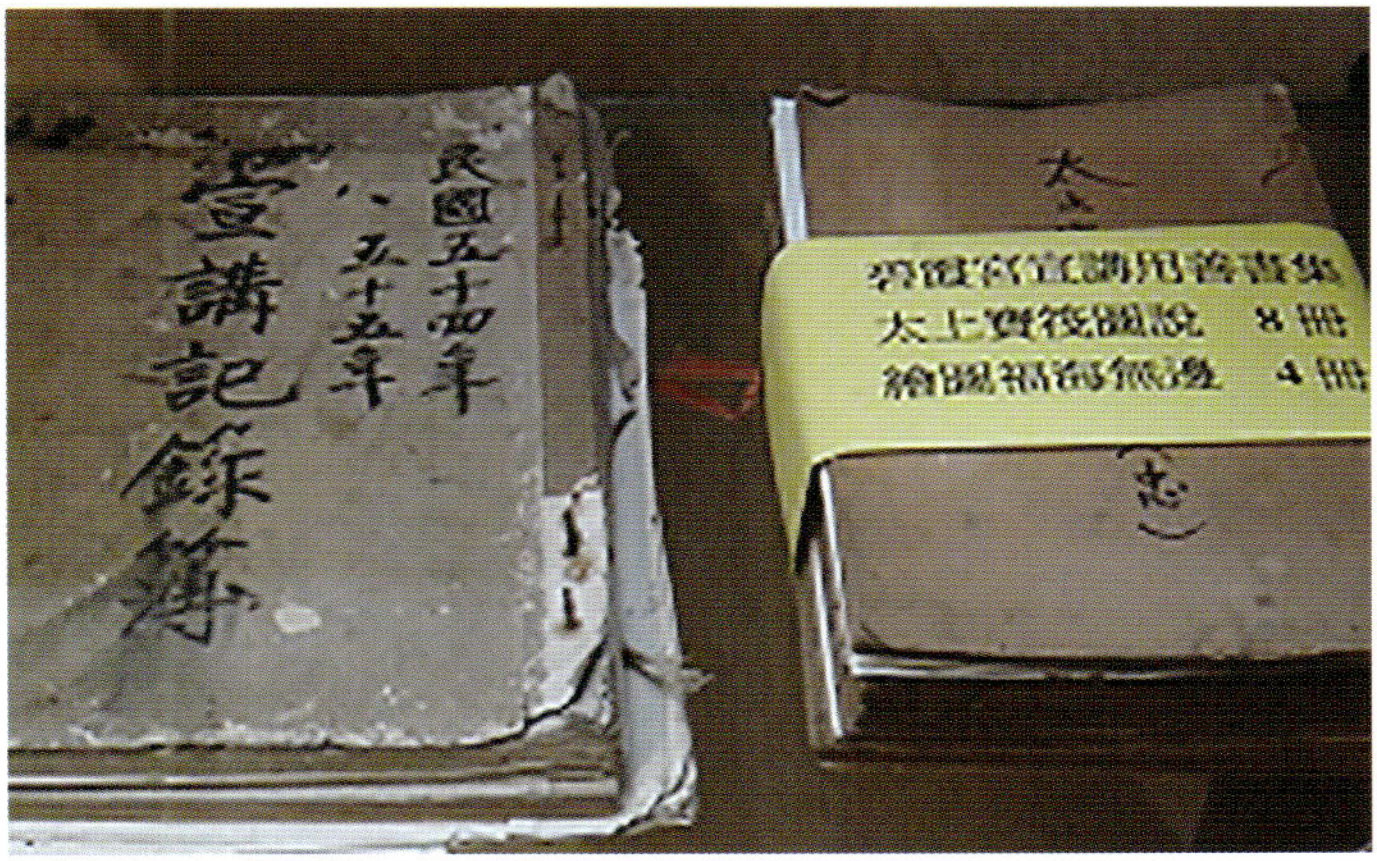

（上）台湾宜蘭碧霞宮と宮内に設置された「勧善局」

（下）碧霞宮の「宣講記録簿」と宣講人が使用した『太上宝筏図説』八冊、及び石印本『福海無辺』四冊（林仁昱氏撮影）（『福海無辺』四冊については本書496頁参照）

漢川善書の「台書」公演。「聖諭広訓」牌を観音像の前に安置する（2013年春節、筆者撮影）（本書532頁参照）

目次

宣講による民衆教化に関する研究

序章

一　私の宣講研究

筆者が「聖諭宣講」の研究に着手したのは、庶民の日常生活に深く関係する公案小説の研究を進める過程で、『躋春台』四巻四十篇（光緒二十五年〔一八九九〕）という作品に対する胡士瑩『話本小説概論』（一九八〇、中華書局）の「最後一種擬話本集」（最後のある種の擬話本集）という定義に疑問を抱いたことに端を発する。胡氏は具体的にどういう擬話本かを説明しておらず、中国では三十年後の今でも依然としてこの説を踏襲する研究者もいるが、私は二〇〇一年当時、この作品の文体を考察した結果、この作品は「聖諭宣講」という純文学とは異なるジャンルに分類すべきであると考えるに至ったのである。

「聖諭宣講」は「郷約」という宋代以来の地方自治のシステムの中で、明太祖の「六諭」（洪武三十年〔一三九七〕）、清世祖の「聖諭六訓」（順治九年〔一六五二〕）や聖祖の「聖諭十六条」（康熙九年〔一六七〇〕）という民衆教化の教条を読誦し、解説することであった。また聖諭宣講の際には、勧善懲悪・因果応報の実例である「案証」が白話体で講じられた。これは抽象的な説諭では民衆に十分に理解されないという経験から、より実効的な方策がとられたためである。范鋐『六諭衍義』（康熙二十七年〔一六八八〕）などにその典型的なスタイルを見ることができる。

『六諭衍義』は程順則（一六六三～一七三五）によって福建で翻刻されて琉球にもたらされたが、本土中国には現存せず、本書および関連資料は東恩納寛惇（一八八二〜一九六三）によって収集され、沖縄県立図書館貴重資料デジタル書庫に収録されて公開され、研究に大きく貢献した。それによれば、日本では徳川吉宗が荻生徂徠と室鳩巣に命じて訓点本『官刻六諭衍義』（一七二一）と翻訳本『六諭衍義大意』（一七二二）を全国に普及させて教化を行った。

「聖諭宣講」は清末に至ると官署が民間の善堂（慈善団体）と提携しておこない、聖諭を説唱体の案証によってわかりやすく説いたテキストが陸続と出現した。これは民衆が親しみを感じる文体によって教化をおこなおうとする方策であったが、これによって宣講は民間宗教と結合することとなり、皇帝の言葉とともに、神明の言葉をも宣講することになったのである。この説唱体の案証集の嚆矢は『宣講集要』十五巻首一巻（咸豊二年（一八五二）序）であり、編集者は四川の名医王錫鑫である。巻首には「宣講聖諭規則」を掲載するが、「聖諭六訓」「聖諭十六条」とともに文昌帝君・武聖帝君・孚佑帝君・竈王府君の「聖諭」を読誦することになっている。この後、『宣講拾遺』六巻（同治十一年（一八七二）序）など多くの説唱体の案証集を続出した。『躋春台』は単なる「擬話本」ではなく、案証集の一つだったのである。

こうした説唱宣講のテキストは全国で編集されており、清末から民国にかけて盛行したことが知られるが、『宣講集要』をはじめとするテキストには四川など西南地域で使用される方言「西南官話」が記載されており、説唱宣講が西南地域から伝播したことがわかる。

『躋春台』には裁判の場面が多く出現するが、悪人が落雷などの天罰を受ける冥界の裁判が多く含まれている。公案小説にもそうした場面が出現するが、案証にはそれが著しい。そこには現実における裁判を主題とする公案小説との相違が表れている。

「聖諭宣講」は中華人民共和国が誕生すると、その迷信性が批判され、急速に消滅していったが、現在でも、湖北省の漢川市一帯では「漢川善書」と称して伝承されている。筆者が「漢川善書」の存在を知ったのは二〇〇二年であった。文芸誌『布穀鳥』（湖北省群衆芸術館）一九八〇年十一・十二期掲載『飛鴿案件』、一九八一年十一・十二期掲載『匕首案』を読んで漢川市文化館を訪問し、館長魏文明氏から文化館所蔵テキストや上演場所を紹介していただいた。小説や戯曲に取材した娯楽的な作品を上演して聴衆を獲得している。特に春節の上演の前には「聖諭広訓」牌の前で『関聖帝君桃園明聖経』の読誦がなされ、「聖諭宣講」の儀式を伝承している。

民謡など民衆が親しみを抱く通俗文学が教化に効果的であることは、『毛詩』大序に詩が家庭や社会をただすと論じて以来の発想であり、白居易（七七二～八四六）は新楽府によって社会風刺を行ったし、王守仁（一四七二～一五二九）は戯曲が古来教化に欠かせなかったと説いているし、兪樾（一八二一～一九〇七）は官署の布告より戯曲小説の方が教化に効果があるといい、陳独秀（一八七九～一九四二）は劇場が民衆の大学だと論じている。こうした通俗文学による教化思想は、現代でも「漢川善書」のほか、「湖北大鼓」「澧州大鼓」「広西山歌」「台湾歌仔冊」など全国各地の歌唱芸能において表現されている。

公案小説は裁判を主題とする物語であるが、「聖諭宣講」は裁判に至らない段階で事態を収拾しようとする民衆教化の政策であった。そのため民衆が耳を傾ける各地の歌唱芸能が活用されたのである。

近代以後には、各地に宣講所が設置され、宣講員が「聖諭」のほか、生活知識や国民意識を宣講することになり、講演形式が採用されたが、識字率が低かったため、演劇などの演唱形式も同時に行われた。新中国に至って毛沢東が政策宣伝のために「大鼓」や「山歌」などの演唱形式を使用したのもそのためであった。「湖北大鼓」はその初期において『宣講集要』などの案証を上演していたが、新中国になると、現実生活を題材にした作品を創作するようになったという。現在では張明智氏が「文明社会建設」を主題とした作品を創作し上演している。「澧州大鼓」は湖南省常徳市管下の澧県・臨澧県・津市・石門県・安郷県において盛行している大鼓芸能であり、一般には歴史故事を演芸場や葬式会場で上演しているが、二〇〇六年以来、二年ごとに鼓王コンクールを開催している。そこで上演する主題は「新農村社会建設」である。このほか、「山東大鼓」は済南市曲芸団が「赤十字会芸術団」「済南消防芸術団」「交通警察芸術団」を結成して全省巡回公演を行っているし、「広西山歌」も同様であり、『新農村勧世謡』（二〇〇六）は山歌形式によって新農村建設を進展させようとしている。また政策を宣伝するために河池市歌王宣講団が構成されている。「台湾歌仔冊」については中央研究院に多くの勧善作品を蔵しており、現在も楊秀卿氏が中心となって「台湾唸歌団」が上演している。

二　宣講研究史

善書及びその宣講に関する代表的な研究者には酒井忠夫、陳兆南、游子安、陳霞などの諸氏がある。以下にその著作を紹介する。

1　酒井忠夫『中国善書の研究』（一九六〇、国書刊行会）

酒井氏はこの書の緒言において善書を定義して、「勧善懲悪のために民衆道徳及びそれに関連する事例、説話を説いた民間流通の通俗書のことである。……俗文を用いたり、語り物式の構文を採り入れたりして、民衆に演説されることがあり、絵図を挿入した図説の作られることが多かった。善書は南宋初期に李昌齢が作った『太上感応篇』をはじめ無数に多いが、……『感応篇』を境にして先に晋の時の葛洪の『抱朴子』があり、後に明清時代の『功過格』

『陰隲文』『覚世経』などが著名である」と述べ、第一章「明朝の教化策とその影響」では、「明朝では民間信仰や規範意識にもとづく因果応報思想によって勧善懲悪を説く教化策をおこない、清朝もこれを継承して、下層社会にまで浸透する教化策を民間社会に推進することに努めた」と述べ、「勅撰勧戒書」五十六種を紹介し、太祖が公卿貴人の子弟に対しても奥義に通暁できないので古の忠良奸悪の事実を集めて恒辞をもって直解したという言葉を引いて、これらが「俚俗的形式」を取っていたと指摘しており、善書の性格を表現している。

2　陳兆南『宣講及其唱本研究』（一九九二、中国文化大学中国文学研究所博士論文）

この論文は上篇「宣講研究」と下篇「宣講唱本研究」から成る。上篇では明清二代の宣講を「宗教宣講」「郷約宣講」「善会宣講」「遊芸宣講」に分類している。そして「宗教宣講」（宝巻）と「郷約宣講」（聖諭宣講）が相互に関連するとも述べているが、どう関連するのか、十分解明されたとは言い難いのが現状である。説唱体の善書が後期宝巻の影響を受けたと論じているが、「攢十字」など十字句を含む説唱体はすでに元代の雑劇の中に萌芽して明代の説唱詞話に頻出しており、後には宝巻のみならず、演劇、語り物に普遍的に使用されているし、説唱体の善書の「宣講」という語彙は、宝巻を宣するという意味の「宣巻」から生まれたというより、酒井忠夫氏も指摘しているように、聖諭を「宣」（読誦）し、「講」（解説）することに起源するからである。よって説唱体の善書の文体が後期宝巻からの影響だと断定することはできず、同時並行しておこなわれた善書と考えるのが妥当である。ただ陳氏が「郷約宣講」について清代の地方志を用いて全国的に実施された様子を明らかにし、下篇では『宣講集要』を初めとする案証集の紹介と文体や取材源の分析をおこなっているところなどは注目に値する。この博士論文は公刊されていないせいか、後掲の游子安『勧化金箴――清代勧善書研究』（一九九九、天津人民出版社）、酒井忠夫『増補中国善書の研究』上下二冊

（二〇〇〇、国書刊行会）には引用されていない。

3　游子安『勧化金箴―清代勧善書研究』（一九九九、天津人民出版社）

この書は清代善書を聖諭宣講、善堂と善書、関帝善書など諸方面から精密に研究しているところに特色がある。中でも清代善書の伝播方式が書面文字に限らず、図画・歌謡・宣講・戯曲など様々な方式が工夫されて、完成の段階に至ったことを指摘し、戯曲形式として余治『庶幾堂今楽』を例に挙げるなど、清代善書の発展を具体的に論じている。

4　陳霞『道教勧善書研究』（一九九九、巴蜀書社）

この書は勧善書（善書）を「因果応報の説教で倫理道徳を宣伝し、善に従い悪を去ることを勧める通俗教化書籍」と定義し、『太上感応篇』などの宗教書籍、『迪吉録』などの非宗教冊子、『聖諭広訓』などの聖諭、『躋春台』などの曲芸唱本、『中国曲芸音楽集成』に記録する「善書」曲芸などの種類があるとして、その中で『太上感応篇』『玉暦鈔伝』『太微仙君功過格』『関聖帝君覚世真経』などの道教善書を対象として論じている。

5　酒井忠夫『増補中国善書の研究』上下二冊（二〇〇〇、国書刊行会）

酒井氏の『中国善書の研究』（一九六〇）は明朝の教化政策を論じていたが、この書は清朝の民衆教化政策を論じて、その中心は聖諭宣講にあったとし、郷約に関する諸々の資料を駆使して宣講の定義、形式を明らかにするとともに、『宣講集要』『宣講拾遺』に論及し、「聖諭宣講が民衆社会に滲透して実効を挙げるには、民衆に理解され易い説話・案件に就いての勧善懲悪の物語を講説することが必要である」と述べた。またこれらの物語に出現する関帝・竈君・

観音などの神明は、「不経異端の教の神々ではなく、正教正学と合一した民衆道教の神々である」と述べた。

三　本書の要旨

本書第一章「宣講の歴史」では、まず筆者の「聖諭宣講」研究のきっかけとなった『躋春台』の文体と主題についての分析を行った結果、この作品が単なる擬話本や公案小説ではなく、説唱形式を応用した「聖諭宣講」のテキストであったことを述べる（第一節「『躋春台』は擬話本か」）。このため「聖諭宣講」とはどのようなものであったか、その概念と歴史を明らかにする（第二節「宣講の伝統とその展開」）。聖諭宣講は琉球国を通じて日本にも伝来したが、因果応報故事や詩歌を省略した日本風のものに変容したことを述べる（第三節「日本における宣講の受容」）。因果応報故事（「案証」）は清末に至ると説唱形式で上演されるようになる。このほか、本来の歌謡形式や説唱形式の一種である演劇形式・宝巻形式などが採用されたことを概観する（第四節「様々な通俗形式の宣講」）。「案証」に出現する人物は詩歌によって感情を表現するが、字を識らない民衆を聴衆とするため、その詩歌は民間戯曲で用いられる「攢十字」という日常会話調の十字句が多く用いられたことについてその由来を考察する（第五節「「攢十字」形式の歴史」）。

第二章「聖諭分類の宣講書」では、清末の「聖諭宣講」の代表的テキストについて述べる。まず「聖諭十六条」によって案証を分類した『宣講集要』十五巻首一巻が最初に刊行されたことを述べる（第一節「「聖諭十六条」と『宣講集要』十五巻」）。『宣講集要』の取材源については従来明らかにされていなかったが、筆者は『法戒録』六巻がその中の一種であることを指摘した（附録1「『宣講集要』が引用した『法戒録』」）。また『宣講集要』は四川で編纂された早期の説唱宣講のテキストであり、四川の案証が多く、四川の方言である「西南官話」で表記されている。このテキストの出現を機に各地で説唱宣講のテキストが編纂されており、説唱宣講は四川から全国各地に普及していったことが考えられる。そこで本書の案証の発生地域と西南官話を明示した（附録2「『宣講集要』の案証と西南官話」）。続いて「聖諭六訓」によって案証を分類した『宣講拾遺』六巻が刊行されたことを述べた（第二節「「聖諭六訓」と『宣講拾遺』六巻」）。同じく『宣講醒世編』六巻も代表的宣講書である（第三節「「聖諭六訓」と『宣講醒世編』六巻」）。また『宣講管窺』六巻は『宣講拾遺』にならったテキストであった（第四節「『宣講拾遺』にならった『宣講管窺』六巻」）。また「聖諭」を注記して表現するテキストも出現している（第五節「「聖諭」を注記した『緩歩雲梯集』四巻」）。

第三章「非聖諭分類の宣講書」では、「聖諭」の中で重視されたのは孝子・節婦に関するものであり、したがって「聖諭六訓」「聖諭十六条」に関して均等な案証の収録は不可能であり、孝子・節婦の故事を中心に収録した四巻本などの簡易宣講書が出現したことを述べる。各地で編集された代表的なテキストについて、第一節「雲南の『千秋宝鑑』四巻」、第二節「湖南の『宣講彙編』四巻」、第三節「湖北の『宣講大全』八巻」、第四節「四川の『万選青銭』四巻」について、それぞれ論じる。

第四章「物語化する宣講書」では、時代が下るに従って、民衆を魅了するために、案証の物語化が進行していったことを述べる。『触目警心』五巻は多数の人物を登場させて起伏のあるストーリーを展開している（第一節「湖北の『触目警心』五巻」）。『萃美集』五巻（一九〇六）は伝統的な忠孝節義の概念をテーマとして構成している（第二節「四川の『萃美集』五巻」）。『宣講宝銘』六巻は筆記小説に取材したテキストであった（第三節「山東の『宣講宝銘』六巻」）。『勧善録』残巻は歌唱を用いて感動的なストーリーを構築している（第四節「湖北の『勧善録』残巻」）。『福海無辺』四巻（一九一二）は善悪の対峙を中軸とした物語を構成している（第五節「民国の『福海無辺』四巻」）。湖北省の「漢川善書」が現在でも継承されて無形文化財となっているのは、物語性があって聴衆を楽しませているからである（第六節

「湖北の「漢川善書」」)。

第五章「新しい時代の宣講」では、「聖諭宣講」は近代に至って変容し、民国時代には「八徳」(孝悌忠信礼義廉恥)に関する宣講が行われたこと(第一節「吉林の『宣講大成』十六巻」)、「聖諭」から次第に近代知識を授けることに力点を置くようになり、講演形式が採用されたが、識字率が低かったため、「曲芸」(民間芸能)の力を借りたことを論じる(第二節「民国・新中国の宣講」)。そして現代においても湖北大鼓・澧州大鼓・山東大鼓・広西山歌などの「曲芸」による政策宣講が行われていることを論じる(第三節「通俗芸能による宣講」)。

第一章　宣講の歴史

第一節　『躋春台』は擬話本か

一　はじめに

『躋春台』四十篇（元亨利貞四集、各集十篇）は、清末四川中江県の劉省三が創作した韻散混淆体の白話体の語り物（曲芸）である。この書籍は我が国には渡来しておらず、大塚秀高『増補中国通俗小説書目』（一九八七、汲古書院）には首都図書館・上海図書館に蔵するという。しかしながら中国でも研究されることが少なく、胡士瑩『話本小説概論』（一九八〇、中華書局）に「最後の擬話本集」と定義されて以来[1]、この説が今日も踏襲されている。「擬話本集」とは明の「三言二拍」等の宋元話本を模擬した小説を指すが、この作品は講釈師のテキストを模倣した「擬話本」とはその出自を同じくしない。筆者は『古本小説集成』（一九九〇、上海古籍出版社）中に本書の上海図書館所蔵光緒刊本が影印刊行されて初めてこれを目睹し[2]、まず登場人物の歌詞を挿入したその文体を見て、「擬話本」説を疑った。さらに本書にしばしば「宣講」の場面が出現することから、宣講が清代の郷村における説教活動であり、現存する宣講テキストが本書と同じく人物の語る歌詞を挿入していることを見て、本書が実は宣講に出自する語り物スタイルを持つ物語集であると判断するに至った。また本書に現世・冥界の案件を扱う「公案」が多いのは、因果応報・勧善懲悪の主旨を反映させやすいからだとも考えた。本節では以上の考えをさらに具体的に述べてみたい。

二　作品の主旨

本書の作者劉省三については、光緒己亥（一八九九）に書かれた銅山林有仁の序文に、「中江県の劉省三君は隠者である。門を閉ざして外に出ず、一人で勧善懲悪の一書を著し、『躋春台』と名付けた」と記す。また本書の各巻目録後には「凱江省三子編輯」と記しており、『古本小説集成』本の黄毅「前言」にはこれについて、「凱江は中江の別名であり、四川中江県の県境を流れている。……林有仁は中江の銅山に居住し、一九二〇年に八十五歳で死去したことが、一九三〇年編纂の『中江県志』巻二十二に掲載された劉徳華作の墓誌銘に見える。(3) 凱江省三子とは、清末四川中江県の人、劉姓で、省三は字或いは号である」と説明を加えている。(4)『躋春台』という書名は、『老子』第二十章「衆人熙熙、如享太牢、如春登台」に基づいており、林有仁序に「善行を積めば必ず余りある幸を受けて余りある災いを免れ、善行をなせば必ず多くの幸を招いて降りかかる禍を消すことができ、かくて衆人とともに春の台を踏んで、和やかに天の幸を受けようというのが、省三の著述の意図である」と述べるように、勧善の書を意味していた。黄毅「前言」では、「本書の主旨に至っては、確かに勧善懲悪である。原作に全く勧善懲悪の意味がなくても、改編後には勧善懲悪の作品となる。『聊斎志異』「新郎」は妖怪が新郎を誑かして失踪させた理由を説明しないが、「失新郎」では新郎の父親が猟をして殺生した悪報だとし、『聊斎志異』「小翠」は狐狸の報恩の故事を述べるが、報恩を受ける者は善行を行ってはおらず、狐狸がその人物のおかげで雷撃を避けただけであるのに対して、「失新郎」では善行と放生で善報を得たとしている」と述べ、本書が先行作品からストーリーを借用したり、(5) 郷里の伝聞をアレンジしたりして成ったものであり、[6]『聊斎志異』「新郎」「小翠」を応報譚に変えている点を特徴として指摘している。ただこの「前言」では、本篇が「公案」（裁判故事）であることを説明していない。本篇のストーリーは、「新郎の父親が新婦を官に訴え、官は新婦を無罪放免しようとするが、新婦の父親の養子が妻を殺害して、新郎の父親に新婦との結婚を要求し、拒絶されたため、新郎の父親が新婦と姦通したと誣告したのを見て、養子と新婦が姦通して新郎を謀殺したと疑って、新婦を有罪とする。だが昔狐を放生した新郎の父親の友人が新官となって帰郷する。彼は痴呆の息子が生まれたことから懺悔して清廉な官となったため、昔放生した狐の娘が現れて息子の痴呆を治癒した上、新郎の居場所を占いで捜し出して冤罪事件を解決する。養子は徒刑三年の判決を受けるが、獄中の疫病で死亡する。新郎の父親は懺悔して善行に努めるが病死する。新婦の父親も裁判で家計が窮迫して病死し、その子孫は傭人として貧窮する」という内容で、短編小説「公案」類に属する話であり、[7]事件は目に見えない因果応報の理によって発生し、官は平生の罪を懺悔して初めて事件を解決でき、またたとえ官が軽い審判を下しても最終的には神が残酷な裁きを下すという、宗教的性格が強い点に特徴がある。⑦「失新郎」以外でも、次のようにその三十篇が因果応報を説く公案を形成している。

①「双金釧」―甥を破産させる叔父と婚約破棄を謀る岳父が、娘が若者に贈った金の腕輪を盗品として若者を誣告する。官は天候の異変を受けて若者を救い、若者は艱難を克服して出世し、帰郷して叔父と岳父を轅門の鎖の上に一日中跪かせる。叔父は帰宅して死亡し、その子は廃人となり、岳父は狂犬に咬まれて発狂し、子孫を噛み殺す。

②「十年鶏」―人妻と姦通した行商人が同業者の夫を毒殺する。人妻は夫の亡霊に追われて死に、行商人は帰郷して十年鶏の頭を食べて中毒死する。行商人の妻は夫殺しの嫌疑をかけられるが、官が容疑を晴らし、妻は殺された同業者が追い出した弟と再婚する。

⑤「義虎祠」―婦女を籠絡する女が、友情厚い少年が親友を殺害したと誣告する。少年の母と妻が関帝に祈ると、

猛虎が山中から出てきて少年の無罪を証明し、女は関帝廟の周将軍に自供を迫られて、自ら舌や腸を引き出して死ぬ。猛虎には義虎祠が建てられる。

⑥「仙人掌」―妾腹の次男に財産分与を渋る母親が、長男に推されて腹が膨れた次男の嫁を姦通罪で官に訴えるが、道士の証言で、節義を重んじる男女が接触して懐胎したことが分かって釈放される。母親は急病死し、告げ口した隣家の婦人は舌に腫れ物ができて餓死する。

⑨「売泥丸」―怠惰で情事の話を好む傭人が、善人の成功をまねて疫病の丸薬を作るが、患者を殺して投獄され、牢獄で病死して荒野に捨てられ、死体は野獣の餌食となる。

⑪「捉南風」―閨房の話を好む商人が妻と姦夫に殺され、酒好きの男が冤罪を被るが、山西高平県令の白良玉が土地神の暗示を得て犯人鄭南風を捜索し、吏が勧世歌を唱って、逃亡した姦夫を発見する。

⑫「巧姻縁」―妹の婚約者が兄に虐められ、佃戸の娘を殺害した犯人として誣告されるが、官が応報を受けて冤罪事件だと悟り、城隍の暗示を得て兄を犯人と知り、機知によって兄に罪を自供させて処刑する。岳父は女婿を恨んで、四藩の乱を予言したと公言して女婿を危機に陥れるが、岳父は戦乱で落命し、女婿は戦乱の中で老婆を救った応報で妻と再会する。後半部は李漁『十二楼』「奉先楼」に拠る。

⑭「六指頭」―新郎を殺した犯人として六本指の生徒が冤罪を被るが、城隍の暗示により、教師に姦淫されて自殺した生徒の親の復讐だと判明し、教師は宮刑を受け乞食をして餓死する。

⑮「審豺狼」―不孝者の銀細工師が人妻と姦通するが、人妻と懇意の無頼と酒を飲んだ後に姿を消す。そして狼の治療をした医者が報酬として銀細工師の所持品を受け取って冤罪を被るが、狼が犯人は無頼だと証明したため冤罪が雪がれる。

⑯「万花村」―提督の子が読書人の嫁を懸想し、従者が夫を盗賊として誣告するが、恩を受けた胍売りが帰郷し、嫁に変装して提督の娘と逃亡したため、提督の子は憂鬱が高じて痴呆となり、河に身を投げて死ぬ。

⑰「棲風山」―貧乏な女婿との婚約解消をたくらむ岳父が、女婿が侍女を殺害した犯人だと誣告するが、冤罪だと知った新任県令が流罪として友人の元へ送る。娘は父に再婚を迫られて姑の家に逃げ、姑が死ぬとまた逃走して棲風山の女山賊と意気投合する。女婿は科挙に及第して山賊を平定し、妻と女山賊を娶る。

⑳「吃得虧」―気性が激しい富者の傭人が水車を壊した隣人と争い、隣人が自殺したため投獄される。富者は反省して忍字銘を座右に置くが、将棋で友人を殺して自首し、監獄で自殺する。子は損をせよという父の遺言を守って善行を施し、無頼が恨んで不運の藁人形を投げ込むが、藁人形に反省を促して不運を好運に転じ、悪鬼も善行によって城隍に昇格する。

㉑「陰陽帽」―盗賊を殺傷して恨まれた男が、死体を乗せた駕籠を担がされて冤罪を被る。子は乱世に勧世歌を唱って祖母を養い、鬼神が贈った隠れ帽で不義の財を盗んで捕まるが、官は天の贈り物だと確認して釈放する。子は隠れ帽を被って賊将を殺し、父と再会する。鬼神は孝子を援助したので昇進する。

㉒「心中人」―医者が診察した妾を毒殺した冤罪で捕まるが、天地と竈に祈ると夫が訴えを取り下げ、妾の亡霊が真犯人である正妻を取り殺す。だが県令は賄賂を要求し、娘に女官となるよう強要する。娘は拒んで自害し、婚約者も殺され、県令は男女の死体から出た心臓型の珍物を朝廷に献上するが、腐蝕した血液に変じたため処刑され、男女は皇女と宰相の子に転生して結婚する。部分的に『花影集』「心堅金石伝」に拠る。

㉓「審煙鎗」―富者の子が婚礼の夜に阿片を吸って中毒死する。舅は新婦を訴えるが、新婦の母が関帝に祈ると、鴉が按察使の前に新婦の衣服を落としたため冤罪事件だと悟り、按察使が煙管を調べると、中から百足が出て、

その毒が死因と判明する。富者は急死し、継嗣も家産を蕩尽する。

㉔「比目魚」—前妻の子を追い出した父が、継嗣が不肖で家産を蕩尽したため病死し、継母も餓死する。子は俳優となって婚約者と出会うが、婚約者は土地の親分との縁談を拒絶して河に身を投げ、子もその後を追う。団長は親分を告訴し、男女は祀られるが、晏公神によってヒラメに変身した後、人間に変身して結婚し、子は官となって親分を処刑する。李漁『無声戯』第一回「譚楚玉戯裡伝情　劉藐姑曲終死節」に拠る。

㉕「仮先生」—偽善者の子が教師となり、密かに生徒から会費を徴収して酒肉を食べ、生徒が中毒死して冤罪を被る。妻も監獄見舞いの帰途、悪僧に襲われたため、教師が懺悔すると、新任の官が生徒の死因を百足の毒だと明かしたため釈放され、過ちを懺悔して歌唱すると、妻と再会する。

㉖「南郷井」—悪僧が姦通した女の夫を殺して井戸に捨てた後、善僧が井戸に落ちて、中から男女の死体が出たため冤罪を被る。犬が夫の首を悪僧の前に示して夫の母が妻と悪僧を訴え、井中で死んだ娘の乳母が娘と従兄の逃亡を援助したと証言したため、善僧は釈放され従兄が捕まる。従兄が懺悔して母が関帝廟に祈ると、周将軍が乳母の甥に犯行を自供させる。善僧は前世で悪僧と娘の仲を疑って殺した応報を受けたのであった。

㉗「双報冤」—蛇を殺生する夫が娼婦を買う従兄を諫めたため、讒言に遭って農作に従事するが、蝦弁当を食べて中毒死したため、妻が従兄と姦通して夫を殺した罪で捕まる。妻が殺生を懺悔すると、県令白良玉が夫の死因は蛇毒であると明かし、歌を作って殺生を戒める。

㉙「南山井」—化粧をしない妻を蹴り殺した好色な夫が妖艶な女と再婚するが、家産を蕩尽し、後妻の姦通を禁じられずに行商に出る。富者が酒の上の冗談で人殺しをしたと口にして仇敵に訴えられ、偶然に井戸から死体が出て、後妻が夫の死体だと証言する。県令は懸賞金を出して、出頭して夫の頭を提出した姦夫を捕らえる。富者は

それ以後酒を断つ。

㉚「巧報応」―不孝者の傭人が溺愛した子に捨てられ、子は仕立屋となって県令の娘を誘惑するが、娘は薬屋と姦通して仕立屋を殺す。娘に拒絶された好色な秀才は、薬屋に逃げられて自害した娘の死体に触れて捕まる。秀才は、家族が城隍に祈り、官が城隍から犯人を暗示されたため釈放されるが、結局は雄鶏の肉が胸に詰まって死亡する。

㉛「螺旋詩」―悪妻を娶って愛想を尽かした書生が、友人を訪ねた際に、田螺売りの少年に殺生を諌め、自らも阿片喫煙を諌められる。書生は田螺の画いた詩のお陰で災禍から逃れ、官は田螺の詩から書生の妻を殺した犯人を捜索する。友人もおばの嫁と姦通して次男を殺したと誣告されるが、吏が宣講を聴いて犯人を発見し、書生の妻を殺した犯人も同時に捕らえる。官は次男の死はおじが訴訟を唆した応報だと説明し、友人と嫁を結婚させる。

㉜「活無常」―雀肉を好む長男が不孝者の悪妻に薬物で廃人にされ、悪妻は舅が嫁を姦淫したと騒いで追い出し、義兄と姦通する。次男の嫁はおじの家に隠れるが、おじが蝦餅を食べて中毒死すると冤罪を被る。子が城隍廟の無常に祈ると、処刑場に無常の乗り移った義兄が出現し、おじの死因が殺生であると明かす。舅と次男は高官に昇進して事件を再審し、おじが百足の毒に当たったと検証する。嫂は夫と舅の帰還を知って自害する。

㉝「双血衣」―妻が夫の留守中に泊めた隣家の婦人が殺されて、姦淫目的で侵入した妻のおじが冤罪を被るが、おじの妻が神に祈り、おじが前非を悔いると新官が赴任し、血の付いた教師の衣服が発見されて教師が逮捕される。教師が人妻に邪念を懐いたことを懺悔すると凶器が見つかり、教師に扮装した塾の下僕の犯行だと判明する。

㉟「血染衣」―醜貌の妻を虐待する書生が雌雄の鵲を見て悔悟するが妻が病死し、夫を殺して人妻を得ようという女の冗談に相槌を打ったところ、夫が殺されて冤罪を被る。母が三王観に祈願すると新官が赴任して鵲が物証の在

り処を暗示し、閨房の話を好む友人が捕まるが、懺悔すると弟が犯人の情報を得て犯人を捕らえる。夫は不孝者で、死は自業自得であった。

㊱「審禾苗」—美貌を鼻にかける娘が鶩鳥の脚を好む高利貸の子に嫁ぎ、婚礼の夜に新郎が殺されて、閨房の話を好む従兄と姦通して殺害したという冤罪を被る。娘が懺悔すると新官の白良玉が赴任し、死体の口から禾が生えているのを見て、犯人は「韓穀生」だと推知し、吏が『文昌帝君遏慾文』の宣講を聴いた際に犯人を発見して事件は解決する。

㊲「孝還魂」—強盗が富者の妻を殺す事件が起り、我田引水の佃戸が冤罪を被る。誤って強盗の手伝いをした孝子は口封じのため強盗に殺されるが、死後も母に食物を送ったため、官が城隍に祈願すると、暗示を得て強盗を逮捕し、孝子は復活する。

㊳「蜂伸冤」—字を書く紙を粗末にした餅売りの妻が殺され、蜘蛛を排除した好色な高利貸が冤罪を被る。だが子を失う応報を受けた訴訟屋が高利貸に城隍に贖罪させると、黒蜂が県令を死体の在処に導き、夜番が妻の亡霊に迫られて殺人を自供する。

㊴「僧包頭」—富者が貧乏な女婿の殺害を謀るが、宣講を聴いて節義の尊厳を知った娘が婚約者を救ってともに逃走する。富者の子が追跡しておばの家を捜索したため、おばの姦通が発覚して、姦夫である僧が自害し、富者はその死体を娘の死体に仕立てるが、娘の再婚相手が欺瞞を見抜いて官に訴える。官は富者一家と再婚相手に罰金を科して娘に贈り、男女を結婚させる。

㊵「香蓮配」—賭博の形に妻を売ろうとした夫が妻の愛情を知って悔悟し、悪友と口論となるが、県令が通りかかって悪友を処罰する。夫の死後、子は勧世歌を唱って母を孝養し、戦乱の中で救った老婆と子が富豪の妻と娘であっ

たことから富豪の女婿となる。

以上の話では冤罪譚が多く、天地或いは鬼神（関帝、城隍、土地、竈、無常など）、宗教者（道士、講生）、動物（虎、狼、鴉、犬、田螺）が冤罪を暗示したり、恩人が報恩したり、自分が出世をして復讐したりして必ず冤罪が雪がれ、犯人は処罰された後にさらに厳しい天罰を被り、殺害された善人は転生して幸福を得たりする。また冤罪を被ったり殺害されたりする所以は、不義、教唆、嫉妬、詐欺、悪逆、好色、飲酒、虐待、姦淫、強情、強権、阿片、偽善、殺生、讒言、化粧、不孝、非情、窃盗、文字汚損、賭博など、自分自身や身内の現世の悪行や前世の悪行の応報であることが多く、懺悔して善行に努めることによって救われる。また事件を捜査する吏も自ら勧世歌を吟唱したり、講師の宣講を聴いたりして善行に努めれば犯人を逮捕することができるとされる。要するに善行を勧め、悪行を戒める主旨を「公案」として巧みに表現した物語集だと言える。

三　作品の文体

作品は、『中国歴代小説辞典』（一九九三、雲南人民出版社）『躋春台』解題で蔡国梁氏が指摘するように、「宋元の話本や明清のその他の擬話本と比較すると、一つ明らかに異なる特徴があり、いつも話の中間に人物の独唱を挿入し、歌詞は一人称で、その中に二人称の科白がある」。

たとえば「失新郎」では、①友人が学友（新郎の父親）の殺生を戒める、②新郎の両親が息子の失踪を悲しむ、③新婦が官に冤罪を訴える、④嫁の父親の養子が殺害した妻の亡霊に責められて殺人を自供する、⑤新婦が拷問に屈して殺人を自供する、⑥友人の妻が息子を殺した嫁を罵る、⑦新郎が出現して曾祖父に救われた経緯を語る場面に歌唱を用いている。その④場面は以下のように、養子が官の追求を懼れる感情を生々しく写し出している（歌詞は十言定型詩全五十句、〔 〕内は科白）。

大老爺坐法堂高懸明鏡、切不可将大帽拿来搪人。……因乾妹花燭夜丈夫命尽、乾父母願将女許我為婚。〔狗奴。既知他丈夫命尽、是如何死的、尸在何処、好好招来。講嘛。呢呀、大老爺呀。〕這是我自揣摩暗地思忖、並不是知他的存亡死生。……（県令様お裁きは公明正大願います、権力で罪を着せたりなさらぬよう。……新郎は婚儀の晩に命絶え、義父母どの新婦を私にくださった。〔畜生め。娘の夫が死んだと言うなら、どうして死んだか、死体はどこにある、有り体に白状せよ。言わないか。ああ、県令様。〕それは私の想像で、生死のことは知りませぬ。……）

また末尾には、講話から導き出される因果応報の道理を述べている。たとえば「失新郎」では、

従此案看来、人生在世、惟傷生罪大、放生功高。你看、羅云開失子陥媳、家業凋零、無非傷生之報。劉鶴齢為善、所以功名利達、身為顕官、又得狐仙為媳、痴児転慧。汪大立大利盤剥、卒為財死。胡徳修貪淫図娶、自惹災殃。観此数人可知「善悪之報、如影随形、禍福無門、惟人自召。」古人之言、信不誣矣。（この事案から見ると、人はこの世に生まれて、殺生こそ罪深く、放生こそ功高きものなのです。ご覧なさい、羅云開が我が子を失い息子の嫁を陥れ、家業が凋落したのは、皆殺生の報いです。劉鶴齢は善行によって功名に利あり、自身は顕官となり、狐仙も嫁に来て痴呆の子を聡明にしたのです。汪大立は強欲であったため、最後は財によって死にました。胡徳修は淫を貪り美女を娶ろうとしたため、自ら災禍を招いたのです。この数人を見ると、「善悪の報いは影が形に随うがごとく、禍福に門は無くその人が招く」ことが分かり、古人の言葉は真に偽りないのです。）

という応報説で結んでいる。

こうした「説」と「唱」を交えながら因果応報を説く文学とは何だったのか。上記の黄簃「前言」と蔡国梁解説で

は言及していない(8)。林有仁の序文には、明の呂坤（字叔簡、号新吾、河南寧陵の人。一五三六〜一六一八）が中流以下の庶民を教化する歌曲を創作して以来、後世の作品がこれを真似てさらに応報の思想を加え、案件を証として用い、「宣講」に効果を与えたと言う。

昔明代大儒呂新吾先生所著『呻吟語』極精深、而教流俗、婦人・孺子・樵夫・牧竪諸人、専以俗歌・俚語切訓之。其書名曰、『呂氏五種』。……此浅近之言、最宜中人以下者也。而後世之效之者正夥、特借報応為勧懲、引案以証之、俾宣講者伝神警覚人也、聞清夜鐘声也。（昔明代、大儒呂新吾先生が著した『呻吟語』は極めて精深であるが、流俗を教化し、婦人・子供・樵夫・牧童たちには専ら俗歌・俚語によって丁寧に教えた。その書名を『呂書五種』という。……卑近な言葉は、最も中層以下の者に適しており、後世これに倣う者は夥しく、特に応報を借りて勧善懲悪を行い、案件を引いてそれを明かしたため、宣講を得意とする者に、迫真の力で人を覚醒させ、清夜にすがすがしい鐘声を聞かせた。）

『呂氏五種』とは、『小児語』『続小児語』『閨範』『好人歌』『宗約歌』であろう。清代には義塾で教科書として使用していた(9)。たとえば『小児語』は四言・六言・雑言と分けて教訓歌を綴っており、童蒙に分かりやすく記憶しやすい歌詞を用いている。

一切言動、都要安詳。十差九錯、只為慌張。沈静立身、従容説話。不要軽薄、惹人笑罵。……（すべての言動、落ち着いて。過ちのもとは、慌てること。冷静沈着、ゆっくり話せ。軽薄なれば、笑われる。）

『躋春台』が用いた三・三・四の十言定型詩を挿入する文体は、その精神を『呂氏五種』から継承してはいるが、形式としては「説」と「唱」を交える宝巻・鼓詞・弾詞などの語り物文学や地方劇の板式音楽との関連性が深いと言える。語り物や板式音楽では七言、十言の定型詩が基本であり、七言は二・二・三、十言は三・三・四で構成する。板式音楽は曲牌音楽が自由な形式で変化に富む特徴を持つのに対して、リズムが一定していて唱いやすいという特徴を持つため、広く民間に流行した[10]。『中国曲芸志』河南巻（一九九五、中国ISBN中心出版）には、現代に伝承する「善書」（「講聖諭」）の上演形式が「説」と「唱」から成り、「唱」は七言句や十言句を伴奏なしで詠唱すると説明し、楽譜として「洛陽孝女」「五元哭墓」「割肝救母」を記載している。また同書湖北巻（二〇〇〇、中国ISBN中心出版）には、「漢川善書」を紹介して、場面によって「大宣腔」（十言句）、「小宣腔」（七言句）、「流水宣腔」（七言句）、「金丫腔」（十言句）、「梭羅腔」（七言句）、「笑楽腔」（七言句）、「怒斥腔」（七言句）、「哀思腔」（長短句）、「流浪腔」（七言句）などを使い分けると言う。

また林序が指す『呂氏五種』の流れを汲む後世の作品とは、「宣講」の「案証」として用いられた故事のことであろう。「宣講」とは、元来郷村が自主的に行う教化活動「郷約」の中に取り入れられた皇帝の諭言講読のことで、清代では順治九年（一六五二）の『聖諭六訓』「孝順父母」「恭敬長上」「和睦郷里」「教訓子孫」「各安生理」「無作非為」や、康熙九年（一六七〇）の『聖諭十六条』「敦孝弟以重人倫」「篤宗族以昭雍睦」「和郷党以息争訟」「重農桑以足衣食」「尚節倹以惜財用」「隆学校以端士習」「黜異端以崇正学」「講法律以儆愚頑」「明礼譲以厚風俗」「務本業以定民志」「訓子弟以禁非為」「息誣告以全善良」「戒匿逃以免株連」「完銭糧以省催科」「聯保甲以弭盗賊」「解讐忿以重身命」に雍正帝が雍正二年（一七二四）に注釈した「聖諭広訓」を講演することが官主導で行われた[11]。こうした宣講の内容については、翰林院編修郭嵩燾編『宣講集要』十五巻首一巻によってその概要を知ることができる[12]。この書は巻首に「聖諭六訓解」、「聖諭広訓」、各巻に「聖諭十六条」の講説とそれを実証する故事である「案証」、巻十五には『文昌帝君遏慾文』などの勧世文や勧世歌を載せている。林序に言うように、歌詞や故事を使った教化方法は、『呂氏五種』がそうであったように、民衆に分かり易く効果的であったようである[13]。たとえば巻一「敦孝弟以重人倫」は、「孝字」から説き始め、天下善事最多、孝就是第一件、悪事也多、不孝就是第一宗。所以聖諭頭一条、就講「敦孝弟以重人倫」。（天下に善事は最も多く、孝がその筆頭で、悪事も多く、不孝がその筆頭です。故に聖諭の第一条に「孝弟を厚くして人倫を重んず」を講じているのです。）

と康熙帝の聖諭第一条を講説し、続いて「案証」として「大舜耕田」の故事を述べる。

父母有賢的、有不賢的。不賢更要安心。従前虞舜他的父母不賢、他能安父母的心、後来他父母都化成賢了、所以推他是古今第一箇行孝聖人。……一日象攛布他父母、叫舜去蓋整牛欄草屋、底下端去梯子、放起火来、要把他焼死。（父母には賢者と愚者がありまして、愚者であれば、なおさら気遣わねばなりません。昔舜は父母が愚者でしたが、よく気遣い、後に父母が賢者に変わったので、古今第一の孝行な聖人と推されたのです。……ある日、象は父母を唆して舜に牛小屋の屋根を修繕させ、下で梯子を外して放火し、焼死させようとしました。）

故事の途中には舜の歌詞二首と瞽瞍の歌詞一首を挿入する。舜が放火されても平静を装い、父母を安堵させて詠唱する歌詞は、次の十言定型詩である。（全十句）

這一交跌下来昏倒一陣、猶幸得平地下身子不疼。想是那倒灰的有火不禁、二爹娘切莫要因此受驚。……（躓いて転んでしまって気を失い、幸いに平地であってけがも無し。灰捨ての火の不始末に相違なし、父母よこれしきのことに驚かるな。……）

また篇末は教訓を述べて結んでいる。

従此看来、你們無論賢愚、無論富貴貧賤、都要学舜。為媳婦的都要学那両個公主。父母的心、就無不安了。（この話から見ると、あなた方は賢者も愚者も富貴も貧賤も、みな舜を学ばねばなりません。嫁はみな二人の王女を学ばねばなりません。そうしてこそ父母の心は安らぐのです。）

このように人物の歌詞を挿入し、「従此（案）看来」という句で始まる訓話で話を収束する文体はまさしく『躋春台』の文体と一致し、『躋春台』は宣講における「案証」故事の形態を取っていたことが分かる。

また「大舜耕田」では父母弟に対する因果応報を説いてはいないが、『宣講集要』には悪行に対して直接天罰が下るとする「案証」が多く、事件沙汰になる「案証」も少なくない。たとえば巻二「孝虎祠」は、子を食った虎の捜査を命じられた吏が日頃民衆を虐待してこの災禍を被ったと懺悔して城隍神に祈ると、城隍は子が前世で虎を虐げたため食われたと説明して虎を自首させ、官は虎に老人を孝養させる。巻四「斉婦含冤」は、姑殺しの冤罪を被って処刑された嫁が前世で悪行を犯した応報だと冥王に告げられるが、孝行の善報で後宮に転生し、官が誤審を懺悔すると、三年ぶりに降雨が起こる。巻十二「鳴鐘訴冤」は、母に躾られた娘が嫁ぐが、腹が出た体型を嫂から嘲笑され、夫に不貞を疑われて娘の父母が訴えられる。娘が観音廟に祈ると、嫂が夫婦の仲を裂いた罪を自責して自ら舌を引き出して死ぬ。官は兄と弟を処罰し、娘の賢母を表彰する。[14]

明代には因果応報思想による勧善懲悪を説く民衆教化政策が採られた。[15] 洪武帝の『教民榜文』第二十八条には、「冥冥之中、鬼神鑒察、作善作悪、皆有報応。」（目に見えないことでも鬼神が監察しており、善行悪行には皆応報がある。）といい、郷村で行われた郷約の中でも、王守仁『南贛郷約』（『王文成公全書』巻十七）のように「若有二三其心、陽善陰悪者、神明誅殛。」（もし誓いを破って陰で悪事を行えば神が裁きを下される。）と誓い合う。そして清代でも義塾で『太上感応篇』『文昌帝君陰騭文』『関聖帝君覚世真経』の「三聖経」と称される善書が『三字経』などの啓蒙書とともに基本教科書とされ[16]、『宣講集要』「宣講聖諭規則」には、読諭生が「聖諭六訓」「聖諭広訓十六条」を読み上げた後、「文昌帝君蕉窓十則」[17]「武聖帝君十二戒規」[18]「孚佑帝君家規十則」[19]「竈王府君訓男子六戒」[20]「竈王府君訓女子六戒」[21]「竈王府君新論十条」[22]などの神戒を読み上げており、「案証」における因果応報の主旨も民衆教化には不可欠であったのである。

四　語り物としての体裁

『躋春台』四十篇は、従来「擬話本」と認識されてきたが、文体を検証すると、作中に人物の歌唱を挿入し、結末を訓話で収束するという特殊な文体を持っており、これは作品中にも出現する「宣講」という皇帝の民衆教化の諭言を講説する際に語られた「案証」と一致することが判明した。だが『宣講集要』が『聖諭十六条』に沿って「案証」を説いているのに対して、『躋春台』はアトランダムに話を並べ、冒頭に話の内容を要約した長短句を置いている。たとえば、『宣講集要』巻十四「施公奇案」と『躋春台』「南山井」を比較してみると、ともに『聊斎志異』「折獄」を素材として酒色を戒める話としているが、『宣講集要』が、「『聖諭十六条』「解仇忿以重身命」、仇忿不解、必至謀害報徳、捨身喪命。然仇忿之起、固非一端、究其来由、多壊於酒。」（『聖諭十六条』の「仇忿を解いて以て身命を重んず」は、怨恨が解消しなければ、必ず殺戮で徳に報い、身を犠牲にして命を失うことになります。怨恨の発生は色々な事が発端となっていますが、その原因を考えると、酒に冒されることが多いのです。）と『聖諭十六条』に基づいて説き始めるのに対して、『躋春台』は「四関原是迷魂陣、惟有酒色更凶。凡事皆要合乎中。不為彼所困、免得入牢籠。」（「四関門（酒食財気）は狂わせる、中でも酒食は凄まじい。すべて中庸肝心なり。惑わなければ、入牢無し。」）と語り物風にテーマを要約した詞によって説き始めている。また『宣講集要』が『聊斎志異』を加工することなく引用して酒戒を説き、富者が酒の上の冗談で人殺しをしたと口にして仇敵に訴えられる話を述べるのに対して、『躋春台』は色案と酒案を組み合わせて、好色な夫が妖艶な女と再婚して家産を蕩尽し、後妻の姦通によって殺害される話を前に置いて、二段構えの話に変えている。この点には物語創作への工夫が見られる。

『躋春台』は本来の聖諭宣講が文学として発展を遂げた段階の文体とストーリーを備えており、宣講を背景として生まれた小説だと位置づけるのが妥当であろう。本書林序には、「此勧善懲悪之俗言、即『呂書五種』教人之法也、読者勿浅近薄之。」（この書の勧善懲悪の通俗表現は、まさしく『呂書五種』の教化方法であり、読者は平易だからと軽視してはならない。）と言っており、本書が読物として創作されたことを明示している。

ちなみに『宣講集要』の後に民間の善堂で続々と編纂された宣講集を見ると、『躋春台』とは異なり、皆聖諭宣講の体裁を守っている。楽書堂の荘跛仙編『宣講拾遺』（同治十一年（一八七二）序）は『宣講集要』と同じく、首巻に「宣講聖諭規則」「欽定学政全書講約事例」を掲載し、奉天省錦州虹螺県鎮堅善講堂の楊子僑編『宣講醒世編』六巻（営口（奉天省）成文厚蔵板、宣統元年（一九〇九））は順治帝の「聖諭六訓」に基づいて案証を編集し、洛陽郊外の教師周景文編『宣講管窺』六巻も「聖諭六訓」に従って編修している。なお『躋春台』においても、宣講の場面は「過人瘋」「節寿坊」「平分銀」「仮先生」「螺旋詩」「審禾苗」「僧包頭」七篇で出現し、「平分銀」では、公廟で聖諭の講生が王章（聖諭）・神戒を講じて、聖諭第四条「重農桑以足衣食」から始めて案証「銭益蒸稗」を述べるという典型的な宣講スタイルを描写していることも補足しておきたい。

五　結び

『躋春台』四十篇は、胡士瑩『話本小説概論』（一九八〇）で「最後の擬話本集」と定義されて以来、この説が今日も否定されることは少ない。「擬話本集」とは明の「三言二拍」等の宋元話本を模擬した小説を指すが、筆者はこの作品の文体を検討して、講釈師のテキストを模倣した「擬話本」とは異なり、しばしば「宣講」の場面が出現することから、宣講が清代の郷村における説教活動であり、現存する宣講テキストが本書と同じく人物の語る歌詞を挿入していることを見て、本書が実は「聖諭宣講」というジャンルに属する通俗的に民衆に語りかける「案証」というテキストであり、単にこのテキストのみならず、当時はこの種のテキストが全国的に流布していたことを考察した。

本節ではまず学界に擬話本として紹介された『躋春台』について、これが宣講書であることを確認して以下の宣講の歴史についての考察に入ることとした。

注

（1）第十五章「清人編刊的話本集叙録」、二　専集　33・『躋春台』。

（2）その後、蔡敦勇校点本（『中国話本体系』収、一九九三、江蘇古籍出版社）、金蔵・常夜笛校点本（『古代公案小説叢書』収、群衆出版社、一九九九）が出版された。江蘇省社会科学院明清小説研究中心編『中国通俗小説総目提要』（一九九〇、中国文聯出版公司）には蔡国梁氏による提要を載せる。

（3）民国十九年『中江県志』巻二十二「文徴」四、劉徳華『林先生愛山墓誌銘』に、「先生姓林氏、諱有仁、字心甫、号愛山先生。自粵遷蜀中江之銅山。……受業於暁谷黄公世喆。……年八十五、以民国庚申子月六日卒」といい、巻一「輿地」水、入涪之水に、「五城水、一名中水、一名武水、其名凱江者、則沿隋人凱州之称而並以及水也。」という。

（4）本書巻三「審烟槍」の篇末に「此案乃余下科場所聞及者」と述べ、『中江県志』の光緒己亥後の科挙及第者に劉姓の挙人がいないと指摘する。

（5）『聊斎志異』のほか、李漁『無声戯』などからの借用がある。

（6）全四十篇のうち、その半数の二十篇が四川の故事である。

（7）大塚秀高『増補中国通俗小説書目』、五五頁。但し、『躋春台』四十篇の中には非公案の九篇③「東瓜女」、④「過人瘋」、

⑧「節寿坊」、⑩「唖女配」、⑬「白玉扇」、⑱「川北栈」、⑲「平分銀」、㉘「解父冤」、㉞「錯姻縁」を含む。

（8）注（2）引蔡敦勇校点本「前言」にも宣講との関連は言及しない。筆者は二〇〇三年十二月に四川省曲芸団の向暁東氏・成都市群衆芸術館の鄭時雍氏を通じて、元四川省音楽舞踏研究所所員の蔣守文氏を訪問し、『躋春台』は「擬話本」ではないという意見を述べ、同意を得た。なお蔣氏は二〇〇六年、『半方斎曲芸論稿』（成都市群衆芸術館編、四川大学出版社）二一〇頁「四川善書書目」『躋春台』において、一九八八年天津の百花文芸出版社が一九一四年成文堂刊本を整理して出版した『躋春台』の解説で擬話本と位置付けたことを錯誤だと述べている。成文堂刊本については、欧陽健・蕭相愷編「中国通俗小説書目補編」（『文献』一九八九年一期、江蘇省社会科学研究院文学研究所）巻三「明清小説部甲」『躋春台』参照。半葉十行、行二十四あるいは二十五行。

（9）清栗毓美「義学条規」（徐棟輯『牧令書』、道光二十八年（一八四八）刊、巻十六「教化」所収）に、「応随時宣講聖諭也。……而窮郷僻壌未能週知、既立義学、自応責成。紳士率同約正副郷地保、在於該処村集、毎逢朔望日、請塾師敬謹宣講。省城現刻有『聖諭広訓』『聖諭講解』……且省中刻有呂新吾先生『小児語』『好人歌』『閨戒』『宗約歌』四種、毎学発給一部、俾師徒随時講習」と言う。栗毓美は開封府尹であり、呂書は道光七年開封府署雕版『呂書四種合刻』を指している。『小児語』は実際には呂坤の父呂得勝の作品である。

（10）張庚・郭漢城主編『中国戯曲通史』（一九九二、中国戯劇出版社）参照。なお澤田瑞穂氏は宝巻の文体が十言形式の梆子腔劇と俚俗性において通じるとして、宝巻が梆子腔劇の影響を受けたとする清黄育楩『破邪詳弁』巻三を引く。『増補宝巻の研究』（一九七五、国書刊行会）五二頁、『校注破邪詳弁』（一九七二、道教刊行会）七九頁参照。

（11）和田清『中国地方自治発達史』（一九三九年初版、一九七五年影印版、汲古書院）一五〇頁参照。『宣講集要』「講約事例」には、人口稠密な場所に講約所を設立して老成した貢生を約正とし、毎月朔望日に輪番で『聖諭広訓』を宣講したことを記し、『躋春台』の各篇でも、「公廟」などで宣講を行う場面を述べており、その効用を重視している。因みに清黄六鴻『福恵全書』（康熙三十三年（一六九四））巻二十五「教養部・城郷分講」には、寺院や家廟など広くて聴衆が入れる場所で宣講するといい、『重修合州志』十二巻（乾隆五十三年（一七八八））巻八「風俗・講約」には、「有司公服詣城隍廟。」（官は官服で城隍廟に参詣する。）といい、『江安県志』（嘉慶十七年）巻三「典礼・講約」には、「講約所在東街大禹廟内」という。『躋春台』では、公廟（⑲「平分銀」、㊱「審禾苗」）、観音廟（㊴「僧包頭」）、仮設の祭壇（⑨「過人瘋」）などを宣講の場所とする。

（12）光緒三十二年（一九〇六）、呉経元堂刊本。民国上海錦章図書局石印『改良増図圏点離句宣講集要』十五巻首一巻は光緒本に絵図を付したテキストで、『明清民間宗教経巻文献』（一九九九、新文豊出版公司）にも収載する。

（13）『宣講集要』巻首の郭嵩燾序（著作年不明）には、「今見是書、于十六条中、加以細注、徴引古今事跡、均有実証、所採各種歌調、雖未尽善、亦属雅俗参半、差可為宣講推広之意」と効果を認めている。その後も新案を採集して宣講テキストは夥しく編纂され、『宣講集要』を継承した『宣講拾遺』（光緒二十四年〔一八九八〕、天津済生社蔵版）の通真老人序に、「叶成音律、演作歌謡。其言情処、苦者令人感泣、楽者令人鼓舞」と言い、さらに『宣講拾遺』を模倣した『宣講管窺』（民国二十四年〔一九三五〕、謙記商務印刷所）の宣統三年〔一九一一〕許鼎臣序に、「写其情与理与事之始末曲折、暇為父老女婦童穉隷豎誦説、聴者或喜或泣或驚或愧」と言って、物語と詠唱形式が観客を感動させて流行したことを指摘している。Victor H. Mair "Language and Ideology in the Written Popularizations of the Sared Edict". David Johnson, Andrew Nathan, Evelyn Rawski ed. 1985 POPULAR CULTURE IN LATE IMPERIAL CHINA, University of California Press. 1985. にも、「時代が下るにつれ、地方官の主宰する宣講が形骸化する一方で、農村を巡回して宣講に借りて説話を語る宣講人が誕生するほど郷村の宣講活動が活性化していった」という。竹内房司「清末四川の宗教運動――扶鸞・宣講型宗教結社の誕生」（一九九二、学習院大学文学部研究年報三七）参照。ただ咸豊元年（一八五一）に四川総督が、「往々仮宣講聖諭為名、旁引異説、或託鸞筆、斂銭惑衆、淆乱人心」という告示を出しており、公序良俗を汚す側面もあったようである。

（14）その他、巻二「苦子行孝」、巻四「墜楼全節」「孝媳化姑」、巻五「殺身救父」「嫌媳受累」「嫌媳悪報」、巻六「兄義弟利」「高二逐弟」「狗報恩」「陸英訪夫」、巻七「埋狗勧夫」「大男速長」「嫌貧遭害」、巻八「無頼叔」「教子息争」「捜鶏煮人」、巻九「惜字獲金」「濫写遭譴」、巻十「積米奉親」「小楼逢子」、巻十一「估嫁妻」「方便美報」、巻十二「士珍酔酒」「淫逆報」「双人頭」「焦氏殉節」、巻十三「忠孝節義」「小忿喪身」「王生買薑」、巻十四「淫悪巧報」「施公奇案」がある。

(15) 酒井忠夫『中国善書の研究』(一九六〇初版、一九七二再版、国書刊行会)参照。

(16) 清余治『得一録』(光緒十一年(一八八五)重刊)巻五「義学章程」など。『中国教育体系歴代教育制度考』(一九九四、湖北教育出版社)参照。『躋春台』「義虎祠」でも義塾の教師雷雲開が『三字経』が終わると『三聖経』を教えたため、子弟の品行が良かったと述べる。

(17) 「戒淫行」「戒意悪」「戒口過」「戒誇功」「戒廃字」「敦人倫」「浄心地」「立人品」「慎言語」「広教化」。

(18) 「戒不孝父母」「戒侮慢兄長」「戒道人過失」「戒好勇闘很」「戒驕傲満仮」「戒汚穢竈君」「戒嫖」「戒賭」「戒打胎溺女」「戒食牛犬鰍鱔等肉」「戒穢溺字紙」「戒唆人争訟」。

(19) 「重家長」「整礼儀」「理家規」「勤執業」「節費用」「立内正」「教新婦」「端蒙養」「睦宗族」「正己身」。

(20) 「戒不孝父母」「戒不和兄弟」「戒嫖賭溺女」「戒闘很唆訟」「戒穢汚字紙」「戒好談閨閫」。

(21) 「戒不孝公婆」「戒不敬丈夫」「戒不和妯娌」「戒打胎溺女」「戒抛散五穀」「戒艶粧廃字」。

(22) 「順父母」「戒淫悪」「和兄弟」「信朋友」「忍口」「節慾」「除驕矜」「息争訟」「広施済」「培古墓」。

第二節　宣講の伝統とその展開

一　はじめに

「聖諭宣講」は明清時代に地方自治制度である「郷約」の中で推進された。「聖諭」とは、明太祖の「六諭」（洪武三十年〔一三九七〕）、清代では順治帝の「聖諭六訓」（順治九年〔一九五二〕）と康熙帝の「聖諭十六条」（康熙九年〔一六七〇〕）である【図1】。

本節では、明清二朝の実施した民衆教化のための聖諭宣講がその効果をあげるため果報説話や詩歌の歌唱を付加して、清末に説唱形式の宣講の基礎を築くに至った歴史について考察する。

【図1】「聖諭十六条」牌（雲南通海県晏公廟）（筆者撮影）

二　宋の郷約——徳目の実行

聖諭宣講の歴史を論じるには、まず宋代に開始された郷村の「郷約」における勧善懲悪の活動から述べなければならない。

「郷約」は、宋代に地方自治制度として始まり、その中に勧善活動が盛り込まれた。呂大鈞『呂氏郷約』

（一〇七六、陝西藍田）では、

凡郷之約、四。一曰、「徳業相励」。二曰、「過失相規」。三曰、「礼俗相交」。四曰、「患難相恤」。衆推有歯徳者一人為「都約正」。有学行者二人副之。約中、月輪一人為「直月」。都副正不与。置三籍。凡願入約者、書於一籍。徳業可勧者、書於一籍。過失可規者、書於一籍。「直月」掌之。月終則以告於「約正」、而授於其次。（およそ郷の規約は四条ある。その一は、「徳ある行いを励行しあうこと。」その二は、「過失があれば戒めあうこと。」その三は、「礼儀をもって交際すること。」その四は、「艱難があれば同情しあうこと」である。衆人は高齢の有徳者一人を「都約正」とし、学問と品行ある者二人を補助させる。規約では、月番で一人を「直月」とする。〔都約正と副約正はこれに充てない。〕三籍を置き、約に加入を願う者は、一籍に記す。徳業を推挙できる者は、一籍に記す。過失を正すべき者は、一籍に記す。「直月」がそれを管理し、月末に「約正」に報告して、次序を授ける。）

と述べている。すなわち、『呂氏郷約』では「徳業相励」「過失相規」「礼俗相交」「患難相恤」の四徳目を励行し、「都約正」「副約正」「直月」という役職を定めて、毎月、善行を行った者、過失を犯した者をそれぞれ帳簿に記載したのである。

徳目の具体的な実行方法は、各徳目に四言によるわかりやすく覚えやすい説明を行いながら述べられる。たとえば「徳業相励」では、

見善必改、聞過必改。能治其身、能治其家。能事父母、能待妻妾。能教子弟、能御童僕。……右件、徳業。同約之人、各自進修、互相勧勉。会集之日、相与推其能者、書於籍、以警励其不能者。（善行を見ては必ず改め、過失を聞いては必ず改める。自分の身を修めることができ、家庭を治めることができる。父母につかえることができ、妻妾を世話することができる。子弟を教えることができ、童僕を管理することができる。……右、徳業。入約した者は、各自努力し、相互

に励ましあい、集会の日に、できた者を自分たちで推挙して帳簿に記し、できない者を励ます。）

また「過失相規」では、

酗博闘訟、行止踰違。行不恭遜、言不忠信。造言誣毀、営私太甚。……右件、過失。同約之人、各自省察、互相規戒。小則密規之、大則衆戒之。不聴、則会集之日、直月告於約正、約正以義理誨諭之。謝過請改、則書於籍以俟。其争弁不服与終不能改者、聴其出約。（飲酒・賭博・喧嘩・訴訟など、行動が規範を逸脱するもの。行為が不遜で、言葉に偽りがあるもの。造言によって人を陥れ、私利を図ることが甚だしいもの。……右、過失。入約した者は、各自省察し、相互に戒めあい、小さい過失はそっと教えてあげ、大きい過失は衆人の前で戒める。聴かなければ、集会の日に、月当番が約正に告げ、約正は義理を説いて諭し、過失をわびて改善を請うならば、帳簿に記して改善を待ち、抗弁して服従しなかったり、最後まで改善できなかったりする者は、郷約から退出することを許す。）

という具合である。『呂氏郷約』は南宋朱熹が『朱子増損呂氏郷約』を著すに至って、大いに流行した。

三　明の郷約——六諭宣講と読律・歌詩

そして明の洪武二十一年（一三八八）には、太祖が「教民榜文」を配布し、その第十九条に木鐸老人を設置して、郷村の路傍で「六諭」を唱えさせて民衆の教化をはかることを規定した(1)。

毎郷毎里、各置木鐸一箇、於本里内選年老或残疾不能生理之人或瞽目者、令小児牽引持鐸循行本里、……倶令直言叫喚、使衆聞知、勧其為善、毋犯刑憲。其詞曰、「孝順父母、尊敬長上、和睦郷里、教訓子孫、各安生理、毋作非為」。如此者、毎月六次。其持木鐸之人、秋成之時、本郷本里内衆人、随其多寡、資助糧食。……（郷村ごと

に木鐸一箇を設置し、その村から老年、あるいは身体不自由で仕事ができない者、あるいは盲目の者を選んで、子供に先導させ、木鐸を持ってその村を巡回させ、……直言叫喚させ、みなに聞かせて、善行を勧め、法律を犯さないようにさせる。その文句は、「父母に孝順、長上を尊敬、郷里に和睦、子孫を教訓、みな仕事に安んじ、悪事を行わず」である。この活動は、毎月六回行う。木鐸を持つ者に対しては、収穫の時に、その村の衆人が、多寡に応じて、食糧を恵んでやる。……）

その後、正徳十三年（一五一八）には、王守仁が江西南贛巡撫の時に『南贛郷約』を制定し、『呂氏郷約』の制度を継承しながら、集会の場面で地方官の「告諭」を読誦し、その中で明太祖の「六諭」の語句を引用することを行っている。

自今凡爾同約之民、皆宜孝爾父母、敬爾兄長、教訓爾子孫、和順爾郷里、死喪相助、患難相恤、善相勧勉、悪相告戒、息訟罷争、講信修睦、務為良善之民、共成仁厚之俗。（今からすべて汝等入約した民は、みな汝の父母に孝を尽くし、汝の兄弟を敬い、汝の子孫を教訓し、郷里と和睦し、葬儀は助け合い、艱難は同情しあい、善行は励ましあい、悪行は戒めあい、訴訟をやめ抗争をやめ、信義を論じ親睦を修め、善良な民となることに勉め、ともに人情ある風俗を形成しなければならない。）

また規約も整備され、集会の儀式の形式が整えられた。

当会前一日、知約預於約所灑掃、張具於堂、設告諭牌及香案、南向。当会日、同約畢至、約賛鳴鼓三、衆皆詣香案前序立、北面跪聴。約正読告諭畢、約長合衆揚言曰、「自今以後、凡我同約之人、祇奉戒諭、斉心合徳、同帰於善。若有二三其心、陽善陰悪者、神明誅殛。」衆皆曰、「若有二三其心、陽善陰悪者、神明誅殛。」……知約起、設彰善位於堂上、南向。置筆硯、陳彰善簿。約賛鳴鼓三、衆皆起。約賛唱、「請挙善。」衆曰、「是在約史。」約史出、就彰善位、揚言曰、「某有某善、某能改某過、請書之。」（集会の前日に、知約があらかじめ約所を清掃して道具を

堂に並べ、告諭牌と香机を南向きに設置する。集会の当日、入約者が揃うと、約賛が太鼓を三回打ち、全員が香机の前に順序よく立ち、北面して跪いて聴く。約正が告諭を読み終えると、約長は皆と声高らかに、「此より我ら入約者はすべて、ひたすら戒諭を奉じ、心性を一にして、ともに善に帰す。もしその心を揺るがし、密かに悪事を行う者があれば、神罰が下る。」皆も唱和し、「もしその心を揺るがし、密かに悪事を行う者があれば、神罰が下る。」……知約が起立し、彰善位を堂上に南向きに設置する。筆と硯を置き、彰善簿を並べる。約賛が太鼓を三回打つと、全員が起立する。約賛が「善行を挙げられたし」と唱えると、全員が「約史がなされ」と唱和する。約史が前に出て、彰善位につき、声高らかに、「某には某の善行あり、某は某の過失を改めた。記されたし」と言う。）

なおここに登場する諸々の役職については、次のような規約を定めている。

同約中、推年高有徳、為衆所敬服者一人為約長、二人為約副。又推公直果断者四人為約正、通達明察者四人為約史、精健廉干者四人為知約、礼儀習熟者二人為約賛。（入約者の中で、高齢有徳者で全員が敬服する者一人を推挙して約長とし、二人を約副とする。また公平果断な者四人を推挙して約正、通達明察な者四人を約史、健康敏腕な者四人を知約、礼儀習熟する者二人を約賛とする。）

王守仁の郷約は後の規範となった。葉春及「郷約篇」（隆慶四年〔一五七〇〕）[2]には、嘉靖年間（一五二二～一五六六）の郷約の様子を述べている。

嘉靖間、部檄天下挙行郷約、大氐増損王文成公之教。有約賛知約等名、其説甚具。（嘉靖年間に戸部は天下に告知を送って郷約を挙行したが、大抵王文成公の教えに手を加えたものであった。王文公の郷約には約賛・知約などの役名の解説が、具備している。）

そして葉春及も恵安（福建）の郷約において、太祖の「六諭」によって民衆を教化している。

以「六諭」道万民。一曰、「孝順父母」。二曰、「尊敬長上」。三曰、「和睦郷里」。四曰、「教訓子孫」。五曰、「各安生理」。六曰、「毋作非為」。諸臣多有解、不録。聖謨洋洋、嘉言孔彰、何解為。(「六諭」によって民衆を教導する。一は「父母に孝順であること」。二は「長上を尊敬すること」。三は「郷里に和睦すること」。四は「子孫を教訓すること」。五は「各々仕事に安んじること」。六は「悪事を行わないこと」である。臣下たちが解説を作ったが、記載しない。太祖の遠謀は計り知れず、嘉言は明らかであり、何の解説が必要であろう。)

葉春及は後に賓州(四川)太守の時に「諭賓民」(3)を布告し、恵安において太祖の「教民榜文」を長老たちに頒布し、木鐸を用いて「六諭」を唱えさせたことを述懐している。

昔在恵安、嘗刻「教民榜」頒行民間。朔望詣亭中、為民申明、「六諭」乃遣木鐸以徇。(昔、恵安において太祖の「教民榜文」を民間に頒布し、月の一日十五日に申明亭に赴いて民の善悪を明らかにし、木鐸を用いて「六諭」を唱えさせた。)

なお「六諭」は家訓の中でも講説されており、嘉靖年間には、項喬(一四九三～一五五二)が「項氏家訓」(嘉靖二十年〔一五四一〕、温州(4))の序文において、「六諭」を一族に遵守させたと述べている。

伏読太祖高皇帝訓辞、曰、「孝順父母、尊敬長上、和睦郷里、教訓子孫、各安生理、毋作非為。」嗚呼、這訓辞六句、切於綱常倫理、日用常行之実。使人能遵守之、便是孔夫子見生。使個個能遵守之、便是堯舜之治。謹仿王公恕解説、参之俗習、附以己意、与我族衆大家遵守。(伏して太祖高皇帝の訓辞を読めば、「父母に孝順たれ、長上を尊敬せよ、郷里に和睦せよ、子孫を教訓せよ、各々生活に安んぜよ、悪行をなす無かれ」とある。ああ、この訓辞六句は綱常倫理、日用常行の実際に適切であり、人にこれを遵守させれば、孔子が再生し、個々人に遵守させれば、堯舜の治世が再現する。謹んで王恕の解説にならって、これに俗習をまじえ、自己の意見を加えて、我が一族のみなに遵守してもらう。)

葉春及は「六諭」がわかりやすく解説は不要だと考えていたが、項喬は当時行われていた王恕の解説にならったという。(5) 解説はわかりやすい口語で行われた。たとえば「孝順父母」は以下のようである。

怎的是「孝順父母」。父母生子養子、労苦万状、終身所靠者、有子而已。人無父母、身従何来。便是児子十分孝順、也難報這恩徳。毎見人家無子的甚苦極、有子不肯孝順的更苦極。父母尊大如天、人若逆天、天理無有不報応者。……(「父母に孝順である」とはどういうことか。父母が子を産み子を養い、様々に苦労するのは、終身頼れるのが、子があることだからである。人は父母が無ければ、身はどこから来よう。たとえ子が十分に孝順であっても、その恩徳には報いがたい。いつも子が無い家が苦しみ甚大であり、子があっても孝順であろうとしない家は更に苦しいのを見ている。父母の尊さは天に匹敵し、人が天に逆らえば、天理は必ず応報があるものである。……)

万暦年間(一五七三〜一六二〇)には「六諭」による教化が行われなくなったことから、礼部尚書沈鯉(一五三一〜一六一五)が「覆十四事疏」(6)を上奏して、木鐸老人が「六諭」を唱える制度を復活させるよう請願している。

聖訓六言、勧化民俗、而設木鐸徇於道路、則所以提撕警覚之也。近年以来、此挙久廃、合無行令、各掌印官、查復旧制、于城市坊相郷村集店、量設木鐸老人、免其差役、使朝暮宣諭聖訓。伏乞聖裁。(「聖訓六言」(「六諭」)は民衆を教化するものであり、木鐸を設置し道路で唱えさせることは、民衆に注意を喚起するためです。近年、この活動は久しく行われておらず、命令を下して責任官吏に旧制を復旧させて、城内の街角や郷村の繁華な場所に木鐸老人を多く設置し、その労役を免除して、朝夕聖諭を読誦させてはいかがでしょう。ご決断を乞います。)

沈鯉はこの制度を復活させるとともに、郷約所を設置して民衆に「六諭」と『大明律例』(洪武三十年〔一三九七〕)を聴講させるよう提言した。

郷約之設、所以訓民、即古道徳斉礼之遺意也。為有司者、能鼓舞有術、民未有不勧於善者。宜於所轄地方酌量道里遠近、随庵観亭館之便、置郷約所、以「皇祖聖訓」『大明律例』、著為簡明条示、刊布其中。即于本里択衆所推

服者一二人、以為約長、使其督率里衆、勧勉為善。（郷約の設置は、民衆を教化するためであり、古代の徳を導き礼を整える考えを伝えている。官吏たる者、鼓舞する方法を会得すれば、必ず民衆に善を勧めることができ、所轄地方において距離の遠近を酌量して、庵・観・亭・館の便に応じて郷約所を設置し、太祖の「六諭」と『大明律例』を簡明に箇条書きしてそこに掲示し、当地で皆が敬服する者一二人を選んで約長とし、村民をリードして善を行わせる。）

そして万暦年間の郷約では、「六諭」を唱え講じることが行われた。新安（安徽）余懋衡『沱川余氏郷約』三巻（万暦四十七年（一六二〇）余啓元序）がそれである。その体裁は、「約儀」九款、「聖諭衍義」六章、「勤倹忍畏」四言、「勧戒」三十一則、「保甲」三則（以上巻二）、「律例」（巻二）、「国風・小雅」十一篇、「宋儒詩」十四首、「明儒詩」十三首（以上巻三）となっている。

その「約儀」九款（巻二）第一款には、郷約所の設置について述べる。

毎月十五日卯刻、約正副・党正副、及各甲長、伝知約内諸執事、及約衆、斉詣約所講約。凡在家者必赴、預行灑掃、設恭奉聖諭牌・香案・香燭、及講案・講鼓、及椅橙。辰刻、輪直・甲長、撃鼓三通、催集。（毎月十五日の卯の刻に、約正副と党正副、及び各甲長は、約内の諸執事、及び約衆に、みな約所に詣でて講約するよう通達する。家にいる者はみな必ず出かけ、あらかじめ清掃を行い、恭しく聖諭牌・香案・香燭、及び講案・講鼓、及び椅子を設置する。辰の刻に、輪直と甲長は鼓を三回打って、集合を促す。）

また「約儀」第三款には、聖諭を唱え講じることが規定されている。

拝畢、族父老列立於東、郷紳列立於西。諸約衆列立於東西班後。約講対立約賛之下。約賛唱「宣聖諭」、約講朗歌「孝順父母」六句。各整粛拱聴。畢、賛唱「東西班円揖。」唱「東西班序坐。」唱「鳴講鼓。」輪直・甲長撃鼓三声。賛唱「静聴講約。」約賛復班。約講詣講案前、東西立。展巻講約。講畢、少憩。賛唱「静聴読律。」約賛復

班。約講分読律。……（拝を終えると、一族の父老は東に並立し、郷紳は西に並立する。諸約衆は東西の班の後ろに並立する。約講は約賛の下に向かって立つ。約賛が「聖諭を唱えよ」と発声すると、約講が「父母に孝順」の六句を朗誦し、みなは静粛に拝聴する。終えると、約賛が「東西の班は円揖せよ」、「東西の班は順次に坐せ」、「講鼓を撃て」と発声し、輪直と甲長が鼓を三回打つ。約賛が「講約を静聴せよ」と発声する。約賛は班列に戻る。約講は講案の前に詣で、東西に向かい立ち、開巻して約を講じる。講じ終えると休憩を入れる。約賛が「読律を静聴せよ」と発声する。約講が部分的に律を読む。……）

ここでは講約の内容に触れていないが、後に自作の「聖諭衍義」を掲載し、「敬以「六諭」衍為六義、以便講貫、以便服行。」（謹んで「六諭」を敷衍して六義を作成し、講じ通す便をはかり、実行する便をはかった。）と述べていることから、この「聖諭衍義」を含むものと考えられる。その「孝順父母」第一章は次のごとくであり、文言で記載されている。

聖諭言父母、則該祖父母。「哀哀父母、生我劬労。」「欲報之徳、昊天無極。」忍不孝乎。服労奉養、愉色婉容、定省温清、出告反面、先意承志、知年愛日、皆孝之事也。……孝行非一、毫有不尽其心、即不得言孝。……『礼』曰、「不敢以先父母之遺体行殆。」又曰、「不辱其身、不羞其親。」為子孫者、欲孝親、須守身焉。（聖諭に「父母」と言うのは祖父母を指すのである。『詩経』小雅・谷風「蓼莪」に「哀しいかな父母よ、私を生んで苦労した。」「その徳に応えようにも、親の徳は天のように極まりない。」と言っている。不孝であるには忍びないではないか。労働して奉養し、容色を和らげて安らげ、朝晩夏冬に世話を怠らず、出発帰宅に挨拶をし、父母の気持ちを察して従い、父母の高齢をいとおしむことは、みな孝行である。……孝行は様々であり、少しでも心を尽くさないことがあれば、孝行とは言えない。……『礼記』「祭義」に「父母が与えた体に先んじて危険を行うことはできない」と。また「その身を辱めず、その親を辱めず」とも言っている。子孫たる者は、親に孝であろうとすれば、自身を守らなければならないのである。）

『余氏郷約』には、「聖諭衍義」六章のほか、「勧倹忍畏」四言、「勧戒」三十一則を掲載しており、講約の内容にはこれらも含んでいたと思われる。
ちなみに「勤・倹・忍・畏」四言の第一篇（「勤」）は、『呂氏郷約』と同じく、四言形式によって勤勉を勧める教訓である。

一夫不耕、必受其饑。一婦不織、必受其寒。是勤可以免凍餒。昼而力作、夜而休息。非心邪念、何自而起。……（男一人が耕さなければ、必ず饑える者が出る。女一人が織らなければ、必ず凍える者が出る。勤勉であってこそ寒さと飢えを免れることができるのである。昼に働き、夜に休めば、邪念などは、どこから起きようか。……）

また「勧戒」三十一則も四言形式を基本とする。その第一則は、家庭の団結を勧める訓戒である。

子婦善事父母・舅姑、孫婦善事祖父母・祖舅姑。一家大小、各得其分、其家必興。若誶語反唇、弗祇父事、大傷親心、其家必敗。……（子とその妻はよく父母と父母の兄弟・姉妹につかえ、孫とその妻はよく祖父母と祖父母の兄弟・姉妹につかえる。一家の上下が、その分を守れば、その家は必ず栄える。もし口答えをして、長上につかえず、親の心をひどく傷つければ、その家は必ず廃れる。）

また第十七則は白蓮教・無為教などの邪教崇拝を禁止しており、後の清康熙帝の「聖諭十六条」に通じる。第二十七則では『目連戯』『西廂記』などの「雑劇」の搬演を風俗を乱すとして禁止している。なお「保甲」三則には「免講」（講じずともよい）と注しており、講じられなかった。
講約を終えた後には、読律が行われた。これは民衆に法律観念を植えつけさせるためであった。巻二には『大明律例』を掲載している。
なお講約と読律が終わった後には、心中をのびやかにし、意志を感発させるために詩歌の朗誦が行われた。

講読畢、願歌詩者、歌「国風」「小雅」諸篇、或周・程・邵・朱・薛・陳・王諸先儒詩、足以暢滌襟懐、感発志

意、聴。（講約と読律が終わると、詩を歌うことを願う者は、『詩経』の「国風」「小雅」の諸篇、あるいは周敦頤・程頤・邵雍・朱熹・薛瑄・陳献章・王守仁ら先儒たちの詩を歌って、心を伸びやかにし、意志を感発して聴ける。）

本書（巻三）には「国風・小雅」十一篇、「宋儒詩」十四首、「明儒詩」十三首を掲載している。啓蒙に詩歌を用いることは前代からなされており、南宋項安世『項氏家説』巻七説経「用韻語」には韻文が覚えやすく啓蒙に適していると言う。

古人教童子、多用韻語。如今『蒙求』『千字文』『太公家教』『三字訓』之類、欲其易記也。『礼記』之「曲礼」、『管子』之「弟子職」、史游之『急就篇』、其文体皆可見。（古人は童子を教えるのに、多く韻文を用いていた。いま『蒙求』『千字文』『太公家教』『三字訓』の類は、記憶しやすくしている。『礼記』「曲礼」篇、『管子』「弟子職」篇、漢の史游『急就篇』に、その文体は皆見ることができる。）(7)

明代では王守仁が「訓蒙教約」で、童子に人倫を教えることが肝要だとし、その方法として詩歌を用いてその意志を感発し、心をのびやかにするのが良いと言っている。

古之教者、教以人倫。今教童子、惟当以孝弟・忠信・礼義・廉恥為要務。其栽培涵養之方、則宜誘之歌詩以発其志意。……大抵童子之情、楽嬉遊而憚拘撿。如草木之始萌芽、舒暢之、則条達、摧撓之、則衰痿。今教童子、必使其趨向鼓舞、中心喜悦、則其進自不能已。故凡誘之歌詩者、非但発其志意而已、亦所以洩其跳号于詠歌、宣其幽抑結滞于音節也。（昔の教育者は、人倫を教えた。いま童子に教えるには、孝弟・忠信・礼義・廉恥を要務とすべきである。その養成の方法は、詩を歌ってその意志を誘発するのがよい。……大抵童子の感情は、遊びを楽しみ拘束を恐れる。もし草木が萌芽し始めた時に、伸びさせれば枝は育ち、抑えつければ萎えてしまうであろう。いま童子を教えるには、必ず彼に趨向・鼓舞させ、心中喜悦させせれば、進歩して止まないであろう。故に彼に詩を歌うよう仕向けるのは、意志を感発させるのみならず、詠歌の中に踊り叫ぶ気持ちを発散させ、節奏の中に抑圧結滞した気持ちをはらさせるからである。）

そして王守仁は「木蘭歌」など子が親を思う気持ちを表現した詩歌を附録として掲載している。

また呂坤（一五三六～一六一八）の父呂得勝は、その著『小児語』で、童子のうちに歌謡によって正しい態度を養うべきだと説き、次のような四言形式のわかりやすい歌詞を載せている。

一切言動、都要安詳。十差九錯、只為慌張。沈静立身、従容説話。不要軽薄、惹人笑罵。先学耐煩、快休使気。性燥心粗、一生不済。……（すべての言動、慎重であれ。多くの過ち、慌てるからだ。立つとき静かに、話すとき穏やかに。軽薄であれば、笑われる。我慢を学んで、怒りを抑えよ。乱暴であれば、一生がふいだ。……）

呂坤も『社学要略』で歌詩や俗語で導くことを提案し、『続小児語』などの啓蒙歌を作っている。

毎日遇童子倦怠懶散之時、歌詩一章。択古今極浅極切、極痛快、極感発、極関係者、集為一書、令之歌詠、与之講説、責之体認。（毎日子供が怠けそうな時に、詩歌一首を歌わせる。古今のきわめて易しく、きわめて痛快で、きわめて感動させ、きわめて関係がある者を選んで、集めて一書とし、朗唱させて、解説し、体認を求める。）

このように『余氏郷約』は、歌謡による児童教育の手法を民衆教育に取り入れた例と言えよう。

かくて明代の郷約では、聖諭の「宣」（朗唱する）と「講」（講釈する）が組み込まれるとともに、聖諭を宣講した後に、人倫に関連する律例を読み上げ、詩歌を歌う体制が形成された。そしてこの体制は清代の郷約の基となった。

四　清の郷約――聖諭宣講と読律・歌詩・因果応報故事

清代の郷約は基本的に明代の郷約を継承し、郷約制度を基盤にして、明太祖の「六諭」を踏襲した順治帝の「聖諭六訓」、及び康熙帝の「聖諭十六条」を読誦し、それをわかりやすく講説することが行われた。

『欽定学政全書』巻三「講約事例」には、順治年間の郷約における「六諭」の宣講について、次のように記す。

> 順治九年、頒行「六諭」臥碑文於八旗・直隷・各省。欽定六諭文、孝順父母、恭敬長上、和睦郷里、教訓子孫、各安生理、無作非為。順治十六年、議准設立郷約、申明「六諭」。……其「六諭」原文、本明白易暁、仍拠旧本講解。……毎遇朔望、申明「六諭」、並旌別善悪、実行登記簿冊、使之共相鼓舞。（順治九年（一六五二）に「六諭」臥碑文を八旗・直隷・各省に頒布した。欽定六諭文とは、「父母に孝順であること」、「長上を恭敬すること」、「郷里に和睦すること」、「子孫を教訓すること」、「各々仕事に安んじること」、「悪事を行わないこと」である。順治十六年（一六五九）、議を経て郷約を設立し、「六諭」を明らかにした。……「六諭」の原文はもともとわかりやすいが、旧本によって講解した。……毎月一日十五日に「六諭」を明らかにし、善悪を弁別して、帳簿に記録し、互いに奨励した。）

これによれば、郷約は毎月二回、一日と十五日に開かれ、旧来の解説本によって「六諭」講釈が行われた。

『欽定学政全書』には、続けて康熙九年の「聖諭十六条」発布についての上諭を記載して、[8] 康熙十八年（一六七九）に浙江巡撫によって「直解」が作成され、『郷約全書』として刊行されたことを述べている。

> 康熙十八年、浙江巡撫将「上諭十六条」衍説輯為「直解」、繕冊進呈、通行直省。督撫照依奏、進『郷約全書』、刊刻各款、分発府州県郷村、永遠遵行。（康熙十八年、浙江巡撫が上諭十六条を解説編集して「直解」とし、装丁して進呈し、直隷各省に流通させた。督撫は上奏どおり『郷約全書』を進呈し、各条を刊刻して府州県郷村に発布し、永遠に遵守実行させた。）

「直解」は浙江巡撫陳秉直が無学な庶民のために「聖諭十六条」を口語でわかりやすく解説したものであり、律例とともに合刻され、『上諭合律郷約全書』（一六七九）として上梓された。冒頭に掲載する陳秉直の「疏」第一には、次のように述べている。

上諭十六条之至理、但恐僻壌窮郷、愚夫愚婦、未能仰測高深。臣於政事余刻、不揣固陋、恭繹上諭、逐条衍説、輯為直解一書、欲使草野蒙、一目了然、共聞共見。復以現行律例、引証各条之後、使民暁然知善之当為而法之難犯。（上諭十六条の道理は至上であるが、僻地や奥地の無学な庶民は、その奥深い道理を理解できないかもしれない。臣は行政の余暇に、固陋を顧みず、恭しく上諭を吟味して一条ごとに解説し、編集して「直解」一書を著し、庶民が一目瞭然に見聞できるようにした。また現行の律例を各条の後に引証し、民衆に善は行うべきで法は犯しがたいことをはっきりわからせた。）

本書の構成は十六条について「講諭」と「読律」を行う。たとえば第一条の「講諭」は次のように口語で記載されている。

〔講諭〕上諭第一条「敦孝弟以重人倫」。你們衆百姓、可暁得為何上諭第一条把人倫説起。只為人生天地間、父子・兄弟・君臣・夫婦・朋友、是個五倫、人人有的。所以叫做人倫。……人人有個父母。父母是生我的人。自従十月懐胎、三年乳哺、不知父母費了無限心血、受了許多辛苦。……（上諭第一条「孝弟を敦くして人倫を重んぜよ」。なんじら民衆よ、どうして上諭第一条が人倫から始まるのかわかるか。それは人が天地の間に生まれると、父子・兄弟・君臣・夫婦・朋友という五倫をみなが持つからであり、よって人倫というのである。……人はみな父母があり、父母は私を生んだ人である。十ヶ月懐胎し、三年間乳を飲ませ、父母は無限の心血を注ぎ、許多の辛苦をなめているのである。……）

また「読律」も口語で記載されており、第一条では次のごとくである。

〔読律〕你們百姓、須暁得孝弟是為人之本。若能孝弟、便是世間第一等好人。如不孝不弟之人、試読律上、「凡罵祖父母・父母、及妻妾罵夫之祖父母・父母者、並絞。」……読此律文、便当時時提省、時時恐懼、切莫自干国法。（なんじら民衆よ、孝弟が人の根本であると知らなければならない。もし孝弟であれば、世間で第一級の善人である。もし不孝不弟の人ならば、試みに律に、「およそ祖父母・父母を罵る、及び妻妾が夫の祖父母・父母を罵る者は、並びに絞殺」とあるのを読んでみよ。この法律を読んで、いつも気をつけ、いつも心を引き締めて、決して国法を犯してはならない。）

なお『上諭合律郷約全書』にはまた魏象枢（一六一七〜一六八七）が著した「六諭集解」が合刻されており、浙江省海寧知県であった許三礼の序文（康熙十三年〔一六七四〕）には、魏象枢からこの著作を贈られた経緯が説明されている。

蔚州魏庸斎先生、諱象枢、字環極。庸斎、其号也。礼、癸丑夏、謁選都下、僦居天寧蘭若一椽、即介于先生門墻、遽承容接、大慰登龍。……後授令海昌別先生、恵贈篇章、以聖賢之道相為勉励。手授講学『論語』書三章、講約「六諭集解」一本、曰、持此化民型俗、可以無愧長吏矣。……（蔚州〔山西〕の魏庸斎先生、諱は象枢、字は環極。庸斎はその号である。私は癸丑の年〔康熙十二年〕に選考のため都に赴いて天寧寺の一隅に寓居した時、先生と師弟となることを通じてお近づきでき、栄達の気持ちを慰めることができた。……後に私は海昌〔海寧の古称〕の県令となって先生とお別れする時、文章を恵贈され、聖賢の道をともに勉励しあった。手ずから『論語』の講義書三章と、「六諭集解」の講約書一冊を授かり、「この書を持って民を教化し俗を正せば、長官として羞じることはあるまい」と言われた。……）

許三礼は冒頭に「郷約規条」を頒布する所以について、明代の木鐸制度では教化が徹底できないため、清朝が推進する「六諭」による講約を実行することにしたと述べている。

本県叨任寧邑三年、殷殷以化民成俗為念。故義塾有規、講院有則、独是郷里散処之間、於大倫常大節目所関者、不能家喩戸暁、而設為木鐸老人提醒於路、亦未能呼其寐而使之覚也。本県仰体聖朝頒教至意、力遵憲行「六諭」章程、毎図報挙郷耆四名、委以積穀講約之任。……（本県は海寧に赴任して三年、民を教化し俗を育成することを真剣に考えてきた。故に義塾に規則があり、講院に規則があるのに、郷村の辺鄙な場所だけが、大きな倫理と大きな礼節に関することを、家々に周知させることができず、木鐸老人を設けて路傍で聖諭を唱えさせても、眠れる者に声をかけて呼び覚ますことができない。そこで本県は朝廷の布教の真意を仰ぎ理解し、「六諭」を実行する法令を勉めて遵守し、常に郷村の長老四名を推挙させ、穀物を蓄積して講約する任務を委ねることを図った。……）

「郷約規条」は五条あり、第二条は講約所の設置について述べ、講約所は住民が集合しやすい寺院や道観とし、講約の日は毎月一日・十五日、講約者は二人と規定している。

各郷村鎮、倶択寛広寺観為講約所、毎逢朔望日、郷耆伝集居民、無分長幼、斉赴約所、設立「六諭」牌案、推遜善講者二人演諭。……（各郷村鎮では、いずれも広い寺院・道観を選んで講約所とし、毎月一日十五日に、長老が住民を集合させ、長幼を分かたず、みな講約所に赴いて「六諭」の牌と机を設置し、講義が上手な者二人を推挙して聖諭を講演させる。……）

また第四条には、講約の体制について規定している。

遇約期、巳刻約衆升堂、倶端粛立。班候斉集、賛者唱「排班」。班斉、復唱「宣聖諭十六条。復宣孝順父母六句」。畢、鞠躬、拝、興。……設坐。各置坐具。各就坐。坐定。設講案。具案於中。鳴講鼓。撃鼓五声。初進講。講者出班就講位。皆興、揖、平身。講「孝順父母」、「尊敬長上」二条。演畢、揖、平身。……講者退、就班。進茶。具進茶畢。再進講。……三進講。……皆興。揖。平身。礼、畢。在約諸人、仍以次揖諸尊長。倘各約有争闘犯約者、即時具白解和。……（講約の期日には、巳の刻に約衆が堂に上り、みな厳粛に起立する。班は集合を待ち、賛者は「班を排列せよ」と発声する。班が揃うと、また「「聖諭十六条」を唱えよ。また「孝順父母」六句を唱えよ」と発声する。唱え終えると、お辞儀をし、拝し、起立する。……坐を設置する。各人坐具を設置する。各人坐す。みなが坐す。講案を設置する。案を真ん中に置く。講鼓を鳴らす。鼓を五回撃つ。講を始める。講者は班を出て講位に就く。みな起立し、お辞儀をし、直る。「孝順父母」「尊敬長上」二条を講じる。講じ終えると、お辞儀をし、直る。……講者は退出し、班に就く。茶を勧める。茶を勧め終える。二回目を講じる。……三回目を講じる。……皆起立し、お辞儀をして、直る。礼をして、終わる。約の諸人は、順次に諸長者にお辞儀をする。もし各約に闘争し約を犯す者がいれば、即時に明らかにして和解する。……）

そして「六論集解」も、「十六条直解」と同じように、口語で「講約」「読律」を行い、『沱川余氏郷約』のように、最後に詩歌を朗唱して宣講を締め括っているが、歌詞については実際に歌えるように音譜を付している。その「孝順父母」は以下のごとくである。

聖諭首言「孝順父母」。父母的劬労最深、恩愛最大。児子与父母、原是一体。十月懐胎、三年乳哺。受了多少的磨難、費了無限的辛苦。……試聴『大清律』云、「凡子孫殴祖父母父母、妻妾殴夫之祖父母父母者、斬。殺者、凌遅処死。罵者、絞。奉養有欠者、杖一百。人子思想到此、可不孝順。……」〔歌詩〕「我勧吾民孝父母、父母之恩爾知否。生我育我苦万千、朝夕顧復不離手。……誰人不受劬労恩、我勧吾民孝父母。」〔作楽〕「我上勧工吾六民工孝六父工母尺、父工母尺之六恩工爾六知工否尺。生六我一育六我上苦六万工千尺、朝工夕尺顧六復工不六離工手尺。……誰工人尺不五受工劬五労工恩尺、我工勧尺吾五民工孝五父工母尺。」（聖諭では最初に「父母に孝順であれ」と言っている。父母の苦労は最も深く、恩愛は最も大きい。子供と父母はもともと一体である。十ヶ月間懐胎し、三年間哺乳する。どれだけの艱難を受け、無限の辛苦を費やしたか。……試みに『大清律』を聴きなさい。「凡そ子孫で祖父母・父母を殴る、妻妾で夫の祖父母・父母を殴る者は、斬首。殺した者は、凌遅による処刑。罵る者は、絞首。奉養を欠いた者は、杖打一百」と言っている。人の子がここに思い至る時、孝順でないことができようか。……〔詩を歌う〕親孝行に励みなさい、親の恩を知ってるか。子供を育成苦労して、朝夕付き添い世話をする。誰もが親から恩受けた、親孝行に励みなさい。〔奏楽〕「我 do 勧 mi 吾 sol 民 mi 孝 so 父 mi 母 re、父 mi 母 re 之 sol 恩 mi 爾 sol 知 mi 否 re。生 sol 我 si 育 sol 我 do 苦 sol 万 mi 千 re、朝 mi 夕 re 顧 sol 復

mi 不 sol 離 mi 手 re。……誰 mi 人 re 不 la 受 mi 劬 la 労 mi 恩 re、我 mi 勧 re 吾 la 民 mi 孝 la 父 mi 母 re。）

康煕二十年（一六八二）には、江南繁昌県が『聖諭像解』二十巻を刊行した。これを編纂した県令梁延年は序文において、「聖諭十六条」に注釈し、古人の事跡を「十六条」の後に模写して、文字を知らない婦女子にもわかるようにしたと言う。

顧莅任未幾、蒙前安撫院靳頒発「上諭十六箴」一書、延年伏而読之、周情孔思、燦然具在。独念鑄辞典雅、小民未必周知、爰僭加註釈、急梓以行、俾合邑家伝戸誦焉。……既而思之、曩者箴註之布、士民知書者能習之矣、若夫山童野竪、目不識丁、与婦人女子、或未之悉也。於是倣『養正図解』及『人鏡陽秋』諸集、輯為『聖諭像解』一書、摸絵古人事迹。……（ただ赴任して幾ばくもなく、靳前安撫部院が「聖諭十六条」一書を頒布し、私延年が伏して読むと、偉大な思いが燦然と備わっていたが、修辞が典雅で、庶民は必ずしも周知できないと思い、僭越ながら註釈を加えて、急いで刊行し、村中に伝播するようにした。……時期を置いて思うと、前の註釈の頒布は、読書した士民は学べるであろうが、山村の子供や、文字を知らない者、婦女子は、理解できないこともある。そこで『養正図解』、『人鏡陽秋』諸集に倣って『聖諭像解』一書を編集し、古人の事蹟を模写した。……）

ただ注釈と図像の解説は文言である。その「聖諭第一条」の註釈は以下のようである。

此一条、是皇上欲汝等百姓、各親其親、各長其長、以臻一道同風之治也。善事父母為孝、善事兄長為弟。（この一条では、上様が汝等民衆に、親に親しみ、長上を敬って、道徳と風紀を一にすることを欲しておられる。父母によく事えることを孝といい、長上に事えることを弟という。）

康煕二十三年（一六八五）には、蠡城（古会稽）の范鋐が著した『六諭衍義』一巻が伝わっており、康煕四十七年（一七〇八）には、琉球国の程順則（一六六三～一七三五）によって復刻された。冒頭の竺天植の序文には、次のように述べている。

憶甲子春、余案上有『六諭衍義』一書。程子繙閲再三、……思欲刊斬国中、以美其風俗、以正其音語。……仍悉依旧本、捐貲付梓、属余其所由来。（思えば甲子〔康熙二十三年〕の春、私の机に『六諭衍義』という書物があり、程子は何度も閲覧して、……国中に刊行して、風俗を美化し、語音を正そうとした。……やはり悉く旧本を用いて寄付によって版行し、私に由来を述べさせた。）

続く范鋐の原序には、宣講による教化が行われなくなることを恐れて『六諭衍義』を編集刊行したこと、各条に「律例」を付したこと、古今の記事を引用したことを述べている。

憶余自成童居里時、亦得随宗族長者厠於宣講之列。今則雖伝「六諭」為首務、講者少而不講者多。……雖然「六諭」之講、木鐸之設、皆当事者之任、非余所可言者、余恐窮郷僻壌、長幼男婦、竟不知有此等紀綱法度。余因是急思編刻『六諭衍義』、各附「律例」於左。……其中詞簡而意実深、言近而義甚遠。旁引曲喩、援古証今、所関於風教者、豈浅鮮哉。（思えば私が成人して田舎にいた時、また一族の長者について宣講の列に侍ることができた。今は「六諭」を伝えることを主務としているが、講じる者は少なく講じない者が多い。……「六諭」の講説や、木鐸の設置は、みな当事者の任務であり、私の言う余地はないが、私は辺鄙な土地の老若男女が、こうした綱紀法度を知ることがないことを恐れる。私はそこで急に『六諭衍義』を編集刊行し、各条の左に「律例」を付すことを考えた。……文中の語彙は簡明だが意味は深長であり、表現は卑近であるが道理は深遠である。詳細な比喩をあまねく引用し、古今の実例を援用して実証しており、風教に関わることが、少なくないであろう。）

この書も口語によって「六諭」を解説し、「律例」（『清律集解附例』〔順治三年〕）を載せ、善行を勧める内容の七言詩によって結んでおり、その点では「六諭集解」に似る。

ただ『六諭衍義』は律例の後に因果応報故事を掲載している点に特色がある。たとえば第一訓「孝順父母」の解説では、父母の養育の恩と子供の報恩の義務を具体的に説いた後に、不孝の罪を裁く法律の厳しさを箇条書きで明示するとともに、孝子の説話として「二十四孝」の中の黄香と王祥を挙げて孝行に対する善報を述べ、不孝者の説話として老母を虐待した陳興（直隷順義人）の例を挙げて不孝に対する悪報を述べる。

聖諭第一条曰、「孝順父母。」怎麼是孝順父母。人在世間、無論貴賤賢愚、那一箇不是父母生成的。……試想父母十月懐胎三年乳哺、受了多少艱難、担了多少驚怕。……不孝順父母的律例多端、不能尽述。今択数条請祈細看。「一、子孫違犯祖父母父母教令及奉養有欠者、杖一百。……」以上律例這等森厳、若有不孝順的、還怕不怕、省不省。仮使逃得這王法、也決逃不得天報。我且講幾箇古人聴着。古時有箇黄香、九歳失母、思慕哀切、独事其父。……後官至尚書。又有箇王祥、是洛陽人。父名王融、娶薛氏生王祥、後薛氏死、再娶朱氏。……後母因己子長成、妬忌前子、嘗以毒薬置酒中令祥吃。……其母感悔、一家孝友。後祥官至太保、九代公卿。……這倶是能孝順的、各有善報。有箇陳興、是順義人。……生一子、極憐愛之。母老病、終日要母抱孫。一日、抱孫誤墜地傷額。陳興以母故跌其孫、大怒辱罵。……一旦妻死子絶、家敗。忽発狂、自嚙十指、呼号痛楚而死、屍臭莫収。（「聖諭第一条」には「父母に孝順であれ」と言っている。「父母に孝順である」とはどういうことか。人はこの世にあって貴賤賢愚を論じることなく、誰一人として親から生まれない者はない。……考えてみなさい。親が十ヶ月懐胎し三年間乳を与え、どれだけ艱難を被り、どれだけ心配したことか。……　親不孝の法律は多く、すべてを述べることはできない。今数条を選ぶのでよく見てほしい。「一、子孫が祖父母・父母の命令を聞かず奉養を怠った者は、棒たたき百回。……」以上、法律はこんなに厳しい。もし不孝者がいたら恐ろしくならないか。反省しないか。たとえ法律を逃れることができたとしても、天罰は逃れられない。私は何人か古人の例を話して聴かせよう。昔、黄香という人は九歳で母を失い、思慕の情きわまりなく、独りで父の世話をした。……それで後に官位は尚書に昇進した。又王祥は洛陽の人である。父の名は王融、薛氏を娶り王祥が生まれたが、後に薛氏が死んで、朱氏と再婚した。……継母は我が子が成長したので先妻の子を嫌い、毒薬を酒の中に入れて王祥に飲ませた。……母は悔悟して一家は仲良く暮らした。後に王祥は太保に昇進し、九代公卿に就任した。……これらはみな孝順であった者で、それぞれ善報が下った例である。陳興という者は順義の人である。……一子が生まれてとてもかわいがった。母は老いて病気であったのに終日孫のもりをさせた。ある日、母が孫を誤って地に落として額にけがをさせた。陳興は母がわざと孫を落としたと言って、ひどく怒ってどなった。……それですぐに妻子は死に、家は落ちぶれ、突然発狂して、自分から十本の指を嚙み、痛いと叫んで死に、死体が腐れても収拾されなかったのである。)

母を亡くしたあと父の世話をした黄香や、自分を毒殺しようとした継母を悔悟させた王祥は高官を得たと述べ、誤って孫を負傷させた老母を罵った陳興は家が没落して発狂して死に、死体は野晒しとなる。

なお聖諭の読誦と講説の後に格言や説話を述べることは、清代に始まったことではなく、宗約などの中で行われてきた形式を踏襲したものであった。明王孟箕『講宗約会規』(『訓俗遺規』巻下)の「期会款式」には、儒教の経典のほか、法律や善書、「善悪果報」を講説することを記している。

毎月両会、或朔望、或初二・十六。……案上各置所講書。所講書、如『易』「家人」、『詩』「国風」、『大学』「修身」「斉家」、『孝経』、『小学』、并将国家律法、及『孝順事実』、『太上感応篇』、善悪果報之類、毎会講幾条、導之以経書典故、使知各当如此、惕之以法律報応。使之不得不如此。……(毎月二回、或いは一日と十五日、或いは二日と十六日。……机上にそれぞれ講じる書を置く。講じる書は『易経』「家人」、『詩経』「国風」、『大学』「修身」「斉家」、『孝経』、『小学』、並びに国家の律法、及び『孝順事実』、『太上感応篇』、勧善懲悪・因果応報の書の類のごときである。毎会幾条かを講じるが、経書・典故で導いて、各々こうすべきだと知らしめ、法律・因果応報で戒めて、こうするしかないと知らしめる。）

最後に范鋐は、「六諭集解」と同じように、詩歌によって父母に孝順であるよう聴衆に訴えている。

我勧世人孝父母、父母之恩爾知否。懐胎十月苦難言、乳哺三年未釈手。

毎逢疾病更関心、教読成人求配偶。豈徒生我愛劬労、終身為我忙奔走。

子欲養時親不在、欲報罔極空回首。莫教風木涙沾襟、我勧世人孝父母。

康熙四十三年から四十五年にかけては、広東連山県令の李来章が、次の一連の宣講書を編纂した。『聖諭図像衍義』二巻は、自序（康熙四十三年）に、聖諭の表現が高尚で学士大夫でさえも理解できていないので、改めて注釈を作ったこと、体裁は明呂坤（一五三六～一六一八）の『実政録』『宗約歌』二書の体例にならって住民にわかりやすく編纂し、文語と方言をまじえて雅俗折衷した文体としたことを述べる。(9)

自思維、聖学高深、訓詞爾雅、雖学士大夫、尚不能抑測万一。況田野小民、知識短浅、求其洞暁、見於身体力行、多恐尚有未尽能者。又諸臣演解、語句雖繁、条目未備。且人自為説土音、不斉環聴之下、不免尚費詮釈。臣因倣明臣沙随呂少司寇坤『実政録』『宗約歌』二書体例、分為六款。一曰「図像」、二曰「演説」、三曰「事宜」、四曰「律例」、五曰「俗歌」、六曰「猺訓」。或用文語、間以郷音、雅俗並陳、総期演布聖意昭如日月。（自ら思うに、天子の学問は深淵で、訓辞も上品であり、学士大夫でさえすべてを理解することはできない。まして在野の庶民は知識に欠け、その理解と実践を求めても、できない者が多いであろう。また諸臣の解説も、語句は尽くしているが、条目が不備であり、人々が方言を話し、みな参集するわけではない状況の下では、別の解説が必要であろう。臣は、明の沙随〔河南〕の少司寇呂坤撰『実政録』『宗約歌』二書の体裁にならって六部に分けた。一は「図像」、二は「演説」、三は「事宜」、四は「律例」、五は「俗歌」、六は「猺訓」である。文語を用いたり、方言を交えたりして、雅俗折衷しているが、すべては天子の意図を明白に解説することが目標である。）

たとえば「聖諭第一条」の「演説」では、条文を具体的に民衆に説き聞かせている。
這一条聖諭、是皇上教爾等百姓首先重倫的話説。人生五官百骸、通体骨肉、皆従父母身上分析下来。豈可私為已有、及其已生。乳養保護、疾痛痾痒、無一不労父母関心。（この一条の聖諭では、皇帝は汝等民衆にまず倫理を重視せよとおっしゃっている。人が五体を生じるには、身体の骨肉はみな父母の身体から分けてもらっている。どうして勝手に元からあったとか、元から生じていたとか言えようか。授乳して育て保護するに当たっては、痛い痒い時など、みな父母が心配してきたのだ。）

「事宜」では、「事親飲食之宜」（親の飲食に侍する作法）、「事親衣服之宜」（親の衣服に侍する作法）、「事親室廬之宜」（親の居室に侍する作法）、「事親起居之宜」（親の挨拶に侍する作法）、「事親医薬之宜」（親の医薬に侍する作法）、「事兄事務之宜」（親の医薬に侍する作法）、「事兄行坐之宜」（兄の起居に侍する作法）、「事兄衣食之宜」（兄の衣食に侍する作法）、「事兄応答之宜」（兄の応答に侍する作法）というように、場合を区分して民衆に行儀を教える。

「律例」は、「子孫殴祖父母父母、及妻妾殴夫之祖父母父母者、皆斬」などの『清律』を記載する。

「俗歌」は、歌謡形式で行儀を教える。歌謡は三言の対句形式で、二句ずつ押韻して覚えやすいよう配慮している。
免懐保、必三年。父母恩、等昊天。肉始飽、帛始煖。奉残年、莫間断。行宜扶、坐宜侍。安其身、順其意。遇疾病、恐且悲。市良薬、延名医。（三年かかる、親の庇護。天より重い、父母の恩。親がいてこそ、衣食足る。世話を欠かすな、その老年。行住坐臥に、目を配れ。煩わすなよ、その身心。病気になれば、不安だぞ。良薬買って、名医呼べ。）

「猺訓」は、序文に「七邨五排」と述べるように、連山には「排」（瑶族）が多数居住しており、瑶族に対する告諭を四言体の文語で記している。

爾猺生長深山、不読詩書。孝弟之方、欠焉未講。……今勧爾猺、敬諷聖諭、於孝弟両倫、講解大義、践履芳踪。（汝等瑶族は深山に生長して、学問をしておらず、孝弟の道について、まったく講じたことがない。……今汝等瑶族に、謹んで聖諭を唱え、孝弟について大義を理解し、模範を実践するよう勧める。）

『聖諭宣講郷保条約』一巻（康熙四十四年）は、小引に『聖諭衍義』を頒布したが、なお宣講が実施されないことを恐れ、帳簿を各人に頒布したという。

爰又本之昔賢、分置「記善」「記悪」「悔過」「和処」四簿、逐条遵照聖諭、細為区別、挨戸按名、人給一本。未講之時、令其自審、臨講之期、令其公塡。（ここにまた昔の賢者の方法で、「記善」「記悪」「悔過」「和処」四簿を分置し、一条毎に聖諭に従って細分し、戸毎名毎に、一人一冊を給付し、講じない時には、自分で審査させ、講ずる時には、記載させた。）

冒頭には『聖諭宣講儀注』一巻を掲載し、宣講の儀式を「在城宣講」「在郷宣講」「在館宣講」「在排宣講」四款に分けて解説する。それによれば、「在城宣講」は、県堂を講所とし、毎月一日と十五日の前日に万寿亭から龍亭を迎えて聖諭を安置し、当日辰の刻に、『聖諭衍義』をテキストとして、講正・講副が交替で「聖諭十六条」を講じる。「在郷宣講」は、交通の要所に講所を設置し、老人の中で徳行すぐれた者を講正に選び、道理に明るく尊敬される者を講副に選ぶ。「在館宣講」は、学館での宣講であり、教師が聖諭を宣講する。「在排宣講」は、五大瑶族の山地に聖諭亭を建立し、学生一名を講正とし、瑶人の中から講副を選んで、講正が聖諭を宣講する。

続いて『聖諭宣講郷保条約』には、「位図」一幅、「信誓」四款、「告示」一通、「記善簿」「記悪簿」「悔過簿」「和処簿」各式、「簿式跋言」八則を掲載する。「位図」は、「在城郷宣講位図」（在城宣講と在郷宣講において跪拝する位置を示した図）である。「信誓」は、約正・約副らが聖諭牌の前で記善、記悪、和処、悔過の公正を天地神明に誓う詞である。「告示」は宣講の必要性を説く県令の告諭である。

雍正二年（一七二四）には雍正帝が「聖諭十六条」を文語で解説した「聖諭広訓」を発布し、雍正七年（一七二九）には講約所を設置して宣講させた。『欽定学政全書』巻三「講約事例」には次のように記す。

雍正七年、奏准直省、各州県、大郷大村、人居稠密之所、倶設立講約之所、於挙貢生員内揀選老成者一人、以為約正、再選樸実謹守者三四人、以為値月、毎月朔望斉集郷之耆老、里長及読書之人、宣読「聖諭広訓」。（雍正七年、直省、各州県、大郷大村、住居が稠密な所に、みな講約所を設立し、挙人・貢士・生員の中から老成した者一人を選んで約正とし、さらに質朴で実直な者三四人を選んで値月とし、毎月一日十五日に郷村の長老、里長及び読書人を揃えて、「聖諭広訓」を宣講する。）

ちなみに「聖諭広訓」の冒頭は以下のように始まる。

我聖祖仁皇帝、臨御六十一年、法祖尊親、孝思不匱。欽定『孝経衍義』一書、衍釈経文、義理詳貫、無非孝治天下之意。故聖諭十六条、首以孝弟開其端。……先申孝弟之義、用是与爾兵民人等宣示之。夫孝者、天之経、地之義、民之行也。

そして王又樸『聖諭広訓衍』（刊行年不詳）は、この「聖諭広訓」を口語で解釈したものである。その冒頭は次のようである。

万歳爺意思説、我聖祖仁皇帝坐了六十一年的天下、最敬重的是祖宗。親自做成『孝経衍義』這一部書、無非是要普天下人都尽孝道的意思、所以「聖諭十六条」、頭一件就説個孝弟。……先把孝弟的道理説給你們衆百姓聴。怎麼是孝弟呢。這個孝順的道理、自有天地以来、就該有的。上自天子、下至庶人、都離不得這個道理。（皇帝陛下のご趣旨は、「わが聖祖仁皇帝（康熙帝）が六十一年間天下を統治され、最も敬重されたのは祖先であった。親しく『孝経衍義』

という書を作成されたのも、ひとえに天下の人に孝道を尽くすことを求める意思の表れであった。よって「聖諭十六条」は、第一条で孝弟を説いておられる。……まず孝弟の道理をおまえたち庶民に説明しよう。どうすることが孝弟か。この孝順の道理は天地開闢以来すでにあるものだ。上は天子から下は庶民まで、みなこの道理から逃れられないのだ。」)

なお『聖諭広訓直解』(光緒二十八年〔一九〇二〕)も同様に、「聖諭広訓」の後に口語で解説を施したテキストである。その冒頭は以下のごとく『聖諭広訓衍』にほぼ同じである。

万歳爺意思説、我聖祖仁皇帝坐了六十一年天下、最敬重的是祖宗。因勧普天下都要孝弟、所以「聖諭十六条」、孝弟就是頭一件。怎麼是孝呢。這孝順爹娘、在天地間為当然的道理、在人身上為徳行的根本。

同治元年(一八六二)には、日献県(河北)知県陳崇祇が『聖諭繹謡』一巻を著した。序文はない。「聖諭十六条」を歌謡によって表現したものである。その第一条は、次のようである。

烏能反哺羊跪乳、鶺鴒飛鳴雁呼侶。人生昂蔵七尺軀、天性天倫伝自古。生我之徳報未能、与我同生何敢侮。勧汝孝弟汝不知、看汝眼前小児女。(カラスと羊が親世話し、鶺鴒と雁も兄弟を呼ぶ。丈夫な身体を授かって、天性天理を受け継いだ。返さにゃならぬ親の恩、いじめはできぬ同胞に。孝と弟とがわからねば、眼前にいる我が子見よ。)

同治六年(一八六七)には江陰県(江蘇)において『現行郷約』一巻が刊行され、当時行われていた宣講の実態を記録している。[10] この中で江陰県が郷約正らに示諭した「諭単式」(咸豊七年)では、「聖諭広訓」と「直解」を宣講した後、古今の実話や目前の説話や果報を方言で述べよと説いている。

向奉刊定「聖諭直解」剴切詳明、至周且備。奈与愚人説法、文義尚深、恐難尽悉。更或土音不合、聴者易訛。今議宣講「聖諭広訓」、宣講「直解」後、即操土音将古今来忠孝節義、及善悪果報後在目前者、一一述之。不須文義、聴者了然、俾得入耳警心、由漸向善。(前に刊行を奉った「聖諭直解」は実に詳細で、よく完備していたが、愚民に説法するには、文義がなお深奥で、理解が困難ではないかと恐れる。それに土音と合わず、聴く者が誤解しやすいこともある。今「聖諭広訓」「直解」を宣講した後、土音で古今来の忠孝節義、及び善悪果報の目前のものを、一一述べることを諮る。文義を要せず、聴く者がわかれば、耳に入り心を戒め、次第に善に向かわせるのである。）

また「郷約通行式」でも、宣講の後に故事や果報説話を用いて通俗的な方式で勧善を行うよう規定している。

宣講以聖諭為宗。恭読「十六条」大綱後、択其急切一条、敬講「広訓直解」、参以浅説、旁推交通、徴引故事、善悪果報。事蹟姓名、言之確鑿。尤須多用方言、少牽文調。親切如説家常、端粛不渉諧謔。（宣講は聖論を中心とする。「十六条」の大綱を謹んで読んだ後、緊要な一条を選んで「広訓直解」を講じ、わかりやすい説をまじえて、広く話を交流させ、故事や善悪果報の説話を引用する。事蹟や姓名は正確に述べる。とりわけ方言を多用して、文言は控え、日常会話のように親しみやすく、厳粛で諧謔に陥らない。）

光緒元年（一八七五）に宣講生戴奎が編集した『宣講引証』は、この『聖諭広訓衍』の一段ごとに、古人の格言や詩歌を示した「引」と、関連説話を示した「証」を加えたテキストである。冒頭には引用書目を掲載して解説を加えている。[11] 凡例には、徐樹人頒布の『広訓衍』に格言・古事をつけて話しやすく聞きやすくしたこと、民衆を引きつけるため説話の引用は避けられないこと、果報説話は実話であり説得力があるため記録したことを述べている。

一、正文均照徐樹人中丞奉頒『広訓衍』。茲按段参以引証、使講者不易窮而聴者亦不易厭。（正文は均しく徐樹人中丞が奉頒した『広訓衍』によった。これに段ごとに引証をまじえ、講者が窮し易からず、聴者も厭き易からずした。）

一、述格言曰引、挙古人事実曰証。以示有別。（格言を述べることを引といい、古人の事実を挙げることを証という。）

一、宣講聖諭、煌煌大典、本不応徴引雑事。奈勧化愚民、非此不能入耳、便不能入心。（聖諭宣講は煌煌たる大典であり、本来は雑事を引用すべきではない。だが愚民を勧化するには、こうするしか耳に入らず、心に入らないのである。）

一、本巻中、有一二条渉及鬼神者、係確実可考。如……、倶已紀載善書、視其事、足為人勧戒也。故録之。（本書中には、一二条の鬼神に関わるものがあるが、確実に実証できる。たとえば……は、いずれもすでに善書に記載されており、そのことを見ると、十分に人を励まし懲戒するに足る。故に記録した。）

たとえば聖諭第一条の体裁は以下のごとくである。

第一条「敦孝弟以重人倫」広訓衍〔引証〕万歳爺的意思説、……怎麼是孝呢。〔引〕孝為百行首、詩書不勝録。富貴与貴賤、倶可追芳躅。若不尽孝道、何以分人畜。……〔「王中書勧孝歌」〕這箇孝順的道理大的緊、……〔証〕龍游県徐氏、兄弟二人、居隔三十里、十日一輪養母、兄貧甚。……至弟門、拒而不納。……母垂涙、忍飢而返。行里許、忽雷電大作、将逆子夫婦皆震死。……〔『王崇実録』〕（第一条「敦孝弟以重人倫」広訓衍〔引証〕皇帝陛下のご趣旨は、……どうすることが孝なのか。〔引〕「孝は百行の首（はじめ）だと、詩書にどこでも書いている。富貴や貧賤になることは、すべて追究できるもの。だがもし孝道尽くさねば、人と獣とどう違う。……」〔「王中書勧孝歌」〕この孝順の道理はとても大切で、……〔証〕龍游県の徐氏は、兄弟二人が三十里離れて住み、十日に一度交替で母を世話しており、兄はとても貧しかった。……母が弟の家に来ると、拒んで家に入れなかった。……母は涙を流し、飢えを忍んで引き返した。一里ばかり行くと、忽ち雷電が大いに起こり、不孝者夫婦は皆打たれて死んだ。……〔『王崇実録』〕）

民衆教化に果報説話が用いられることは勧善懲悪の視点からもっともであり、『宣講引証』では『日記故事全集』『朱子小学』や歴史書、随筆、善書などを引いている。

光緒十六年（一八九〇）には崇義県（江西）が『聖諭六訓解』一巻を刊行し、「六訓」を平易な口語体で解説した。序文はない。たとえばその第一訓は以下のごとくである。

一訓「孝順父母」。解曰、如何是孝順父母。人生世間、不論富貴貧賤、那個身子不是父母生的。衆人各自回頭想。

当日未生你時節、你身子在何処。可是在父母身上為一体、不是。（第一訓「孝順父母」。解に曰く、父母に孝順とは如何なることか。人がこの世に生まれる時、富貴貧賤を論じず、どの身もみな父母から生まれなかったものはない。皆各自振り返って考えよ。あなたがまだ生まれていない時、あなたの身体はどこにあったか。それこそ父母の身体と一体ではなかったか。）

光緒二十三年（一八九七）には富陽県（浙江）が『聖諭広訓通俗』一巻を刊行した。富陽学訓導の厳大経の跋によれば、「聖諭広訓」を宣講し、『聖諭衍義』によって解説し、俗情を勘案し、方言を用い、宣講の名手を得たため、教化が功を奏したと言う。

大経秉鐸富春十有四載、毎月朔望、宣講「聖諭広訓」、都人士環而聴者、咸奮然以興。遇春秋佳日、復携『聖諭衍義』一書、歴游衢巷阡陌間、与郷之人慇懃解説、反覆引伸。聡俊之人、咸傾耳不倦、而椎魯者、猶或瞠目相視。因就『衍義』中之説、道以俗情、参以方言、復得荘生乃賓、善於喩解、於是宣講所至警覚者衆。（私大経は富春の教化を担当して十四年、毎月一日十五日に、「聖諭広訓」を宣講し、都市の人士は取り巻いて聴き、みな奮然と共感した。春秋の佳日には、また『聖諭衍義』一書を携帯して、衢巷阡陌の間を歴遊し、在郷の人に慇懃に解説し、反覆引伸して述べた。聡明な人は、みな耳を傾けて止まなかったが、愚鈍な者は、なお目を見開いて人を見ていた。そこで『聖諭衍義』の中の説に、俗情を入れ、方言を加え、また荘乃賓という宣講の上手を得て、宣講所には覚醒させた者が多くなった。）

その解説は土地の方言である呉語や近代の言葉を用いてきわめて通俗的である。その第一条は以下のごとくである。

今朝恭読第一条「聖諭広訓」。為何説「敦孝弟以重人倫」呢。蓋孝為百行之原。世界上不孝之人、何弗拿你父母養育之恩来想一想看。你母親懐胎十月、担了多少驚憂。……（今日は謹んで第一条「聖諭広訓」を読みましょう。どうして「孝弟を敦くして人倫を重んぜよ」というのでしょう。そうです。孝は百行のもとなのです。世界の親不孝な人は、どうして父母の養育の恩を考えてみないのでしょう。母親は妊娠して十ヶ月、どれだけ心配をしたことでしょう。……）

光緒二十五年（一八九九）には江陰県がまた『郷約要談』一巻を刊行した。編纂に携わった江陰県訓導の秦賛堯は序文において、外国の文化が混入した時代に、中国の道徳を郷約を通じて教えなければならないと説き、郷里の先輩である余治と鄭経の功績を賛美している。

況西学盛行、凡愚而自用、賤而自専者、襲其皮毛、往往詆斥時政、侮慢官長、肆無忌憚、凡事与郷約相背、通都大邑之中、幾於一倡百和。……其桀傲不訓者、甚且謂、中国不能有為。遂造作邪説、以揺惑衆志。無父無君、非経背聖。我中国無用此乱民。昔道咸之間、無錫余蓮村先生治、江陰鄭守庭先生経、皆名下士、以講約為己任。其東北沙洲数十里、地瘠而民雑、歳収常歉、幾成盗藪。……両先生、……於是募捐散賑、兼講郷約。……（まして西学が盛行して、愚かで独善的、賤しくて独断的な者が、うわべを真似て、往往にして時政を非難し、官長を侮慢し、全く忌憚なく事ごとに郷約に違反するようになり、大きな町では殆ど一倡百和の状態である。……傲慢で従わない者は、甚しくは中国は有為になれないといい、邪説を捏造して衆人の志を惑わし、父を無みし君を無みし、経典を否定し聖人に背いている。わが中国にはこうした乱民は無用である。昔道光・咸豊年間に、無錫の余治、江陰の鄭経先生は皆名士であり、講約を己が任としていた。東北部の沙洲数十里は、地が瘠せて民が雑居し、歳入は常に足りず、殆ど盗藪を成していた。……両先生は、……そこで義捐金を集めて債務を帳消しにし、かつ郷約を講じた。……）

本書は「聖諭十六条」を文言で解説し、説話を引用して説明を補足している。たとえば「聖諭第一条」では、父母が健康な場合、父母が病気の場合、父母の片方が死去した場合に分けて丁寧に親孝行の方法を、崇明・温州・崑山・江陰など江蘇・浙江各地の例を示してわかりやすく説いている。

「敦孝弟以重人倫」—善於服事父母、謂之孝。善於服事兄長、謂之弟。人之初生、全頼父母扶持保抱。知其饑也、与之食。知其寒也、与之衣。……昔有一個崇明人、生四子。因貧故、悉皆売於人家為奴。豈知、四子皆勤倹巴結、

到二十歳時、積有私銭、還付主人、即求贖身。然此猶幸父母強健也。仮使父母有病如何。昔有一人、姓匡、温州人。……又有一崑山人、姓王、名得祥、係学中秀才。……然此猶幸父母倶存也。若父在而母已去世、或母在而父已去世、……近時、江陰有章宜甫者。……（よく父母に事えることを孝といい、よく年長者に事えることを弟という。……昔、崇明の人が四人は生まれた時、すべて父母が世話をして、飢えを知れば食を与え、寒いと知れば衣を与える。……昔、崇明の人が四子を生子を生み、貧しいので、みな奴隷として人に売ったが、図らずも四子はみな勤勉に働き、二十歳になると、貯金を蓄えて、債務を主人に返済し、身請けを求めた。しかしこの場合は幸いにして父母が強健である。もし父母が病気であればどうか。昔、匡姓の温州人がいた。……また崑山人で、王得祥という秀才がいた。……しかしこの場合は幸いにして父母が健在である。もし父がいて母が亡くなっている場合、あるいは母がいて父が亡くなっている場合は、……近時、江陰に章宜甫という者がいた。……）

五　結　び

『躋春台』の源流をたどると、明清時代の地方自治機構である郷約の中で行われた聖諭宣講に行き着く。郷約は宋の『呂氏郷約』に始まり、そこでは四徳目を設けて易しい四言句で内容を解説し、役職を決めて善悪の帳簿をつけてその実行を奨励していた。明代もこの郷約制度を継承したが、四徳目に替わって太祖の六諭が規範となり、解説も口語体を取るようになった。さらに犯罪を行わないように法律の知識を教授し、詩歌を歌唱させて志を感発させた。清代は明太祖の六諭を踏襲した順治帝の六訓と康熙帝の十六条が規範として設定された。律例の解説と詩歌の読誦もその後に行われたが、音律を付した勧善歌が創作されたのは特筆すべきであり、後に勧善歌が独立して唱われるようになる。また因果応報説話を講じることも慣例となり、後に因果応報説話の方が重視されることとなる。そして『躋春台』も「聖諭宣講」と称するものの、やはり因果応報説話のみを講じる。地域の民衆に社会道徳を植え付けるには、教条を読誦させることでは効果があがらず、歌唱や説話が必要であったことを証している。

注

（1）木鐸を打って道路を回って聖諭を唱えさせることは、早く『書経』夏書「胤征」に「毎歳孟春、遒人以木鐸徇于路。」（毎年孟春に、遒人が木鐸を叩いて、政令を路傍に唱える。）と記されている。

（2）葉春及『石洞集』巻七「恵安政書」九収。

（3）『石洞集』巻九「公牘」二収。

（4）温州文献叢書第四集『項喬集』（二〇〇六、上海社会科学出版社）初編、巻八収。

（5）王恕（字宗貫、三原の人）は弘治元年（一四八八）吏部尚書に就任して後、「六諭」に注解を施した。明李輔等纂修『全遼志』下「公式」には、「木鐸遵奉『教民榜』行。嘉靖癸丑、巡按温公景葵、刊布訓辞於闔鎮地方、人心感奮、後以接歳兵荒、居民失業、墨刻尽没。歳乙丑、巡按李公、輔刻尚書王公恕註解於訓辞下、又行頒布。」（木鐸は『教民榜文』を謹んで実行した。嘉靖三十二年（一五五三）に、巡按温景葵が訓辞を全鎮に発布して、人心を感奮させたが、後に連年兵乱と飢饉が続いて、住民は失業し、墨刻の訓辞も尽く消滅した。嘉靖四十四年、李巡按が尚書王恕の註解を訓辞の下に輔刻し、また頒布した。）といい、その注解が嘉靖年間にも用いられたと述べている。

（6）明兪汝楫編『礼部志稿』巻四十五「奏疏」収。

（7）唐李翰『蒙求』三巻は、古代から六朝時代までの説話を四言対句形式で八句ずつ押韻している。梁周興嗣『千字文』一巻は、王羲之の書から一千字を選んで四言対句の押韻した文章である。『太公家教』（P.2564）は児童啓蒙書で、やはり四言対句で押韻している。『三字訓』は『三字経』を指すか。宋王応麟『三字経』は啓蒙教訓書であり、中に孟母・竇燕山・黄香・孔融などの説話を含んでいる。『礼記』「曲礼」は「傲不可長、欲不可従。志不可満、楽不可極」というように、簡明な対句形式によって生活倫理を説いている。『管子』「弟子職」は「先生施教、弟子是則。温恭自虚、所受是極」に始まり、四字句の韻文によって弟子の礼儀作法を説いている。『急就篇』は、類別した文字を七言、三言、四言の形式で並べている。

（8）「聖諭十六条」とは、「敦孝弟以重人倫」（孝弟を敦くして人倫を重んぜよ）、「篤宗族以昭雍睦」（一族を大事にして親睦を明確にせよ）、「和郷党以息争訟」（村人と仲良くして争いをやめよ）、「重農桑以足衣食」（農業を重んじて衣食を十分にせよ）、「尚節倹以惜財用」（節倹を尊んで財用を惜しめ）、「隆学校以端士習」（学校を興して士人の慣習を正せ）、「黜異端以崇正学」（異端を退けて正統の学問を尊べ）、「講法律以儆愚頑」（法律を講じて愚昧を戒めよ）、「明礼譲以厚風俗」（礼譲を明らかにして風俗を良くせよ）、「務本業以定民志」（本業に務めて民の志を堅固にせよ）、「訓子弟以禁非為」（子弟に教訓して悪事を禁ぜよ）、「息誣告以全善良」（誣告を止めて善良をまもれ）、「戒匿逃以免株連」（逃亡者を匿うことを戒めて連累を免れよ）、「完銭糧以省催科」（租税を納めて取り立てられるな）、「聯保甲以弭盗賊」（保甲制度を強化して盗賊を捕らえよ）、「解讐忿以重身命」（仇敵の怨念を解いて身命を重んじよ）である。

（9）呂坤『実政録』七巻（万暦二十六年（一五九八）序）は、「明職」一巻、「民務」三巻、「郷甲約」一巻、「風憲約」一巻、「獄政」一巻の五部から成り、郷約は「郷甲約」に掲載している。

（10）目録はないが、挙人鄭経の跋によって整理すれば以下のとおりである。「上諭」―道光三十年（一八五〇）両江総督奏議、咸豊元年（一八五一）上諭。「礼部則例」―道光三十年（一八五〇）礼部奏議、「大清通礼」。「藍田呂氏諸説」―『藍田呂氏郷約』、『王陽明先生申明南贛郷約』、『高憲忠公同善会式』、『毘陵惲氏続証人社約誡』、『郷約所考』、『郷約集徴』。「各大憲稟詞条程」「各大憲批詞告示」―咸豊五年（一八五五）刑部主事等稟詞、咸豊五年江陰県「酌定局規」示諭、咸豊五年江陰県示諭（四言体）、咸豊六年蘇郡批詞、咸豊七年督学部院批詞（三通）、咸豊七年江陰県示諭、咸豊七年蘇州府示諭、咸豊八年常熟・昭文県「酌定局規」示諭、咸豊八年蘇州府示諭、咸豊八年督学部堂批詞、咸豊八年督学部堂剳、咸豊八年江陰県申詞、咸豊八年常熟県示諭、……「学憲移咨式」、「学憲札式」、「府札県式」、「通飭札式」、「府示式」、「通県告示式」、「勧捐諭式」、「札分巡司式」、「移会式」、「照会式」、「諭郷鎮董事式」、「通諭各都国郷鎮地保式」、「諭単式」、「各図講所高脚牌示式」、「塾師諭単式」、「講所示諭式」、「伝単式」、「仰役脚票式」、「赴郷船頭懸牌硃諭式」、「郷約通行式」、「郷約条款式」、「郷約規条式」、

「江陰青陽郷約局規条」。「勧善諸説」「撫恤数篇」—「郷約弁正記」、「責躬説」、「郷約総局説」、「江陰県現行郷約後序」、「江邑郷約局積穀説」、「江邑郷約局施粥説」、「江邑郷約局恤孤説」、「江邑郷約局周寡説」、「江邑郷約局扶病説」、「江邑郷約局救溺嬰説」、「江邑郷約局勧借穀説」、「江邑郷約局勧済粥説」、「同人集福啓」、「勧恤難民説」、「普済江南難民説」、「勧禁侵削墳墓説」。

(11)『教民恒言』一巻（魏裔介）—「聖諭十六条」を通俗的な詞で民衆に解説した書。「講約」二図を冒頭に置く。『上諭直解』一巻（范承謨、康熙十一年）—浙江巡撫の時「十六条」を通俗的な詞で解説した書。後に永嘉県令楊吉祥が復刻した。『聖諭図像衍義』二巻（李来章、康熙四十三年）—広東連山県令の時の撰。明呂坤『実政録』『宗約歌』二書の体例にならって自ら宣講するため編纂した。「図像」「演説」「事宜」「律例」「俗歌」「猺訓」六款に分ける。『聖諭宣講儀注』一巻（李来章、康熙四十四年）—広東連山県令の時の撰。「在城宣講」「在郷宣講」「在館宣講」「在排宣講」四款に分ける。連山の猺戸を排という。『聖諭宣講郷保条約』一巻（李来章、康熙四十四年）—広東連山県令の時の書。「位図」一幅、「信誓」四款、「告示」一通、「記善簿」「記悪簿」「悔過簿」「和処簿」各式、「簿式跋言」八則を掲載する。『聖諭衍義三字歌俗解』一巻（李来章、康熙四十五年）—広東連山県令の時の撰。宋儒の郷音による大義発揮、及び粤人区適子『三字経』の例に基づき、また「衍義」から「三字俗歌」一款を抽出し、土音を交えて注解を作って頒布した。『上諭講解』一巻（覚羅満保、康熙五十三年）—福建巡撫の時の撰。「十六条」について注釈し、福建の風俗について論じる。各条の後には古事数則を引いて証とする。『聖諭広訓清漢書』一巻（乾隆三年）。『聖諭広訓直解』二巻（咸豊年間）—通俗的な詞で注釈する。『聖諭像解』二十巻（咸豊六年）—広州の書店による復刊。康熙二十年、江南繁昌県令梁延年撰。靳輔の「上諭十六箴」に注釈し、「養正図解」「人鏡陽秋」の例に倣って古人の事跡を「十六条」の後に模写し、文字を知らない婦女子に示した。『聖諭広訓衍』一巻（同治一年）—福建巡撫徐宗幹撰。里語によって「広訓」を訳す。『聖諭十六条衍義』一巻（乾隆二十二年）—碭山教諭であった謝晋の撰。乾隆帝に直に進呈した。『金筴颺言』三巻（同治二年）—内閣中書楊浚撰。「聖諭広訓」釈義、及び「恭読聖諭広訓賦」十三篇を編集する。

第三節　日本における宣講の受容

一　はじめに

日本における聖諭宣講は、明太祖『六諭』を講説した清范鋐『六諭衍義』を翻訳することから始まった。『六諭衍義』は庶民を教化するために白話文を使用しており、また因果応報説話を「案証」と称して挿入しており、後に聖諭宣講の手本となったテキストである。この書は琉球国の程順則（一六六三～一七三五）が中国の福州において復刻して持ち帰り、日本の享保六年（一七二一）に島津吉貴が八代将軍徳川吉宗（一六八四～一七五一）に献上したが、日本では大部分の人々が白話文を理解しなかったため、まず荻生徂徠（一六六六～一七二八）によって訓点が施されて翻刻され、翌年、室鳩巣（一六五八～一七三四）によって『六諭衍義大意』として翻訳されてから、初めて日本全国に流通するようになった。当時、為政者はこの書を重視したため、各地で翻刻が行われて庶民教育に用いられたが、日本の社会環境に適合させるため、日本の案証を添えることとなった。たとえば京都の勝田知郷『官許校正増加六諭衍義大意』（一八四四）には『太平記』等、本朝の案証を収録しており、播磨の国では近藤亀蔵が行った灌漑事業の記事を収録している。現在でも、沖縄県の人々は程順則の偉業を尊重してなお宣講活動を実行しており、久米崇聖会が出版した『現代版六諭衍義大意』には漫画を掲載して、子供が礼節を遵守するよう奨励している。『六諭衍義』は中国では散逸しているが、『六諭集解』など同類の宣講書が編纂されており、近代では『宣講集要』などの説唱形式の宣講書が出現している。日本では説唱形式はなじまず、日本語で表現し、日本人の故事を掲載するところに、地域の人々が親しみを感じて理解できるものを選定することが必要であったと思われる。

二　『六諭衍義』

明太祖の『六諭』を講釈した『六諭衍義』一巻は古会稽（蠡城）の范鋐によって著された。出版年は明らかではないが、中国では散逸しており、中山（琉球国）大夫の程順則（号は雪堂）によって復刻された後、日本に流伝した。原本は康熙甲子二十三年（一六八四）に程順則が広陵の竺天植の机上で発見したものであり、康熙戊子四十七年（一七〇八）に復刻を終えた。竺天植が瓊河（福州）で撰した序文には復刊の由来を説明している。

余氈坐瓊江幾四十載、今且皤然一叟矣。中山従遊諸子、雖多雋抜士、独程子雪堂為尤異。……余知其為有用之器也、倍刮目之。憶甲子春、余案上有『六諭衍義』一書、程子繙閲再三、……思欲刊佈国中、以美其風俗、以正其音語。……適丙戌冬、程子以大夫入貢、洎戊子夏、已竣厥事、将捧璽書言旋、乃悉依旧本、捐貲付梓、属余其所由来。……旹康熙四十七年初夏、広陵七十一叟竺天植鏡筠氏書於瓊河古駅。（余が瓊江に氈坐してほとんど四十載、今は白髪の老人である。中山から従遊した諸子は、雋抜の士が多かったが、程雪堂だけはとりわけ異才であった。……余は彼が有用の器だと知り、人一倍に注目した。憶えば甲子年（一六八四）の春、余の机上に『六諭衍義』一書があり、程子は繙閲すること再三、……国内で刊行し、風俗を美化し、語音を正そうと考えた。……ちょうど丙戌年（一七〇六）の冬、程子は大夫の身分で入貢し、戊子の夏に至って、已に竣工したので、璽書を持って帰り、すべて旧本に基づいて、資金を出して刊行し、余に縁起を依頼した。……時に康熙四十七年の初夏、広陵の七十一歳の老人竺天植鏡筠氏、瓊河の古駅に書す。）

『六諭衍義』の特徴は『六諭』を講解した後にさらに『律例』と、風教に関連する故事を講解するところにある。

范鋐の自序には次のように述べる。

憶余自成童居里時、亦得随宗族長者厠於宣講之列。今則雖伝『六諭』為首務、講者少而不講者多。……雖然『六諭』之講、木鐸之設、皆当事者之任、非余所可言者、余恐窮郷僻壌、長幼男婦、竟不知有此等紀綱法度。余因是急思編刻『六諭衍義』、各附『律例』於左。……其中詞簡而意実深、言近而義甚遠。旁引曲喩、援古証今、所関於風教者、豈浅鮮哉。……蠡城范鋐題於楽我園之自澹軒。（憶うに余は成人して里にいた時から、また宗族の長者に従って宣講の列に陪席することができた。今は『六諭』を伝えることを首務としているが、講じる者は少なく講じない者が多い。……『六諭』の宣講、木鐸の設置は、皆当事者の任務で、余の言うべきことではないが、余は窮郷・僻壌の長幼・男婦が、竟にこうした紀綱・法度を知ることがないことを恐れる。余はこれによって急いで『六諭衍義』の編刻を思い立ち、各条に『律例』を付記した。……その詞は簡易だが意は深長で、言は卑近だが義は深遠である。あまねく曲喩を引き、古今の事例を引いており、風教に関わること、浅からぬものがある。……蠡城の范鋐、楽我園の自澹軒に題す。）

たとえば第一条「孝順父母」では、『二十四孝』の中の黄香と王祥の孝行に善報があり、無名氏の不孝に悪報があるという故事を引いている。范鋐は、『律例』は王法で、善悪応報故事は天報であると説明して、次のように言う。

『聖諭』第一條曰、「孝順父母」。怎麼是孝順父母。人在世間、無論貴賤賢愚、那一箇不是父母生成的。……試想父母十月懐胎、三年乳哺、受了多少艱難、担了多少驚怕。……不孝順父母的『律例』多端、不能尽述。今択数条、請祈細看。「一、子孫違犯祖父母、父母教令及奉養有缺者、杖一百。……」以上『律例』這等森厳、若有不孝順的、還怕不怕、省不省。仮使逃得這「王法」、也决逃不得「天報」。我且講幾箇古人聴着。古時有箇黄香、九歳失母、思慕哀切、独事其父。……後官至尚書。又有箇王祥、是洛陽人。父名王融、娶薛氏、生王祥。後薛氏死、再娶朱氏。……後母因己子長成、妬忌前子、嘗以毒薬置酒中令祥吃。……其母感悔、一家孝友。後祥官至太保、九

代公卿。……這倶是能孝順的、各有善報。有箇陳興、是順義人。……生一子、極憐愛之。母老病、終日要母抱孫。一日抱孫、誤墜地傷額。陳興以母故跌其孫、大怒辱罵。……一旦妻死、子絶、家敗、忽発狂、自嚼十指、呼号痛楚而死、屍臭莫収。（『聖諭』第一条に「孝順父母」というが、「孝順父母」とはどういうことか。人は世にあれば、貴賤・賢愚を問わず、父母から生まれなかった者はいない。……試みに父母が十ヶ月懐胎し、三年間授乳することを想うと、どれだけの艱難を受け、どれだけの恐怖を抱いたであろう。……父母に不孝な者への『律例』は多く、述べ尽くすことはできないが、いま数か条を選んで聴いていただこう。「一、子孫で祖父母・父母の教令に違犯する、及び奉養に缺ある者は、杖一百。……」以上、『律例』はこのように森厳であり、不孝な者は恐れないことがあろうか、反省しないことがあろうか。仮にこの「王法」を逃れ得たとしても、決して「天報」は逃れ得ない。私は幾つか古人の話をするので聴きなさい。昔、黄香という人がいて、九歳で母を失い、思慕は哀切で、独身で父の世話をした。……後に官位は尚書に至った。また王祥という人は、洛陽の人で、父は名を王融といい、薛氏を娶り、王祥を生んだ。後に薛氏が死に、朱氏と再婚した。……継母は己の子が成長すると、前妻の子を嫉妬して、かつて毒薬を酒に仕込んで王祥に飲ませた。……継母は悔悟して、一家は和気藹々となり、後に王祥は官位が太保に至り、一家は九代公卿が続いた。……これはみな孝順な者に善報があるという話である。陳興という者は、順義の人であった。……一子が生まれると、極めて可愛がり、母が老いて病になったが、終日母に孫を抱かせた。ある日孫を抱いて、誤って地面に墜として額を傷つけた。陳興は母が孫を跌かせたので、大いに怒って罵った。……ある日妻が死ぬと、子は絶え、家は落ちぶれて、忽ち発狂し、自ら十本の指を咬んで、苦痛を呼んで死に、死体は腐敗しても回収されなかった。）

最後は勧善の詩歌を朗誦して締めくくる。たとえば「孝順父母」は以下の詩歌を朗誦する。

我勧世人孝父母、父母之恩爾知否。懐胎十月苦難言、乳哺三年未釈手。毎逢疾病更関心、教読成人求配偶。豈徒生我愛劬労、終身為我忙奔走。子欲養時親不在、欲報罔極空回首。莫教風木涙沾襟、我勧世人孝父母。（私は人に

孝行を勧める。父母の恩を知るや否。懐妊十月を苦しんで、授乳に三年かかりきり。病気をすればまた悩み、大きくなれば妻さがす。生みの苦しみだけでなく、一生子のため奔走し。養い時に親おらず、恩返ししたくともできもせず。涙で襟を濡らさぬよう。親のいるうち孝行せよ。）

三　『六論衍義大意』

『六論衍義』の原刻本は中国では散逸したが、琉球国の程順則が福建で復刻して持ち帰り、琉球国を経て日本に伝わった。程順則の復刻本は現存し(1)、巻首には康熙帝の「上諭十六條」（康熙九年、一六七〇）および浙江巡撫陳秉直の「郷約直解抄」を掲載している。後者は『郷約全書』を抄録したもので、巻首には朱印があり、版心には「聖諭」「雪堂輯」と刻している。この復刻本は島津家を経由して将軍家に献上され、徳川吉宗が当時「象胥」（漢語に堪能）と認められていた学者荻生徂徠（物茂卿）に原文の訓読を命じ、享保六年に江戸の書林から出版された。徂徠の序文にはその経緯を述べている。

是歳冬、有司奉教梓行『六論衍義』、廼以茂卿旁嫺象胥之学也。政府行本府、特召俾訳進、又俾作敍、敍其由。……漢唐以還、以及明清、孝悌力田、木鐸老人之設、導愚化蚩、敦倫睦俗、誠為百王率由之常典也。其書蓋放古諸誥之遺意、以俚言行之、不仮丹雘、無事修辞、務卑之而勿甚高論、施諸農畯紅女屠酤之徒。闢如耳提而面命之、愜於聴、沃於心、順乎莫有夭閼壅閡之患。務悉事情、厭而飫之。委曲開説、弗喩弗措、仮使嚚頑至惷戇之人聴之、亦必能帖服其心志、不敢為悪。可謂閭里之善教者也。……斯乃琉球国所致、蔵諸天祿石渠之上、無復兼本流落人間者。或聞其名、希一覯、未有獲之。故有司特奉行其事焉。……享保六年辛丑十月十一日甲斐国臣物茂卿拝手稽

首奉教敬撰。（この年の冬、有司が詔を奉じて『六諭衍義』を刊行することになり、茂卿が象胥の学に通暁していることから、政府が本府に通達し、特に召喚して翻訳させるとともに、序文を作成させて、その由来を述べさせた。……漢唐以来、明清に及ぶまで、孝悌を遵守し耕作に努めており、木鐸老人の設置は、愚民を教化し、倫理を重視し世俗を和睦させるため、誠に百王が依拠した常典である。本書は古の諸誥の遺意に倣い、俚言を用いており、装飾を借りず、修辞する事もなく、努めて易しく高論を避け、諸の農畯紅女屠酤の徒に施している。懇切丁寧に教導すれば、聴にかない、心を豊かにし、したがって阻害される患いがないのである。務めて事を明らかにして、飽きるほど聴かせる。委曲を尽くして説いて、わかるまでやめない。たとえ嚚頑で至って惷戇の者が聴いても、必ずその心志を納得させ、あえて悪事を行わない。閭里の善い教本だと言えよう。……本書は琉球国からもたらされたもので、天祿・石渠に蔵される珍本であって、同一の書物で世間に流伝するものはない。その名を聞いて、一覯をのぞんだ者があったが、いまだ手に入れていない。故に有司が特に奉じて刊行させたのである。……享保六年辛丑十月十一日、甲斐国臣、物茂卿、拝手稽首し、教を奉じて敬撰す。）

訓読を施した『六諭衍義』は、訓点・送り仮名のほかに、漢字に振り仮名を付けて、日本語の読み方を表示している。そして日本の庶民は漢語がわからないので、将軍は儒者の室鳩巣（諱は直清）にその大意を翻訳させた。ただ日本の法律は中国とは異なっていることと、古人の事蹟はさほど緊要ではないということから、それらは室鳩巣によって削除された。享保七年（一七二二）の室氏の序文には次のように説明している。

然るにいやしき編戸《へんこ》の民《たみ》、もとより漢土《かんど》の文字《もじ》をさへ見習《なら》はねば、此書を読みて、其意を知ることかたかるべし。是によりて重《かさね》て愚臣《ぐしん》に仰《おほせ》て、其大略《たいりやく》をとりて和語《わご》をもて是をやはらげしむ。本書毎篇《ほんしょまいへん》の末《すえ》に律例《りつれい》をつけ、又古《こ》人《じん》の事跡《じせき》を載《のせ》たり。其律例は我邦《わがくに》の法に異同《いどう》ありて、用捨《ようしゃ》なくしては行《おこな》ひがたし。其事跡《じせき》はいにしへの物語《ものがたり》にして、さして緊要《きんえう》にもあらず。されば此二つの物は、並《ならび》に本書にゆづりて、爰に除《のぞ》きたるなり。

『六諭衍義大意』はまず京都・江戸・大阪等の大都市で刊刻され、その後に全国に普及した。後に『六諭衍義大意抄』（安政二年〔一八五五〕(2)）の「六諭衍義大意抄ゆゑよし」には将軍が本書の普及に努めたことについて、次のように説明している。

京、江戸、大阪の町には勿論、諸国共に一統拝読なすよし御触流し等も是ありなるも、思召の厚き、御仁恵によりて、又手習《てならひ》素読指南の寺子屋の者には右の書を精々教誡致すべきよし、別段作渡されもこれ有りし由、右官刻二板、御出来《ごしゅつらい》にて、一板は京都書林、一板は江戸書林に給《たまは》り、京都にては西の国々迄洩さず、江戸にては東の国々へ洩ざる様、ひろめよとなん、江戸町御奉行大岡越前守様を以て仰渡有《おほせわたしあり》しとぞ。是によりて貴となく賤となく、嫁入聟《よめいりむこ》いり養子等につかはせる男女、又は手跡《しゅせき》のため其師家へ出せる小児等々には其父母たるもの、必らず一本を持参致させ、また市中に肆店《みせ》を持てる者は猶更、すべて大小の差別なく、其主人たる者かならず此書を以て手代小斯《こもの》を教誡なしたるよし、かく四海の内、辺鄙遠境《えんきょう》迄も至らざるところなく、普く流布せし程に、億兆の人民、其徳沢に感戴して、此書を拝読せざる者なく、おのづから天下の風俗、淳樸にして、忠臣義士節婦も、屋並《やなみ》に出しよし、まことに御慈恵《おんじえ》の広大なる事、なかなかに拙き筆もて記し得べきに非ず。

もともと『六諭衍義大意』は『六諭衍義』の大意を翻訳したものであり、たとえば「孝順父母」の冒頭では、原書は、人は本性に孝順の良心がないのではなく、毀損すること久しく覚醒させる者がいないからであると述べるが、翻訳ではこれを削除して、父母の養育の恩を忘れるべきではないと簡潔に改めている。

凡世間にある人、貴となく賤となく、父母のうまざる人やある。されば父母は我身の出来し本なれば、本をば忘るまじき事なり。況や養育の恩、山よりもたかく、海よりもふかし。いかがして忘るべき。今孝心にもとづかんとならば、父母の恩をよくよくおもふべし。先十月の間、懐胎にありしより、母をくるしむ。さて生れ出て、幼稚ほどは、父母ともに昼夜艱難辛苦をいはず、常にあらき風をもいとひて抱そだて、少も病有て煩はしければ、神に祈り、医をもとめ、我身もかはり度ほどに思ひ、ただ子の息災にして、成長するを待より外は、何の願かある。

『六諭衍義大意』は明治時代まで伝わり、江州（滋賀）版(3)、奥州（宮城）版(4)などが作成された。奥州版は菊池寅吉が銀婚式を記念して再出版したものであり、その「六諭衍義大意施本再刻の旨意」（明治四十五年、一九一二）には、なき父が、子供に忠孝の精神を植え付けるための教材だと位置づけていたと述べる。

こたび、かたばかりの、銀婚の式の紀念にとて、なにかな根本反始の道にかなへるものもてせんと、思ひわづらふこと侍りしに、母なる人の、さらば、その上、なき父が婆心もて村里の童子共に忠孝のをしへ草ともなれかしとて世に施しし『六諭衍義大意』のなかほどよりうち絶えたることの口惜しければ、こを更に梓に上せて、祝の意を表さば、やがて先人の志にもかなへまつらむと云ふに、やつがれいたくうちよろこび、直ちに再刻することとはなしぬ。

なお「菊池の父の某」は、「みちのおく刈田郡白石の農夫」であり、その跋文（安政三年）には、『六諭衍義大意』を頒布したことを述べ、さらに同志の協力によって普及するよう期待している。

やつがれ天保のはじめ頃よりおもひおこして、室鳩巣翁があらはしし『六諭衍義大意』を梓にのぼせ、普く世に施して、童子等に忠孝の道を教へんとする事、既に七年におよびぬ。しかれども封内の広大なる、やつがれの力の及びがたきをいかにせむ。故にこたびまづ刈田郡初てなん、一むらに十巻づつ施し、また他の郷村の人々にも速におくり申すべくおきて侍り。あはれ四方の諸君、やつがれが志をたすけて封内に満ちたらはんほどに施させたまへかし。

四　続　本

（1）『六諭衍義小意』

『六諭衍義大意』には続本が出て、児童や村民が内容を理解できるよう、表現を極力やさしくしている。その中の『六諭衍義小意』（一七三二）(5)は、三近子（中村平吾、一六七一〜一七四一）が編纂した書であり、編者の序には、

児女の幼《いとけなき》まで『大意』のたふとさを暁《さと》さしめ、且《かつ》は『大意』の附録とも心ざして、此書を『小意』と題せり。汝三近子は何人ぞや。曰く、『六諭衍義』の大意を小子に触まはる抱関撃柝の者と答《こたふ》。

その翻訳は原文の一字一句にこだわらず、融通無碍に講じている。たとえば「孝順父母」では次のように述べる。

一、孝は能父母につかふまつる総名。順は父母の気に悖逆《さからは》ざるを云《いふ》。……孝行に指南はなし。固《もと》より自然の道理による事にして、目の用は見《みる》、口の用は言《いふ》といへるごとく、……いと無造作なる道なり。

一、人皆今日壮若《わかし》といへども、日ならずして親にもなりて必ず思ひ合《あは》すべし。木静《しずか》ならんことを欲すれども風やまず、子養《やしなは》んと欲すれども親在《いま》さず。

一、いかなる悪人ともいへ、親となりて子を不便と思ふ念は，本心の誠にして、我子も我とひとしき悪人になれかしとねがふ親は、盗賊の中ケ間《なかま》にも有《ある》まじ。

（2）『教訓道しるべ』

七十年後の寛政三年（一七九一）、広島藩では『教訓道しるべ』(6)が編纂された。その封面には次のように編纂の意図

を説明している。

世に教訓の書おほく、俚俗窮民の為に、其言質実に、其文卑近に書和げ、普く行はるる所すくなからねば、今更事を添つべうもなし。しかはあれど、その国の方言、その里のいひならはせあれば、なを手近くさとし、おしへなば、いやしき編戸の民、文意語切にまどはず、道にもとづく事の安からんかと、鄙文の拙きをいはず、かい集め、教訓みちしるべと名づく。

たとえば「孝順父母」では、まず要約を、「是は人の子たる者、孝行を専とし、何事も親にそむかざるべき教を諭せり」と述べて、その後に、「すべて人間たるもの、上つがたより末々にいたるまで、父母のうみたまはぬはなし」と、講説を始める。この講説には方言や言い習わしなどは見いだせないが、『六諭衍義大意』の、「凡世間にある人、貴となく賤となく、父母のうまざる人やある」という文語を使用した表現と比較すると、より「手近くさとし」た表現になっていることは疑いない。(7)

文化元年(一八〇四)、『教訓道しるべ』は武州(武蔵国)に流伝した。武州久喜藩代官の早川正紀はそれを『六教解』と改称した。(8)その跋に次のようにいう。

此書は、われ、さきに山陽にありし時、安芸のものしりのかかれし文なりとてつたはりこしを、……まことにたふとき書なれば、こたび梓にゑりて、『六教解』と名づけて、わがおさむる村々へわかちあたへて、日待月まちなどの神わざのつどひ、其外田作るひまひまに、あるはよみ、あるはききて、ならはしよくなれとねがふことになん。

『教訓道しるべ』は明治時代まで伝承された。ただ学問を重視する近代社会に適応するため、「孝」の概念が改められた。東京友善社本(9)の呉文聰《くれあやとし》(一八五二~一九一八)の緒言には、

人の学問するも少々づつ知識を拡むれば、他年の後、賢き有用の人となるべし。幼稚の人、必ず怠りたまふな。

と教訓をたれ、正文には、教師を父母に匹敵する存在として位置づけている。

七八歳にも至れば、最早学校に入りて稽古をする時となれば、先生を父母と思ひ、其習ふ所の学課を覚へ、能々出精すべし。総て両親は其子の善き事を見聞て楽しむものなれば、能々出精して其心を悦ばしむるを孝行とす。

『教訓道しるべ』は、さらに大正時代に伝承した。大正八年（一九一九）、大阪市の大井伊助は広島県の丹下まつ子が蔵するテキストを刊行した。(10) 大井の跋文には出版の経緯を次のように説明している。

余之を警視村尾静明氏より得。氏は之を丹下まつ子刀自《とじ》より伝へられたり。刀自は広島県御調《みつぎ》郡坂井原村の人、貞順の性を以て勤倹の徳を積み、慈善に教育に公益を計りしこと数《しばしば》なるを以て嘗て緑綬褒章をうく。而してまた道徳の旨に通じ儒仏の教を信じ、更に各地を巡歴して講話をなすを好む。刀自又古の宝訓良書を暗誦す。この書亦其一《その》なり。余既に刀自の人となりに感じ、また此書《この》の世の益あるを思ひ、ここに之を印行して世の子女に頒《わか》つこととせり。

（3）『官許首書絵入六諭衍義大意』

『六諭衍義大意』の版本と抄本は非常に多い。その中で特色のある版本は、天保十五年（一八四四）の京都勝田知郷増訂・男知直・孫知之校『官許首書絵入六諭衍義大意』三巻である。天保十三年の自序には、『六諭衍義大意』が発刊されて百年が経過し、刻本がすでに少なくなったため復刻したと言う。原書の古人の事跡は日本語で上巻の欄外に収録し、数人の賢者の故事を中下巻に収録している。そのうち新しい賢者の故事は、自身が最近見た「双紙」（故事集）から転載したものであり、中巻（附録上巻）には『太平記』巻三十五「青砥藤綱」、『近世畸人伝』巻二「僧鉄眼」、下巻（附録下巻）には『続近世畸人伝』巻一「佐川田昌俊」、「仏佐吉」、「馬郎孫兵衛」、室鳩巣『駿台雑話』（一七三二）

「白拍子静」（「烈女無種」）、巻下には「乞食八兵衛」（「両個乞児」）を収録する。そして「酔茶翁」「農夫庄助」の二つの故事は勝田が伝聞を書き記したものである。これら九人の故事はみな勝田が日ごろ孫の知直に語り聞かせていたものであった。附録の目次の後には知直の説明を付記している。

以上九人の事蹟は、祖父の常に語り聞せたまふを、父の記しおかれしなり。従来世に行わるる『畸人伝』を始め、諸書に出たれど、是にいささかの説をなし、『駿台雑話』或は熊澤・白石先生を始とし、諸名家の論を附しぬ。「酔茶翁」「農夫庄助」の小伝は祖父の人伝に聞、又は其国にて記したる書を抄出なしおかれしを、此書を附録となしぬ。もし此書を読て善にすすみ、悪を除くの小補ともならば、祖父父の幸甚、何事の是にしかんと。孫勝田知之謹誌。

たとえば「青砥藤綱」は北条時頼の治世の時（一二四六～一二五六）、「左衛門」に任命されたが、彼は昇進後も依然として衣食は簡素であった。ある時、彼は北条氏の徳宗領で「地下公文」と「相摸守」の紛争に遭って、「公文」の言い分に道理があったので、北条氏の権力を畏れず、「相摸守」を説得した。「公文」は恩に感じて彼に三百貫の銭を贈ったが、彼はそれを送り返して、自分は道理を説いたのであって、「公文」に味方したわけではなく、「相摸守」の名誉を守ったのであり、恩を感じるのは「相摸守」の方であると答えた。またある時、彼は夜「滑川《なめり》」の川辺を歩いて、不注意にも十文の銭を川の中に落とした。普通の人間であれば気にかけないのであるが、彼は特に気がかりになり、急いで人を附近の「町屋」に遣わし、銭五十文を使って十本の松明を購入して、ついに十文の銭を探し出した。ある人が彼の行為を「小利大損」と嘲笑すると、彼は、もしあの十文の銭を拾わなければ、あの銭は永遠に川底にあって使用できない。使った五十文の銭は商家に入って失われることはないと答えた。またある時、「相摸守」が「鶴崗八幡宮」の夢を見て青砥を「近国大荘八所」に推薦したが、青砥はそれを知って、夢は幻影であって信じてはならないといって赴任を辞退した。この故事の後に、勝田知郷はさらに「按察使」「周防守」の例を挙げて、「其心公にして私なし。誠にありがたき明智といふべし。是らの説、藤綱の言行に同じといふべし」と述べている。

弘化乙巳年（一八四五）、佐藤一斎（名は坦、一七七二〜一八五九）の跋文には、これら増加した附録が教化に有益であると評価している。

今人勝田知郷遙寄斯編、謁余跋。乃通覧之、『六諭衍義大意』増加附録二巻、係以図。抑余父母国為濃之巖邑、往年城主刻『六諭大意』頒布封内、因命郷之父老、毎月吉、会村民、読而諭之、且令曰、宜使各村蒙師別写臨本以授童蒙。……行之三年、……背誦之歌謡然。今斯編加以附録、則知其裨益郷俗、尤為不尠矣。余特挙其所試有実効為証云。弘化乙巳十月下澣　江都一斎佐藤坦跋。（今人勝田知卿が遠方よりこの書を送って、余に跋を依頼した。そこで通覧すると、『六諭衍義大意』に附録二巻を増加し、図を添えている。そもそも余の父母の国は濃州の巖邑《いわむら》であり、往年城主が『六諭衍義大意』を刻して領内に頒布し、郷の父老に命じて、毎月一日に、村民を集めて、読んで諭させ、かつ各村の蒙師に別に臨本を写して童蒙に授けさせよと令を下していた。……それを三年行うと、……歌謡のように暗誦するようになった。今この書は附録を加えており、郷の風俗に裨益すること、とりわけ少なからぬものがあること明らかである。余は特にその試みを挙げて実効があった証とした。弘化二年十月下旬　江戸佐藤一斎坦跋。）

なお勝田本には播磨国小野藩新編の版本があり、下巻「農夫庄助」故事の後に、林韑撰「鶴亀池碑記」（天保十四年六月）碑帖（漢文）を掲載し、その後に、加東郡市場村の村長近藤亀蔵の偉大な灌漑事業と平常の倹約生活について改めて次のような説明を加え、模範的な人物として称賛している【図1】。

是播州市場の人近藤亀蔵の建《たつ》る所なり。……亀蔵、名は知栄《ともまさ》。……市場村に許多《そこばく》の公田ありけるが、その地水に乏《とも》しくして、一たび旱年《かんねん》に遭《あへ》ば、手を束《つか》ねて苗の槁《か》るるを待の外、更に術なかりしに、亀蔵はなはだこれをうれひ、如何にもして漑灌の利を起《おこ》さんと日夜工夫を廻《めぐら》せしに、たまたま隣郷山田村のいと高き所に自然に凹《くぼ》みて池の形を成せるものあるを看出し、……二つの大沼を鑿《ほり》しに、果して清泉を得たり。……又亀蔵平常倹素の道を忘れず、其身をはじめ全家すべて綿衣の外は着《つけ》ず。……其家又蔵書画多し。……その中に後戒《こうかい》のためにとて珍蔵せしもの二幅あり。……家人にいへらく、汝等《なんぢら》、祖先の艱難をなにとかおもへる。妄に驕奢の念を生じてその恩に戻《もと》ることなかれと。

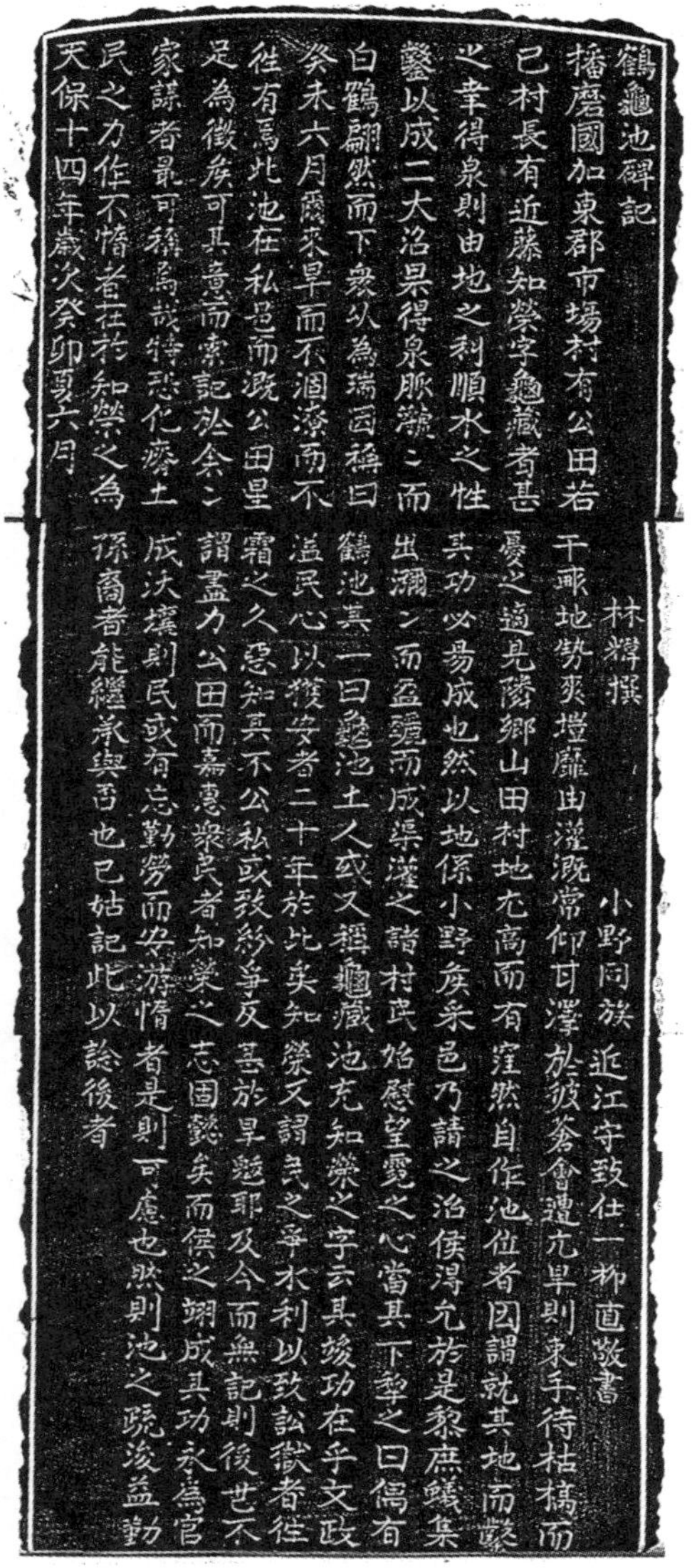
鶴龜池碑記
播磨國加東郡市場村有公田若
巳村長有近藤知榮字龜藏者甚
之幸得泉則由地之利順水之性
鑿以成二大沼果得泉脈瀨ゝ而
白鶴翩然而下衆以為瑞因稱曰
癸未六月爾來旱而不涸潦而不
往有爲此池在私邑而澱公田是
足為徵矣可其意而索記於余ゝ
家謀者最可稱爲哉特恐化磽土
民之力作不惰者在於知榮之為
天保十四年歳次癸卯夏六月
林䌸撰　小野同族　近江守致仕一柳直敬書
干畝地勢爽塏靡由灌漑常仰甘澤於彼蒼會遭亢旱則束手待枯槁而
憂之適見隣鄉山田村地尤高而有窪然自作池位者因謂就其地而鑿
其功必易成也然以地係小野侯采邑乃請之治侯得允於是黎庶蟻集
出瀰ゝ而盈瀦而成渠灌之諸村民始慰望霓之心當其下鑿之日偶有
鶴池其一曰龜池土人或又稱龜藏池尤知榮之字云其竣功在乎文政
溢民心以獲安者二十年於此矣知榮又謂民之爭水利以致訟獄者往
霜之久惡知其不公私或致紛爭反甚於旱魃耶及今而無記則後世不
謂盡力公田而嘉惠衆民者知榮之志固懿矣而侯之翊成其功永爲官
成沃壤則民或有忘勤勞而安游惰者是則可慮也然則池之既後益勤
孫裔者能繼承與否也已姑記此以詒後者

【図１】　小野藩編『官許首書絵入六諭衍義大意』
（小野市立好古館〔歴史博物館〕所蔵）

なお『小野市史』（二〇〇三）第四章「くらしと文化」第一節「藩の教育と教化」3「『六諭衍義大意』による教化」にも、小野藩が近藤家献上の刻本を地方官吏に頒布し、藩校教頭の野々口正武に村を巡回して教諭させたことを述べている。[11]

（4）明倫館本『六諭衍義大意』

諸国の藩主もこの書による教化に注目し、出版に努めた。たとえば山口の藩校明倫館では、弘化四年（一八四七）、藩主毛利敬親（一八三七〜一八六九）が百姓を教化するため本書を出版した。明倫館祭酒の山県禎（一七八一〜一八六六）は「重刻六諭衍義大意題辞」に本書を次のように評価している。

此書之行益広及荒陬遐境、可以家伝而戸誦、其於助教化所補亦非小矣。吾公自襲封以来、宵衣旰食、厲精政治、振紀綱而崇教化、……以此書之於民俗、尤切於教諭也、欲先施諸封内、以使郷閭長民者徧勧諭冥愚焉、因刊之於国中、以資於頒布。（本書はますます広く辺鄙な地域にまで普及し、どの家庭でも読誦することとなり、教化を補う役割も小さくない。わが君は家督を継がれて以来、宵衣旰食して政治に精励し、紀綱を振るって教化を尊んで来られ、……本書が風紀において、尤も教諭に効果があることから、先ず領内に施して、郷閭の長老にあまねく冥愚な者を勧諭させようとなさり、国中に刊行して、頒布に役立てようとされた。）

（5）明治の教科書

『六諭衍義』は近代まで伝承された。明治四年（一八七一）には、政府が文部省を設立し、明年には学制を制定し、それにともなって、『勧孝邇言』[12]、『修身要訣』[13]、『小学修身訓』[14]、『小学修身書初等科之部』[15]、『小学修身書中等科之部』[16]、『高等小学修身訓生徒用』[17]、『修身女訓』[18]等の修身科教科書が編纂された。これらの教科書も同様に『六諭衍義大意』の影響を受けていた。

『勧孝邇言』（一八七三）は、熊本宇土の上羽勝衛《うえばかつえ》（一八四三〜一九一六）によって編纂された。『六諭衍義大意』の「孝順父母」部分を抄出する。(19) 纂者の序に、

夫孝者、百行之本也。本不固、未必不繁。故幼童之教、必以此為先、所以固本也。是書分為上下二篇。上抄室氏『六諭大意』以示孝道之梗概、下録古人之善行以実之。雖僅々小冊子、培養幼童之良知、未必無小補也。（それ孝とは、百行の本なり。もと固からざれば、いまだ必しも繁らず。故に幼童の教えは、必ず此を以て先と為す。もとを固むる所以なり。この書は分ちて上下二篇と為す。上は室氏の『六諭大意』を抄して以て孝道の梗概を示す。下は古人の善行を録して以てこれを実《み》たす。僅々たる小冊子なりと雖も、幼童の良知を培養するには、いまだ必ずしも小補なからざるなり。）

そして下篇には松平好房《まつだいらよしふさ》（一六四九〜一六六九）、丈部《はせつかべ》路《のみちの》祖父麻呂《おおじまろ》（七〇九〜？）、樵夫《きこり》清七、僧某、阿新丸《くまわかまる》（日野邦光の幼名。一三二〇〜一三六三）、福依売《ふくよめ》（以上は日本）、曾参、江革、朱寿昌（以上は中国）の孝心故事を掲載している。

『修身要訣』（一八七四）は、山口県出身の石村貞一が編纂した。『六諭衍義大意』ではなく、『六諭衍義』を解読したものである。上下二巻、十項目一百二十章。その第一条「父母ニ孝順スベキ事ヲ述ブ」の第一章は、以下のごとくである。

第一　人ノ世ニ在ル。貴賤賢愚ヲ論ゼズ。ミナ父母ノ生育ヲ受ケザルモノナシ。然ルニ孝順ノ人ハ少ナク孝順ナラザルモノ多キハ。人ノ性資ニ孝順ノ良心ナキニハアラズ。只コレヲ毀損スルコト久シクシテ。固有ノ良心ヲ孝順ノ行ヒニ顕ス事能ハザルハ。猶人ノ夢中ニ在テ呼ビ醒スモノナキガ如シ。

なお本書では、「六諭」に関する項目のほかに、第四「慢偽妬疑ノ心ヲ懐クベカラザルヲ弁ズ」、第五「子孫ヲ愛スル道ヲ知ラザルモノ反テコレヲ害スルヲ云フ」、第九「品行正キハ真正ノ君子ナル事ヲ論ズ」、第十「人ノ言行ト将来

ト必ズ相関係スル事ヲ述ブ」という、一般的な徳性の重要性に関する項目を加えて、十項目としている。

『孝行のさとし』（一八七五）は、「明治八年文部省交付」印があり、修身科の読本として用いられていたようである。『六諭衍義大意』から「孝順父母」部分を抄出し、漢字と片仮名で表記したものであった[20]。一八八二年には、その挿絵本『絵入孝行のさとし』が青森県で出版された[21]。

『小学修身訓』（一八八〇）は、文部省編書課長であった西村茂樹（一八二八～一九〇二）の選録。上下二巻。巻上では、第一「学問」、第二「生業」、第三「立志」、第四「修徳」、巻下では、第五「養智」、第六「処事」、第七「家倫」、第八「交際」を論じており、その「生業」「家倫」「交際」の項において、それぞれ『六諭衍義大意』の「各安生理」「和睦郷里」「孝順父母」をそのまま引用している。

『小学修身書初等科之部』五巻（一八八三）は、冒頭の「教師須知八則」の第一則に、「此書は。古人の名言を輯録したるものなれば。小学童生をして。常に之を暗誦せしめ。以て徳性を養ふの資となすべし」と述べるように、『大和俗訓[22]』、『六諭衍義大意』、『大和中庸[23]』、『大和小学[24]』、『日新館童子訓[25]』、『和語陰隲録[26]』など教訓書から引用しており、『六諭衍義大意』については、巻一第一章および巻四第一章に「孝順父母」を、第七章に「各安生理」を引用している。

『小学修身書中等科之部』六巻（一八八四）は、巻三第五章に「和睦郷里」を引用する。

『高等小学修身訓生徒用』四巻は、巻一第一「孝行」に「孝順父母」を引用する。

『修身女訓』四巻は、「緒言」に「高等小学女生徒用」と言うが、『高等小学修身訓生徒用』と同じく、巻一第一「孝行」に「孝順父母」を引用する。

（6）『六諭衍義鈔』

鈴木重義編。明治十三年（一八八〇）刊。[27] 巻頭に蠡城范鋐の「原序」を載せる。編者の「凡例」には、初学者のために編纂したことを明記し、中にわかりにくい中国の俗語があり、荻生徂徠の訓点でもそれが解消できていないため、さらに通訳に依頼して解釈したこと、第五条「各安生理」と第六条「勿作非為」の内容が重複するため第六条を削除したこと、中国の故事と律例が日本の現状と合わないため省略したことなどを説明している。

一　今原書ニ就キ、方今ノ時世ニ適切ナル者ヲ抄シ、以テ初学ノ誦読ニ便ス

一　原本、彼土ノ俚言ヲ用フ、故ニ物氏（荻生徂徠）ノ傍訓アレドモ、尚明白ヲ欠ク者アリ、今清国欽差大臣随員沈梅史ニ就テ之ヲ質シ、俚語ニ換ルニ雅言ヲ以テス

一　但「勿作非為」ノ一条ハ、前文ノ意ヲ反覆スルニ過ギズ、故ニ芟削ニ従フ

一　原本、故事律例ヲ附載ス、但載スル所ノ故事、或ハ過激ニ渉ル者アリ、律例ハ方今ノ用ル所ニ異ナリ、故ニ皆之ヲ删ル

なお児童にとっては難解な字句があったため、羽山尚徳によって『六諭衍義鈔字引』（一八八二）が編纂された。[28] 編者の自序は、以下のごとくである。

鈴木重義氏、著六諭衍義鈔也。人以為拱璧、家誦戸読。然児童往往苦於字句難解、余因作為此篇。是亦推舐犢之意耳。（鈴木重義氏は、『六諭衍義鈔』を著した。人は拱璧と認め、家々で読誦されている。しかし児童は往々にして字句の難解に苦しんでいる。余はよって此の書を編纂した。これも我が子を愛する気持ちの表れである。）

（7）『六諭衍義大意読本』

山本喜兵衛和解。明治十五年（一八八二）藤澤南岳（名は恒。一八四二～一九四〇）序。同年赤志忠七刊。(29) 本書は修身科用の読本として編纂された。序文には和文による民衆教化の効用を評価している。

此書国字訳之、使里巷之人能読之、其恵大矣。（此の書は国字で訳して、里巷の人も読むことができ、その恩恵は大きい。）

前述のように、『六諭衍義大意』では、

其律例は我邦《わがくに》の法に異同《いどう》ありて、用捨《ようしゃ》なくしては行《おこな》ひがたし。其事跡《じせき》はいにしへの物語《ものがたり》にして、さして緊要《きんえう》にもあらず。されば此二つの物は、並《ならび》に本書にゆづりて、爰に除《のぞ》きたるなり。

と述べて、律例と事跡を削除したが、本書の凡例には、律例や詩句は不要であるが、古人の事跡を学ぶことは初学者には不可欠だと主張し、『六諭衍義』所載の古人の事跡を掲載している。

一　原本毎篇ノ末ニ。律例亦古人ノ事跡ヲ附載セリ。其律例ハ日清ノ法異同アリ。用捨セザレバ行ヒ難シ。亦詩句ノ如キモ。暫ク本書ニ譲リテ爰ニ除去ス。其事跡ノ如キハ方今初学ニ緊要ナレバ除ク可ラズ。故ニ古ヘヨリ誉アル。忠孝節操ノ人々ノ略伝ヲ著シ。其善報悪酬。天命ノ確然タルヲ演テ。小学授業修身ニ。此『六諭衍義』ヲ『大意』ヲ。暗記セシメンコトヲ庶幾スルナリ。

編者は当時、『六諭衍義大意』に対する世俗の関心が薄れていたことを慨嘆し、凡例に、

今世俗『六諭』ノ書目スラ知ル者甚ダ稀少ナリ。実ニ嘆ズ可キコトナラズヤ。故ニ今度允准ヲ得テ。此『六諭衍義大意』ヲ校正シ。版刻シテ世ニ弘ムルモノナリ。

と出版に至った経緯を記している。

なお本書は、原書にはない注記を挿入して、現代の世情も説明している。たとえば、「和睦郷里」の冒頭には、世界各国との付き合いも郷里の付き合いと同様であることを述べる。

郷里トハ一村。亦ハ市中一町内ノ附合ナリ。殊ニ方今各国ノ親交モ弘クナリ。実ニ天涯比隣ノ如シ。

また、「教訓子孫」では、子供の教育は世界各国が重視するところだと書き添えている。

凡何国ニテモ。子孫ノ教育ヲ重シトス。……其教訓ノ法ハ。幼稚ノ時ヨリ。マヅ学校へ通ハセ。其教へヲ受クルコト第一ナリ。

（8）『改正六諭衍義大意』

長崎県師範学校校正、松本屯翻刻。明治十五年刊。活字本。(30) 冒頭の弁言に、本書の内容も時世の変化に合わせて変更する必要があったと述べる。

室直清『六諭衍義大意』ノ世ニ益アルハ、人ノ皆知ル所ナリ。然レドモ時勢ノ変、復夕今日ニ益ナキモノナキニ非ズ。是本校之ヲ改正スル所以ナリ。

その改正点の一は、「孝順父母」条で、「最愛の妻子たりといふとも。妻子は失《うしなふ》て又得べし。ただ一たび失てふたたび得べからざる物は。父母なり」云々の一文を削除したことである。これは女性蔑視の観点を除外したためだと考えられる。

その二は、「教訓子孫」条で、学問を重視し、「先幼稚ノ時ヨリ学校ニ入レ、普通ノ学科ヲ学バシムルハ、是天賦ノ知識ヲ磨キ、一生ノ産業ヲ営ムコトヲ知ルノ基ナレバ、何ノ業ヲ問ハズ、之ヲ勉メシムベキハ勿論ナリ」一文を挿入し、女子の教育を重視して、「幼時ヨリ学校ニ入レ、学問ノ徳ニ依ラシムレバ、自然ニ行義正シク見聞ニ富ミ、……」

一文を挿入している。

その三は、「各安生理」条を「勉励産業」というわかりやすい条目に改称し、仕事を「士農工商四民」という古い呼称に分かたず、「素ヨリ人ハ旧キ仕来ノ事ニノミ泥ミテ、新ニ発明スル所ナキハ大ニ忌ム可キ事ナル故、能ク時勢ノ変換ヲ察シ、己ガオノ長ケタル所ヲ以テ、産業ヲ営ムベキハ勿論ナリ」という一文を挿入している。

このほか、各条末尾の教訓歌を省略している。

(9)『小中学生のための現代版六諭衍義大意』

現代に至って、程順則の故郷である沖縄県では、久米崇聖会[31]によって『六諭衍義大意翻訳本』(二〇〇二)[32]が編纂された。その解説には、「現代に通用する考えや通用しないものなど様々である。」「私たちの倫理規範も大なり小なり『六諭』の提示した倫理観に影響を受けているはずであり、批判も含めて、読んでみる価値は十分あるといえよう。」と批判的な受容を奨励している。

久米崇聖会はまた漫画形式の『小中学生のための現代版六諭衍義大意』(二〇〇四)[33]を編纂しているが、その「『六諭衍義』のこと」にも、批判的に継承することを表明している。

『六諭衍義』には、女性を差別した考え方や両親や目上の者の命令であれば、例え悪いことであっても従わなければならないなど、今日では到底受け入れられないことも述べられています。そこで、この本では、……今を生きる私たちに、未来を担う子ども達にとっても変わることなく求められる考え方を選び出し、アレンジしてそれぞれのマンガのストーリーを構成しています。

漫画の主人公は、小学生の比嘉順平、金城茜、および彼らの家族、同級生、教師である。「孝順父母」では、比嘉順平が日ごろ母親の小言を嫌っていたが、母親が病気で倒れて初めて、その思いやりに気が付く。「尊敬長上」では、金城茜が英語の授業時間に教師がえこひいきをしていると誤解するが、父親の話を聞いて、教師が自分を励ましていたことに気が付く。「和睦郷里」では、関西方言を話す新入生の山本健太を同級生がいじめて、その靴をゴミ箱に捨てるが、順平は自分の故郷が沖縄ではなく石川県であることを知って、神戸の小学生との交流を提案する。「教訓子弟」では、金城茜が同級生に母親の小言が厭だと言うが、自分が娘に小言をいう夢を見て、母性愛の重要さに気が付く。「各安生理」では、順平が姉の高校受験勉強を見て、自分がサッカーの代表選手になれないのではないかと心配するが、神戸の小学校との交流企画が実現して自信を取り戻す。「勿作非為」では、金城茜が同級生が喧嘩をするのを見て、バレーボール大会を開いて仲直りしようと提案する。

五　結　び

「六諭」の言葉は、もともと簡単で覚えやすい四言六句（或七言十六句）であったが、後にさらにわかりやすくするために、白話あるいは方言による講解が行われ、それに律例と因果故事を添えて、律例によって王法の存在を、因果故事によって天報の存在を知らしめた。それが『六諭衍義』である。そのテキストは中国では散逸してしまったが、琉球国を通じて日本に伝わり、江戸幕府はこれを民衆啓蒙に用いるため、まず訓点を付して白話文を解読し、その後に大意を翻訳させ、『六諭衍義大意』と称した。かくて幕府の推奨によって、本書は江戸および地方の藩国に普及し、地方によって多種の版本や抄本が出現した。その中で最も特色がある版本が、京都で編集された『官許首書絵入六諭衍義大意』三巻である。その中下二巻には、日本の有徳の人物の故事を掲載している。近代以後、『六諭衍義』は文部省修身科教科書となったが、時代のニーズに合わせて、内容を改変していった。現代に至ると、このテキストを取り上げている地方は沖縄県だけとなり、漫画故事形式で子供を教育している。

注

（1）沖縄県立図書館蔵。昭和五十五年影印。

（2）沖縄県立図書館蔵。

（3）明治三年（一八七〇）、進徳社蔵梓、江州高宮北川錦雲堂刊。

（4）沖縄県立図書館蔵。活字本。封面「安政四年丁巳　不許売買／六諭衍義大意／奥州白石　静情堂蔵」。安政四年（一八五七）初版、明治四十五年（一九一二）再版。

（5）沖縄県立図書館蔵。封面「雒陽　絅錦斎中村平吾三近子編述／六諭衍義小意　平仮名全部三冊／日東　書亭　西村載文堂」。

（6）広島大学図書館蔵。石川松太郎監修『往来物体系』36（一九九三、東京大空社）収。

（7）井上久雄「六諭衍義大意異本の研究――芸州版教訓道しるべと武州版六教解」（一九八八、広島修大論集二九―一）参考。

（8）東京都立図書館蔵（中山久四郎旧蔵）。

（9）東京友善社蔵板。須原屋茂兵衛等、明治刊。国立国会図書館蔵。

（10）活字本。山口県立山口図書館蔵。内容は寛政本に同じ。

（11）以上の資料は小野市立好古館（歴史博物館）から二〇一一年五月に提供された。

（12）扉「上羽勝衛纂／勧孝邇言　完／明治七年夏七月　大観堂蔵版」。明治六年三月纂者序。奥付「明治十二年十二月八日翻刻御届、同年十二月十一日出版／翻刻人　神田区紺屋町壱丁目壱番地　東京府平民　田中栄次郎」。国立国会図書館蔵。『日本教科書体系』近代編第二巻修身（一）（一九六四、講談社）収。

（13）扉「南摩綱紀閲・石村貞一著／修身要訣／京摂書屋合梓」。奥付「明治十四年二月廿四日版権免許・同六月出版、著者兼出板人　山口県平民石村貞一」。国立国会図書館蔵。

(14) 扉「明治十三年四月／小学修身訓／文部省編輯局印行」。国立国会図書館蔵。注（12）引『日本教科書大系』近代編第二巻修身㈡収。

(15) 扉「明治十六年六月印行／小学修身書／文部省編輯局」。奥付「明治十六年五月十一日出板板権所有届、文部省編輯局蔵板」。注（12）引『日本教科書大系』近代編第二巻修身㈡収。

(16) 明治十六年文部省編輯局蔵版。注（12）引『日本教科書大系』近代編第二巻修身㈡収。

(17) 末松謙澄編纂。明治二十五年。東京精華社。注（12）引『日本教科書大系』近代編第二巻修身㈡収。

(18) 末松謙澄編纂。明治二十六年。東京八尾書店。注（12）引『日本教科書大系』近代編第二巻修身㈡収。

(19) 堀浩太郎「上羽勝衛の教育編纂について」（熊本大学教育実践研究、二十一号、八九～九四頁、二〇〇四年二月）参照。

(20) 『孝行のさとし』。岡崎左喜介抄出。活字本。国立国会図書館蔵。

(21) 弘前秋元源吾、明治十五年（一八八二）刊。活字本。封面「室鳩巣著『六諭衍義大意』抜書／絵入孝行のさとし／弘前書肆秋元源吾出版」。国立国会図書館蔵。

(22) 貝原益軒著。八巻。宝永五年（一七〇八）刊。婦女子を対象とした教訓書。「益軒十訓」（「家訓」「君子訓」「大和俗訓」「楽訓」「和俗童子訓」「五常訓」「家道訓」「養生訓」「文武訓」「初学訓」）の一。

(23) 関玄隆著。十巻。寛文七年（一六六七）跋。

(24) 山崎闇斎著。「立教」「明倫」「敬身」三章から成る。万治元年（一六五八）。市来津由彦「山崎闇斎『大和小学』考――中国新儒教の日本的展開管見」（東北大学大学院国際文化研究科論集創刊号、二三三～二五二頁）参照。

(25) 第五代会津藩主松平容頌《かたのぶ》（一七四四～一八〇五）著。享和三年序。昭和十九年六月、福島県教育会活字印刷。国立国会図書館蔵。

(26) 扉「明袁了凡著・日本訳／和語陰隲録全／此編は大明袁了凡と云人其子天啓へ教訓の物語にして老若男女悪を退けて善にすすましむる書也。能信じ行へば災害をまぬかれ寿福を得る事はかるべからず」。和語陰隲録序（安永丙申春三月南越角鹿乾重益謹叙）、奥付「安永六年酉四月、浪華荒木佐兵衛等」。東京学芸大学蔵。

(27) 扉「亀谷省軒校閲・鈴木重義編／六諭衍義鈔／東京光風社」。奥付「明治十三年七月十日版権免許・同年八月廿八日出版／編者東京府士族鈴木重義・出版人同亀谷竹二」。山口県立山口図書館蔵。

(28) 扉「亀谷省軒閲・羽山尚徳編／六諭衍義鈔字引／明治十五年一月出版　光風社」。奥付「明治十四年十一月十二日版権免許・同十五年一月十六日出版／編者埼玉県士族羽山尚徳・出版人東京府士族亀谷竹二」。国立国会図書館蔵。

(29) 扉「藤澤南岳閲・山本喜兵衛和解／六諭衍義大意読本／明治十五年三月出版　赤志忠雅堂蔵」。奥付「明治十五年四月一日出版御届・同年同月出版／和解人大阪府平民山本喜兵衛・出版人大阪府平民赤志忠七」。国立国会図書館蔵。

(30) 扉「故室直清原著・長崎県師範学校改正／改正六諭衍義大意全／長崎県師範学校蔵版」。奥付「明治十五年八月十五日翻刻届済、同年九月出版。原版長崎県師範学校。

(31) 中国から琉球に渡来した久米三十六姓の末裔が久米至聖廟、天尊廟、天妃宮、明倫堂を組織的に管理運営するため一九一四年に設立した。一般社団法人。

(32) 那覇、二〇〇二年。田名真之監修。

(33) 那覇、二〇〇四年。喜名朝飛、新里堅進漫画　翻訳『六諭衍義大意翻訳本』。附程順則年譜。古塚達朗監修。宮城一春脚本。前山田任解説。

第四節　様々な通俗形式の宣講

一　はじめに

中国では日本と違って民間の通俗白話文学を利用した宣講が行われたが、歌謡・説唱・宝巻・演劇と様々な形式を取って民衆が耳を傾けるよう配慮がなされた。本節では新たな資料を用いてその実態を明らかにしたい。

二　歌謡形式

前節で述べたように、歌謡形式の勧善は郷約の中でも行われていた。明の新安余懋衡『沱川余氏郷約』（万暦四十七年〔一六二〇〕）「約儀」には、「約賛唱宣聖諭、約講朗歌『孝順父母』六句」（約賛が「聖諭を宣せよ」と唱えると、約講が「孝順父母」六句を朗歌する）と言って、「宣」という聖諭を歌唱する形式を取っており、また聖諭の宣講の後には、志を発揚するため『詩経』「国風」「小雅」、宋儒・明儒の詩の朗唱を行っていた。清の『上諭合律郷約全書』（康熙十三年〔一六七四〕）「郷約規条」にも、約賛が「宣聖諭十六条」「宣孝順父母六句」と唱えることを記しており、さらに十六条の聖諭の各条について「我勧吾民孝父母」などの七言十四句の歌謡形式で表現して、実際に歌えるように音譜を付していた。范鋐『六諭衍義』（康熙二十三年〔一六八五〕）も、六条の聖諭の各条について「我勧世人孝父母」などの七言十二句で表現していた。李来章『聖諭図像衍義』（康熙四十三年〔一七〇四〕）では、「俗歌」を創作し、「免懐保、必三年。父母恩、等昊天。」というように押韻した三言二十四句で「聖諭十六条」を表現していた。陳崇祇『聖諭繹謡』（同治元年〔一八六二〕）でも、「聖諭十六条」の各条について「烏能反哺羊跪乳、鶺鴒飛鳴雁呼侶」などの七言八句で解説していた。

以下にその後の歌謡形式の宣講について資料をあげて論じる。

①『勧善歌』[1]――光緒二十四年（一八九八）、浙江藩署では、勅命を奉じて『勧善歌』を省内で頒布した。冒頭には、勧善歌が風俗を改善するのに効果があるので、将軍・督撫に刊行させて民衆に周知させよという詔令を記載している。

光緒二十四年八月二十五日、欽奉上諭、端方呈進勧善歌。於人心風俗不無裨益、著各該将軍・督撫即行刊印、分飭各州県於城市郷村偏行張貼、俾小民一体周知。欽此。（光緒二十四年八月二十五日、謹んで上諭を奉じ、きちんと勧善歌を進呈させる。人心風俗に裨益するにより、当該の各将軍・督撫に即刻刊行させ、各州県に命じて城市郷村にあまねく貼りめぐらし、小民に総じて周知せしめよ。これを謹め。）

本歌は全七言百三十二句（九百二十四字）で、西太后と光緒帝の寛政をたたえて、官員に清廉であること、兵士に軍規を守ること、士人に徒党を組まないこと、農民に耕作に励むこと、工人に勤勉であること、商家に勤倹であること、衆人に賭博・阿片を戒めること、基督教徒も平等に処遇すること、秘密結社に解散すること、外国よりも中国がよいことを説いている。

四海昇平民気和。聴我唱箇勧善歌。大清定鼎億万歳。聖聖相承仁政多。古来賦斂不均平。十分取一又加徴。我朝丁糧不重取。徴了地糧免抽丁。……（四海昇平にして民の気和す。我が勧善歌を聴きなされ。大清鼎を定めて億万歳。聖聖相承けて仁政多し。古来賦斂は均平ならず。十分に一取り又徴す。我が朝の丁糧は重取せず。地糧徴せば徴兵免ず。……）

②『総督佐大人勧民』[2]――清〔四川〕源盛堂刊。四川総督の佐大人の言葉を歌詞にしたものである。冒頭の「総督佐

大人勧民」七言百五十八句（一千百六字）は「聖諭六訓」の講説から始まり、勤勉であれば幸福になり、怠惰であれば不幸になることを説いている。

当今皇上洪福現、風調雨順享華年。本部奉旨把民管、諭爾軍民記心間。「孝順父母」第一件、「尊敬長上」第二端。「和睦郷里」人称羨、「教訓子孫」読書篇。「各安生理」要勤倹、「毋作非為」免禍牽。……（今上陛下に至福あり、気候に恵まれ年豊饒。本官命受け民おさめ、汝等軍民聞くがよい。「父母に孝順」第一に、「長上尊敬」その第二。「郷里に和睦」羨まれ、「子孫を教訓」学ばせる。「仕事に就いて」勤倹に、「悪事犯さず」災禍避け。……）

続いて、「勧農夫勤耕種」七言百五十八句（一千百六字）、「勧人真戒嫖」十三言（三言三言七言）四十四句（五百七十二字）、「大人講道徳説人情」七言百五十八句（一千百六字）、「勧女要学規矩」七言百五十七句（一千百五字）、「勧人真惜字」十三言四十四句（五百七十二字）を載せる。

歌詞には「拿倒」（拿到）、「活路」（農活）、「抛沙」（抛撒）、「根芽」（根由）、「脳殻」（頭）などの西南官話を使用しており、この地域の民衆が聞き取れるように工夫している。

なお四川総督蔣氏の勧善歌は、後述の『宣講集要』巻五や、『勧世宝巻』にも掲載している。

③『四川大人勧民歌』（清刊）[3]—四川楊総督の訓戒を十言百二十四句の歌謡で表現し、民衆に勤勉を勧める【図1】。

勧諭爾　衆百姓　当堂聴講。　聴本院　説一段　大塊文章。　富与貴　貧与賤　不得一様。　世上人　有幾個　士農工商。　或種田　或貿易　勤倹為上。　有児孫　必須要　送入学堂。　……（おまえたち　百姓は　聴講に来た。　本院は　聴かせよう　大事な話を。　富貴なり　貧賤なり　境遇違い。　世人たち　それぞれに　身分は違う。　農業や　商業に精を出すべし。　子孫には　必ずや　学問させよ。……）

この官製の三種の勧善歌のほか、民間でも以下のような編纂者不明の勧善歌が多数刊行されている。

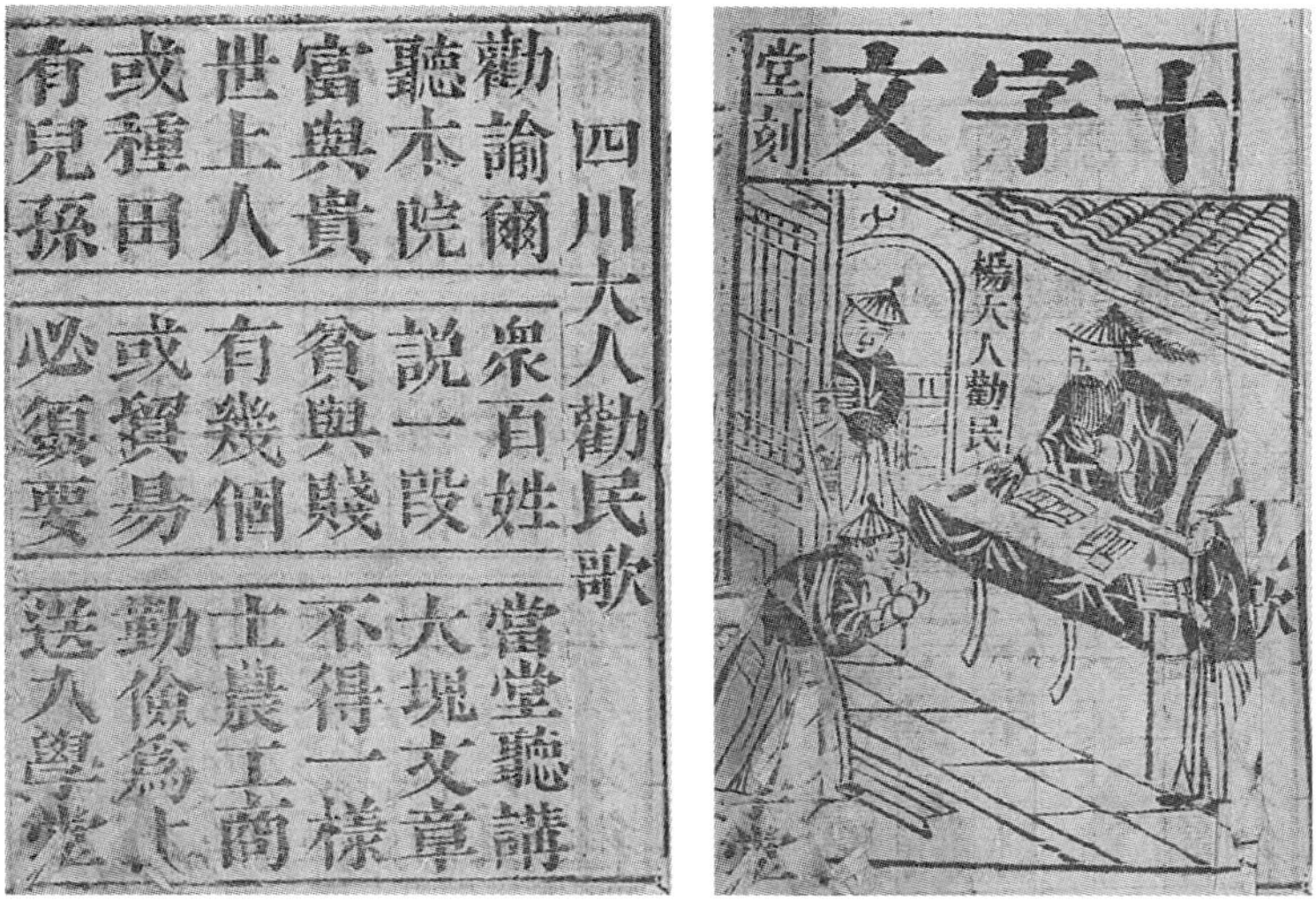

【図1】『四川大人勧民歌』

④『懶大嫂』（刊年不詳）[4]―（四川）内江清和堂。既婚婦人向けの勧善歌である。「勤大嫂」十三言四十句（五百二十字）、「勧人好」十三言三十二句（四百十六字）、「懶大嫂」十三言三十九句（五百七字）、「不学好」十三言三十二句（四百十六字）の三部から成り、「勤大嫂」「勧人好」は嫁に勤勉を勧める歌詞、「懶大嫂」「不学好」は嫁に怠惰を戒める歌詞である。

听書人、不要吵、听我説个勤大嫂。勤大嫂、是実好、一年四季做不了。又慇勤、又仔細、公婆丈夫不討氣。睡得遅、起得早、収拾就把飯做好。……（皆さん方、お静かに、「まめ奥さん」を聴いてくれ。まめ奥さん、すばらしい、年がら年中働いて。慇懃で、気がついて、舅姑や夫に気に入られ。遅く寝て、早起きし、すぐに朝飯準備する。……）

そしてこの作品でも、方言しか理解しない四川の民衆のために、「討（淘）気」（怒る）、「活路」（労働）、「丟心」（安心）、「脳殻」（頭部）などの西南官話を用いている。

⑤『小姑嬢』（刊年不詳）[5]―未婚婦人向けの勧善歌である。「幼女歌」一首十三言（三言三言四言三言）二句三十五首、「戒溺女歌」七言百四十二句（九百九十四字）二部から成る。「幼女歌」

は以下のように結婚するためには読書が必要だと説いている。

小姑嬢、年紀小、趁早読書、好不好。詩与書、無価宝、会写会認、比人巧。……（娘さん、年若く、早く勉強、したらどう。詩と書物は、宝物、書けて読めれば、優れもの。……）

「戒溺女歌」は文字通り、女児を溺死させて間引きする悪習を戒める。

可恨愚人見識浅、心無仁徳又傷残。生児歓喜生女厭、打胎溺女比比然。也有児多亦嫌賤、這種罪悪更滔天。……（愚人は見識浅いこと、仁徳ないうえまた残酷。男児を喜び女児嫌い、堕胎や溺死はざらにある。男児多くてまだ不満、こうした罪悪許せない。……）

⑥『全家宝』（甲戌年〔同治十三年、一八七四〕）[6]—〔湖南〕岳陽〔県〕同文堂刊。六言一百八十八句（一千一百二十八言）。勤勉を勧め、怠惰を戒める。

勤倹立身之本、耕読保家之基。大富皆由天命、小富必要殷勤。一年只望一春、一日只望早晨。有事莫推明早、今日就想就行。……夏天又怕暑熱、冬天又怕出門。為人怕寒怕熱、如何発達成人。請看天上日月、昼夜不得留停。臣為朝君起早、君為治国操心。……（勤倹は立身の本、耕作読書は家を守る基礎。大富はみな天命だが、小富は勤勉が必要。一年は春が大事であるように、一日は朝が大事。物事は明日に延ばさず、今日思ったら今日やれ。……夏は熱さを恐れ、冬は外出恐れる。寒さと熱さ恐れるようじゃ、どうして立派になれよう。空の日月見れば、昼夜休むことなし。臣下は朝見早く起き、君主は治国に腐心する。……）

⑦『全家宝』（刊年不詳）[7]—〔湖南〕刻本。⑥と同版。勤倹を勧め、怠惰を戒める。

⑧『全家宝』（刊年不詳）[8]—〔広西平南県〕〔安〕懐鎮蕭禎□□刊。七言句。親孝行を勧める。

幾句粗言訴於君、為人当報父母恩。父母深恩若不報、枉為生来一世人。自従受胎娘懐妊、坐睡何曾得安寧。飲食

無味娘黄瘦、腰痠脚軟頭発暈。……（うまく言うことできないが、人間すべきは親孝行。父母の大恩報いねば、この世に生まれたことも無駄。母は懐妊して以来、安眠できたことはない。食事も通らずやせ細り、足腰萎えて頭痛する。……）

⑨『酒色財気』（刊年不詳）(9)——〔湖南〕中湘刊。十三言百二十六句（一千六百三十八字）。酒色財気を戒める。たとえば、「酒」については、次のように歌唱する。

不可無、不可有、若禍生非也是酒。(10)上等人、好貪酒、論今論古書中有。中等人、好貪酒、不言不語帰家走。下等人、好貪酒、端了杯子不放手。酒一酔、帰家走、吐在地下酔死狗。天不管、地不管、些為家資平空散。……（無くてはならず、有ってはならず、禍を招き非を生ずるはそれも酒。上層の者は、酒を貪るが、古今を論じて書物の中。中層の者は、酒を貪るが、何も言わずに帰宅する。下層の者は、酒を貪ると、杯を持って放さない。酒に酔い、家に帰ると、地面に吐いて酔っぱらう。天を見ず、地をも見ず、危うく家産も散逸す。……）

⑩『醒人心』（光緒三年〔一八七七〕(11)）——〔四川〕瀘州嘉明鎮、培文堂刊。家庭道徳を説く勧善歌である。「養育歌」七言二百五十六句（一千七百九十二字）、「勧孝歌」七言五十四句（三百七十八言）、「訓子歌」七言八十句（五百六十字）、「訓女歌」七言八十六句（六百二字）、「姑嫂歌」七言五十八句（四百六字）、「妯娌歌」七言三十句（二百十字）、「夫妻歌」七言百二十四句（八百六十八字）、「育嬰歌」七言百十四句（七百九十八字）、「公婆歌」七言五十六句（三百九十二字）、「媳婦歌」七言百句（七百字）、「前児歌」七言百四句（七百二十八字）、「後母歌」七言三十六句（二百五十二字）、「下堂歌」七言百八句（七百五十六字）、「寡婦歌」七言百二十六句（八百八十二字）、「又歌」七言六十四句（四百四十八字）、「夫婦歌」七言百四十句（九百八十字）、「妻妾歌」七言四十句（二百八十字）、「弟兄歌」七言三十八句（二百六十六字）、「朋友歌」七言四十四句（三百八字）。たとえば「養育歌」は以下のように家族の絆を説いている。

父母乃是一重天。子孫本是祖脈伝。子而孫来脈淵源。顧惜淵源流不断。誠敬格天万事安。……（父母は同じく天に

等し。子孫は本来祖先の血脈。子から孫にと継承される。その淵源を大事に受ける。天を敬い万事が安穏。……）

⑪『免上当』（光緒十七年〔一八九一〕）[12]―四川刻本。七言百九十二句（一千三百四十四字）。「真可算／無家宝／千金不換」、「悟進了[13]／迷魂陣／進退両難」、「勧親朋／慎早戒／把煙看淡」、「惜品行／積銀銭／年年買田」の副題を設ける。阿片の害毒を説く。

這幾年世俗大変。万般事壊在洋煙。西洋国把煙進現[14]。真可算害人冤牽。能害人傾家破産。能害人田地売完。（この幾年世俗は変わり。万事みな阿片の被害。西洋が阿片を運び。まさに人それに溺れ。これにより家は傾き財産は消え。迫られて田地を失う。）

⑫『早回頭』（光緒二十八年〔一九〇二〕）[15]―小碼頭文成堂刊。「勧戒貪淫」（十言百十句、一千百字）、「勧戒洋煙」（十言百二句、一千二十字）、「勧戒賭博」（十言九十八句、九百八十字）から成る。「勧戒貪淫」は以下のごとくである。

勧世人急得我黄皮痩寡。提起筆想爛了肺腑肝花。我只得作好書将人勧化。単講那胭花女不可嫖他。……（世の人よ私は焦り顔蒼白。筆取って想えば肺腑肝は腐っている。仕方なく善書を書いて世に勧む。話せばあの廓の女子は買ってはならぬ。……）

⑬『養育歌』（刊年不詳）[16]―湖南洪江、〇〇堂刊。「新刻／養育歌」七言百十一句（七百七十七字）、「恩深／難報徳」七言百三句（七百二十一字）、「三巻／搞不得」〔してはならない〕七言九十八句（六百八十六字）、「此段／不要学」七言九十四句（六百五十八字）、「真話／悔後遅」十言六十八句（六百八十字）から成る。

勧世人　自思量。最苦莫過生身娘。数月把児懐身上。吃娘血水長成行。十月元満児生降。祖宗又有一爐香。……（世の人よ　考えよう。最も苦しむのは母なのだ。数月我が子は腹の中。母の血飲んで成長し。十月満ちて無事生まれ。後継ぐ子孫がまた一人。……）

⑭『勧世良言十二条』（光緒三十一年（一九〇五））[17]—陝西董世観。十言二百十八句。「孝父母親恩浩大」「兄弟們須要和雅」「訓子弟莫着閑要」「戒殺牲陰隲浩大」「賭博事切莫牽掛」「鴉片煙害人甚大」「重結髪修身為大」「夫去世孀婦守寡」「重勤倹務農為大」「学寛厚莫乱説話」「惜字紙敬重為大」「無恥徒刻印売淫画」十二条。冒頭に古人の勧善の言葉を選んで編集したことを明言する【図2】。

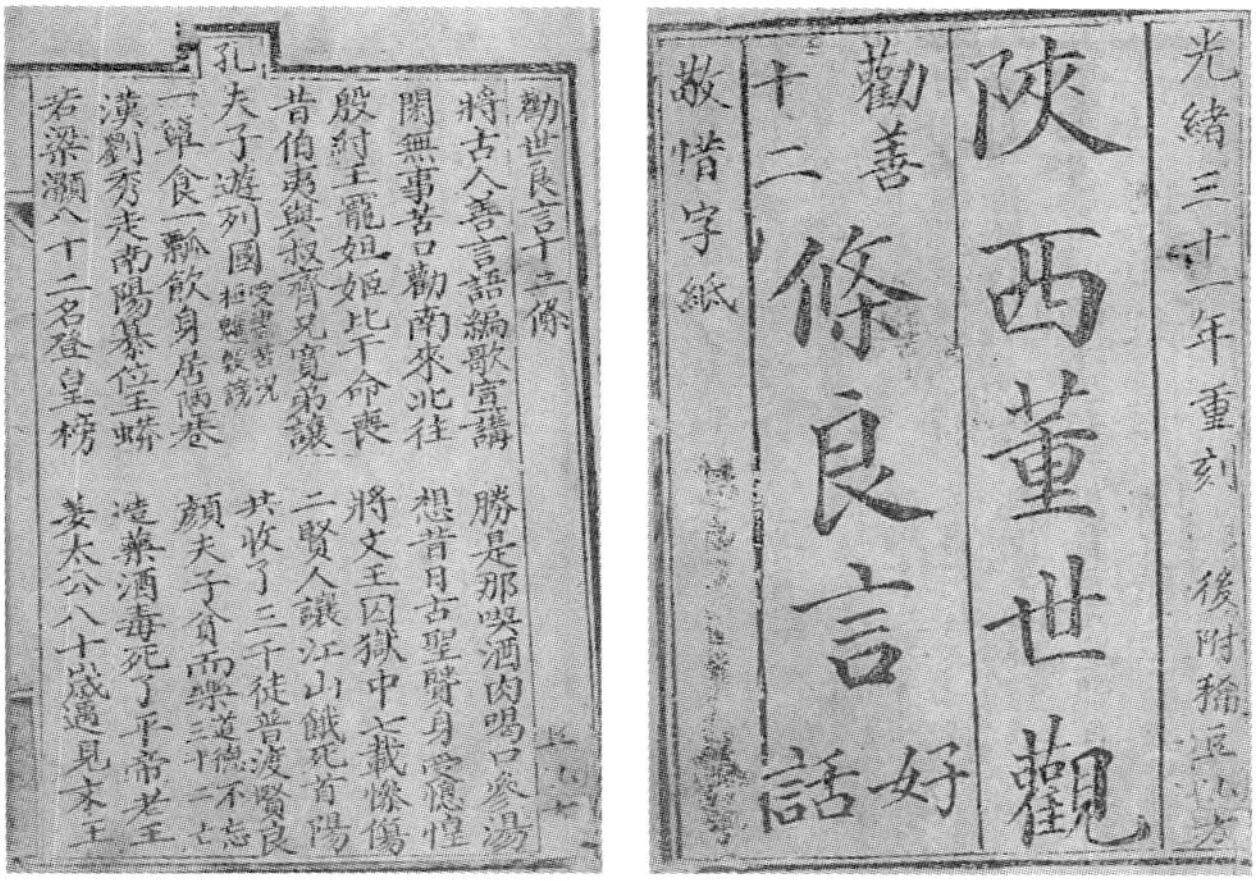
光緒三十一年重刻
陝西董世觀 好話
勸善 條良言
十二 敬惜字紙

勸世良言十二條
將古人善言語編歌宣講　勝是那喫酒肉喝口参湯
閑無事苦口勸南來北往　想昔日古聖賢身受懼惶
殷紂王寵妲姫比干命喪　將文王囚獄中七載慘傷
昔伯夷與叔齊兄寛弟讓　二賢人讓江山餓死首陽

【図2】『勧世良言十二条』

将古人善言語編歌宣講。勝是那喫酒肉喝口参湯。閑無事苦口勧南来北往。想昔日古聖賢身受惧惶。殷紂王寵妲己比干命喪。将文王囚獄中七歳惨傷。……（古の善言を歌で講じる。酒肉食い人参湯飲むに勝る。閑まかせ口を酸っぱく人々いさむ。昔日の聖賢は辛酸なめた。紂王は妲己を愛し比干を殺し。文王を投獄し七年苦しめ。……）

*

こうした宣講歌謡は民国時代に至っても続々と編集刊行された。それは識字率の低い時代においては当然のことでもあった。民国時代に綏遠省長であった鄧長耀（一八七七〜一九五〇）は、『勧民九歌』（民国十四年（一九二五））[18]を編纂したが、その「叙言」（民国十四年）には、詩歌が人を感動させる力を持っていること、『書経』虞書「大禹謨」に古代の帝王が「九歌」によって勧善したこと、識字教育を受けていない辺境の綏遠の民衆には歌詞によって教化するしかないことを述べている。

歌詞創作甚古、感人甚深且易。余嘗読『禹謨』「九功惟叙、九叙惟歌」及「勧之以九歌、俾勿壊」等語。深悉古聖帝明王愛恤愚氓設法訓迪、必取択乎歌詞也。……茲幸捧檄来綏、観察塞北、見夫綏民識字無多、浅陋已極。……毎有政令、非用白話解釈、及韻語布告、与夫浅俗歌詞、即不足以動其観聴、格其心志。（歌詞の創作は甚だ古く、人を感動させるのも甚だ深く且つ易しい。余は嘗て『書経』「大禹謨」篇を読み、「水・火・金・木・土・穀、正・徳・利用・厚生の九功が次序あり、九功に次序あれば歌う」及び「勧奨するのに九歌により、政治を壊滅させない」等の語を読んで、古代の聖帝明王が深く愚民を愛恤し方法を設けて訓導して、必ず歌詞を採択するのを知ったのである。……茲に幸いにして檄を奉じて綏に赴任し、塞北を観察すると、綏の民は識字者が多くなく、浅陋極まりない。……政令を出すたびに、白話で解釈し、韻語で布告したり、浅俗な歌詞でないと、彼らの視聴を引き、心志を正すことはできない。）

『勧民九歌』は、「勧孝歌」七言五十六句（三百九十二字）、「勧民歌」十三言二十一句（二百七十三字）、「勧放足歌」七言五十八句（四百六字）、附「勧学生不要纏足女歌」四首、「勧勤倹歌」七言五十句（三百五十字）、「勧禁煙歌」七言四十句（二百八十字）、附「禁煙六言布告」六言二十四句（百四十四字）「勧禁賭歌」七言六十二句（四百三十四字）、「勧戒嫖歌」七言六十六句（四百六十二字）、「勧五族聯和歌」七言五十四句（三百七十八字）、「勧学歌」七言六十六句（四百六十二字）九部から成り、纏足開放、民族融和を説くなど、近代の勧善テーマを包含している。その「勧放足歌」は以下のようである。

綏遠成立纏足会、勧女同胞快醒焉。現在世事大改変、不重三寸小金蓮。女学堂中把書念、畢業可当女教員。女教員学問雖浅、毎年有薪数百緡。不累父母並夫婿、自由自立享平権。（綏遠に纏足会は成立し、女子同胞は早く目覚めたし。現在は世事が大いに改変し、三寸の小金蓮は重んじず。女学校では書を学び、卒業すれば女子教員。女子教員は学問は浅いが、毎年の給料は数百緡。父母や夫婿を煩わさず、自由に自立し権利を授かる。）

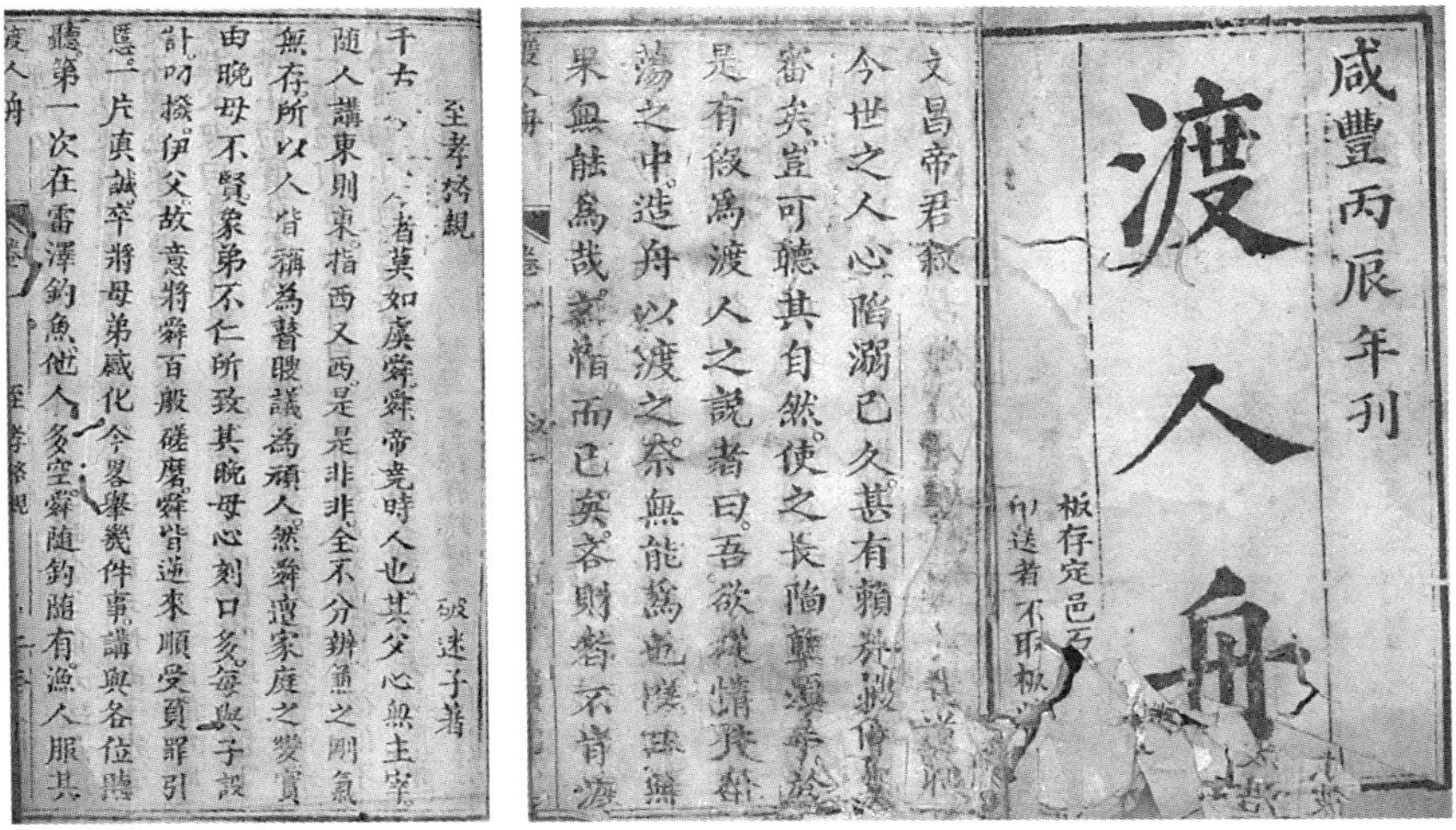

【図３】『渡人舟』

三　説唱形式

聖諭宣講は民衆を感動させるという視点から歌謡形式を採用したが、同様の理由で民衆が日常親しんでいる説唱形式も採用した。ただしこの形式は一般の説唱演芸とは異なり、伴奏を伴わず、唱の部分では叙事を行うことは少なく、多くは人物の歌唱を表現している。そしてこの唱の部分を「宣」と称し、説の部分を「講」と称して、「宣講」と言えば、多くこの説唱形式を指すようになった。民間では各地でこの種のテキストが刊行されたことが最近になって資料公開が進展して明らかになった。そこで本節ではその代表的な宣講書を紹介したい。なお『宣講集要』『宣講拾遺』など、従来から知られている宣講書については後述することにする。

①『渡人舟』残本（乾集巻二）（咸豊六年〔一八五六〕）――〔四川〕刻本。封面に「咸豊丙辰年刊／渡人舟／板存定邑〇〇〇〇、印送者不取板貲」。巻頭の咸豊柔兆執徐〔丙辰〕歳「文昌帝君叙」には、神明の格言と因果応報の案証が愚民を救うと述べる【図３】。

格言字字勧善規過、旁捜古今報応、案案福善禍淫、将人之溺

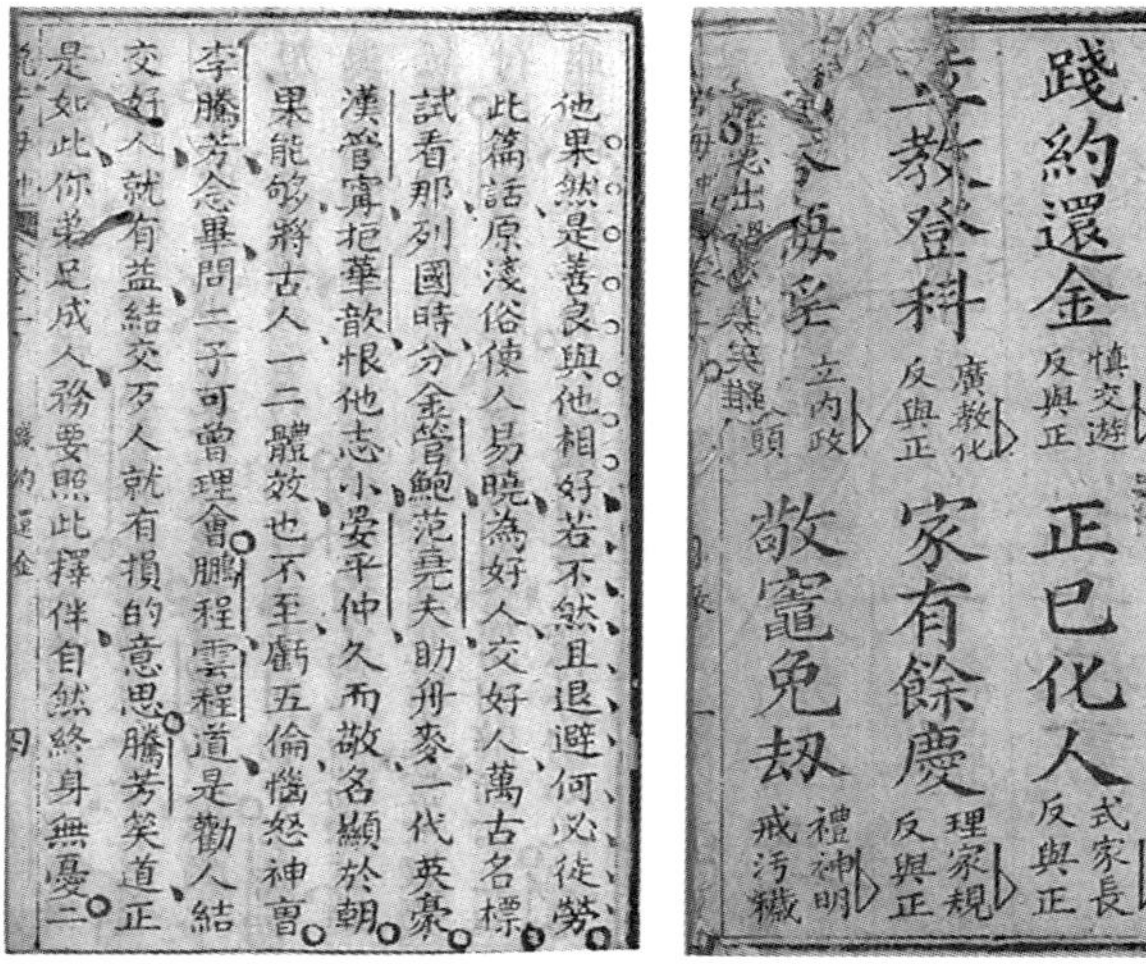

【図４】『脱苦海』巻二

於愛河、不知孝悌忠信者可渡。溺於慾海、不知礼義廉恥者可渡。（格言は一字一字が善を勧め過ちをただす言葉であり、あまねく古今の因果応報故事を収集しており、一案一案が善に幸いし悪に禍をもたらす話であり、愛河におぼれて孝悌忠信を知らぬ者を渡すことができ、慾海におぼれて礼義廉恥を知らぬ者を渡すことができる。）

そして格言として「文帝警世文」「聖帝四書八字歌」「聖帝自叙勉人歌」「上巳詩調」「白雲大仙莫愁歌」「孚佑帝君看空歌」「太極仙・周将軍指過勧改歌」「王天君勉宣講歌」「高天君醒迷歌」「張老夫子歌」、案証として「至孝格親」「採桑遇賊」「泣諫感叔」「牛眠吉地」「玲瓏星」「紅字牛」「訟師投江」七案（全百五葉）を掲載している。

②『脱苦海』残巻（同治十二年（一八七三））[19]―（四川）刻本。目録末尾に「岳西破迷子編集・果南務本子校書」、「脱苦海序」に「同治癸酉歳南呂（八）月卯木山人題於果城之柳渓書屋」と記す。

案証の題目には、以下のように、その主旨を注記して宣講者のためにわかりやすく表明している【図４】。

辰集巻一「吟詩登第（戒淫行、鰲占頭）」、「三多吉慶（戒意悪、多子孫）」、「談閨受譴（造口過、遭惨報）」、「失業遇怪（戒曠功、務本業）」、「惜字延齢（戒廃字、添福寿）」、「喬梓双栄（敦人倫、双登科）」、「竈神規過（浄心地、困而亨）」、「易経除鬼（立人品、収魔妖）」八案、巳集巻二「践約還金（慎交遊、反与正）」、「正己化人（式家長、反与正）」、「立教登科（広教化、反与正）」、「家有余慶（理家規、反与正）」、「治容誨淫（立内政、□□頭）」、「敬竈免劫（礼神明、戒汚穢）」、「双魁状元（□□済、反与正）」、「古老先生（培古墓、反与正）」八案。

③『保命金丹』残巻（民国五年（一九一六）[20]）—（四川）刻本。巻一目録後に「岳西破迷子編輯・果南務本子校書」と記す。後に『触目警心』五巻（光緒十九年（一八九三））に収録される【図5】。

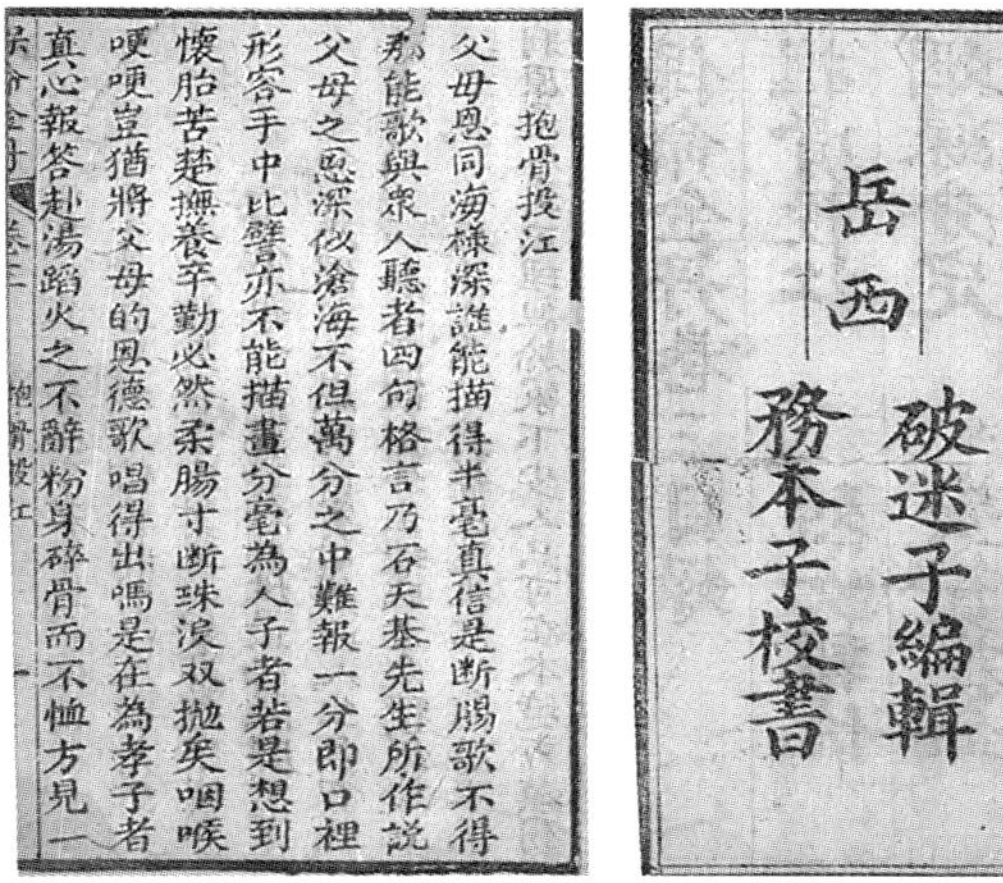

【図5】『保命金丹』巻三

巻一「保命金丹」「傭工葬母」「朴素保家」「行楽図」「会縁橋」「双槐樹」「三義全孤」「富貴有命」八案、巻三「抱骨投江」「烈女報仇」「姻縁分定」「安貧獲金」「赤縄繋足」「佳偶天成」「同日双報」「竈君顕霊」八案、巻四「善遇奇縁」「孝婦脱殻」「敬神獲福」「破毡笠」「翰林洞記」「忠奸顕報」「蝦蟇化身」「節孝双全」八案。

巻一第一案「保命金丹」は善行を積むことの重要さを述べており、本書の序文にも相当する。

「不必尋師苦学禅、金丹大道在眸前。世人欲得長生訣、積徳累功結善縁。」……（「わざわざ師を捜して禅を学ぶ必要はなく、金丹の大道は眸前にある。世人よ長生の訣を得たいならば、徳を積み功を重ねて善縁を結べ。」……）

④『照胆台』残巻（民国五年（一九一六）[21]）—（四川）果南務本子編輯並〔校〕書。存二、三、四巻【図6】。

巻二「破迷図」「鑽銭眼」「明如鏡」「暗似漆」「負義男」「狼心婦」

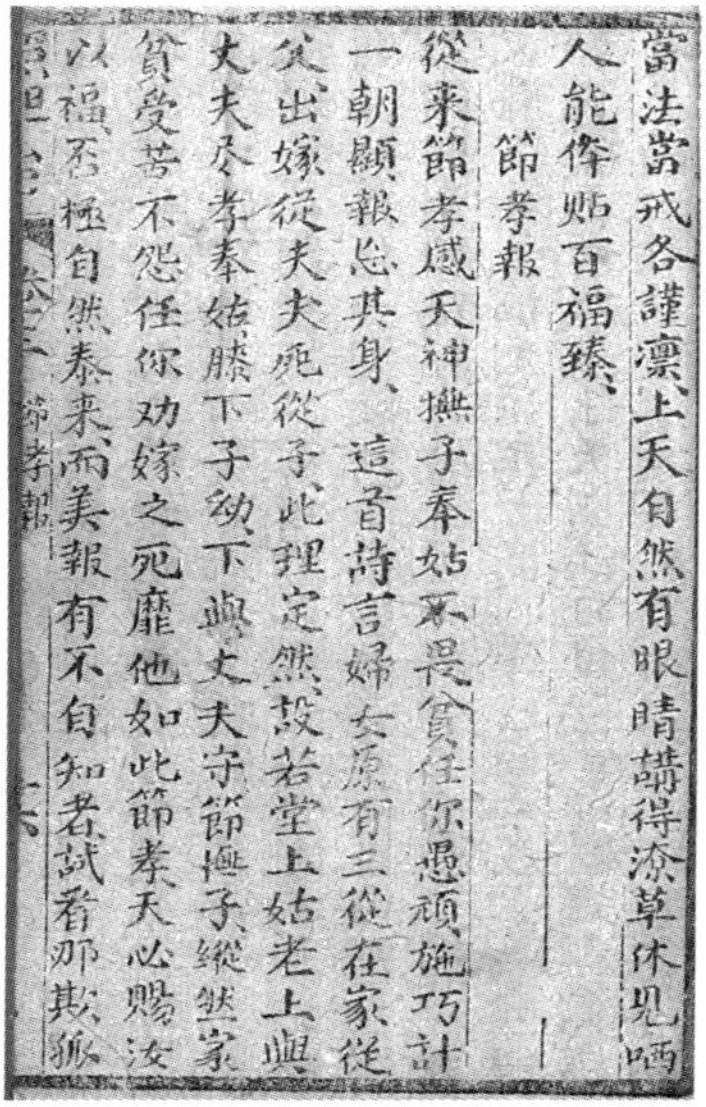
當法當戒各謹凛上天自然有眼睛講得潦草休児哂
人能倖貼百福臻、
節孝報
従来節孝感天神撫子奉姑不畏貧任你愚頑施巧計
一朝顕報忘其身、這首詩言婦女原有三従在家従
父出嫁従夫夫死従子此理定然設若堂上姑老上無
丈夫尽孝奉姑膝下子幼下無丈夫守節撫子縦然家
貧受苦不怨任你功嫁之死靡他如此節孝天必賜汝
以福否極自然泰来而美報有不自知者試看那欺孤

【図6】『照胆台』巻三「節孝報」

「芙蓉屛」七案、巻三「放白亀」「節孝報」「現眼報」「嫌媳報」「双毛弁」「尿泡鶏」「鳥鳴冤」七案、巻四「隔世母」「十一頭」「陡然富」「雷打雷」「刁夫報」「節孝坊」「巧団円」七案。（存八～百二葉）。

⑤『閨閣録』一巻（光緒十年（一八八四））―夢覚子編。刻本三種。聖諭宣講の女子版として案証と勧善歌を編集した宣講書。

1．編者不詳。案証（冒頭十八葉欠）「土神受鞭」「双孝団円（和妯娌案）」「活人変牛」「尊敬丈夫」「金腰帯」「医悪婦」「跪門勧衆」「割頭救父」「墜楼全節」「稽山賞貧」「古廟呪媳」「鳴鐘訴冤」「賢婦断理」「王五娘（女転男身）」（以上十三案、一百十葉）、「嫌媳報」（末尾欠。五葉）[22]。

2．光緒十年甘粛刻本【図7】。

題目「勧聴宣講」「孝順条規」「孝順公婆」「尽孝完貞」「土神受鞭」「雷打花狗」「活人変牛」「尊敬丈夫」「金腰帯」「和睦妯娌」「稽山賞貧」「古廟呪媳」「教訓女媳」「鳴鐘訴冤」「墜楼全節」「女転男身」「賢婦断理」（以上十七案、八十五葉）[23]。

3．光緒十五年刻本。四冊。第一冊「勧聴宣講」「孝順条規」「孝順公婆」「土神受鞭」「雷打花狗」「活人変牛」「孝公婆歌」「婦女箴」「焼香看会」、第二冊「尊敬丈夫」「金腰帯」「医悪婦」、第三冊「和睦妯娌」「稽山賞貧」「双義坊」「古廟呪媳」「和妯娌歌」「枕頭状」、第四冊「教訓女媳」「鳴鐘訴冤」「墜楼全節」「慈愛児女歌」「百子歌（善教章）」「百子歌（不教章）」「溺女」「勧勤倹歌」「戒焼蜂打蛇俗歌」「戒食鰌鱔魚歌」（以上十五案十一歌）[24]。

光緒十年甘粛重刻本には目録の後に序文があり、故実が勧善懲悪に効果をもたらすことを指摘し、刊行への協力を呼び掛けている。

……予不敏従事宣講、覚善書雖多、惟此二録中之故実、将表揚其善、則令人怦怦然有嚮往之心、指陳其悪、則令人凛凛然有畏懼之意。是以不惜錙銖而另行刊刻。非独力之難成、亦同善之当与。……（……予は不肖ながら宣講に従事し、善書は多いが、此の二録中の故実は、善を表揚しようとすれば、人の心をときめかせて同調させ、悪を指陳しようとすれば、人に厳然として畏懼の心を生じさせる。そこで錙銖を惜しまず別に刊刻を行った。独力で為しがたいわけではないが、やはり同志の参与を求めたい。……）

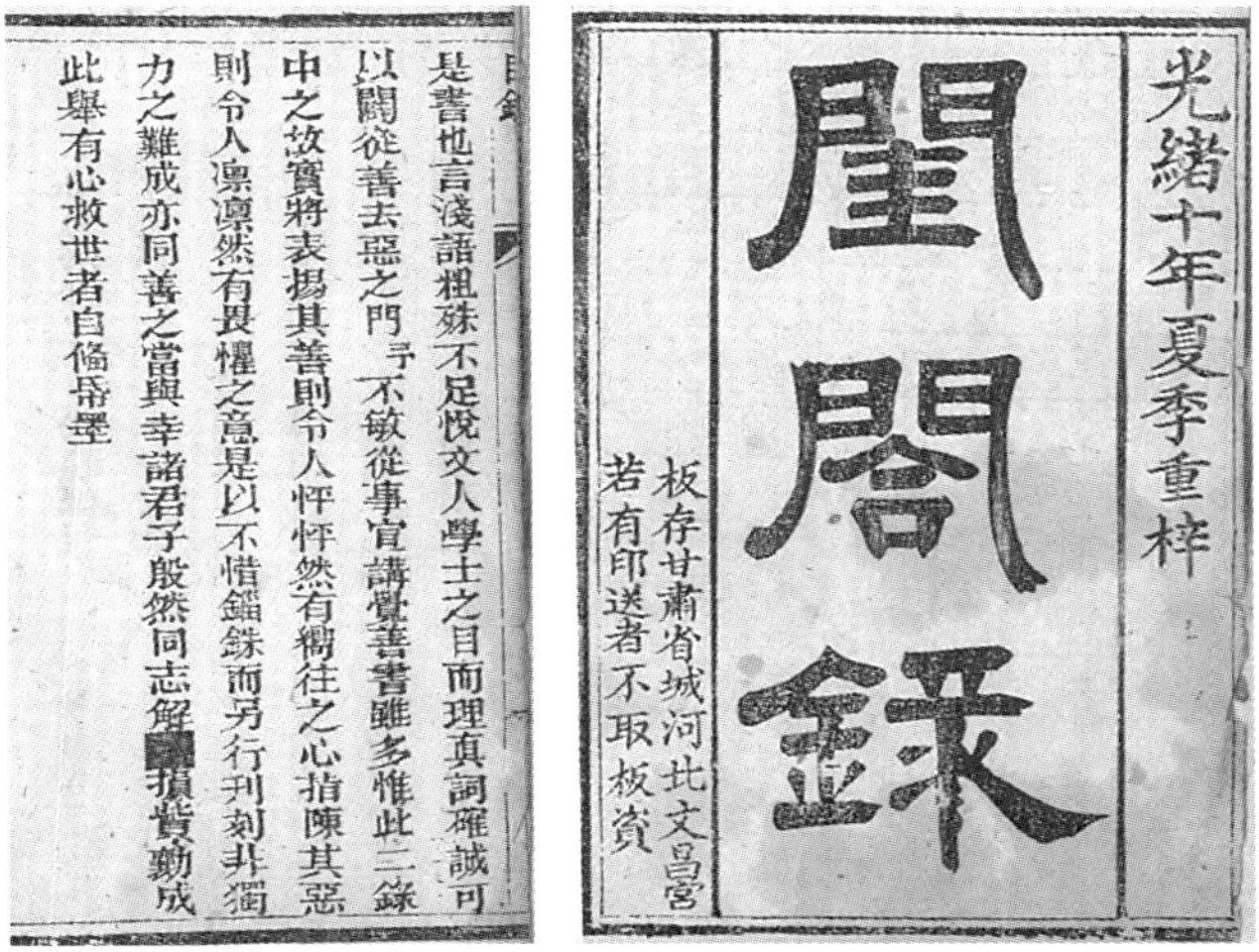

【図７】『閨閣録』

なおこの刊行者が編者の夢覚子であったかは定かにしがたい。

序文中の「二録」は、『法戒録』と合刻されたテキストがあり[25]、これと併せて二録と称したと思われる。合刻本の序文「重刻法戒閨閣録序」には、西蜀（四川）で編纂されて、磚坪（陝西）と金城（蘭州）で校訂されたと述べている[26]。

また光緒辛卯（二十九年）の合刻本は〔雲南〕騰陽明善堂が刊行して[27]おり、このテキストには「関聖帝君序」を掲載し、何に法り何を戒めるべきか説いている。

⑥『宣講福報』四巻（光緒三十四年〔一九〇八〕[28]）——〔湖南〕呉氏

経元書室復刊。序跋なし。案証三十。『宣講彙編』四巻、『宣講摘要』四巻、『宣講珠璣』四巻と同時に刊行された。

すべて先行善書に採集している。その内訳は、『正心集』二、『敦倫集』三、『洗心集』二、『寿世元』二、『善淫報』三、『正倫集』二、『洗心鏡』一、『化迷集』二、『醒迷丹』二、『養正集』二、『喚迷録』一、『福寿花』三、『心体楽』一、『順天録』三、『醒夢篇』一。ただ、これらの先行善書はなお現存が確認できていない。

⑦『浪裏生舟』四巻（民国四年〔一九一五〕）[29]——（四川）新都鑫記書荘蔵板。雲霞子編、石照自省子校書。二十四案。序は「浪裏生舟賦　以題為韻」であり、以下のように、悪に染まる世俗に対して憂いを抱いてこの書を編纂したことを述べている。

海外遨遊、人間眺望、善悪参差、心懐惆悵。痴愚怙悪不悛、賢哲允恭克譲。堪嘆人心昧昧、詐偽虚誣。須知天眼恢恢、光明皎亮。……案証著而梨棗刊、度人醒世。報施明而篇什集、豁目盈眸。……（海外に遨遊し、世間を眺望すれば、善悪相混じり、心に惆悵の念を懐く。痴愚は悪を怙《たの》んで悛《あらた》めず、賢哲は允《まこと》に恭しく克《よ》く譲る。嘆ずるに堪《た》う人心の昧にして、詐偽の虚誣なる。須《すべか》らく知るべし天眼の恢恢にして、光明の皎亮なるを。……案証著《あらわ》して梨棗刊《かん》し、人を度《ど》し世を醒ます。報施明《あきら》かにして篇什集《あつ》め、目を豁《ひら》き眸《まなこ》に盈《み》つ。）

⑧『孝逆報』四巻（民国五年〔一九一六〕重刊）[30]——（四川）銅梁県虎峰鎮、栄華堂蔵板。破迷子編輯、務本子校書。各巻十二案、全四十八案。扶鸞による紫芝洞君（同治十年、一八七一年）の序文には、本書から天下をみな孝子孝女にする主旨が読み取れると言う。

閲全篇之顛末、法戒咸昭、究立意之淵源、孝逆並挙。原欲培根固本、俾天下皆孝子孝孫、補弊救偏、願世中悉佳児佳婦。……雖是家常話、玩之自非虚談。庶幾孝徳流光而逆情絶種矣。則是書之裨益豈淺鮮哉。是叙同治重光協洽歳太簇月紫芝洞君題於果城之斗口山。（全篇の顛末を読むと、法戒はみな明らか、立意の淵源を究めると、孝逆は並挙されている。もと根を培い本を固め、天下をしてみな孝子孝孫とし、弊を補い偏を救い、世間をみな佳児佳婦としたかったのである。……日常語ではあるが、玩味するとでたらめではない。孝徳が光を流して逆情が種を絶つであろう。さすれば本書の裨益は浅からざるものがあろう。ここに同治辛未の歳十二月、紫芝洞君、果城〔現在の南充市〕の斗口山に題す。）

⑨『万善帰一』四巻（民国三十年〔一九四一〕[31]）—〔四川〕儒興堂蔵板。〔四川〕石照県、雲霞子編。案証二十四（各巻六）。悔過子自序に、陳家信から贈られた『惜字類編』に記載された余秋室（名は集、字は蓉裳、銭塘の人。乾隆三十一年〔一七六六〕進士）が手を洗わずに書物を読んで状元（第一席）に及第しなかった事を信じず、手を洗わずに書物を読んだため、失明したことを告白し、世人に戒めている。

凡看書、均不知洗手、如是者数年、及得陳君家信所送『惜字類編』、書中所列一案、係本朝余秋室之事。……予特叙如有犯此戒之人、慎之又慎。……（凡そ書を読む際に、いつも手を洗うことを知らず、数年それを続けていたが、陳家信君から贈られた『惜字類編』に列挙された一案は本朝の余秋室の事であった。……私は茲にこの戒めを犯す人がいたら、しっかり慎むよう述べておきたい。……）

そして余秋室が状元に及第しなかったことは、友人呉生が冥界で生死簿を見て知ったと述べている。この点では宝巻と同じ冥界遊行の趣向を用いており、聖諭宣講と宝巻との接点を知ることができる。

案証の内容は、たとえば巻一は、子の孝（「傲孝子」）、嫁の不孝（「巧化妻」）、嫁の孝（「天賜寿」）、節婦（「節烈坊」）、淫悪（「当婦人」）、妻の嫉妬（「自討銭」）をテーマとしており、悪人には悪報、善人には善報のストーリーを構成している。

なお次の案証は先行善書からの引用である。「巧化妻」（『宣講集要』巻七「持刀化妻」、『宣講彙編』巻四「同」）「節烈坊」（『福海無辺』巻三）、「当婦人」（『福海無辺』巻二）、「自討銭」（『宣講集要』巻七「大男速長」）、「集冤亭」（同『触目警心』巻二、『宣講管窺』巻五）。

案証の冒頭は七言四句詩で始まり、話本の体裁を取る。たとえば「傲孝子」（巻一）は次の詩で始まる。

自古死生難定評、縁人修善未真心。如果至誠行将去、能教死者又復生。（古来死生の定めがたきは、善行の真心なければなり。もし誠に善行努めれば、死者も必ず生き返る。）

案証は「講」と「宣」から構成される。「傲孝子」は潞安州（山西）の孝子伍光第が夢に老母を連行する冥界の吏を殺して城隍から処刑の判決を受けるが、冥界を視察にきた関聖帝君から孝心を称えられて放免され、後に帝君から白銀十万両を贈られて出世する物語であり、「宣」は孝子が老母を家に残して柴刈りに行く苦悩を唱う場面（十言二十六句）、冥界の吏に連行される老母と孝子の二人が悲しむ場面（十言二十四句）、城隍が冥界の吏を殺害した孝子を叱責し／孝子が許しを請う場面（七言十二句／七言十六句）、帝君が孝子を賞賛して判決を下す場面（七言二十八句）、老母が蘇生して孝子に喜びを語る場面（七言四十八句）の五場面を設定している。

また案証には「做活路」（労働する）、「淡泊」（貧乏な）、「擥」（養育する）などの西南官話を使用している。

⑩『宣講回天』四巻（光緒三十三年〈一九〇七〉）[32]——益元堂刊。序文なし。案証五十四。

⑪『宣講金針』四巻（光緒三十四年〈一九〇八〉）[33]——四川善成堂刊。案証三十。部分的に目録に出典を記す。巻三「恩将仇報」（『蓬莱阿鼻路』）、「殺身成仁」（『青雲梯』）、「虎啥蛇咬」（『破迷鍼砭』）、「屠身全孝」（『航中帆』）、巻四「双逬京」（『瑠璃灯』）、「双義坊」（『一徳箴』）、「双成仏」（『阿鼻路』[34]【図8】）。

⑫『宣講摘要』四巻（光緒三十四年〈一九〇八〉刊）[35]——〈湖南〉経元書室。案証三十三。出典を記す。『渡人舟』三、『遵諭集成』四、『培元鑑』三、『阿鼻路』二、『青雲梯』一、『航中帆』一、『宣講集要』一、『破迷針砭』一、『培元礼』一、『処世針砭』一、『培元鑑』一、『渡迷航』一、『治平実録』三、『琉璃灯』一、『喚迷自新録』二、『裕後津梁』一、『裕後津梁』一、『避溺艇』一、『治平実録』二。なおこれらの採取源の宣講書は『渡人舟』『阿鼻路』『宣講集要』を

除いて現存が確認できない。

各巻には明確な案証の分類基準は示されていないが、巻一は主として孝子案、巻二は主として孝女案、巻三は主として善行案、巻四は主として悪行案を収録している。

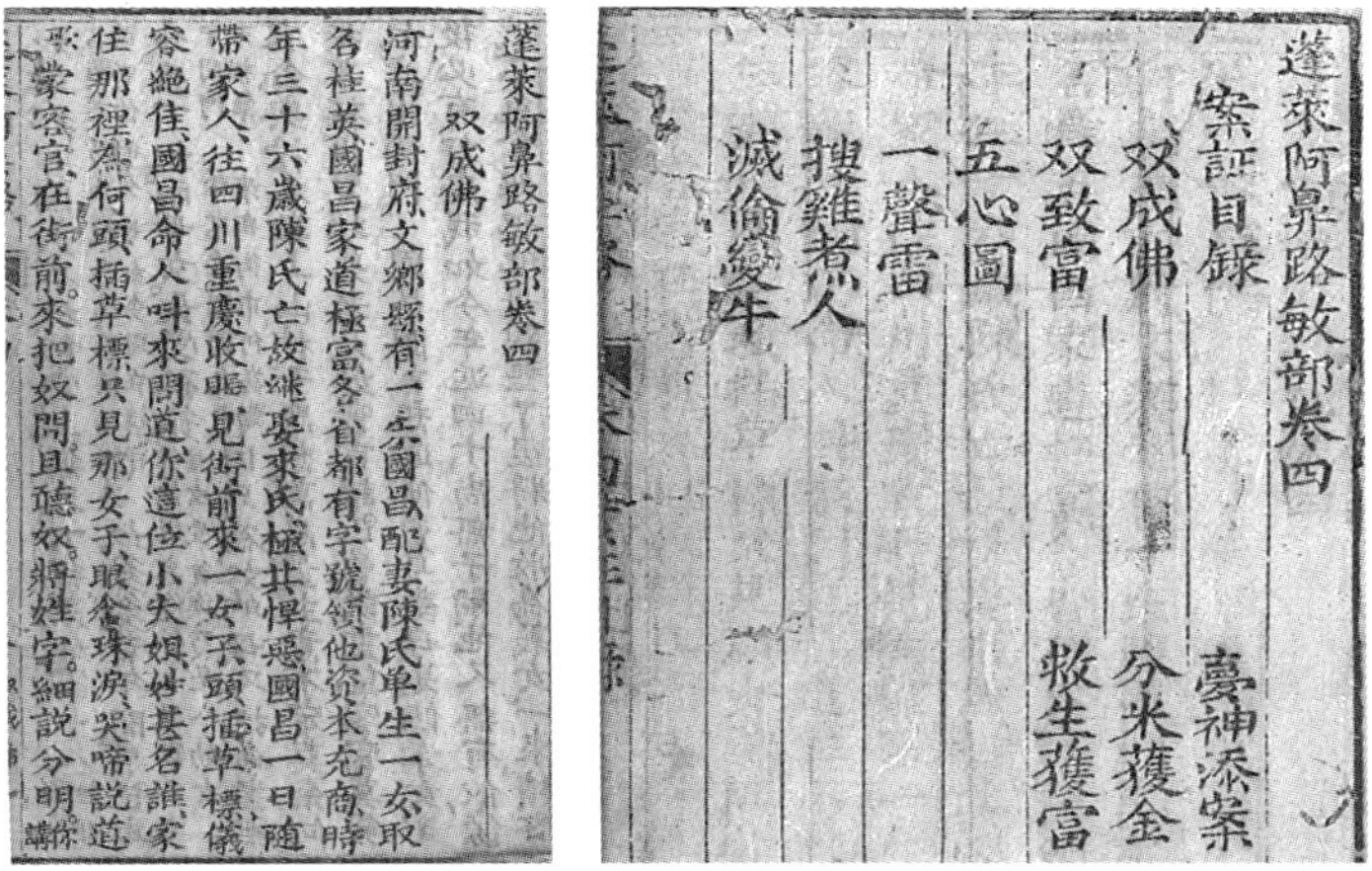
蓬莱阿鼻路敏部巻四
案証目録
双成佛　憂神添案
双致富　分米獲金
五心圖　救生獲富
一聲雷
摟雞煮人
滅倫變牛

蓬莱阿鼻路敏部巻四
双成佛
河南開封府文郷縣有一人國昌配妻陳氏单生一女取
名桂英國昌家道極富各省都有字號領他資本充商時
年三十六歳陳氏亡故継娶梁氏極其悍悪國昌一日隨
帶家人往四川重慶收賬見街前來一女子頭插草標儀
容絶佳國昌命人叫來問道你這位小大姐姓甚名誰家
住那裡為何頭插草標只見那女子眼含珠淚哭啼説道
求蒙客官在街前來把奴問且聽奴將姓字細説分明

【図８】『蓬莱阿鼻路』

⑬『善悪現報』一巻（民国元年（一九一二））[36]——山西刻本。案証十二。磧口・永和・洪洞・臨県など刊行に義捐金を投じた山西省の慈善家の名前を記載している。冒頭には無名氏の「善悪現報原序」を載せ、愚昧な男女を教戒するための書であることを明言する【図９】。

夫勧善之書、天下広矣、世人全不体念、把那善悪一概推開、孝弟全忘、廉恥不遵。……余心不忍、将這善悪現報、択刻一十二回成巻、以勧世間愚夫愚婦、知錯悔過、能保身体、免堕劫坑。……
（いったい勧善の書は、天下に広くあるが、世人は全く自覚せず、善悪を一概に遠ざけ、孝弟を全く忘れ、廉恥に遵わない。……余は心に忍びず、この善悪の現報を、択んで十二回を刻して書物とし、世間の愚夫・愚婦を戒めて、過ちを知って悔悟させ、身体を保ち、劫坑に墜ちないようにした。……）

「現報目録」に「便宜現報」等、案証十二篇を掲載する。案証は冒頭に「詞」を置いて解説し、末尾を「詩」で結ぶという、話本形式を取っている。

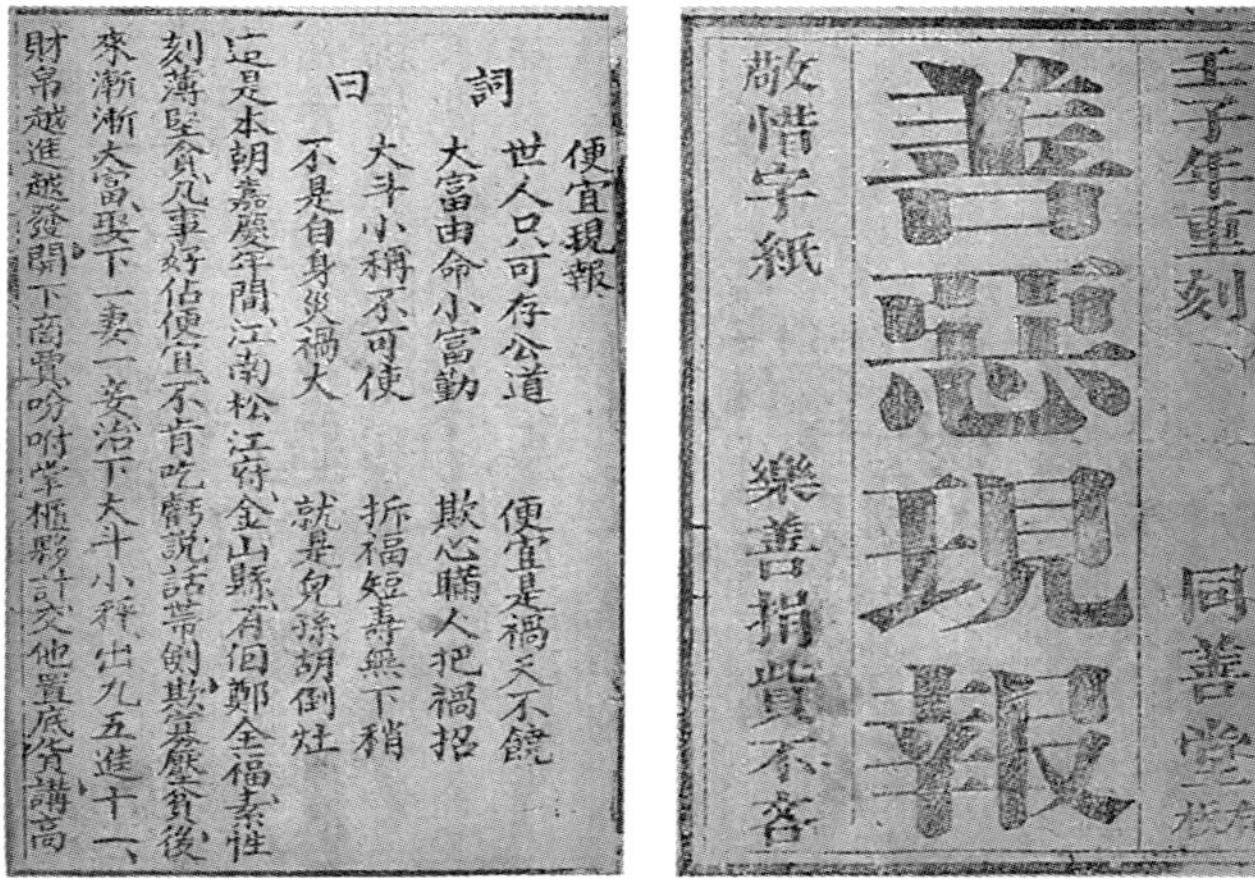

【図９】『善悪現報』

⑭『八柱撐天』八巻（民国六年〔一九一七〕）[37]――〔雲南〕彌渡県楊官村、清和善壇蔵板。関聖帝君像・関聖帝君像賛、昊天金闕至尊玉皇天尊詔（民国四年）、太上老君道徳天尊詔（民国五年）、関聖帝君序（民国六年）、文昌帝君序（民国六年）、桓侯大帝序（民国五年）。「聖諭六訓」「聖諭十六条」「関聖帝君壇規十戒」。目録八巻、案証各巻八、全六十四【図10】。

その関聖帝君序には、本書において「八柱（八徳）」を推奨する主旨を述べる。

吾自庚子領旨、処処飛鸞、方方闡教。……八柱、維何。即孝親・弟長・忠誠・信実・循礼・喩義・尚廉・知恥、是也。人能克全、即是撐天奇男子、挽劫大丈夫矣。又何患洪災浩劫之頻仍乎。（吾は庚子年〔一九〇〇〕以来天帝の勅旨を拝領し、処処に飛鸞し、方方に闡教している。……八柱とは何か。それは孝親・弟長・忠誠・信実・循礼・喩義・尚廉・知恥のことである。人がこれを全うすることができれば、天を支える奇男子、劫を挽回する大丈夫であり、どうして洪災・浩劫の頻発することを憂えることがあろうか。）

⑮『宣講宝鑑』四巻（民国十七年〔一九二八〕）[38]――〔山東〕聊城王雨生編。東昌善成堂蔵板。三十八案。〔山東〕清平〔鎮〕王貴笙の序にはその民衆教化の効用を認めている【図11】。

聊城王雨生先生者、熱誠救世、苦口勧人、発善提心、運広長舌、以為神道可設教、則迷信何庸破除、人心有良知、

則報応即在方寸、於是著『宣講宝鑑』一書、冀以喚醒群衆。……取材不以瑣屑為嫌、談話惟以浅近為主、老嫗能解、勝読白香山之詩、盲詞可聴、時作蔡中郎之唱。……其効直深入乎愚夫愚婦之心、此義亦豈悖於先聖先王之志也哉。（聊城の王雨生先生は、熱心に世を救うため、何度も人を戒め、菩提の心を発して、広長なる舌を動かし、神道が教えを設ければ迷信はうち破るまでもなく、人心に良知があれば応報は心中に生じると考えて、『宣講宝鑑』一書を著し、群衆を

民國六年新鐫
彌渡縣楊官村清和善壇藏板
八柱撐天
有印送者自備紙墨不取板資

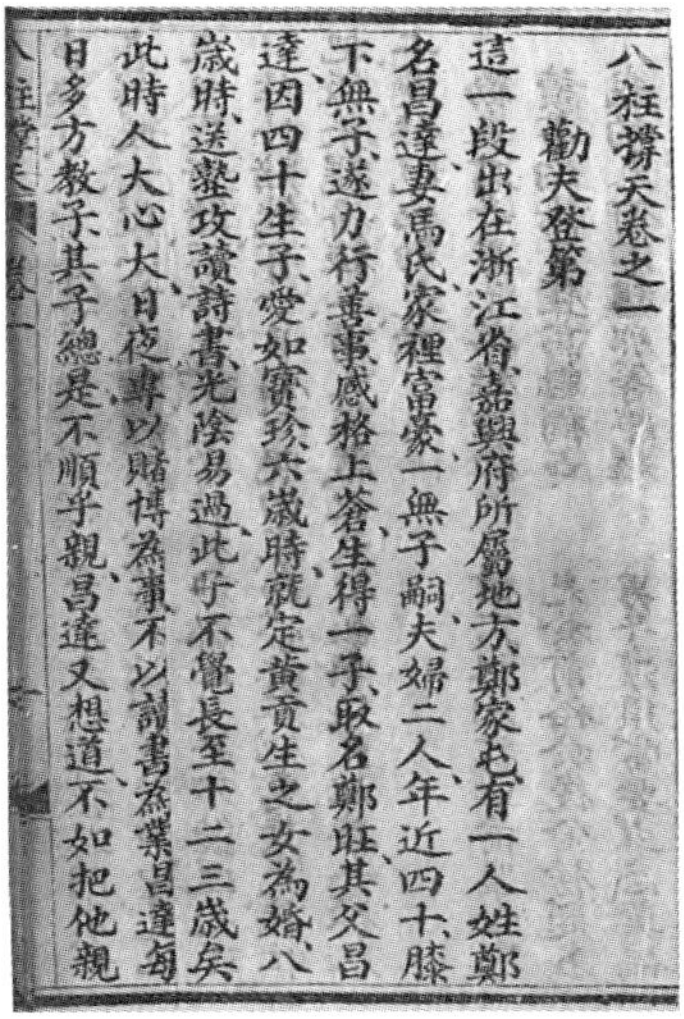
八柱撐天卷之一
勸夫發第
這一段出在浙江省嘉興府所屬地方鄭家屯有一人姓鄭
名昌達妻馬氏家裡富豪一無子嗣夫婦二人年近四十膝
下無子遂力行善事感格上蒼生得一子取名鄭旺其父昌
達因四十生子愛如寶珍六歲時就定黃貢生之女為婚八
歲時送塾攻讀詩書光陰易過此子不覺長至十二三歲矣
此時人大心大日夜專以賭博為事不以讀書為業昌達每
日多方教子其子總是不順乎親昌達又想道不如把他親
八柱撐天 卷一

【図10】『八柱撐天』

民國十七年新訂
聊城王雨生先生手著
新編
宣講寶鑑
東昌 善成堂書局藏板

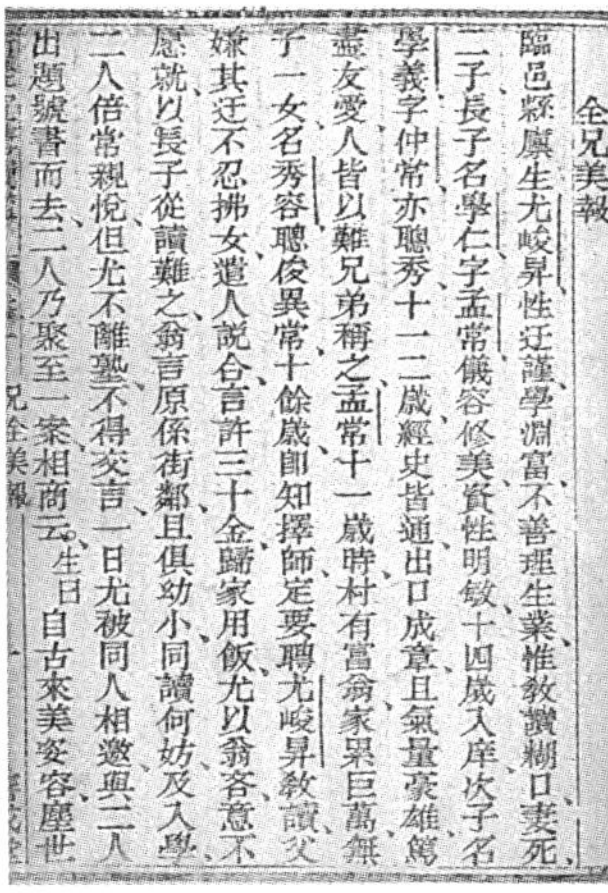
全兄美報
臨邑縣廪生尤峻昇性迂謹學淵富不善理生業惟教讀糊口妻死
二子長子名學仁字孟常儀容修美資性明敏十四歲入庠次子名
學義字仲常亦聰秀十二歲經史皆通出口成章且氣量豪雄篤
盡友愛人皆以難兄弟稱之孟常十一歲時村有富翁家累巨萬無
子一女名秀容聰俊異常十餘歲即知擇師定要聘尤峻昇教讀父
嫌其迂不忍拂女意人說合言許三十金歸家用飯尤以翁吝意不
愿就以長子從讀難之翁言原係街鄰且俱幼小同讀何妨及入學
二人倍常親悅但尤不離塾不得交言一日尤被同人相邀與二人
出題號書而去二人乃聚至一案相商云生日自古來美姿容塵世

【図11】『宣講宝鑑』

覚醒させることを願った。……瑣屑なものに取材することを厭わず、浅近なことを談話することを主としたため、老嫗も理解ができて、白楽天の詩歌を読むに勝り、説唱が親しみがあるため、時として演劇の歌唱を行った。……その効果は直に深く愚夫愚婦の心に入り、その意義もまた先聖先王の志に沿ったものであった。）

巻一「全兄美報」（臨邑県）、「重兄巧報」（鄒邑）、「活人変牛」（民国五年）、「毒蛇変秤」（民国拾四年）など編者の出身地である山東、編集の時代である民国の案証を収録するところに特徴がある。

⑯『宣講選録』十二巻（民国二十三年〔一九三四〕）[39]―双城崔献楼翻板、北平大成印書社代印。鉛印本。表紙の目録巻一に「宣講規則」「礼部頒行」と記すが、実際には掲載しない。冒頭に『宣講拾遺』の瀛賓蔣岸登序（同治十一年〔一八七二〕）を掲載し、案証も『宣講拾遺』等から転載している。案証一百五十六。巻一案証九（『宣講拾遺』転載）、巻二案証十四（『宣講拾遺』転載[40]）、巻三案証八（『宣講拾遺』転載[41]）、巻四案証十三（『宣講醒世編』転載[42]）、巻五案証十七（『宣講集要』転載[43]）、巻六案証十四（『宣講集要』転載[44]）、巻七案証十七（『宣講集要』転載[45]）、巻八案証十四（『宣講集要』転載[46]）、巻九案証十六（『宣講集要』転載[47]）、巻十案証九（『宣講集要』『宣講醒世編』転載[48]）、巻十一案証十四、巻十二案証十一[49]。

ただすべてが先行する案証を転載したものではない。また巻二「忠孝全節」は、冒頭部分に洋務運動期の社会情勢を述べており、新時代を反映した案証である[50]。

当今之世、国家有累卵之危、黎民受顛連之苦。其弊在引誘外洋、通商謀利、欲想富国強兵、共図久遠之計。詎料朝廷所任者非人、所謀者為己、……至今国政頽敗、民無主宰、立新章、改新法、名謂民主国、是欲民得分権、共敵外国耳、奈何蚩蚩愚氓、反多詆誣、任受外国欺凌、不肯自強自治、有志者趁（当今の世は、国家に累卵の危があり、黎民は顛連の苦を受けている。その弊は外国に融資させ、通商して利を謀り、富国強兵を想い、久遠の計を図ろうとするが、朝廷の任じた者が人材にあらず、自己の利を謀っているところにある。……今に至るまで国政は頽敗し、民に主宰者がなく、新章を立て、新法に改めて、名を民主国と称して、民に分権を得させ、共に外国と敵対しようとしても、如何せん蚩蚩たる愚氓は、反って多く詆誣し、外国の欺凌を受けるままで、自強自治を思わず、有志の者は乗じて）

⑰『新刻勧世文』残巻（民国刊）[51]——残『活人変牛』。〔湖南〕永州文順書局。正題『新抄活人変牛』。板心に『新刻勧世文』と刻し、葉数が十二葉から始まるところからすると、『新刻勧世文』の一部であったかと思われる。末葉は欠けており、廿一葉まで。南都県復興場の鄭秋の愚昧な嫁尹氏。災害に遭って鄭秋が病死すると、姑を虐待したため、観音が姑に与えた衣服を着て牛になる。『宣講集要』巻三「悪媳変牛」に取材。

⑱『木匠做官』[52]——単行本。民国六年（一九一七）刊。〔山西〕虞邑・潞安・沢州・解州。重慶府の老貢生何与の三女秋香の激励で周木匠が官吏になる。

⑲『長城找夫』[53]——単行本。民国七年刊。山東東昌府金善堂存板。

⑳『珍珠塔』[54]——単行本。民国十六年刊。『浪裏生舟』巻二所収。

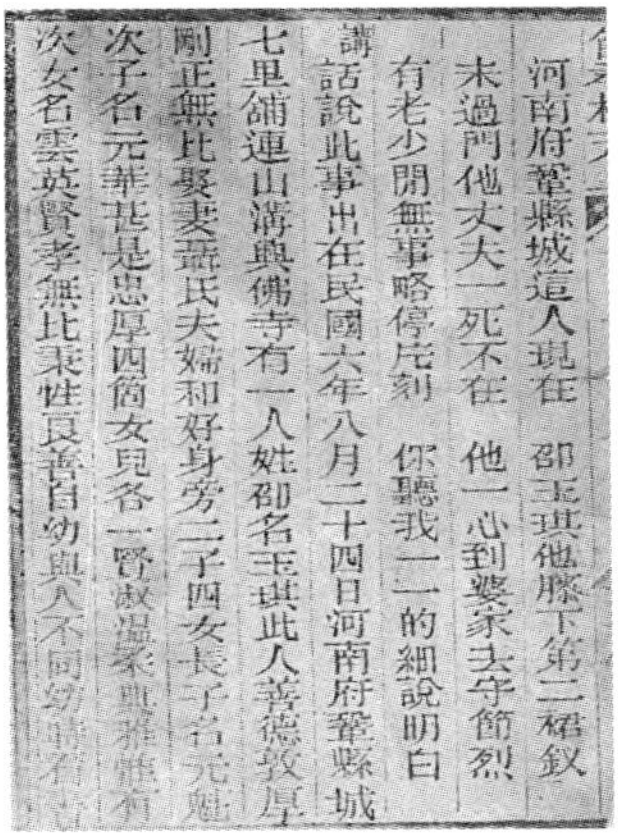
河南府鞏縣城這人現在　邵玉琪他膝下第二
未過門他丈夫一死不在　他一心到婆家去守節烈
有老少閒無事略停片刻　你聽我一一的細說明白
講
話說此事出在民國六年八月二十四日河南府鞏縣城
七里舖連山溝與佛寺有一人姓邵名玉琪此人善德教厚
剛正無比娶妻聶氏夫婦和好身旁二子四女長子名元魁
次子名元華甚是忠厚四個女兒各一賢淑溫柔典雅能有
次女名雲英賢孝無比秉性良善自幼與人不同

【図12】『節孝格天』

㉑『猪説話』[55]——単行本。民国十六年刊。『浪裏生舟』巻三所収。吝嗇な商鋳の案証。

㉒『節孝格天』——単行本。民国十七年（一九二八）刊。末尾に「民国戊辰河南沁陽県静庵董青山録於南山村校内南牖下、刊板印書、以便週知」と記す。民国六年、河南府鞏県の烈女邵雲英の案証【図12】。

㉓『悪媳毒婆』[56]——単行本。民国二十二年（一九三三）刊。民国四年、河南省上蔡県の嫁焦氏が姑の毒殺を謀ったためその応報を受ける

という案証【図13】。
㉔『審煙鎗』—単行本。民国刊。『躋春台』巻三所収【図14】。
㉕『陰陽帽』[57]—単行本。『躋春台』巻三所収【図15】。

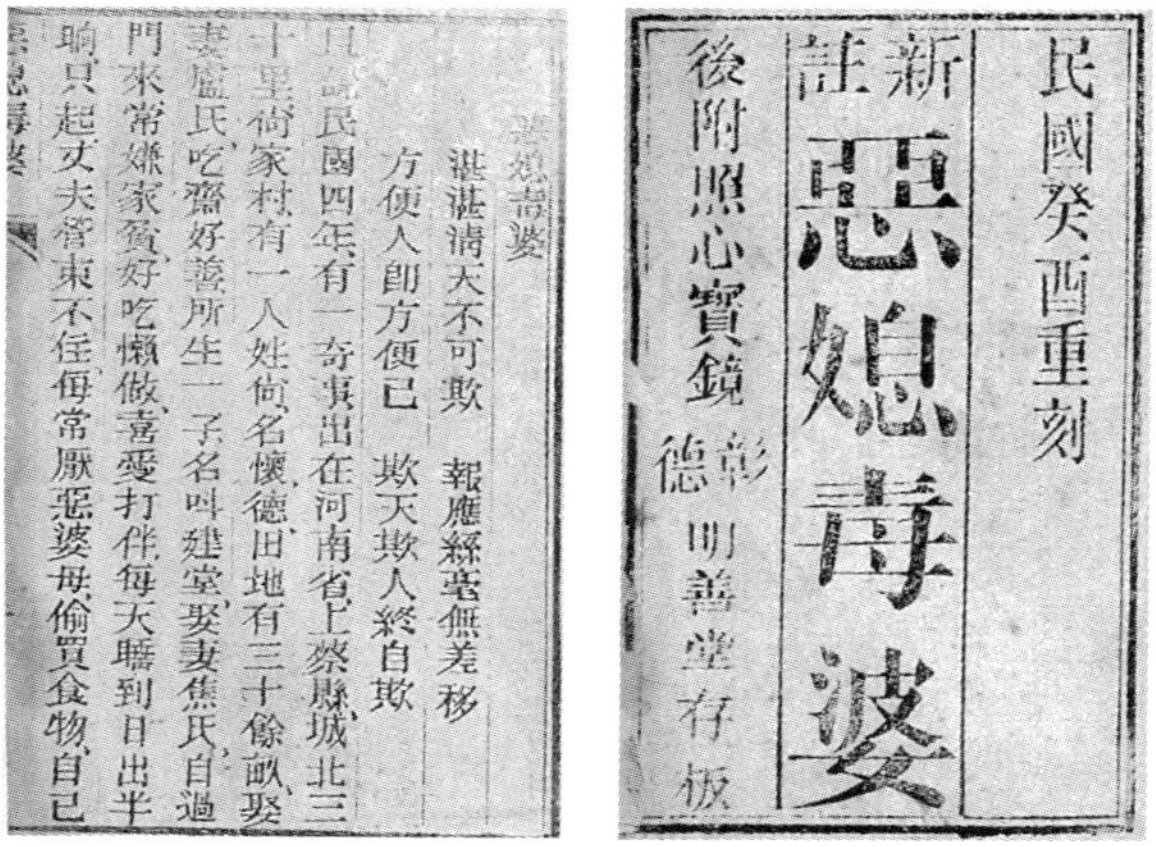
民國癸酉重刻
新註 惡媳毒婆
後附照心寶鏡
彰德 明善堂存板

惡媳毒婆
湛湛青天不可欺　報應絲毫無差移
方便人即方便己　欺天欺人終自欺
且說民國四年、有一奇事出在河南省上蔡縣城北三
十里苟家村、有一人姓苟、名懷德、田地有三十餘畝、娶
妻盧氏、吃齋好善、所生一子、名叫建堂、娶妻焦氏、自過
門來、常嫌家貧、好吃懶做、喜愛打伴、每天睡到日出半
晌、只起丈夫嘗東不住、每常厭惡婆母、偷買食物、自已

【図13】『悪媳毒婆』

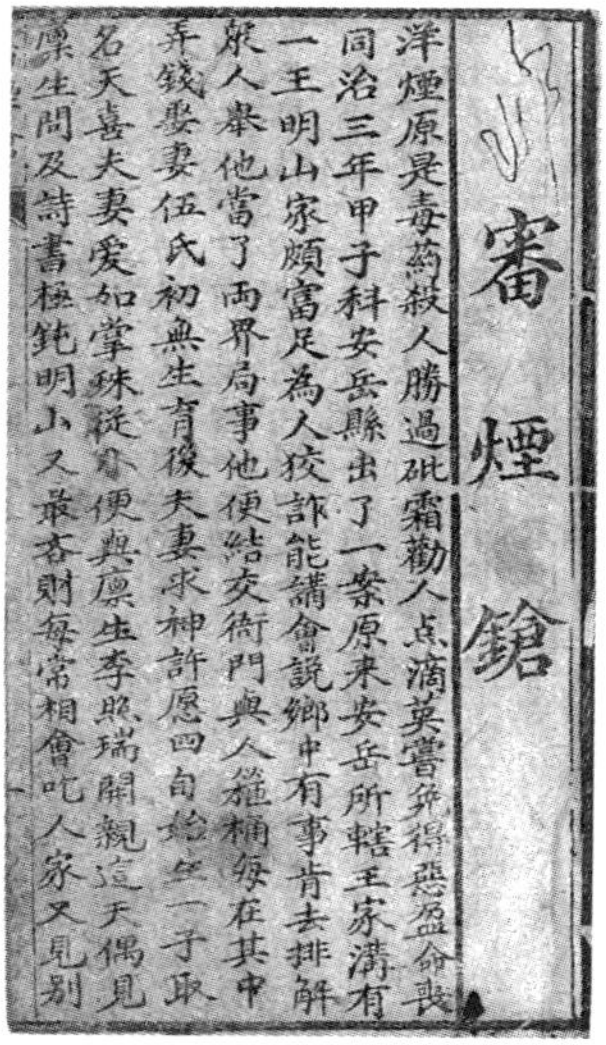
審煙鎗
洋煙原是毒藥殺人勝過砒霜勸人点滴莫嘗弁得惡盈命喪
同治三年甲子科安岳縣出了一案原来安岳所轄王家溝有
一王明山家頗富足為人狡詐能講會說鄉中有事肯去排解
眾人舉他當了兩界局事他便結交衙門與人攏桶每在其中
弄錢娶妻伍氏初無生育後夫妻求神許愿四旬始生一子取
名天喜夫妻愛如掌珠從幼便與庠生李熙瑞開親這天偶見
庠生問及詩書極鈍明山又最吝財每常相會吃人家又見別

【図14】『審煙鎗』

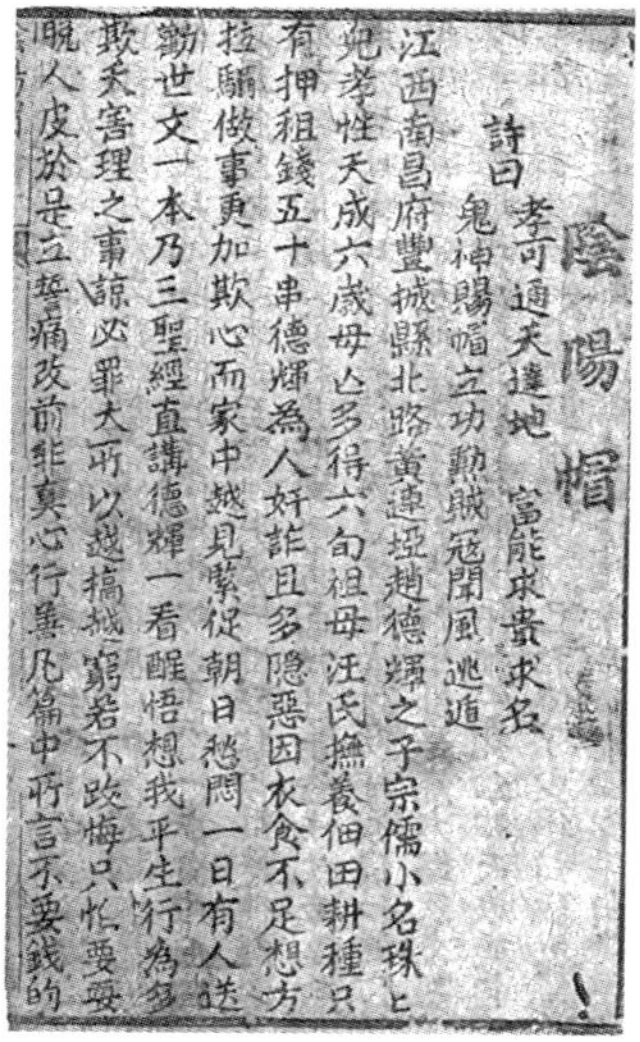
陰陽帽
詩曰　孝可通天達地　富能求貴求名
鬼神陽帽立功勳賊冠閻風逃遁
江西南昌府豐城縣北路黃連埡趙德輝之子宗儒小名珠ヒ
兒孝性天成六歲母亡多得六旬祖母汪氏撫養佃田耕種只
有押租錢五十串德輝為人奸詐且多隱惡因衣食不足想方
拉騙做事更加欺心而家中越見緊促朝日愁悶一日有人送
勸世文一本乃三聖經直講德輝一看醒悟想我平生行為多
欺昧害理之事諒必罪大所以越搞越窮若不改悔只怕要變
脫人皮於是立誓痛改前非真心行善凡篇中所言不要錢的

【図15】『陰陽帽』

四　宝巻形式

聖諭宣講は宗教的語り物「宝巻」にも影響した。澤田瑞穂『増補宝巻の研究』（一九七五、国書刊行会）第一部「宝巻序説」第三章「宝巻の変遷」には、「嘉慶十年を一応の転機と見なし、それ以後、今日に至るまでの百数十年間を新宝巻時代とする。それも強いて細分すれば、嘉慶・道光・同治を経て清末に至る宣巻用・勧善用宝巻時期（約百年間）と、民国以後の新作読物化時代（約四十年間）とすることができる。白蓮教の猖獗に懲りた清政府が、民間の「邪教」一掃に狂奔する一方、清朝の方針とした教化主義――具体的には康熙帝の発布した聖諭十六条および雍正帝の『聖諭広訓』の頒行ならびにその宣講をいよいよ強化した結果、それが宝巻界にも影響を及ぼし、宝巻が宣講書化したのである。……体裁・文体の点では古宝巻時代の複雑な定型が崩れて、曲子は多く失われ、単に七字句・十字句の韻文と、講説の散文とだけで組成されたものに退化あるいは単純化されてしまった」という。また第七章「宝巻と宗教」には、「ことに清代の宣講は徳目教条を物語化して口演するという方法をとったから、自然に宣巻とも接近混合して、一種の職業人をも産み出している。『立願宝巻』『真脩宝巻』『潘公免災宝巻』などを読むと、そうした道徳教化専門の職業人（宣巻人）の姿が想像されてくる」という。

たとえば、『立願宝巻』（同治八年〔一八六九〕、蘇州玄妙観得見斎刻本、上海翼化堂蔵版）は、以下のような徳目にそって説教をおこなっている。

第一願勧人「孝順父母公婆」　第二願勧人「和好兄弟」　第三願勧人「勿走邪路」
第四願勧人「勿説壊話」　第五願勧人「勿溺嬰女」　第六願勧人「勿壊良心」

第七願勧人「勿騙人財」　第八願勧人「吃虧耐気」　第九願勧人「戒殺放生」
第十願勧人「常行好事」　第十一願勧人「敬惜字紙五穀」　第十二願勧人「勿吃牛犬」

①『孝心宝巻』一巻（民国十三年（一九二四））[58]──道光四年（一八二四）王克聖序、咸豊二年（一八五二）王貴暹序、光緒二十二年（一八九六）楊福祺序。末尾に、挙人毛芷元先生編、咸豊壬子（二年、一八五二）楽善堂の刊記がある。楊福祺序では、乾隆四十一年（一七七六）に自ら股を割いて病母を治した孝子銭叙万を称賛する。乾隆・嘉慶間（一七三六〜一八二〇）の常州の先輩毛今吾の作品で、庶民にわかりやすい言葉を使用して教化に有用であるため印行したという。

此巻抑揚頓挫、宛転悲涼、詞多浅質、便於宣誦、使里夫俗士、皆歓喜而持行、亦救世之苦心也。（この作品は抑揚あり頓挫あり、宛転あり悲涼あり、言葉は質朴で、宣誦に適し、庶民を歓喜させて持行させる。ここには救世のための苦心が表れている。）

冒頭に親孝行、勤倹を勧め、悪事や賭博、阿片を諫める七言詩を置くが、孝子聚万が亡父を思って泣く言葉は、以下のごとく聖諭宣講と同じく十言定型詩で表現される。

別人家、父母全、歓天喜地。我如今、単有母、好不傷心。別人家、事父母、双双年老。独我們、痛失父、要見難尋。……（他家にては、父母そろい、喜んでおり。私には、母だけで、とても悲しい。他家にては、親世話し、双親年老い。わが家だけ、父がいず、会いようもない。……）

②『逆子孝媳宝巻』一巻（同治五年（一八六六））[59]──袁徳培写本。呉語。子の親不孝を戒め、嫁の親孝行を称賛する。常州府宜興県、張余の妻王氏は夫を埋葬した後、子張林を育てて結婚させるが、張林は親不孝者で、母が眼病に罹るとますます邪険にし、妻周氏が諫めても聴かず、妹の結婚式だと偽って母を連れ出す。周氏が張林の陰謀に気づいて

救出に出かけ、銀が入った甕を見つけて母を連れ帰ると、張林は銀がまだあると聞いて山に行き、虎に食われる。ここで周氏が張林を諫める言葉は七言句で表現される。

爺娘就是天和地、忤逆娘親罪勿軽。若然此心還不改、死後要到地獄門。……（親はまさしく天と地、母への不孝は大罪だ。心を入れ替えないならば、死後には必ず地獄行き。……）

③『鸚哥宝巻』一巻（光緒七年〔一八八一〕）[60]――「白鸚哥図」半葉。裏葉に「江山老人」題詩。版心下部に「宝善堂」。

鸚哥の親孝行が人間に勝るとする趣旨の物語。鸚哥が人間に親孝行を勧める。

父鸚哥が死んで母鸚哥が病気になり、東土の桜桃を食べたがったため東土に行くが、積宝山で猟師に捕らえられる。鸚哥は十言定型詩で解放するよう訴える。

我本是、西方的、霊禽聖鳥。小鸚児、行大孝、為母深恩。有老母、身染病、臥床不起。想桜桃、嘗好味、我来找尋。到此処、失了脚、将身跌下。再不想、跌下了、大人網中。……（わたくしは、西方に住む、霊鳥の鸚哥。子鸚哥が、孝行するのは、母への恩返し。母親は、病気になり、起きることできず。サクランボ、欲しがって、探しに来ました。ここに来て、脚を滑らせ、躓いたのです。不覚にも、躓いて、網にかかりました。）

猟師は感心して鸚哥に親孝行について説明を求め、鸚哥は七言詩を唱って答える。

奉勧為人孝双親、休要忘了父母恩。十月懐胎娘受苦、臨産之時死又生。孝須百順無違逆、和顔悦色要心真。大人莫笑我是鳥、生死不忘養育恩。（親孝行は大事です、親の恩は忘れぬよう。十ヶ月の妊娠と、出産の苦しみどれほどか。親の言うこと逆らわず、にこにこ顔で対しましょう。私を鳥と笑わないで、親の恩は忘れません。）

鸚哥は猟師たちに殺生をやめるよう勧めると、猟師たちはみな仏門に帰依する。鸚哥はまた街角で斎戒と孝行を勧め、衆人を仏門に帰依させるが、員外に捕らえられ、その間に母鸚哥は死んでしまい、子鸚哥の夢に現れて祖師に救われると告げる。鸚哥は員外と夫人・娘に善行を勧めて改心させる。そこへ西方から達磨祖師が到来し、その教えに従って死んだふりをして籠から出、西方へ帰るが、母の死を知って気絶する。これを見た観音は甘露を注いで命を救い、母は落迦山で修行していると告げる。末尾は聴衆にこの宝巻を聴いて改心をするよう勧める言葉で締めくくる。なお説唱『新刻鸚歌記』（全文堂）上下二冊[61]では、鸚哥（恩哥）が曹州の猟師に捕らえられ、県知事から国王に献上され、最後には解放される物語を述べる。七言定型詩。ただ末尾を欠く。

④『勧世宝巻』一巻[62]—光緒二十五年（一八九九）杭州昭慶慧空経房刊。別名『逸仙宝巻』。四川省成都府双流県翠竹林に住む隠者蘭渓逸仙が世俗の荒廃を見て、四川総督蒋大人の勧世歌を広めたと語り始める。その冒頭の歌詞は「四川総督蒋大人勧諭歌」（『宣講集要』巻五）と同一の歌詞である。

　勧爾等、士庶民、熟読深想。聴本督、説一段、大塊文章。富与貴、貧与賤、不得一様。世上人、有幾等、士農工商。或栽田、或種地、勤倹為上。有児孫、必須要、送入学堂。……（汝たち、士と民よ、よく読み思え。総督が、語るぞここに、大事なことを。富と貴と、貧と賤は、同等ならず。世間には、階層あり、士農工商。田に植えて、地に植える者、勤倹第一。子孫には、必ずや、学問さすべし。……）

この後、蒋大人の節約を勧める「示民詩」を載せる。

　煮飯無如煮粥強、大家耐過這時光。一餐権作両餐用、三日匀為六日糧。（飯を炊くより粥を炊け、皆が時を長らえる。一回の食事を二回に食し、三日の食糧六日にできる。）

そして最後に逸仙の説諭を掲載している。『勧世宝巻』は、詩歌による勧善を説唱形式に変換したものと言える。

五　演劇形式

清代末期には説話と歌唱を結合した説唱形式の善書の宣講が行われていたが、さらに演劇形式の宣講も行われた。演劇を勧善の手段にしようとする発想は、演劇が興隆した明代にすでに出現していた。王守仁（一四七二～一五二八）は明代の演劇が古楽を継承するものと評価しながら、教化を目指さない演劇は社会に役立たず、演劇は妖艶な歌詞を削って忠孝説話を上演し、民衆が無意識のうちに感化されるよう貢献しなければならないと主張していた(63)。

古楽不作久矣。今之戯子、尚与古楽意思相近。韶之九成、便是舜一本戯子。武之九変、便是武王一本戯子。聖人一生実事、倶播在楽中。所以有徳者聞之、便知其尽善尽美与未尽美未尽善処。若後世作楽、只是做詞調、於民俗風化、絶無干渉、何以化民善俗。今要民俗反樸還淳、取今之戯本、将妖淫詞調刪去、只取忠臣孝子故事、使愚俗人人易暁、無意中感発他良知起来、却於風化有益。（古楽は興らないこと久しいが、今の演劇はなお古楽の趣旨に近似している。韶の九成は舜の演劇である。武の九変は武王の演劇である。聖人の一生で実際に起こったことは楽の中に伝えられている。故に有徳者が聞けば、その善を尽くして美を尽くしたところと、美を尽くさず善を尽くさないところを知る。もし後世の音楽が歌詞と音調だけであり、民俗や風化に全く関わりを持たなければ、どうして民衆を教化し風俗を改善できようか。今、民俗に醇朴を取り戻そうとするには、今の演劇から淫猥な歌詞や音調を削除し、忠臣孝子の説話に取材して、学問を受けない民衆にわかりやすく、無意識のうちに彼らの良知を喚起させれば、教化に有益である。）

①『庶幾堂今楽』初集・二集(64)――清余治はこの王守仁の演劇論を継承しており、『庶幾堂今楽』自序（咸豊十年〔一八

六〇））において、俗情に通じるため、演劇を用いることによって民衆を教化すべきだと述べている。

古楽衰而後、梨園教習之典興。原以伝忠孝節義之奇、使人観、感激発於不自覚、善以勧、悪以懲。……無如、沿習既久、本旨漸失。……所演者、遂多不甚切於懲勧。近世軽狂佻達之徒、又作為誨淫誨盗諸劇、以悦時流之耳目、……而古人立教之意、遂蕩焉無存、風教亦因以大壊。……余不揣浅陋、擬善悪果報新戯数十種。一以王法天理為主、而通之以俗情、……以之化導郷愚、頗覚親切有味、……以佐聖天子維新之化、賢有司教育之窮、当亦不無小補矣。……師儒之化導、既不見為功、郷約之奉行、又歴久生厭、惟此新戯、最洽人情、易俗移風。……（古楽が衰退して後、梨園教習の典礼が興った。もともと忠孝節義の奇談を伝え、人に鑑賞させて無意識のうちに感動を生じさせるものであり、善行は勧め、悪行は戒めた。……だが久しく踏襲するうちに本旨が次第に失われ、……上演するものは多く勧善懲悪に関係がなくなった。近時の軽佻浮薄の徒は、また淫行・窃盗を教唆する諸劇を作って、時流の耳目を悦ばせており、……古人の教化の趣旨は全く存在せず、風教も大いに壊滅している。……私は浅薄を顧みず、善悪果報の新作の戯曲を数十種創作した。すべて王法・天理を主旨とし、俗情に通じており、……これによって無学な村人を教化すれば、かなり親しく味わいを覚えさせ、……聖天子の維新の教化、賢有司の教育の普及を助けるにも、些かの補助となるのは間違いない。……学者の教導が功を奏せず、郷約の執行も飽きられてきた今日、この新作の戯曲だけがもっとも人情に合致し、風俗を改善できるのである。……）

余治は官署主導の「聖諭宣講」が効果を奏さないのを見て、演劇形式を借りた宣講を行ったのであった。なお同治十二年（一八七二）の兪樾の序文にも、民衆が親しみを感じる演芸を利用した教化が有効であることを指摘している。

天下之物、最易動人耳目者、最易入人之心。是故、老師・鉅儒坐皋比而講学、不如里巷歌謡之感人深也。官府教令張布於通衢、不如院本・平話之移人速也。君子観於此、可以得化民成俗之道也。……而今人每喜於賓朋高会・衣冠盛集、演諸穢褻之戯、是猶伯有之賦「鶉之奔奔」也。余君既深悪此習、毅然以放淫辞自任、而又思因勢而利

導之、即戯劇之中、寓勧懲之旨、爰捜輯近事、被之新声。……『楽記』(65)云、「人不能無楽。楽不能無形。形而不為道、不能無乱。先王耻其乱、故制雅頌之声以道之。使足以感動人之善心、不使放心、邪気得接焉。」……今以鄭衛之声律而寓雅頌之意、所謂其感人深、其移風易俗易者、必於此乎在矣。……(天下の物は、最も人の耳目を動かしやすいものが、最も人の心に入りやすい。この故に、老師・大儒が講座に座して講義することは、里巷の歌謡が深く人を感動させるのに及ばないし、官署の告示を大通りに貼ることは、戯曲・語り物が速く人を教化するのに及ばないのである。君子がこれを見れば、民衆を教化し風俗を化成する道を得ることができる。……しかし今の人は常に賓客朋友の会合や衣冠を着けた高官の集会に、猥褻な戯曲を上演することを喜ぶ。これは伯有が「鶉の淫奔」(『詩経』鄘風)を賦したようなものである。余君は深くこの悪習を憎み、毅然として淫猥な文字を放逐することを自らの任務とし、勢いに乗じて善導し、戯曲の中に勧善懲悪の主旨を寓し、近事を収集して新しい音楽を副えた。……『楽記』に、「人は音楽が必要である。音楽は形体が必要である。形体があっても正道でなければ、必ず乱れる。先王は乱れることを恥じて、雅頌の音を制定して誘導し、人の善心を感動させて慢心させず、邪気が近づかないようにしたのである。」……今、鄭衛の音律に雅頌の意を寓しているのは、いわゆる人を深く感動させるためであり、風俗の改善が易しいのは、必ずこの点にあるのである。)

また『庶幾堂今楽』「上当事書」(第八条)でも、演劇形式で宣講を行えば、郷約の中で宣講を行うことよりも大きな効果をあげることを説いている。

一、梨園宜一律釐定也。……試演一日、必有千百老幼男婦環観羣聴。……較之郷約之何啻百倍、何憂不能家喩戸暁耶。……凡有梨園、必官為釐定、其不可為訓者、悉刪之、永禁不許演唱。……(一、梨園は一律に管理すべきである。……一日試演すれば、必ず多数の老若男女がわんさと視聴するのであり、……郷約の百倍にとどまらぬ効果を奏し、津々浦々に知れ渡ることは疑うまでもない。……すべての梨園は必ず官署が管理し、訓戒を守らないものは、ことごとく削除し、永久に上演させないことである。……）

『庶幾堂今楽』四十種は必ずしも「聖諭六訓」「聖諭十六条」に基づいたものばかりではなく、広く善行を勧め、悪行を戒める内容の宣講であった。

初集「後勧農」（勧孝悌力田也）、「活仏図」（勧孝也）、「同胞案」（勧悌也）、「義民記」（勧助餉也）、「海烈婦記」（表節烈、懲奸悪也）、「岳侯訓子」（教忠、教孝也）、「英雄譜」（懲誨盗也）、「風流鑒」（懲誨淫也）、「延寿籙」（記修身改相也）、「有怪図」（懲溺女也）、「屠牛報」（儆私宰也）、「老年福」（勧惜穀也）、「文星現」（勧惜字也）、「掃螺記」（勧放生也）、「前出劫記」（勧孝也）、「後出劫記」（勧救済也）

二集「義犬記」（懲負恩也）、「回頭案」（嘉賢妻孝女也）、「推磨記」（儆虐童媳也）、「公平判」（懲不悌也）、「陰陽獄」（懲邪逆也）、「硃砂痣」（勧全人骨肉也）、「同科報」（勧済急救嬰也）、「福善図」（儆軽生図詐也）、「酒楼記」（戒争殴也）、「緑林鐸」（儆盗也）、「劫海図」（分善悪、勧投誠也）、「焼香案」（戒婦女入廟也）

各作品の歌詞はおおむね七言句と十言句から成っている。たとえば「活仏図」（勧孝也）は、〔安徽省〕太和県の楊甫が老母戴氏の世話を妻趙氏に託して西方へ活仏を求めに行くが、途中で老僧に会って活仏は東方にいると聴き家に帰ると、実は老母こそが老僧の告げた形相をしていたことを発見するという孝心を称揚する話であり、如来は次のように七言句で主題を唱う。

常嘆世人顚倒顚、痴心学仏想西天。（常に世人は顚倒し、仏求めて西に行く。）

霊山原在心田見、心田要好在堂前。（霊山心の中にあり、心を母に捧ぐべし。）

また老母が楊甫の帰りを思う心情は十言句で表現される。

恨我児、想我児、登高一望。（子恨み、子想い、山から望む。）

路迢迢、山隠隠、何処西方。（道遙か、山深く、西方いずこ。）
有妖怪、有虎狼、許多魔障。（妖怪や、虎狼など、魔性多く。）
孤単単、向前去、好不悽惶。（只一人、旅すりゃ、さぞやこわかろう。）
害老身、毎日間、眠思夢想。（老いた身は、毎日思う、寝ても覚めても。）
不知你、何日裡、回転家郷。（ああおまえ、いつになれば、帰るのか。）

この故事は清の寄雲斎学人編『日記故事続集』（同治四年（一八六五））上巻「親即活仏」にも掲載されている代表的な啓蒙故事であるが、『日記故事続集』では次のように記述は短い。

〔宋〕楊黼、太和人。辞母入蜀、訪無際大士。当時有道高僧也。路遇一老僧、問何往。楊黼曰、欲訪無際。僧曰、訪無際、不如見活仏。黼問、活仏今在何処。僧曰、汝但帰家、見披衾倒屣者、即仏也。（楊黼は太和県の人であった。母と別れて蜀の地に入り、無際大士を訪ねた。当時有徳の高僧である。途中で一老僧に出会い、どこに行くかと問われた。楊黼が無際を訪ねると応えると、僧は無際を訪ねるよりは活仏に会う方がよいと言った。楊黼が活仏はどこにいるかと問うと、僧は、おまえは帰宅して布団を被って草履を逆に履いた者に会えば、それが仏だと応えた。）

これに対して余治の戯曲は、楊の賢妻を登場させ、夫の留守中に病気になった老母と実父を自分の股を割いてスープを飲ませて救い、一家はともに昇天する話としている。なお『宣講集要』巻二「堂上活仏」では、楊黼を不孝者として描く[66]。

山西太原府一人、名楊黼。父早喪、母親胡氏在堂。有田五十余畝、楊黼在家耕種。怎奈事奉母親、少有恭敬。衣食二字、雖然未欠、究竟無有順従。胡氏只得忍耐過日。（山西太原に楊黼という人がいて、父は早く亡くなり、母親胡氏があり、田五十余畝を楊黼が耕していた。しかし母親の奉養が至らず、衣食を欠くことはなかったが、言うことを聞くことができず、胡氏は我慢して過ごすしかなかった。）

②『宣講戯文』一巻（光緒十二年〔一八八六〕）

同じく演劇の教化作用を借りた宣講に『宣講戯文』がある。この作品は、福建の人々が親しむ布袋戯（指人形劇）形式の善書であり、地方の演芸を利用した勧善方法である。

刊行者である東局諸同人の序文（光緒十二年〔一八八六〕）には布袋戯の功罪について述べ、風俗に関わる作品だけを創作すべきだと主張している。

演劇之最宣淫者、莫如掌中班。邇来窮工極巧、絵影絵声、青年士女、観者罔不心動焉。傷風敗俗、莫此為甚。前経官紳禁約、無可如何。茲本局諸同人、就善書堂合撰数段。皆有関於家庭、有関風化、能使士女観之、触目而警心。……（演劇で最も淫乱を宣揚する者は指人形劇に及ぶものはない。爾来巧妙を極め、姿や声をよく写し、青年男女の観衆は心を動かさないものはなく、風俗を損なうものでこれより甚だしいものはない。これまで官署や郷紳が取り締まってきたが、効力がない。そこで本局の同人たちは善書堂において数話を創作した。皆家庭に関わり、風俗に関わる話であり、男女が観れば、すぐに戒めを感じさせることができる。）

その演目は「古廟呪媳」「大団円」「現眼報」「惜字獲金」「偽書保節」「妬心忘義」「純孝延寿」「琵琶記」「仗義得妻」九種であり、このうち「古廟呪媳」「大団円」は『宣講集要』巻六、「現眼報」は『宣講集要』巻十二、「惜字獲金」は『宣講集要』巻九にも掲載されている勧善説話である。

たとえば「古廟呪媳」は、汪大（白面生〔大白〕）・汪二（二白）兄弟の嫁銭氏・周氏がそれぞれ夫を唆して分家させたあげく姑顔氏を追い出したため、姑が土地廟で呪詛すると嫁二人に天罰が下る話であり、『宣講集要』と同じく、兄弟の嫁が互いに口論する場面や姑が嫁を呪詛する場面に歌唱が行われる。姑の呪詛の歌詞は以下のとおりである。

二個親婦大不孝、日日一家来吵鬧。（二人の嫁は不孝者、毎日一家で騒ぎ出す。）

柴米油鹹同一家、両個毎毎私偸漏。（薪と食材共有なのに、二人は密かに盗んでる。）

婆仔但得無奈何、暫将両家来折灶。（姑はしかし術もなく、竈を割って分家した。）

毎家当我十日期、周氏十日都未到。（十日毎の輪番制、周氏は十日が来ないうち。）

将我騙去銭氏家、二人用心来張罩。（騙して銭家に追放し、二人巧みに罠を張る。）

可憐今日我生辰、拉我関做門外狗。（あわれ私の誕生日、外に出されて犬のよう。）

大神須着顕聖霊、責罰両婦有応効。（神様霊験顕して、二人の嫁を懲らしめて。）

このほか「大団円」は、清蒲松齢『聊斎志異』（康熙十八年〔一六七九〕）巻二「張誠」に基づいた、商人張炳之（老生）の後妻牛氏が前妻呉氏の子張訥を虐待するが、張訥が虎に攫われた弟張誠を捜して炳子の最初の妻何氏の子張謙と出会い、何氏と三兄弟は炳之と同居し、牛氏は天罰で病死する話である。

「現眼報」は、富豪張懐徳が賢妻段氏の諫言を聴かず子弟の教育費を惜しむが、教育を受けなければ侮辱を受けることに気づく話である。

「惜字獲金」は、文字を大事にする呉欽典が八卦文のある亀殻を得て外国商人が大金で買い取り、文字を粗末にする無頼趙文が神罰で失明する話である。

六　結び

聖諭宣講ははじめ郷約の中で行われていた地方自治の方策であったが、後に場所・形式にとらわれず、民衆が親しみを感じる歌謡・説唱・宝巻・演劇などの通俗文学を通じて行われて効果を奏した。本節では筆者が最近収集した資料の中から代表的なものを抽出し、その教化精神を考察してみた。

注

（1）封面表「勧善歌」。封面裏「光緒二十四年浙江藩署刊頒」。上海図書館蔵。
（2）封面「勧農大勤耕種／佐大人勧民／勧人真戒嫖賭　源盛堂」。上海図書館蔵。
（3）封面「十字文　堂刻／楊大人勧民（図）」。
（4）封面「世間多少懶婦人／懶大嫂／細聴書中表分明　内江清和堂」。上海図書館蔵。
（5）封面「小姑嬢」。上海図書館蔵。
（6）封面「甲戌新刻／全家宝／岳陽彭同文堂梓」。半葉七行全七葉。上海図書館蔵。
（7）封面「全家宝」。湖南省図書館蔵。
（8）封面「全家宝／懐鎮蕭禎□□」。孔夫子旧書網、広西山水甲天下書店、二〇一三年九月出品。
（9）封面「酒食財気全集／四字可少莫多／中湘　　堂刊」。上海図書館蔵。
（10）「若」は「惹」の誤字。
（11）封面「光緒丁丑年刊／醒人心／瀘州嘉明鎮培文堂」。上海図書館蔵。
（12）表紙手書「光緒十七年　蜀東農民　四川唱本無価宝」。封面「時時把穏／免上当／刻刻留心」。上海図書館蔵。
（13）「悟」は「誤」の誤字。
（14）「現」は「献」の誤字。
（15）封面「早回頭／勧戒貪淫／洋煙賭博／小碼頭文成堂刊」。板心「早回頭」。上海図書館蔵。
（16）封面「養育歌全本／新刻勧世文／洪江　　堂哥書発兌」。上海図書館蔵。
（17）封面「光緒三十一年重刻　後附稀豆仙法／陝西董世観勧善十二条良言好話／敬惜字紙」。

(18) 封面「勧民九歌／静海鄧長耀印贈」。上海図書館蔵。

(19) 封面「同治癸酉（十二年、一八七三）新鐫／板存□□□□／脱苦海／刷印不取板貲」。

(20) 封面「丙辰年重刻／保命金丹／板存□□」。本書五一五頁注（6）参照。

(21) 巻二、巻四は中国社会科学院文学研究所蔵。半葉八行、行二十一字。竺青「稀見清末白話小説集残巻考述」（二〇〇五、『中国古代小説研究』、中国社会科学院文学研究所中国古代小説研究中心編、第一輯、三五九～三七二頁）参照。巻三、半葉九行、行二十一字。

(22) 封面欠。半葉八行、二十二字。

(23) 封面「光緒十年夏季重梓／閨閣録／板存甘粛省城河北文昌宮。若有印送者不取板資」。半葉八行、二十四字。

(24) 封面「夢覚子彙集／閨閣録／光緒十五年孟冬月新鐫」。半葉十二行、二十三字。王見川等編『明清民間宗教経巻文献続編』（二〇〇六、台北、新文豊出版公司）第十一冊所収。

(25) 封面「光緒九年秋季重梓／法戒録／甘粛蘭城善士重刊　板蔵河北文昌宮願印者問城隍廟中和堂便知」。北京市大順斎、二〇〇九年十一月、孔夫子旧書網出品。

(26)「大法戒・閨閣二録、肇始於西蜀善士、参定於磚坪信人、金城信士。」

(27) 封面「光緒辛卯首夏月鐫／法戒録／板存騰陽明善堂」。蘭州市五泉淘書斎、二〇一二年二月、孔夫子旧書網出品。

(28) 半葉十行、行二十五字。早稲田大学図書館風陵文庫蔵。

(29) 封面「民国乙卯年重鐫／浪裏生舟／新都鑫記書荘蔵板」。大連図書館蔵。

(30) 封面「民国五年丙辰歳春月新鐫／孝逆報／銅邑虎峰場栄華堂蔵板」。目次に「破迷子編輯、務本子校書」。大連図書館蔵。

(31) 上海図書館蔵。

(32) 封面「宣講回天案證」「光緒丁未年益元堂刊」。中央研究院蔵。

(33) 封面「光緒戊申季春鐫巴蜀善成堂蔵板」。半葉十行、一行二十二字。中央研究院蔵。別に半葉八行、一行二十二字の版本あり。存巻一。刊行年等不詳。湖北省宜都市古籍旧書店、二〇一三年十一月、孔夫子旧書網出品。

(34)『蓬萊阿鼻路』敏部巻四掲載。
(35) 早稲田大学図書館風陵文庫蔵。本書にはまた石印本がある。封面「改良絵図圏点離句／宣講摘要／宣統元年徳本堂印行」。四巻。案証三十三。本文半葉二十一行、行四十五字。
(36) 封面「壬子年重刻　同善堂存板／善悪現報／敬惜字紙　楽善捐貲不吝」。
(37) 封面「民国六年新鐫／彌渡県楊官村清和善壇蔵板／八柱撑天／有印送者自備紙墨不取板資」。
(38) 封面「民国十七年新訂／聊城王雨生先生手著／新編宣講宝鑑／東昌善成堂書局蔵板」。
(39) 封面「甲戌年（民国二十三年、一九三四）正月重印／宣講選録／北平西単牌楼横二条二号　電話西局五一七　大成印書社代印」。第十二冊末葉、末行「天運甲戌年印　双城崔献楼翻板」。双城は、湖広黄州府黄安県双城鎮か。早稲田大学図書館風陵文庫、上海図書館蔵。
(40)「改悪向善」を除く。
(41)「滴血成珠」を除く。
(42)「破迷帰真」（附奉祖歌）、「新婦呈祥」を除く。
(43)「窮凶顕報」を除く。
(44)「従父美報」「医悍奇方」を除く。
(45)「義嫂感娣」「節婦誅仇」「悌弟美報」「化夫成孝」「観灯致禍」「孝女免災」を除く。
(46)「大娘興家」「尚倹美報」「善医美報」「惜字美報」「遏悪揚善」「很婦現報」を除く。
(47)「異端招禍」「正学獲福」「三世輪廻」「賢婦興家」「無徳婦」「逆祖冥譴」「唆夫受貧」「偏聴後悔」「妬婦嫌媳」「婢母巧報」を除く。
(48)「賢女孝報」「誣良自害」「悔過自新」「悍婦顕報」「義鼠酬恩」を除く。
(49)「天理良心」のみ『宣講集要』転載。
(50) ただこの案証は冒頭部分が第五十五葉裏に採録されているが、目録にはない。第五十六葉からは「改悪向善」という別の案証が途中から掲載されている。元来あったものを削除したのではないか。

(51) 封面「新刻/活人変牛/永州文順書局」。上海図書館蔵。

(52) ①封面「民国丁巳年(一九一七)刊刻　敬惜字紙/木匠做官/浄手翻閲切勿汚穢・若不願看転送他人　虞邑守身堂蔵板」。半葉十行、行二十五字。諸城市山東秀才、二〇〇九年三月、孔夫子旧書網出品。②封面「民国九年　重刻　敬惜字紙/木匠做官/浄手翻閲切勿汚穢・若不願看転送他人　晋潞安・沢州府　同善堂・至善堂　捐貲」。半葉十行、行二十五字。諸城市山東秀才、二〇〇九年三月、孔夫子旧書網出品。③封面「歳次癸酉年(一九三三)仲春吉日　重刻/木匠做官/敬惜字紙　解州東関　時壹心堂存板」。半葉九行、行二十一字。介休市李歩章、二〇一三年八月、孔夫子旧書網出品。

(53) 封面「民国七年　新刻　崔仙姑回文/長城找夫/敬惜字紙・戒食牛肉　東昌府金善堂存板」。版心「長城找夫」。中国戯曲研究所蔵。

(54) 封面「宣講案証/民国十六年　新刊/珍珠塔/新都鑫記書荘」。版心「浪裏生舟　巻二　珍珠塔」。中央研究院傅斯年図書館蔵。

(55) 封面「宣講案証/民国十六年　新刊/猪説話/新都鑫記書荘」。版心「浪裏生舟　巻三　猪説話」。中央研究院傅斯年図書館蔵。

(56) 封面「民国癸酉重刻/新註悪媳毒婆/後附照心宝鏡　彰徳明善堂存板」。

(57) 半葉十行、行二十四字。

(58) 民国十三年(一九二四)楊文鼎「銭孝子宝巻跋」。上海図書館蔵。

(59) 同治五年(一八六六)歳次丁卯季冬　日抄録袁徳培。上海図書館蔵。

(60) 封面「光緒辛巳仲冬鐫/鸚哥宝巻」。上海図書館蔵。

(61) 下巻封面「新刻鸚歌記/全文堂兌」。上海図書館蔵。

(62) 封面「光緒己亥之夏鐫/勧世宝巻/古杭西湖弥勒院比丘醒徹敬刻」。上海図書館蔵。

(63) 清陳宏謀編『五種遺規』養正遺規補編「王文成公訓蒙教約」収。『王文成全書』巻二「訓蒙大意示教読劉伯頌等」の原文はやや異なる。

(64) 東京大学東洋文化研究所蔵。

(65) 『荀子』「楽論」の誤。「夫楽者、楽也。人情之所必不免也。……故人不能不楽。楽則不能無形。形而不為道、則不能無乱。先王悪其乱也、故制雅頌之声以道之。使其声足以楽而不流、……足以感動人之善心、使夫邪汚之気、無由得接焉。」『史記』巻二十四「楽書」も同じ。

(66) 阿部泰記「宣講聖諭——民衆文学特色的演講文」(二〇〇六、アジアの歴史と文化十)参照。

第五節　「攢十字」形式の歴史

一　はじめに

清朝の聖諭宣講は、清末に至って郷約以外の場所で歌謡形式・説唱形式・宝巻形式・演劇形式など様々な通俗形式を用いて行われるようになった。それは官製の郷約が教化の効果を十分に発揮しなかったためである。そしてそのテキストの多さからも効果があった様子を見て取ることができる。

郷約の中でも「歌詩」（詩を歌う）ことは「感発志意」（意志を感発させる）のためであると考えられており、そうした発想は『毛詩』大序の「詩は人の情感を動かして人を教化する」という考え方を継承していると言え、歌謡形式のほか、説唱形式・宝巻形式・演劇形式などにおいても、人物に歌唱させることによって民衆を感動させた。民衆は抽象的な道徳論よりも、身近な孝行話などを好み、孝子・貞女などの人物の言葉を歌唱形式で表現することを好んだのである。物語の中ではストーリーだけではなく、情感のこもった具体的な言葉を聴衆は必要としていたと思われる。

その歌唱も時代の推移にともなって七言句から「攢十字」と称する七言句の上に三言を加えた十言句の韻文が起こった。これは通俗文学の趨勢であった。「攢十字」は七言句の後に出現した新しい会話調の詩体であり、元代には雑劇の科白の中に出現して、明代では世俗的な語り物である説唱詞話や宗教的な語り物である宝巻に使用されるようになり、清代に至って梆子腔の地方劇などで七言句と併用されて人物の歌唱に用いられた。宣講の歌唱はこうした伝統文学の影響を受けており、演劇との類似性を呈する。

本節では、詩歌と物語の歴史をたどりながら、宣講における歌唱表現の意義について考察してみたい。

二　宣講の「攢十字」

宣講では人物の言葉を「宣」（歌唱）によって表現するのを常とする。『宣講拾遺』(1)の通真老人序には、

叶成音律、演作歌謡。其言情処、苦者令人感泣、楽者令人鼓舞。（音律に叶って歌謡を演じており、その感情を述べるところでは、苦しさは人を感泣させ、楽しさは人を鼓舞する。）

と言い、さらに『宣講拾遺』を模倣した『宣講管窺』(2)の宣統三年（一九一一）許鼎臣序には、

写其情与理与事之始末曲折、暇為父老・女婦・童穉・隷豎誦説、聴者或喜或泣或驚或愧。（その情と理と事の始末曲折を写して、暇なときに老人・婦女・児童・召使に歌って聞かせると、聴く者は喜んだり泣いたり驚いたり恥じたりする。）

と言って、物語の詠唱形式が観客の感情に訴えたことを指摘している。ただその場合、歌詞は会話調の平易な十言句が多い。

たとえば『宣講集要』「大舜耕田」(3)では、孝子である舜は自分に屋根葺きを命じて放火した継母を逆に慰め、父母に嫌われる理由がわからず、自分を責める。その言葉は歌唱形式であるため、聴くものを悲しませる。

哭一声　上天爺　明明亮亮、　ああ悲し　神様あなたは　お見通し、
我虞舜　猜不到　自己心腸。　私には　自分の気持ちが　掴めない。
一路走　一路哭　一路思想、　歩きつつ　泣きつつ　ずっと考えた、
不知是　那一回　得罪爺娘。　いつどこで　私が父母を　怒らせた。

想去問　又怕把　憂気添長、　尋ねると　益々憂いが　増しゃせぬか、
只好是　自己問　自己凄涼。　しかたなく　自分に問うて　我慢する。

宣講では、主人公の舜だけでなく、舜を虐待した両親の悔悟の言葉も、舜が即位した後に歌唱によって表現される。

我的児　真乃是　天生孝順、　我がむすこ　その孝行は　うまれつき、
我二老　都做了　人上之人。　我ら親　いずれも身分を　きわめたり。
你看他　為天子　這等孝順、　見よ彼は　天子でかくなる　孝順さ、
悔不該　起黒心　把他待承。　悔いるべし　悪意の虐待　加えしを。

他的母親又説道。　母親もまた申します。

這都是　為娘的　其心太狠、　これすべて　母のわたしの　意地悪さ、
這幾年　屈了他　受尽苦情。　この幾年　虐めて苦しみ　受けさせた。
多虧他　行孝道　始終不恨、　幸いに　孝行むすこは　根に持たず、
到如今　回頭想　真不過心。　今になり　昔を想えば　恥ずかしい。

このように宣講では人物が歌唱形式で真情を吐露し、観衆に訴えることを特色とする。特に人物の純孝、悔悟の感情を表現するには詩歌は最も有効な手段であったと思われる。

宣講は現在では伝承する地方が少ない(4)。ただ湖北の漢川市だけはなおこの伝統を伝える(5)。新時代の漢川善書の代表作に『匕首案』(6)がある。濱江市長城路の治保主任王世敬が悪党の脅迫に屈せず街の治安を護る様子を描いた作品であり、作中で王世敬の老妻は夫に引退を勧めて次のように歌う。

哎呀、爹爹哪。　ああ、お爺さん。

狗強盗　竟敢来　無理取鬧。　悪党は　ずうずうしくも　脅してる、
我本有　衷腸話　請聴根苗。　私には　話があります　よく聴いて。
往日裏　我対你　多次勧告。　常日頃　貴方に何度も　言いました、
你偏要　尋罪受　不聴分毫。　それなのに　貴方は全く　聴き入れず。
有児女　来養老　哪些不好。　扶養され　老後過ごして　なぜ悪い、
你偏要　搞治安　日夜操労。　なのにまだ　治安に務めて　苦労する。

王世敬も老妻に対して次のようにやさしく説得する。

婆婆哪。　婆さんや。
叫婆婆　你不必　担心過份、　婆さんや　お前は心配　し過ぎだよ、
細分析　多思考　不説自明。　よく調べ　考えて見れば　明らかだ。
這本是　強盗們　把路走尽、　これこそは　悪党達が　逃げ場なく、
狗急了　要跳墻　有麼可驚。　犬のよう　焦って牆を　飛び越える。
搞威脅　和恐吓　跟我斗狠、　恐喝や　脅しでわたしに　挑む気だ、
豈知我　絶不是　軟弱無能。　誰知ろう　わたしは臆病　者ならず。

夫が年老いて事件に巻き込まれはしないかと心配する老妻の憂愁と、老いてなお悪と闘うことを務めと考える夫の気概を歌唱によってよく表現している。

この作品ではこのほか、若者崔福松の祖母が十七歳になった福松に対して教訓を垂れる場面、留置所から帰宅した福松が祖母の死を知って悔悟する場面などに「攢十字」の歌唱が用いられている。

三　演劇の「攢十字」

こうした「攢十字」は、現代の梆子腔の戯曲において、七字句とともに人物の言葉に多用される。たとえば河南の曲劇『田翠屛』(7)第二場では、田翠屏が母に泣きついて夫の旅費を無心する言葉を「詩篇」(曲調)で表現している。

未開言　不由人　悲哀悲痛、　話す前　思わず悲哀に　襲われる、
忍悲涙　尊母親　你且細聴。　涙堪え　母様どうぞ　よく聴いて。
只因為　老舅父　身得重病、　おじ様が　重い病気に　罹られて、
従山東　捎回来　書信一封。　山東の　手紙が一通　とどいたわ。
婆母娘　打開了　書信観看、　義母様は　手紙を読んで　考えて、
他要叫　你門婿　去到山東。　わが婿に　山東行きを　託された。

同劇の第六場、山東から帰還した紀従栄が吝嗇な岳父に借りた金を返す苦衷を、「詩篇」(曲調)で表現する。

尊岳父　穏坐在客庁、　お義父さん　客間におかけなさい、
聴我把　投親事　講来你聴。　親戚を　訪ねた話を　致しましょう。
到山東　我舅父　病体沈重、　山東で　舅父さん病気が　悪化して、
全不料　他一死　命喪残生。　図らずも　彼はこの世を　去りました。
也是我　把家業　具都売浄、　この私　家産をすべて　売りはらい、
売足了　八百紋銀　転回程。　こしらえた　銀八百両を　たずさえた。

河南の越調『血手印』(8)第九場では、許嫁の王孝蓮が父の婚約破棄を非難する男の林有安に対して、決して背信はしないと表明する言葉を「賛子板」（曲調）で表現する。

王孝蓮　羞答答　上前答応、　王孝蓮　恥を忍んで　前に出て、
開言来　尊一声　奴的公公。　口開き　一声叫んで　お義父様。
想当年　咱両家　友情甚重、　その昔　両家の関係　根強くて、
您家男　俺家女　才把親成。　双方に　男女生まれて　縁結ぶ。
至如今　您林家　生活困窘、　今になり　林家の生活　困窮し、
我的父　想昧了　你的親情。　我が父は　婚約解消　もくろんだ。

湖南の祁劇『避塵珠』(9)第一場では、宝物朝貢の旅に出る伍寅春に対して、母苗氏、妻王桂英が忠告を与え、家族の愛情が「北路漫板」（曲調）で表現される。

苗氏女　坐草堂　一言訓教、　われ苗氏　あばら屋に坐し　説教す、
伍寅春　我的児　細聴根苗。　伍寅春　わが子よく　聴きなさい。
此一番　到京城　去進国宝、　このたびは　みやこに国宝　献上す、
但愿児　做高官　身掛紫袍。　ねがわくは　高官を得て　紫袍着よ。
　蒙老母　在堂前　把児訓教、　母上は　母屋の前に　訓辞垂る、
報不尽　老母恩　地厚天高。　母の愛　天地の如く　偉大なり。
但愿得　進宝珠　功名有靠、　願わくは　宝珠献じて　及第し、
修書信　接老婆　報答劬労。　手紙書き　妻を迎えて　報いたし。

王桂英背包裏上。　　　　　王桂英が包みを背負って登場する。
王桂英　在房中　行李収好、　　王桂英　部屋で荷物を　作り終え、
嘱咐了　奴的夫　緊記心梢。　　くれぐれも　私の夫　よく聴いて。
你去後　我婆媳　無依無靠、　　貴方去り　女二人は　寄る辺なし、
愿夫君　上京城　金榜名標。　　願わくは　都で及第　なさいませ。

これら演劇の歌詞を宣講の歌詞と対照すると、両者は真情表現において大いに功を奏しており、宣講の歌唱は民間歌劇の歌唱を借用していたと言えよう。

四　宝巻の「攢十字」

宝巻も梆子腔音楽の影響を受けた。ただ語り物である宝巻では、演劇とは相違があり、そこで使用される「攢十字」は、人物の言葉だけではなく、人物の特徴などの叙事の際にも用いられていた。

『孟姜女哭長城宝巻』(10)を例にあげると、孟姜女が范其郎と結婚する場面では、梆子腔劇と同じように、「攢十字」で孟姜女の歓喜の心情を表現する。

孟姜女　忙上香　双膝跪倒、　　孟姜女　香を奉じて　膝をつき、
叫一声　范其郎　咱俩成親。　　其郎さま　私たちの　この結婚。
天為媒　地為証　父母作主、　　天と地が　証して親も　同意して、
你願娶　我願嫁　喜在心中。　　私たち　望みがかなって　嬉しいわ。

しかしながら、語り手が范其郎の有能を説明する場面にも、「攢十字」は用いられている。

范其郎　読詩書　深明大義。　范其郎　詩書を学んで　大義知る。
会兵法　能点兵　出人頭地。　武術長け　兵を繰っては　才抜群。
為国家　修長城　不惜力気。　国のため　長城築いて　力惜しまず。
衆郷親　擁戴他　同心協力。　村人も　かれを支持して　力出す。

なお『新刻修真宝伝因果全部』(11)では、陳春秋が出家するため、婚姻解消の手紙を李家に送る場面で、語り手の叙述は七言、手紙の言葉は「攢十字」で区別して表現している。

春秋当時主意定、灯光之下写書文。　春秋その時考えて、灯火の下で手紙書く。
七字頭上添三字、攢成十字説根生。　七字の頭に三字添え、十字の歌でわけを言う。
上写着　陳春秋　頓首転拝。　筆を執り　陳春秋より　ごあいさつ。
尊一声　李小姐　細聴開懐。　李娘どの　私の話を　よく聴いて。
我和你　成姻親　前世註載。　二人とも　婚姻前世の　定めゆえ。
二家的　父和母　喜笑顔開。　両家では　父母の喜び　限りなし。

ところでこうした「攢十字」の形式は元代に出現したと言われる。(12)元雑劇では主人公（正末・正旦）の言葉は曲牌（一定の詞型を持った曲）によって歌唱表現され、「攢十字」は訴状や判決の言葉という限られた場合にのみ使用されていた。たとえば『包待制智勘後庭花』第四折では、趙廉訪の判決の言葉を次のように述べる。

一行人、聴老夫下断。詞云、　一堂の者、わしの判決を聴くがよい。詞にいう、
果然是　包待制　剖決精明。　まことかれ　包待制は　名判官。

便奏請　加原職　三級高升。　上奏し　三階級を　上すべし。
王婆婆　可憐見　賞銀千両。　王老婆　哀れみ賞す　銀千両。
劉天義　准免罪　進取功名。　劉天義　罪は赦すぞ　受験せよ。

ちなみにこれは公案における「判」である。唐白居易の「百道判」以来、「判」の文体は四六文と決まっていたが、小説では官制の規格にこだわらず、詩や詞の自由な規格によって表現された。たとえば南宋「黄判院判戴氏論夫」[13]では、黄県令が戴氏と重婚した王生を裁いた判を七言詩で表現している。

山陰戴氏可憐貧、　山陰の戴氏貧しくて、
王生訪戴喜新春。　王生訪ねて愛し合う。
但託女郎簽紙尾、　女性に婚約託したが、
且無書鋪与牙人。　代書人なく仲人なし。
帰来心約与前別、　妻と離婚を約したが、
君向瀟湘我向越。　二人の前途は違う道。
王生興尽且須帰、　王生興尽き帰るべし、
不免空舡載明月。　船に載せるはお月様。

元曲に見える判決の「詞」は十字句ではあるが、こうした小説の判の流れを汲むものである。

「攢十字」は明代の中葉に発達した。車錫倫氏は、説唱詞話『花関策下西川伝』『唐薛仁貴跨海征遼故事』の例を挙げている[14]。たとえば『唐薛仁貴跨海征遼故事』では、人物の言葉に「攢十字」を用いる例として、薛仁貴の妻柳金定が夫に出征を促す場面がある。

柳氏開言催虎将、　　柳氏は猛将せっついて、
多嬌嘆語告将軍。　　溜息ついて申します。
長言人弁家也弁、　　「能力あるもの家を成し、
自古家貧祖也貧。　　貧乏な家は祖も貧し。」
柳金定　叉定手　従頭細説、　　「柳金定　手を拱いて　申します、
勧丈夫　薛仁貴　且放寛心。　　わが夫　薛仁貴どの　懸念なく。
乾属陽　坤属陰　天地配会、　　乾は陽　坤は陰で　天地合い、
人生在　陽世間　男女同婚。　　人生まれ　この世で男女は　結婚す。」

ただ説唱詞話の場合も、「攅十字」は語り手によって人物や光景の説明に用いられることの方が多い。戦記物に相当する『花関策下西川伝』では、花関策の出立を述べる場面に「攅十字」を用いているし、次の『包龍図断曹国舅公案伝』のように、文武諸官の参内の光景を描写することもある。

両班排列在朝門。〔攅十字〕　　文武は宮殿の門前に整列します。〔攅十字〕
左丞相　右丞相　根随聖駕、　　左丞相と　右丞相は　聖駕に随い、
九卿臣　十節度　扶助明君。　　九卿臣と　十節度使は　明君を扶助。
百花袍　束玉帯　殿前太尉、　　百花袍　玉帯締むるは　太尉どの、
帯頭盔　披金甲　鎮殿将軍。　　兜被り　金甲着けるは　将軍さま。

明の諸聖鄰『大唐秦王詞話』も戦記物に相当し、「攅十字」は多く人物・光景の描写に用いられるが、巻一第四回、隋軍に追いつめられた秦王が古廟に祈禱する場面だけは、人物の言葉に「攅十字」が用いられている。

唐太子　急拈香　低声禱告、　　唐太子　香をつまんで　小声にて、
李世民　忙下拝　恭敬参神。　　「李世民　急いで跪拝し　祈禱する。
吾乃是　大唐国　高皇次子、　　我こそは　大唐高祖の　次男なり、
父李淵　祖李昞　李虎玄孫。　　父は淵　祖父は昞で　虎の玄孫。」

また『雲門伝』では、雲門山の洞窟を出た李清に対して、盲人の子孫が李清が隠れてからすでに七十年が過ぎ、一家が唐朝に滅ぼされたことを告げる場面に「攢十字」を用いている。なお叙事の大部分は、九言（七言の頭に二言を置く）によって行っている。(15)

　倘是老翁不厭刀刀説、　　「もしも私の御託をいとわずば、
待我信口搊成十字詞。　　あなたに十言唱って聞かせよう。
細把這段根苗都訴与、　　仔細にそのわけ話すため、
按着漁家鼓簡報君知。　　漁家の鼓簡で知らせよう。」

普天下　得地形　斉居十二。　　「天下の地　斉が占めるは　二割方。
論全斉　民物盛　無過臨淄。　　斉のうち　繁栄するは　臨淄の地。
在青州　又是我　李門為最。　　その青州　一番栄える　李氏の家。
遍城中　有手芸　半属親支。　　城中で　技術を誇るも　李氏一族。」

五　「攅十字」以前

このように物語の叙事のなかでは人物や光景の描写が韻文によって行われたが、中でも人物の言語は「攅十字」形式で人物自身の口を通じて表現されたのである。こうした叙事形式は早い時代から定着していた。唐代に敦煌で講じられた印度説話や中国説話を見ると、人物がその言葉を発する場面を設けて、韻文によって表現している。たとえば『伍子胥変文』（S.328）では、楚の平王に父と兄を誅殺され、官軍に追われて逃亡する伍子胥の悲嘆の言葉を七言詩で述べている。「攅十字」が用いられないのは、唐代では七言詩が主流であり、十字句がまだ発達していなかったからである[16]。

子胥行至莽蕩山間、　　子胥は莽蕩山に至り、
按剣悲歌而嘆曰、　　剣を握り悲歌して嘆きます。
子胥発忿乃長吁、　　「子胥憤って長嘆す、
大丈夫屈厄何嗟嘆。　　男子は災禍になぜ嘆く。
天網恢恢道路窮、　　法網めぐって道は尽き、
使我悽惶没投竄。　　慌てて逃げる所なし。
渇乏無食可充腸、　　飢えて食べる物はなく、
迥野連翩而失伴。　　荒野は続き伴もいず。
遙聞天塹足風波、　　遠くの大河は風波立ち、

山岳岩嶤接雲漢。　山岳聳えて空を衝く。」
悲歌已了、更復前行。　悲歌し終えると、また旅を続けます。

こうした悲歌の場面は、この物語の中では何回も見られる。この物語は悲歌を取り入れることによって悲劇的な雰囲気を盛り上げている。[17]『王昭君変文』（P.2553）でも同様に、王昭君が匈奴王の単于の前で望郷の気持ちを述べる場面を設けている。

昭君既登高嶺、愁思便生、　昭君は高い嶺に登ると、愁いがこみ上げて、
遂指天嘆帝郷而曰、若為陳説、　天を指し故郷を憂えて語ります、その場面は、
遠指白雲呼且住、　「遠くの白雲しばし待て、
聴奴一曲別郷関。　望郷の歌を聴いとくれ。
妾家宮苑住秦川、　わたしの宮殿西のはて、
南望長安路幾千。　南の長安はるかさき。
不応玉塞朝雲断、　玉塞の雲は切れずとも、
直為金河夜夢連。　金河の夢は地をつなぐ。
烟脂山上愁今日、　烟脂の山にて今愁え、
紅粉楼前念昔年。　紅粉の楼では昔想う。[18]」

また昭君が臨終を述べる場面も設け、昭君の遺言を五言と七言の詩歌で述べる。

明妃遂作遺言、略叙平生。　明妃は遺言を書いて身上を述べます。
留将死処、若為陳説、　臨終の場面は、如何かと申しますと、

妾嫁来沙漠、
経冬向晩時。
和鳴以合調、
翼以当威儀。
八水三川如掌内、
大道青楼若眼前。
風光日色何処度、
春色何時度酒泉。

「私が砂漠に来た時は、
すでに冬の日暮れ時。
夫唱婦随で和合して、
礼儀正しく連れ添った。
関中の河川そこにあり、
大道の青楼目に映る。
何処か陽光和らいで、
酒泉に春が来るのやら。」

六　結び

このように物語では人物の描写が重要であり、人物の言葉が詩歌によって表現されるわけは、詩歌が人物の悲哀や憂愁などの感情を表現するのに最適であったからにほかならない。詩歌の教化作用については『詩経』周南・関雎序に詩歌が社会を教化する作用を持っているという。

風、風也、教也。風以動之、教以化之。詩者、志之所之也。在心為志、発言為詩。情動於中、而形於言。言之不足、故嗟歎之。嗟歎之不足、故永歌之。永歌之不足、不知手之舞之、足之踏之也。情発於声、声成文、謂之音。治世之音、安以楽、其政和。乱世之音、怨以怒、其政乖。亡国之音、哀以思、其民困。故正得失、動天地、感鬼神、莫近於詩。先王以是経夫婦、成孝敬、厚人倫、美教化、移風俗。（風とは、風であり、教えである。風によって

動かし、教え化す。詩とは、志の赴く所である。心にある時は志であり、言葉に発すれば詩となる。情が心中で動くと、言葉として表れる。言葉でも足りなければ、嘆息する。嘆息しても足りなければ歌う。歌っても足りなければ、自然と手が舞い足を踏む。情は声に表れ、声は文をなす、これを音という。治世の音は安らかで楽しみ、政治は調和している。乱世の音は怨んで怒り、政治は不調和である。亡国の音は哀しんで思い、民衆は困窮している。ゆえに得失を正し、天地を動かし、鬼神を感じさせるのは、詩より相応しいものはない。先王は詩によって夫婦をただし、孝敬を成就させ、人倫を厚くし、教化を美くし、風俗を移している。）

実際に『詩経』の詩篇は、邶風「凱風」序に「凱風は孝子を美《ほ》むるなり」といい、小雅「鹿鳴之什」序に「南垓は孝子相戒めて以て養うなり」といい、邶風「谷風」序に「谷風は夫婦の道を失うを刺《そし》るなり」といい、周南「野有死麕」序に「野に死麕あり、無礼を悪《にく》むなり」というなど、風俗に対する賛美、訓戒、風刺、嫉悪等の教化の主旨を表現している。

後に唐代に至って、白居易（七七二〜八四六）は、『新楽府』（八〇九）[19]を創作したときに、この『詩経』の詩歌理論を用いて古代の治世を賛美し、時世の病態を諷刺した。その序に、次のように言う。

首句標其目、卒章顕其志、『詩』三百之義也。其辞質而径、欲見之者易諭也。其言直而切、欲聞之者深誡也。其事覈而実、使采之者伝信也。其体順而肆、可以播於楽章歌曲也。総而言之、為君為臣、為民為物、為事而作、不為文而作也。（第一句にその題目を表して、終句に主旨を明らかにするのは、『詩経』の教義である。その辞は質実率直で、見る者にわかりやすく、その言は直裁切実で、聞く者を戒めさせる。その事は深刻真実で、採集する者に信を伝えさせる。その体は恭順放肆で、楽章歌曲で伝播することができる。総じて君のため臣のため民のため物のため事のために作り、文のために作るのではない。）

その詩は第一句に標題を置き、標題の下に主旨を注する。たとえば、「七徳舞は、乱を撥《おさ》むるを美《ほ》め、王業を陳《の》ぶるなり」、「海漫漫は仙を求むるを戒むるなり」、「立部伎は雅樂の替《すた》るるを刺るなり」等等。(20)

宣講においてもこのような詩歌の教化作用が取り入れられ、その詩型は後世に至って民衆が親しむ会話調の「攢十字」形式に変容していったと考えられる。

注

(1)『宣講拾遺』(光緒二十四年〔一八九八〕、天津済生社蔵版)。

(2)『宣講管窺』(民国二十四年〔一九三五〕、謙記商務印刷所)。

(3)『宣講集要』(咸豊二年〔一九五二〕序、福建呉玉田蔵版)巻一「孝字」収。

(4) 筆者は二〇〇三年十二月十一日に四川省文化庁を訪れ、四川省曲芸団の副団長向暁東氏、揚琴家徐述氏から話をうかがい、さらに向氏から成都市群衆芸術館の群衆文化芸研部を紹介され、芸研部主任鄭時雍氏から成都市文化局「成都芸術」編輯部常務副主編蔣守文氏の消息を聞いて蔣氏にお話をうかがった。蔣氏は四川善書の研究者であるが、四川の善書はすでに衰退したと語った。もと四川省音楽舞踊研究所に勤めていた。

(5) 筆者は二〇〇二年十月二十二日に漢川市文化館を取材して漢川市の演芸場で善書の上演を鑑賞した。

(6) 月刊『布穀鳥』、一九八一年十一・十二期。

(7) 李宝山・董長明口述、趙一大記録、河南地方戯曲彙編第一集、一九五九、河南省劇目工作委員会編。

(8) 河南伝統劇目匯編、越調第二集、一九六三、河南省劇目工作委員会。

(9) 湖南戯曲伝統劇本第四十五集、祁劇第十三集、一九八四、湖南省戯曲研究室。

(10) 段平纂集『河西宝巻選』(一九九二、新文豊出版公司)収。

(11) 嘉慶辛酉年(一八〇一)復性子序、『蔵外道書』第三十五冊収、巴蜀書社。

（12）葉徳均『戯曲小説叢考』（一九七九、中華書局）「宋元明講唱文学」、車錫倫『中国宝巻研究論集』（一九九七、学海出版社）「明清民間宗教的幾種宝巻」、阿部泰記「宣講における歌唱表現」（二〇〇四、アジアの歴史と文化八）参照。

（13）羅燁『新編酔翁談録』庚集巻二。

（14）注（12）引車錫倫『中国宝巻研究論集』参照。

（15）九言句は元雑劇にも見える。たとえば『包待制智賺生金閣』第四折で、郭成の霊魂が龐衙内に殺害されたことを包待制に訴える場面の「詞」がそれである。

（16）ちなみに『史記』巻六十六「伍子胥列伝」には詩は一切記さない。

（17）①遂至呉江北岸、慮恐有人相掩、潜身伏在蘆中、按剣悲歌而嘆曰、「江水淼漫波濤挙、連天沸或浅或深。飛沙蓬勃遮雲漢、清風激浪喩摧林。……」悲歌已了、行至江辺遠盼。②子胥愧荷漁人、哽咽悲啼不已、遂作悲歌而嘆曰、「大江水兮淼無辺、雲与水兮相接連。痛兮痛兮難可忍、苦兮苦兮寃復寃。……」悲歌已了、更復向前、悽愴依然。③子胥帯剣、徒歩而前、至莽蕩山間、……思憶帝郷、乃為歌曰、「我所思兮道路長、渉江水兮入呉郷。父兄冥莫知何在、零丁遺我独惶惶。……」悲歌已了、由懐慷慨。

（18）晋石崇「王明君詞」一首（『文選』巻二十七）と異なる。

（19）唐白居易『白氏長慶集』巻三「諷諭」三『新楽府并序』に、「凡五十首、元和四年（八〇九）、為左拾遺時作。」

（20）宋郭茂倩『楽府詩集』巻九十七、白居易『新楽府』上序には、「新楽府五十篇、白居易元和四年作也。其序曰、「『七徳舞』以陳王業、『法曲』以正華声、『二王後』以明祖宗之意、『海漫漫』以戒求仙、『立部伎』以刺雅楽之替、『華原磬』以刺楽工之非其人、『上陽白髪人』以愍怨曠、『胡旋女』以戒近習、『新豊折臂翁』以戒辺功、『太行路』以諷君臣之不終、『司天臺』以引古而儆今、『捕蝗』以刺長吏、『昆明春水満』以思王沢之広被、『城塩州』以誚辺将、『道州民』以美臣之遇主、『馴犀』以感為政之難終、『五弦弾』以悪鄭声之奪雅、『蛮子朝』以刺将驕而相備位、『驃国楽』以言王化之先後、『縛戎人』以達窮民之情、『驪宮高』以惜人之財力、『百錬鏡』以為皇王之鑒、『青石』以激忠烈、『両朱閣』以刺仏寺之寖多、『西涼伎』以刺封疆之臣、『八駿図』以懲遊佚、『澗底松』以念寒儁、『牡丹芳』以憂農、『紅綿毯』以憂蠶桑之費、『杜陵叟』以傷農夫之困、『繚綾』以念女工之労、『売炭翁』以苦宮市、『母別子』以刺新間旧、『陰山道』以疾貪虜、『時世妝』以儆風俗、『李夫人』以鑒嬖惑、『陵園妾』以憐幽閉、『塩商婦』以悪幸人、『杏為梁』以刺居処之奢、『井底引銀瓶』以止淫奔、『官牛』以設執政、『紫豪筆』以譏失職、『隋堤柳』以惘亡国、『草茫茫』以懲厚葬、『古塚狐』以戒艶色、『黒潭龍』以疾貪吏、『天可度』以悪詐人、『秦吉了』以哀冤民、『鴉九剣』以思決壅、『採詩官』以鑑前王乱亡之由。」大抵皆以諷諭為体、欲以播於楽章歌曲焉。」

第二章　聖諭分類の宣講書

第一節　「聖諭十六条」と『宣講集要』十五巻

一　はじめに

『六諭衍義』などの清代の宣講書では、聖諭の講釈、律例の解説、故事の講説、勧善歌の歌唱が独立して行われていたが、清代の末期になると、故事の講説と勧善歌の歌唱が結合し、故事の中に登場する人物が歌唱したり、宣講人が歌唱したりする説唱形式が出現する。その開祖がこの『宣講集要』十五巻首一巻である。このテキストは四川の名医王錫鑫が編纂して、民間の善堂（宗教的慈善団体）が出版したものであり、首巻の「宣講聖諭規則」には民間で信仰される関羽や竈神などの神明の聖諭や、善堂で守るべき規律「宣講壇規」十条を掲載している。本節では民間の説唱形式の宣講の開祖として重要なこのテキストについて考察する。

なお附録1「『宣講集要』が引用した『法戒録』」として、本書が引用した俗講書の中で『法戒録』が現存することを明らかにし、そのテキストを紹介して、本書が引用した案証を指摘し、附録2「『宣講集要』の案証と西南官話」として本書が収録した案証が四川のものが多く、「西南官話」を用いていることを例示し、本書が四川で編纂され、現地の聴衆に親しみをもたせるため方言を用いたことを明らかにする。

二　四川での編輯

本書の初版本は現存せず、比較的古い版本として福建呉玉田蔵版復刻本の残本が現存し[1]、封面には「海帆重刊／宣講集要／板蔵福省後街宮巷口呉玉田刻坊」と記す。残巻は、第一冊（首巻、一巻、三巻）、第二冊（八巻、九巻）、第三冊（十巻、十一巻）、第四冊（十三巻、十五巻）である。首巻には咸豊二年（一八五二）の挙人陳光烈の序文があり、編者が王錫鑫で、「聖諭」を綱領として、当時の俗講書を「案証」（果報故事）として編集したと述べている。ただここに挙げた俗講書は現存するものが少なく[2]、その中のどのような記事を案証としたのか明らかにしがたい。

今錫鑫王君、彙採『集要』一書、以聖諭為綱領、博収俗講『怪回頭』『指路碑』『法戒録』『規戒録』『覚世新編』『覚世盤銘』『切近新録』諸書為案証。……茲因『集要』書成、特記数言、以為世之宣講者勧。旹　咸豊二年壬子歳菊月重陽日、丁酉科挙人陳光烈揚之氏撰。（今錫鑫王君は、『集要』一書を彙採し、聖諭を綱領として、広く『怪回頭』『指路碑』『法戒録』『規戒録』『覚世新編』『覚世盤銘』『切近新録』等の俗講書を収集して案証とした。……ここに『集要』が刊行され、特に数言を記し、世の宣講者のために勧める。時　咸豊二年壬子歳、菊月重陽日、丁酉科の挙人、陳光烈揚之氏撰。）

なおこの復刻本は後述のように咸豊五年（一八五五）の四川総督の札諭を載せており、咸豊二年ではなく、咸豊五年よりも後に出版されたものである。

王錫鑫については、『宣講拾遺』序（同治十一年、一八七二）に、湖北潜江の王文選だというが[3]、王錫鑫（一八〇八～一八八九）は字文選、号席珍子、亜拙山人、原籍は湖北石首県人、祖父の時代に四川万県大周里に移住し、さらに万県芋渓河畔の天徳門に移住した名医であり、『医学切要全集』などの医学書を遺している。(4) ちなみに光緒本の巻五末尾には、「亜拙錫鑫王文選、採『集要』書、共計十六巻」と記しており、巻九には「忌戊真言」を、巻十五には「亜拙知足歌」「亜拙醒世歌」を収録している。

本書を刊行したのは壇（民間の善堂）である。それは本書首巻の「宣講聖諭規則」の最後に善堂の紀律である「宣講壇規」十条を読誦することでわかる。以下は抜粋である。

一、壇内安排停妥、礼儀潔浄。（壇内はきれいに整理して、礼儀正しく清潔に。）

一、於同人勧善規過、不可口是心非。（同人は善を勧め過ちを正し、裏表があってはならない。）

一、於退壇時、静坐黙揣、不可浮言妄動。（退壇する時は、静坐黙想し、浮言妄動してはならない。）

「宣講聖諭規則」には聖諭宣講の儀礼を記述して、「聖諭六訓」及び「聖諭十六条」の読誦をするほか、「文昌帝君蕉窓十則」、「武聖帝君十二戒規」、「孚佑帝君家規十則」、「竈王府君訓男子六戒」、「竈王府君訓女子六戒」、「竈王府君新論十条」を読誦する。そしてこの中には、「聖諭六訓」「聖諭十六条」にはない規律が唱われている。たとえば「武聖帝君十二戒規」では、一般の不道徳行為の禁止にまで及び、堕胎や女児の溺死、殺生、阿片、字を書いた紙を汚すことなども禁じている。

一、戒不孝父母。軽慢先霊者同罪。（父母に不孝であることを戒める。先祖をないがしろにする者も同罪。）

二、戒侮慢兄長。兄不友愛弟者同罪。（兄を侮辱することを戒める。弟を愛さない兄も同罪。）

三、戒道人過失。自飾己短者同罪。（人の過失を言うことを戒める。自ら己の短所を粉飾する者も同罪。）

四、戒好勇闘很。包匿険心深蔵不露者同罪。（勇を好み闘很することを戒める。陰険さを隠す者も同罪。）

五、戒驕傲満仮。固吝良言不開愚昧者同罪。（驕傲と欺瞞を戒める。良言を惜しみ愚昧を諭さない者も同罪。）

六、戒汙穢竈君。不敬天地神祇者同罪。（竈の神を汚すことを戒める。天地神祇を敬わない者も同罪。）

七、戒嫖。房慾過度及造淫詞者同罪。（遊郭通いを戒める。房慾が度を過し淫猥な言葉を言う者も同罪。）

八、戒賭。遊手好閒及作無益者同罪。（賭博を戒める。無頼や無益なことをする者も同罪。）

九、戒打胎溺女。溺愛子女不教者同罪。（堕胎や女子の溺殺を戒める。子女を溺愛し教育しない者も同罪。）

十、戒食牛犬鰍鱔等肉。並好食山禽水族洋煙者同罪。（牛犬鰍鱔等の肉を食うことを戒める。並びに山禽・水族・洋煙を好む者も同罪。）

十一、戒穢溺字紙。謗聖賢仮刀筆者同罪。（字を書いた紙を汚すことを戒める。聖賢を謗り訴訟を起こす者も同罪。）

十二、戒唆人争訟。自好訟者同罪。（人を唆して訴訟させることを戒める。自ら訴訟を好む者も同罪。）

本書では続いて「欽定学政全書講約事例」を掲載し、順治九年（一六五二）の「六諭臥碑文」頒行から咸豊五年（一八五五）の四川総督の札諭までの郷約における聖諭宣講の事例を掲載している。

次に「聖諭六訓解」「聖諭広訓」「聖諭易知」を掲載するが、これらは通俗的な聖諭の講釈であり、案証は含まない。

本書は後出の刊本によれば、以下のごとく、一巻から十三巻までは「聖諭十六条」に関する「俗講」（口語による通俗的な講説）を行い、その後に「案証」を挙げている。

巻一（第一条「孝字」講説、案証十六）、巻二（第一条、「孝」案証十七）、巻三（第一条、「不孝」案証十九）、巻四（第一条、「節孝」案証十九）、巻五（第一条、案証十三、詩歌二、格言二）巻六（第一条、弟字講説、古今兄弟善悪十七案証）、巻七（第一条、案証十四）、巻八（第二条、俗講、証鑒四案。第三条、浅譬衍説、近事十一）、巻九（第四条、俗講、農桑案証二。第五条、俗講、善悪案証三。第六条、俗講、善悪案証八。第七条、俗講、善悪案証三）、巻十（第八条、俗講、善悪案証四。第九条、俗講、善悪案証十三）、巻十一（第十条、浅譬俗講、案証九）、巻十二（第十一条、俗講、案証十四）、巻十

三（第十二条、案証二。第十三条、案証一。第十四条、案証一。第十五条、案証二。第十六条、案証四）

ただ巻十四は聖諭第一条から第十六条に該当する案証十三篇を補足しており、特殊である。

誠孝格天……「一条『敦孝弟以重人倫』。人子者、無論富貴貧賤、都要講孝講義。」

逆子遭譴……「昔、聖王之治天下也、莫不以孝為重。」（一条）

冥案実録……「聖諭『講法律以儆愚頑』者、何也。」（八条）

淫悪巧報……「聖諭『訓子弟以禁非為』、而所重者、尤在淫悪。」（十一条）

宣講解冤……「聖諭第十六条是『解仇忿以重身命』。」（十六条）

施公奇案……「聖諭第十六条『解仇忿以重身命』。」（十六条）

毀謗受譴……「我朝世祖章皇帝頒行『六訓』、聖祖仁皇帝御制『十六条』。」

また咸豊二年（一八五二）の序文を冠する福建本には咸豊七年から咸豊十一年の案証を掲載する巻十四は散逸しており、巻十四は後で補完されたとも考えられる。

以上、案証は全十四巻二百九篇あり、その中で聖諭第一条「敦孝弟以重人倫」の案証が七巻百十五篇と過半数を占めて、「百行は孝を以て本と為す」（『孝経正義』）という儒教社会の思想を反映している。

なお巻十五は故事を伴わない勧善歌と格言を収録しており、その中には扶鸞（降霊）による神明の作品も含まれていて、民間の善堂の活動を知ることができる。

醒世格言破迷説、文昌帝君勧孝文、桂宮楊仙勧孝文、勧孝八反歌、三父八母歌、勧孝詞十首、受恩十則、報恩十則、警俗勉孝歌、文昌帝君遏慾文、張公日旦嘆世詞、呂祖嘆世詞八首、聖帝諭、観音大士醒世新詞、済顚大師教孝篇、鑒察神唐天君諭、孚佑帝君諭、周大将軍諭、観音大士諭、武聖帝君諭、宏教真君諭、呂祖嘆世歌、張夫子論、関夫子論、養心歌、皮嚢歌、警世歌、羅状元解組詩八首、邵堯夫詩四首、江西月勧諭詩四首、楊状元四足歌、辛天君勧世讜言四首、文帝勧世歌、呂祖延寿育子歌、申瑤泉百字銘、安家箴、達観吟、唐伯庶嘆世歌、石天基安楽歌、方便歌、自在歌、石成金快楽歌、清福歌、倹約西江月、享福歌、首尾循環歌、安分歌、勧士格言、万空歌、清平調、回頭歌、王鳳洲正家箴、知足歌、不知足歌、勧世八則、陳矣鮮先生勉世歌、邵堯夫養心歌、醒迷歌、心命歌、亜拙知足歌、亜拙醒世歌、関聖帝君訓世篇、勧世極言、善悪報応俗歌、存心俗歌、思譲歌、邵先生醒世歌、欧夫子治家格言、訓婦合篇、利幽歌、古仏応験明聖経。

三　全国での復刻

1〔湖北〕荊州復刻本（咸豊十一年）

咸豊二年序を冠する復刻本には無いが、後述する光緒本の巻十四「信神獲福」には、咸豊十一年（一八六一）に湖北潜江県の尤有典なる人物が、疫病に感染した妻を救うために、荊門州の陳韻斎なる人物が潜西の同徳堂に寄贈した『宣講集要』を、母の眼病治癒を祈願する張学修なる人物とともに寄付を募り、荊州の清化堂・従化堂の二善堂において復刻したと記している。

咸豊十一年、湖北所属潜江県……有一人姓尤名有典者、……是年瘟疫流行、……尤妻何氏偶得一症、……時値荊門州有一善士陳韻斎、邑庠生、獲聖諭『宣講集要』一部、託人送至潜西同徳堂内、皆心愛此書、思重刊伝世、……時有一人姓張名学修、……母楊氏孀居在堂、……故得目疾、年余不愈。……遂到清化堂募化諸善士、……又復至荊邑従化堂、募化諸善士功徳。

また巻五には「武聖帝君附体、諭於咸豊十一年辛酉歳、沔陽之革丹潭中書堂」という前書きとともに沔陽県（湖北）革丹潭の善堂中書堂における扶鸞による神諭を記載している。

前述のように巻十四は補巻として位置づけられ、湖北の案証が多く、テキスト編纂の過程で湖北の同士たちの編輯した案証が補充されたのではないかと考えられる。

2 〔福建〕漳州復刻本（光緒十年）

本書は光緒十年（一八八四）に福建漳州府海澄県の積善堂から復刻された。[5] この書の封面には「積善堂重刊／宣講集要／板蔵漳洲府口街大文堂書房発兌」と記しており、光緒八年の海澄県令梁錦瀾（広東高要人）「積善堂宣講序」、光緒十年の貞一子「重刻『宣講集要』序」、咸豊二年の挙人陳光烈「『宣講集要』序」、康熙五十六年の浙江巡撫朱軾（江西高安人。一六六五～一七三七）『聖諭易知』を掲載している。

光緒十年の貞一子の序文には『宣講集要』復刻の縁起を述べ、新嘉坡（シンガポール）と海澄県の善堂が醵金して厦門（アモイ）の善堂に翻刻させたことを記している。

当日錫鑫王君『宣講集要』出、遠近争読、如獲拱璧、咸謂、是書剴切詳明、老嫗能解、洵是啓発顓蒙、而為宣講之一善本也。前者、海外聞風、輒郵来購。奈此版遠在省垣、刷印良艱。客歳、新嘉坡楽善社及澄邑積善堂諸好善君子各醵金、付厦門文徳堂主人翻彫、並議此版存主人処、以便後之印送者。今春、……適手民告『集要』工竣、主人即囑贅言。……光緒十年孟春、貞一子序於修読斎。（当時、錫鑫王君の『宣講集要』が出ると、碧玉を抱えるがごとく遠近争って読み、みなこの書が適切詳細で、老婆でも理解でき、実に愚昧な者を啓発し、宣講の一善本であると言った。先頃、海外で噂を聞き、購買の書信が来た。だがこの原版は遠く省城にあり、印刷は困難であった。昨年、シンガポールの楽善社と海澄県の積善堂の善士らが各人醵金して、廈門の文徳堂主人に翻刻させ、並びにこの新板を主人の処に保存して、後の印送の便を謀った。今春、……ちょうど職人が『集要』を竣工したと告げたので、主人はすぐに贅言を委嘱したのであった。……光緒十年孟春、貞一子、修読斎に序す。）

なお浙江巡撫朱軾の「『聖諭易知』序」には、『宣講集要』以前の康熙年間には湖北地方で方言によって聖諭の講釈を行ったと述べている。

軾起家県令、筮仕得楚之潜江、思教民易俗、莫如上諭十六条為顕而易知也。因用楚中郷語以訓解、使婦人孺子皆可通暁、朔望親集士民、宣講於明倫堂。（私は県令に就任して、楚の潜江に勤め、民を教え俗を易えるには、「聖諭十六条」が明確でわかりやすいと考えた。そこで婦人孺子にもみな通暁させるため、楚の方言で訓解し、月の朔望日に親しく士民を集めて、明倫堂で宣講した。）

3　〔湖南〕宝慶復刻本（光緒十三年）【図1】

本書は光緒十三年（一八八七）に湖南宝慶方瑞堂が復刻した。封面表に「宣講集要／板存宝慶東門正街王漢文堂刊刻」、封面裏には、湖北漢口から持ち帰った版本であることを明記する。

丁亥仲冬、余由漢皐帯来此書。繙閲一過、啓牖愚頑、洵為善本。因詳加校閲、付諸剞劂、以公同好。……宝慶方瑞堂氏識。（丁亥年の仲冬、余は漢皐からこの書を持ち帰った。繙閲すると、愚昧な者を啓蒙するのに、実に善本であった。そこで詳しく校閲を加え、板刻に付して、同好者に公開した。……宝慶の方瑞堂氏、識す。）

4　〔湖北〕漢口復刻本（光緒二十七年）

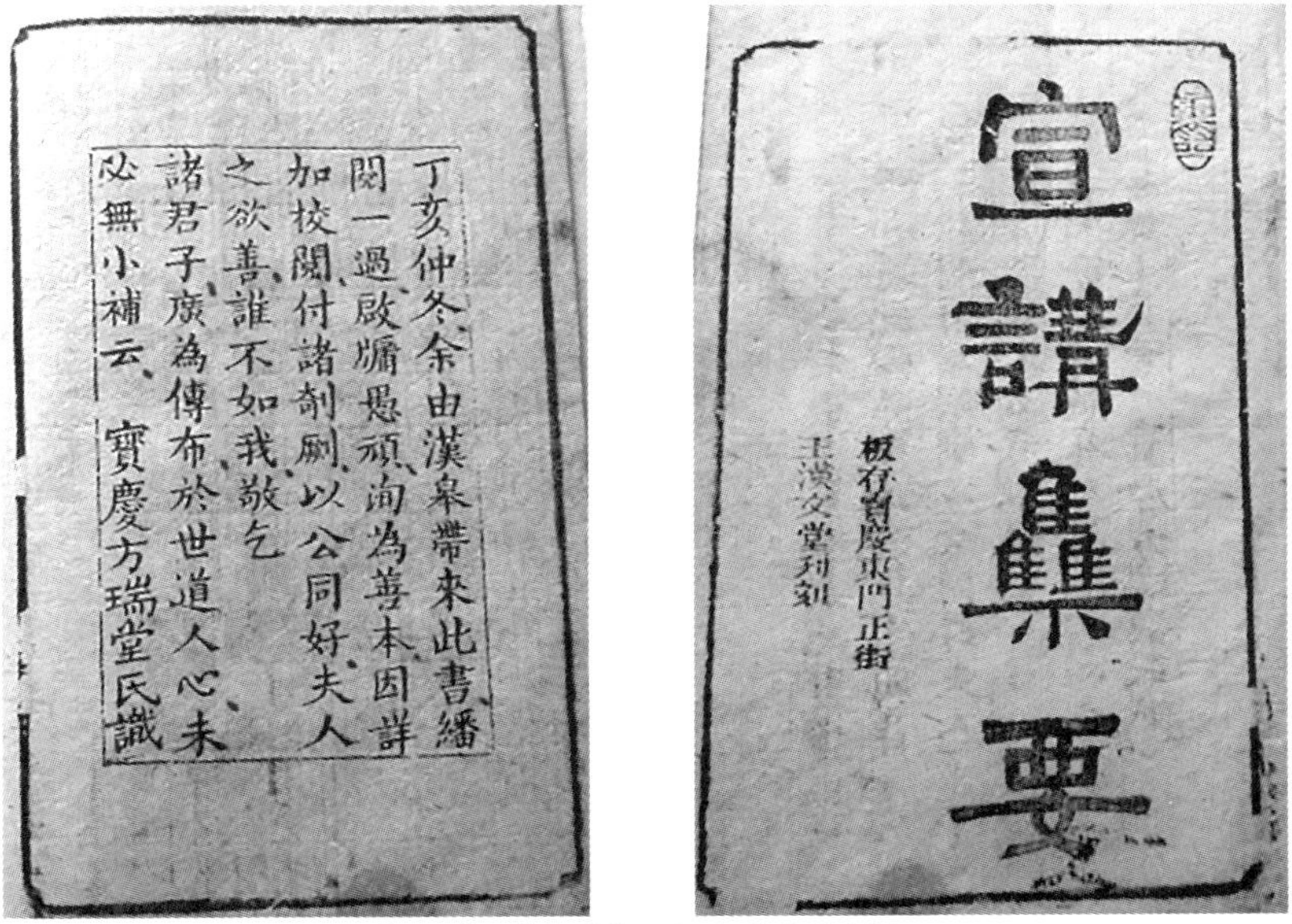

【図１】『宣講集要』湖南宝慶刻本

本書は光緒二十七年（一九〇一）に湖北漢口でも復刻された(6)。瞿廷詔の序文には、王錫鑫の書が民衆を善導すると考えて若干部を復刻したと述べる。

王氏此書、雖不足以仰賛高深、然浅而易明、曲而善導、与宣講之恉、倘亦墜露軽塵、裨助於万一者哉。廷詔奉命旬宣、日思所以型方訓俗、躋吾民於康楽和親之域。適省垣司講、士紳以頒行是書為請。因取原板、刷印若干部、檄発各郡県、俾備講誦。（王氏のこの書は、深奥だと賛美できるわけではないが、表現がわかりやすく、善導に工夫していて、宣講の主旨に叶い、露が軽塵に墜ちれば、万一を裨助するものであろう。私は王命を奉り、風俗教化によってわが民を康楽和親の域に至らせようと日々考えている。ちょうど省城で宣講を司り、士紳はこの書を頒行することを請うた。よって原板を若干部印刷し、各郡県に頒布して、講誦に備えさせた。）

この書の特徴は福建本の序文の制作よりも四年遅れる咸豊六年（一八五六）に制作された王錫鑫の原序を掲載

していることである。それによれば王錫鑫は四川で奉節・雲陽・万県の同士の支援によって本書を刊行したと言う。

……則数案後、附格言二巻、共成一十四巻、顔名『宣講集要』、欲刊行世、奈力綿未果。今承奉・雲・万三県楽善諸公、刊成告竣、猶冀同人広為印佈。……旹　咸豊六年菊月中浣二日、万邑王文選錫鑫氏頓首拝撰。（……かくて数案の後に格言二巻を附し、全十四巻とし、『宣講集要』と題して世に刊行しようとしたが、力不足で果たせなかった。今、奉節・雲陽・万県の善士諸公が、刊行を竣工し、なお同人に広く印佈を期している。……時　咸豊六年九月中旬二日、万邑の王文選錫鑫氏、頓首拝撰。）

福建復刻本の刊行は咸豊五年より遅れると述べたが、このように編者の序文が咸豊六年であれば、実際にはこのテキストが最も古い刊本かも知れない。

5　〔湖南〕宝慶復刻本（光緒三十二年）

本書はまた光緒三十二年（一九〇六）に湖南宝慶呉氏経元堂から復刻された。封面に「光緒丙午夏月／宣講集要／呉経元堂敬鐫」と記す。経元堂の序文には、坊刻本に校点を施して刊行したという。

是書覚世牖民、洵善書也。近因坊刻多譌、句読不清。余詳加校点、付諸剞劂、以公同好所頼。諸君子庶為宣播、是以世道人心之一助云。宝慶呉莘民氏識。（この書は世を覚醒させ民を導く、まことの善書である。近頃、坊刻本に誤字が多く、句読が明らかではない。余は詳しく校点を加え、刊刻に附し、同好者の頼り所として公開した。諸君子が伝播していただければ、世道人心の一助となろう。宝慶の呉莘民氏識す。）

また郭嵩燾(7)の序には、無教養な庶民を教化するには工夫が必要であることを説き、この書が古今の事跡を引用して実証としていること、歌詞を採集していることを評価しており、朝廷が本書による民衆教化活動を支持していることがうかがえる。

御製「聖諭十六条」、無非為広訓化民之道。自童試以及郷会、均以恭默為喩。而庸夫俗子既不能捧読皇章、復不得恭聆聖訓。于是上諭頒行各省、以宣講為要、示諭各地方大小官員及郷里紳耆概行遵講。自順治・康熙、以迄于今、畳奏畳頒、誠為剴切。而比閭郷党仍然不能遍行者、皆以愚民不知奥理、訓俗型方、無善本故也。今見是書、于十六条中加以細注、徴引古今事跡、均有実証。所採各種歌調、雖未尽善、亦属雅俗参半、差可為宣講推広之意。願各処儒士紳耆、深体列聖教民厚意、実心力行、以此書為珍宝、則幸甚。翰林院編修郭嵩燾謹撰。（御製「聖諭十六条」は、広く民を教化する道にほかならず。童試及び郷試・会試では、均しく恭黙するよう教えられている。しかし庸夫俗子は王章を捧読できず、聖訓を恭聆もできない。かくて上諭が各省に頒布され、宣講を要として、各地方の大小の官員及び郷里の紳耆に概ね遵講するよう指示された。順治・康熙から今に至るまで、上奏頒布を繰り返し、実に熱心である。だが郷村では依然として普及しないのは、みな愚民が奥理を知らず、教化に善本がないからである。今この書を見ると、十六条に細注を加え、古今の事跡を引いて、均しく実証している。採取した各種の歌調は、尽くよいわけではないが、雅俗半ばしており、宣講を推広する意がうかがわれる。各処の儒士紳耆には深く列聖の教民の厚意を体して、心を込めて力行し、この書を珍宝としていただければ幸甚である。翰林院編修の郭嵩燾、謹しんで撰す。）

6 〔山東〕徳州復刻本（宣統一年）

山東徳州では雨乞いのために復刻された。『絵図宣講集要』上巻八巻（光緒三十二年、一九〇六）・下巻七巻（宣統一年、一九〇九）がそれである。(8) 題箋「改良宣講集要」、封面「宣統元年春刻／絵図宣講集要／徳州城東王官荘存板」、堂邑（東昌府）景慶海刻本である。徳州知事楊学渊（江蘇海州人）「縁起序」、葉恩蔭「序」、講員曲文潮「序」を掲載しており、いずれも雨乞いによる復刊であることを述べている。
○「縁起序」―会以歳旱祈雨而大興郷講員等、独矢願刻印『宣講集要』一書、以致禱獲甘霖。……知徳州事海州楊学渕跋。（たまたま干害で雨乞いによって大興郷の講員等は、『宣講集要』一書の刊刻を誓願し、甘霖を得るよう祈った。……徳州知事、海州の楊学渕跋。）
○「序」―戊申季夏亢旱、禾苗枯槁而劉君琦、桑君松嶺、陳君希曾知上天之示警也。因体憲尊朔望講約之意、立愿翻刻『宣講集要』一書、即以是獲降溥霖。古陵葉恩蔭雲卿氏謹跋。光緒三十四年戊申仲冬下浣。（戊申季夏の干害によって禾苗が枯れたため劉君琦、桑君松嶺、陳君希曾は上天が警告していると知った。そこで官署の朔望講約の意を体して、『宣講集要』一書の翻刻を立願すると、すぐに大雨が降った。古陵の葉恩蔭雲卿氏謹跋。光緒三十四年戊申仲冬下旬。）
○「序」―州地松嶺桑君、希曾陳君因仲夏亢旱、矢願祈禱得雨、刊送『宣講集要』一書、命余作序。……光緒三十四年戊申仲冬講員曲文潮。（徳州の松嶺桑君、希曾陳君は仲夏の干害で雨乞いを誓願し、『宣講集要』一書を刊刻送付して、余に序の制作を命じた。……光緒三十四年戊申仲冬、講員の曲文潮。）

7 〔山西〕襄汾復刻本（刊年不詳）
存巻六。第一葉に「襄邑楊家集同善堂蔵版」と刻す。襄邑とは山西襄汾県である。

8 〔上海〕石印本（民国年間）
そして民国年間には上海で石印本が刊行されて全国的に読まれるに至る。民国本には題簽に「改良絵図宣講集要錦章図書局蔵版」と題し、封面に「改良増図圏点離句／宣講集要／古今事実　捜羅甚広　各種歌調　雅俗共賞」と題する。

四　宣講の文体

本書に収録する故事は、従来の因果応報故事とは文体が異なり、故事の中に登場する人物や宣講人が歌唱する。たとえば巻一「孝字」の果報故事「大舜耕田」は以下のように「講」で始まり、愚昧な父母も安心させなければならない事例として古代の帝王舜の孝心を講説し、この故事の中で、舜は自分の気持ちを歌詞で表現するのである。その部分を「宣」という。

〔講〕父母有賢的、有不賢的。不賢、更要安心。従前虞舜他的父母不賢、他能安父母的心。後来他父母都化成賢了。所以推他是古今第一箇行孝聖人。他父親是個瞽目、就叫瞽叟。一個弟象、是後母生的。他両母子、刁起他父親百般刻苦、総要把舜致死。舜只是百般将就、小心事奉。一日象擺布他父母、叫舜去蓋整牛欄草屋、底下端去梯子、放起火来、要把他焼死。舜連忙夾両個斗笠、飛撲下地、起来、装作不暁得、反去把父母寛慰一番。〔宣〕這一交、跌下来、昏倒一陣。猶幸得、平地下、身子不疼。想是那、倒灰的、有火不禁。二爹娘、切莫要、因此受驚。在屋上、提草頭、正好蓋整。忽然間、見火起、駭弔三魂。不孝児、縦焼死、也是報応。怕的是、辜負了、養育之恩。没奈何、夾斗笠、纔往下滾。全仗着、爹有福、脱離火星。〔講〕父母には賢い人と賢くない人がいまして、賢くなければ、なおさら気を遣わねばなりません。むかし舜は父母が賢くありませんでしたが、よく気を遣ったため、後に父母は賢い人に変わりました。それで昔から一番の孝行な聖人だと言われているのです。彼の父親は盲目で、瞽叟と呼ばれ、一人の弟象は継母から生まれました。彼ら母子は父親をあれこれと困らせて、なんとか舜を殺そうと考えていました。ある日、弟の象が両親をそそのかして、舜に牛小屋の屋根を修繕させ、下で梯子を外して放火し、焼き殺そうとしました。舜は急いで笠を二つ脇に挟んで地面に飛び降り、起きあがって知らぬふりをして、逆に両親をなぐさめたのでした。〔宣〕蹭いて、転んで、昏倒したけれど。幸いに、平地で、けがを免れた。恐らくは、灰捨て、残り火始末せず。父母よ、決して、驚きめされるな。屋根上で、わら取り、葺いていた時に。突然に、火事見て、魂消し飛んだ。不孝者、焼死はしても、因果応報。気になるは、背きはせぬか、養育の恩。いかんせん、斗笠をはさみ、飛び降りた。これこそは、父のおかげで、命びろい。)

この例を見てわかるように、従来の聖諭宣講では故事の講説と歌詞の朗唱は別々に行われていたが、本書に至って故事の中で歌詞が朗唱されるようになったのであり、故事と歌詞の結合が行われた。なお「大舜耕田」にはこのほか、舜が父母に嫌われる理由がわからず、自分を責めて歌う場面（十言二十句）や、舜が帝位について後、両親と弟が反省して歌う場面（十言十四句）を設定している。

宣講は基本的に一人あるいは二人の少人数で担当したものと思われる。たとえば『宣講集要』巻一「姜詩躍鯉」では、「宣」を担当する者が次のように隣家の母と姜詩の母の朗唱を継続して行っている。

有鄰母、聴此言、即便説道。非是我、送飲食、這様蹊蹺。皆因是、你媳婦、能尽孝道。昼紡花、夜績麻、不辞苦労。……有姜母、聴此言、又驚又訝。万不料、我媳婦、尚在鄰家。自那日、為挑水、被夫辱罵。逐出門、又焉知、他在那家。（鄰家の母、これ聴いて、すぐに言った。飲食を、送らなければ、奇蹟おこらず。これはみな、嫁御殿、孝行したゆえ。昼は花、夜は麻、つむいで苦労。……姜詩の母、これ聴いて、驚き怪しむ。図らずも、わが嫁が、鄰家にいたとは。あの日には、水汲むと、息子が罵り。追い出され、ふしぎにも、ここにいるとは。）

「講」を担当する者が同時に「宣」を担当することもでき、この案証は一人でも宣講することができたであろう。ただ、二人の方が都合がよい案証もある。たとえば次のように『宣講集要』巻一「王祥臥氷」の王覧が兄王祥の孝心を称揚して母を諫める「宣」において、母が口を挟んで反論する言葉（小字表記部分）は、同じ人物が声色を変えて担当することも可能であるが、別人が担当した方が自然であろう。

……他毎日、焚信香、対天許願。（他恨不得把娘幾拝拝死。）他口口、願老娘、病体早痊。（這是人子分内之事都要。那来口上説嗎。）這就是、些小事、不足上算。那一日、母病想、鮮魚湯餐。（却是拿来治病。不是為娘好吃。）正値那、三冬天、雪圧江寒。（河中無魚、市中有。少不得拿銭去買。）場市上、無魚買、那怕有銭。無有魚、児的娘、口口埋怨。那時節、把哥哥、好不做難。（既然有銭無魚。魚又従何処来。）（兄さんは、香を焚き、母さん祈る。〔実は私をのろい殺したいのだろう。〕いくたびも、母さんの、恢復祈る。〔それは子として当然。口にすることはない。〕このことは、それほどの、事ではないが。あの時は、母さんが、鮮魚ほしがり。〔病気を治すためで、私がほしかったのではない。〕あいにくに、真冬のため、河は積雪。〔河に魚がいなければ市場にある。金を出して買わなければ。〕市場には、魚はなく、お金で買えず。魚なくて、母さんは、恨みを漏らし。その時に、兄さんは、とても困った。〔金があって魚がないというならこの魚はどうしたのか。〕）

このように「宣」は主として人物の歌唱に用いられるが、時として冒頭の導入部分やストーリーの叙述にも用いられることがある。たとえば「孝避火災」（巻二）の冒頭は、「宣」（十言句）によってストーリーを語り始める。

男婦們、休得要、鬧鬧嚷嚷。我今日、説一個、孝順児郎。論此人、抬轎子、不嫖不蕩。家雖貧、学古人、善事高堂。他哥哥、賦性蠢、不把母養。毎日間、只知在、茶館酒坊。張老三、他的名、可詢可訪。他的家、住在那、三渓場上。（皆さん方、ご静粛に、お願いします。本日は、孝行息子の、話をしましょう。この人は、駕籠かきの、仕事一筋。貧乏でも、古人を学び、父母に使える。その兄は、愚鈍にして、母を世話せず。毎日を、茶店と酒屋に、入り浸っている。張老三と、名を言えば、すぐに分かる。その人は、三渓場に、住んでいる。）

この後に続く「講」では散文調でストーリーが語られる。

這張老三雖然是個抬轎子的人、却有一点孝心。那一日、有謝先生要去合州収賬。（この張老三は駕籠かきではありますが、孝行者でした。ある日、謝先生が合州へ売り掛けを取り立てに行く用事がありました。）

こうした説唱体の案証のほか、冒頭に「宣」を置いてテーマを明示する案証もある。たとえば巻六「石玉尋父」では、冒頭に七言八句の詩歌によって孝不孝に対して応報があることを説く。

人生孝弟総為先、礼義廉恥都要全。自古常言説得好、愚的愚来賢的賢。豈知善悪終有報、人人頭上有青天。如今報応更霊験、天也矮来神聖厳。（人は孝弟まず大事、礼義廉恥もみな必要。昔からのことわざに、愚は愚であって賢は賢だと。だが善悪に応報あり、人の頭上に天がある。今の応報は霊験あり、天は低く神は厳しい。）

以上のように、民間の善堂が編集した『宣講集要』は説唱体という従来の宣講にはない通俗的な文体をとる宣講書であった。

五　各巻の案証

巻一　「敦孝弟以重人倫」――「孝字」講説、案証十六条。

まず「孝字」は親の苦労を懇々と語る。

天下善事多、孝就是第一件。悪事也多做、不孝就是第一宗。所以『聖諭』頭一条就講「敦孝弟以重人倫」。……若是揹起做活路、一身汗都淹倒了。這是母親的苦処、大家都要暁得。……講到接親、那爹娘更有一番憂慮。……父母不知費了多少心、淘了多少気。……至於打搥角孽、瞞心昧己、……一切不好的事、概都不做、……這也是安父母的心。（天下に善事は多いが、孝がその第一である。悪事も多いが、不孝がその第一である。よって『聖諭』の第一条には「孝弟を敦くして以て人倫を重んず」と言う。……もし背負って仕事をすれば、体中汗をかく。これが母親の苦しみであり、みんなはよくわかってほしい。……子供の結婚となると、親はもっと心配する。……親はどれほど気を使い、どれほど心配することか。……喧嘩口論、人を欺くことに至っては、……一切の悪事はすべてしないこと、……それが親を安心させることなのである。）

なお「西南官話」の語彙が認められることから四川・湖北一帯を中心とした地域の聴衆に向けて説かれたものと推測できる。たとえば、「活路」（農作業、手工業）[9]、「倒」（助辞。「着」「了」に相当）[10]、「接親」（嫁を迎える）[11]、「淘気」（心配する）[12]、「打搥」（「打槌」。喧嘩する）[13]、「角孽」（喧嘩する）[14]のごときがそれである。

案証十四巻の梗概は、巻一の「二十四孝」[15]をはじめとして以下のごとくである。

「大舜耕田」（宣三場）――虞舜。愚かな父と継母と弟象を感化する。
「閔損留母」（宣三場）――閔子騫。愚かな継母を父のもとに留めさせる。
「子路負米」（宣三場）――子路。遠方から安価な米を運んで父母を養う。
「王祥臥氷」（宣二場）――王祥。弟覧が王祥を殺そうとする母を戒める。
「姜詩躍鯉」（宣四場）――姜詩。賢妻を誤解して追い出すが後悔する。
「蔡順拾椹」（宣八場）――蔡順。飢饉に桑の実を採って老母を養う。
「郭巨埋児」（宣一場）――郭巨。老母を養うため子供を埋める。
「丁蘭刻木」（宣六場）――丁蘭。亡き母の像を刻んで祀る。
「王裒泣墓」（宣三場）――王裒。雷を恐れた亡き母の墓前で泣く。
「老萊戯綵」（宣二場）――老萊子。彩衣を来て老父母を楽しませる。

「王公孝友」（宣十場）―巴州（四川）、王煥章。兄燦章の殺害を謀る母を諌める。

「営工養親」（宣二場）―昔、東平州（山東）、王大義。労働して父を養い死後は墓を守る。

「推広親心」（宣〇場）―親を思う心は祖父母らにも及ぼすべきだと説く。

「純孝感母」（宣四場）―乾隆年間、岳池県（四川）、湯世沢。家の銭を盗む継母を諭す。

「孝子還陽」（宣三場）―山西新城県、耿万発。病死するが孝心によって蘇生する。

「楊一哭墳」（宣五場）―武進県（江南）、楊一。親の墓で泣いて天から銀を賜る。

「捨身救父」（宣三場）―昔、晋朝、烏程県（浙江）、潘綜。身を犠牲にして兵乱から父を守る。

巻二 「孝」案十七条

「孝子挽母」（宣四場）―昔年、定州（河北）、魏童子。母の再婚を諌める。

「嫁妻養母」（宣六場）―道光年間、重慶府合州（四川）、楊国正。妻を再婚させて母を養う。

「堂上活仏」（宣二場）―山西太原府、楊黼。母が仏祖と知り、老女を母として奉養する。

「送米化親」（宣三場）―明朝正徳年間、常熟県、帰汝威。愚かな継母に米を送って感化する。

「朱衣救火」（宣三場）―天啓年間、江南淮安府、古中逵。火事で朱衣神に救われる。

「痛父尋尸」（宣三場）―重慶府涪州（四川）、夏正。泣いて溺死した父の死体を捜し出す。

「孝避火災」（宣二場）―合州。轎担ぎの張老三。母に孝行して火事を免れる。

「苦子行孝」（宣四場）―成都（四川）、李官爾。老婆を救って天から銀を賜わる。

「子誠尋父」（宣二場）―乾隆年間、寧河県、艾子誠。逃亡する父を捜し出す。

「寿昌尋母」（宣四場）―昔神宗時、朱寿昌。家を出された実母を捜し出す。

「孝虎祠」（宣三場）―崇禎年間、逵〔達〕県（四川）、趙城羽。子を食った虎がその母を養う。

「勧孝戒淫」（宣二場）―四川彭県、趙逍。孝行者の長子が出世する。

「和丸報母」（宣三場）―金陵、王徳昌。母を難産で亡くしたため益母丸を普及させる。

「孝逆現報」（宣二場）―乾隆元年、簡州（四川）、陳剛。孝行な長子宗美夫婦が梨樹の根元に銀一甕を発見する。不孝な次子宗華夫婦は梨樹の根元を掘るが銀は見つからず、雷に撃たれて死ぬ。

「啣刀救母」（宣四場）―嘉靖年間、雲南崑明県、趙五。子牛が刀を隠して母牛を救う。

「片念格天」（宣二場）―道光二十九年、重慶府定遠県（四川）、欧世成。孝行で天誅を免れる。

「孝義善報」（宣〇場）―乾隆年間、瀘州納渓（四川）、江洪興。悪事に手を染めず出世する。

巻三　「不孝」案十九条

「雷打周二」（宣三場）―龍安府彰明県（四川）、周二。不孝により雷に撃たれる。

「風亭趕子」（宣三場）―宋朝時、山東歴城県、張寄保。育ての親である豆腐屋張文秀を親と認めず、五雷に打ち殺される。

「樹夾悪子」（宣二場）―本朝、四川、張子。不孝により木の叉に挟まれる。

「雷撃鍾二」（宣一場）―安居〔岳〕県（四川）、鍾二狗。不孝により雷が落ちて死ぬ。

「雷打花狗」（宣三場）―道光年間、定邑（四川）、周大可。養父母を虐待して天誅を受ける。

「神誅逆子」（宣二場）―南川（四川）、馮某。母を奴隷扱いして天罰を受ける。

「逆子自殺」（宣二場）―昔、順義（直隷）、程逆子。母を刀で刺すが逆に自分に刺さる。

「妬逆遭報」（宣四場）―果城（四川）、周英。再婚者の妻とともに天罰で死ぬ。

「逆子分尸」（宣二場）―儀隴県（四川）、史為柱の三男善貴。天罰で首を切られる。

「神譴敗子」（宣三場）―道光二十九年、壁山県（四川）、劉光燦。冥界に連行される。

「文玉現報」（宣三場）―仁寿県（四川）、李文玉。急死して地獄に送られる。

「水淹達昌」（宣二場）―四川省夔州府開県、余達昌。竈神に水死させられる。

「王経怨妻」（宣二場）―昔、王経。三尸神によって病死させられる。

「逆婦斫手」（宣二場）―道光二十九年、理民府、羅耀先の妻譚氏。手を切り落とされる。

「悪媳変牛」（宣六場）―揚州興化県（江南）、鍾氏女。観音が姑に与えた衣を着て牛になる。

「竈君顕化」（宣一場）―丁未年、定邑（四川）、李太。淫行により竈神の譴責を受ける。

「不孝冥報」（宣二場）―山西太原府韓城県、王芳桂の子応武夫婦。竈神によって冥界に連行される。

「哭霊呪子」（宣二場）―道光甲辰（二十四）年、順慶岳池県（四川）、訴訟屋呉振の子。関帝に首を切られる。

「懐粽看妻」（宣四場）―道光年間、威遠県（四川）、秦流芳の次男夫婦。死体が木に掛かる。

巻四 「節孝」案十九条

「尽節全孝」（宣四場）―本朝、寧国府、王之紀の三男の嫁崔氏。自害して結納金を遺す。

「鬻子節孝」（宣五場）―嘉慶年間、華陽県、余清の妻楊氏。子を売って姑を養う。

「朱氏節孝」（宣三場）―康熙時、広東潮州府、徐有光の妻朱氏。天が白金と紅丸を下賜する。

「友愛全節」（宣一場）―扶風県、史定国の妻。次子を三男の養子とする。

「黄氏節孝」（宣三場）―嘉慶年間、青城、文惟清。嫁を虐待した姑が病死する。

「断機教子」（宣二場）―昔、商林の婚約者秦雪梅。侍女が生んだ子を教育する。

「全節救夫」（宣五場）―天台県、歩兵某の妻。総兵殺害未遂の夫を救うため自殺を図るが、奇跡が起きて表彰を受ける。

「割耳完貞」（宣九場）―康熙三十五年、閬城、林国奎の妻鄭氏。耳を割いて再婚を拒む。

「割鼻誓志」（宣二場）―昔、夏侯文寧の娘令姑。鼻を削いで再婚を拒む。

「斉婦含冤」（宣二場）―漢、東海、竇氏女。死んで冤罪を冥王に訴える。

「墜楼全節」（宣六場）―道光二十二年、江北庁（四川）、張満貞。姑徐氏が姦夫牛糞に強姦させようとするが、楼から飛び降りて尼寺に逃げ、貢生李延英の養女となって別の家に嫁ぐ。

「銭氏尽孝」（宣一場）―順治十三年、晋陵、翁顧成の嫁銭氏。疫病神が逃げる。

「徐氏完貞」（宣三場）―清朝雍正年間、巴県（四川）、徐玉姑。殉死を図る。『巴県誌』による。

「崔氏守節」（宣二場）―五代の時、鄭善果の母崔氏。再婚を拒む。『北史』による。

「何氏全烈」（宣二場）―周朝の時、韓憑の妻何氏。殉死する。

「孝媳化姑」（宣三場）―重慶府（四川）、安大成の妻陳珊瑚。自殺を図るが救われる。次男の嫁臧氏は姑を酷使する。(16)

「賊化為善」（宣四場）―四川嘉定府、強盗呉獠虎。周吉の家に侵入して窮地を救う。

「賢媳勧翁」（宣〇場）―昔、信州（江西）、富者周才美の嫁。罪が子孫に影響すると諭す。

「鄧氏節孝」（宣二場）―康熙年間、漢州（四川）、鄧氏。夫や姑を諭す。

巻五「節孝」案十四条
「雪裏救母」（宣三場）―潼州府三台県（四川）、蔡国昌の娘長姑。観音が母を蘇生させ圏を授ける。沈万財は経緯を聞いて長男の嫁とする。

「売身葬父」（宣二場）―河南開封府祥符県、裴安卿。囚人暴動の罪で獄死。娘蘭孫は身を売って父を埋葬しようとするが、洛陽県令劉元普が養女とし、李彦青に嫁がせる。(17)

「売身葬母」（宣三場）―本朝、河南府清県、胡桂香。博徒の二叔胡閻王から逃れて漁師劉白頭に救われ、恩人趙桂芳（実は太子）に嫁ぐ。桂芳は麗玉春も救う。

「救難全節」（宣二場）―昔唐の時、太倉県、顧志仁。盗賊の冤罪を被った江姓を救い、娘の節義を守る。

「殺身救父」（宣二場）―福安県、龍宝寺。僧一清が寡婦を殺して首を切り取る。(18)

「留嗣成名」（宣二場）―崇禎時、湖北、陳鉉の妾王禧鴻。兵乱で後嗣を守る。

「石隙陥身」（宣三場）―江都県、顧氏。舅姑を虐待して岩に挟まれる。

「改過成孝」（宣三場）―道光庚子（二十）年、河東、張端の妻陳氏。竈に挟まれて懺悔する。

「雷打二女」（宣四場）―銅梁県（四川）、張氏の二女。母を迎えず雷に撃たれる。

「雷打逆女」（宣二場）―昔、梓橦県（四川）、伍氏。実母の貧乏を嫌って雷に撃たれる。

「嫌媳受累」（宣三場）―道光七年、四川雅州府名山県、田家の姑林氏。嫁張秀英を殺して埋める。盗賊が棺を開くと秀英は蘇生する。僧は師匠を殺して棺に入れる。盗賊が冤罪を被るが雷電が処刑を遮る。嫁は王寡婦に救われ、僧は連行される。秀英は蔣大人の養女となる。

「嫌媳悪報」（宣六場）―川東連江津（四川）、匡姓と妻王氏。幼い嫁を拷問し、嫁は実家に逃げ帰るが、匡姓は嫁を連れ戻して殺す。夫婦は冥界に連行される。

「悍婦凶亡」（宣二場）―休寧府富有県、商臨清の妻王氏。妾呉氏を殺害して祟られる。

「無福受」（宣一場）―湖南常徳府桃源県、黄鍾徳の長女孟姑。毛会元の貧窮を嫌って嫁がず、次女仲姑が嫁ぐ。(19)

「蒋勧民歌」(宣一場)―四川総督蒋大人。
「観音大士勧婦女歌」(宣一場)
「附体論」―咸豊十一年、沔陽、武帝。
「勧民惜銭歌」―蒋総督。

巻六　「弟字」講説、「古今兄弟善悪」案十七条

「大団円」(宣二場)―明崇禎年、東昌県、張炳之の後妻牛氏。先妻呉氏との子張訥を虐待する。虎が次男張誠を銜え去る。[20] 後に兄弟は再会し、牛氏は腫瘍を患って死ぬ。

「全家福」(宣四場)―常熟県、楊伯道。弟伯義の子に妻を娶らせて財産を分ける。

「士俊帰家」(宣一場)―広東順徳県、士俊。兄から「十不可」の規律を教わる。

「雲霄埋金」(宣三場)―江西吉安府、趙雲彦・雲霄。雲彦は悪に染まる。雲霄は金財を土に埋めて雲彦の改心を待つ。

「荊樹三田」(宣二場)―昔、京兆、田翁の三子田真・田広・田慶。田慶の嫁季氏が分家を主張して紫荊樹を伐ろうとすると、紫荊神が天に帰って樹が枯れたため兄弟は悲しむ。季氏は恥じて縊死する。

「和睦美報」(宣一場)―昔、昌化県、張大・張二。張二夫婦に子供が生まれず、張大夫婦はすでに一族の子を養子としていたため、自分の子を養子として授ける。張二夫婦が神に祈ると、張大の妻は懐妊する。

「稽山賞貧」(宣二場)―道光年間、甘粛省稽山、鄧春栄。匪賊を避けるため実子光後を捨て、弟の子光前を抱いて逃げるが光前は病死する。光後は常大人の養子となり、神の啓示によって父母と再会し、光前も蘇生する。

「兄義弟利」(宣二場)―武進県、呉楽善・楽富。楽善が溺れる者を救うと我が子であり、仕入れ品に隠された銀を

持ち主に返すと、子が持ち主の女婿として迎えられて金持ちになる。楽富は悪辣な商売をしたため、子を詐欺師に騙し取られたうえに、客を殺そうとして我が子を殺す。

「侯氏取針」（宣一場）―昔、呉徳政・徳美。徳政の妻侯氏が徳美の妻陳氏の出産の際に腹に針を刺す。徳美は冥界で拷問を受ける侯氏に救いを求められて反省を促す。侯氏は陳氏の腹から針を取り除いて懐妊する。

「高二逐弟」（宣三場）―重慶府、高二。妻白氏が継母の子女を虐待して家から追い出すが、呉県令が子女を捜し出し、子女に家産を分与する。白氏は喉を痛めて死亡し、高二も後を追って死に、家産は子女のものとなる。

「仲仁遵批」（宣三場）―湖広総督部堂甘が沈仲仁・仲義の財産分割訴訟を裁いた批詞。

「狗報恩」（宣二場）―清朝、四川叙永庁永寧県、呉廷貴・廷珍。廷貴が狗肉売りから黄犬を買って養う。廷珍の妻李氏は廷貴の妻毛氏が出産した嬰児を殺そうとするが、黄犬が救って授乳する。県令は恩狗亭を建立し、李氏は監獄で死去する。

「石玉尋父」（宣五場）―道光十幾年、昭化県（四川）、石玉・石栄・石華。父鞏固が旅に出て、石玉の一子が姿を消す。石玉が鞏固を捜しに出ると、石栄夫婦は石玉の妻珊瑚に再婚を促して誘拐をたくらむが、誤って石栄の妻が攫われる。石玉は拾った銀を番頭に返して失踪した子と再会する。

「陸英訪夫」（宣五場）―昔、順天府将楽県、黄勝之・陸英。兄勝之は賭博好きで妹陸英に再婚を迫り、陸英は婚約者馬良生を捜して上京する。良生が科挙に及第して松江府に赴任する時、襲撃した洋江大盗を捕らえると勝之がおり、陸英は原籍に帰される勝之に生活物資を贈る。

「胡耀欺兄」（宣二場）―昔、呉門、胡栄・胡耀。胡耀は賭博で家産を蕩尽し、胡栄の娘金英を売ったため、雷に撃たれて死ぬ。

「古廟呪媳」（宣五場）―重慶府長寿県（四川）、汪大・汪二。嫁の不仲で分家し、母が家を出されて古廟で呪詛すると、嫁たちは雷に撃たれて死ぬ。

「悔後遅」（宣三場）―文安県（四川）、朱世栄・世富・世昌。世富と妻毛氏が愚昧で、分家した後に世栄の風水樹を伐ろうとしたため、世富は冥王に罵られて死に、毛氏は再婚して弟嫁を殺して処刑される。

巻七　案証十四条

「賢妻勧夫」（宣〇場）―山西省、謝文欽の妻楊氏。賭博の五罪を数えて文欽の悪癖を改めさせる。楊氏が客に飯を与えると文欽が怒るが、楊氏は客に文欽が客への非礼を恐れたと答える。客は宰相で、夫婦に褒賞を与える。

「埋狗勧夫」（宣二場）―昔、趙孟・趙仲。趙孟は孫銭二友を信じて趙仲を追い出す。妻が老犬の死骸を人に偽装して庭に置くと孫銭は恐れて逃げ、趙孟は趙仲の助けを得て埋葬し、孫銭は密告するが敗訴する。(21)

「夫婦孝和」（宣二場）―開県（四川）、馬雪堂。喧嘩する黄立堂と妻花氏に夫婦和合の歌詞を朗唱させる。

「持刀化妻」（宣三場）―昔年、文安県（四川）、曾開啓。悪逆の妻楊氏を改心させるため、一ヶ月孝行を装った後に母を殺せば疑われないと妻に告げると、妻は姑に孝行を尽くし、殺すことを拒絶する。

「敬竈勧夫」（宣一場）―道光三十年、重慶府定遠県（四川）、譚応科の長子徳安の嫁張氏。竈君に祈願して徳安の持病を快復させ、教師をして身を立てさせる。

「彦珠教婦」（宣二場）―乾隆初、呉江、趙彦珠。妻黄春英に寛容を教える。

「徐信怨妻」（宣四場）―昔、徐信の後妻金氏。前妻呂氏の子女を虐待する。子女が呂氏の墓前に訴えると、金氏は実家で病死し、徐信は身体が麻痺して再婚できなくなる。

「崔氏逼嫁」（宣六場）―漢朝、会稽県、朱買臣の妻崔氏。張石匠と再婚するが、石匠が死んで水売りをして生きる。

買臣が五馬太守を授かると、石に頭をぶつけて自害する。

「改嫁瞎眼」(宣四場)—道光十二年、巴州(四川)、余光緒の妻陳氏。羅巴耳の仲介で楊老爺の使用人と再婚して灰房に住み、失明する。

「聴諭明目」(宣二場)—前明、楊二の妻万氏。わがままで失明するが、聖諭宣講を聴いて目が見えるようになる。

「悪婦受譴」(宣六場)—安岳県(四川)、郭文遠・文挙・文華。文挙の妻陳氏は凶暴で子の泣き声を嫌って尿桶に捨てて殺したため竈神に打たれ、宣講生艾子謙に促されて竈神に懺悔するが、罪業は深く流血して死ぬ。

「欺瞞丈夫」(宣三場)—盛朝の時、莫徳明の妻何氏。暗に徳明を欺くが、冥界で徳明に罪を告白し、「勧婦女歌」を広めるよう伝える。

「大男速長」(宣三場)—成都(四川)、奚成列。後妻申氏が悪逆なため家を出る。妾何氏の一子大男が父を探しに出かけると、申氏は何氏を重慶の商人に売り飛ばし、何氏は夫に再会する。成列は何氏を正妻とし、妾を買うと申氏であった。申氏は訴えるが、県令は大男であり、訴えを却下する。

「嫌貧遭害」(宣三場)—南渓県(四川)、富民董正栄。二子が妹蘭英の婚約者林宝を毒殺しようとする。蘭英は林宝を逃がすが、船頭が林宝を川に落とし、蘭英も川に飛び込む。二子は孀母の家で和尚の死体を発見して蘭英の死体を装うが、孀母が姦通を自供し、二子も裁判で家産を使い果たす。

巻八　篤宗族以昭雍睦—「証鑒」四案
「七世同居」(宣三場)—明朝、孝感県、程家。愚昧な子孫が棠棣の樹を枯らそうとするが枯れず、表彰を受ける。

「創立義田」(宣三場)—宋朝、范仲淹。宗族全体の繁栄を願って蘇州に義田を創立する。

「接嗣報」(宣一場)—山東済南府、蔣稼。妻毛氏は子に恵まれず、兄蔣植の子を養子に考えるが、嫂王氏は毛氏に妾を娶らせるため、故意に子に毛氏の養子にならずとも財産は自分のものになると答えさせる。

「無頼叔」（宣二場）―西顭県、無頼叔。詐欺師。里長趙方城が子趙宗の婚礼に官費を充てて投獄され、嫁李氏が宝飾品を売って舅を救おうとするが、無頼叔から騙し取られて自害する。死体を関帝廟に置くと、嫁は蘇生し、周将軍の刀に無頼叔の首が掛かる。

和郷党以息争訟―「近事」十一条

「教子息争」（宣三場）―四川涪州、富者徐心徳。忍字を信条とし、隣家に風水樹を伐られて復讐を思う子を諌めて隣家に詫びると、隣家も境を侵さなくなる。隣家は別の家の田を占拠したため訴えられ、裁判費用を作るため家産を心徳に売り、心徳は土地を広げる。

「三善回天」（宣〇場）―四川成都華陽県、呂奇。東嶽廟の神将を塗り直し、神将から死期を告げられて人のために三善を行い、寿命を延ばす。

「大徳化郷」（宣五場）―明朝、呉県、楊翥。和を重んじて争わず、郷里の者はみな感化される。

「祝地成潭」（宣四場）―南宋、朱熹。崇安（福建）県令の時、易立中の詐欺を見抜けず、後で知って墓地に祈ると、大雨で墓地が水没する。

「無心得地」（宣二場）―道光年間、順天府、陳翁。張栄耀が境界の風水樹を伐るが、「忍譲歌」を作って、奪回を図る二子を戒める。栄耀は後に易老五と境界を争って裁判となり、田地は陳翁の手に渡る。

「化蛇報怨」（宣二場）―亳州、郜貢生。従僕が陳老の田地を踏み荒らす。陳老は棺に穴を開けて蛇に変じて貢生の肝を食うと呪詛する。これを知った貢生が酒宴を開いて詫びると、陳老も気が収まって小蛇を吐き出す。

「忍譲睦鄰」（宣二場）―昔、叙州府南渓県（四川）、何大栄。隣家の劉成華が境界の柏樹を伐るが、「忍譲歌」を贈って争いを止め、帰宅して成華に詫びると、成華も後悔して柏樹を返還する。だが成華は西隣の趙平山と裁判を起こし、田地を大栄に売ってしまう。

「解忿愈疾」(宣二場)―昔、江陵、胡駝子。王豪四に賭博をしたと誣告されて恨み、放火しようと思うが、豪四の妻が出産の日だと聞いてやめると、せむしが治る。豪四もそれを聞いて誣告をやめる。

「敗節変猪」(宣二場)―康熙年間、平湖県、邵秀才。陸米虫の表兄楊坤は子小米虫の婚約者春桃の父劉翁が干渉して小米虫の収入を着服できず、秀才に相談すると、秀才は春桃と家僕王二が密通して堕胎したと噂を広めたため、春桃は縊死し、劉翁も憤死する。小米虫も後妻を娶るが娼婦であったため悶死する。秀才は春桃と劉翁に命を奪われて豚に転生する。

「揠苗報仇」(宣三場)―長州県、仇便。周一清が牛を放牧して墓石を壊したと誣告するが、逆に敗訴する。仇便は復讐を謀るが失敗し、水稲を引き抜くが、雷に撃たれて死ぬ。

「捜鶏煮人」(宣四場)―昔、宜賓県(四川)、林二。楊廷貞の娘秀英は貧を嫌わず林二と結婚する。だが郷約が近所の悪女の鶏を盗んで林二を讒言し、悪女が林二の子を熱湯の中に投げて殺す。秀英は衝撃を受けて縊死し、廷貞は林二を訴えるが、雷が郷約を撃ち殺し、悪女は舌を抜いて死に、秀英は復活する。

巻九　重農桑以足衣食―案証二条

「農桑順案」(宣二場)―四川順慶府南充県、成大標。農桑の事を周心仁に伝授する。

「務本力農」(宣三場)―昔、漢朝、王覇。家人に勤労を勧め、令狐子に重農の道理を教える。

尚節倹以惜財用―善悪案証三条

「惜福報案」(宣一場)―広西省、丁光昌。妻に節倹と善行を勧める。

「黄氏遊冥」（宣一場）―道光二十年、銅梁県（四川）、黄氏。字を刺繍し、宣講を妄言と言って聞かず、冥界に連行されて刑罰を受ける。

「暴殄天物」（宣二場）―乾隆年間、四川叙州府琪〔珙〕県、趙仕秀の妻金氏。贅沢をして死後に冥界で刑罰を受け、仕秀に善書を印行して救ってほしいと言う。

隆学校以端士習―善悪案証八条

「修徳獲福」（宣二場）―四川成都府、王云芝。通源禅師に功徳を積むよう勧められる。

「葬師獲名」（宣〇場）―本朝、川東、周鳳衢。師周必達が冥界の吏に死期を告げられると、父の棺を用いて必達の葬儀を行う。

「疏財美報」（宣四場）―江南常州府。康友仁は誠実で丁国棟は狡猾。友仁は拾った金を国棟に預けるが、国棟は知らないと言ったため、自分の金を出し、汪好義も補塡して持ち主に返すと、友仁は科挙に合格し、国棟は神のお告げで落第し、乞食をして暮らす。

「垂青傷身」（宣二場）―広元県（四川）、木匠張徳輔。李垂青を弟子として育てるが、独立すると冷淡になり、徳輔が死ぬと、その遺体を蓆にくるんで埋めたため、徳輔の亡霊に突き落とされ、自らを傷つけて死ぬ。

「国常墜馬」（宣四場）―四川充国、全国常。明成大や周成珠を師として武官に就任するが、傲慢になって成大や成珠を無視したり、一族の寡婦を冤罪に陥れて縊死させたりしたので、落馬して息を引き取る。

「惜字獲金」（宣三場）―山西、呉欽典。棺から冥牒・路引・皇歴を取り出すが放免され、海外で八卦文字の亀殻を拾う。欽典を訴えた男は目を患う。

「濫写遭譴」（宣二場）―山西、何沢彦。鍾堂の妻尹氏を誹謗し、鍾堂が尹氏を離縁すると、離縁状を書く。尹氏は後に事情を知って官に訴える。沢彦は処罰され、神に両手を切断される。

「惰師変犬」（宣二場）―康熙年間、李縉雲。陳信亭が忠告しても、教師の務めを果たそうとしなかったため、雇い主の楊監生の家の狗になる。

黜異端以崇正学　善悪案証三条

「送河伯婦」（宣三場）―戦国時、鄴都。巫覡が漳川に河伯がいて犠牲を要求すると言う。太守西門豹は別の女子を遣ると言って巫覡を河に投げ込み、悪習を改める。

「勧民俚歌」（宣一場）―新城県、顧県令作。

「焼丹詐財」（宣〇場）―杭州、余芬。好色な潘監生を故意に妾と交媾させ、錬丹を誤ったと言いがかりをつけて、その財をだまし取る。

巻十　講法律以儆愚頑―善悪案証四条

「宣講美報」（宣二場）―川北順慶府（四川）、彦金。酒と阿片に浸って病に倒れたため、初めて後悔して宣講に努め、勧世歌を広めると、病気が回復する。

「鑚耳獄宣講」（宣二場）―道光二十五年、重慶府合州（四川）、余先徳の妻張氏。不孝で宣講を聞かず、鑚耳獄に落ちる。

「談白話宣講」（宣二場）―道光壬寅（二十二）年、陳心平。宣講を設立するが、李二娘は無駄話をして宣講を聞かず、唧蛇地獄に落ちる。

「息訟得財」（宣三場）―昔、福建福寧県、教師何臻。法律を民衆に教え、兄弟間の訴訟を戒める。

明礼譲以厚風俗―善悪案証十三条

「譲産立名」（宣四場）—昔漢明帝時、会稽郡陽羨県、許武。出世する前から兄弟思いで有名であり、御史に任命されるとわざと家産を自分が多く取って、不満を言わない二弟の名を著す。

「分米済貧」（宣二場）—昔、韓楽吾。飢饉で苦しみながら乞食女に米を分け、神から金を下賜される。

「忍飢成美」（宣二場）—大明、江右、蘭巖公。敍芬の父。湖広で教えて帰郷する途中、官金を払えず捕らえられた少年を給金をはたいて救う。一子敍芬は状元に及第する。

「釈怨承宗」（宣二場）—乾隆五十九年、永州府、劉夢光の妻王氏。夢光の兄夢祥の死後も嫂杜氏が化粧をやめないため諫める。夢光が死ぬと、杜氏は王氏に再婚を迫り、王氏の子の毒殺を謀るが見破られる。後に杜氏とその子は死亡し、王氏とその子が後を継ぐ。

「玷節現報」（宣二場）—河南開封府、沈良謨の子猷。趙士俊の娘阿嬌と婚約するが、王老表が沈猷になりすまして阿嬌と交わる。沈猷が冤罪を被るが、劉大老爺が真相を明かす(22)。

「嫌貧受貧」（宣三場）—道光三十年、蓬州（四川）、楊翁。次子楊二が母舅楊聡明の娘と婚約するが、聡明は楊二の貧を嫌って破棄し、家は落ちぶれる。

「神譴自回」（宣三場）—道光二十年、遂寧県（四川）、漆導之の弟玉山。宣講に努める。蕭姓の者が導之の子牛を唐光全に転売して金を払わないが、子牛が竈神の命に従って漆家に逃げ帰る。

「血書見志」（宣三場）—道光三十年、简州（四川）、楊某。母の棺を買うために青苗を売った金を賊に盗まれ、妻を陝西の商人周某に売るが、妻は血書を遺して縊死する。雷が賊を撃ち殺し、妻を復活させる。

「積米奉親」（宣三場）—西漢、四川徳陽県、姜文進。善行に努めて子詩を授かり、嫁龎三春を迎え、孫安安を儲ける。三春は姑陳氏の病気快復を祈るが、叔母邱姑の讒言によって陳氏は呪詛と疑い、姜詩に三春を離縁させる。

三春は白雲庵に住み、安安が米を送る。後に父子は高官に就任し、邱姑は絞殺される。(23)

「小楼逢子」（宣三場）—湖北鄖陽府鄖陽県、尹小楼。小楼は誘拐された子を捜しに出て、身を売って姚継世の父となる。小楼は嫁を迎えに行って兵乱に遭遇し、麻袋から老女を選んで失望するが、老女から嫁の消息を得て捜し出す。老女は小楼の妻であり、継世も失踪した子と分かる。(24)

「刻薄受報」（宣五場）—川北（四川）、陳大才。吝嗇で卑劣。黄有徳が諫めるが聞かず、家が落ちぶれて臨終に後悔し、勧世歌を作る。

「勧弟淡財」（宣三場）—明朝崇禎時、武昌府、劉克謙。慈善を好む。二人の弟は分家するが善行に努めず、家が落ちぶれる。

「孝善逃劫」（宣二場）—明末時、江西瑞州府高安県、張以偉。善行に努めて子女を授かる。父の不在の時、子煥文は兵乱を避ける周翁の金を運んで生活する。以偉の妻陳氏は蕭茂山の子に授乳する。煥文は寨覇王に捕まるが、以偉は寨覇王に『関帝覚世真経』を読んで聞かせ、家族は再会する。

巻十一　務本業以定民志—案証九条

「務本業案」（宣二場）—本朝乾隆年間、簡居敬。教師。三子に織物・染め物・裁縫の三職を身につけさせ、家訓を歌詞にして遺す。三弟は家訓を守らず裁縫をやめて遊興にふけり家が落ちぶれるが、兄弟が救う。

「伝方解厄」（宣二場）—雍正年間、浙江嘉興府、馮嘉言。人を救う治療方法を書き伝えたため、水難を逃れて竜宮に招かれ、薬方を授かる。

「天理良心」（宣五場）—昔、許克昌。「天理良心」の扁額の価値を妻に説くと、妻は質に入れることをやめ、質屋は克昌を経理に雇う。貧家が死体を質に入れるが、死体は金に変わる。

「自了漢」（宣一二場）—昔、呂年。吝嗇。善行を拒否する。天如禅師が道情（語り物）によって説得する。呂年は現世を捨てきれなかったため病死するが、禅師によって蘇生し、初めて後悔して善行に励む。

「勧盗賊」（宣一二場）—漢朝、陳実。梁上の盗賊にも聞こえるように袁了凡の教訓歌を歌う。

「双善橋」（宣一二場）—明朝、蜀川、朱琦。老人から石音夫の功過記を教えられ、王員外とともに石橋を修築するが、建設中に目と足を負傷し、竣工すると雷に撃たれて死ぬ。朱琦は試練を経て太子に転生する。

「女転男身」（宣一二場）—曹州府南華県、王孝の娘五娘。屠夫趙令芳に嫁いで転業を勧め、子女に教訓を遺して死んで、西京の張会元の子に転生する。

「佔嫁妻」（宣六場）—乾隆年間、四川重慶府梁山県、甘克桂。賭博、飲酒、阿片によって家産を蕩尽し、ついには妻涂氏が自害して県に訴えられ、上司が克桂夫の眼を刳りぬき、手を切り落とす。

「方便美報」（宣一二場）—宋仁宗の時、江南寧国府常安県、王臣の子邦賢。西天に因果を尋ねる途中、太行山の崑崙大王朱貴に捕まるが、娘蘭英が銀と馬を贈って逃がす。邦賢は流沙河の老人に西天で娘の唖のわけを聞くよう、西蔵山の老龍に千年飛べぬわけを聞くよう依頼され、それらの難問を解決して、老龍の宝珠を朝廷に献上して進宝状元を授かり、蘭英を夫人とする。

巻十二　訓子弟以禁非為—案証十四条

「成玉教子」（宣一二場）—湖広少〔邵〕陽県、黎成玉。二子連陞・連貴、妻譚氏に教訓を遺す。

「培文教」（宣一二場）—嘉慶年間、浙江、楊標。子柳堂が結婚後に怠惰になり楊標の言うことを聴かないが、柴夫子の「訓子格言」を示すと改心する。

「孟母教子」（宣四場）—戦国の時、孟子の母。孟子の教育のために三度居を移す。

「鳴鐘訴冤」（宣三場）―道光十六年、徳陽県（四川）、楊芳華の娘桂香。母から五条の教訓歌を教えられて張耀鳳に嫁ぐが、嫂堯氏が懐妊していると誹謗し、耀鳳は桂香の父母を訴える。桂香が観音に祈ると、嫂が自ら舌を抜いて死ぬ。

「現眼報」（宣二場）―康熙三十年、汴州、張懐徳。吝嗇で二子に教育を受けさせなかったため笑われ、後に訴訟を起こして散財し、後悔して教育を尊重する。

「強盗咬母」（宣二場）―昔年、王毛狗。溺愛されて家産を蕩尽し、盗賊として捕まって母を恨み、母の乳を噛み切る。

「士珍酔酒」（宣二場）―里民府、劉士珍。岳父の誕生祝いに夫婦で出かけて帰るが、妻王氏が戻らず、岳父に訴えられる。妻は何家の嫁に身包みを剥がれ、観音寺の小和尚に強姦されそうになって縊死する。県令は妻の死体を発見し、何家の嫁と小和尚を極刑に処する。

「将就錯」戒嫖（宣三場）―陝西省鳳翔府、林長春。一子光前を溺愛し、遊蕩をやめないため、四川に同行させて、妓女が襤褸を着た男には冷淡だが、妻は暖かいことを教えると、淫行をやめて読書に励むようになる。

「淫逆報」（宣二場）―道光丁未（二十七）年、雲南省、呉志遠。妻李氏と王姓の姦通を無頼余貴が密告する。志遠は李氏を殺すが、王姓に逃げられ、余貴を殺して官に訴える。王姓は陳心齋の家に逃げて姦夫と疑われ、妻張氏ともに殺される。張氏は悪逆により応報を受けたのである。

「独脚板」（宣三場）―道光某年、徳陽県（四川）、張栄山。妻呉氏が張牛児と姦通して殺し、犬がその片足を胡監生の家に運ぶ。監生はお祓いをして片足を埋めるが、悪友に謝礼をせず、密告される。神は監生の吝嗇が招いた災禍だと告げる。吏は勧世文を唱って犯人を捕らえ、監生の冤罪は雪がれる。

「双人頭」（宣二場）―道光二十七年、瀘州（四川）、王木匠。妻孫氏が実家に出かけ、弟王二が家にいた時、従妹譚氏が来て雨宿りする。酒屋は事情を知って、王二を酔わせて譚氏の強姦を謀るが、従妹は隠れ、茄子畑の女と寝る。木匠は帰宅して妻と弟だと誤解して酒屋と女を鉈で斬り殺す。

「焦氏殉節」（宣三場）―本朝、寧国府宣城県、陸鑑銘。賭博で家産を蕩尽して妻焦氏を売り、焦氏は縊死する。県令は鑑銘の指を切り、両眼を潰す。

「用先改過」（宣三場）―前代、張用先。狡猾で、秤と斗に細工をするが、大病を患って初めて後悔する。空谷禅師が来世は黄牛となって屠殺されると予言するが、長子（秤）・次子（斗）・令愛（金銭）を犠牲にして救われる。

「団円報」（宣三場）―浙江昌化県、舒代香。飢饉で昭化に教える。妻許氏は弟代遠の妻尤氏に追い出され、南鄭県で幼児青雲が昭化の盧映渓に連れ去られて盧森彩と改名する。代香は森彩を教え、許氏とも再会して、進士に及第した青雲を連れて帰郷する。尤氏は腹が破裂して死ぬ。

巻十三　息誣告以全善良―案証二条

「息訟得財」（宣三場）―休寧県、教師。法律を学び、兄弟の訴訟を諫めたため、富裕になった兄弟から銀三百両を贈られる。

「忠孝節義」（宣四場）―広東饒平県、鄭光先。顧大顕の経理となり、孝子王義を救うため大顕に預託金の返還を求めるが、大顕に殺される。族兄光和は光先の妻劉氏に姦淫を迫り、劉氏は縊死する。王義は光先の子宗徳を朱世華の養子にするが、宗徳は継母に虐待され、帰郷して大顕の娘を娶り、大顕の殺人を聞き出して官に訴え、大顕と光和は処刑される。

戒匿逃以免株連―案証一条

「貪財後悔」（宣一場）―安定県、黄子文。逃亡犯の斉大伍に関わって投獄される。

完銭糧以省催科―案証一条

「教民完糧」（宣一場）―壬辰年、文県、文正風。納税せず、県令に説教される。

聯保甲以弭盗賊―案証二条

「貪財受害」（宣一場）―定遠県（四川）、蔣志和。牌首。賄賂を好み賊の陶六と関わって捕らえられる。

「鳴鼓擒賊」（宣二場）―北魏宣武帝時、兗州、李崇。刺史。盗賊を説諭し、鼓楼を建てて盗賊を防ぐ。

解讐忿以重身命―案証四条

「小忿喪身」（宣四場）―東郷、彭公子。凶日に衣服を仕立て、凶日に衣服を着ると、衣服が薪に引っかかったため薪拾いを打ち殺し、罪を反省せず投獄される。

「王生買薑」（宣四場）―昔年、四川、王秀才。湖州の薑客（生姜売り）を気絶させるが、療養させて帰郷させる。船頭が水死体を薑客に仕立てて秀才を脅迫し、従僕が官に密告するが、薑客が再来したため、船頭と従僕は斬首される。

「雪花銀」（宣八場）―常州、柳長青の二子仲仁・仲義。劉四娘から母呉氏の経帷子を取り返すと、四娘は二子が陰で肉を食べていると讒言する。二子が物乞いの米を雪の上に落とすと銀に変わり、四娘は天罰を受けて死ぬ。

「金玉満堂」（貧媳尽孝）（宣十二場）―萊州、葉元善の二子華堂・茂林。出征後に、華堂の妻善瑜が衣食を削って両親の世話をしたため、三官大帝が「金玉満堂」の扁額を下賜する。二子は出世して帰郷し、不孝な秦秋娘は雷に撃たれる。

巻十四　案証十三条

「誠孝格天」（宣三場）―咸豊七年、湖北省施南府咸豊県、劉光貴。傭人をして盲目の母を養い、山が崩れても無事であったので表彰され、「至誠感天」「誠孝格天」の扁額を授かる。

「逆子遭譴」（宣二場）―長渓地方、馮思仁。一子金保を陳家に養子にやり、金保は陳元と改名するが、実母を無視したため、蛇に変化した魚に食われる。

「冥案実録」（宣一場）―咸豊八年、湖北省荊州府江陵県、王正宏。神はいないと言うと二女が死に、冥界に連行される。

「淫悪巧報」（宣六場）―①咸豊己未（九）年、湖北省荊州府江陵県、黄自品。一子福順を溺愛する。何伯春と楊文富に花布の販売を委託するが、伯春は河に落ち、文富は金を蕩尽し、母が悲観して縊死したため、福順は改心する。②王光宗の子が殺害される。観音大士と鎮江王爺が犯人は尹正順だと指摘する。正順は董陶氏と姦通して仇敵の光宗の妻陳氏の子を殺したことを自供する。

「欺貧賭眼」（宣三場）―本朝乾隆年間、山東省、程孝思。胡銀台の三女の婿となる。二女の侍女春香は貧乏人の孝思が出世しないことに目を賭ける。孝思が御史に任命されると兄嫂は三姑に敬意を払い、春香は三姑の侍女に目をえぐられる。

「宣講解冤」（宣二場）―咸豊九年、荊州府枝江県、趙文漢。妻荀氏が人事不省となって、前世で人妻に横恋慕したため荀家に転生して短命で死ぬという審判を受けたと言う。文漢が宣講を開催すると、観音が訓辞を垂れて死者は転生する。

「施公奇案」（宣三場）―淄川、胡成。妹の夫鄭倫から銀三百両を預かり、酒に酔って行商人を殺して奪った金だと馮安に放言する。馮安は施愚山に訴える。そして井戸から首無し死体が発見され、郎氏が出頭して夫何甲だと言うが、施公は郎氏が姦夫王五と共謀して何甲を殺したと明断する。

「溺女現報」（宣二場）―咸豊七年、荊州、李和。溺死させた長男と次男の娘に取り憑かれて死ぬ。「溺女歌」。

「司命顕化」（宣六場）—荊州、戴宜正。長子元富は因果を信じず、竈神に連行されて冥界で打たれる。次子元貴の徒弟張茂林は竈神を侮って竈神の譴責を受ける。元貴も因果を信じず、地獄に連行される。

「冤孽現報」（宣五場）—湖北荊門州、高大祥の妻李氏。義兄大謙夫妻とその子学岷を唆して学岷を縊死させ、大謙が死ぬと嫂王氏を売る。だが学岷の亡霊が冥界に訴え、冥王は学岷の転生のために李氏に宣講を要求する。

「毀謗受譴」（宣三場）—咸豊八年、蜀川、王楽善。家で学友と宣講を開く。耿惟強が宣講を誹謗するが、神に罵られたため、劉家の宣講で陳謝する。

「善愿速報」（宣五場）—咸豊十一年、楚北潜江県、孫行元。突然失明するが、何医者の勧めで竈神に祈願すると両目は快癒する。

「信神獲福」（宣三場）—咸豊十一年、湖北潜江県、尤有典。妻何氏が疫病に感染したため、母の眼病治癒を祈願する張学修なる人物とともに『宣講集要』を荊州の清化堂において復刻すると、妻の疫病は快癒する。

六　案証の伝播

『宣講集要』収録の案証は以下のような後世の宣講書に再収録されて、民衆教化に寄与した。

『緩歩雲梯集』（同治二年）巻二「紫薇窖」（『集要』巻四「孝媳化姑」）、巻三「萊子戯綵」（『集要』巻二）、巻四「貪利賠妻」（『集要』巻十「玷節現報」）

『宣講拾遺』（同治十一年）巻一「至孝成仏」（『集要』巻一「楊一哭墳」）、「堂上活仏」（『集要』巻二）、「愛女嫌媳附積米奉親」（『集要』巻十「積米奉親」）、巻二「埋金全兄」（『集要』巻六「雲霄埋金」）、巻三「忍譲睦鄰」（『集要』巻八）、巻六「勧盗帰正」（『集要』巻十一「勧盗賊」）、「双善橋記」（『集要』巻十一「双善橋」）

『庶幾堂今楽』（同治十二年）「活仏図」（『集要』巻二「堂上活仏」）

『宣講戯文』（光緒十二年）「古廟呪媳」（『集要』巻六）、「大団円」（『集要』巻六）、「現眼報」（『集要』巻十二）、「惜字獲金」（『集要』巻九）

『宣講博聞録』（広州、光緒十四年）巻一「孝友格親」（『集要』巻一「王公孝友」）、巻七「河伯娶婦」（『集要』巻九「送河伯婦」）

『勧善録』（光緒十九年重刊）巻一「誠孝格天」（『集要』巻十四）、「逆子遭譴」（『集要』巻十四）、「宣講解冤」（『集要』巻十四）、「施公奇案」（『集要』巻十四）、「溺女現報」（『集要』巻十四）、「淫悪巧報」（『集要』巻十四）、「欺貧賭眼」（『集要』巻十四）、「司命顕化」（『集要』巻十四）

『触目警心』（沙市、光緒十九年）巻二「便人自便」（『集要』巻十一「方便美報」）

『宣講摘要』（光緒三十四年重刊）巻一「至孝格親」（『集要』巻一「大舜耕田」）、「判家私」（『集要』巻六「高二逐弟」）、巻二「雪裡救母」（『集要』巻五）、「孝化悍婆」（『集要』巻四「孝媳化姑」）、巻四「善悪異報」（『集要』巻十二「団円報」）、「独脚板」（『集要』巻十二）

『宣講彙編』（光緒三十四年重刊）巻一「積米奉親」（『集要』巻十）、「臥氷求魚」（『集要』巻一「王祥臥氷」）、「楊一哭墳」（『集要』巻一）、「孝虎祠」（『集要』巻二）、「慈孝堂」（『集要』巻四「斉婦含冤」）、「点滴旧窠」（『集要』巻三「文玉現報」）、「砍断手」（『集要』巻三「神譴敗子」）、「遵諭明目」（『集要』巻七「聴諭明目」）、巻二「厚族獲報」（『集要』巻八「創立義田」）、「友愛全節」（『集要』巻四）、巻四「和順化人」（『集要』巻七「夫婦孝和」）、「規賭全貞」（『集要』巻十二「焦氏殉節」）、「借狗勧夫」（『集要』巻七「埋狗勧夫」）、「跪門受譴」（『集要』巻七「悪婦受譴」）、「断機教子」（『集要』巻四）

『宣講珠璣』（光緒三十四年重刊）巻二「尋父獲金」（『集要』巻二「子誠尋父」）、巻三「馬前覆水」（『集要』巻七「崔氏逼嫁」）、巻四「金玉満堂」（『集要』巻十三）、「雪花銀」（『集要』巻十三）

『宣講福報』（光緒三十四年重刊）巻四「双報応」（『集要』巻十二「独脚板」）

『宣講醒世編』（営口、光緒三十四年）巻二「冤孽現報」（『集要』巻十四）

『宣講大全』（漢口、光緒三十四年）「金玉満堂」（『集要』巻十三）、「雪裏救母」（『集要』巻五）、「判家私」（『集要』巻六「高二逐弟」）、「孝化悍婆」（『集要』巻四「孝媳化姑」）、「馬前覆水」（『集要』巻七「崔氏逼嫁」）

『宣講管窺』（河南、宣統二年）巻一「棄児存孤」（『集要』巻六「稽山賞貧」）、巻三「変蛇復讐」（『集要』巻八「化蛇報怨」）、巻六「覆水難収」（『集要』巻七「崔氏逼嫁」）

『福海無辺』（民国元年）巻一「孝感姑心」（『集要』巻四「孝媳化姑」）、巻三「金玉満堂」（『集要』巻十三）、巻四「節孝両全」（『集要』巻四「尽節全孝」）

『万選青銭』（民国年間）巻二「欺兄圧弟」（『集要』巻六「悔後遅」）

『宣講全集』（漢口）「全節保家」（『集要』巻四「尽節全孝」）、「機房訓孤」（『集要』巻四「断機教子」）、「雪裡救母」（『集要』巻五）、「転身顕報」（『集要』巻十一「女転男身」）

『宣講至理』（宛南）[25] 巻四「喞刀救母」（『集要』巻二）、「賊化為善」（『集要』巻四）、「鄧氏節孝」（『集要』巻四）、巻六「冥案実録」（『集要』巻十四）、巻七「賢妻勧夫」（『集要』巻七）、「夫婦孝和」（『集要』巻七）、「嫌貧遭害」（『集要』巻七）

『増選宣講至理』（石印）巻二「冥案実録」（『集要』巻十四）、「孝逆現報」（『集要』巻二）

『宣講大成』（許昌）[26] 巻六「王祥臥氷」（『集要』巻一）、「金腰帯」（『集要』巻七「賢妻勧夫」）、「捜鶏煮児」（『集要』巻八「捜鶏煮人」）、蔡順拾椹（『集要』巻一）、「朱氏節孝」（『集要』巻四）、「孝逆現報」（『集要』巻二）、丁蘭刻木（『集要』巻一）

『宣講大観』（許昌）[27]巻二「孝虎祠」（『集要』巻二）、「嫌貧遭害」（『集要』巻七）
『宣講大成』（扶余、民国二十二年）[28]孝字巻一「觸子節孝」（『集要』巻四）等、四十二案証を転載する。

七　結　び

『宣講集要』十五巻首一巻は「聖諭十六条」によって案証を収録した初期の宣講書である。四川の名医王錫鑫が編纂して、民間の善堂が出版したものであり、首巻の「宣講聖諭規則」には康熙帝の「聖諭十六条」のほか、民間で信仰される関羽や竈神などの神明の聖諭や、善堂で守るべき「宣講壇規」十条を読誦する。このテキストは全国各地で復刻され、これにならって説唱形式の案証を収録した宣講書も続々と出現した。四川の案証が最も多く、「西南官話」を使用していることから、説唱形式の聖諭宣講は四川から始まったと考えられる。

附録1　『宣講集要』が引用した『法戒録』

『宣講集要』首巻、咸豊二年（一八五二）の挙人陳光烈の序文には「博く俗講『怪回頭』『指路碑』『法戒録』『規戒録』『覚世新編』『覚世盤銘』『切近新録』諸書を収めて案証と為す」と指摘していた。そこに挙げられた俗講書は現存するものが少ないが、筆者は最近になって『法戒録』が現存することを確認することができた。ここではそのテキストについて解説を加えたい。

『法戒録』六巻、〔四川〕夢覚子彙輯。「聖諭六訓」（孝順父母、恭敬長上、和睦郷里、教訓子孫、各安生理、無作非為）に

よって「案証」（因果応報故事）を分類している。『宣講集要』十五巻首一巻（咸豊二年〔一八五二〕序）が引用した宣講書であり、現存刻本の刊行時期は『宣講集要』より遅れるが、編集時期は『宣講集要』よりも早いと考えられる。『宣講集要』収録の案証・勧善歌には、『法戒録』の案証「将就錯」「嫁妻養母」「堂上活仏」「送米化親」「朱衣救火」「痛父尋死」「啣刀救母」「培文教」「双善橋」「自了漢」「大団円」「全家福」「現眼報」「悔後遅」「揠苗報仇」「稽山賞貧」「無心得地」「化蛇報怨」「敗節変猪」「勧孝歌」「八反歌」「邵康節先生詩四首」「万空歌」「知足歌」「不知足歌」「邵堯夫養心歌」等が共通しており、これらは『宣講集要』が転載したと考えられる。

以下の九種のテキストが現存する。

1．同治十二年（一八七三）刻本。六巻。六冊。半葉十二行、行二十三字。(29) 同治十二年の扶鸞による序に、本書が故事の中に歌謡を挿入しており、庶民も楽しく教導を受けることができると述べる。

読書識字者、必歌咏之。即庸夫愚婦輩、亦楽聞之。善言充耳、能法者法、可戒者戒、不期然而然也。……旹　大清同治十二年癸酉菊月中浣穀旦降。（書を読み字を知る者は、必ず歌咏し、庸夫愚婦の輩も、また聴いて楽しみ、善言が耳に充ちると、期せずして模範とすることは模範とし、戒しめることは戒めるであろう。……時　同治十二年九月中旬吉日降臨。）

本書第一冊「目次」（巻六部分）には、聖諭第六訓「無作非為」の案証「自充軍」（転房非為）、「估嫁妻」（浪蕩非為）、「審壇神」（殺子非為）、「犯呪神」（謀産非為）、「無頼叔」（哄騙非為）、「鑚耳獄」（傲命非為）、「双出家」（嫌貧非為）、「談白話」（反心非為）、「狼毒心」（溺女非為）、「無頭尸」（奸詐非為）、「傷物命」（打槍非為）、「人面馬」（騙帳非為）、「毛猫子」（傷生非為）を掲載する。

「凡例」には、本書が四川で編纂されたものであり、性善説にもとづいて善案を多く載せていると述べる。

一、是書出自蜀中名儒所編。宗「宸翰六訓」、毎条臚列善悪案証。善案多而悪案少者、以人性皆善、汨於利欲、善言誘掖、人易感動。第悪案不列、人罔知警。果報甚詳、庶人由是遷善改過。……（本書は四川の名儒が編纂したものであり、「聖諭六訓」を宗として、毎条に善悪の案証を列挙している。善案が多くて悪案が少ないのは、人の性が皆善であり、利欲に溺れるが、善言によって誘掖すれば、人は感動しやすい。だが悪案を列挙しなければ、人は戒めを知らない。因果応報を詳細に説くことによって、庶民は善人になり過ちを改めるのである。……）

2．残本一冊（巻二、巻三）。半葉八行、行二十二字。一百三葉～一百七十一葉。「聖諭六訓」に沿って案証を掲載する。恭敬長上「大団円」（恭敬兄長）、「陳情表」（恭敬祖母）、「全家福」（恭敬伯叔）、「現眼報」（恭敬先生）、「老長年」（恭敬主人）、「後悔遅」（不敬長上）。第三冊上巻下、和睦郷里「無心得地」（忍耐和睦）、「化蛇報怨」（回心和睦）、「飛龍抜宅」（富不和睦）、「敗節変猪」（貴不和睦）。

3．残本一冊（巻一）。半葉八行、行二十字[30]。孝順父母「嫁妻養母」、「堂上活仏」、「送米化親」、「朱衣救火」、「痛父尋死」（孺子行孝）、「鬼孝送難」、「啣刀救母」、「哭霊咒子」等。

4．光緒十七年（一八九一）、〔雲南〕騰陽明善堂刊。『閨閣録』合刻。五冊。半葉十二行、行二十三字[31]。「関聖帝君序」には本書の勧善懲悪の主旨を説明している。

法也者、法之於未戒之先。戒也者、戒之於既法之後。在慎独之君子、起居不愧屋漏、暗室易見青天。何云法、何云戒。而奸詐之小人、言行可欺大廷、肺腑難掩白日。奚以法、奚以戒。此法戒之意、原有改悔之別、必無執迷不悟者也。……（法とは、戒める前に模範を示すことであり、戒とは、模範を示して後に教戒することである。修養を積んだ君子は、日頃部屋にいても恥じる行為をせず、暗室においても青天が見えるので、模範を示す必要はなく、戒める必要もない。だが悪辣な小人は、言行は大廷を欺き、肺腑は白日を掩いがたいので、模範を示し、戒めるのである。これが法戒の意であり、もと改悔の別はあっても、必ず迷執して悟らない者など無くなるのである。……)

5・光緒九年、蘭州復刻本。五冊。河北文昌宮蔵板。『閨閣録』合刻。半葉八行。(32) 冒頭の「重刻『法戒』『閨閣』二録序」には、本書の因果応報の主旨を述べている。

夫『法戒』『閨閣』二録、肇始於西蜀善士、参定於磚坪信人、金城信士、又何為而重刊也。爰自天降浩劫、世人日沈溺於迷津、而不知彼岸之可登。古人憂之、因以神道設教而人多不察、以為因果報応之虚幻而難憑也。豈知事雖殊途、理則一致、聖経不云乎、「積善之家、必有余慶、積不善之家、必有余殃。」……(そもそも『法戒』『閨閣』二録は、西蜀の善士が創作し、磚坪県〔陝西〕の信者、金城県〔蘭州〕の信士が校訂しているが、また何故に復刻したのか。天が浩劫を降らせ、世人が日々迷津に沈溺して、彼岸の登るべきことを知らず、古人はこれを憂えて、神道によって教化したが、人は多く察せず、因果応報が虚幻であって信じがたいとした。だが事は道こそ異なるが、理は趣を一にするのであり、聖経にいうように、「積善の家には、必ず余慶があり、積不善の家には、必ず余殃があるのである。」……)

6・光緒七年復刻本。四巻。四冊。半葉九行、行二十字【図2】。案証は「聖諭六訓」に沿って整然と編纂されているわけではなく、当初のテキストを改編したテキストだと考えられる。湖南永州鎮総兵官の復刻序には、贛東〔江西東部〕で刻されたテキストを読んで、通俗的な歌詞や白話を用いていて、文字を知らない庶民を善導するのに適していることを知り、校訂を施して村民に復刻させたと述べている。

予戊寅歳、摂鎮是邦、得見『法戒録』一書、係贛東宦紳刻本。公余読之、悉皆為歌詞、俗白、最是好頭、即愚夫愚婦、目不識丁者、未有不入耳而了然。……。公務就序、百廃倶興、始得付之郷民、刊諸梨棗、並重加校讐、使無冢魚、以便広伝。黙願世之閲是録者、行善以孚天心。……〔光〕緒七年初冬月、命湖南永州鎮総兵官、才勇巴図魯。(予は戊寅の年〔光緒四年、一九七八〕、この鎮を取締った際に、『法戒録』一書を見た。それは江西東部の官紳の刻本

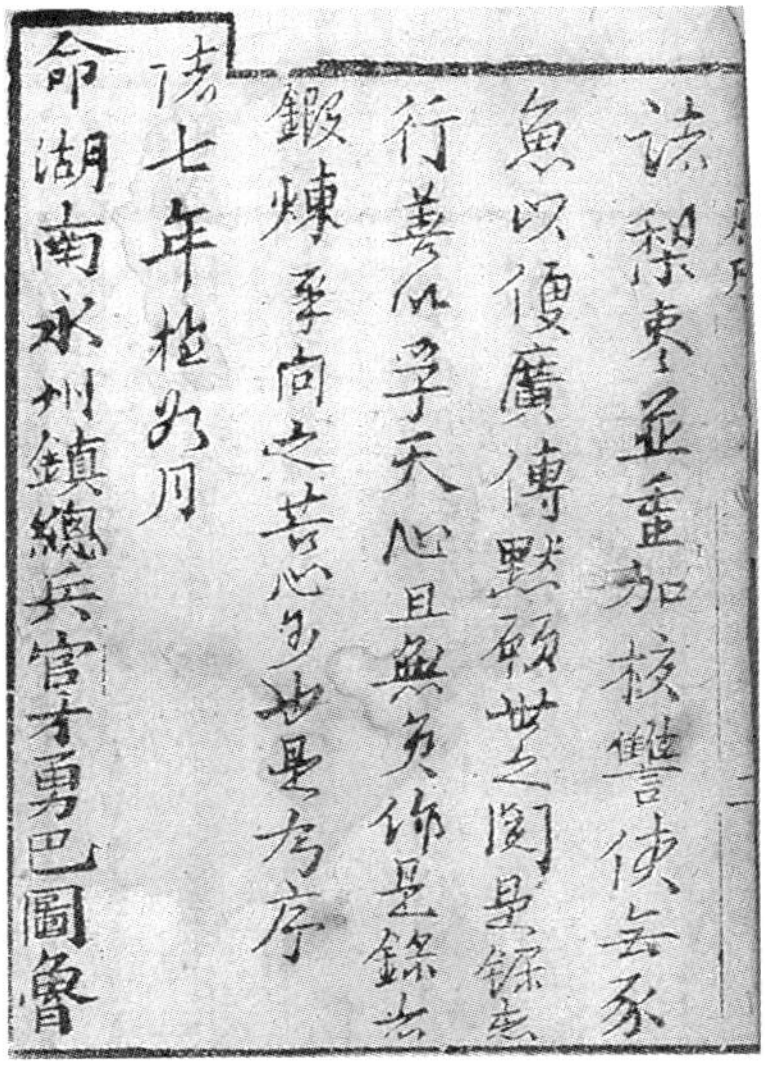
誌梨棗並重加校讐使合家
魚以便廣傳默顧世之閲是録者
行善化孚天心且無負鉛是録者
鍛煉平向之苦心多也是爲序
緒七年桂月
命湖南永州鎮總兵官才勇巴圖魯

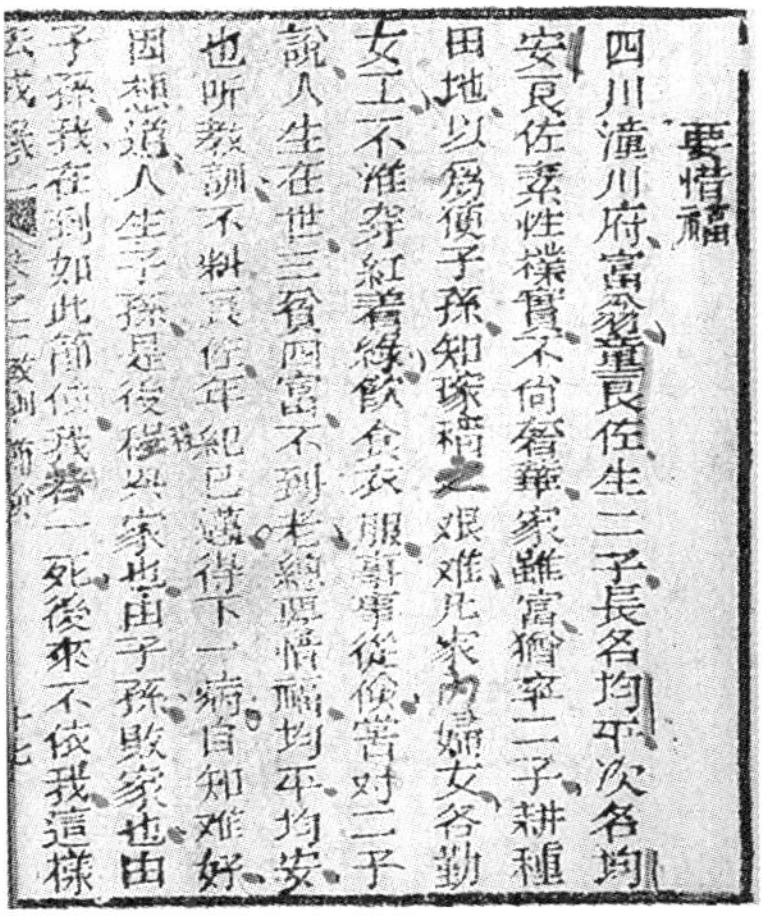
要惜福
四川潼川府富順縣董良佐生二子長名均平次名均
安良佐素性樸實不尚奢華家雖富獨率二子耕種
田地以爲後子孫知稼穡之艱難凡家内婦女各勤
女工不准穿紅着綠飲食衣服事事從儉嘗對二子
說人生在世三貧四富不到老終要惜福均平均安
也所教訓不料良佐年紀已邁得下一病自知難好
因想道人生子孫是後裸與家也由子孫敗家也由
子孫我在到如此節候我若一死後來不依我這樣

【図２】『法戒録』巻一

であった。仕事の合間に読むと、ことごとく歌詞と白話からなっていて、最も出来がよく、字を知らない庶民も聴いてすぐにわかる。……。公務が緒につき、すべてが復興したので、このテキストを村民に与えて刊行させ、校訂を加えて字の間違いを無くし、世間に広めた。ただ本書を読む者が善行を重ねて天の心をはぐくむことを願うのみである。……光緒七年初冬月、湖南永州鎮総兵官、才勇巴図魯。）

巻一「太上感応篇」、「文昌帝君丹桂籍陰隲文」、「賢婦断理」、「功過格」、「勧世詞」、「要惜福」（教子惜福）、「将就錯」（教子戒淫）、「嫁妻養母」（士子行孝）、「堂上活仏」（農夫孝母）、「送米化親」（工匠行孝、前娘後娘請看）、「朱衣救火」（商賈行孝）、「痛父尋死」（孺子行孝）、「啣刀救母」（畜生行孝）、「忠孝両全」。巻二「培文教」（積徳成名）、「登科報」（因果報）、「娘害我」（嬌養不教）、「反金昌後」（疎財獲報）、「補鞋得地」（善小功大）、「双善僑」、「自了漢」、「打猟報」、「勧盗賊」、「双出家」（嫌貧非為）、「狼毒心」（溺女非為）、「嫌媳」（嫌媳非為）、「分米済貧」、「双李珏」（商人非為）。巻三「白日飛翔」（修徳成仙）、「償債奇観」、「不信聖諭悪報」（不信宣講悪報）、「傷生改過」、尊敬長上「大団円」（恭敬兄長）、「陳情表」（恭敬祖母）、「全家福」（恭敬伯叔）、「現眼報」（恭敬先生）、「後悔遅」（不和兄弟）、「揠苗報仇」（雷打痞子）。巻四「尽孝完貞」、「稽山賞貧」、「貞淫鑑」、「善徳鑑」、「言語鑑」、「醒世文」、「感応篇霊験記」、「文昌帝君醒迷文」、「附愚論」、「不知足歌」他(33)。

7．民国元年（一九一二）復刻本。江西贛州千頃堂刊。八巻。八冊。半葉九行、行二十字(34)。――〔光〕緒七年初冬月命湖南永州鎮総兵官才勇巴図魯復刻序を載せる。改編本。封面表「壬子年重鐫／法戒録／敬惜字紙　切勿褻瀆」。封面裏「法戒録書八巻、分装八本。共計六百四十余頁。君子好善、板不取資。板存贛州牌楼大街千頃堂」。

8．残本二冊。半葉九行、行二十字。一葉～七十二葉。案証は「聖諭六訓」に沿って編纂されていない。改編本。

第一冊　目録（残）――〔巻二〕「尽孝完貞」「活人変牛」「□□□」「培文教」、巻三「退妄獲福」「稽山賞貧」「因果報」「犯戒悪報」「嫌媳非□」「□□□」「女転男身」「鳴鐘訴冤」「恭敬兄長」「不和兄弟」「恭敬□□」、巻四「双李珏」「□□□」「□□□」「酷婢惨報」「墜楼全節」「咬舌洩忿」「勧盗賊」「娘害我」「審壇神」「自充軍」「頼租喪子」「分米済貧」「善小功大」「修徳成仙」、巻五「双善橋」「啣刀救母」「賢婦断理」「教子惜福」「将就錯」「雷打痞子」「傷生改過」「償債奇観」「恭敬先生」「惰師変犬」「陰隲挙人」「反金昌後」。「太上感応篇」「文昌帝君陰隲文」「関聖帝君覚世経」「文昌帝君功過格序」「行功過格法」「功過格論要」「太微仙君功過格」「袁了凡先生立命篇」「兪浄意公遇竈神記」「積善総論」「四戒彙纂」「格言摘要」「百善孝居先」「万悪淫為首」「戒談閨閫」「朱柏廬治家格言」「陳眉公醒世三十六語」「陸平泉方便名言」「回生宝訓」「八反歌」「心命歌」「積福歌」「息訟歌」「勧民歌」「王百谷四箴」「択配真言」「訓子歌」「戒溺女歌」「戒洋煙歌」「李廷𨑩五倫詞」「御下歌」「安貧歌」「荘周歌」「戒色歌」「養心歌」「集録古詩」「七言絶句」。

第二冊　「貞淫鑑」「善徳鑑」「言語鑑」「醒世文」「感応篇霊験記」「文昌帝君醒迷文」「附愚論」「不知足歌」他(35)。

9．残本一冊（巻二）。半葉九行、行二十字。一葉~七十九葉。案証は「聖諭六訓」に沿って編纂されていない。改編本。

巻二「培文教」（積徳成名）、「登科報」（因果報）、「娘害我」（嬌養不教）、「反金昌後」（疎財獲報）、「補鞋得地」（善小功大）、「双善橋」、「自了漢」、「打猟報」、「勧盗賊」、「双出家」（嫌貧非為）、「狼毒心」（溺女非為）、「嫌媳」（嫌媳非為）、「分米済貧」、「双李玨」（商人非為）。

附録2　『宣講集要』の案証と西南官話

『宣講集要』各巻を見ると、四川地方の案証が多く、聖諭十六条の俗講をはじめ、四川以外の案証にも西南官話が用いられている[36]。その地域分布は以下のとおりである。

巻一	四川3	山東2	山西1	江蘇1	無10				
巻二	四川10	江蘇3	直隷2	山西1	雲南1	無1			
巻三	四川13	山東1	山西1	江蘇1	直隷1				
巻四	四川7	山東2	安徽1	江蘇1	広東1	不明1	無3		
巻五	四川7	湖北2	江蘇2	河南2	湖南1	福建1	山西1	無1	
巻六	四川4	直隷3	江蘇3	湖広1	広東1	江西1	浙江1	甘粛1	無1
巻七	四川6	山西1	直隷1	江蘇1	浙江1	無4			
巻八	四川4	湖北2	江蘇2	安徽1	浙江1	江西1	山東1	直隷1	無1

巻九　四川7　山西4　広西1　江蘇1　河南1　浙江1　無1
巻十　四川7　湖北2　江西2　福建1　江蘇1　江西1　湖南1　河南1　無2
巻十一　四川2　浙江1　山東1　安徽1　無4
巻十二　四川3　浙江2　湖広1　河南1　雲南1　陝西1　安徽1　不明1　無3
巻十三　山東2　安徽1　広東1　四川1　浙江1　江蘇1　不明3
巻十四　湖北9　山東2　福建1　四川1

西南官話の用例は以下のとおりである。なお各語彙には『漢語方言大詞典』掲載の用例地域を注記した。

活路—労働。「若是揹起做活路、一身汗都淹倒了」（巻一「孝字」）。西南官話（四川仁寿・貴州黎平・雲南永勝）。

想方—方策を考える。「想方設計、也要買米回家」（巻一「孝字」）。西南官話（湖北武漢・雲南水富）。

接親—嫁を迎えに行く。「貧寒父母都要与児接個親」（巻一「孝字」）。西南官話（雲南永勝、貴州赫章）。

軃—垂れる。「至六十大小牙或落或軃」（巻一「子路負米」）。西南官話（四川成都・貴州遵義）。

作翻—吐き気がする。「児今日心裏作翻、這陣要吐」（巻一「王公孝友」）。西南官話（湖北随州）。

単弱—脆弱。「哥哥身体単弱、挑水不起」（巻一「王公孝友」）。西南官話（貴州清鎮）。

出姓—再婚する。「到不如趁此時早些出姓」（巻四「崔氏守節」）。西南官話（四川成都・貴州桐梓）。

倒（遮倒　守倒　攔倒　捆倒　記倒　促倒　跟倒　哄倒　照到　当倒　害倒　聴倒　抛倒　跪倒　蔵倒）—「到」「住」「上」「下」に相当する動詞補語。「縫一頂布風帽把臉遮倒」（巻二「堂上活仏」）。西南官話（四川成都・貴州清鎮）。

消夜—夜食する。「辦酒菜陪伴常把夜消」（巻二「堂上活仏」）。西南官話（湖北武漢・四川成都・貴州黎平）。

煞擱（煞角　煞脚）—終わる。完成する。「娘望你成了名方有煞擱」（巻二「痛父尋尸」）。西南官話（湖北武漢・四川成都・

貴州黎平）。

汜―涙などの表現単位。「哭声父来涙汜沙」（巻二「痛父尋尸」）。西南官話（四川成都）。

那塲（那搭児）―あそこ。どこ。「指出父屍在那塲」（巻二「痛父尋尸」）。西南官話（四川成都）。

淡泊（薄淡）―貧乏。「家淡泊無銀銭誰来看承」（巻二「孝虎祠」）。西南官話（四川）。

朝日―毎日。「朝日独坐家庭守制尽礼」（巻二「子誠尋父」）。西南官話（雲南昆明）。

惨傷（傷惨）―傷心する。「説起此事好惨傷」（巻二「勧孝戒淫」）。「被賊殺喪真傷惨」（巻五「留嗣成名」）。西南官話（四川成都）。

盤（盤食 盤家 養盤 盤活 盤不到）―切り盛りする。「偶得一病、不能盤食」（巻二「片念格天」）。西南官話（四川成都）。

眡―目を見張る。にらむ。「見你就将眼睛眡」（巻二「片念格天」）。西南官話（四川成都・貴州沿河）。

落気（気落）―息を絶つ。「他父親那一日方纔落気」（巻三「樹夾悪子」）。西南官話（四川成都・貴州大方）。

下梢―良い結末。「誰知道你死了便無下梢」（巻三「王経怨妻」）。西南官話。中原官話。

吧哪（吧刺）―しゃべり続ける。「由他説出一吧刺」（巻四「割耳完貞」）。西南官話（雲南昭通）。

丟心―安心する。「叫為父常罣念怎様丟心」（巻四「崔氏守節」）。西南官話（四川自貢・邛崍・漢源）。

陀―塊。「我媽送祖肉一陀」（巻五「改過成孝」）。西南官話（四川邛崍）。

陰倒―ひそかに。「陰倒殺一隻狗」（巻六「弟字」）。西南官話（四川邛崍・貴州沿河）。

告化―乞食。「到今朝把化告受尽苦楚与煎熬」（巻六「雲霄埋金」）。西南官話（四川成都）。

泡毛―粗忽。「我就該聴母教自後不敢再泡毛」（巻六「雲霄埋金」）。西南官話（四川成都・貴州沿河）。

竿竿―竿。「做事情回回子不逗竿竿」（巻六「高二逐弟」）。西南官話（四川成都・貴州沿河）。

唧唧嚨嚨―ささやく。「説他両個唧唧嚨嚨」（巻六「高二逐弟」）。

落屋―帰宅する。「白日間去貪賭夜不落屋」（巻六「胡耀欺兄」）。西南官話（湖北武漢・四川成都）。

角孽―口論する。「誰知角孽又嚷嘴」（巻六「古廟呪媳」）。西南官話（四川成都）。

翻梢―翻身する。「等他種得十年八年也会翻梢」（巻八「篤宗族以昭雍睦」）。西南官話（湖北武漢・四川成都）。

歇店―旅館に泊まる。「二回来我家不必歇店」（巻十三「王生買薑」）。西南官話（四川成都・雲南昆明）。

黒臉―顔に怒りを表す。「秋娘黒起臉嚷道」（巻十三「金玉満堂」）。西南官話（四川邛崍）。

放稍―金を貸す。「有銀一封、遂借来放稍」（巻十三「貪財後悔」）。西南官話（四川南川）。

嫖賭嚼揺―遊蕩する。「就嫖賭嚼揺、耗費五百串」（巻十三「貪財後悔」）。西南官話（四川成都）。

淘気―心を煩わす。「害得好人使銭淘気」（巻十三「息誣告以全善良」）。西南官話（四川成都・貴州貴陽）。

勤扒苦掙―勤労して金を稼ぐ。「幸喜得我祖父勤扒苦掙」（巻十三「息訟得財」）。西南官話（湖北武漢・四川成都）。

帯壊―迷惑を掛ける。「又起禍端又帯壊後人」（巻十三「戒匿逃以免株連」）。西南官話（雲南大姚）。

房圏―寝室。部屋。「進房圏、問親昨夜安不安」（巻十五「報恩十則」）。西南官話（四川重慶・雲南文山・貴州赫章）。

注

（1）国立中央図書館台湾分館蔵。

（2）『法戒録』は復刻版が現存している。本節「附録1　『宣講集要』が引用した『法戒録』」参照。

（3）近世所宣講者、有『集要』一書、就「十六条」之題目、各挙案証以実之、善足勧而悪足懲、行之数年、人心大有転移之機、攷其書、乃潜江王文選先生所採集也。余心焉慕之。茲又於古今所伝有関教化之事、択取若干条、倣『集要』之体、而暢達其義旨、顔曰、『拾遺』。……亦恐郷党鄰里間有厭『集要』之故者、為之一新其聴聞焉。……時　同治十一年歳在壬申仲夏月書、義都杏林跛上敬録。

（4）ちなみに『日月眼科』には「亜拙山人編輯、板存万邑同仁正」（封面）、「万邑王文選錫鑫氏著訂」（五葉）、『寿世医鑑』には「万邑亜拙王文選錫鑫甫編輯」（中巻六葉）、『鍼灸便覧』には「亜拙山人選輯、板存万邑同仁正」（封面）と刻す。

（5）台湾大学図書館蔵。

（6）孔夫子拍売網、広州華鋭氏、二〇一一年出品。残六巻、五冊。封面「宣講集要／漢口陳明徳刷善書印行」。光緒二十七年五月、湖北武昌等処承宣布政使司布政司宛平瞿廷韶序。瞿廷韶は、字賡甫、号舜石。江蘇武進の人、宛平（今の北京市）原籍。同治九年（一八七〇）挙人。

（7）湖南湘陰の人、一八一八〜一八九一。一八四七年、進士。一八六二年、両淮塩運使。一八七五年、福建按察使。一八七七年、駐英・駐仏公使。洋務運動、阿片禁止を推進した。

（8）早稲田大学図書館風陵文庫蔵。

（9）復旦大学・京都外国語大学合作編纂『漢語方言大詞典』（一九九九、中華書局）、四三九七頁。

（10）同、四九二〇頁。

（11）同、五三七九頁。

（12）同、五七六七頁。

（13）同、一〇三二頁。

（14）同、二八一八頁。

（15）元郭居敬編『全相二十四孝詩選』。ここでは虞舜・閔子騫・子路・王祥・姜詩・蔡順・郭巨・丁蘭・王裒がその中に入る。

（16）『聊斎志異』「珊瑚」による。

（17）『施仁義劉弘嫁婢』雑劇、『初刻拍案驚奇』巻二十「劉元普双生貴児」による。

（18）包公案『龍宝寺』故事による。

(19)『聊斎志異』「姉妹易嫁」による。
(20)『聊斎志異』「張誠」による。
(21)『殺狗勧夫』雑劇による。
(22)『龍図公案』「借衣」による。
(23)『安安送米』故事による。
(24)李漁『十二楼』「生我楼」による。
(25)存巻四、巻六。巻四、案別葉数。封面「戊午年重刊/宣講至理/宛南明善堂蔵板」。巻六、五十三葉、封面「至理六訓/中華民国四年重鐫/宣講至理/万善堂記」。
(26)民国刊。巻六、二十八葉裏及び四十六葉裏に「板存許昌県清善局刷印施送功徳無量」と刻す。
(27)民国刊。『宣講大成』の続集。讃に「沈全真、真英雄。与民国、建大功。宏立宣講、普救蒼生。存恒志、始編就。後集大観、前集大成」という。六巻四十二案証。巻六目録には「近来独本」から選んだ三案証を収録する。
(28)阿部泰記「吉林の宣講書『宣講大成』について」(二〇一三、山口大学文学会志六十三巻)参照。
(29)孔夫子旧書網、麗江市瀚墨閣、二〇一三年十一月出品。
(30)孔夫子旧書網、綿陽市陳記古旧書屋、二〇一三年十二月出品。
(31)封面「光緒辛卯首夏月鐫/法戒録/板存騰陽明善堂」。「騰陽明善堂」については、段暁林「経眼騰沖明善堂印刷的八種書籍」(雲南、保山学院学報、二〇〇六年四期)九頁に、『二十四孝案証』の封面にこの書店の名前が刻されていることを指摘する。孔夫子旧書網、蘭州市五泉淘書斎、二〇一二年二月出品。
(32)封面「光緒九年重梓/法戒録/甘粛蘭城善士重刊　板存河北文昌宮　願印者問城隍廟中和堂便知」。孔夫子旧書網、北京市大順斎、二〇〇九年十一月出品。
(33)「積福歌」「知足歌」「万空歌」「遠慮篇」「集鑑総論」「敬天鑑」「勧孝歌」「八反歌」「文昌帝君詩」「玄天上帝題於武当山詩」「李偉先生詩」「荘周鼓盆歌」「彭祖詩」「羅念庵詩四首」「陸文達歌」「邵康節先生詩四首」「教子孫」「崇倹」「戒忘親」「和弟

兄」「敬兄」「敬家長」「敬師長」「敬兄長」「専愛」「浪費」「医貧」「待鄰里」「敬公姑」「待妯娌」「待孤児」「醒労苦」「醒吝施」「教家」「入室知内事」「婚姻戒奢華詩」「休佔因地詩」「醒媚神」「莫嫌怨」「莫憂愁」「莫貧味」「莫奢費」「積私」「授業」「醒陰陽」「醒推命」「勧医生」「勧力田」「勧貿易」「勧止訟」「戒淫行」「戒意悪」「戒口過」「戒曠功」「戒廃字紙」「敦人倫」「浄心地」「立品人」「慎交遊」「広教化」「戒逞強」「戒賭博」「戒打鳥」「戒洋煙歌」「五老長寿法」「郭伯康遇神人授此衛生歌」「孫真人云」「邵堯夫養心歌」「安貧味四首」「処世」「為学歌」「朱文公格言」「先賢示読書詩」「戒殺女歌」「古詩」。

(34) 孔夫子旧書網、南昌市燕玲書店、二〇一四年三月出品。

(35) 「積福歌」「知足歌」「万空歌」「遠慮篇」「集鑑総論」「敬天鑑」「孝親鑑」「勧孝歌」「八反歌」「文昌帝君詩」「玄天上帝題於武当山詩」「李偉先生詩」「荘周鼓盆歌」「彭祖詩」「羅念庵詩四首」「陸文達歌」「邵康節先生詩四首」「教子孫」「崇倹」「戒忘親」「和弟兄」「敬兄」「敬家長」「敬師長」「敬兄長」「専愛」「浪費」「医貧」「待鄰里」「敬公姑」「待妯娌」「待孤児」「醒労苦」「醒吝施」「教家」「入室知内事」「婚姻戒奢華詩」「休佔因地詩」「醒媚神」「莫嫌怨」「莫憂愁」「莫貧味」「莫奢費」「積私」「授業」「醒陰陽」「醒推命」「勧医生」「勧力田」「勧貿易」「勧止訟」「戒淫行」「戒意悪」「戒口過」「戒曠功」「戒廃字紙」「敦人倫」「浄心地」「立品人」「慎交遊」「広教化」「戒逞強」「戒賭博」「戒打鳥」「戒洋煙歌」「五老長寿法」「郭伯康遇神人授此衛生歌」「孫真人云」「邵堯夫養心歌」「安貧味四首」「処世」「為学歌」「朱文公格言」「先賢示読書詩」「戒殺女歌」「古詩」。

(36) 阿部泰記「四川に起源する宣講集の編纂——方言語彙から見た宣講集の編纂地」（二〇〇五、アジアの歴史と文化九輯）参照。

第二節　「聖諭六訓」と『宣講拾遺』六巻

一　はじめに

『宣講拾遺』は『宣講集要』の後に編纂された清末の説唱形式の宣講書であり、全国的に普及し、各地で多くの版本が刊行された。この宣講書の特徴は、『宣講集要』の案証を参考にしながら、聴衆の要望に応じて新しい案証を編纂し、案証の冒頭に主旨を解説してわかりやすくし、人物の「宣」を多く挿入して読者の感情移入を誘うという工夫を施している点にある。本節では本書が『宣講集要』中から収録した案証と本書の案証を比較し、後世の宣講書や民間芸能に継承された本書の案証を調査することによって、本書がいかに民衆教化に貢献したかを考察する。

二　編纂と復刻

本書巻首には『宣講集要』十五巻首一巻と同様に、「宣講聖諭規則」「欽定学政全書講約事例」を載せる。案証は全四十二篇であるが、本書の場合、康熙帝の「聖諭十六条」ではなく、順治帝の「聖諭六訓」（明太祖「六諭」）によって分類するところに特色がある。

第一訓（孝順父母）――「至孝成仏（即楊一哭墳）」「堂上活仏」「愛女嫌媳（附積米奉親）」「還陽自説（附仁慈増寿）」「逆倫急報」

第二訓（尊敬長上）―「賢孫孝祖」「勧夫孝祖（附逆倫慘報）」「感親孝祖（附体親養育）」「仁慈格天（附売身養老歌）」「埋金全兄」「賢女化母」「悪婿遭譴」

第三訓（和睦郷里）―「忍譲睦鄰」「排難解紛」「慈虐異報」「盛徳格天（附売身葬父）」「天眼難瞞」「縦虐前子（附五元哭墳）」「陰悪遭雷」

第四訓（教訓子孫）―「異方教子」「燕山五桂」「教子成名」「双受誥封」「訓女良詞」「阻善毒児」「天工巧報」

第五訓（各安生理）―「思親感神」「勧聴宣講」「悍婦伝法（附冥案実録）」「毀謗遭譴」「因果実録」「南柯大夢」「拒淫美報（附戒淫歌）」

第六訓（勿作非為）―「善悪異報」「改道呈祥」「謀財顕報」「陰謀遭譴」「悔過愈疾」「償討分明」「代友完婚」「勧盗帰正」「双善橋記」

『宣講拾遺』六巻は同治十一年（一八七二）に義都（河南淮陽）の荘跛仙が編纂した宣講書で、同治十一年の編者自序には、『宣講集要』が民衆啓蒙に成果をあげたことに感じて、その体裁にならって教化に関係する案証を新たに編集したこと、『宣講集要』の案証が聞き慣れてしまって新鮮さがないので新しい案証を掲載して耳目を一新したことを述べる。

嘗観教化之書、……近世宣講者、有『集要』一書、就十六条之題目、各挙案証以実之、善足勧而悪足懲、行之数年、人心大有転移之機。……余心焉慕之、茲又於古今所伝有関教化之事、択取若干条、倣『集要』之体、而暢達其義旨、顔曰、『拾遺』。……亦恐郷党鄰里閒有厭『集要』之故者、為之一新其聴聞焉。年歳在壬申仲夏月書　義都杏林跛士敬録。（日ごろ教化の書を見るが、……近世の宣講書に『集要』という書があり、「十六条」の題目に対して、それぞれ案証を挙げて充たし、善は勧めて悪は懲らしめ、数年行われて、人心は大いに転移の機を有した。……余は心から敬慕し、ここにまた古今所伝の教化に関わる事から、若干条を選び、『集要』の体にならって、その主旨を暢達し、『拾遺』と題した。……だが郷党鄰里に『集要』が古いという者がいるのではないかと考え、その見聞を一新した。年歳壬申仲夏月に書す義都の杏林跛士、敬して録す。）

同年、古頓（河南）に寄寓した蔣岸登の序には、冷徳馨なる人物から楽書堂荘跛仙の宣講書を復刻するに際して序文を依頼されたこと、正式の宣講が学校などの礼法の厳しい場所で行われて一般庶民が近づけないのに対して、本書が場所や時間にこだわらず、誰でも自由に享受できる良さを持っていることを述べる。

愚才疎学浅、不嫻文辞。適有冷君号徳馨者晤言、楽書堂荘君跛仙者、手集古人遺事数款、条切身心、病中世俗、欲付棗梨、以資宣講、恨無序語、嘱予為文、以冠其篇。……然所宣講者、聖経賢伝、詞尚文雅、非愚夫愚婦所能知、且設宣講者、家塾党庠、地関礼法、非愚夫愚婦所得近、曷若茲之採摭前事、演作俚言、一宣而人皆楽聞、一講而人亦必暁。不拘乎地、不択乎人、不限以時、不滞以礼、宣之而如歌詞曲、講之而如道家常、固較之設学譁教、尤便於家喩而戸暁也。時同治十一年歳次壬申荷月上旬偶題於古頓寄居。瀛賓蔣岸登拝撰。（小生、才は疎く学は浅く、文辞になれず。たまたま冷君、号は徳馨という者が私に会って、楽書堂の荘君跛仙という者が古人の遺事を数款集め、各条が心身に迫り世俗の疾病を当てているため、刊行して宣講に資することにしたいが、序文がないので、私に依頼して巻頭に置くことになった。……しかし宣講する内容が聖賢の経伝で文雅な表現がなされて、愚夫愚婦が理解できるものではなく、且つ宣講を設置する場所が家塾・党庠で礼法に関わり、愚夫愚婦が近づけるところではなく、このように故事を採集して俚言として上演すれば、「宣」すると人はみな喜んで聴き、「講」じると人は必ずわかる。場所に拘らず、人を選ばず、時を限らず、礼に滞らず、「宣」すること詞曲を歌うようであり、「講」ずること日常を述べるようであれば、もとより学校で厳しく教えるよりは、普及に都合がよいことはいうまでもなかろう。時、同治十一年、歳次壬申六月上旬、偶々古頓の寄居に題す。瀛賓蔣岸登、拝して撰す。）

後に光緒元年（一八七五）刊本（山東登州）[2]、光緒八年刊本（西安）[3]、光緒九年刊本（河南周口）[4]、光緒十年刊本（安徽亳州）[5]【図1】、光緒十八年刊本（山東聊城書業徳）[6]、光緒十九年刊本（蘭州）[7]、同年刊本（蘇州上海掃葉山房江左書林）[8]、光緒二十年刊本（同善堂）[9]、光緒二十四年刊本（天津）[10]、光緒二十九年刊本（山西解州）[11]、光緒三十一年刊本（山東煙台）[12]、民国八年刊本（山東東昌）[13]など、清末から民国にかけて華北地域を中心に全国的に復刻されて普及した。なお単行本に『宣講拾遺愛女嫌媳』[14]【図2】、『五元哭墳』[15]がある。

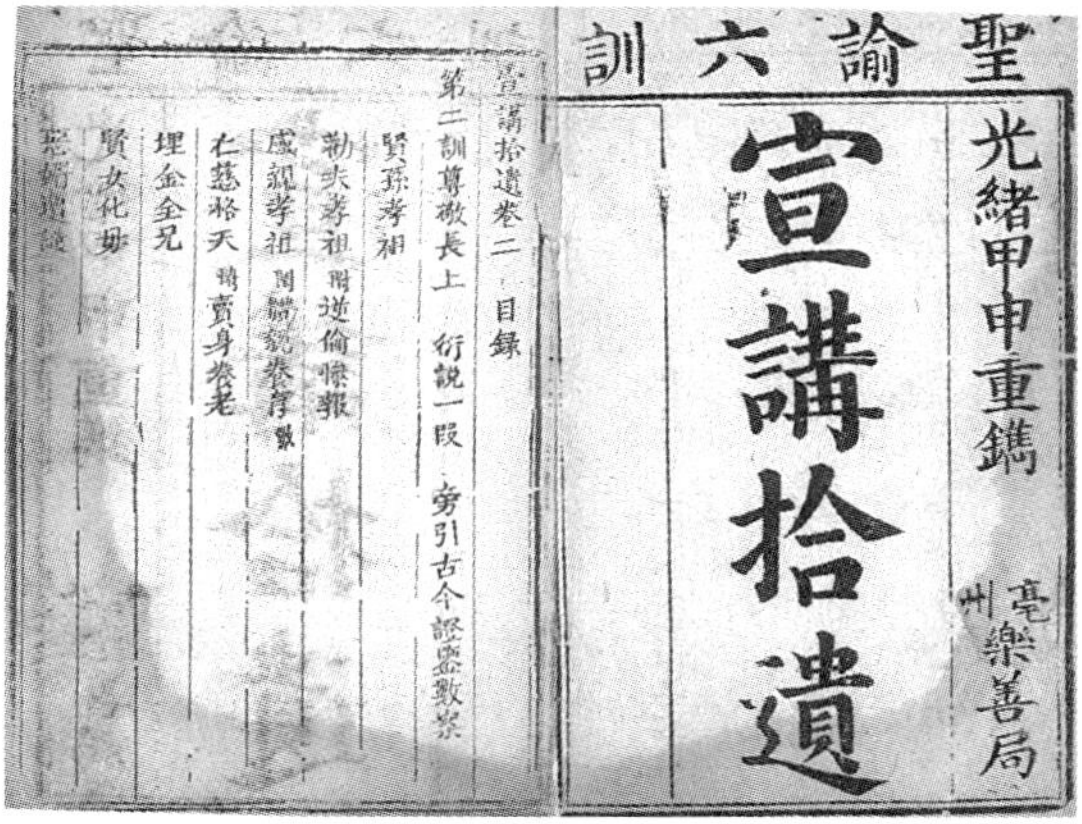

【図1】 光緒十年安徽亳州楽善局刊『宣講拾遺』

光緒八年（一八八二）、陝西省咸陽の庠生李映斗の重刻序[16]には、因果応報を示す案証が無学の者を啓蒙するために必要だと述べ、原板が中州（河南）にあって不便であるので、宣講に携わる姻戚の梁兆初が提唱して復刻し、同志が印刷して流伝を広めたという。

報施之説、儒者不言、因果案証、所以誘掖不学之人也。……余姻梁子兆初、素事宣講、手携是書、就質於余、……縁板存中州、刷印弗便、梁子首倡損資、另付棗梨。……但印本無多、流伝未広、嗣有同志続捐印送、原板工資、更不索取分文、則又梁子善与人同之厚望也。是為序。時光緒八年五月穀旦咸邑庠生李映斗敬撰。

（応報の説には、儒者は言及しないが、因果の案証は、無学の人を誘掖する手段である。……我が親戚の梁兆初は、日ごろ宣講に勤め、本書を持って私に尋ねた。……原板は中州にあり、印刷が不便であるため、梁子は義捐金を集めて出版することを提唱した。……しかし印本は多からず、流伝も広まらなかったので、続いて同志が義捐金によって印送し、原板

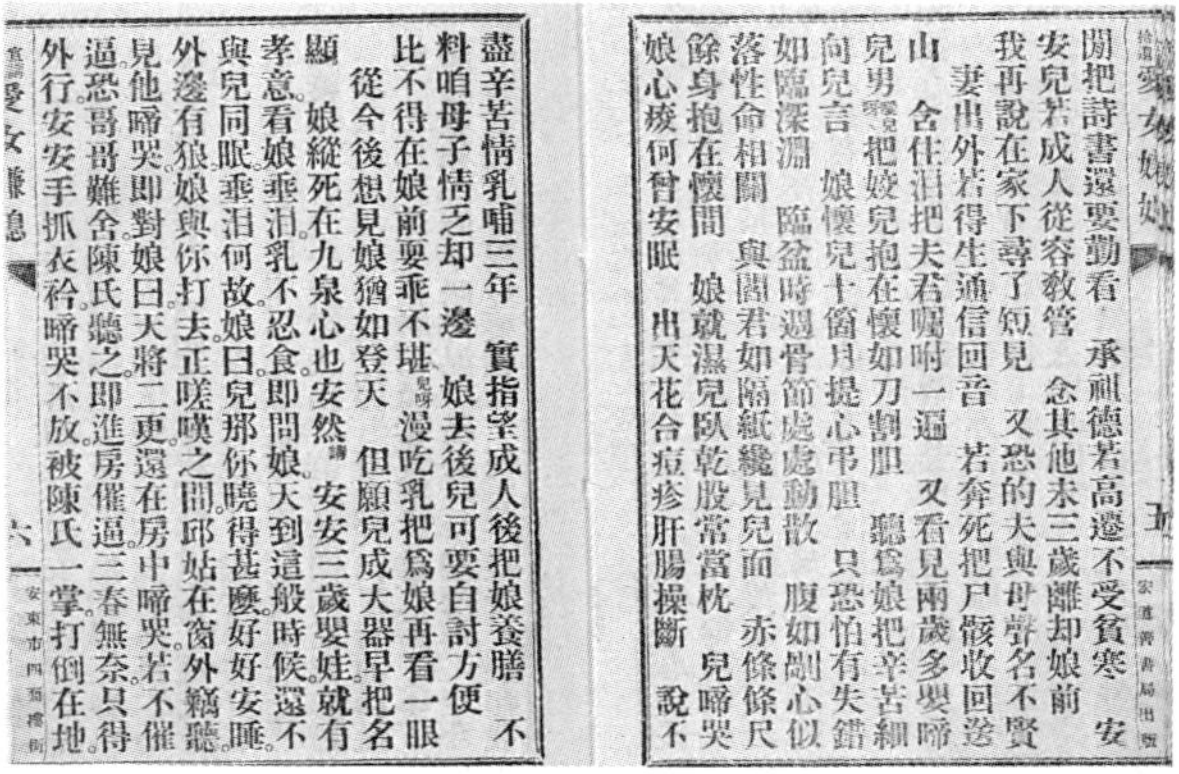
宣講拾遺　愛女嫌媳　五　宏道善書局出版
閒把詩書還要勤看　承祖德若高遷不受貧寒　安
安兒若成人從容教管　念其他未三歲離却娘前
我再說在家下尋了短見　又恐的夫與母壞名不賢
妻出外若得生通信回音　若奔死把尸骸收回送
山　含住泪把夫君囑咐一遍　又看見兩歲多嬰啼
兒男嬰兒把嬌兒抱在懷如刀割膽　聽爲娘把辛苦細
向兒言　娘懷兒十箇月提心弔膽　只恐怕有失錯
如臨深淵　臨盆時過骨節處處動散　腹如剛心似
落性命相關　與閻君如隔紙纔見兒面　赤條條尺
餘身抱在懷間　娘就濕兒臥乾股常當枕　兒啼哭
娘心疼何曾安眠　出天花合痘疹肝腸操斷　說不
盡辛苦情乳哺三年　實指望成人後把娘養贍　不
料咱母子情乏却一邊　娘去後兒可要自討方便
比不得在娘前要乖不堪兒呀漫吃乳把爲娘再看一眼
從今後想見娘猶如登天　但願兒成大器早把名
顯　娘縱死在九泉心也安然講　安安三歲嬰娃。就有
孝意。看娘垂泪。乳不忍食。即問娘。天到這般時候。還不
與兒同眠。垂泪何故。娘曰兒㖿你曉得甚麼。好好安睡。
外邊有狼。娘與你打去。正嗟嘆之間。邱姑在窗外竊聽。
見他啼哭。即對娘曰。天將二更。還在房中啼哭。若不催
逼。恐哥哥難舍陳氏。聽之即進房催逼。三春無奈。只得
外行。安安手抓衣衿。啼哭不放。被陳氏一掌。打倒在地。
宣講　愛女嫌媳　六　安東市四道街

【図２】　康徳三年安東市宏道善書局刊『宣講拾遺』「愛女嫌媳」

の工賃は一銭も求めなかった。これはまた善を人と同じくする梁子への期待である。ここに序を記す。時、光緒八年五月吉日。咸邑の廩生李映斗、敬して撰す。）

光緒二十四年（一八九八）、天津の通真老人序にも、因果応報の書に勧善効果があることを指摘し、某生が時代の艱難を憂えて本書の繕本を復刻するに際して自分に序を求めたこと、本書が歌謡形式によって人を感動させ、無学の者ばかりでなく識者さえも引きつける力を持っていることを述べる。

自神聖救世情殷、有因果報応之書出、藉此改過遷善者、指不勝屈。是善書補王化所不及、聖教所未周也。[17]有某生日撃時艱、偶得『宣講拾遺』繕本、另付棗梨、広行於世。奈無序文、挽予作以増於後。……是書按切当時流弊、反覆開陳、而又叶成音律、演作歌謡。其言情処、苦者令人感泣、楽者令人鼓舞、微特庸夫俗子明白易暁、即文人学士亦欣然楽聴。光緒二十四年歳次戊戌閏三月朔天津通真老人敬撰。（神聖の世を救う情厚く、因果応報の書が出て、これによって悔悟し善人になる者は数え切れない。これは善書が王化の及ばざるところ、聖教の周からざるところを補っているからである。ある人が時勢の艱難を目撃し、偶々『宣講拾遺』の繕本を得て、別に出版をして世に広めた。だが序文がなく、私に加えてほしいと依頼した。……本書は現今の流弊を指弾して、反覆して開陳し、しかも音律に叶えて歌謡としている。その情を述べるや、苦しさは人を感泣させ、楽しさは人を鼓舞し、庸夫俗子が理解するのみならず、文人学士も欣然と耳を傾ける

のである。光緒二十四年、歳次戊戌、閏三月朔、天津通真老人、敬して撰す。）

光緒二十四年刊本の末尾にはまた光緒十年の張雨田「大興県民衆善等重刻」を掲載し、京師（北京）における復刻について述べている。

余戚張益斎……恨其板不存京師、欲広其伝、独力難支、於是商諸衆善、広為勧募、集資翻刻。窃幸衆擎易挙、夙願克償。質問於余、爰為述其顛末、附於簡尾。時在　光緒十年歳次甲申清和下澣張雨田氏謹書（余が親戚の張益斎は、……京師に原板がないのを恨み、その普及を図ったが、独力では続けがたく、多くの善士に相談して広く義捐を募り、資金を集めて翻刻した。有り難いことにすべては順調で、夙願は遂げることができた。私は依頼されて、事の顛末を述べ、末尾に附したのである。時は光緒十年、歳次甲申、四月下旬、張雨田氏、謹んで書す。）

また「捐資姓氏」として「西安省経理人」や、陝西・甘粛・山西・京師の信徒の「捐書」「敬送」部数を掲載しており、華北における流行が広範囲であったことを知ることができる。

三　各巻の案証

上述のごとく、本書は因果応報譚を説唱形式で述べた宣講書であり、各地で復刻されて全国に普及した。その構成を見ると、各巻には冒頭に「聖諭六訓解」を掲載し、「聖諭六訓」（「六諭」）に配して案証を収録している。

各巻の案証は以下のような内容である。

第一訓〔孝順父母〕「古今順逆証鑑」数案（五篇）

「至孝成仏（即楊一哭墳）」（宣七場）―武進県、楊一。親の墓で泣いて天から銀を賜る。

「堂上活仏」（宣八場）―山西太原府、楊讎。母が仏祖であると教えられ、母になる人を買って奉養する。

「愛女嫌媳（附積米奉親）」（宣十一場）―昔漢の時、四川徳陽県、姜詩の母陳氏。邱姑の讒言を聴いて子姜詩の妻龐三春が呪詛していると信じ、二人を離縁させる。孫の安安は母に米を送る。

「還陽自説（附仁慈増寿）」（宣十場）―国朝道光年間、湖広黄梅県、周士純の子呆児の妻姜氏。悪妻で、夫に姑李氏と小姑蘭香を讒言したため、蘭香は縊死し、士純夫婦は乞食をする。冥界で拷問を受けた後、腹を割いて死ぬ。

「逆倫急報」（宣一場）―咸豊七年、湖広安陸府京山県、白克振。突然、不孝不弟の罪を告白し、霊魂が妻に憑依して世人に訓戒する。


第二訓〔尊敬長上〕「古今順逆証鑑」数案（七篇）

「賢孫孝祖」（宣五場）―西蜀剣州、陳清華の祖母。嫁周氏が再婚しようと清華の殺害を謀ったため、追放して自分で育てる。清華は内閣学士の職を授かり、祖父母を孝養する。周氏は再婚を後悔して縊死する。

「勧夫孝祖（附逆倫惨報）」（宣四場）―重慶府、郭丙南の妻賈桂英。丙南の遊蕩を諫めるが、丙南は悪友李心華に唆されて祖母の殺害を謀ったため、火傷を負い、罪を告白して死ぬ。

「感親孝祖（附体親養育）」（宣五場）―荊州枝江県、趙本固の孫貴安。父松華が祖父母を山小屋に移したため諫め、祖父母を山に送った車を捨てないでおくと言って反省させる。

「仁慈格天（附売身養老歌）」（宣十二場）―河南汝寧府、楊万里。妻朱氏が妾を娶るよう説得するが聞かず、泌県の王好謙の三男の嫁羅愛廉が楊家に身を売ると、養女として好謙の三男と結婚させる。その善行により、朱氏は高齢で懐妊する。

「埋金全兄」（宣三場）―江西吉安府、趙雲霄。兄雲彦が悪に染まり、母が分けた財産も蕩尽すると、反省するのを見て救いの手を延べる。

「賢女化母」（宣五場）―昔宋の時、湖広、鄭廷林の娘瑞瑛。母余氏が前妻の子春元を虐待するがかばい、余氏が春元の妻荊氏を虐待すると、嫁いで同じ目に遭いたくないので死ぬと言って母を諫める。

「悪婿遭譴」（宣五場）―西安府、陸振徳の一女桂蘭の婿高青彪。振徳が養子を迎えることを阻止し、振徳の家産を継承すると振徳夫婦を追い出し、桂蘭は餓死するが、振徳夫婦は甥純孝に救われ、青彪は出火で焼死する。

「王公孝友」（宣十場）―巴州、王賢書の子煥章。兄燦章の殺害を謀る母を諫める。

第三訓〔和睦郷里〕「古今順逆証鑑」数案（七篇）

「忍譲睦鄰」（宣二場）―昔、舒州府南渓県（四川）、何大栄。劉成華に山の柏樹を伐られたため次子昌堂が罵るが、婉曲に説得して成華に柏樹を返させる。成華は後に趙平山の栗樹を奪って訴訟を起こし、二家は債務返済のため土地を大栄に売却する。

「排難解紛」（宣七場）―武昌府大邑県、沈万言。李茂林・華林兄弟を和解させ、妻顔氏は兄弟の嫁を和解させる。万言は殺生を戒め、忍耐、慈愛を勧める。

「慈虐異報」（宣六場）―陝西鳳翔府。秦潤福の後妻柴氏は前妻胡氏の子克礼を慈しみ、李大発の後妻金氏は前妻の娘桂香を虐待する。金氏の子丁混が克礼を侮辱したため克礼が丁混を殺すと、柴氏は弟克譲に兄の身代わりを命じる。県令は柴氏を表彰して桂香を克礼に嫁がせる。金氏は乞食をして餓死する。

「盛徳格天（附売身葬父）」（宣七場）―宋真宗の時、西京洛陽県、劉元普。李克譲の無字の手紙を見て妻子を保護し、裴安卿の娘蘭が安卿の葬儀をするため身を売ると、養女として克譲の子春郎に嫁がせる。

「天眼難瞞」（宣六場）―昔日、浙江安福鎮、鄒子尹。偽善者で、張士信の子振邦を賭博に誘い、士信の居所の半分を奪う。子尹は祖師に罪を告白するが、後悔すでに遅く、家は火災に遭って焼死する。振邦は官職を得て帰郷し、一家は幸福に過ごす。

「縦虐前子（附五元哭墳）」（宣六場）―昔、張開の後妻李氏。先妻の五子を虐待する。五子が母の墓の前で泣くと、夢に母が白巾を父に見せよと告げる。父が官に訴えて、李氏は嶺南に流刑となり、途中で病死する。

「陰悪遭雷」（宣三場）―咸豊三年、湖北襄郡、何世昌。偽善者で、家畜を人の畑に放って養い、高先生の諌めを聞かず、一家は疫病で死ぬ。雷に撃たれて罪を告白するが、廃人になって自殺する。

第四訓〔教訓子孫〕「古人証鑑」数案（七篇）

「異方教子」（宣五場）―山西蒲州。黄徳輔の妻顧氏は一子宝善を厳しく教育する。王光瑤の後妻馬氏は一子宝珠を溺愛したため、宝珠は張東魯の子と喧嘩して、裁判に大金を浪費する。宝珠は遊蕩して罪人となり、父母の溺愛を恨む。

「燕山五桂」（宣四場）―昔五代晋の時、北京幽州、竇禹鈞。非道で亡父から警告を受けたため、黄疏（懺悔文）を上帝に送って善行に努めると、玉皇は禹鈞に五子を授け、五子は後に国家の棟梁となる。

「教子成名」（宣四場）―本朝、湖広武陵県、陳尚志の妻周氏。尚志の死後、子書章と娘玉蘭を教育する。玉蘭は向世昌に嫁ぎ、長兄世富の妻包氏と次兄世貴の妻李氏の不仲を解消する。書章は郷試の時、遊女を避け、後に翰林を授かる。

「双受誥封」（宣四場）―山東歴城県、挙人馮存義。妻王氏は嫉妬深く、妾莫氏は化粧を好む。存義が病死したという誤報が入ると、王氏と莫氏は再婚し、妾碧蓮が長子馮雄を教育する。父子は科挙に及第し、碧蓮は双方の誥封を受ける。(18)

「訓女良詞」（宣八場）―終南山、田氏夫人。娘玉英に三従四徳・七出・八則・十不可・三綱五倫を講じる。

「阻善毒児」（宣四場）―浙江嘉興県、金鐘。吝嗇で、妻単氏が慈善を行って二子保福・保善を授かるが、老僧の毒殺を謀ったため二子を亡くす。

「天工巧報」（宣四場）―江南常州府無錫県、呂宝とその妻楊氏。怠惰で、兄呂玉の子喜娃を売る。呂玉は子を捜し、陳朝奉の金を拾って喜娃と再会し、陳家の娘を嫁に迎える。

第五訓〔各安生理〕「古今順逆証鑑」数案（七篇）

「思親感神」（宣五場）―明朝嘉靖の時、定海県、孟継祥。広東へ商売に出ると、頼食猴が継祥の妻李氏に再婚を迫るが、関帝が継祥を定海へ送る。

「勧聴宣講」（非故事）

「悍婦伝法（附冥案実録）」（宣六場）―浙江温州府永慶県、程継業。長子永誠の妻崔氏は悪逆で、三子永剛の妻曹氏に姑を制圧する方便を伝授する。次子永貴の妻陳氏は応報があると言って諫めるが聞かず、二婦は冥界で罰を受ける。

「毀謗遭譴」（宣詞のみ）―癸卯年、定遠県（四川）、古順富。聖諭を誹謗して失明するが、反省して甲辰年に快復する。

「因果実録」（宣四場）―順治戊戌年、湖広孝感県、林嗣麒。肉屋の凌士奇と間違えられて冥界に連行され、冥王の裁判を見た後に蘇生する。

「南柯大夢」（宣七場）沈永彪鑴。―昔明の景泰年間、金華山、済肖唐。隠士。韓慶雲に隠遁を勧め、大槐安国南柯郡へ遊ばせて、冥界で審判を受けさせる。

「拒淫美報（附種子良法）」（宣四場）―江西南昌府、張万誠。妻が多子の呂培徳に妾と交わるよう求めるが、培徳は万誠に善行を勧めて子を授からせる。

＊補刊「立身処世格言警戒自己勧化人」―陝西省西安府咸寧県、梁世瑞・世珍重刻。

第六訓〔勿作非為〕「古今順逆証鑑」数案（九篇）

「善悪異報」（宣四場）―湖南長徳府[19]、盗賊孫浩然。家に残された親に子からだと偽って金を恵む。監生趙華光は善行で子を授かるが、後に訴訟を唆して子も堕落したため、訴訟を戒める。

「改道呈祥」（宣七場）―昔、揚州、周祥泰。よく人に迎合したため、吃逆を病んで死に、子徳隆の二子も死ぬ。徳隆は冥界の裁判を見て反省し、善行に努める。

「謀財顕報」（宣四場）―江西南昌府、張宏烈。吝嗇で、傭人王苦児の金をだまし取ったため、苦児が母の墓前で泣いて縊死するが、宏烈は反省しなかったため死ぬ。子張鑫は「往生神呪」を苦児のために焼く。

「陰謀遭譴」（宣四場）―湖北京山県、谷秀生の妻賁氏。兄秀実の死後、秀生を唆して秀実の子保寿を溺死させ、嫂張氏と下僕劉興の姦通を偽装して劉興を殴殺し、張氏を縊死させたため、亡霊に取り憑かれて死ぬ。

「悔過愈疾」（宣七場）―四川重慶府広安県、厳天郎の妻邢秀姑。わがままであったが、大病を患って初めて反省し、竈神に懺悔して病気が快癒する。

「償討分明」（宣四場）―晋州古城県、張善友の妻李氏。吝嗇で、趙廷玉の母の葬儀の銀五十両を盗まれたため、善友が五台山の僧から預かった銀百両を着服するが、僧が二子乞僧・福僧に転生して家産を蕩尽する。

「代友完婚」（宣五場）―昔、天津、丁開朗。貧乏で沈家に絶縁されると、成大美が銭家に求婚し、婚礼の夜に入れ替わって丁生を花嫁と過ごさせる。

「勧盗帰正」（宣二場）―漢朝、陳実。梁上の盗賊のために袁了凡の[20]「貧富利迷歌」を聞かせて改心させる。

「双善橋記」（宣三場）―明朝、蜀川、朱琦。老人から石音夫の功過記を教えられ、王員外とともに石橋を修築するが、建設中に目と足を負傷し、竣工すると雷に撃たれて死ぬ。朱琦はこうした試練を経て太子に転生する。

四　案証の継承

前述のように、本書の序文には『宣講集要』収録の案証がすでに古くなり、新しい案証を必要としたと言うが、本書には『宣講集要』中の案証も以下のように七篇を収録している。

第一訓

「至孝成仏」（即「楊一哭墳」）―『宣講集要』巻一「楊一哭墳」

「堂上活仏」―『宣講集要』巻二「堂上活仏」

「愛女嫌媳」（附「積米奉親」）―『宣講集要』巻二「積米奉親」

第二訓

「埋金全兄」―『宣講集要』巻六「雲霄埋金」

第三訓

「忍譲睦鄰」―『宣講集要』巻八「忍譲睦鄰」

第六訓

「勧盗帰正」―『宣講集要』巻十一「勧盗賊」

「双善橋記」―『宣講集要』巻十一「双善橋」

ただ元来の案証をそのまま講じているわけではなく、各篇は冒頭に主旨をわかりやすく述べたり、人物の宣の場面を増やしたりして改編している。

1．第一訓「至孝成仏」

「即楊一哭墳」と注記するように、『宣講集要』巻一「楊一哭墳」を改名した案証である。『宣講集要』「楊一哭墳」では、「聖諭六訓解」をよりわかりやすく解説する形態を取りながら、貧家の父母が苦労して子供を育てても子供が父母の苦労を理解しないと説き始める。

聖諭説、「養父母的身、随你的力量、儘你的家私。飢則奉食、寒則奉衣。」這是為貧窮人説的呀。貧窮的父母、撫養児女、更費辛勤、貧窮的児女、看待父母、多不殷勤、皆因見識不到。……（聖諭に言う、「父母の身を養うのは、あなたの力量に応じて、あなたの財産を尽くす。飢えれば食を奉じ、寒えれば衣を奉じる」と。これは貧窮する者へのお言葉である。貧窮する親が子供を育てるのは、もっと苦しいが、貧窮する子供が親の世話に大抵まじめでないのは、すべて見識がないからである。……）

これに対して『宣講拾遺』「至孝成仏」では、「聖諭六訓解」を離れて、単刀直入に、人生で親孝行ほど大事なものはないと説き始める。

人生莫重於敦倫。敦倫莫先於尽孝。蓋父母之恩、昊天罔極、擢髪難数。即竭力尽心、難報於万一。……（人生で倫理を敦くすることより重いものはない。倫理を敦くすることで孝を尽くすことより優先するものはない。父母の恩は天のように極まりなく、髪のように数えきれない。力を竭くし心を尽くしても、その一万分の一にも報いることはできないのである。……）

「宣」は教訓や人物の感情を表現する歌詞であり、「楊一哭墳」では、①楊一が父母に酒食を勧めて歌う「勧親歌」、②楊一が父親の死を悲しむ言葉、③楊一が母の死を悲しむ言葉、④楊一が父母の墓前で泣く言葉、⑤楊一が父母の恩に感謝する言葉、⑥楊一が父母の死後に天が銀一穴を賜っても悲しむ言葉を「宣」で表現している。

「楊一哭墳」

①「勧親歌」三首（楊一）

②「哭声爺帰陰府涙湿衣襟」（楊一）

③「適纔間父親死大哭一陣」（楊一）

④「不肖児守墳台珠涙滾滾」（楊一）

⑤「父母恩深似海説之不尽」（楊一）

⑥「老天爺有福禄何不早降」（楊一）

「至孝成仏」

①「勧親歌」三首（楊一）

②「我適纔在病床昏沈閉眼」（父）

③「見爹爹気已絶呼之不応」（楊一）

④「適纔間父瞑目大哭一陣」（楊一）

⑤「想那年残冬時年荒飢饉」（楊一）

⑥「老天爺有福禄何不早降」（楊一）

⑦「貧楊一跪流平不禁涙淋」（楊一）

これに対して「至孝成仏」では、さらに途中の散文の叙述（傍線部）を歌詞（波線部）に変えて、②父親が楊一の苦労を除くために早く死のうと考える言葉や、⑤楊一が飢餓に苦しむ父母を悲しむ言葉、⑦楊一が貧乏人に孝行を説く言葉を「宣」で表現している。

「楊一哭墳」

「時纔我眼睛微閉、二位童子他説要把我二老接去、我也惟願早死、莫把我児長長牽掛住呵。……」……「不肖児、守墳台、珠涙滾滾。……親養児、受過了、万苦千辛。」想那年十二月、下大雪三天、冷凍透骨、只剰得両湯碗米、母親与児毎頓煮点粥飯、尽拿児呑。可憐我一双爺娘、毎頓吃的是菜羹合開水。過那三日、好不凄涼呢。「父母恩、深似海、説之不尽。……怎教我、不傷心、大放悲声。」左右鄰人見楊一哭得很、……楊一将銀銭散於貧乏之家、説你們有父母的、及時供養、莫学我後悔無及也。（「今さっき目を閉じると、二人の童子が私たちを迎えにきたと言った。

私も早く死んで息子に心配させたくないよ。……「……不孝者、墓守り、涙流れる。……養育で、どれだけの、苦労をかけたか。」あの年の十二月、大雪が三日降って、震え上がるほど寒く、わずかな米しかないのに、母はいつも粥を作って、私に飲ませてくださった。憐れな両親は、いつも野菜スープと水だけで三日を過ごされた。なんと惨めなことか。「親の恩、海より深く、言い尽くせず。……どうしたら、悲しまず、泣かずにおれよう。」隣人たちは楊一が激しく泣くのを見ると、……楊一はお金を貧乏な家に配り、あなたたち親がある人は、いつも世話をして、私のように後悔しないようにと言った。）

「至孝成仏」

「我適纔、在病床、昏沈閉眼。有二位、青衣童、到我面前。他説我、与你母、陽寿近限。要接我、老夫婦、同登西天。就教我、及早死、心中惟願。也免得、窮命児、辛苦顚連。……」「想那年、残冬時、年荒飢饉。父与母、背起児、乞討郷鄰。身無衣、風透骨、寒冷難忍。真可憐、天降下、大雪堆門。家僅存、碗半米、遭此苦困。毎一頓、煮一撮、尽与児吞。憐爹娘、只餓的、腹鳴腸滾。三天整、一顆米、未曾粘唇。想此等、海深恩、何日報尽。……即転生、難忘我、父母之恩。」楊一在此墳前日夜慟哭。……「貧楊一、跪流平、不禁涙淋。尊一声、衆郷鄰、細聴我云。不可説、貧窮人、不当孝順。想窮人、盤養児、更費苦辛。……（今さっき、病床で、まぶた閉じれば。二童子が、青衣にて、目の前にいた。私らを、冥土まで、迎えにきたのだ。私とて、早死には、それこそ本望。そうすれば、息子には、苦労をさせない。……「あの年の、晩冬は、飢饉であった。父と母、子を背負い、物乞いをした。衣服なく、風凍みて、寒くてたまらず。憐れにも、あいにくに、大雪積もる。この家に、米わずか、困苦きわまる。それなのに、粥作り、私に飲ませた。両親は、飢えのため、おなかはグウグウ。三日間、一粒の、米も食せず。このような、深い恩、報じきれず。……来世にも、忘れまい、両親の恩。」楊一は墓の前で日夜慟哭した。……「楊一は、土下座して、涙止まらず。お願いだ、皆の衆、話を聞いて。貧乏で、親孝行、できぬと言うな。貧乏で、子育ては、もっと苦しい。……）

ちなみに後出の『宣講彙編』巻一「楊一哭墳」は、『宣講集要』と同じ叙述であるが、冒頭に聖諭に則した解説を載せている。

聖諭説、「養父母身、随你力量、侭你家私。……」這是為貧窮人説的呀。貧窮的父母撫養児女、更費辛勤。貧窮的児女看待父母、多不慇懃、皆因見識不到。（聖諭には、「父母を養うのは、力に応じて、家産を尽くす。……」とある。これは貧乏人のためのお言葉である。貧乏人の親が子を養うのはずっと大変なのである。貧乏人の子女が親を世話するのに熱心ではないのは、見識がないからなのである。）

2.「堂上活仏」

『宣講集要』巻二「堂上活仏」を改編した案証であり、冒頭に父母に孝行を尽くすことは神仏に参拝するより重要であることを説く。

諺有之曰、「在家孝父母、勝似遠焼香。」嘆今世之愚夫、只知南北朝山、不知家有父母、就是活仏二尊。若不誠心孝敬、即歩山渉水、到処朝拝、有何益哉。（諺にいう、「家での親孝行は外での焼香より勝る」と。ところが今の愚か者は、焼香には行くが、家にいる父母が活仏だとは知らない。もしまじめに孝行しなければ、遠くに出かけてどんなに祈願しようが何の役に立とう。）

3.「愛女嫌媳」

「附積米奉親」と注記するように、『宣講集要』巻十「積米奉親」を改編した案証であり、案証に入る前に、娘を溺愛し嫁を嫌悪することは愚行であると説く。

諺有之曰、「世間有四痴。」何謂四痴。愛女嫌媳、一也。不敬師範、二也。不勤耕種、三也。疎親近友、四也。……吾今専把第一痴講来、諸位請聴。（諺に言う、「世間に四痴あり」と。何を四痴と言うのか。娘を愛して嫁を嫌うことが一つ目。教師を尊敬しないことが二つ目。耕作に勤めないことが三つ目。親を遠ざけ友を近づけることが四つ目。……私は今専ら第一の痴を講じるので、皆さんお聴きなさい。)

また各所で人物の言葉を「宣」によって表現し、劇的な効果を出している。

①姜文進が臨終に際して妻陳氏に対して嫁麗三春を可愛がるように訓戒する。

②文進が嫂を尊重しない邱姑を訓戒する。

③文進が姜詩と三春に対して辛抱するよう励ます。

④邱姑が陳氏に対して、三春が陳氏を呪詛していると讒言する。

⑤陳氏が姜詩に対して、自分を呪詛する三春を処罰するよう責める。

⑥陳氏が姜詩に対して、三春が水桶に毒を入れたと誣告する。

⑦三春が姜詩に対して冤罪を訴え、安安を残して去ることを悲しむ。

⑧三春が家を出て途方に暮れる。

⑨陳氏が死を装って邱姑を呼ぶが、邱姑が非情なので罵る。

⑩陳氏が帰宅した三春に罪をわびる。

4．第二訓「埋金全兄」

『宣講集要』巻六「雲霄埋金」を改編した案証である。冒頭に兄弟は手足のように重要だと説き、弟が堕落した兄を更生させる主旨を述べる。

古云、「兄弟猶手足、妻子恰似衣衾。」衣衾既敝、猶可更換、手足若折、無可復得。……既為兄弟、……過失相勧化。……(昔から、「兄弟は手足のごとく、妻子は衣衾のごとし」と。衣衾は破れれば取り替えられるが、手足は折れれば取り替えられない。……兄弟であれば、……過失は諌めあうべきである。……）

5・第三訓「忍讓睦鄰」

『宣講集要』巻八「忍讓睦鄰」を改編した案証である。冒頭に忍耐・謙譲によって近所と和睦することの重要さを説く。

心存忍讓、郷鄰無不睦矣。夫郷鄰、貴乎睦也。若能忍能讓、郷鄰豈有不睦也哉。（忍譲の心があれば郷鄰は和睦する。郷鄰は和睦を尊ぶのである。もし忍譲ができれば郷鄰が和睦しないことがあろうか。）

また案証中で、①何大栄が三子に忍耐の尊さを説く言葉、②趙平山が境界を侵した劉成華を罵る言葉を「宣」によって表現する。

①為父的、喚爾等、各立庭堂。囑咐你、幾句話、細聴端詳。各自要、心常存、一片忍讓。処鄰里、要和睦、莫致参商。……（この父が、汝等を、庭に立たせ。言いわたす、わが言を、しかと聴くよう。それぞれが、心中に、忍譲を持て。鄰里では、和睦こそ、不仲を招かず。……）

②罵一声、劉成華、実則混賬。屢次的、逞横性、欺圧鄰郷。皆只因、好鄰舎、能存忍讓。慣起你、牛皮気、凶過虎狼。……（おいそこの、劉成華、実に馬鹿者。こりもせず、ほしいまま、村民あざむく。これもみな、隣人が、がまんするゆえ。癖になり、兇暴さ、虎狼に勝る。……）

6・第六訓「勧盗帰正」

『宣講集要』巻十一「勧盗賊」を改編した案証であるが、冒頭に主旨を説明する叙述はない。

7・「双善橋記」

『宣講集要』巻十一「双善橋」を改編した案証である。朱琦が貧困を抜け出せない自分の運命のつたなさを嘆く言葉を「宣」で表現する。

坐路傍、不由我、悲声大放。思想起、命運悲、心内惨傷。自生来、並未曾、胡為浪蕩。又未曾、壊心術欺、騙鄰郷。想是我、在前生、作悪万状。罰今世、遭困苦、身受悽涼。……（路傍にて、はからずも、泣き声あげた。顧みれば、運は拙く、心は惨め。生れてから、これまでに、遊蕩もせず。それにまた、心をゆがめ、村民だまさず。思うには、前生で、悪事をはたらき。罰を受け、困苦する、不運に遭ったか。……）

なお『宣講拾遺』は『宣講集要』のほか、清末の『宣講摘要』『宣講彙編』『宣講福報』などの宣講書とも共通する案証を収録する。今、それらを比較すると以下のとおりである。

8．第三訓「縦虐前子（附五元哭墳）」

『宣講摘要』巻一「五子哭墳」には冒頭に主旨の説明はないが、この案証の冒頭には、夫が再婚する場合には後妻を教育しなければ前妻の子が苦渋を嘗めるという主旨を述べる。

諺云、「教子嬰孩、教妻初来。」蓋妻賢由教而成。不賢由不教而壊。……中年喪妻、再娶妻子室者、初来不緊査厳戒、則前室子女之苦、有不堪言者矣。……（諺に言う、「子を教えるには嬰児の時、妻を教えるには嫁いだ時」と。妻の賢さは教育で養成され、賢くないのは教育せずに破壊されたからである。……中年で妻を喪い再婚する者は、娶った時に厳しく躾けなければ、前妻の子女の苦しみは、言葉に表せないほどになる。……）

9．第四訓〔教訓子孫〕「燕山五桂」

冒頭に聡明な子を授かるには慈善に努めるしかないと説く。

毎嘆世之愚夫、多有刻薄慳吝、機謀為懐、従不以方便存心、而妄求聡俊子嗣。（世の愚者が吝嗇で、陰謀を抱いて人のためなど考えたこともないのに、妄に聡俊な跡継ぎを求める者が多いのをいつも嘆いている。）

なお『宣講福報』巻一「五桂聯芳」では、この案証の主人公である竇燕山が善行に努めて聡明な五子を授かるという別の解説を行う。

昔『文昌帝君陰隲文』曰、「竇氏済人、高折五枝之桂。」『三字経』説得有、「竇燕山、有義方。教五子、名倶揚。」（昔、『文昌帝君陰隲文』には、「竇氏は人を救い、見事に五枝の桂の枝を折った」と言い、『三字経』には、「竇燕山は、礼儀正しい。五子を教えて、有名にした」と言っている。）

10．第六訓〔勿作非為〕「償討分明」

『宣講摘要』巻三「収債還債」には冒頭に主旨の説明はないが、この案証の冒頭には、不法に得た財はいつか必ず返還することになると述べる。

従来欠債要還銭、冥府於斯倍灼然。若是得来非分内、終須有日復還原。（本来負債は返すもの、冥府はこれを倍にする。もしも得た金不当なら、必ず返すことになっている。）

11．その他、本書は河南で編纂されたにもかかわらず、以下のように中国西南地区で使用される西南官話を使用した案証が見られる。これらも別の宣講書から引用した案証だと思われる。

淡泊（貧困）（「逆倫急報」第一訓〔孝順父母〕）

出姓（再婚）（「賢孫孝祖」第二訓〔尊敬長上〕）

嫖賭嚼揺（遊蕩）（同前「勧夫孝祖」）

跪倒（「跪着」に同じ。倒は継続を表す助詞）（同前「感親孝祖」）

磋磨（「折磨」に同じ。虐待）、短路（「短見」に同じ。自殺）（同前「王公孝友」）

活路（労働）（「排難解紛」第三訓〔和睦郷里〕）

盤（世話する）、臉黒（白眼視する）、岔（煩わす）（同前「縦虐前子」）

角孽（口論）（「義方教子」第四訓〔教訓子孫〕）

五　案証の伝播

『宣講拾遺』の思想や案証は以下のように全国の宣講書に取り入れられた。

1．『閨閣録』一巻（光緒十年重刊、甘粛省城河北文昌宮）[21]。案証十七篇

婦女のための宣講書であり、『宣講拾遺』第五訓「勧聴宣講」を転載し、婦女に宣講を聴くよう勧めている。

皇上欽訂／聖諭、頒行天下、是個甚麼意思。是恐怕我們百姓、分不倒好歹[22]、弁不倒善悪、纔把這聖諭頒行天下、時時宣講以作榜様。……如今婦女都不愛聴聖諭、不但自己罪過不知、又悖了王章。（上様が聖諭を欽訂して天下に頒布されたのは、どのような意味があるのか。それは我々庶民が善悪の区別がつかないことを恐れられ、聖諭を頒布して常に宣講して模範を示されたのである。……いま婦女子がみな聖諭を聴くことを嫌っているのは、自分が罪過を知らないのみならず、法律にも抵触しているのである。）

2．『宣講管窺』六巻（宣統二年、河南洛陽周景文）[23]。案証六十六篇

『宣講拾遺』から案証を転載しないが、『宣講拾遺』にならって案証を『聖諭六訓』（『六諭』）「孝順父母」「尊敬長上」「和睦郷里」「教訓子孫」「各安生理」「勿作非為」に配している。

洛陽悔過痴人（周景文）の序文には、人々が『宣講拾遺』を朗誦するとみな感涙を流して聴きいったため、歌詞が人を感動させ、俗語が人に理解されることに気がつき、「聖諭六訓」に即して新しい宣講書を編纂したと述べている。

為之取荘跛仙『宣講拾遺』朗誦数過、無不踴躍讙呼、感愧零涕而不能自己者。然後嘆歌詞足以動聴、俚語尽人能解也。如是夫、如是夫。有恐講之久而厭故者、請予仿「聖諭六訓」遺意、再為贅之。（このため荘跛仙の『宣講拾遺』を数遍朗誦すると、踴躍讙呼し、感愧零涕して抑えられない者ばかりであった。そこで歌詞が聴いて感動させ、俚語が理解させることに感嘆したのであった。さもあらん、さもあらん。講じること久しく新鮮ではないことを恐れた者が、私に「聖諭六訓」の遺意にならって再編してほしいと請うた。）

また民国二年の劉熙藜の跋には、政府刊行の教科書と併用すれば、文盲の人々に対する啓蒙教育が普及すると述べている。

得吾友周君『管窺』、与「審定書」相輔而行、則教育之所飛走、普而又普。為何如哉。惟是書中為警覚愚夫愚婦痴児乳子計、故多設因果、往往虚者実之、微者顕之、以求易於針愚訂頑。（わが友周君の『管規』は「審定書」と補完して行えば、教育は飛ぶように普及してやまないであろう。なぜかと言うと、この書には愚夫愚婦、痴児乳子を覚醒させるために因果応報故事を多く設け、普段に虚を実とし、微を顕して、愚昧な者を啓発しやすくしているからである。）

3.『宣講大成』上下二函十六冊（民国二十二年、吉林省扶余県）[24]。案証百六十篇

『宣講拾遺』にならって「宣講聖諭規則」を掲載する。閻登五の序文[25]には、宣講という通俗的な方法を用いないと教化が広まらないと指摘する。

然而非宣講則化世之功、若有難竣者也。夫宣者、宣其字義、講者講其奥者。始則一二人創之、継則千百人效之。初則一二処興之、後則各郷各鎮各城各省並行之。人不分賢愚可否、職不分士農工商。既欲置身於宣講、即能正己而化人、済身而済世。（しかし宣講でなければ世間を教化する功績は収めがたいであろう。そもそも「宣」とは、その字義を宣し、「講」とはその深奥を講じるものである。最初は一二人が始めても、継いで千百人がまねをする。最初は一二箇所で

始めても、後には各郷各鎮各城各省がみな行う。人は賢愚可否を分かたず、職は士農工商を分かたず、身を宣講に置きさえすれば、己を正し人を化し、身を救い世を救うことができるのである。)

閻序の後の胡守中「宣講大成原委記」[26]には、教化に資する古今の実事を採取して案証として編輯したと言うが、実際には『宣講集要』『宣講拾遺』『宣講醒世編』などから案証を転載し、新たに「孝弟忠信礼義廉恥」八則に分類している。

易於化転人心、移風易俗者、莫案証若也。其書多係清儒所輯、採取古今実事有関風化足資勧懲者、編為案証。(人心を転化し、風俗を変化させるには、案証が最適である。宣講書は多く清儒が編集し、古今の実事で教化に関連し勧善懲悪に資するものを採取して、案証として編集している。)

本書の案証は先行する案証集に改編の手を加えずほぼそのまま転載したものが多いが、ストーリーを変えたり、宣詞を挿入したりして新案証に改編したものもある。

『宣講拾遺』に取材した案証は以下の三十五篇の多数に上る。

〔孝字巻一〕「至孝成仙」(『拾遺』巻一)、「堂上活仏」(『拾遺』巻一)、「感親孝祖」(『拾遺』巻二)、「思親感神」(『拾遺』巻五)、「勧夫孝祖」(『拾遺』巻二)、「賢女化母」(『拾遺』巻二)。

〔孝字巻二〕「逆倫急報」(『拾遺』巻一)、「賢孫孝祖」(『拾遺』巻二)、「愛女嫌媳」(『拾遺』巻一)、「還陽自説」(『拾遺』巻一)。

〔弟字巻三〕「埋金全兄」(『拾遺』巻二)、「陰謀遭譴」(『拾遺』巻六)。

〔弟字巻四〕「天工巧報」(『拾遺』巻四)、「割愛従夫」(『拾遺』巻三「慈虐異報」[27])。

〔忠字巻五〕「排難解紛」(『拾遺』巻三)。

〔忠字巻六〕「双受誥封」（『拾遺』巻四）。

〔信字巻八〕「阻善毒児」（『拾遺』巻四）、「双善橋記」（『拾遺』巻六）、「因果寔録」（『拾遺』巻五）、「悪壻遭譴」（『拾遺』巻二）、「天眼難瞞」（『拾遺』巻三）。

〔礼字巻一〕「教子成名」（『拾遺』巻四）、「燕山五桂」（『拾遺』巻四）、「拒淫美報」（『拾遺』巻五）。

〔礼字巻二〕「異方教子」（『拾遺』巻四）、「訓女良詞」（『拾遺』巻四）。

〔義字巻四〕「仁慈格天」（『拾遺』巻二）、「盛徳格天」（『拾遺』巻三）。

〔廉字巻五〕「改道呈祥」（『拾遺』巻六）。

〔廉字巻六〕「謀財顕報」（『拾遺』巻六）、「償討分明」（『拾遺』巻六）。

〔恥字巻八〕「悔過愈疾」（『拾遺』巻六）、「勧盗帰正」（『拾遺』巻六）、「悍婦伝法」（『拾遺』巻五）、「縦虐前子」（『拾遺』巻三）。

この中で「割愛従夫」（『拾遺』巻三「慈虐異報」）は、原作では継母の賢愚を問題としているが、この案証では、題名を変えて自分の生んだ子を犠牲にする賢妻を主題とし、冒頭に世間には愛情深い継母があれば、孝行な前妻の子もいると案証の概要を提示している。

（『大成』）世間前娘後母之子、最難処置。後母未必不慈、前娘之子未必不孝。（世間で実母継母の子は最も対処しがたいが、継母が必ずしも慈愛がないわけではなく、生母の子が必ずしも不孝であるわけではない。）

（『拾遺』）其或為人継室、待前房子女、更宜憐恤。則後母較勝於前母、善報固自不爽。苟或居心残毒、其夫又不検約、則孤児幼女之苦、有不堪言者矣。（もし人の後妻になれば、前妻の子女をさらに可愛がるべきであり、そうすれば継母は実母より勝って、善報はもとより間違いないであろう。もし残虐な心を抱き、夫も監視しなければ、孤児幼女の苦しみは言うに堪えないものがあろう。）

そして時代・人物を変えて、元朝山東省の秦潤夫の後妻柴氏とその子有貴、前妻姜氏とその子有富とし、①秦潤夫が後妻柴氏に大義を教える宣詞、②潤夫が子有富を教訓する宣詞を加えて、家長たる者がそうした賢明な妻子を教育する責任があることを明らかにしている。

またストーリーも単純化して原作の愚昧な継母の話は割愛し、代わりに、流民秦二狗が仇敵の賈伯薫を殺害し、有富の財産を狙う訴訟屋が有富を訴えて有貴が身代わりになるが、二狗が罪を自供して柴氏と二子が表彰される、と改編している。

4.『宣講選録』十二巻（北平代印、一九三四）[28]は冒頭に同治十一年の瀛賓蔣岸登序を掲載するが、『宣講拾遺』六巻とは別本であり、案証一百五十六篇は『宣講拾遺』等から転載したものが多い。巻一案証九（『宣講拾遺』転載）、巻二案証十四（『宣講拾遺』転載[29]）、巻三案証八（『宣講拾遺』転載[30]）、巻四案証十三（『宣講醒世編』転載[31]）、巻五案証十七（『宣講集要』転載[32]）、巻六案証十四（『宣講集要』転載[33]）、巻七案証十七（『宣講集要』転載[34]）、巻八案証十四（『宣講集要』転載[35]）、巻九案証十六（『宣講集要』転載[36]）、巻十案証九（『宣講集要』『宣講醒世編』転載[37]）、巻十一案証十四、巻十二案証十一[38]。

5．漢川善書

『中国曲芸志』「漢川善書曲目表[39]」に対照させれば、「代友完婚」、「善悪異報」の二篇が『宣講拾遺』に取材している。また「双官誥[40]」は『宣講拾遺』巻四「双受誥封」を改編した案証である。

6．評劇

清末民初に成兆才（一八七四～一九二九）が『宣講拾遺』の中の案証「安安送米」（「愛女嫌媳（附積米奉親）」）、「盛徳格天」、「陰謀遭譴」、「勧愛宝」、「感親孝祖」、「李桂香打柴」（「慈逆異報[41]」）、「代友完婚」、「悔過愈疾」、「賢女化母」、

「異方教子」、「悍婦伝法」、「阻善毒児」、「埋金全兄」などを評劇に改編した。(42)

ちなみに「勧愛宝」(43)は「還陽自説」を改編した作品であるが、結末を悪女の悲惨な最期から悔悟へと改めるテキストもある。(44)「周士春の子愛宝は愚鈍で、妻姜氏はその妹周蘭香と家事の主導権を争って譏言する。蘭香は縊死し、士春夫婦は追い出されて凍死するが、蘭香の亡霊に救われ、隣家の張氏に保護される。蘭香は冥界で姜氏を訴え、姜氏は地獄を巡って蘇生し、悔悟して士春夫婦を家に迎える。」

7．湖北大鼓

湖北大鼓はかつて『宣講集要』などのテキストをもとにして聖諭宣講を行っていたという。『宣講拾遺』の名は掲げられていないが、(45)この書も使用されていたことは疑いないであろう。

8．皮影戯

遼寧凌源、河北灤州、甘粛隴東の皮影戯でもかつて『宣講拾遺』を底本とした作品が見られ、「宣巻」とも喚ばれていたという。(46)

六　結　び

『宣講拾遺』は『宣講集要』の後に編纂された清末の説唱形式の宣講書であり、全国的に普及し、各地で多くの版本が刊行された。この宣講書の特徴は『宣講集要』の案証を参考にしながら新しい案証を収録し、案証の冒頭に主旨を解説してわかりやすくし、人物の「宣」を挿入して読者の感情移入を誘うという工夫を施している点にある。この宣講書はこれによって後世の宣講書や民間芸能に取り入れられ、民衆教化に大きく貢献した。

注

（1）原文は「不」。「一」の誤か。

（2）封面表「光緒己亥仲春月校刊／宣講拾遺／楽善印送・不取板資」。封面裏「板蔵山東登州城裡南街生記書房如承楽善君子印送祇給紙料工資可也」。

（3）封面「聖諭六訓／光緒八年西安省城重刻／宣講拾遺／楽善印送・願借不吝　此板暫存鐘楼南順城巷馬雑貨舗」。

（4）封面「聖諭一訓／光緒癸未重鐫／宣講拾遺／周口文成堂」。

（5）封面「聖諭六訓／光緒甲申重鐫　亳州楽善局／宣講拾遺」。

（6）封面「聖諭六訓／光緒壬辰新鐫／宣講拾遺／書業徳梓」。

（7）封面「聖諭六訓／光緒十九年蘭省城重刻／宣講拾遺／此板暫存鼓楼東奎元堂新刊」。

（8）封面「光緒癸巳嘉平月校刊／宣講拾遺／楽善印送・不取板資」。

（9）封面「光緒甲午孟冬月重鐫／選刊宣講拾遺／有楽善者・願借不吝　板存同善堂」。

（10）封面「光緒二十四年孟春敬鐫／宣講拾遺／天津済生社存板」、同年天津通真老人序、光緒八年咸邑廩生李映斗重刻序。早稲田大学図書館風陵文庫蔵。

（11）封面「聖諭六訓／光緒二十九年解州城重刻／宣講拾遺／楽善印送・此板暫存城内崇実巷別宅」。

（12）封面「光緒乙巳年孟秋月刊／宣講拾遺／楽善印送・不取板資」。誠文信書房烟台支店刊。瀋陽大銀魚家書店、二〇一二年九月、孔夫子旧書網出品。

（13）民国八年東昌公善堂刊。済南二西堂古籍書店、二〇一一年十一月、孔夫子旧書網出品。

（14）康徳三年（一九三七）、安東市（満州国）宏道善書局版。

（15）陝西省義興堂石印。版心「宣講拾遺　縦虐前子　第三冊第七段」。

（16）科挙制度で学資を支給される生員（秀才）。

(17)「目」の誤刻か。

(18)『無声戯』第十二回「妻妾抱琵琶梅香守節」による。

(19)常徳府の誤。

(20)『石音夫醒迷功過格』。

(21)光緒十五年刊本（二〇〇六年、台北新文豊出版公司『明清民間宗教経巻文献続編』第十一冊収録）の封面には「夢覚子彙集／閨閣録／光緒十五年孟冬月新鐫」と刻す。

(22)「倒」は西南官話。普通話「着」に相当。この案証はもと四川など西南地区で創作されたものと思われる。

(23)河南省図書館蔵。早稲田大学図書館風陵文庫に翻刻本を蔵する。民国二十四年、謙記商務印刷所代印。経理陳希黄の附誌に、「此書原板存洛陽。協和万民国二十四年九月承李毅成先生囑為翻印。係其封翁彌留之際所遺囑也。……」と言う。

(24)哈爾濱市図書館蔵。石印。

(25)「癸酉年中秋月中旬閻登五撰」と記す。

(26)「時癸酉之夏晩学胡守中謹題」と記す。

(27)原典『宣講拾遺』巻三「慈虐異報」ではストーリーがやや異なり、兄秦克礼が李丁混に侮辱されて殺したため、母柴氏が弟克譲に身代わりを命じる。

(28)表紙表に「宣講規則」「礼部頒行」ほか巻一目録を掲載する。表紙裏「甲戌年正月重印／宣講選録／北平西単牌楼横二条大成印書社代印　二号電話西局五一七」。早稲田大学図書館風陵文庫・上海図書館蔵。

(29)「改悪向善」を除く。

(30)「滴血成珠」を除く。

(31)「破迷帰真」（附奉祖歌）、「新婦呈祥」を除く。

(32)「窮凶顕報」を除く。

(33)「従父美報」「医悍奇方」を除く。

(34)「義嫂感娣」「節婦誅仇」「悌弟美報」「化夫成孝」「観灯致禍」「孝女免災」を除く。

(35)「大娘興家」「尚倹美報」「善医美報」「惜字美報」「遏悪揚善」「很婦現報」を除く。

(36)「異端招禍」「正学獲福」「三世輪廻」「賢婦興家」「無徳婦」「逆祖冥譴」「唆夫受貧」「偏聴後悔」「妬婦嫌媳」「婢母巧報」を除く。

(37)「賢女孝報」「誣良自害」「悔過自新」「悍婦顕報」「義鼠酎恩」を除く。

(38)「天理良心」のみ『宣講集要』転載。

(39)『中国曲芸志』湖北巻（二〇〇〇、中国ISBN中心出版）、一六九～二三七頁。

(40)漢川市文化館蔵。

(41)『評劇彙編』第六集（一九八二、沈陽市文化局劇目室）収。

(42)王乃和『成兆才与評劇』（一九八四、文化芸術出版社）「評劇的劇目及有関情況」甲、評劇劇本創作的題材来源」参考。

(43)別名「還陽自説」「周蘭香上吊」「仁慈増寿」。『評戯大観』（一九二九、誠文信書局）、『評劇大観』（一九三一、文成堂書店）収。

(44)『中国評劇音配像』「勧愛宝」（一九五六年録音配像、天津市文化芸術音像出版社）。

(45)何遠志『湖北大鼓』（一九八二、長江文芸出版社）に、「鼓書的『善書』部分、大致有如下一些書目。『宣講大全』『宣講集要』……。」（十一頁）と指摘する。

(46)『燕趙都市報』「皮影的流派与収蔵」（二〇一二・八・一三）には、「以『宣講拾遺』為底本、一直到清光緒二十年前後、影戯還称之宣巻。」と述べ、『凌源在線』「凌源皮影」には、「以宣揚教化為宗旨、依《ママ》『宣講拾遺』為底本、改羊皮為驢皮雕影、独樹一幟。」と述べ、若渇求知「簡論皮影戯的文化内涵」（二〇〇八・五・二四）には、隴東皮影戯の勧世劇が「類似『宣講拾遺』、『勧世文』之類。」と述べる。

第三節　「聖諭六訓」と『宣講醒世編』六巻

一　はじめに

清朝は民衆教化のための聖諭宣講を全国に普及させようと努め、民間方式の宣講である説唱宣講を容認したため、各地にそれが流行した。現在ではほとんどの地域において説唱宣講は行われなくなったが、当時それが行われていたことは宣講書の存在によって確認ができる。本節では奉天省で行われた説唱宣講について、現存する『宣講醒世編』六巻によって考察してみたい。

二　本書の体裁

1　封　面

本書は封面に「聖諭六訓（横書）／宣統元年春石印／宣講醒世編／営口成文厚蔵板」[1]とあり、宣統元年（一九〇九）に営口県（奉天）で復刊されたテキストである。[2]

なお六巻三十一葉表には「山東登州府劉循卿重印」という裏書きがあり、本書は山東重印本である。三十一葉裏には「営口成文厚書局発兌新出石印各種善書目録」として、本書のほか、『宣講集要』『宣講大全』『忠孝節義』『宣講六種』『宣講拾遺』などを挙げており、奉天における宣講の普及をよく知ることができる。

2　楊占春序

封面の裏には光緒戊申三十四年（一九〇八）古同昌城（遼寧省北鎮県西北）の宣講生楊占春の序文があり、原板は奉天省錦州城西虹螺県鎮の堅善講堂の主管楊子僑が編集したもので、楊子僑は医者であり、医学よりも善書の方が天下を救うことができると考えて本書を編集したが、原版の版木が摩耗していたので、営口の宣講堂が案証を増補して復刻したという。

是書原刻、板存奉天省錦州城西虹螺県鎮堅善講堂、乃該堂主管楊子僑先生編集。先生精岐黄術、嘗以済人利物為念。因思行医僅済一方、莫若善書兼済天下。故手着是編、亦云尽美尽善矣。……茲因本板刷印既久、字跡模糊、有営口宣講堂楽善諸君、欲重増数案付諸印、以図流伝海内、勧化十方、較原刻尤為醒目、聊弁数言於巻首、庶不致湮没僑翁之芳名云耳。光緒戊申九月二十七日古同昌、後学楊占春芳圃識。（本書の原刻本は奉天省錦州城西虹螺県鎮堅善講堂に蔵する。すなわち該堂の主管楊子僑先生が編集した。先生は医術に精通し、日ごろ人助けを念頭に置いていたが、医術は地域だけしか救うことができず、善書が天下を広く救うには及ばないと考えて本書を編集し、最高の善行だと言っていた。……だが原版は印刷久しく、字跡が模糊としていたので、営口の宣講堂の善行を楽しむ諸君が、数案を増やして印刷し、国内に流伝させ、十方を勧化すれば、原刻本よりもよいと考えたので、聊か数言を巻首に述べて、僑翁の芳名を残そうとした。光緒戊申九月二十七日　古同昌の後学楊占春芳圃識。）

3　聖諭宣解

六巻の案証は『聖諭六訓』（『六諭』）によって「孝順父母」「尊敬長上」「和睦郷里」「教訓子孫」「各安生理」「勿作非為」に分類しており、各巻冒頭には十言句の口語体の「宣」によって主旨をわかりやすく解説している。第一巻は次のごとくである。

万歳爺、設聖諭、頒行天下。第一訓、先教你、孝敬爹媽。恐百姓、不体会、親恩浩大。始終情、諄諄訓、細聴根牙。(3) 懐十月、乳三年、屎尿勤洒。……（天子様、聖諭を設け、天下に頒かつ。第一訓、先ずはじめ、父母への孝敬。百姓は、わかるのか、親の恩の深さ。一貫し、諄諄と説く、道理をよく聴け。懐妊し、授乳して、襁褓を換える。……）

4　宣講文書

巻一には宣講の開講を知らせるための文書「告白」「稟帖」「対聯」「演礼」「表文」を掲載する。

「告白」は文語体によって、民間の善堂が世風を教化するために聖諭宣講を開講したと述べ、扶鸞による宣講が倫理に基づくものであり、邪教とは遙かに異なり、先賢の言葉を冒頭の格言としていると宣告する。

我国家作述相承、治安永保。……頒行「聖諭広訓」一書、著明者一十六条、直解者百千万語。……降至於今、世風不古、人事日非。不有化導之方、奚返性真之本。以致飛鸞降像、聖神参教化之権、講善宣書、儒士承勧懲之責。為是集我同人、堂開宣講。理本乎日用倫常、迥異旁門左道。語宗諸前賢往哲、尽為頭訓格言。……（我が国は作述相承け、治安は永く保つ。……頒布した「聖諭広訓」一書には、「十六条」を明らかに記し、直解は百千万語に及ぶ。……今に至り、世風は替わり、人事は誤る。化導の方がなければ、性真の本には返しがたい。かくて鸞を飛ばし像を降して、聖神が教化の権に参加し、善を講じ書を宣して、儒士が勧懲の責を承ける。ここに我が同人を集め、堂に宣講を開く。理は日用・倫常にもとづいて、はるかに旁門・左道に異なり、語は前賢・往哲をたっとび、尽く頭訓・格言となる。……）

「告白帖式」では口語によって、この宣講堂が義挙であり、先賢の遺訓を宣布し、聖諭や王章を講説し、大小の案証を引用し、悉く倫理綱常に基づいていると述べ、毎日午前に開講していると遠近四方に告白する。

此堂原是義挙、諸位善士同勷。宣布先賢遺訓、講論聖諭王章。引証大小各案、悉本論理綱常。[4]……毎日午前開講、恭候諸位善良。本堂講生愚意、告諸遠近四方。講生楊芳圃撰。（本堂はもともと義挙であり、慈善家たちの協力による。先賢の遺訓を宣布し、聖諭・王章を講義する。大小の各案を引証し、悉く倫理綱常にもとづく。……毎日午前に開講し、善良な方々をお待ちする。本堂の講生の愚意を、遠近四方に告げる。講生楊芳圃撰。）

「稟帖式」は宣講人が義挙によって宣講堂設立を宣言する文書である。宣講堂では聖諭や先賢の遺訓の宣講のほか、新聞雑誌の演説による文化啓蒙も行うと述べる。ここには近代宣講の特徴がうかがえる。

職等倶係国民、……於是約集同人、随意捐資、共勧善挙。在本城某処租賃房屋一所、作為宣講堂。職与講生等某日宣講聖諭、以及先賢遺訓、兼演説報章、化導編氓、開通風気。……（本職等はみな国民であり、……同人を招集して、随意に資金を寄付し、共に善挙を勧める。本城の某処に一部屋を借りて、宣講堂とする。本職は講生等と某日に聖諭および先賢の遺訓を宣講し、兼ねて新聞を演説して、住民を教化し、風気を開通する。……）

「対聯」は宣講堂に貼って聴衆に宣講の主旨を明示するものである。

宣聖諭一十六条　但願人人遵国典／講善書百千万語　惟期処処厚民風

講道徳説仁義　惟願此民風不変／寓褒貶別善悪　宜懍諸至道不凝

「演礼」はいわゆる「宣講聖諭規則」であり、四川の善書『救生船』から引用したと言っていることから、奉天の宣講が四川の宣講の影響を受けていることがわかる。

聖帝定宣講儀式以蜀川『救生船』録来。凡宣講夙興灑掃、将聖諭牌・香案・講台・男女聴位次、一一安排停妥。……晨後、首人・講生厳整衣冠、焚香炳燭、排班敍立。督講生登台、高声朗誦「武聖帝君宣講壇規」十条。……讃云、「講生就位。四礼。詣講台揖。恭読「世祖章皇帝聖諭六訓」……「聖祖仁皇帝聖諭十六条」……讃云、恭読「武聖帝君十二戒規」……讃云、恭読「文昌帝君蕉窓十則」……讃云、恭読「孚佑帝君十則」……讃云、恭読「竈君夫子訓男子六戒」……讃云、恭読「竈君夫子訓女子六戒」……讃云、恭読「竈君夫子新諭十条」……。

「表文」は神明・皇帝の位牌の前で祈願することを表明する文書である。

朔望日具表文　維大清国某年某月朔望日、某省某府州県鎮宣講堂首講生、弟子某名等、敬備花果・酒醴・茗茶・香燭、浄手焚香、禱於天地・君親師・諸天神仏、及我世祖章皇帝・聖祖仁皇帝・世宗憲皇帝之位前、跪而言曰、「……講聖諭、実本神諭、黎庶共楽回頭。」（朔望の日に表文を具える　維れ大清国某年某月朔望日、某省某府州県鎮宣講堂首講生、弟子某名等、敬して花果・酒醴・茗茶・香燭を備え、手を浄め香を焚き、天地・君親師・諸天神仏、及び我が世祖章皇帝・聖祖仁皇帝・世宗憲皇帝の位前に禱り、跪いて言う、「……聖諭を講じるのは、神諭にもとづき、黎庶は共に回頭を楽《ねが》う」と。）

本書にはこの後に、「聖諭六訓」と営口宣講堂督講庠生柳景権の讃（五言八句）を掲載する（省略）。

三　案証の梗概

本書に収録する案証は全四十篇であり、「聖諭六訓」に基づいて六巻に配されている。その梗概は以下のごとくである。告白文書でも明言していたように、案証には冒頭に先賢遺訓を格言として掲載し、伝統的な倫理教育を継承していることを表明している。

巻一　五案〔聖諭宣解〕「第一訓、先教你、孝敬爹媽。」

「体親勧孝歌」――十言百六十六句。

「孝善美報」―王堂氏。[5]「先賢云、陰地須憑心地。[6]」本朝、江西、郭遵璞。風水を学び、吉地を何孝子の家の墓地とする。

「貞女祠」（附投門奉姑）―秦、臨洮、范杞梁の妻孟姜女。杞梁が長城の修築に出た後、姑を世話し、姑の死後、長城に行き、杞梁の死骸を探して殉死する。

「万里尋親」（附仁慈還家）―講生王子祥著。光緒二十八年、奉天錦県城西、李永年。海外に出稼ぎに出た父を捜す。

「化成孝友」―「昔邵子云、上品之人、不教而善。[7]」前朝、浙閩中、倪雲。継母と子を憎む。父倪公は画軸を遺す。秦県主が遺書を発見して裁く。倪雲は亡父の遺訓を信じて継母と子を世話する。『古今小説』「滕大尹鬼断家私」による。

「淑慝異報」[8]―「夫瘟疫者、天地之毒気也。[9]」国朝順治八年、晋陵、銭永成の嫁左氏。疫病を避けて自分だけ実家に帰る途中で殺される。永成の娘は孝女であったため、一家の疫病が完治する。

巻二　七案〔聖諭宣解〕「万歳爺、訓百姓、尊敬長上。[10]」

「感天済衆」[11]―晋陵、張可乾。干害は人心の悪逆によっておこると説き、雨乞いをしても雨は降らず、老人（隠者羊徳）が字紙を敬惜することを説いて天に祈ると、大雨が降る。

「尽義存孤」―晋、趙朔。奸臣屠岸賈が景公に讒言したため、一家が誅殺されるが、門客程嬰・公孫杵が孤児を護る。『趙氏孤児』雑劇による。

「勧夫友弟」[12]―「妻子如衣服、兄弟如手足。[13]」順天府涿城北、趙連璧の妻桑氏。連璧を悪友孫・銭から引き離し、弟連芳と親しませる。『殺狗勧夫』雑劇による。

「唆夫分家」―山西太谷県、次男龐倹の妻斉氏。兄夫婦をないがしろにし、私財を貯蓄して夫を唆して分家させたため地獄に堕ち、龐倹も殺人の冤罪を被って獄死する。

「闔府全貞」―「家貧出孝子、国乱識忠臣。[14]」大明崇禎十七年、寧武関総鎮周遇吉。錦州人。母は誕生を祝い、李自

珍と戦うことを望む。一家はみな明朝のために殉死する。

「冤孽現報(15)」—「人能充無欲害人之心(16)。」国朝咸豊十年、湖北所属荊門州、高大祥の妻李氏。兄の子を縊死させ、嫂を売るが、子の亡霊が冥界に訴え、冥王に宣講を命じられる。

「悔過呈祥」—講生楊芳圃集。「善欲人見、不是真善(17)。」明朝万暦年間、江西省、兪都。四子が死に、一子継善も失踪したため、妻は失明するが、善行を積んで継善と再会する。

巻三　七案〔聖諭宣解〕「万歳爺、聖諭教、和睦郷里。」

「還妻得子」—「但行好事、莫問前程(18)。」明末、陝西、袁永正。江南に乱を避けた時、鄭福成の妻を娶るが、同情して福成に返す。福成が安徽で永正のために子を買うと、永正が戦乱で見失った子であった。

「捨薬存貞」—重慶府広安県、貧乏医者張純正。同郷の貧乏な劉亮が重病に罹り、その妻王氏が純正に身を供して治そうとすると、代金を求めず劉亮を治す。

「怙悪自害」—「暗室虧心、神目如電(19)。」国朝康熙年間、河間府、賈村雨。借金を返した東荘の段姓から奪い取る。献県の張青天は犯行の場所を知る村雨を自供させ、村雨は我が子を殺す。

「義侠除暴」—「作善降祥、作悪降殃(20)。」明朝崇禎初、建昌、崔猛。武力で同郷の者を助ける。不孝な王実の妻刁氏を惨殺する。李申の妻を奪った潘銀を殺して罪に問われるが、以前に救った趙僧哥に救われる。『聊斎志異』巻八「崔猛」による。

「悔過自新」—国朝直隷省朝陽県、馬瀛洲。吝嗇であったが、応報を知って、近隣の王元棟に借りた金を返したため、家業が安定する。

「巧断租銭」—「国課早完。即嚢橐無余、自得至楽(21)。」唐朝、鳳陽節度使李茂貞。同郷の李忠と張誠が城中に税金を納付しに行って、李忠の銅銭が無くなった事件を裁き、張誠の銅銭を水に入れて油が浮いたことで揚げ物売りの李忠の銅銭であると判決する。

「釈冤成愛」―「暗室虧心、神目如電。」宋朝、山西省、孟洪。商売から帰郷した甥陸端を殺して金を奪ったため、亡霊に悩まされる。済公は甥を孟洪の子に転生させて家産を継承させる。

巻四　七案〔聖諭宣解〕「万歳爺、第四訓、教訓子孫。」

「違訓債事」―「務本業以定民志。(22)」国朝光緒年間、四川龍安府平武県、管成方。亡父居敬の教訓を守らず、織布をやめて天竺で旅館を開き、旅客の金を偽金に換えたため、盗賊に殺される。

「賢母訓子」―中都、張氏細柳。夫高継先の死後、先妻の子福を躾ける。『聊斎志異』巻七「細柳」による。

「溺愛失教」―「居身務期質樸、教子要有義方。(23)」光緒八年、湖北黄梅県、秦振元の妻張氏。長子秦福を溺愛して洋煙を吸わせたため、父母の死後、家が落ちぶれる。

「傾人顕報」―「君子務本。(24)」「知止而後有定。(25)」国朝順治年間、景州、喬際雲。綽名小老虎。織布をやめ高利貸しで人を苦しめたため、後に獄死する。

「義利殊報」―「見利思義。(26)」国朝康熙年間、山東興化府。韓慶徳は狷介で、教師の給金で婦人と族弟を救ったため、天が白銀を贈る。康成富は吝嗇で、盗賊に襲われ、自害して地獄に堕ちる。

「棄夫遭譴」―「嫁女択佳壻、勿索重聘。(27)」昔、虔州、広南県令周志大。次女は呉遵道の子慶郎の貧乏を嫌って再婚する。慶郎は侍女軽紅の援助で江西御史を授かり、軽紅を正妻とする。

「善悪奇報」―江西魚資県、孫千。盗賊を諫めた李重義の勧善詩を聞かず、その子長福は科挙に落第し、重義の子善孝が及第する。

巻五　七案〔聖諭宣解〕「万歳爺、訓百姓、各安生理。」

「恩解仇怨」―「恩讐分明。(28)」「解讐忿以重身命。(29)」―国初、蘇継先。商人彭大成に父を殺されるが、妻に横恋慕した班頭に誣告された時に彭大成に救われ、旧怨が解消する。

「徳孽異報」〔附「騙財喪身」(30)〕―「禍福無門、惟人自招。(31)」昔日、徽州、王志仁。劉術士から悪運を告げられるが、人助けをして災難を逃れる。

「自省改道」―国朝初年、開封府、梁新敏。公正な商売をせず蠱脹の疾で病死し、子継富も破産して地獄に堕ちるが、弟新善は善行に努めて宿世の冤を解き、長寿を全うする。

「悪叔遭譴」―「清酒紅人面、財帛動人心。(32)」江西贛県、陳九思。官銀を私用して投獄され、子が準備した保釈金を無頼叔陳九成が騙し取るが、関帝が九成を殺して取り戻す。

「節女全義」―乾隆間、貴州、張守貞。李珍哥と指腹婚姻し、珍哥が病死すると、指を切って貞節を誓い、養子二人を育てる。

「嗜淫急報」〔附「訛伝正誤」〕―全編十言百三十二句。讃七律一首。

「謗神遭譴」―国朝年間、蜀川、施孔中。扶鸞による宣講を否定し、夏侯武が宣講堂に米を送るのを阻んだため足を痛める。

巻六　七案〔聖諭宣解〕「万歳爺、訓百姓、勿作非為。」

「陰騭回天」―講生楊芳圃集。「見色不迷真君子、財帛分明大丈夫。」前宋、石杭県、王太和。薄命だと占われるが、拾った金を返し、破廟で雨宿りした女子を守って運勢を好転させる。

「唆嫁孽報」―無錫県、張希宝と妻陳氏。秦氏に再婚を勧めて利を得るが、秦氏は自害し、亡夫に報復される。

「義還金釧」—大明中、南京、羅倫。科挙のため上京し、従者が旅館の外で金の手釧を拾う。羅倫は持ち主に返して主人の侍女の冤罪をはらしたため、科挙に主席で合格する。

「誣人己報」—「己所不欲、勿施於人。」[33]国朝順治年間、湖南長沙府、孫環。車戸張姓が老人を殺したと誣告するが、廉太守が公正に裁く。

「両全其貞」（附「謀淫被辱」）—康熙年間、湖南衡山県。張家の姑が吉地を借りるため譚永政に嫁を捧げるが、永政は好色の性格を改めたため、一家は繁栄する。周大は姦淫を謀って恥を掻く。

「龍雷顕報」—康熙年間、吉林省内、張望明。飢饉のため妻を李機匠に売り、金を学生張・李に盗まれて母子が自害し、張・李は雷に撃たれて死ぬ。

「施徳巧報」—咸豊年間、西省烏魯木斉、匪賊劉永財。綽名混江龍。首領を説得して村娘を護る。娘は参将の継室となり、捕らえられた永財を救う。

「果老張仙四時宣講楽」（『渡迷宝筏』[34]より）十五首。

四　結　び

説唱宣講は東北地区でも行われていた。『宣講醒世編』は清末の光緒三十四年に旧奉天省錦州城西虹螺県鎮の善堂で編纂され、宣統元年に同省営口県の成文厚書店が石印刊行し、山東省登州府で再刊された宣講書であった。冒頭に「宣講聖諭規則」を掲載して宣講による世俗教化を呼びかけており、「聖諭六訓」によって説唱形式の案証四十条を分類収録している。その「宣講聖諭規則」が『救生船』のものにならっていることから、西南地区の宣講形式が東北地区に伝播したことがわかる。各巻の冒頭には、「聖諭六訓」を十言句の歌唱形式で表現して、あらかじめ主旨をわかりやすくしており、宣講生や聴衆・読者の便宜を考慮している。案証の中には、それを収録した宣講生の名を記したものもあり、宣講生が編集に携わっており、『宣講集要』など既存の宣講書から採取した案証もあるが、そのほとんどが創作であり、宣講生の努力が感じられる。

注

(1) 成文厚は一九〇四年に山東済南で開業した文具店で、後に龍口・烟台・営口に支店を開いた。
(2) 大連図書館・上海図書館・早稲田大学図書館風陵文庫蔵。
(3) 「根牙」、西南官話。「根由」「依拠」(『漢語方言大詞典』四六〇一頁)。
(4) 論は倫の誤字。
(5) 不詳。宣講生か。
(6) 『文昌帝君陰隲文』に、「欲広福田、須憑心地」。
(7) 宋邵雍『戒子孫』(『皇朝文鑑』巻一百八「説戒」)に、「上品之人、不教而善。中品之人、教而後善。下品之人、教亦不善。」
(8) 『宣講集要』巻四「銭氏尽孝」による。
(9) 明呉有性『瘟疫論』(一六四二)に、「感疫気者、乃天地之毒気。」
(10) 早稲田大学蔵本は一葉裏・二葉表を欠く。
(11) 早稲田大学蔵本は一葉裏・二葉表を欠く。
(12) 『宣講集要』巻七「埋狗勧夫」、『宣講彙編』巻四「借狗勧夫」では趙孟。
(13) 『三国演義』十五回に、「古人云、兄弟如手足、妻子如衣服。衣服破、尚可縫。手足断、安可続。」
(14) 『名賢集』の句。

(15)『宣講集要』巻十四「冤孽現報」。
(16)『孟子』「尽心」下に、「人能充無欲害人之心、而仁不可勝用也。」
(17)清朱用純（号伯廬）『治家格言』に、「善欲人見、不是真善。悪恐人知、便是大悪。」
(18)『名賢集』の句。
(19)『増広賢文』に、「人間私語、天聞若雷。暗室虧心、神目如電。」
(20)『尚書』商書「伊訓」に、「作善降之百祥、作不善降之百殃。」
(21)清朱用純『治家格言』の句。
(22)「聖諭十六条」第十条。
(23)清朱用純『治家格言』の句。
(24)『論語』「学而」に、「君子務本、本立而道生。」
(25)『礼記』「大学」の句。
(26)『論語』「憲問」に、「見利思義、見危授命、久要不忘平生之言、亦可以為成人矣。」
(27)清朱用純『治家格言』の句。
(28)『呂氏童蒙訓』の句。
(29)「聖諭十六条」第十六条。
(30)『宣講管窺』五「救婦得寿」による。
(31)『太上感応篇』の句。
(32)『増広賢文』の句。
(33)『論語』衛霊公の句。
(34)以下の刻本がある。①咸豊元年（一八五一）重鐫本。②民国十六年（一九二七）刊本。封面表「歳次戊寅／礼集渡迷宝筏／共善斎乩著」。封面裏「黄県北馬鎮復興徳印刷局版」。黄県は山東省。

第四節　『宣講拾遺』にならった『宣講管窺』六巻

一　はじめに

清朝が郷約制度の中で行った聖諭宣講は、清末に至って民間の善堂が主催し、因果応報説話（案証）が編纂されるようになった。その先駆が四川万県の王錫鑫編『宣講集要』十五巻（一八五二）であり、その後、河南淮陽の荘跛仙が『宣講拾遺』六巻（一八七二）を編集した。これらの宣講書に続いて宣統二年（一九一〇）に河南洛陽の周景文が編集したのが『宣講管窺』六巻である。(1)『宣講管窺』は『宣講拾遺』にならって『聖諭六訓』（『六諭』）「孝順父母」「尊敬長上」「和睦郷里」「教訓子孫」「各安生理」「勿作非為」に配した「善悪案証」六十六篇を掲載し、それらは「諺語俚辞」を使用して文字を知らない民衆が理解でき、「歌詞」を朗唱して人心を感動させる歌唱体の案証を編集しており、政府刊行の教科書とともに用いれば、社会教育に役立つと評価された。本書の案証は『宣講集要』などの先行する宣講書に取材し、従来の案証より歌唱を多く用い、特に歌唱が人を感動させる力を十分に発揮させることによって民衆教化を図ろうとしたことが伺える。また通俗小説を案証に改編することも試みられた。本節ではこうした『宣講管窺』における通俗性の強化について論じる。

二　刊行の経緯

『宣講管窺』は、多くの宣講書と同じく、学校で教育を受けることができない人々の道徳教育のために編纂された。編者である洛陽悔過痴人（周景文）の序文には、人々が『宣講拾遺』六巻（清同治十一年）を朗誦するとみな感涙を流して聴きいったため、歌詞が人を感動させ、俗語が人に理解されることに気がつき、「聖諭六訓」に即して新しい宣講書を編纂したと述べている。

為之取荘跛仙『宣講拾遺』朗誦数過、無不踴躍讙呼、感愧零涕而不能自己者。然後嘆歌詞足以動聴、俚語尽人能解也。如是夫、如是夫。有恐講之久而厭故者、請予仿「聖諭六訓」遺意、再為賛之。（このため荘跛仙の『宣講拾遺』を手に取って数回朗誦すると、踴躍讙呼、感愧零涕して感情を抑えられぬ者ばかりであった。かくして歌詞が聴覚を動かすに足り、俚語が人を理解させることに驚嘆したのであった。かくのごときか、かくのごときか。講じること久しくして古さを厭うことを恐れる者があり、私に「聖諭六訓」の遺意にならって、再び編集することを請うた。）

また民国二年（一九一三）の劉熙蓺の跋には、政府刊行の教科書と併用すれば、文盲の人々に対する啓蒙教育が普及すると述べている。

得吾友周君『管窺』、与「審定書」相輔而行、則教育之所飛走、普而又普。為何如哉。惟是書中為警覚愚夫愚婦痴児乳子計、故多設因果、往往虚者実之、微者顕之、以求易於針愚訂頑。（我が友周君の『管窺』を得て、「審定書」と補完して行えば、教育は飛ぶように普及してやまないであろう。なぜかと言えば、この書には愚夫愚婦・痴児乳子を覚醒させるために因果応報故事を多く設け、普段に虚を実とし、微を顕して、愚昧な者を啓発しやすくしているからである。）

本書は冒頭に「聖諭六訓」を記し、各巻は「聖諭六訓」に配して以下のような善悪の案証を掲載している。

巻一「孝順父母」―「大孝格天」「越関尋父」「感親成孝」「棄児存孤」「化婦成孝」「逆子速報」「孝女蔵児」「孝行化民」「一門慈孝」「孝逆巧報」

巻二「尊敬長上」―「殮兄捷元」「仁譲奉兄」「化夫愛弟」「仗義全託」「破産全婚」「競婚孫女」「鬼断家私」「孝友双善」「紫荊重栄」「分産興訟」

巻三「和睦郷里」―「書状息訟」「天臘忍辱」「囲棋遭罵」「変蛇復讐」「雅量感人」「睦鄰済飢」「兄弟争訟」「和睦感人」「蔵金救難」「睦鄰善報」「作善降祥」

巻四「教訓子孫」―「善行格天」「嬌養貽害」「市棺活子」「孀貧励子」「耐貧教子」「嫂育遺姑」「嘉言教女」「賢母誡女」「石洞翰林」「見色不乱」「善教子孫」「作孽慘報」

巻五「各安生理」―「贈嚢巧報」「吃菜状元」「救婦得寿」「神罰訛金」「三還登科」「吉神護身」「窮通有命」「全節得栄」「善悪巧報」「救劫十全」「陰騭換元」「氈笠認親」

巻六「勿作非為」―「質妹娶妹」「冥府顕報」「詐銀掛頭」「昧帖変猪」「黄女改婚」「覆水難収」「割耳全節」「雷打悪孀」「騙人害己」「打無義郎」「百歳同坊」

目次の後に掲載する宣統三年（一九一一）の許鼎臣の序文によれば、周景文は清末の太平天国の乱など不穏な社会情勢に対処するためにこの宣講書を編纂して老人や婦女・児童に聴かせると、大きな反応があったという。

未幾、吏情民偸、而粤・捻・回匪之禍作、中気不固、海外孽牙、亦於是滋張矣。光緒二十六年、……曾幾何日、不善之気積、如厝火累卵、将恐一発動、且不可収拾。而吾友洛陽周君景文維新、則於戢影蜷伏齷齪教授山谷間、更取「六訓」者。仿荘君跛仙之例、出以諺語俚辞、写其情与理与事之始末曲折、暇為父老・女婦・童稚・隷竪誦

説、聴者或喜、或泣、或驚、或愧、各若有所棖触、上下不自知其所以然、而不能自己者。（幾ばくもなく、吏は怠けて民は盗み、粤〔広東の太平天国〕・捻〔河南の捻党〕・回匪〔陝西・甘粛・新疆の回族〕の禍が起こり、中気は固からず、海外の孽牙も、これによって滋張した。光緒二十六年〔一九〇〇〕、……かつて幾何かの日に不善の気が積もり、火を薪に置き卵を累積するがごとく、ひとたび発動すれば収拾できない状況であった。わが友洛陽の周景文維新君は、山谷の間に隠れて教鞭を取り、「聖諭六訓」を教えていた。荘跛仙君の例にならい、諺語・俚辞を用いてその情と理と事の始末・曲折を描き、暇に乗じて父老・婦女・童稚・隷豎のために誦説すると、聴く者は喜び、泣き、驚き、愧じ、各々何か感動するところがあり、みなわけもわからず自分を抑えられないようであった。）

三　伝統案証の改編

『宣講管窺』は『宣講拾遺』に倣って「聖諭六訓」に即して六巻本の体裁を取っているが、『宣講拾遺』からは案証を採取しておらず、『宣講集要』(2) など先行する宣講書から採取した案証は以下のように九篇ある。

巻一「棄児存孤」——『宣講集要』巻六「稽山賞貧」
巻二「鬼断家私」——『宣講珠璣』(3) 巻一「鬼断家私」、『宣講大全』(4)「鬼断家私」、『緩歩雲梯集』(5) 巻一「画裡蔵金」
巻三「変蛇復讐」——『宣講集要』巻八「化蛇報怨」
巻四「嫂育遺孤」——『宣講彙編』巻二「知恩報恩」
巻四「石洞翰林」——『福海無辺』(6) 巻三「翰林硐」
巻五「喫菜状元」——『緩歩雲梯集』巻三「苦菜状元」

巻五「救婦得寿」―『宣講醒世編』(7) 巻五「徳孽異報」附「騙財喪身」
巻五「全節得栄」―『触目警心』(8) 巻二「白玉圏」
巻六「覆水難収」―『宣講集要』巻七「崔氏逼嫁」、『宣講大全』「馬前覆水」、『宣講珠璣』巻三「馬前覆水」

今、これらの先行する案証と『宣講管窺』の文体を比較すると、歌唱を重視した文体に改編していることを見ることができる。

1．巻一「棄児存孤」

この案証は鄧春栄と妻楊氏が自分の生んだ二歳の子光後を棄て、弟嫁李氏の生んだ六歳の光前を連れて兵乱を逃れる美談である。光後は常大人に拾われて義子となり常山と改名するが、夢に神から詩によって稽山で貧者に施すよう告げられ、そこで父母と再会する。

『宣講集要』「稽山賞貧」の冒頭は次のように散文体で語り始める。

道光年、甘粛省稽山下、一人名鄧春栄、妻楊氏。春栄、弟兄二人。楊氏、妯娌和睦。不料弟早亡、弟媳身懐六甲、後生一子名光前。歳半時、弟媳得病、臨終将光前寄託楊氏。（道光年間、甘粛省の稽山のふもとに鄧春栄という者があり、妻は楊氏であった。春栄は兄弟二人で、楊氏は嫁同士仲が良かった。思わぬことに弟は早死にしたが、嫁は懐妊しており、後に一子光前が生まれた。だが半歳になると、嫁は病気になり、臨終に光前を楊氏に託した。）

これに対して『宣講管窺』「棄児存孤」は冒頭を十言句の歌唱（宣）で表現している（傍点部分は「稽山賞貧」の文字である）。

道光年、甘粛省、稽山以下。有姓鄧、二弟兄、過活一家。兄春栄、妻楊氏、賢孝可誇。弟春茂、妻李氏、性情也嘉。他一家、四口人、好聴善話。兄弟和、妯娌睦、各安生涯。這好人、也応該、福寿多加。誰知道、前生裏、没

好造化。弟春茂、少年亡、妻懐六甲。生一子、名光前、半歳小娃。他的娘、染重病、湯薬不下。満眼涙、叫「嫂嫂、細聴根芽。妹這病、不久裏、就帰黄沙。最可憐、光前児、那箇小児。六箇月、就離了、親生媽媽。（嫂嫂呀）你念起、弟兄們、恩重情大。把光前、全当你、親生娃娃。你把他、恩養到、成人長大。俺夫妻、在陰曹、感謝恩嘉。」（嫂嫂楊氏道）「楊氏女、聴妹言、珠涙交流。賢妹妹、保養病、不用生愁。……（道光年、甘粛省、稽山のもと。鄧という、兄弟が、同居していた。兄春栄、妻楊氏は、賢妻であり。弟春茂、妻李氏も、性格がよい。家族みな、四人とも、素直であった。兄弟と、嫁は仲良く、勤勉だった。善人は、本来は、幸福になるはず。誰知ろう、前世で、良いことをせず。弟は、早死にし、嫁は懐妊。子が生まれ、光前といい、半歳になる。母親は、重病で、薬も効かず。涙して、「お嫂さん、お願い聴いて。私は、もうすぐに、あの世に行くの。心配は、光前という、私のあの子。半歳で、別れるの、実の母に。（お嫂さん）言わずとも、兄弟は、大切な人。光前を、嫂さんの、子供にしてね。あの子をね、しっかりと、育ててほしい。夫婦とも、冥途にて、感謝をするわ。」（嫂楊氏言う）「私は、それ聴いて、涙を流す。あなたには、休んでほしい、心配せずに。」）

二つの叙述を比較すると、前者が簡潔であるのに対して、後者は詳細になっており、後者は歌唱形式を取ることによって、臨終に子供を嫂に託す弟嫁の悲しみの感情を豊かに表現し、嫂楊氏が弟嫁を慰める言葉も歌詞を用いて直接に表現することによって感情が込められ、聴衆を感動させる効果を奏している。

『宣講集要』「稽山賞貧」では、常山が実の親の存在を知って嘆き悲しむ言葉（十言二十四句）と、楊氏が光前の病死を悼み哀しむ言葉（十言二十二句）に歌唱を用いているだけであるが、『宣講管窺』「棄児存孤」では、前半部のストーリーや人物の言葉を歌唱によって表現しており、李氏が病死して楊氏が扶養し、楊氏が光前を出産して、乱世で光前を棄てて光後を育て、常山が神から稽山で貧者に施すよう告げられるところまでのストーリー（十言八十六句）、後半部の常山が実の親の存在を知って嘆く言葉（十言二十五句）、兵乱が収まって鄧春栄夫妻が帰郷し、光前が病死して埋葬するストーリー（十言十二句）、楊氏が光前の病死を悼み哀しむ言葉（十言二十一句）、常山が夫妻の慟哭を見て不思議に思う心情（十言四句）、常山と春栄が父子と認めあい、常山が光前の死を哀しむ言葉（十言十七句）、光前が復活して楊氏の代わりに死んだこと、親孝行のために復活したことを語り、世人に善行を勧める言葉（十言十四句）に歌唱を用いている。

なおこのように人物の言葉のほかにも、ストーリーにも歌唱を用いる案証は、すでに宣講書の先駆である『宣講集要』にも散見する。たとえば『宣講集要』巻二「孝避火災」は冒頭から十言句の歌詞で語り始める。

男婦們、休得要、鬧鬧嚷嚷。我今日、説一個、孝順児郎。論此人、抬轎子、不嫖不蕩。家雖貧、学古人、善事高堂。他哥哥、賦性蠢、不把母養。毎日間、只知在、茶館酒坊。張老三、他的名、可詢可訪。他的家、住在那、三渓場上。（皆様がた、お願いします、どうか静かに。本日は、お聴きください、孝行話を。この人は、かご担ぎ、仕事ひとすじ。貧乏で、古人をまねて、親に仕える。兄さんは、愚か者、母を世話せず。一日中、入り浸る、茶店や居酒屋。張老三と、名前を言えば、すぐに見つかる。その人の、家はあの、三渓場です。）

そしてさらにこの後に続く、孝行者の老三が自分は食べず母に食事をさせていたわる言葉や、老三が飢餓で倒れて客をかごから落とすが、老三の孝行に感動した客からもらった祝儀で母と食事をし、老三が就寝前に火事に気づいて町内から表彰されるストーリー、語り手が聴衆に孝行を勧める言葉、これらをすべて歌唱体によって語る。

「請老母、来吃飯、坐在席上。漫漫吃、児今日、又要下郷。」母説道、「我的児、要往那向。也来吃、走遠処、力方剛強。……」辞了母、打轎子、就把路上。抬至在、湯家坪、餓得心荒。……（「お母さん、ご飯です、ここに座って。召し上がれ、僕はまた、仕事に出ます。」母が言う、「わが息子、どこに行くの。食べなさい、遠ければ、力がいるから。……」別れ告げ、かご担ぎ、道に上る。湯家坪に、やってきて、おなかがすいた。）

このように人物の歌唱だけでなくストーリーまで歌唱で語る案証はこの時期には多くはないが、『宣講管窺』はこうした歌唱体の案証を継承したものと考えられる。

2．巻三「変蛇復讐」

『宣講集要』「化蛇報怨」では、「亳州城西門外五里、地名小鎮、一郜貢生、其家富豪、子孫強壮。家有悪徒数人、依主人之勢、欺騙郷鄰」（亳州〔安徽〕城西門外五里の小鎮というところの郜貢生は、家は富豪で、子孫は強壮、悪徒数人が主人の権勢を笠に着て村民をいじめていた）と始まり、郜家の騾馬に農作物を荒らされた陳老人が郜貢生を恨む言葉（七言二十八句）、郜貢生が陳老人に家僕の不躾をわびる言葉（七言六十二句）を歌唱で表現している。

これに対して『宣講管窺』「変蛇復讐」では、冒頭を宣「人在世上莫欺人、勿仗富貴圧郷鄰。若使仗勢結成仇、口不敢言怒在心。……」（七言十四句）（この世で人をいじめるな、富貴で村民抑えるな。権勢使えば仇を成し、口にせずとも怒ってる。……）で説き始めて主題を明示し、郜貢生が二子に教訓を垂れる言葉（十言二十四句）、陳老人が郜家の家僕に抗議し、郜家の家僕が反論する言葉（十言十三句）、家僕が郜貢生に訴えるという陳老人を殴って罵る言葉（十言十六句）、陳老人が臨終に際して棺職人に向かって蛇に変身して郜貢生に復讐すると語る言葉（十言十句）、それを聞いた郜貢生が家僕の狼藉を知って驚く言葉（十言七句）、郜貢生が陳老人に家僕の非礼をわび、陳老人が怒りを解く言葉（十言十七句）、郜貢生が家僕を叱る言葉（十言六句）、陳老人が吐き出した小蛇を見て郜貢生が驚き家僕に教訓する言葉（十言十六句）、これらをそれぞれ十言句で表現している。

両者を比較すると、『宣講集要』「化蛇報怨」が長篇の歌詞でまとめて人物の言葉を表現するのに対して、『宣講管窺』「変蛇復讐」は、ストーリーの展開に従って細かく短篇の詩歌を用いて人物の言葉を表現しており、後者の方が人物の感情を歌詞で表現し、物語を豊かにしていると言える。

3．巻四「嫂育遺孤」

『宣講彙編』「知恩報恩」では、冒頭は散文で単刀直入に「宋朝有一廖忠臣、自幼被父母驕養成性、成人不知孝順、専好結交匪類、父母屢戒不聴。」（宋朝の廖忠臣は、幼時から親に甘やかされたため、孝順を知らず、悪人と交際して、親が戒めても聴かなかった）とストーリーを説き始め、妻欧陽氏が孝順でない夫廖忠臣を諫める言葉（七言四十二句）、母が臨終に際して忠臣と欧陽氏に幼女閏娘を託す言葉（七言四十四句）、夫妻が母の死を悼む言葉（七言三十四句）、欧陽氏が小姑閏娘を可愛がるため娘秀女が嫉妬し、欧陽氏が秀女を叱咤する言葉（十言三十句）、閏娘が雷神廟で欧陽氏の復活を祈願する言葉（不定型句）を記載する。

これに対して『宣講管窺』「嫂育遺孤」では、冒頭に散文体で、「今世嫁女者、聴説婆家有小姑小叔、就憂愁了。為嫂嫂者、亦深厭悪小姑小叔。……我将這姑嫂甚親一案、講来請聴。」（今の時代は娘を嫁に出すのに、家に小姑がいると聴くと、心配をする。嫂も小姑を嫌うのである。……私はこの小姑と嫂の仲が良い話をするので、聴いてください）と、嫂と小姑小叔との和睦が主題であることを明示し、主人公の嫂欧陽氏が教訓書『女児語』(9)を読んで女子の心得を小姑と娘に教える場面を設定し、姑が臨終に際して嫂に小姑を託す言葉（十言二十六句）、欧陽氏が姑の死を悼む言葉（十言十句）、欧陽氏が小姑閏娘を可愛がるので娘が不平を述べる言葉（十言四句）、欧陽氏が娘を教訓する言葉（十言十四句）、閏娘が隣人に欧陽氏の賢明さを称える言葉（十言十二句）、閏娘が欧陽氏の死を悼む言葉（十言十句）を記載しており、『宣講彙編』「知恩報恩」より多く歌唱の場面を設定している。

4．巻四「石洞翰林」

昔、涪州（四川）の李毓霊の後妻陸氏は残酷な性格で、財物を盗んで実家に送っていたことを前妻の子正江に知られることを恐れて、毓霊に讒言し、正江に罪を被せる。正江は叔父毓秀から銀四十両を借りて毓霊に返す。毓秀は正江を科挙受験のため上京させるが、正江は途中で盗賊に遭い、安岳県の洞中に住む。そこに王正文の嫁張秀英が姑刁氏に虐待され家を追い出されて来る。正江は秀英を家に送り届けるが、刁氏は子其賢に離縁状を書かせて、秀英を正江に保護させる。正江は科挙に及第して翰林を授かる。

『福海無辺』「翰林硐」は、「従来大器自天生、不受琢磨名不成。……」（七言四句）（本来大器は天生で、琢磨せずには名は成らず）で表現される主題を散文で説明した後、この案証を語る。そして毓霊が正江が銀四十両を盗んだと誤解して罵る言葉（十言二十二句）、刁氏が張秀英を虐待して罵る言葉（七言三十二句）、秀英が洞内で自分の命運を悲しむ言葉（十言五十六句）、正江が秀英を保護して衆人に身分を語る言葉（七言四十四句）、刁氏が翰林夫人になった秀英を見て後悔する言葉（七言四十句）を歌唱で表現している。

これに対して『宣講管窺』「石洞翰林」の歌唱は多く、陸氏が正江を讒言する言葉（七言八句）、正江が深慮して父にわびる言葉（七言八句）、陸氏が正江の婚姻をわざと遅らせる言葉（十言二句）、陸氏が銀四十両を正江が盗んだと讒言する言葉（十言八句）、毓霊が誤解して正江を罵る言葉（十言十六句）、正江が事情を話して毓秀から銀四十両を借り、毓秀が正江に帰宅せず上京して科挙を受験するよう勧める言葉と、正江が上京する途中で盗賊に遭うストーリー（十言二十二句）、刁氏が秀英を虐待して罵り、正文をも罵る言葉（七言二十句）、秀英が泣きながら岩洞に至り、洞中で拙い運命を嘆く言葉（十言四十四句）、正江が秀英に事情を尋ねて、秀英が泣いて事情を語る言葉（七言十四句）、正江が秀英を家まで送ると、刁氏が激しく応酬し、其賢に秀英を離縁させる言葉（七言十八句）、正江が衆人に対して身分を明かす言葉（十言三十句）、衆人が正江に秀英との結婚を勧める言葉（十言六句）、秀英の夢の中で城隍が文廟で正江の状元及第を報告する言葉（十言八句）、秀英が正江に身分を尋ね、秀才だろうと言う言葉（七言八句）、秀英が受験の旅費を借りると言う言葉（十言二句）、陸氏が正江の出世を見て後悔するが悪業によって病死し、秀英が乞食になった刁氏を見て驚くストーリーと、刁氏が悪行を悔いる言葉（七言五十句）を歌唱形式で表現している。

ちなみに陸氏が正江を讒言する言葉は『宣講管窺』では以下のごとく歌唱形式に改編されている。

夫君夫君你聴講。可恨児子叫正江。看他人小心不小。他叫為妻後婆娘。日毎偸銭偸物件。背着你下賭博場。（あなた、あなたお聴きなさい。憎き息子の正江は。小さいながら大胆で。私を後妻と呼び捨てて。毎日金や物盗み。こっそり通うは賭博場。）

なお『福海無辺』「翰林硐」では、「夫君呀。你看正江頼務正行不以我為母、反叫後婆娘偸去銭与物拿去進賭場。」（あなた。正江はまじめなふりをして、私を母と思わず後妻と呼んで、金や物を盗んでは賭博場に通っているのよ。）と散文表記している。

5．巻五「喫菜状元」

『緩歩雲梯集』「苦菜状元」では、まず「救人急難、莫大陰功。……」（四言二十句）（人助けに勝る陰徳はなし。……）と主題を明示する。明正徳二年（一五〇七）、江西吉水県の費翁は文昌帝君に貧窮の原因を尋ねると、夢で帝君に金章「世上富貴功名、予賜毋得濫償。……」（六言二十四句）（この世の富貴功名は、決して無駄にせぬように。……）を告げられて、善行を全うしていないことを指摘される。費翁は夫の公金返済のため身売りを強要されて河に身投げしようとする若い婦人の言葉（七言十四句）を聞き、船客が同情しないので、自ら教師の年俸十三両を与えて救う。帰宅して妻に食事を求めるが米が無く、事情を告げると妻も理解して苦菜を勧め、神が「今年吃苦菜、明年産状元」（今年は苦菜を食べ、明年は状元を生む）と告げて出世を予言する。

これに対して『宣講管窺』「喫菜状元」は、歌唱による表現が突出しており、善行を勧める宣「世上善事本多端、一生行善行不完。……」（七言六句）（この世に善行多くあり、一生かけても終わらない。……）から説き始めて、人名を

「敍翁」に変え、文昌帝君の「金章」は述べず、直ちに身投げする婦人と敍翁の会話（十言二十六句）に入り、敍翁が同乗の船客に援助を求めるが（十言八句）、冷淡な船客に拒絶され（十言十八句）、年俸十三両を与えて婦人を救い、帰宅して妻に食事を求めると、妻は米が無いと答え（十言十六句）、事情を告げると妻は苦菜を勧める（十言四句）。「喫菜状元」ではさらにこの後、無頼の甥が敍翁の行為を嘲ったため（十言二十四句）、敍翁が反論し（十言三十五句）、隣家の元福が敍翁を尊敬して塾教師として雇い（十言十二句）、甥は殺人を犯して後悔する（十言十九句）場面を述べており、『聖諭六訓』「各安生理」の案証にふさわしい構成をしている。

6．巻五「救婦得寿」

『宣講醒世編』「徳孽異報」では、『太上感応篇』を引いて、「太上曰、『禍福無門、惟人自召。善悪之報、如影随形。』」（太上は言う、「禍福に門無く、人が招く。善悪の報は、影のごとく形に随う」と）より説き始め、豚を売って偽金を受け取り入水自殺する婦人を救った徽州の王志仁が災禍を免れ、豚を買って偽金を渡し婦人を自殺に追いやった商人が災禍を受ける案証を述べる。話中に、人相占いの劉術士が王志仁に災禍を受けると警告する言葉（十言二十句）、婦人が王志仁に苦衷を語る言葉（十言二十句）、王志仁が相部屋の商人に婦人を救った話をし、善報悪報を信じない商人をたしなめる言葉（十言三十六句）、報恩に訪れた夫婦と王志仁の会話（十言十六句）を設定している。

これに対して『宣講管窺』「救婦得寿」では、宣「救得一命還一命、救人人救循環同。……」（七言八句）（一命救えば一命もどり、救えば救われ循環する。……）で主題を説き、異なるストーリーを構成し、歌唱による表現を多用している。すなわち徽州の王志仁は身投げする婦人を救うが、婦人の夫が信じず、ともに旅館に赴いて礼を言いに来たため、誤解が解けて王志仁は災禍を免れるとし、旅館で相部屋になる商人は登場しない。そして叙述の途中に、婦人が王志仁に身投げした事情を語る言葉（十言十六句）、王志仁が婦人に銀を与えて慰める言葉（十言十四句）、夫が婦人の話を信じず婦人と口論する場面（十言十一句、十言九句、十言五句）、夫婦が王志仁を尋ねて応酬する言葉（七言十二句、十言十八句、十言十句）、相士が王志仁の無事帰還を見て驚き、王志仁が相士に事情を説明する言葉（十言十四句）を設定しており、歌唱の場面を増設している。

なお『宣講醒世編』「徳孽異報」では西南官話を用いているが、『宣講管窺』「救婦得寿」ではそれらを別の言葉で表現している。

我丈夫、是農夫、為人耕田。累年裏、欠課租、不能帰還。無奈何、餧箇猪、仗此還欠。前日裏、夫売猪、価銀四両。我拿這、四両銀、売到街前。他一秤、変成了、四両二銭。這是他、操歹心、将銀頂換。我把這、仮銀両、拿回家園。……（わが夫、農民で、小作で生きる。毎年の、税金を、払いもできず。仕方なく、豚を飼い、返す算段。この間、豚を売り、値段は四両。私は、四両持ち、街へ行った。両替商、秤に掛け、四両二銭。この男、不埒にも、偽金にした。私は、これを持ち、家に帰ると。……）

ちなみに『宣講醒世編』「徳孽異報」は以下のごとくである。

我丈夫、荘農人、名喚張左、住在那、七里舗、家甚淡泊。因短欠、地租銭、頻来討索。最可嘆、貧寒人、無可奈何。我家中、有口猪、情甘出脱。償還了、地租銭、免受嚷唆。我丈夫、未在家、将猪売妥。不料想、受誆騙、有口難説。用仮銀、買去猪、客已走脱。你想想、這件事、怎様煞擱。……（わが夫、農民で、名前は張左。七里舗に、住んでいて、至って貧乏。税金を、払えずに、厳しい取り立て。憐れだが、貧乏人、どうにもしがたし。家の中、飼う豚を、やむなく殺し。税金を、返したら、取り立てもなし。わが夫、家にいず、豚を売った。どうしてか、だまされて、抗弁できず。偽金で、豚を買い、客は逃げた。考えて、このことは、どう処理すれば。……）

7．巻五「全節得栄」

山東済南府撫州の馮開順は娘桂英の許婚沈歩雲を引き取って読書させる。歩雲は桂英と結婚し、家宝の白玉圏を桂英に預ける。だがいとこ方応奎が桂英に恋慕して家僕劉二の奸計を用いて王小二に歩雲の殺害を命じるが、小二が誤って劉二を殺害したため歩雲を誣告し、州太守陳太爺は歩雲を死罪とする。桂英は投身自殺を図って漁師に救われ、白玉圏を売ると陳状元がそれを見て桂英と認める。陳状元は歩雲であり、実は撫州の陳太爺に救われて養子になり、状元に及第していた。劉二を殺害した小二は劉二の霊魂が憑依して罪を自供する。

『触目警心』「白玉圏」では、「天眼恢恢在上、疎而不漏毫分。……」（六言四句）の格言で主題を導き、応奎が陳太爺に歩雲を訴える言葉（七言十二句）、歩雲が無実を訴える言葉（七言十句）、桂英が獄中に歩雲を見舞って嘆く言葉（十言二十六句）、歩雲が桂英との別れを告げる言葉（十言三十六句）、桂英が歩雲に再婚はしないと誓う言葉（十言十句）、歩雲が刑部尚書の叔父羅善に救いを求めた書信の言葉（七言八句）、桂英が歩雲の刑死を聞いて悲しむ言葉（十言十六句）、桂英が応奎との結婚話を聞いて嘆く言葉（十言二十句）、桂英が投身自殺する前に血書した遺言（十言二十六句）、方氏が桂英の死を嘆く言葉（七言五十二句）、桂英が状元を歩雲と認めて泣き出す言葉（十言十八句）、歩雲も悲しんで泣く言葉（十言十六句）、歩雲が羅善に処刑される陳太爺を見て弁明する言葉（七言十八句）を「歌」で表現する。

これに対して『宣講管窺』「全節得栄」では、宣「天憑日月人憑心。若無良心怎算人。……」（七言八句）で主題を提示し、開順が婿歩雲を引き取って、二人が喜びあう言葉（十言八句）、家僕が応奎に奸計を授ける言葉（十言七句）、家僕が再度奸計を授ける言葉（十言六句）、応奎が歩雲を訴え、歩雲が弁明する言葉（十言十四句）、桂英が歩雲を見舞って嘆き、歩雲が桂英に別れを告げると、桂英が再婚はしないと誓い、方氏が歩雲に救済策を考えよと提言する言葉（十言十四句、十七句、六句）、桂英が歩雲の刑死を聞いて悲しむ言葉（十言十二句）、桂英が応奎との結婚話を聞いて嘆く言葉（十言四句）、桂英が投身自殺する前に書いた血書（十言十一句）、方氏が桂英の死を知って嘆く言葉（七言十八句）、桂英が状元を歩雲と認めて泣き出し、歩雲も泣く言葉（十言二十六句）、歩雲が羅善に陳太爺の弁護をする言葉（七言十句）、小二に劉二の霊が憑依して罪を自供する言葉（十言六句）を歌唱で表現している。

8．巻六「覆水難収」

『宣講集要』「崔氏逼嫁」では、朱買臣は妻崔氏が不運の星に生まれたため家が焼けて寒窯に住み、薪を切って読書に励む。贅沢を好む崔氏は隣人に再婚を相談するが（十言十一句）、隣人に嘲笑され、帰宅した朱買臣にも諭される（十言三句）。買臣は占い師に将来出世すると予言されことを告げるが（十言四句）、崔氏は買臣を罵って離縁を求めたため（十言七句）、買臣も仕方なく離縁状を書き（十言七句）、仲人が来て張石工を金持ちとして紹介し（十言二句）、崔氏は買臣に結納金を渡す（十言六句）。崔氏は石工が死亡して窮迫し、買臣の侍女にかしずかれて神に衣装を脱がされる悪夢を見る（十言四句）。崔氏は太守に出世した買臣の前で前夫に売られたと訴え、買臣に覆水を元に返せば許すと言われるが、元に返せず後悔し（十言二十一句）、遂に自害する。

『宣講大全』（あるいは『宣講珠璣』）「馬前覆水」では、買臣は占い師に出世すると予言されるが、衆人は信じず嘲笑し、妻崔氏は買臣が五十歳で出世すると言った占い師の予言を信じず、買臣と口論して（十言十四句、十言十八句、十言十句、十言十二句、十言十句）、離縁を求め、無頼趙耿に嫁ぐが、家産を失って乞食をし、会稽太守に出世した買臣の前で事情を話すが（十言二十句）、太守は前夫の買臣だと告げ（十言四句）、崔氏はわびるが（十言四句）、買臣は覆水盆に返らずと告げ（十言十句）、崔氏は後悔して（七言十六句）、自害する。

これに対して『宣講管窺』「覆水難収」では、冒頭に宣「奉勧婦人事丈夫、与他同甘並同苦。……」（七言十二句）で主題を明示する点が大きく異なる。ストーリーはいささか異なるが、歌唱によって人物の言語を表現する点は先行案証と同じである。

買臣は芝売りをして少年に嘲笑されたため、恥じた妻が買臣に芝売りを戒めて買臣と口論し（十言四句、十言四句、十言二句、十言四句、十言六句、十言十句、十言九句、十言六句、十言六句）、買臣のもとを去ったため、買臣は嘆息する（五言四句）。崔氏は後に会稽太守となった買臣のために道路清掃する夫に食事を運んで買臣と再会し、買臣に再婚を皮肉られ（十言六句）、買臣にわびて側室に迎えてほしいと懇願するが（十言十一句）、買臣は覆水盆に返らずと答え（十言八句）、妻は恥じてその場を去り、買臣は皆の前で崔氏の破廉恥をそしり、崔氏は恥じて自害する（十言八句、十言五句）。

なお朱買臣が妻に意趣返しをしたという伝説は後に生まれたと思われる。『漢書』巻六十四上「朱買臣」伝には、「朱買臣は家が貧しく読書を好み、常に薪を売って生活し、薪を担って読書していた。妻が随行して買臣に謳歌をやめるよう求めたが、買臣はやめず、恥じた妻が離縁を求めた」とあり、妻が隣人から嘲笑されることはない。また『漢書』には「買臣は『私は五十歳で富貴になる。今四十歳余だから少し待て』と言ったが、妻は怒って『あなたは溝で餓死するでしょう』と言ったので離縁した」とあり、買臣が自ら将来を予知していることから、後に占い師が買臣の将来を予言したという伝説が生まれたと思われる。『漢書』ではまた、「妻はその後、再婚先の夫とともに買臣の飢寒を見て食事を与えた。……会稽太守となった買臣は前妻と夫が道路を補修しているのを見て、太守の館の庭園に住まわせたが、一月後に妻は縊死した。買臣は夫に埋葬させ、ほかに恩を受けた者にも恩返しをした」とある。

朱買臣字翁子、呉人也。家貧、好読書、不治産業、常艾薪樵、売以給食、担束薪、行且誦書。其妻亦負戴相随、数止買臣毋歌嘔道中。買臣愈益疾歌、妻羞之、求去。買臣笑曰、「我年五十当富貴、今已四十余矣。女苦日久、待我富貴報女功。」妻恚怒曰、「如公等、終餓死溝中耳、何能富貴。」買臣不能留、即聴去。其後、買臣独行歌道中、負薪墓間。故妻与夫家倶上冢、見買臣饑寒、呼飯飲之。……会稽聞太守且至、発民除道、県吏並送迎、車百余乘。入呉界、見其故妻、妻夫治道。買臣駐車、呼令後車載其夫妻、到太守舍、置園中、給食之。居一月、妻自経死、買臣乞其夫銭、令葬。悉召見故人与飲食諸嘗有恩者、皆報復焉。

四　創作案証の文体

このように『宣講管窺』は伝統案証を改編し、人物の言語のみならず、時にはストーリーも歌唱で表現するという特色を持つ案証を新に創出している。この特色は伝統案証のほか、創作案証にも現れている。特に冒頭から「宣」（歌唱）で開始する案証には、巻一「大孝格天」「越関尋父」「棄児存孤」「化婦成孝」「逆子速報」、巻二「仁讓奉兄」「化夫愛弟」「仗義全託」、巻三「天臘忍辱」「変蛇復讐」「兄弟争訟」、巻四「善行格天」「嬌養貽害」「孀貧励子」「耐貧教子」「賢母誡女」「作孽惨報」、巻五「吃菜状元」「救婦得寿」「三還登科」「吉神護身」「全節得栄」、巻六「質妹娶妹」「黄女改婚」「覆水難収」などがある。これらはすべてがストーリーを歌唱で語るわけではないが、人物の歌唱場面に重点を置いている。例を挙げれば以下のごとくである。

1．巻一「逆子速報」

親不孝な趙午が飢饉で逃亡する途中、母親を木に吊し口を土で塞いで殺害しようとするが妻王氏が救う。趙午は虎に食われて命を落とし、その霊魂が妻に憑依して自分が天罰を受けたことを明かす。この案証では冒頭に七言四句の歌唱で主題（孝順父母）を示し、歌唱でストーリーを語っていく。

宣「父母本是一家神、時時恭敬当尽心。若有一時不孝敬、得罪上神災禍深。此話人子如不信、講箇逆子害母親。康熙皇帝掌乾坤、壬癸両年天降祲。西安渭南有一人、姓趙名午真愚蠢。……衆聴説、虎噬人、斉来追趕。虎跑後、

都来到、婆媳面前。問死這、他是誰、来由細言。……不多時、趙午的、真魂忽顕。他言説、我趙午、是忤逆男。上天爺、因忤逆、命虎来餐。……」（父母はもともと一家の神、いつも世話には心を尽くす。もし片時でも不孝であれば、神を怒らせ災禍を受ける。このこと信じないならば、母親殺しの話をしよう。康熙皇帝即位され、壬癸の両年災禍降る。西安渭南に一人あり、趙午という名の愚か者。……人は皆、人食い虎を、追いかけた。虎は逃げ、皆は来た、姑嫁の目前に。この死者は、誰だと問えば、子細言う。……まもなくし、趙午の魂、現れた。彼は言う、私趙午は、不孝者。そのために、神様が、虎に食わせた。……）

2．巻三「天臘忍辱」

宣「自従世人好剛強、多遭煩悩与禍殃。……」（七言二十二句）（世人が剛強好むから、煩悩災禍が待っている。……）によって主題（和睦郷里）を説き始め、ストーリーも十言の宣「江南省、淮安府、中有一人。他姓強、名叫富、謹慎小心。平日裏、在郷間、謙恭和平。衆親族、都称他、忠厚不吝。最軟弱、不惹気、不得罪人。像這様、到可以、不惹事因。……」（江南省、淮安府に、ある人がいた。姓は強、名は富といい、まじめな人物。平生は、村中で、至って穏健。親戚は、彼を褒め、おおらかだと言う。柔軟で、抗わず、怒らせもせず。こうすれば、問題も、起こるはずなし。……）によって語られる。

淮安の強富は柔和な人格で、元旦に無頼に罵られるがかまわず（十言十五句）、家人はそれに抗議すべきだと主張するが（十言十四句）、忍耐すべきだと反論し（十言十二句）、無頼がますます罵り（十言十句）、家人が忍耐できなくなると、「忍譲歌」を歌って聴かせる（長短句）。これに対して樊猛は家人の諫めを聴かず（十言十四句）、罵った酔っぱらいを殺し投獄されて後悔する（十言十五句）。神は強富の夢に現れて寿命を延ばすと告げる（十言八句）。

3．巻四「作孽惨報」

人を誹謗中傷して平気な施八者という者が娘の教育も失敗し、その夫が賭博で家産を蕩尽し、自分も乞食をして惨死する。宣「昔宋朝、江西省、贛県一人。他姓施、名八者、家富千金。性刻薄、説人短、不信善人。他二弟、施九牧、忠厚存心。屢勧兄、説正話、他不聴信。……」（昔宋朝、江西省、贛県の人。姓は施で、名は八者、家は金持ち。けちくさく、悪口をいい、善人信じず。その次弟、施九牧は、穏健な人。兄諫め、説得するも、兄聴かず。……）によってストーリーを説き始め、八者が乞食を追放する言葉（七言六句）、下女が八者から給金をもらえず泣く言葉と、衆人が八者を非難する言葉、八者の娘が無教養な振る舞いをし、豪奢な嫁入り道具にも不満を言うが、七牧の娘の嫁入り道具は質素であったというストーリー、八者の娘がそれを見て訳を尋ねる言葉（以上十言六十五句）、衆人が豪奢な嫁入り道具を見て批評し、乞食婆が自分も豪奢な嫁入り道具であったが夫が家産を蕩尽したと告白する言葉（十言三十五句）、八者の娘が舅姑に従わず、舅姑が怒る言葉（十言十三句）など、大部分を歌唱で表現している。

4・巻五「贈嚢巧報」

塩商査士謙の娘が雨宿りすると、貧家の娘曹氏が貧家に嫁ぐことを悲しんで泣いている（十言六句）。査氏は嫁入り道具の多少を論じてはいけないと戒めるが（十言十四句）、曹氏が貧窮を悲しんでいると答えたため（十言十一句）、同情して嚢銀二十両を贈ると（十言八句）、曹氏は感激して礼を言う（十言八句）。この後のストーリーも歌唱で表現される。曹氏は姓名を尋ねるまもなく慌ただしく別れる（「想一想、把恩人、姓名細問。未開口、面前来、轎夫四人。」……）。曹氏の夫はその金を資金にして富豪となり報恩を考える（「他夫妻、日夜間、常想報恩。買田地、必両荘、屋必両所。」……）。曹氏に一子が生まれると、雇った乳母が荷嚢を見つけて自分のものと言ったため、曹氏夫妻は乳母夫婦を拝して、準備した田畑を贈る。冒頭には「宣」は無いが、末尾は勧善の宣「衆婦女、你們都、細聴我勧。各回家、存好心、広行方便。行善事、善報応、就在眼前。」（女性たち、聴くがいい、私の戒め。帰宅して、心がけて、良いことしなさい。そうすれば、善い報い、すぐに見られる）で結ぶ。

五　物語文学の改編

通俗性の強化の一環として、以下のごとくポピュラーな物語文学を案証に改編している。

1．巻一「孝女蔵児」―『初刻拍案驚奇』巻三十八「占家財狠婿妬姪　延親脈孝女蔵児」

元代、東平府の員外劉従善の娘婿張郎は財産の独占を図り、姑李氏を唆して甥引孫を追放させる。娘招姐は張郎の陰謀を知って、懐妊した侍女小梅を東荘に匿い、従善は引孫に墓守をさせて避難させ、清明節に墓参りをした折に李氏に道理を説いて引孫を家に迎えさせる。招姐は小梅母子を家に迎え、従善は財産を娘、甥、子に等しく分与する。物語は『散家財天賜老生児』雑劇に由来する。雑劇では娘の名を引張とし、小説では引姐とする。

『宣講管窺』「孝女蔵児」では、張郎が李氏に引孫を讒言する言葉（十言七句）、張郎が招姐に心中を吐露する言葉（十言九句）、招姐が張郎の陰謀を知って侍女小梅に東荘に隠れるよう勧める言葉（十言四十二句）、招姐が張郎・李氏に小梅が逃亡したと欺き、張郎・李氏が喜んで従善に報告し、従善が後継者が無くなったことを嘆いて財産を人々に喜捨する言葉（十言十四句）、従善が遅れて来た引孫をわざと李氏の前で叱る言葉（十言八句）、従善が皆が四散して後に引孫を慰める言葉（十言十一句）、従善が清明節に引孫が墓参りし張郎が墓参りしないのを李氏に示して、張家の後継がいないことを悲しむ言葉（十言十三句）、従善が李氏に引孫こそが劉氏の後継だと明言する言葉（十言九句）、招姐が小梅母子を示して従善に劉家の後継が誰かを認識させる言葉（十言十八句）、従善が財産を三分する決意を示す言葉（十言五句）を歌唱で表現する。

2．巻二「鬼断家私」―『喩世明言』巻十「滕大尹鬼断家私」

明永楽年間、順天府香河県の太守倪守謙は妻陳氏との間に長子善継があり、側室梅氏との間に善述があったが、善継は善述を守謙の子ではないと侮辱する。守謙は遺産として梅氏に画軸を分与し、清廉な官吏滕大尹に鑑定させる。

「明朝永楽年間、順天香河県、有箇倪太守、名守謙、配陳氏、家累千金、肥田美宅。生一子、名善継。」（明朝永楽年間、順天香河県の倪太守、名は守謙は、妻は陳氏、家には金銭や肥田美宅があり、善継という一子があった）と、散文体で語り始め、善継が倪太守の妾梅氏の子善述を倪太守の子のはずがないと陰口する言葉（十言五句）、倪太守が臨終に際して善継に梅氏母子を託す言葉（十言十六句）、守謙が梅氏に画軸を渡して公正な官吏に解読を依頼せよと遺言する言葉（十言二十句）、梅氏が悲観して泣く言葉（十言十九句）、善継が善述を罵る言葉（十言七句）、滕大尹が画軸を点検する場面（十言二十四句）、滕大尹が一族の前で守謙と話すふりをする言葉（十言九句）、滕大尹が小屋に銀五罈が埋蔵されていると言う言葉（十言二十六句）を歌唱で表現している。

先行する案証に『宣講珠璣』巻一「鬼断家私」、『宣講大全』「鬼断家私」がある。なお『緩歩雲梯集』巻一「画裡蔵金」も内容が同じであるが、地名を貴陽、人名を倪天佑とするなど変更が多く、後出の案証と言える。

3．巻二「紫荊重栄」―『醒世恒言』巻二「三孝廉譲産立高名」

昔、京兆府の田真・田慶・田広兄弟があり、田広の妻季氏がおろかで分家を主張するが、紫荊の木を切って分けようとすると枯れたので三兄弟は泣き出して分家をやめ、田広は妻を罵る。竈の神が季氏の実家の嫂に憑依して季氏の命を奪うと告げる。

宣「兄弟本是手足情、如何彼此両分清。……」（七言二十句）（兄弟は手足のようなもの、どうして二つに分けられよう。……）

に始まり、田真が妻に忍耐の重要さを説き、妻が同意する言葉（十言三十句）、田慶が妻に三綱五常を説く言葉（十言二十句）、田慶が妻の道を説く言葉（十言二十三句）、田広の妻が夫に分家を説く言葉（十言十四句）、田広が二兄に分家を求め、二兄が反対する言葉（十言十八句）、田真が紫荊の木の三分を主張する言葉（十言七句）、三兄弟が枯れた紫荊を見て泣く言葉（十言十五句）、田広が妻を罵る言葉（十言六句）、竈の神が嫂に憑依して田広の妻を罵る言葉（十言六句）を歌唱で表現している。

4．巻六「騙人害己」――『喩世明言』巻二「陳御史巧勘金釵鈿」

江西贛州府石城県の魯学曾は顧僉事の娘阿秀と婚約していたが、父の死後貧窮したため、顧僉事は婚約破棄を考える。阿秀は従わず、密かに学曾に結納の金を贈ろうとする。学曾はいとこ梁尚賢に衣服を借りに行くが、尚賢は事情を聞いて学曾になりすまして阿秀と夫婦のちぎりを結ぶ。御史陳濂は行商に扮して事件を調査し、尚賢の犯行の証拠を集め、阿秀の霊魂は尚賢の妻田氏に憑依して尚賢の犯行を証言する。阿秀は学曾の夢に現れて、来世の夫婦を約束する。

5．巻六「打無義郎」――『喩世明言』巻二十七「金玉奴棒打薄情郎」

宋、紹興年間、杭州の乞食頭の金老大には娘玉奴がおり、乞食頭を金癩子に譲って、鄰翁の紹介で莫秀才を婿にする。だが金癩子が婚礼に招かれなかったため暴れて、乞食頭である身分が公になる。莫稽は無為軍司戸に就任するが、結婚を後悔して宋石江で船から玉奴を河に突き落とす。玉奴は莫稽の上司である淮西転運使許徳厚に救われて養女となり、夫人が玉奴に事情を話して和睦させる。

六　結び

清末の聖諭宣講では卑近な因果応報説話（案証）を人物が歌唱によって心情を吐露し（宣）、語り手が通俗的な言葉で講説した（講）。それ故に宣講と言えば聖諭を宣講するという意味より案証を宣講するという意味に変移した。『宣講管窺』六巻は『宣講集要』よりも遅れて編集されており、さらに通俗性を増して、案証の冒頭から十言句の歌唱で語り始めて主題を明示し、人物の言葉のみならず、ストーリーまでも歌唱形式で表現して感動を聴衆に伝達する方式を用いるようになった。もともと通俗的な聖諭宣講は四川を中心とした地域で行われており、『宣講集要』十五巻を先駆とし、四川の案証が最も多く収録されているし、四川の方言である西南官話で語られているが、その後、各地に伝播したと思われ、北方では河南淮陽で『宣講拾遺』が編集され、洛陽で『宣講管窺』が編集された。北方の宣講書には西南官話の特徴は顕れていないが、通俗的な性格を増して民衆により親しまれる歌唱形式が展開していったものと考えられる。また通俗性を強化するためにポピュラーな物語文学を案証の形式に改編することも行われていったと思われる。

注

（1）河南省図書館蔵。早稲田大学図書館風陵文庫に翻刻本を蔵する。民国二十四年、謙記商務印刷所代印。経理陳希黄の附誌に、「此書原板存洛陽。協和万民国二十四年九月承李毅成先生囑為翻印。係其封翁彌留之際所遺囑也。……」と言う。

（2）十五巻首一巻。咸豊二年（一八五二）序刊本、存四冊（巻首、巻一、巻三、巻八、巻九、巻十、巻十一、巻十三、巻十五）、

国立中央図書館台湾分館蔵。なお光緒刊本の巻五、巻十四にはそれ以後の案証も掲載している。
（3）四巻。光緒三十四年（一九〇八）経元書室復刊。
（4）一巻。六十二篇。光緒三十四年（一九〇八）序。民国二十六年（一九四七）上海鴻文書局編印。
（5）四巻。同治二年（一八六三）復刊。
（6）四巻。二十六篇。民国二年石印。
（7）六巻。宣統元年（一九〇九）石印、営口〔県〕成文厚蔵版。光緒戊申（三十四年、一九〇八）の楊占春芳圃の序文によれば、原板は奉天省錦州城西虹螺県鎮の堅善講堂にあり、主管の楊子僑が編集したものであるが、原板が摩耗したので営口の宣講堂で数案を加えて再版したと言う。
（8）五巻。光緒十九年（一八九三）、沙市（湖北）善成堂蔵版。
（9）明呂得勝『女小児語』。清陳宏謀『教女遺規』中巻収。

第五節　「聖諭」を注記した『緩歩雲梯集』四巻

一　はじめに

『緩歩雲梯集』四巻は四川で編集され、清同治二年（一八六三）に復刻された宣講書である。[1]代表的な宣講書である『宣講集要』（咸豊二年、一八五二）十五巻首一巻よりも遅れるが、『宣講拾遺』六巻（同治十一年、一八七二）よりも早く刊行されているという点で、資料的に価値の高いテキストである。使用言語および案証の発生地域から見て原書が編纂された地域は四川省である。『宣講集要』が「聖諭十六条」によって案証を十四巻に分けて掲載し、『宣講拾遺』が「聖諭六訓」によって案証を六巻に分けて掲載するのに対して、本書は「宣講聖諭規則」を掲載せず、案証だけを掲載した簡易本の宣講書であるが、宣講人あるいは読者がわかりやすいように、聖諭や善悪応報の主旨を注記しているところに特徴がある。こうした簡易本の宣講書が『宣講拾遺』よりも早く出現していたことは意外なことであり、本節では本書の特徴について論じてみたい。

二　聖諭による編集

本書には宣講人と見られる龍渓[2]の羅永儀の原序がある。それによれば、永儀は宣講が教化に有益であることに鑑みて、「聖諭二十二条」（「聖諭六訓」と「聖諭十六条」）の主旨に基づいて、新しい因果応報故事を採集し、鄧吉堂なる人物の勧めに従って、庶民が聴いて理解できるように俗語を用いて八十一篇の案証を編集したと言う。また書名はもと『孽鏡台』という懲悪を主旨とする名であったが、関聖帝君の命名によって、(3)『緩歩雲梯集』という勧善を主旨とする名に改めている。

殊人心趨下、風俗益漓。……於是採集善悪報応、以発明「二十二条」旨意。是書一出、時見聴悪報則逸志創懲、聴善報則善心勃発。……近年宣講大興、儀附驥尾而遍城郷已数百処矣。見夫世間男女、大都楽聴善悪報応、而其情恒厭故喜新。因欲仮東施之效、手成一書、蔵之家。……儀曰、「余何人哉。敢以俗言俗語為世勧哉。」吉堂曰、「此書専為俗人勧。対俗人而談俗話、不欲俗而不得耳。」儀因吉堂諄囑、始勉成八十一案。……其書私先取名曰、『孽鏡台』。茲之題箋為『緩歩雲梯集』者、乃関聖帝君命名也。……龍渓羅永儀自記。(とりわけ人心は低いところへ向かい、風俗はますます浮わつく。……そこで善悪の因果応報話を採集し、「聖諭二十二条」の主旨を明らかにした。この書が刊行され、悪報の話を聴くと、逸楽の気持ちが懲らしめられ、善報の話を聴くと、善心がわき起こる。……近頃、宣講が盛行しており、私も驥尾に付して城郷の数百カ所を回っていて、世間の男女はおおむね善悪応報の話を聴くのが好きだが、古い話に厭きて新しい話を喜ぶのを見た。そこで顰みに倣ってテキストを作って家にしまっていた。……私が「俗言俗語で世間に善を勧めるのはどうであろうか」と問うと、吉堂は「この書はもっぱら俗人に善を勧めるのであり、俗人に対しては俗語を語るものであり、俗でなかろうとしてもできないのである」と応えた。私は吉堂に頼まれて何とか八十一案を完成した。……私は最初『孽鏡台』と名づけた。いま題箋に『緩歩雲梯集』とあるのは、関聖帝君が命名されたものである。龍渓の羅永儀自ら記す。)

本書にはまた篠塘(4)の候選教職であった王紹棻の序文(同治二年)があり、当時は宣講書が流行していて、紹棻は妹婿の黄海雲が厳陵(5)で入手した原書の復刻に当たって序文の執筆を委託されたと述べている。

乃近世勧善書出、幾於充棟汗牛、類多神道立言、競信仙乩降筆、雖亦情諄援溺、意切指迷。……今春正、妹倩黄

海雲過我謂、「有『緩歩雲梯集』、詞意浅顕、案証詳明、視之他種善書、尤為宝筏慈航、真堪度人済世。惜但見之於厳陵寄寓、而未荷求得其原板。因是醵金同志、従新依様鐫成、子盍為弁一言乎。」……吾知此集一出、郷党伝観、将家家宝作箴銘、即人人奉比亀鑑。……同治二年癸亥暮春月脩禊日　候選教職篠塘王紹棻謹識。（近頃の勧善書の出現はほとんど汗牛充棟であり、おおむね神明が立言し、競って扶鸞の降筆を信じて、衷心から溺れる者を救い、親身になって迷いを解いている。……今春正月、妹婿の黄海雲が私の下に来て、「『緩歩雲梯集』は、言葉がわかりやすく、案証が詳細明白で、ほかの善書よりも、とりわけ宝筏慈航として、まことに人を救済できる。惜しいことに寄寓した厳陵で見たが、その原板を求めようとしなかった。このため醵金した同志が新たに同じ版式で刊刻したので、どうか序文をお願いできないか」と言った。……この書が出ると郷党が伝え読み、家々は大切に箴銘とし、人々は亀鑑として奉じるであろう。……同治二年癸亥暮春月脩禊日　候選教職、篠塘の王紹棻謹んで識す。）

三　案証の分類と梗概

本書には四川の案証が全体の三分の一を占め（八十一案中二十八案）、四川以外の案証を含めて、すべての案証に西南官話が使用されていることから、西南官話地域である四川で編纂された宣講テキストだと考えられる。また案証の題名下には主題を付しており、主題名は『聖諭六訓』(6)と『聖諭十六条』(7)及び神明の聖諭に示す倫理観に基づいてわかりやすく分類している。私見では、さらに巻一は男子の案証、巻二は女子の案証、巻三は男子の案証、巻四は女子の案証と大きく分類しているように思われる。いまその梗概を示すと以下のごとくである。

巻一　二十篇（目録あり(8)）。主として男子の案証を収録する。案証はほぼ聖諭に則して収録し、「敦孝弟以重人倫」

として「児媳俱孝」「貧児孝」「富児孝」「幼児孝」「順孫」「媳孝児不孝」「児媳俱不孝」「刁人不孝」「孫不順」「兄不友弟」「刁人不和兄弟」案を、「篤宗族以昭雍睦」として「睦族」案を、「和郷党以息争訟」として「和郷党」案を、「教訓子孫」として「訓子孫」案を、「息誣告以全善良」として「息誣告」案を、「黜異端以崇正学」として「崇正学」案を、「無作非為」として「作非為」案を、「各安生理」として「不安生理」「安生理」案を、「聯保甲以弭盗賊」として「聯保甲」案を掲載している。

「双孝報（児媳俱孝）」（宣四場）―四川万県、張全。吝嗇だが、子を得るために妻艾氏の勧めで近隣の劉老師に相談して善行に努めると、夢に金甲神が財産か子孫を選択せよと啓示し、一子天賜が生まれるが困窮する。張全が死んで、艾氏は呉家に奉公に出て天賜に李大成の娘を娶る。李氏は宝石を質に入れて姑を請け出そうとするが、盗賊に金を盗まれて自害する。雷神は嫁を蘇生させ、盗賊を誅殺する。

「沈香報孝（貧児孝）」（宣二場）―明正徳年間、紹興府定遠村、張二娃。孝行で焼酒と糖餅を父大恵に買って帰る。山の柴が無くなると、老人（山神）が沈香《ジンコウ》を与えて皇太后の病気を治させ、子孫が官職を得る。

「蓮花現母（富児孝）」（宣二場）―昔、西安、楽仲。股肉を割いて病母に勧める。母が死ぬと善行に努める。病気で墓参に行けないでいると亡母が訪れ、南海にいると告げる。楽仲は途中で娘と同行して南海に至ると、蓮花の中に母親が現れる。帰宅して道士の歌を聴いて結婚を考え、病気になるが、娘が現れて結婚し、一子阿辛を儲ける。娘は散花仙女であった。楽仲は死後、桂林に赴任した阿辛に、頂門に針を刺した事件を解決させる。『聊斎志異』巻十一「楽仲」故事。

「林星喂蚊（幼児孝）」（宣二場）―開元の時、林星。林翁は橋を補修する善行に努め、文昌帝に祈って林星を儲ける。林星は蚊に自分を食って父母を食うなと告げると、蚊がいなくなる。後に兵乱に遭い、道士に華山に導かれて兵法を授かり、はぐれた父母とも再会する。

「双状元（順孫）」（宣二場）—祝辛の孫瀛州。祝辛が善行で得た子善生が科挙に及第するが病死し、善生の子瀛州が祝辛を養うが、背負った時転んで殺したため閻魔王に訴え、閻魔王が上帝に上奏して祝辛は復活する。瀛州は状元に及第し、瀛州の子も武状元に及第する。

「橋辺棄母（媳孝児不孝）」（宣二場）—四川会理州素山、張初林。善行に努めるが、前世は不孝者であったと告白して死ぬ。その子張潤は不孝者で、賭博に熱狂し、妻陸氏の諫言を聴かず、醜悪な老母を悪友に会わせられないと暴言して橋から落としたため、雷に打たれて死ぬ。

「四逆遭誅（児媳倶不孝）」（宣一場）—嘉慶年間、雲南富民県、余明星。吝嗇で、四子が不仲で分家し、病死した後に妻が四子とその嫁たちに酷使される。結果、長男は殺人罪で処刑され、次男は境界争いで打ち殺され、三男は牛と一緒に崖から転落死し、四男は気が狂って壁に頭を打って死ぬ。

「奇逆報（刁人不孝）」（宣二場）—四川酉陽県、鍾知理。商家の番頭になるが、不孝者の徐雑貨を友人としたため悪に染まり、親を捨てて夔州府で茶店を開く。徐雑貨の子癸娃は家出して知理の父鍾鳴の養子となり、孝行を尽くす。徐雑貨の子卯児は遊蕩して叱られたため、家に放火して両親を焼死させ、さらに孟朝江の家に放火して知理を父だと供述したため、卯児は斬首され、知理は財産を失って乞食となり、雷に打たれて死ぬ。

「望雪談恩（孫不順）」（宣二場）—湖北嘉魚県、余先達。古墳を移したため自分と子光閭が短命で死に、光閭の妻胡氏も病死したため、先達の妻何氏は孫叫化を育てるが、叫化は不肖で家財を蕩尽して家を去る。悲観した何氏は自害し、叫化の妻白氏に憑依して叫化を罵り、夫婦は互いに殺し合う。

「画裡蔵金（兄不友弟）」（宣一場）—貴陽、倪太守。胡家の娘を妾として娶り、次男天祜が生まれたため、長男天佑と妻薛氏は恨む。太守は画帖を胡氏に渡して清廉な官吏に見せよと遺言して死ぬ。母子は新任の桂陽県令が陳裁縫の妻屈氏が張裁縫と共謀して陳裁縫を殺害した事件を解決した有能さを見て画帖を見せると、県令は画帖の謎を解いて遺産を母子に分ける。『古今小説』巻十「滕大尹鬼断家私」による。

「来生報（刁人兄弟不和）」（宣一場）―①嫁が兄弟仲を裂く。明永楽の時、陝県、李崇。妻童氏とともに二人の幼い弟を育てる。だが二人の嫁が兄弟を唆して分家させ、結局李崇に家は売られる。兄弟と嫁は病死して、豚に転生する。②外部の者が兄弟仲を裂く。陝西、洪兄弟。米粉臉が洪二を騙して洪大を訴えさせる。洪二は夢で亡父に叱られて後悔し、兄弟は死後に、府知事と県知事に転生して、強盗に通じていた粉臉を処刑する。

「敬長探花（睦族）」（宣一場）―貴州平越府、顧森。族兄顧理が父を脅して財産を奪う。顧理は草履売りと喧嘩し、二子が誤って別の草履売りを斬り殺して処刑されたため、顧森は顧理を保護し、一家は繁栄する。

「悔過得妻（訓子孫）」（宣一場）―本朝、威遠（四川）、羅大徳の子桂芳。妻秋月の舅毛洪興の銭を盗んだため毛家に離縁されて追放されるが、城隍廟で聖諭宣講「教訓子孫」の案証を聴いて悔悟し、客商の銀を拾って返し、信頼されて江西に随行する。客商は毛家の姉妹を嫁として江西に連れ帰るが、子が死亡したため、桂芳を養子として秋月を娶らせる。

「忍字翰林（和郷党）」（宣一場）―浙江杭州府銭塘県、卿洪。隣家の牛一様が境界の樹木を伐ったため一様を殺そうとするが、三子上晋に諫められる。一様の得た扇子田からは人頭が出て冤罪を被り、一様は後悔する。上晋は父を諫めて科挙に及第し、翰林を授かる。

「失缸得缸（息誣告）」（宣一場）―本朝、寧遠府（四川）、陳芳栄。西昌県で裁縫店を開くが、師爺（訴訟屋）に唆されて誣告を仕事としたため、因果応報で殺人の冤罪を被って、家に不幸が訪れる。だが母の言を聴いて人の訴訟を戒めると生活も好転し、花缸を売って割られてしまうが忍耐し、便所で銀の包みを拾って持ち主に返して帰宅すると、銀の詰まった花缸が現れる。

「崇学重師（崇正学）」（宣一場）―本朝乾隆年間、江南、孫士毅。教師として孝弟忠信を講じ、夢に文昌帝君から紫泥冠を下賜されて師道文を作り、四川の黄挙人の推挙によって科挙に合格して四川総督になったため、黄挙人の妻子を世話する。

「蝦蟆説冤（作非為）」（宣一場）―本朝乾隆年間、湖南善化県、鄭端瑞。商売仲間の侯官寿が近隣の秦氏を姦淫したため、妹を姦淫させられるという復讐を受けるが、懲りずに端瑞の妻洪氏に横恋慕し、端瑞を船から突き落として洪氏を娶る。だが雨の日に蝦蟇を見て思わず洪氏に犯行を告白すると、洪氏は幼児を殺して官寿を告訴する。

「雷劈六悪（不安生理）」（宣一場）―順治九年、江北庁（四川）、李華。近所の痞棍黄蜂針が何員外の娘で花挙人の嫁である婦人を襲って服飾を奪うが捕まり、李華を仲間だと誣告する。李華は保釈金を作るため娘を売るが、捕吏二人がその金を李華の保釈に当てず、李華と妻・娘は自害する。李華は東岳台に訴え、蜂針父子四人と捕吏二人は雷に打たれて死ぬ。

「回心得禍（安生理）」（宣一場）―杭州仁和県、張之華。贅沢をして家産を蕩尽し、魁星の絵を画くが売れず、東林山に銀を捜しに行き、老鴬の頭を画いて緑林の頭目となるが、捕らえられそうになって悔悟し、新建県で「安分歌」を聴いて銭を貯めて孤児等に施したため、財神から夢で告げられたとおり白犬が洞に入るのを見て銀を掘って、金持ちになる。

「口碑弭盗（聯保甲）」（宣二場）―西安、王標。推挙されて総甲となる。太平寺の月明和尚が薛姑と姦通して薛姑の兄に殺害された事件で、甲長の秦大志が王標を誣告するが、王標の家に侵入して許された余上坡が薛大の犯行だと証言して冤罪がはれ、死後に天下都城隍に任命される。

巻二　二十篇（目録なし）。女子の案証を収録する。「敦孝弟以重人倫」の孝・不孝案として幼女孝・抱媳孝・節婦孝・富媳孝・一順一逆・逆得逆報・貧媳孝案を、節・不節案として節烈報・不節報・敬夫・嫌夫・助夫興家・代夫忍気案を、弟・不弟案として不和妯娌・刁夫不和兄長案を、「訓子弟以禁非為」の案証として溺愛女児・勧夫還銀・烏龍報主案を、「解讐忿以重身命」の案証として溺女・刻小媳案を、「隆学校以端士習」の案証として女惜字案を掲載している。

「閨女代刑（幼女孝）」（宣三場）―太原府、厳貴の娘金英。継母姚氏と連れ子侯慶生から虐待を受ける。厳貴から鍵を預かり、姚氏が要求するが渡さない。厳貴は妻の夢を見て急いで帰宅して金英を救う。慶生は厳貴の殺害を謀って誤って姚氏を殺し、厳貴を誣告する。金英が罪を自供するが、雷が慶生を撃ち殺して慶生が犯人だと告げる。

「孝魂礼仏（抱媳孝）」（宣二場）―太平崗呉大貴の幼女癸女。東桂村の花上林の長子に嫁ぎ、姑が病気になると鶏足山に向かって香を焚く。この時、開元皇帝が皇太后の病気快癒の願解きのため宦官を派遣しており、癸女の霊魂を見て驚く。隣家の婦人は癸女がいて衣服を盗めず、小児を殺して癸女を誣告するが、朝廷が癸女を迎え、婦人は死罪となる。

「投岩得虎（節婦孝）」（宣二場）―湖広、栄氏。徐興達に嫁ぐ。興達は艾五に打たれて死ぬ。艾五は逃亡し、栄氏は懐妊しながらも姑に同伴して五当山に行き、因果応報を司る霊祖に祈る。栄氏は陣痛が始まり、悲観して捨身岩から飛び降りると、猛虎が背に乗せて家に帰す。子岩生は兵法を学んで広西の青蓮教を征討し、首領艾五を捕らえて復讐する。

「捨命救翁（富媳孝）」（宣二場）―本朝嘉慶六年、寧国府、王之紀の第三子王恵の嫁崔氏。太平県東崗界の出身。飢

饉で王恵が教師の職を失ったため離縁を求め、大田をもらって任監生に嫁ぐが、結納金百二十両を王家が受け取ると轎中で縊死し、天界で烈孝元君に封じられる。

「紫薇窖（一順一逆）」（宣二場）—聖朝、重慶府（四川）、安孝廉の長子の妻珊瑚と次子二成の妻臧姑。安孝廉の妻沈氏は偏狭な性格で珊瑚を虐待するが、臧姑に虐待されて悔悟する。『聊斎志異』巻十「珊瑚」による。

「忤逆報（逆得逆報）」（宣五場）—湖広武崗、張傑の一子張成の妻蕭氏。不孝を姐淑英が諌めるが聴かず、舅姑は死に張成は逃亡する。蕭氏は一子慶元の妻侯氏から虐待されて縊死する。

「双虎墳（不和妯娌）」（宣二場）—梁山県北家坝、陳錫の娘。李家に嫁いで騒ぎを起こし、竈神を罵ると虎に変化してその訳を話す。実家の母も娘を甘やかした罪で病死し、一緒に埋葬される。

「榴花墖（貧媳孝）」（宣二場）—本朝康熙年間、帰安県、奉翁の娘。喬之峰の長子に嫁ぐ。舅と夫が死んで家は貧窮し、次子の嫁が勧世文を聴かず喬二は分家し、喬大は過労死する。喬二は喬大嫂が分娩する間に胎児を殺し、姑が鶏肉を食べて死ぬと、大嫂が毒殺したと誣告する。大嫂は処刑に臨んで石榴の花を地面に挿して、一月で開花すれば冤罪だと誓う。県が石榴宝墖を建てて雨乞いをすると、大雨が降り、雷が喬二夫婦を撃ち殺す。

「仮鬼護節（節烈報）」（宣三場）—会理州（四川）、陸上清の嫁林氏。呉二爺（鬼）が姑牟氏の部屋に入って牟氏が死に、夫の存厚も病死すると、存厚のいとこの張裁縫が呉二爺に扮して林氏を襲うが、林氏の扮した鬼に驚いて紡績車が頭に刺さって死ぬ。州知事は実地検分して朝廷に報告し、林氏は貞烈一品夫人に封じられる。

「活屍報仇（不節報）」（宣二場）—本朝康熙年間、四川新津県、焦華の娘。姚之品に嫁いで貧乏を嫌い、姑娘《おば》が貞淑を装いながら夫を酔わせて殺したことを聞いて、病気の之品の心臓に耳かきを突き刺して殺す。しかし轎に乗った客が之品の墓の前で「母猪瘋」で倒れ、蘇生して姿を消したため、轎屋が之品の死体を掘り出し、検屍によって焦氏が殺害したことが発覚する。焦氏と姑娘、薛姨は処刑される。

「変牛還兄（刁夫不和兄長）」（宣二場）―閬中（四川）、趙伯仁の次子登義の妻張氏。伯仁の死後、登義を唆して登礼を誣告させる。閬中の清官は登義と登礼に毎日互いに「兄さん」「弟」と呼ばせて仲直りをさせる。張氏は登礼の牛の舌を割くが、登礼が霊官廟に祈ると張氏の舌が痛み、張氏が蘇生して登礼の牛に転生して償うと告げる。

「双鬟賭目（敬夫）」（宣一場）―剣南（四川）、程孝思が娶った胡銀台の四女。長女と次女は四女を馬鹿にし、その侍女春香と秋香は四女の侍女桂児に対して、孝思が出世をしないことに両目を賭けると誓う。銀台が死ぬと四女は孝思を科挙に出立させる。孝思は落第するが東海の李藺台について勉強し、順天府の試験に合格して翰林を授かる。桂児は秋香の眼をくりぬく。

「姉妹易嫁（嫌夫）」（宣一場）―『聊斎志異』巻四「姉妹易嫁」故事。郫県（四川）、毛敏の子文簡の妻長姑。文簡の貧乏を嫌って嫁がず、次女二姑が代わりに嫁ぐ。文簡は妻の醜貌を嫌って科挙に落第したため、勧世文を作って披露し、解元に及第する。長姑は富家に嫁ぐが財産を蕩尽して尼僧となり、文簡の出世を知って後悔して死ぬ。

「守貧得貴（助夫興家）」（宣一場）―雲南昭化県鼓子巌、李培元の妻杜氏。一族の李宗元が黄之宗の財物を盗み、培元も連累を被って家産を失う。杜秀才が科挙に出発するに臨んで裕福な三人の女婿は招待されるが、培元は招待されず、四女は不満を抱いて培元を励ます。培元は濡れた下着を傘に干しながら出発し、郷試に及第すると、杜秀才が家まで来て旅費を援助する。培元は後に進士に及第し、京畿道御史に昇進する。

「雞進士（代夫忍気）」（宣二場）―陳氏。金陵の貧乏秀才の李蕚に嫁ぎ、李蕚を励ます。王老陝が鶏を盗んだと錯覚するが、陳氏は抗論せず、老陝は後に錯覚だと悟って李蕚の旅費を援助し、李蕚は科挙に及第する。

「双跳水（溺愛女児）」（宣二場）―雅州（四川）、秦上芳の後妻王氏と娘貴貴。上芳が妻蕭氏の醜貌を嫌って自害させ王氏を娶るが、王氏は蕭氏より醜貌の悪女で、父母は死に、貴貴を溺愛する。上芳が死ぬと騒ぐ王氏を川に落として懲らしめると、貴貴の夫方栄もそれをまねて貴貴を懲らしめる。

「九女鳴冤（溺女）」（宣一場）—本朝乾隆辛亥年、孝感県小河駅、乞食女。肩に嬰児の頭が生えており、前世で娘を溺死させた応報だと語る。

「風神報冤（刻小媳）」（宣二場）—重慶府（四川）、李庚の娘真英。幼くして劉大冕の長子に嫁ぐ。劉大娘は王姨娘に唆されて耳掻きを真英の頭に刺して殺すが、狂風が吹いて県令の文書を墓の前に落とし、県令が棺を開くと、胡蝶が死体の頭に止まって死因が分かり、劉大娘と王姨娘は処刑される。

「宮花入夢（女惜字）」（宣一場）—湯陰（河南）、石燕飛の娘良夫。燕飛は教師で、学生に惜字を教えず失明する。良夫が竈神に祈願すると、仙童に導かれて、惜字を励行して宮花を戴いた人を見、燕飛が失明した理由を知らされる。表姐《いとこ》の李貴英は文字を刺繍して雷に撃ち殺される。良夫は字紙を敬惜したため難産を逃れ、一子達生は科挙を受験して、鬼が宮花二字を書く夢を見て探花（三席）に及第する。

「双貴栄親（勧夫還銀）」（宣一場）—明朝、重慶府（四川）、黄雲の妻何氏。黄雲が江西の客商の銀子三百両を拾うと持ち主に返すよう勧めるが、盗み聞きした長牌（捕吏）から騙し取られて告訴される。黄大娘（何氏）が縊死すると、雷が長牌を撃ち殺し、官は加担した江西の客商を処罰する。二子が母を山に埋葬するとそこは吉地で、二子は賊を平定して提督に昇進する。

「烏龍報主」（宣一場）—会稽県、張賢の妻焦氏。烏龍犬が強盗によって蘆茅に捨てられた張賢を救うと、張賢は「戒食犬肉文」を作って恩に報い、帰宅して胡毛と私通した焦氏に殺害されそうになるが、腹痛を起こして免れ、盗賊の証言で焦氏の犯行が明らかとなる。

巻三　二十二篇（目録あり）[9]。男子の案証を収録する。「解讐忿以重身命」の案証として不解仇忿・放生好報・誣判悪報・好淫悪報・冤結前生・失金不昧案を、「訓子弟以禁非為」の案証として救急美報・援難好報・為僕不忠・全節好報・為善好報案を、「息誣告以全善良」の案証として忠主好報案を、「各安生理」の案証として不安生理案を、「無作非為」の案証として還妾得子・不淫美報・回心善報・淫不淫報・不惜口過・不惜物命・貪財色報案を掲載している。末尾に「孝順父母」の案証として苦孝好報案・悦親歌を付加している。

「白扇題詩（不解仇忿）」（宣一場）―晋陵東竹村（江蘇）、陳三猷。訴訟屋で、土豪の李野猫を助けて巴雲星を陥れるため、野猫に侍女の香梅を殺させ、偽造した雲星の子蘭芝の白扇子を現場に遺させ、頭部を仇敵張陝西の水瓶に入れさせる。陝西は陳云に知られて殺し、三猷は蘭芝を誣告する。蘭芝の父母は死んで総督に訴えるが聴かれず、娘の雪柳が霊前で泣くと、城隍の供物を野猫が盗む夢を総督が見て事件を解決する。

「惜命還命（放生好報）」（宣一場）―本朝、福建省福州府侯宮県、林魁。殺生を好んで奇形児が生まれ、劉先生の勧世文を聴いて悔悟し、鸚哥・老青猴・銀魚を放生すると、妻が三子を出産する。三子が長じて科挙のため乗船すると、盗賊の船であったが、銀魚・老青猴・鸚哥に救われ、三子は科挙に及第して出世する。

「縊鬼鳴冤（誣判悪報）」（宣一場）―「解仇忿」案。定遠郡（四川）、木毎栄。徐㮚子が捕らえられた盗賊に知恵を授け、典史に賄賂を贈って、毎栄の娘清香と姦通したと証言させる。清香は無念で縊死し、父母も自害したため、近所の者が観音廟を建てて祭ると、清香の亡霊が花州村の封生に姻縁を告げ、徐㮚子と盗賊を自害させ、清官に典史を裁かせる。封生は簡孝廉の娘に転生した清香に鬼嚢を掛けて唖を治す。

「冤中冤（好淫悪報）」（宣一場）―陝中、蘇蟾宮。柳家の孫娘喬鴬が見とれて嫂に笑われる。陸臉雀がこれを見て、蟾宮の名で喬鴬を姦淫しようとして、誤って喬鴬の叔父夫婦を殺し、死体の頭部を仇敵李良仙の井戸に投げ込む。

蟾宮が容疑者とされたため、母丁氏は獄吏から人頭を買って官に届ける。蟾宮の叔父五濫子は臉雀の家に侵入して死者の亡霊に怯える臉雀を見て官に訴える。臉雀は犯行を自供し、獄吏は明氏と共謀して査洪を殺害したことを自供する。『聊齋志異』巻十「臙脂」による。

「苦菜状元（救急美報）」（宣一場）―明正徳二年、江西吉水県、費翁。文昌帝に困窮のわけを問うて、学生が鶏を盗んだためと告げられるが、湖広の教学から帰郷する途中、月給をはたいて身投げする婦人を救い、苦菜を食べて飢えをしのぐと、子費宏が状元に及第する。

「救急生子（援難好報）」（宣一場）―平陽県、耿廉。誣告によって京都に護送されるが、同伴した妻毛氏が途中で陣痛が始まり、護送役人耿洪の乾女《むすめ》となってその家で出産し、雲星と名づける。耿洪は刑部尚書に依頼して耿廉を釈放させ、家の管理を任せる。耿洪は善行により、一子雲卿を授かる。

「石碓鳴冤（冤結前生）」（宣一場）―嘉興定遠村、沙貴。妻閔氏は表弟《いとこ》司狗児と婚前に関係しており、狗児が新郎の殺害を謀るが、誤って孫芳明を殺し、第一発見者の毋雲程が容疑者となる。県令は城隍のお告げで石碓を調べると血の跡があり、夢に城隍と同席して芳明と狗児が前世で仇敵であったことを知る。県令は狗児の名を忘れるが、司狗児の名を書いた紙が石碓に落ちたため、狗児を捕らえる。

「代死酬恩（忠主好報）」（宣三場）―①光化（湖北）、蔡同。馬が前世の償いをしていると知って、主人楊大公から盗んだ銀を返す。②嘉陽、毛二。米を盗む現場を見つかって龍大爺を憎み、子龍孫が娘小女を強姦したと誣告する。李六の母熊氏は報恩のため李六に身代わりを命じるが、霹靂が鳴って毛二と小女が法廷に現れ、小女が犯行を自供する。

「還頭誅僕（為僕不忠）」（宣一場）―青州、董可畏。関帝から災難を警告され、姦通した下僕蔣雲と婢霞香を罵ると、蔣雲に殺され、首は関帝廟に埋められる。蔣雲は無意識のうちに法廷で犯行を自供し、可畏の首は身体に戻る。可畏は蔣雲に霞香をめあわせるが、二人は関帝に殺される。

「錦衣報（全節好報）」（宣二場）―宣城山谷村（安徽）、沈兆雲。教師。学堂から帰宅する途中で、銭選の妻呂氏に銭選の埋葬費を贈る。呂氏の兄呂虎は保慶府都司となり、呂氏とその子銭文書を任地に迎える。文書は後に刑部尚書に昇進する。兆雲は兵乱に遭って妻子と生き別れ、反逆者として捕らえられるが、呂氏が恩人だと認めて閬中県令に推挙される。妻子焦氏と継祖も閬中の観音廟に泊まり、冤罪で捕まって兆雲と再会する。

「刻書知府（為善好報）」（宣一場）―昭化県吉化村、武城。夢に員外となるが、神明に罵られて大鼠に変じ、猫に食われそうになって目が覚めたため、『兪公遇竈神霊験記』を印刻しようと考えるが、妻が提供した圏子を無くしたため、鍾恵の援助で印刻し、後に御前侍衛に昇進する。

「審医生（不安生理）」（宣一場）―①吉水県、羅洪先の祖先慶同。薬局を開業し、偽りない薬を作る。②太湖江上、沙利子。詐欺師で、顧知県の家に嫁ぐ張栄の娘を妊娠と診察したため、糞尿を浴びせられて死に、城隍に罵られる。

「甲乙堂（失金不昧）」（宣一場）―①陳上柱が翟人良の子に転生して復讐する。②江南、陳翁。靴屋。拾った金袋を持ち主に返したため、質屋の経営を任されて独立し、「甲乙堂」の看板を掲げる。総督の命を受けて濠溝を通す費用を醵出して三子を授かり、甲乙年の科挙に及第する。

「金紫人（還妾得子）」（宣一場）―貴州、時大振。牙校官。後妻呉氏は枯病に罹り、妾を買うよう勧める。鄭州の州官だった兪心広の娘淑蘭は心広の棺を郷里に帰すため身を売る。大振は事情を聴いて義理の娘とし、友人洪文盛の子開甲に嫁がせる。都城隍となった心広が夢に現れ、大振に一子を授けると告げる。

「狐裘裹婦（不淫美報）」（宣一場）―①雲谷郷、李華。節婦を強姦して縊死させたため、雷電に撃たれる。②江南、李登雲。大脚山の文昌宮で読書し、観音会に焼香した娘洪雅秀の家に招かれるが、門前で神明に妨げられて悔悟し、雅秀に訓戒する。李華の成績はよくなかったが、神明が主司に警告したため及第する。

「曝衣楼（回心善報）」（宣一場）―万暦三年、長州、韓之理。小作人。良米を隠して隣人呉元第に売るが、元第が米を仲買に奪われて縊死したため、之理は敗訴して困窮し、道士の忠告を聞いて改心し、善行に努めると、一子世能を授かる。世能が許員外の曝衣楼に住む寡婦からの誘惑を拒絶すると、魁星が天子の夢に現れて世能を状元とするよう示唆する。

「神送三元（淫不淫報）」（宣一場）―馮大志。近隣の魏生が雲家の娘と私通して懐妊させたため、雲大爺が娘を殺して大娘も縊死し、娘の亡霊が魏生の命を奪う。大志は学問を捨てて林氏を妾とするが、夫が官銀の欠損を穴埋めするために身を売ったと聴いて夫婦を救うと、天神が一子を授け、成長して吏部天官に昇進する。

「催魂扇（不惜口過）」（宣一場）―①昔、張博。人の醜聞を口にしない。②西川夔州府、常大志。明之理の娘秀妹の誘惑を拒絶し、広東知府に昇進して隠退する。第三子常貞は陸連の娘卯姑に白扇子を贈る。卯姑の夫米卿星は常貞との仲を疑い、常貞が卯姑との仲を認めると卯姑を罵る。卯姑は縊死し、蒼蝿になって常貞の腹中で命を返せと訴えたため、文昌帝君の勅諭によって川主廟で宣講を行い、初めて怨霊が遠ざかる。

「悞結冤（不惜物命）」（宣一場）―①瓜売りが前世の仇敵である空谷禅師の徒弟に瓜を売らず、恩人に瓜を贈る。②華国泰。浄法和尚の犬が猪肉を盗んだので毒殺する。犬は熊太医の子花頸狗に転生して国泰を罵り、国泰を毒殺する。犬と国泰はその後も三世に渡って殺し合ったため、閻魔は婿と舅として仲直りさせる。

「謀妻賠妹（貪財色報）」（宣二場）―宜昌、封可亭。一子官児と妻林氏に墓参をさせると、提督の子で好色な単武が横恋慕し、従者方得の陰謀で、捕吏を買収して官児を窃盗犯として捕らえ、林氏に再婚を迫る。薛比淵は事情を聞いて女装して嫁ぐ。妹春英が比淵と逃走したため、単武は病死して家は断絶する。

「曹安殺子（苦孝好報）」（宣三場）—太原府、曹安。飢饉で肉が無く、妻葛氏と相談して老母に一子回香児を食べさせる。一家は悲しみに暮れるが、回香は閻魔の命で再び曹家に生まれ、天から銀一万両を下賜される。

「萊子戯綵（悦親歌）」（宣三場）—老萊子。父母が憂鬱な時、蓮花落を歌って喜ばせたため、百歳まで生きて昇天する。『二十四孝』故事。


巻四　十八篇（目録あり）(10)。女子の案証を収録する。聖諭には上述の『聖諭六訓』『聖諭十六条』という皇帝の聖諭のほか、神明の聖諭があり、敬竈美報は『武聖帝君十二戒規』六「戒汚穢竈君」の案証、好賭逼妻は同八「戒賭」の案証、好吃牛肉は同十「戒食牛犬鰍鱔等肉」の案証、不敬丈夫は『竈王府君訓女子六戒』二「不敬丈夫」の案証、惜穀好報は同五「戒抛撒五穀」の案証、惜字好報・女子宜戒は同六「戒艶粧廃字」の案証、少不尊大は『文昌帝君蕉窓十則』六「敦人倫」の案証、口徳美報・為小失大は同三「戒口過」の案証、転勤得報は『孚佑帝君家規十則』四「勤執業」の案証、戒奢去吝は同五「節費用」の案証、刻待前女・騙銀悪報・謀地悪報・母善救児・全人夫婦・奸謀悪報は『竈王府君新諭十条』二「戒淫悪」の案証と考えられる。

「敬竈免難（敬竈美報）」（宣二場）—昔、汝寧府上蔡県（河南）、金本栄の妻江玉梅。竈神を敬う。百日血光の禍を洛陽に避け、本栄は好色な李本立に地窖に閉じ込められるが、玉梅は竈神に救われ、本栄の父彦龍が包公に訴えて本立は捕らえられる。『龍図公案』「地窨」による。

「重粟感神（惜穀好報）」（宣一場）—①善報。汝寧、陳師魯の祖陳瑞の妻張氏。飢饉に遭って「勧世文」を作り、人々に穀物の重要さを教えたため、桃を夢見て一子を出産する。②悪報。畢山、徐瑞龍の妻馬氏。鶏の餌として穀物を抛撒し、瑞龍の諫言を聞かず、五人の娘を雷に殺されて気が狂う。

「双目重明（惜字好報）」（宣一場）—開化（浙江）、雲仙貴の娘花芳。字を刺繍して失明する。湘潭廟で宣講の案証を聴いて悔悟し、一子が生まれて状元に及第する。

「土神獲孝（刻待前女）」（宣二場）—槐陰、焦大郎の娘淑児。継母莫氏に虐待されるが、土地神になった祖父に救われる。

「沈児弁冤（少不尊大）」（宣一場）—昔年、雲陽（四川）、銭姓の側室黄氏。正室呂氏の子を自分の娘と交換する。県官が子を河に沈めるが黄氏は悲しまず、県官は呂氏の子と判断する。

「飛来媳婦（口徳美報）」（宣二場）—道光二十七年、馬辺庁（四川）、李煥の娘昭昭。夷人の乱で親族を失った後、男装して威遠まで放浪して乞食をするが、讒言を信じないよう説得の功徳を施した張氏を賢母として、その子張扒を婿とする。

「罵鶏受譴（為小失大）」（宣三場）—江興場（四川）、黄興澍の妻陸氏。吝嗇で、朱譲の妻雲氏が雌鳥を盗んで浮気したと誹謗して離縁させたため、黄家は失火して夫妻は焼死する。

「焼香殞命（女子宜戒）」（宣二場）—昔年、帰徳県（河南）、陸必達の娘金姐。焼香に出て顧克昌に目を付けられたため、自害して克昌に憑依し、清官に訴える。

「嫌唖遇施（不敬丈夫）」（宣二場）—①江霊県、江氏。盲目の夫と姑を養う。②乾隆年間、江都県（江蘇）、武傑の嫁暴氏。姦夫とともに唖の夫を訴えるが、施公は欺瞞を見抜く。

「夢塚賜金（転勤得報）」（宣二場）—昔年、双流県（四川）、善人徐長興の妻毛氏。怠惰で家を傾けるが、実家も頼りにならず、勤勉に努め、墓地を開墾すると、夢に亡父が銀一缸を贈る。

「忘恩変犬（騙銀悪報）」（宣二場）—姑蘇（江蘇）、薛蘭芬。陳北恩の娘秀英から夫胡君寵の受験費用を借りるが返さず、誓いどおり犬に転生する。

「雷劈奸塚（謀地悪報）」（宣三場）—徽州、殷員外。朱打魚の墓地を得るため息子殷蘭に朱女を娶らせるが、朱女を虐待したため、雷が棺を破り、朱女の怨霊に復讐される。

「売棺救貧（母善救児）」（宣二場）—昔年、馬周の母趙氏。馬周に善行を教え、自分の棺を売らせて、催頭（年貢取立）当番の余長恩の窮地を救わせる。

「双生床（全人夫婦）」（宣二場）—畢山、李能文。仕事に出た大工劉必達に代わって老母と嫁の窮地を救ったため、必達が能文のために作った床に寝ると双子が生まれる。

「貪利賠妻（奸謀悪報）」（宣三場）—沈良謀の子沈猷の婚約者阿嬌。沈猷のいとこ王培が衣服を借りに来た沈猷に事情を聴き、沈猷になりすまして阿嬌を姦淫したため、阿嬌は縊死する。包公は証拠を握って王培を処刑し、王培の妻游氏を沈猷の妻とする。『龍図公案』「借衣」による。

「倹吝弁（戒奢去吝）」—（宣一場）昔、夏嗇子。上元県の張古董に倹約を学ぶ。

「簸箕逐鬼（好賭逼妻）」（宣三場）—鄂川県、王翁と子廷見。賭博を好んだため、廷見の妻呉氏が縊死すると、強盗が吊頸鬼を見て驚き、簸箕で鬼を追い払う。廷見は悔悟する。

「肉牛爬背（好吃牛肉）」（宣一場）—①曾子場、李三平。肉屋。牛に突き殺される。②武昌の井泉清の二子。牛肉を好んだため応報を被り、肉牛が背中にあらわれる。

本書は比較的早期に編集されており、いくつかの案証を共有している民国年間の宣講書『万選青銭』（一九一三以後）と比較すると、本書は地名・人名などが具体的であり、『万選青銭』は実は叙述を簡略化して本書の案証を引用したものであることが分かる。（×は無を意味する。）

巻一「双孝報」（児媳俱孝）（二千八百二十二字）／『万選青銭』巻一「雷神全孝」（二千五百六十八字）

①（艾氏勧道）我已経五十、暁得是無生育了。／×

②（何三幸道）此話我今朝回去、明天我去対你丈人説。／×

③要接此親不非軽。他的親戚多得很。送轎怕有十棹零。（十六句）／想成此事不非軽。（八句）

④我賈内有了二千。還争十二千、又在何処去借。猛想起我幇呉大公。……／我賈内有了二千。

⑤除了今年五吊六、明年五吊六、我添八百就還了。／多做両年活路、就可除賬。

⑥那張天賜把所借的棹子板櫈送還人家、已経黒了、才進房門。／那晩下張天賜進房去。

⑦我遅吓子与你做九牛鑽孔的道場。／我害怕得很。

同「沈香報孝」（貧児孝）（二千八百二十六字）／『万選青銭』巻一「沈香報孝」（二千百三十六字）

①請媒娶妻林氏、隔年生一子、取名張大、早死。／娶妻林氏、生一子、早死。

②只得対天許一個千石宝珠壇願。／只得当天許願。

③保佑我們爹不冷不熱、不打糊説、明朝就好起来、吃得両碗飯。／保佑我爹病好、吃得飯。

④此柴何人所売。此言一出、一呼百諾、将二娃驚醒。／此柴是何人売的。
⑤×／二娃是個愚夫俗子、従未見過皇上、嚇得戦戦競競。
同「蓮花現母」（二千四十六字）／『万選青銭』巻三「蓮花現母」（二千一百三十六字）
①老母好吃斎。……楽仲常対母泣訴道、〔歌〕「我老娘年紀邁血気衰弱。……」／常聞人言説道、婦女家……吃斎以唸南無阿弥陀仏六字経、不必入廟焼香。
②不想老母那日害病昏迷之時、……将股肉割下、烹与母食。食畢而死。(11)／×
③却也奇怪。……那無花果上就滴水出来、如人流涙一様。／樹子也哭了三年。
④先是村内有結香社到南海者。楽仲売田十畝、将銀去結香社。(12)／×
⑤肚皮上面開一朵肉蓮花。(13)／身坐蓮花之上。
⑥阿辛忽想父親之言、頂門一針、速又開墳相験。／×
同「四逆遭誅」（児媳倶不孝）（一千八百九十六字）／『万選青銭』巻一「四逆遭誅」（二千一百三十六字）
①本朝嘉慶年間、雲南富民県。／雲南富民県。
②幸喜分家之後、族人与余明星提銭四百串、毎年放借、搊回脚穀二十石、以為養老之用。／余明星提養老銭四百串、放賬搊穀子吃。
③守着墳墓大哭一場。〔歌〕跪墳台眼涙落、傷心話児肚内多。／守着祖墳大哭一場。
同「望雪談恩」（孫不順）（一千四百六十七字）／『万選青銭』巻一「遇雨談恩」（一千七百五字）
①嘉魚上谷村、有一人、姓余名先達。／昔有一人、名余先達。
巻二「双虎墳」（不和妯娌）（一千九百八十三字）／『万選青銭』巻二「二虎同埋」（二千一百五十七字）

①梁山県、北家堌、陳錫之女。／梁山県、陳錫之女。
②自嫁与李敬之子李能魁為妻以来。／自嫁与李能魁為妻以来。
同「仮鬼護節」（節烈報）（二千五百三十二字）／『万選青銭』巻二「仮鬼護節」（二千一百三十六字）
①本朝康煕年間、会理州離城二里、地名西関、有一家。／会理州、離城二里、有一家。
②無如他婆婆牟氏、心腸最毒、朝日刻苦、……而林氏竭力奉養、不起怨恨一点之心。／×
③這張裁縫……存厚見他為人誠実、平素都在家中縫衣服的。……／×
④時才妻子煨薬、看見呉二爺直進母親房去、妻子嚇倒在地、……／×
⑤総要謀你到手。淫心発動、……／×
同「雞進士」（代夫忍気）（一千六百十八字）／『万選青銭』巻四「忍気旺夫」（一千九百二十字）
①你不懂文話。陳氏道、那猫児黄色、不是得文画匠的麻猫。／×
②従此案看来、婦人能替男人忍気、又有雞腿々吃、又当太太、好嗎不好。／×
同「宮花入夢」（女惜字）（一千六百八十三字）／『万選青銭』巻二「宮花入夢」（二千一百六十字）
①鼓楽喧天、旌旗繞地。乗轎而来、乗轎而去、真是鬧熱。／×
②良夫将要臨産、毎到下半日、有一鬼抱一個紅叫雞。……何方産難鬼害、……／×
③十六歳下会場、在号中睡着、見一人……連写宮花二字而去。／十八歳会進士、中探花。

本書の文体は、原序に述べるように、俗人が理解できるように通俗的な表現を用いており、案証には通俗講釈を冒頭に置き、聴衆がよく知る勧善のことわざや皇帝・神明の聖諭を使用しながら、散文形式や「宣」（歌唱）形式によって行っている。(14) 若干の例を挙げると、以下のごとくである。

「投岩得虎」（節婦孝）―心心尽孝、事事順婆。斯情可愛、是婦堪歌。（一心に孝を尽くし、すべて姑に従う。その心は愛すべく、この女性は歌にできる。）

「沈香報孝」（貧児孝）―聖諭頒行天下、首条敦厚堪誇。無論貧窮富貴家、親恩都宜報答。（聖諭が天下に頒布され、一条「敦厚」すばらしい。貧乏富貴にかかわらず、親の恩には報ゆべし。）

「失缸得缸」（息誣告）―聖朝不忍誣告、第三条内分明。普勧人人宜息、不可彼此相争。（朝廷「誣告」をさせぬこと、三条中に明記する。あまねく人がやめるよう、争いごとを許さない。）

「口碑弭盗」（聯保甲）―我皇上頒諭文又在弭盗、無非願普天下尽出英豪。（上様は、「弭盗」も、教えておられる。願うこと、世の中に、英傑の出現。）

ただ後出する『宣講拾遺』では、案証中で人物の感情表現にも「宣」形式を多く用いるが、本書の案証では人物の宣は一～三場に過ぎないのが一般的であり、早期の宣講の特徴を呈している。今、同じ内容の案証を『宣講珠璣』など、ほかの宣講書と比較して見ると、以下のごとく、後出の宣講書では人物の宣を多用することによりストーリーをドラマチックにして聴衆を魅了していることが分かる。

巻一「画裡蔵金（兄不友弟）」（宣一場）

①倪太守が、臨終に際して長男天佑に次男を可愛がるよう訓戒をたれる（十言十八句）。

※『宣講珠璣』（一九〇八年復刊）巻一「鬼断家私」（宣六場）

①妾梅氏が、財産を長男善継にすべて渡した倪太守に対して不安を訴える（十言三十二句）。

②梅氏が、倪太守の死後に母子を追い出した善継に対して恨みを述べる（十言三十句）。

③梅氏が、非情な兄善継に生地を要求した実子善述の愚かさを叱る（十言三十二句）。

④梅氏が、香和県の滕県令に行楽図を持って善継を訴える（十三言十三句）。
⑤倪太守の遺言（七言十五句）。
⑥滕県令が、東荘から金銀を発掘して善継を裁く（十言三十六句）。
※『宣講大全』（一九〇八年序文）「鬼断家私」（宣六場）
『宣講珠璣』に同じ。なお叙述の内容からして『宣講珠璣』巻一「鬼断家私」が先行案証[15]である。
※『宣講管窺』（一九一〇年）巻二「鬼断家私」（宣八場）
①善継が、善述の出生について中傷する（十言五句）。
②倪太守が、臨終に際して善継に遺産を渡し、梅氏と善述を可愛がるよう諭す（十言十六句）。
③梅氏が遺産がないことを恨むと、太守は行楽図を持って官に訴えよと告げる（十言二十二句）。
④梅氏が、太守が何も遺さず死んで幼い子を育てなければならないことを悲しむ（十言十九句）。
⑤善述が善継に服地を買う金をねだり、善継が罵る（十言七句）。
⑥滕大尹が梅氏の訴えを聴き、太守の画軸を見て自宅を捜索すると言うと、善継は親戚を買収する（十言二十四句）。
⑦滕大尹が、太守の亡霊と話を交わすふりをする（十言九句）。
⑧滕大尹が、善継を言いくるめて事件の裁きを下す（十言二十六句）。
巻三「謀妻賠妹」（貪財色報）（宣二場）
①林氏が、封家の災難を救うため、封可亭に一旦単武の求婚を受け入れるよう諭す（七言三十二句）。
②封官児が、轎に乗ろうとする薛比淵を妻林氏だと思いこんで引き留めようとする（七言十句）。

※『躋春台』巻二「万花村」（宣四場）
①官児が冤罪を訴えるが、拷問に屈して有罪となる（十言四十句）。
②可亭が官児と面会して悲しむ（十言二十六句）。
③林氏が可亭の考えに従って単武に嫁ぐことを考える（十言三十六句）。
④単武は林氏と妹が逃亡したと聞いて悲しむ（七言四十句）。
同「苦菜状元」（救急美報）（宣一場）
①婦人が、費翁に身投げをするわけを語る（七言十四句）。
※『宣講管窺』巻五「吃菜状元」（宣八場）
①婦人が、舒翁に身投げをするわけを語る（十言二十七句）。
②舒翁が、船客に婦人を援助しようと呼びかけ、船客がそんな金は無いと断る（十言二十六句）。
③舒翁が、帰宅して妻に給金をすべて婦人に贈ったと告げ、妻が生活ができないと悲しむ（十言十六句）。
④妻が、事情を聞いて舒翁に苦菜を食べて凌ごうと告げる（十言五句）。
⑤一族の子弟が舒翁の困窮を笑い、舒翁が子弟を叱責する（十言五十九句）。
⑥富翁の元福が舒翁を尊敬して家庭教師に求め、舒翁もそれに応じる（十言五十二句）。
⑦一族の子弟が、殺人を犯して舒翁に救いを求める（十言十九句）。
⑧天の声があり、舒翁夫婦に状元になる子が生まれると告げる（五言八句）。
同「曹安殺子」（孝好報）（宣三場）
①曹安が、一子回香を殺して病母に食べさせようと妻葛氏に相談する（七言十四句）。

②葛氏が、殺されるとも知らず親孝行を口にする回香に涙する（十言三十八句）。
③老母が、回香が犠牲になったと知って悲しみ憤る（七言三十二句）。
※『宣講摘要』巻一「捨子養母」（宣四場）
①曹安が、肉をほしがる病母に親孝行するため妻蘇氏に相談しようと考える（七言二十八句）。
②蘇氏が、曹安から回香を殺すと聞いて反対する（七言三十八句）。
③蘇氏が、飢饉で回香の買い手も無く、殺すしかないとあきらめて悲しむ（七言三十六句）。
④曹安が苦しんで回香を殺し（七言二十句）、蘇氏は悲しむが（七言十八句）、曹安は調理を急がせ（七言八句）、蘇氏も苦しみながら調理する（七言七句）。老母康氏は快復して回香を捜すが（七言十六句）、蘇氏が事情を話し（七言八句）、康氏は悲憤にくれる（十言二十六句）。
また逆に本書よりも先に刊行された宣講書と比較すると、本書よりも「宣」形式が少ないことも見いだす。以下にその例を挙げる。
巻三「萊子戯綵」（悦親歌）（宣三場）
萊子が、蓮花鬧を歌って老父母を楽しませる。
※『宣講集要』巻一「老萊戯綵」（宣二場）
同。
巻四「貪利賠妻」（奸謀悪報）（宣三場）
①趙阿嬌が、沈猷の貧困を理由に離縁を考える父を非難する（七言十六句）。
②阿嬌の母が、阿嬌の死体を見て悲しむ（十言二十句）。

③沈猷が、監獄に見舞いに来た母を慰める（七言十八句）。

※『宣講集要』巻十「玷節現報」（宣二場）

①趙阿嬌が、遅れて来た沈猷を恨む（十言十八句）。

②沈猷が、法廷で事情を訴える（十言二十句）。

五　結び

『緩歩雲梯集』四巻は四川で編集され、同治二年に復刻された宣講書である。『宣講集要』十五巻首一巻よりも遅れるが、『宣講拾遺』六巻よりも早く刊行されており、『宣講集要』が「聖諭十六条」によって案証を十四巻に分けて掲載し、『宣講拾遺』が「聖諭六訓」によって案証を六巻に分けて掲載するのに対して、本書は「宣講聖諭規則」を掲載せず、案証だけを掲載した簡易本の宣講書であるが、宣講人あるいは読者がわかりやすいように、聖諭や善悪応報の主旨を注記しているところに特徴がある。ほかの宣講書と叙述や「宣」形式を比較してみると、叙述が詳細で、宣の場面が少ない。後の宣講書では叙述を簡略化して教訓的な議論を多くし、また人物の宣の場面を多くして聴衆を魅了するように展開しており、本書は初期の宣講書の特色を持ったテキストと位置づけることができよう。

注

（1）半葉十行、行二十四字。早稲田大学図書館風陵文庫蔵。

（2）不詳。四川省行都指揮使司龍渓鎮か。

(3) 民間の善堂における扶鸞による関羽の神託である。

(4) 不詳。江西省豊城県篠塘鎮か。

(5) 不詳。四川省威遠県厳陵鎮か。

(6) 「孝順父母」「恭敬長上」「和睦郷里」「教訓子孫」「各安生理」「無作非為」。

(7) 「敦孝弟以重人倫」「篤宗族以昭雍睦」「和郷党以息争訟」「重農桑以足衣食」「尚節倹以惜財用」「隆学校以端士習」「黜異端以崇正学」「講法律以儆愚頑」「明礼譲以厚風俗」「務本業以定民志」「訓子弟以禁非為」「息誣告以全善良」「戒匿逃以免株連」「完銭糧以省催科」「聯保甲以弭盗賊」「解讐忿以重身命」。

(8) 「緩歩雲梯集巻一　共八十四篇」と記す。

(9) 「緩歩雲梯集巻三　共九十二篇」と記す。

(10) 「緩歩雲梯集巻四　共九十四篇」と記す。

(11) 『聊斎志異』「楽仲」には、「後母病、彌留、苦思肉。仲急無所得肉、刲左股献之。病稍瘥、悔破戒、不食而死。」

(12) 『聊斎志異』「楽仲」には、「会隣村有結香社者、即売田十畝、挟資求偕。」

(13) 『聊斎志異』「楽仲」には、「股上刲痕、化為両朶赤菡萏、隠起肉際。」

(14) 冒頭部分の「宣」形式は四言句二案、五言句一案、六言句十案、七言句七案、十言句三案、十三言句九案と様々であるが、六言句が最も多い。また八十一案の中の半数弱の三十五案が「宣」形式で開始しているところを見ると、歌唱形式の勧善が効果的であったことがわかる。

(15) たとえば『宣講大全』には「姓倪名守謙」としか述べないのに『宣講珠璣』には「姓倪名守謙、字一之」と詳述し、原典『古今小説』巻十「滕大尹鬼断家私」の「姓倪名守謙、字益之」に近い。なお『緩歩青雲集』には太守の名字を述べない。

第三章　非聖諭分類の宣講書

第一節　雲南の『千秋宝鑑』四巻

一　はじめに

雲南臨安府では清代末期に聖諭宣講のために『千秋宝鑑』四巻が編纂された【図1】。四巻本は簡易な宣講書であり、四巻本の宣講書ではこの宣講儀式を省略したテキストが多いが、『千秋宝鑑』の冒頭には、順治帝の「聖諭六訓」、康熙帝の「聖諭十六条」、文昌帝君の「蕉窓十則」を掲載して宣講儀式を行えるよう配慮しており、宣講生が聖諭を読誦してから案証故事を宣講した実態を彷彿とさせる。

案証は四十八篇あり、その二十四篇は明らかに先行する案証集に取材している。これは先行する案証が聴衆に親しまれており、宣講する側にとっても簡便な素材であったためであろう。後の二十四篇は取材先が不明であるが、雲南以外の案証が多いことから、これらも先行する案証集に取材したのではないかと考えられる。

案証には人物の歌唱によって聴衆を感化する重要な作用があり、後世になるにつれて次第に歌唱の場数を増やし、長篇化して娯楽性を強めており、この宣講書もそうした傾向が強くなっている。さらに案証を単独に宣講せず、善報悪報の対偶を作ってわかりやすく宣講して勧善効果を狙うという工夫も凝らされている。

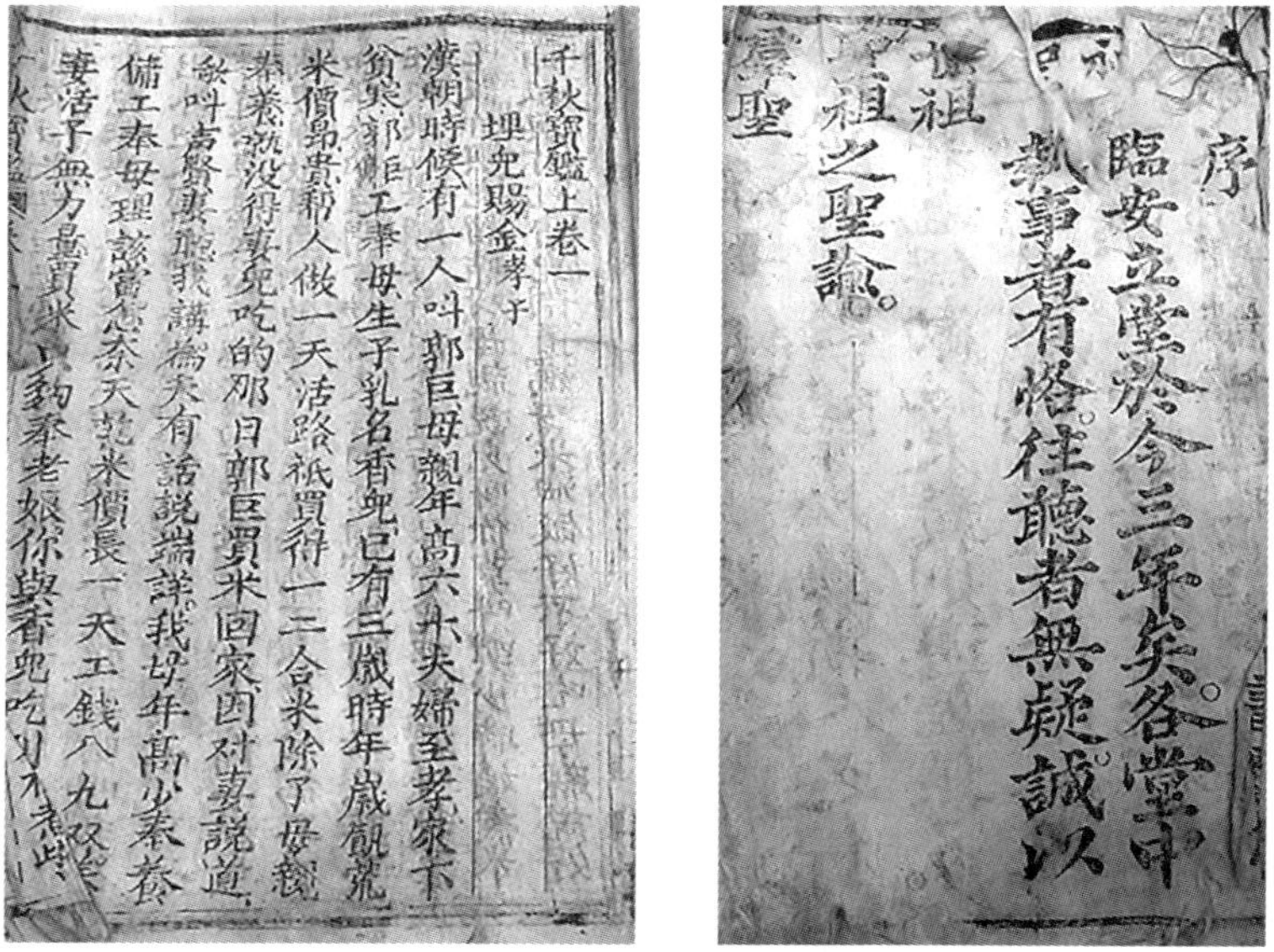

【図１】『千秋宝鑑』（張家訓氏所蔵）

本節では案証集の先駆である『宣講集要』十五巻の影響を受けて雲南で編纂された案証集『千秋宝鑑』四巻のこうした特色について論じる。

二　雲南の聖諭宣講

雲南の「聖諭宣講」については玉渓地区行政公署文化局・玉渓地区群衆芸術館編『玉渓地区曲芸音楽』（一九九四、雲南大学出版社）に詳しい。そこには通海県の「聖諭坊」「聖諭台」「聖諭牌」と宣講生による聖諭宣講の場面、聖諭宣講のテキスト『千秋宝鑑』残本の書影を掲載し、張家訓・王石景「玉渓地区聖諭説唱音楽概述」(1)付録には、『宣講集要』六冊（二百四十案、道光時期〔一八二一〜一八五〇〕版本）(2)、『宣講拾遺』八冊（九十六案、道光時期版本）(3)、『遍地珍珠』八冊（九十六案、道光時期版本）(4)、『千秋宝鑑』四巻（四十八案、同治九年〔一八七〇〕刊）(5)、『千秋宝鑑』八冊（前四冊四十八案、後四冊三十二案、光緒三十一年〔一九〇五〕刊）等を載せている。

また張家訓主編『通海県曲芸志』初稿（一九九五、通海県文化旅遊局・通海県文化館編印）[6]には「聖諭六訓」「聖諭十六条」を記載した通海県郊外大橋村「聖諭坊」（同治九年建立、一九五二年撤去）、通海県秀山鎮文献里「聖諭宣講台」（同治七年（一八六八）建立、一九七〇年撤去）、通海県河西鎮十字街口「聖諭宣講台」（光緒初年建立、一九五八年撤去）の構造図を載せる。「通海県曲芸曲種分布地区一覧表」には、県内に聖諭宣講が広く行われていたことを表しているが、現在ではそれらは消失している。「聖諭宣講」には『千秋宝鑑』の版本に同治九年、光緒八年（一八八二）、光緒十年（一八八四）、宣統元年（一九〇九）、民国年刊の版本がそれぞれ存在し、「曲目」には、その初版が北京で発行されたと言い[7]、作品として『割肝救母』（『彩霞配』）等の梗概を記す。「伝統曲目表」には、「聖諭」として案証集の『千秋宝鑑』、『宣講全集』[8]、『宣講拾遺』、『宣講集要』、『遍地珍珠』、案証短編の『二十四孝図』（「大舜耕田」等）とその伝承者および流布地域を挙げている[9]。「曲調選例三十曲」には、『千秋宝鑑』「嫁身娶媳」（王武章）、『莫奈何』（馬護図）を例示している。「演出機構」としては道光年間に創建された「河西復古壇」があり、宣講生が集合し、毎月一、二、三、十一、十二、十三、二十一、二十二、二十三日に当番の十名が自弁の飯を持参して早朝壇内で会食し、その晩宣講する内容と地点を打ち合わせ、晩飯を終えると衣冠を装着し、香案と聖諭牌を十字街の東西南北四方の聖諭台上に安置し、香灯斎茶を並べ、叩頭の礼を行い、「聖諭六訓」「聖諭十六条」および「十戒」[10]「十規」[11]を宣読して後、聖諭故事を講説したと言う。

「聖諭宣講」には因果応報故事である「案証」を掲載したテキストが用いられ、こうしたテキストが清咸豊二年（一八五二）編纂の『宣講集要』十五巻、同治十一年（一八七二）編纂の『宣講拾遺』六巻を筆頭として各地の善堂（慈善機構）で多数編纂された。雲南の代表的なテキストは光緒十年（一八八四）に臨安府で刊行された『千秋宝鑑』四巻である。その冒頭には順治帝の「聖諭六訓」[12]、康熙帝の「聖諭十六条」[13]、文昌帝君の「蕉窓十則」[14]を掲載しており、四ている。

十八篇の「案証」を収録している。光緒十年の序文には、世道を挽回し、人心を転換するという刊行の主旨が記されている。

臨安立堂、於今三年矣。各堂中執事者有恪、往聴者無疑。誠以世祖・聖祖之聖諭、群聖諸神之神言、余慶余殃之案証、可以啓斯人之知、可以翼斯人之行者也。……遂推『千秋宝鑑』一書、以為是有心挽回世道、撥転人心者之所為也。(臨安に堂を立てて今三年になるが、各堂の執事は誠実で、聴きに来る者は信頼している。誠に世祖・聖祖の聖諭と群聖・諸神の神言、余慶・余殃の案証は、庶民の知を啓き、庶民の行を助けることができる。……かくて『千秋宝鑑』一書を推して、世道を挽回し、人心を転換する心ある者の行為とした。)

本書には「刊刷千秋宝鑑功徳芳名」があり、建水県胡政挙等の名が掲載され、「悔過堂衆首事懇祈天災寧息願刷参伯部」と記されていることから、臨安の善堂は「悔過堂」と思われる。

三　『千秋宝鑑』の案証

1　西南官話

『千秋宝鑑』四巻所収の案証四十八篇の分布は、四川18、山東4、浙江4、河北3、江南2、福建2、山西2、湖南1、甘粛1、雲南1、江西1、不詳9となっており、雲南で刊行された案証集でありながら、ほとんどが雲南の案証ではなく、四川など他省からもたらされた案証であったことがわかる。記載された言語は西南官話であり、『宣講集要』などの案証集と同様に四川・湖北・雲南・貴州の広い地域に通用する言語を使用していた。たとえば、巻一の案証に記載された西南官話は以下のごとくである。(15)

活路（「埋児賜金」）―農活（農作業）、手工作業（肉体労働）。「幇人做一天活路。」

磋磨（「臥氷求魚」）―折磨（苦しめる）。「把王祥百般磋磨。」

哰（「遣鬼誅逆」）―喊（呼ぶ）。「十多余年並未哰一声娘。」

倒（「撫姪出囮」）―着（助詞。～している）。「誰知為兄病纏倒。」

攏（「鬼魂附身」）―到（到る）。「哰他兄弟攏床前。」

陰倒（「富貴双全」）―暗暗地（ひそかに）。「陰倒把衣衾棺槨先已備弁。」

腰店（「人財両空」）―路旁小舗（路傍の小店）。「就在十字路上開了一座腰店。」

2 対偶配列

四十八篇の案証故事は、下記のように善報と悪報などの対偶構成を取ってわかりやすく配列しており、ここにこの案証集の特色がある(16)。


巻一…孝子（「埋児賜金」）―逆子（「呪子送瓜」）

能孝後娘的善報（「臥氷求魚」）―不孝後娘的悪報（「遣鬼誅逆」）

敬兄嫂友愛姪児（「撫姪出囮」）―慢兄嫂刻毒姪児（「鬼魂附身」）

刻子方成子（「富貴双全」）―愛児是害児（「人財両空」）

巻二…明生理脱凡成仙（「洞中入夢」）―昧生理図財害命（「井底伸寃」）

毋非為的善報（「拾金不昧」）―作非為的悪報（「双頭祝寿」）

「離家尋父」（孝子）―「棄業尋母」（孝子）

「割頭救父」（孝女）――「守戸救母」（孝女）
「烤脚奉翁」（孝媳）――「割股奉婆」（孝媳）
恭敬祖母（「陳情表」）―恭敬主人（「老長年」）
巻四…兵孝（「忠孝節義」）―民孝（「忠孝節義」）
弟恭兄（「唖吧説話」）―兄友弟不恭（「忤逆遭誅」）
農夫行孝（「堂上活仏」）―畜生行孝（「唧刀救母」）
堤防非為（「双善橋」）―浪蕩非為（「凃氏双全」）

このような案証の対偶配列は、地方自治制度である郷約における善行と悪行の記録を帳簿に残す形態に起源する。(17)こうした帳簿によって善行を推奨し悪行を懲戒する方式は、その後、善行と悪行の案証を紹介する方式に発展した。范鋐『六諭衍義』（康熙二十七年（一六八八）、琉球復刻本）「孝順父母」には、孝子として黄香と王祥、(18)(19)逆子として陳興を挙げてそれぞれ応報を示している。(20)また「尊敬長上」では柳仲郢と祝期生、「和睦郷里」では王有道と沈富民、「教訓子孫」では孟子・柳公綽と王瑤、「各安生理」では盛徳と薛敖、「毋作非為」では周処と陳三公をそれぞれ善報と悪報の案証として紹介している。『宣講集要』の案証編集もこうした善報悪報を対比させている。(21)『千秋宝鑑』における案証の善悪対偶配列は郷約以来の勧善懲悪に有効な手法であったと解釈できる。

3　聖諭の実践

『千秋宝鑑』ではまた、題名に主旨を添えているが、これは『聖諭六訓』（「孝順父母」「恭敬長上」「和睦郷里」「教訓子孫」「各安生理」「無作非為」）、あるいは『聖諭十六条』の「敦孝弟以重人倫」「和郷党以息争訟」「務本業以定民志」

「訓子弟以禁非為」「息誣告以全善良」各条に合致しており、聖諭の理念を実践するための案証故事であったことが見て取れる。今、案証を分類してみると、以下のようになる。

「孝順父母」「敦孝弟以重人倫」…（巻一）孝子、逆子、能孝後娘的善報、不孝後娘的悪報、（巻二）孝子、孝女、孝媳、（巻三）逆婦雷打報、（巻四）兵孝、民孝

「恭敬長上」…（巻一）敬兄嫂友愛姪児、慢兄嫂刻毒姪児、（巻二）恭敬祖母、恭敬主人、（巻四）弟恭兄、兄友弟不恭

「和睦郷里」「和郷党以息争訟」…（巻四）能和郷里的善報

「教訓子孫」「訓子弟以禁非為」…（巻一）刻子方成子、愛児是害児

「各安生理」「務本業以定民志」…（巻一）工不生理、（巻二）明生理脱凡成仙、昧生理図財害命、（巻三）能戒賭的善報

「無作非為」「訓子弟以禁非為」…（巻二）毋非為的善報、作非為的悪報

4　案証の踏襲

『千秋宝鑑』はまた、『宣講集要』、『宣講拾遺』、『宣講全集』、『宣講福報』、『宣講彙編』、『万選青銭』など親しみのある先行する案証集に収録する故事を再編集している。この中で『宣講集要』の案証がもっとも多い。『宣講集要』は諸々の案証集の先駆であり、後続の案証集の模範となった最もポピュラーな案証集である。

今、『千秋宝鑑』の案証故事の配列および案証の取材源、その梗概を記すと以下のごとくである。

巻一

「埋児賜金」（孝子）（『宣講集要』巻一「郭巨埋児」）―漢朝。郭巨が祖母の食事を奪う香児を埋めようとし、妻は悲しむが、天が黄金を恵賜して救う。

「呪子送瓜」（逆子）（『宣講集要』巻三「逆子分戸」）―偽隴県（四川）。史為柱の不孝者の三男史善貴が天罰で首を取られる。

「臥氷求魚」（能孝後娘的善報）（『宣講集要』巻一「王祥臥氷」）―西晋、琅琊。王祥の故事。

「遣鬼誅逆」（不孝後娘的悪報）（『宣講集要』巻三「王経怨妻」）―昔。王経の不孝な妻と子女が継母を虐待する。継母の恨みが天に通じ、妻と子女は惨死する。

「撫姪出圂」（敬兄嫂友愛姪児）―昔、仁里村。元徳秀が兄嫂から愛され、兄は徳秀に後を託して死ぬ。嫂も産後に死んだため、徳秀は兄の子に授乳するのに困るが、観音菩薩が徳秀に乳を出させる。

「鬼魂附身」（慢兄嫂刻毒姪児）―信州。劉君祥が後を弟君祺に託して死ぬが、君祺は嫂と甥を邪険に扱い、嫂が病死すると甥を酷使したため、君祥の霊魂が君祺を罵って取り殺す。

「富貴双全」（刻子方成子）―中都県（山東）。高生の後妻柳娘が子長福を実子長怙と同等に育て、高生とともに怠惰な長福を励ますが、聴かないため労働させると、長福は根を上げて勉学する。長怙も資本を浪費し、持たせた贋銀を使って投獄され後悔したため、長福を遣って救わせる。『聊斎志異』「細柳」による。

「人財両空」（愛児是害児）―涿州（河北）。胡有厚の妻張氏が子良児を溺愛する。有厚が説諭するが、張氏が有厚を罵って分家し、良児は破産したため叔父の家に盗みに入って捕まる。良児は面会に来た張氏を怨み、その乳首を食いちぎる。太守は極刑を下す。

「女転男身」（『宣講集要』巻十一「女転男身」、『宣講全集』「転身顕報」）―曹州府南華県（山東）。王孝の娘五嬢が肉屋趙

令方に嫁いで転職を勧めるが、令方が女性も罪悪を犯していると言って聴かないため別居する。五嬢は閻魔の召喚を受け、子女に教訓を遺して西京の張家の男子に転生し、状元に及第する。

「奪米殺児」(工不生理)—本朝、成都府巫山村(四川)。米商人伯良典は子供を売る婦人を救って大工李渭の家に雨宿りする。李渭は妻周氏の諫言を聴かず良典を殺して米を奪おうとするが、誤って我が子を殺す。周氏は絶望して自害する。

「土神受鞭」(『宣講集要』巻四「鬻子節孝」)—嘉慶年間、華陽県(四川)。傭工余清の妻鄭氏は夫の死後再婚せず、姑の病気を治すため子孝感を売って肉を食べさせ、乞食をして古廟に帰る途中突風で倒れて嘆く。旭升は神が土地神を裁く場面を見る。

「活人変牛」—癸卯年、南部県復興場(四川)。鄭某の妻尹氏は姑から愛されていないと訴えるが、肉を母に食べさせておらず、また不孝であれば牛になると誓ったため、その誓いどおり牛になる。

巻二

「洞中入夢」(明生理脱凡成仙)—広陵府江陽県(四川)。李珏は父の遺訓を守って正直な商売に努め、仲間の王玉成が死ぬと収益を遺子に分ける。宰相が華陽洞天に遊んで李珏の善行を知り、皇帝に上奏して表彰される。

「井底伸冤」(昧生理図財害命)—昔、辰州(湖南)。張作成は遊興で遺産を蕩尽し、父の友人李忠を殺して収益を奪うが、李忠は子桂元に転生して命を狙う。王太守は井戸の底で黒面大王の裁判を見て真実を知る。

「拾金不昧」(毋非為的善報)—山東臨淄城内。徐擦子は脚萎が前世の応報と知って「蓮花鬧」の勧世文を唱い、拾った金を張監生に返し、王老典が劉雇工の妻を奪うのを見ると、張から金を借りて救う。

「双頭祝寿」(作非為的悪報)(『宣講集要』巻十二「双人頭」)—道光年間、四川地方。張老漢の六十歳の祝賀に次女は遅

れ、長女の夫李大工の家に泊まる。李の弟は旅館に泊まり、主人王老幺に事情を話す。王は李家に行き、菜園の女と同衾する。大工は弟と次女だと誤解して殺す。

「離家尋父」（孝子）—文安県（河北）。王珣は労役を避けて僧籍に入り帰郷せず。子王原を探し出して説得し帰郷させる。

「棄業尋母」（孝子）—呉江県（江南）。呉璋は家業を捨てて宮女の母を捜し、蕉道人の援助によって捜し出してともに帰郷する。

「割頭救父」（孝女）（『宣講集要』巻五「殺身救父」）—福安県（福建）。章達徳の弟達道の妻陳氏が龍宝寺の僧一清に殺され首を切られる。父陳大方が達徳を訴えると、達徳の娘玉姫は父を救うため自害し、母黄氏は娘の首を官に差し出す。包拯は事情を究明して、一清を捕らえる。『龍図公案』「三宝殿」による。

「守尸救母」（孝女）（『宣講集要』巻五「雪裡救母」）—潼川府三台県（四川）。蔡国昌の娘長姑は母雲氏の遺体を背負って山に埋葬するが、雪が降って手がかじかむ。観音菩薩は雲氏を蘇生させる。

「烤脚奉翁」（孝媳）—道光年間、四川省。楊布客の留守中に妻鄭氏が夫に代わって冷え症の舅の脚を懐炉で暖めていたが、隣家の老婆が中傷して醜聞が広まる。老婆は雷に打たれて死に、鄭氏には天が表彰の扁額を下賜する。

「割股奉婆」（孝媳）—涪州（四川）。周継謙は何二老爺の三女の婿であったが、平民のため何二の誕生祝いの席で帽子にニンジンを戴せられる。妻何氏は継謙に学問の大切さを説き、腕の肉のスープを母に勧める。

「陳情表」（恭敬祖母）—建興年間、蜀国武陽県（四川）。李密は祖母から母何氏が夫の死後に離縁を迫られて実家に帰ったことを聞き出し、祖母を背負って芝居を見ていると秀才に推挙される。しかし李密は断る。

「老長年」（恭敬主人）—明朝嘉靖年間、浙江淳安県。徐氏兄弟が分家し、夭逝した三男徐哲の妻顔氏は西庄に追われるが、従僕の阿寄が行商をして主人を助ける。『醒世恒言』「徐老僕義憤成家」による。

「鳴鐘訴冤」（『宣講集要』巻十二「鳴鐘訴冤」）―道光十六年、徳陽県（四川）。楊芳華の娘桂香は母李氏から臨終に戒規五条を遺言されて貞節を守っていたが、婚約者張耀鳳の家に泊まった時に腹がふくれたため離縁され、自殺を思い止まって観音廟で鐘を鳴らして訴えると、嫂堯氏が耀鳳に讒言したことを告白して惨死する。

巻三

「和感妯娌」―従前。蘇家は嫂の不和が原因で分家しそうになるが、崔氏が「和先後法」によってまず三兄弟を説得し、次に三人の嫂を説得して分家を阻止したため、自分の寿命も延ばす。

「割耳完貞」（『宣講集要』巻十二「割耳完貞」）―康熙三十五年、閩県。林国奎の妻鄭氏は夫の死後継母に再婚を迫られて亡夫の墓前で自害を図る。次男国璽は嫂をまず実家に帰し、母を説諭して家に迎える。鄭氏は不良が言い寄ったため耳を削いで貞操を守る。

「嫁身娶媳」（『宣講福報』巻二「嫁身娶媳」）―宋仁宗の時、山東唐州府。周可立は呂月娥と婚約していたが、呂家が周家の貧困を嫌って婚約破棄を謀り結納金を要求したため、母房氏は魏家に嫁いで金を作り縊死を図る。月娥は実家から金を借りて房氏を迎えようとするが金を盗まれて縊死し、可立が天に訴えると、雷が落ちて盗賊焦黒子が死に、月娥も棺の中で復活する。

「双義坊」（『宣講彙編』巻二「争死救嫂」）―臨潼県（四川）。白雲高には前妻孫氏の子玉璧と後妻朱氏の子玉美があり、雲高と孫氏の死後、玉璧が病死し、妻馮氏は玉美の妻高氏に慰められるが、さらに嬰児を失う。馮氏は強姦しようとする朱氏の甥為宝に抵抗して殺し、高氏が身代わりとなるが、真相が明らかとなり、二婦は朝廷から双義坊を賜る。

「改過喪子」（『万選青銭』巻二「改過換子」）―国朝康熙年間、蓬州（四川）東路。富者宋長福は聡明な二子を得て平素の吝嗇を反省し善行を施すが、疫病で二子を失い、不満に思っていると夢に冥界に赴き、偽善者張善人と節婦孫氏の応報を見た後、都司から二子は長福を破産させるため下界に送ったものと告げられ、改めて子を授けられる。

「当産全節」―明朝嘉靖年間、台州（浙江）。応天祥は、不道徳のため自殺した二婦の会話から「替身」を求めていることを知り、夫に代わって金を送り、再婚を強要される林家の嫁を救って、天界の陰隲尚書に封ぜられる。

「刻財悔過」（『宣講集要』巻十二「用先改過」）―前代。張用先が雇い人李大堆に約束した報酬を与えなかったため、大堆が空谷禅師に相談すると、井戸に映った武官が「後身」だと言われる。用先も夢に亡父に罵られて空谷禅師を訪ね、井戸に乞食の姿を見せられて不徳な行為を改める。聡明な用先の娘は皇妃に選ばれる。用先は官職に就き、退職後に「万空歌」を歌って過ごす。

「蚯蚓奉婆」（逆婦雷打報）―新建県（江西）。車押しの洪禎は顧氏を娶るが不孝者で、洪禎が顧氏を叱ると、顧氏は麺の代わりに蚯蚓を姑に食べさせたため、雷神が岩の割れ目に挟んで嬰児に授乳させ、三年後に殺す。

「覆水難収」（『宣講集要』巻十二「崔氏逼嫁」）―漢朝、会稽県（浙江）。朱買臣の妻崔氏は夫が柴刈りするのを恥じて離婚を主張し石工張家に嫁ぐが、石工の死後水売りをして過ごし、夢で出世した買臣に会いに行こうとして神に罵られる。買臣は五十歳で五馬太守となり憐れみを乞う崔氏を罵る。崔氏は入水自殺する。

「金腰帯」（遇主賜帯）（能戒賭的善報）（『宣講集要』巻七「賢妻勧夫」）―山西省代銅（大同）県太平村。謝文欽の父は慈善家であったが文欽は賭博好きであったため、妻楊氏は苦瓜と種を混ぜて煮て「父苦子甜」の意を寓し、賭博の五罪を数えて諫める。後に文欽は行商人に飯を勧める楊氏を罵るが、楊氏は接待が悪いと怒られたと行商人に応じる。行商人は帯と書信（聖旨）を渡し、夫婦は官職を得る。

「破舟脱難」―江南城外謝家荘。李氏は盲目の姑朱氏と子丁元を養い、雇い人に崔正富と屈二がいた。李氏は姑に善書を聞かせた。戦乱を避けるため舟を買おうとするが見あたらず、老人（張果老）が舟に乗せる。

卷四

「稽山賞貧」（『宣講集要』巻六「稽山賞貧」）―道光年間、甘粛省稽山。鄧春栄は匪賊を避けるため妻楊氏の提案で実子光後を捨て弟の子光前を抱いて逃げるが、光前は十九歳で病死する。光後は常大人の養子となり、神の啓示によって父母と再会し、光前も蘇生する。

「忠孝節義」（兵孝）―昔年。王必栄が匪賊を平定するため出征し、留守中に弟が病死したため、妻陳氏は髪を売り子女に乞食をさせる。母に肉を食べさせるため子を殺そうとすると娘が身代わりを申し出るが、雷が落ちて一面に白兎が現れ、洞窟一杯の銀を発見して、餓死を免れる。

「忠孝節義」（民孝）―定州（河北）東冊上村。魏童子は牧牛をして母李氏を扶養する。李氏も亡夫への貞節を守る。

「唖吧説話」（弟恭兄）―順治年間、湖州三百潭（浙江）。陳文宇が賊に攫われ、次子唖吧は賊に身代わりを求めて賊を感動させる。文宇は帰宅して唖吧を追い出した兄を責めて死ぬ。兄が再び唖吧を追い出したため賊が兄を殺そうとするが唖吧が遮る。関帝は唖吧を治して話をさせ、兄も反省する。

「忤逆遭誅」（兄友弟不恭）―昔。彭老漢の次子喜は妻の言を聞いて分家する。兄寿は貧窮して墓のそばの小屋に住み、父母は喜に追い出されて兄の家で泣くと、雷雨が起こって喜夫婦を打ち殺す。

「教子忍気」（能和郷里的善報）（『宣講集要』巻八「忍譲睦鄰」、『宣講拾遺』巻三「忍譲睦鄰」）―南渓県（四川）。何大栄が三子学堂を府試に送った留守中に、隣人劉成華が山の境界を侵したため、長子と次子が大栄に知らせるが、大栄は「忍譲歌」を送って摩擦を避けさせる。隣人は別の紛争を起こして疫病で死ぬ。

「堂上活仏」（農夫行孝）（『宣講集要』巻二「堂上活仏」）―山西太原府。楊黼は母を恭敬せず、長寿を学ぶため四川の無際大士を訪ねるが、その途中、道人から示唆を受けて帰宅し、慌てて迎えた母こそ仏祖であると知る。母の死後、演劇を見に出かけたときに母に似た乞食を見て奉養する。

「御刀救母」（畜生行孝）（『宣講集要』巻二「御刀救母」）―明朝嘉靖年間、雲南昆明県。肉屋の趙五は母牛を殺そうとすると子牛が包丁を隠すのを見て感動し、太華山で修行するが、前世で窃盗の罪を犯していたため牛になり、転生して乞食となって修行する。子牛は転生して四川巡撫の王輔となる。

「双善橋」（提防非為）（『宣講集要』巻十一「双善橋」、『宣講拾遺』巻六「双善橋記」）―明朝、四川地方。朱琦は母の死後希望を失っていると、老人から善行を勧められ、「蓮花鬧」の勧世文を唱う。石橋を造るが失明し、脚を折って悲観するが、三劫を経て皇太子となる。

「涂氏双全」（浪蕩非為）（『宣講集要』巻十一「佔嫁妻」）―乾隆年間、四川重慶府梁山県。甘克桂は早く父母を亡くして遊蕩し、妻涂氏が諌めても聴かず、妻も売る。妻は悲嘆して縊死し、克桂は処刑される。

「節孝双全」（『宣講集要』巻四「黄氏節孝」）―青神県（四川）。文維清は妻黄氏に再婚を戒めて病死するが、舅姑は再婚を迫って虐待したため、舅は病死し、姑は膿を病んで死ぬ。道光丙午年（一八四六）に黄氏は死去し、閻魔は称賛して男子に転生させる。

「聴講回心」―道光癸卯年間（一八四三）、西蜀川北。胡東升は応報を信じなかった。長子玉珩は賭博を好み、次子玉玖は好色で、娘桂蓮は無教養であったが、表弟《いとこ》楊郁堂の聖諭宣講を聴いて回心したため、郷里に宣講を興した。

四　案証の改編

『千秋宝鑑』の案証にはもとの案証を改編したものも少なくない。その典型が巻三「金腰帯」であり、もとの『宣講集要』巻七「賢妻勧夫」の妻楊氏が夫謝文欽の賭博癖を諌めて口論になる場面をすべて「歌」の形式に改めており、これによって妻が夫を説得する場面を劇的に表現している。

（『宣講集要』）「夫君不必発怒。自従公婆去世以後、家業漸退、只佃学田幾畝耕種。理宜勤爬苦掙、才得衣食不欠。夫君日夜長賭、一来怕輸了銭、二来耽悞庄稼。」文欽道、「你説怕耽誤庄稼、栽割之時、無非多請幾个月活、就是。至若説輸銭、這是賭博長事、然而我也曾贏了些回来、難道你就忘了不成嗎。」（「あなた怒らないで。舅姑が亡くなられて家業もだんだん廃れ、学校田を借りて耕作する有様。一生懸命働いてやっと食べられるのに、あなたは朝から晩まで賭博ばかり。負けはせぬかと心配し、田圃仕事も滞りがちです。」文欽は言った、「おまえは田圃仕事が滞ると言うが、農繁期に手伝いを雇えばすむことだ。賭博に負けると言うが、勝ち負けは賭博の常だ。だが勝って帰ったこともあるぞ。まさか忘れたわけじゃあるまい。」）

（『千秋宝鑑』）「妻夫君不必怒満面、細聴為妻把話言。夫賤人休得胡乱嘆、看我不愛動皮拳。妻為妻那敢把你管、也知丈夫大如天。夫諒你賤人也不敢、文欽不是無志男。妻為妻只得把你勧、不念如今念従前。夫従前我家非貧賤、未必那些不観瞻。妻公婆為你常行善、修橋補路人称賛。夫爹媽行善本体面、又来扯我為那般。妻生了夫君把賬欠、為行善事家敗完。夫這是爹媽少打算、非我文欽敗家園。妻就該立志勤快点、経理庄稼苦種田。夫活路那要自己幹、我都請得有長年。……妻你説賭銭有衣飯、為何那天去輸銭。夫我就輸銭会翻片、不消你来把心耽。妻見入迷途終

不返、受了五罪莫甚焉。」（「妻あなたそんなに怒らずに、私の言うことよく聞いて。夫こいつでたらめ言うじゃない、俺の拳骨食わせるぞ。妻どうして尻に敷きましょう、夫の言うこと絶対だから。夫おまえに文句は言わせない、俺は無能じゃないからな。妻だけど一言申します、昔を思い出されては。夫昔は我が家も良かったな、誰が見ても見栄えした。妻義父母様は善いことされて、橋道作ってほめられました。夫善いことしたのは体面さ、俺と何の関係がある。妻あなたが生まれて借金が増え、善いことされてつぶれたのです。夫それは親の計算ちがい、俺がつぶしたわけじゃない。妻志立てがんばって、田圃の仕事に励んでは。夫仕事は自分でするまでもない、手伝い頼めばすむことだ。……妻賭博で食べると言うけれど、どうしてあの日は負けたのかしら。夫負けたらこの次また勝つさ、おまえが心配することはない。妻迷路に入って戻れなく、受ける五罪は怖いわよ。」）

と言って、「玷祖先」（祖先を汚す）、「敗家業」（家業を廃らす）、「失家教」（家庭教育を失墜する）、「出醜事」（醜悪な事を起こす）、「傷性命」（生命を損なう）の五罪を散文で数え上げる。

また『集要』巻一「郭巨埋児」では、郭巨の妻が祖母を救うために泣いて我が子を埋める一場面しか歌唱を設定していないが、『千秋宝鑑』巻一「埋児賜金」ではさらに、郭巨が祖母の飢餓を憂慮する場面や、夫婦が天から黄金を賜って我が子を犠牲にしないですんだことを感謝する場面に歌唱を設定して、人物の孝心や愛情を表現している。

さらに『宣講集要』巻七「崔氏逼嫁」では、朱買臣の妻崔氏の歌唱があり、貧乏を嫌って隣近所に離婚の権利を主張して笑われる崔氏の愚かさと、再婚が失敗して朱買臣に罵られ後悔する崔氏の情けなさの表現を通じて悪行を戒めているが、『千秋宝鑑』巻三「覆水難収」では、朱買臣が崔氏を説得し、崔氏が説得に応じず離縁を求め、買臣が離縁せざるを得なくなる場面の方に歌唱の重点が置かれる。

このように『千秋宝鑑』においては『宣講集要』を改編し、歌唱による勧善の場面を多く設定している。『宣講集要』よりも歌唱の場数が多い案証は、以下の七案証である。

巻一「埋児賜金」3―『集要』巻一「郭巨埋児」1
巻二「双頭祝寿」4―『集要』巻十二「双人頭」2
　　「割頭救父」4―『集要』巻五「殺身救父」3
巻三「覆水難収」6―『集要』巻七「崔氏逼嫁」5
　　「遇主賜帯」2―『集要』巻七「賢妻勧夫」0
巻四「稽山賞貧」3―『集要』巻六「稽山賞貧」2
　　「教子忍気」5―『集要』巻八「忍譲睦隣」2

なお例外的に以下の一案証だけが『宣講集要』よりも歌唱の場数が少ない。

巻三「刻財悔過」1―『集要』巻十二「用先改過」3

だがこれは新たなストーリーを構築するためであった。この案証は不誠実を戒める主旨であるが、『宣講集要』では、亡父が息子を夢の中で責める場面と、息子が改心して出世に恵まれ、退職後に無を悟って「万空歌」を歌う場面に歌唱を用いているが、『千秋宝鑑』では、息子が雇い人に給金を与えず、雇い人は来世武官に転生する姿を井戸の中に見出し、息子は来世乞食になる姿を井戸の中に見出すというストーリーを創出している。

『千秋宝鑑』は『宣講集要』のほか、『宣講福報』(22)、『宣講彙編』(23)、『万選青銭』(24)からも案証を選択しており、巻三「改過喪子」を除いて歌唱の場数は同じで、巻三「嫁身娶媳」を除いて歌詞は同一である。

巻一「臥氷求魚」6―『彙編』巻一「臥氷求魚」6（『集要』巻一「王祥臥氷」2）
巻三「嫁身娶媳」4―『福報』巻二「嫁身娶媳」4（歌詞が異なる）

「双義坊」5——『彙編』巻二「争死救嫂」5

「改過喪子」4——『万選青銭』巻二「改過換子」2

巻三「改過喪子」では、改心した主人公が二子を喪失した理由がわからず天に訴える場面や、偽善者が地獄に堕ちて後悔して後人を戒める場面に歌唱を加えている。

五　結び

雲南臨安府では聖諭宣講のために『千秋宝鑑』四巻が編纂された。四巻本はほかにも多く刊行されており、簡易な宣講本であったが、『千秋宝鑑』の冒頭には順治帝の「聖諭六訓」、康熙帝の「聖諭十六条」、文昌帝君の「蕉窓十則」を掲載しており、宣講生が聖諭を読誦してから案証故事を宣講した実態を彷彿とさせる。

案証は四十八篇あり、その一半に相当する二十四篇は取材先が不明であるが、雲南以外の案証が多いことから、先行書に取材したのではないかと考えられる。あとの一半の二十四篇は明らかに先行書に取材している。これは先行書が聴衆に親しまれており、宣講する側にとっても簡便な素材であったためであろう。

だが宣講するうちに次第に改編され、歌唱の場数を増やして歌唱が人の感情を動かす力をフルに活用した案証が六篇ある。先行書と内容がほぼ同一で歌唱の場数も同数のものも十二篇あるが、これらの中にも単独に宣講するのではなく、善報悪報の対偶を作ってわかりやすく宣講して勧善効果を狙ったものがある。

注

（1）中国音協、中国劇協雲南省分会会員。一九三九年、通海県に生まれる。編集者、創作者。一九八七年、『嫁身娶媳』を『雲南民族芸術研究』に発表。一九八五年から『通海曲芸志』主編。一九八八年から『玉渓地区曲芸音楽集成』副主編。
（2）現存最古の版本（国立中央図書館台湾分館蔵本）は咸豊二年（一八五二）の序文があり、原本の復刊本と考えられることから道光時期の版本とは言えない。
（3）『宣講拾遺』の編者の序文は同治十一年（一八七二）であり、道光時期の版本とは言えない。
（4）未見。道光時期版本か否かは不詳。
（5）未見。光緒刊本は雲南図書館蔵本。
（6）張家訓氏提供。
（7）初版本が何年に北京で刊行されたかは記されていない。
（8）石陽周去非選輯・漢口鑫文社出版。重慶大同書局印行。活字本。
（9）『太上宝筏図説』『太上感応篇』『因果経』『因果新編』『三世因果経』『三聖経』『重刻救命船』『目連伝』などの「善書」も「聖諭」に分類されている。『因果経』『救命船』は「曲調選例30曲」においては「善書」に分類されており、「聖諭」と「善書」の分類基準が不明瞭である。
（10）『千秋宝鑑』に掲載する「文昌帝君蕉窓十則」を指すか。
（11）「孚佑帝君家規十則」を指すか。
（12）「孝順父母」「恭敬長上」「和睦郷里」「教訓子孫」「各安生理」「無作非為」。
（13）「敦孝弟以重人倫」「篤宗族以昭雍睦」「和郷党以息争訟」「重農桑以足衣食」「尚節倹以惜財用」「隆学校以端士習」「黜異端以崇正学」「講法律以儆愚頑」「明礼譲以厚風俗」「務本業以定民志」「訓子弟以禁非為」「息誣告以全善良」「戒匿逃以免株連」「完銭糧以省催科」「聯保甲以弭盗賊」「解讐忿以重身命」。
（14）「戒淫行」「戒意悪」「戒口過」「戒誇功」「戒廃字」「敦人倫」「浄心地」「立人品」「慎言語」「広教化」。

(15) 方言語彙の情報は、復旦大学・京都外国語大学編『漢語方言大詞典』（一九九九、中華書局）によった。

(16) 光緒本にはすべての案証に主題が付記されているわけではなく、なぜか巻三には全く無い。

(17) 郷約の開祖である宋呂大鈞『呂氏郷約』（一〇七六、陝西藍田）には「置三籍。凡願入約者、書於一籍。徳業可勧者、書於一籍。過失可規者、書於一籍。直月掌之。月終則以告於約正、而授於其次」と記す。

(18) 元郭居敬『全相二十四孝詩選』に、「漢黄香、年九歳、失母、思慕惟切。郷人称其孝。香躬執勤苦、一意事父。夏天暑熱、為扇涼其枕簟。冬天寒冷、以身暖其被席。太守劉護表而異之。」

(19) 『全相二十四孝詩選』に、「晋王祥、母喪、継母朱氏不慈、父前数譖之、由是失愛于父。母嘗欲食生魚、時天寒冰凍、祥解衣卧冰求之。冰忽自解、双鯉躍出、持帰供母。」

(20) 「仮使逃得這王法、也決逃不得天報。我且講幾箇古人聴着。古時有箇黄香、九歳失母、思慕哀切、独事其父。……後官至尚書。又有箇王祥、……後母因己子長成、妬忌前子、嘗以毒薬置酒中令祥吃。……其母感悔、一家孝友。後祥官至太保、九代公卿。……這倶是能孝順的、各有善報。有箇陳興、是順義人。……母老病、終日要母抱孫。一日、抱孫誤墜地傷額。陳興以母故跌其孫、大怒辱罵。……一旦妻死子絶、家敗。忽発狂、自嚼十指、呼号痛楚而死、屍臭莫収。」

(21) たとえば『聖諭十六条』第一条「敦孝弟以重人倫」では、巻二に孝案十七条、巻三に不孝案十九条を掲載し、巻六には古今兄弟善悪案十七条を掲載している。

(22) 四巻。光緒三十四年（一九〇八）経元書室復刊。

(23) 四巻。光緒三十四年経元書室重刊。

(24) 四巻。刊年不詳。

第二節　湖南の『宣講彙編』四巻

一　はじめに

『宣講彙編』四巻は光緒三十四年（一九〇八）に経元書室が『宣講福報』『宣講珠璣』『宣講摘要』と時期を同じくして重刊した宣講書である。[1] 経元書室は経元書堂と同一の書店であろうか。経元書堂は湖南宝慶府の書店で、店主は呉莘民。光緒丙午年（光緒三十二年、一九〇六）に木版『宣講集要』十五巻首一巻を刊行している。[2] 本書の版式は半葉十行、二十五字。「宣講聖諭規則」を掲載しない簡易本であるが、四巻に収録した案証は無造作に並べたわけではなく、ある主題のもとに分類されているようである。また案証の出典を注記しているが、現存が確認できない出典が多く、原典をどのように編集したかを知るすべもないが、本書よりも先に出た『宣講集要』十五巻首一巻などに収録する案証と同じ案証があり、それらと比較すると、本書に収録する案証は『宣講集要』収録の案証よりもわかりやすく改編されていることが分かる。また小説に取材した案証があり、ストーリーをおもしろくして聴衆を魅了していることも分かる。本節では本書のこうした特徴を明らかにしたい。

二　四巻の概要

四巻の案証は全四十一篇で、目次は以下のごとくである。

巻一（十一篇、六十八葉）「積米奉親」「臥氷求魚」「楊一哭墳」「孝虎祠」「慈孝堂」「孝逆異報」「炸麦生虫」「点滴旧窠」「砍断手」「遵諭明目」「三家免劫」
巻二（十一篇、六十九葉）「厚族獲報」「敬兄愛嫂」「争死救嫂」「売身救兄」「尊兄撫姪」「譲産譲名」「三理報」「二子乗舟」「友愛全節」「知恩報恩」「葉三奇案」
巻三（八篇、六十八葉）「棄家贖友」「捨身全交」「生死全信」「見利忘義」「忍口獲福」「傷生悔過」「風吹穀飛」「仮無常」
巻四（十一篇、六十八葉）「和順化人」「規賭全貞」「借狗勧夫」「跪門受譴」「賢妾撫子」「断機教子」「矢志守貞」「白猿献菓」「紅蛇纏身」「穢竈奪紀」「仮斎婆」

これを見ると、巻三だけが八篇と少ないが、巻三全体の葉数は六十八葉であり、長編の案証を含んでいるためである。

また各巻には明確な分類基準が示されていないが、巻一は主として「孝」（親子愛）、巻二は主として「弟」（兄弟愛）、巻三は主として「義」（友人愛）、巻四は主として「貞」（夫婦愛）という主題によって分類されているようである。これは宣講人や読者の便宜を考慮した分巻形態であり、聖諭の中でもこの四主題の案証がとりわけ多かったためだと思われる。

本節では本書の梗概をまとめて、案証を主題別に掲載していることを明らかにしたい。なお（ ）内には原典を記載している。

巻一（「孝」）

「積米奉親」（『宝蓮舟』[3]）（宣十場）（第一葉表～七葉裏）―母子の孝。西漢、四川徳陽県の張文進は善行に努めて子正興を授かり、正興は妻李秀貞を娶って子平安を授かる。秀貞は孝行で、姑陳氏が発病すると、腕の肉を割いて陳氏に食させ、さらに病気快復を祈願するが、陳氏は近隣の朱胡氏の讒言を信じて呪詛されたと疑い、正興に秀貞を離縁させる。秀貞が白雲庵に住むと、平安は米を届ける。後に父子は高官に就任し、陳氏も誤解を解いて秀貞を迎え、朱胡氏は絞殺に処せられる。『宣講集要』巻十「積米奉親」。『安安送米』故事による。

「臥氷求魚」（『勧世編』）（宣七場）（第八葉表～十四葉裏）―王祥の孝。西晋の王祥は継母朱氏のために真冬に氷上に身を横たえて氷を溶かし二匹の鯉魚を得る。また朱氏のために黄雀を捕らえ、李樹の見張りをして風を止める。朱氏は王祥に毒酒を勧め、刺殺を謀るが、王覧が阻止する。王祥は朱氏に許しを求め、朱氏は悔悟する。(4)『宣講集要』巻一「王祥臥氷」。『二十四孝』王祥故事による。

「楊一哭墳」（『覚世盤銘』）（宣五場）（第十五葉表～十九葉裏）―楊一の孝。武進の楊一が親の墓で泣いて天から銀を賜る。『宣講集要』巻一「楊一哭墳」、『宣講拾遺』巻一「至孝成仏」。

「孝虎祠」（『覚世盤銘』）（宣三場）（第十九葉裏～二十四葉裏）―猛虎の孝。明崇禎年間、逵県の趙城羽の子を食った虎がその母を養う。『宣講集要』巻二「孝虎祠」。『聊斎志異』巻五「趙城虎」による。

「慈孝堂」（『救世保元』）（宣三場）（第二十四葉裏～三十二葉表）―竇娥の孝。唐の蔡文茵が竇成文の娘竇娥を娶り、科挙受験のため上京する間、竇娥は蔡家で姑張氏の世話をするが、張氏は薬医の売り掛けを徴収して逆に殺害されそうになり、乞食張驢児母子に救われて家に住まわせるが、驢児は薬医に毒薬を調合させて張氏を毒殺して竇娥を奪おうとし、驢児の母が毒味して死ぬと、張氏を訴える。竇娥は身代わりになるが、八府巡按になった竇成文が冤罪をはらし、将軍になった文茵が驢児と薬医を捕らえ、張氏と竇娥には「慈孝堂」の扁額が下賜される。『宣講集要』巻四「斉婦含冤」。元関漢卿『感天動地竇娥冤』雑劇による。

「孝逆異報」（『仁寿鏡』）（宣四場）（第三十二葉表～三十七葉裏）―孝と不孝。清道光初、奉節県（四川）の朱氏五兄弟は

木訥で、特に四弟応江は肝を割いて母の病気を治したほどであったが、朱栄榜と妻晏氏は不孝で、老母を虐待して殺す。応江は慈善に努めて出家し、栄榜は一族が絶滅する。

「炸麦生虫」（忤逆遭報）」（『覚世盤銘』）（第三十七葉裏～四十三葉表）―不孝。山西太原府韓城県の王芳桂の次男応武と妻張氏は芳桂を餓死させたため地獄に連行される。

「点滴旧窠」（『廻生舟』）（第四十三葉表～四十七葉裏）―不孝。仁寿県（四川）の李文玉は父母に従順ではなく、子貴保が文玉の誕生日に文玉の不孝を暴露する。『宣講集要』巻三「文玉現報」。

「砍断手（劉光燦遊冥）」（『勧世編』）（宣三場）（第四十七葉裏～五十四葉裏）―不孝。道光二十九年後四月十三日、璧山県（四川）の劉光燦は賭博に狂って父母を世話せず、また賭博をしたら手を切断されると誓ったため、地獄に連行されて関帝に右手を切除される。『宣講集要』巻三「神譴敗子」。

「遵諭明目」（『遵諭集成』）（宣三場）（第五十四葉裏～五十八葉裏）―不孝。昔、理明、楊二とその妻万氏。わがままで失明するが、聖諭宣講を聞いて目が見えるようになる。『宣講集要』巻七「聴諭明目」。

「三家免劫（言為善可免刀兵之劫）」（『上元基命』）（宣五場）（第五十八葉裏～六十八葉表）―善悪。明。厳嵩父子が暴政を行い、悪人がはびこる中、興化県（江蘇）に道人が現れて善行を勧める。鞏某は聴かず同族鞏氏の財産を奪うが、広世徳は鞏氏を救い、善行に努めたので、魏益公・闕疑とともに倭賊から身を守る。

巻二（「弟」）

「厚族獲報」（『一声雷』）（宣三場）（第一葉表～四葉裏）―宗族。宋の范仲淹（九八九～一〇五二）は宰相になって俸禄で義田を設置して宗族を救済し、死後に閻魔となる。明末の劉子平も宗族の仲裁をする。『宣講集要』巻八「創立義田」。

「敬兄愛嫂」（『一声雷』）（宣五場）（第四葉裏～十二葉裏）―姉妹愛。宋の鄒子誠の後妻呉氏は「蜈蚣虫《むかで》」という綽名を持つ悪女で、子誠の死後、遺子鄒瓊を虐待するが、呉氏の娘鄒瑛が鄒瓊に妻を娶らせて学問をさせ、虐待される嫂荊氏を護る。荊氏は誤って鄒瑛の子を殺すが、鄒瑛の舅姑は鄒瑛をいたわる。呉氏はそれを見て反省する。荊氏は観音に祈願して鄒瑛の病気は治癒する。

「争死救嫂」（『救世保元』）（宣五場）（第十三葉表～二十葉裏）―姉妹愛。臨潼県（陝西）の白雲高の後妻米氏は先妻孫氏の子玉璧が死ぬとその妻馮氏を虐待するが、米氏の子玉美の妻高氏が馮氏をかばう。馮氏の子が死ぬと馮氏は一緒にいた高氏を責めずに慰める。米氏の甥為宝が馮氏に抵抗されて死ぬと、高氏が代わりに刑に服する。清官が事件を調査して真実が明らかになり、二人の嫁に双義牌坊が下賜される。

「売身救兄」（『清夜鐘』）（宣四場）（第二十葉裏～二十六葉表）―兄弟愛。康熙七年、貴州開州の周兄弟。兄之美が誤って賊を殺したため、弟之英が王家に身を売って兄の保釈金を作り、州官が金を工面して之英を救う。

「尊兄撫姪」（『宝蓮舟』）（宣四場）（第二十葉裏～三十一葉表）―兄弟愛。本朝康熙年間、商兄弟。商大とその妻馬氏は吝嗇で弟商二に米を貸さなかったが、商二は商大が賊に襲われると商大を救う。馬氏は商二の家を買い取ったため賊に襲われ、商大は殺され、馬氏は乞食をする。商二は商大の子を救い、家を再興する。『聊斎志異』巻七「二商」による。

「譲産譲名」（『洗心録』）（宣五場）（第三十一葉表～三十六葉裏）―兄弟愛。昔漢明帝の時、会稽郡陽羨県の許武は弟許晏・許晋を教育し、御史に就任して弟たちが出世していないのを見ると、弟たちを結婚させ分家させる。許武は弟たちに痩せた土地を分けるが弟たちは不満を言わず、人々は許武を非難し許晏・許晋を賛美したため、弟たちは出世する。『醒世恒言』巻二「三孝廉譲産立高名」(5)による。

「三理報」(『鏡心録』)(宣二場)(第三十六葉裏~四十葉裏)―兄弟不仲。重慶府江津県の梁友は家族が多く祖先の田を売って借金を返すと、弟梁義は友人劉才の天理・道理・情理による諫めも聴かず梁友を訴えたため、梁友は獄死し、梁義は科挙に落第して地獄に堕ちる。

「二子乗舟」(6)(『名教範囲』)(宣六場)(第四十葉裏~四十九葉裏)―兄弟愛。春秋時代、衛宣公の子公子朔は母斉姜を通じて長兄伋を宣公に讒言し、伋の母夷姜は縊死する。宣公は朔とともに伋の暗殺を謀るが、朔の兄寿が代わりに舟で行って殺され、伋も舟で後を追って殺される。宣公は左公子洩と右公子職から寿の死を聞いて死ぬ。朔は王位を継いで恵公と称すが、洩・職が大夫寧と諮って伋の弟黔牟を即位させる。『東周列国志』第十二回、『史記』巻三十七「衛康叔世家」(7)による。

「友愛全節」(『頂門針』)(宣四場)(第五十葉表~五十六葉裏)―兄弟愛。扶風県の史兄弟。病死した三男定綱には子がなく、次男定国は次子長寿を定綱の妻徐氏の養子とする。長男定邦と四男定常が財産ねらいだと疑ったため、徐氏は怒って再婚しないと表明し、定常の許嫁艾氏が書面で定常に不道徳な行為をやめるよう説得する。徐氏は節烈無双の扁額を下賜され、定国は死後に城隍となる。『宣講集要』巻四「友愛全節」。

「知恩報恩(女案、視嫂如母)」(『頂門針』)(宣六場)(第五十六葉表~六十四葉裏)―姉妹愛。宋の廖忠臣は妻欧陽氏の説得で親孝行になる。母が閏娘を生んで死ぬと、欧陽氏は閏娘に授乳し、娘秀女には近所の王大嫂の乳を借りる。欧陽氏は事情を秀女に語る。欧陽氏が病死すると秀女が雷神に祈願し、欧陽氏は蘇生する。清陳宏謀編『教女遺規』(8)中。

「葉三奇案」(『八宝舟』)(宣三場)(第六十五葉表~六十九葉表)―公案。道光二十九年、広安州(四川)の王大才は遠地に商売に出て帰り、儲けた金を付近の黄槐樹に隠して商売に失敗したと嘘を言って妻の貞節を試すが、隠した金を盗まれる。州知事が城隍に祈願して黄槐樹を審問すると、葉三枚が落ちたので犯人を葉三だと推測する。

巻三（「義」）

「棄家贖友」（『名教範囲』）（宣七場）（第一葉表～十二葉表）―友情。唐開元年間、河北武陽の呉保安は西蜀叙州の方義尉となり、宰相郭元振の甥で副将軍の郭仲翔の推薦を得て李蒙の部下に採用される。李蒙は戦死し、仲翔は捕虜となり、姚州の保安に救いを求める。保安は長安に赴くが元振が死んでいたので家産を売って仲翔を探しに出る。保安の妻張氏は姚州都督楊安居の支援で保安を探し出し、仲翔を贖わせる。仲翔は任官して保安夫妻の葬儀を行う。『古今小説』巻八「呉保安棄家贖友」（原典は唐牛粛『紀聞』）による。

「捨身全交」（『名教範囲』）（宣七場）（第十二葉裏～二十一葉裏）―友情。春秋時代、左伯桃と羊角哀はともに楚国に任官を求めるが、雪山で食料が尽きたため、角哀だけが楚国に向かい、上大夫裴仲を介して元王に謁見し、中大夫を授かる。角哀は伯桃を弔い、荊軻に襲われると聞いて、死んで荊軻と戦う。『古今小説』巻七「羊角哀捨命全交」（原典は漢劉向『列士伝』）による。

「生死全信」（『名教範囲』）（宣八場）（第二十一葉裏～二十八葉裏）―友情。漢、山陽の范式（巨卿）と汝南の張劭（元伯）は都の太学で知り合って交友を深め、范式は九月十五日に張劭を訪れるが、張劭は別れて後、范式を思って病気になり、魂魄が平陽功曹の范式のもとを訪れて、九月十五日の葬儀に来てほしいと告げると、范式は約束どおり葬儀に駆けつける。『古今小説』巻十六「范巨卿雞黍死生交」（原典は晋干宝『捜神記』巻十一）による。

「見利忘義」（『清夜鐘』）（宣五場）（第二十九葉表～三十五葉裏）―背信。明万暦年間、孝感県（湖北）の劉尚賢は近所の張時明と昵懇の間柄であったが、道端で黄金を見つけると、時明は欲が出て尚賢を殺して独り占めを謀り、尚賢も時明の毒殺を謀り、二人は同時に死んでしまう。

「忍口獲福」（『仁寿鏡』）（宣四場）（第三十五葉裏～四十四葉裏）―慎言。乾隆年間、浙江嘉興府の李定は言葉を慎んで人を救って科挙に合格するが、同郷の祝期生は人を唆して不幸に陥れたため妻子を亡くし、自ら舌を引き抜いて惨死する。清史潔珵『徳育古鑒』（原名『感応類鈔』）勧化類。

「傷生悔過」（『中流柱』）（宣二場）（第四十四葉裏～五十一葉表）―殺生。金堂県（四川）の郭思洪は殺生を好んで「竈君新論」[9]も聴かず失明するが、母が竈神に祈って快復したため、反省して殺生を好む余九江に応報を説いて改心させる。

「風吹穀飛」（『中流柱』）（宣七場）（第五十一葉表～五十八葉裏）―吝嗇。蜀川巴西の羅密は飢餓の民衆に穀物を恵まず、許容の諫言も聴かなかったため、菩薩和来孫が文昌帝君に告げ[10]、天帝が羅密の倉庫を壊して穀物を飢餓の民衆に分け与える。羅密は恥じて縊死する[11]。

「仮無常」（『阿鼻路』）（宣六場）（第五十九葉表～六十八葉裏）―非業。康熙年間、金在鎔は劉耀海から借金する。耀海の子興発が取立に来るが、妻袁氏が借金はないと偽ったため、袁氏は耀海に似た二子金龍・金鳳を出産して、金鳳は失踪し、金龍は袁氏に金を返せと言って死に、袁氏は半身不随になる。隣家の雷裁縫は呉二爺（無常）に変装して金龍の妻謝天香に言い寄るが、天香も無常に変装して雷裁縫を気絶させる。天香は自首して朱文斗が嫂焦氏を娶った裁判を聴き、原告の童生銭鳳が金鳳だと悟る。官は天香に褒賞を授け、銭鳳は金・銭両家の後継となる。

巻四（「貞」）

「和順化人」（『覚世盤銘』）（宣二場）（第一葉表～四葉裏）―和合。開県（四川）の馬雪堂と妻章氏は温柔かつ孝順で、親族が反対しても母の望みどおり姉妹に多く分ける。同年の黄立堂と花氏は仲が悪かったが、馬生が「好和歌」を歌って聴かせると、夫婦は忍耐を知って仲良くなる。『宣講集要』巻七「夫婦孝和」。

「規賭全貞」（『破迷鍼砭』）（宣四場）（第五葉表～十三葉表）―賢妻。本朝乾隆年間、江南宣城の陸鑑明と妻焦氏は仲が良かったが、鑑明が賭博に狂い、焦氏を臧二八に売ると、焦氏は悲しんで縊死する。官は焦氏を節孝祠に祭り、鑑明の指を切り取る。『宣講集要』巻十二「焦氏殉節」。

「借狗勧夫」（『破迷鍼砭』）（宣二場）（第十三葉表～十七葉表）―賢妻。昔、趙孟は孫銭二悪友と親しんで弟趙仲を疎んじる。妻張氏は趙孟に「仁義酒」「親愛湯」を勧めて兄弟和睦を説き、死んだ犬を死者に仕立てて殺人事件を装い、孫銭二人を呼ぶと、二人は来ず、趙仲が処理する。孫銭は官に密告するが、張氏が事実を明かし、張氏は表彰され、孫銭は処罰される(12)。

「跪門受譴」（『勧世新編』）（宣六場）（第十七葉表～二十五葉表）―愚妻。安岳県（四川）の郭文挙の妻は愚昧で分家を主張し、果ては泣き叫ぶ嬰児を尿桶に入れて殺したため、竈神に打たれる。宣講生艾子謙の勧めで竈神の前で懺悔するが、竈神に打ち殺される。『宣講集要』巻七「悪婦受譴」。

「賢妾撫子」（『廻生舟』）（宣四場）（第二十五葉裏～三十二葉表）―賢妾。明洪武年間、懐遠県（四川）の花雲の妻郜氏は花雲に妾孫氏を娶らせ、花煒が生まれる。花雲は陳友諒と戦って戦死し、郜氏は花煒を孫氏に托して自害する。孫氏は花煒を抱いて葦の茂みに隠れると、鬼神によって明太祖のもとに送られる。

「断機教子」（『廻生舟』）（宣四場）（第三十二葉裏～三十八葉表）―賢母。昔、商林が許嫁の秦雪梅を見て病気になったため、侍女媛玉によって「充喜」を行うが、発覚して商林は死ぬ。雪梅は喪に服して媛玉が生んだ子輅を育てるが、母と認めないので織布を裂くと、輅は雪梅にわびて勉学に励む。『宣講集要』巻四「断機教子」。

「矢志守貞」（『名教範囲』）（宣五場）（第三十八葉裏～四十六葉裏）―貞女。本朝、富平県（陝西）の薛秀英は謝有義と婚約し、康熙時の飢饉の際に謝家が移住したため、祖父は秀英を焚武に売ろうとするが、楊県令が秀英を保護し、有義との結婚を仲介する。

「白猿献菓」(『名教範囲』)(宣四場)(第四十六葉裏～五十三葉裏)―貞女。本朝康熙年間、桐梓県(四川)の李環の妻居氏は李環が死ぬと家産を売って葬儀を行って遺子光祖を養う。呉三桂の乱に遭うが白猿が果物を運んで飢餓を乗り越え、県令が保護して表彰される。

「紅蛇纏身」(『破迷鍼砭』)(宣四場)(第五十三葉裏～五十七葉表)―愚妻。昔陽県(山西)の陳一清の妻許氏は女児を三人溺死させ、宣講生の忠告も聴かなかったため、殺された嬰児が紅蛇となって身に纏わり内蔵を食い尽くす。

「穢竈奪紀」(『遵諭集成』)(宣四場)(第五十七葉表～六十四葉裏)―愚妻。西安府(陝西)の司徳林の妻林氏は神霊を信じず、強弁を得意とし、竈を汚したため、歯が抜け落ち、寿命を削られ、地獄で舌を抜かれる。

「仮斎婆」(『救世編』)(宣三場)(第六十四葉裏～六十八葉裏)―悪女。順慶府広安州(四川)の余氏は夫の死後、二子楊逢春・逢時を育てる。隣家の朱氏は「仮斎娘」と綽名される悪女で、竈で蟻を焼き殺し、鰍魚・黄鱔を食べ、嫁を罵ったため、七穴から血を流して死ぬ。

以上のように各巻の案証はこうした分類によって、主題がわかりやすくなっている。

三　案証の改編

さらに本書では新しい案証を提供するために、先行する案証をそのまま掲載するのではなく、改編を加えて掲載している。

巻一「積米奉親」は「安安送米」説話を述べる。『宝蓮舟』に取材するが、『宝蓮舟』は現存しない。『宣講集要』

巻十「積米奉親」と比較すると、人名を変えている。『宣講集要』「積米奉親」の記述は以下のごとくであり、後世の「安安送米」説話もこれを踏襲している。(13)

西漢、四川徳陽県の姜文進は善行に努めて子詩を授かり、嫁龐三春を迎え、孫安安を儲ける。三春は姑陳氏の病気快復を祈るが、娘邱姑の讒言によって陳氏は呪詛と疑い、姜詩に三春を離縁させる。三春は白雲庵に住み、安安が米を送る。後に父子は高官に就任し、邱姑は絞殺される。

ちなみに、姜詩とその妻子の孝心については、『後漢書』巻八十四列女伝「姜詩妻」に記載するが、そこには安安が離縁された母に米を送ることは記載されていないし、また姜詩の妻を讒言する娘も登場しない。

広漢姜詩妻者、同郡龐盛之女也。詩事母至孝、妻奉順尤篤。母好飲江水、水去舍六七里、妻常泝流而汲。後値風、不時得還、母渇、詩責而遣之。妻乃寄止鄰舍、昼夜紡績、市珍羞、使鄰母以意自遺其姑。如是者久之、姑怪問鄰母、鄰母具対。姑感慚呼還、恩養愈謹。其子後因遠汲溺死、妻恐姑哀傷、不敢言、而託以行学不在。姑嗜魚鱠、又不能独食、夫婦常力作供鱠、呼鄰母共之。舍側忽有涌泉、味如江水、毎旦輒出双鯉魚、常以供二母之膳。

「臥氷求魚」は元郭居敬編『全相二十四孝詩選』の中の王祥説話である。『勧世編』に取材するというが、『勧世編』は現存しない。『宣講集要』巻一「王祥臥氷」と比較すると、そこでは弟王覧が主人公であり、王覧が王祥を殺害しようとする母を諌める場面を主として述べているが、この案証では王祥を主人公として、主として王祥が継母のために孝を尽くす場面を述べている。

「楊一哭墳」は『覚世盤銘』に取材するというが、『覚世盤銘』は現存しない。同じ内容の『宣講集要』巻一「楊一哭墳」と比較すると、この案証では末尾に「切莫説、尽孝要発財人才可、殊不知家貧才顕孝子、莫譲前人独為可也。」（孝を尽くすのは金持ちだけができるのではない、貧家にこそ孝子が顕れるのであり、先人だけができたことではないのである）

という評語を加えて主旨を明示している点が新しい。

「孝虎祠」も取材源の『覚世盤銘』が現存しない。『宣講集要』巻二「孝虎祠」と比較すると、虎を管轄する神を『宣講集要』では「城隍」とするが、『宣講彙編』では「山王」に変えている。

　你想、這虎乃毛臉吃人之物、就是猟夫打虎也怕反猟、問卦於猟神。今你被鬼摸了脳蓋、領着這張票子従何拏獲。……聞城外有一山王菩薩、甚是霊験。（虎は人を食う野獣で猟師が虎を撃つ時も反撃を食うのを恐れて狩猟の神に占うのに、亡霊に頭を撫でられたからといって、逮捕状を持ってどうやって捕獲できるだろう。……城外に山王菩薩があって霊験があるという噂があった。）

また末尾に「此虎為甚於伊之子有冤、於趙老却又如此。」（この虎は趙子に恨みがあったのに、どうして趙老にはこのように世話をしたのか）という評語を加えて虎の孝心を称揚している。

「慈孝堂」は『救世保元』に取材したというが、『救世保元』は現存しない。『宣講集要』巻四「斉婦含冤」は『漢書』「于定国伝」に基づいていて異なる内容であり、『宣講彙編』は元関漢卿『感天動地竇娥冤』雑劇を原典として本案証と同じ内容であるが、本案証では竇娥が処刑されず竇成文によって救われるというハッピーエンドの新しいストーリーに改め、勧善懲悪の善書らしくしている。

「点滴旧窠」の取材源『廻生舟』は現存しない。『宣講集要』巻三「文玉現報」と冒頭から文字は一致するが、[14] この案証では、『宣講集要』の不明瞭な表現を具体的な表現に変えたり（①②③⑤⑥⑦⑧⑨）、西南官話を用いたり（④⑦⑧⑨）、末尾に評語を述べたりして（⑩）、内容を一新している。（×は無を意味する。）

（『宣講彙編』「点滴旧窠」／『宣講集要』「文玉現報」）

①忤逆還生忤逆児。其言不虚、未有無報応的。／忤逆還生忤逆児。偏有報応。

②我公公冷板櫈陪他一陣。／我爹爹冷板凳陪他一陣。
③婆婆説一升米礼物太軽。／婆婆説去送礼礼物太軽。
④你把嘴抗一下婆不敢允。／你把嘴敲一下媽就不肯。
⑤未看見我愛好来鑽嘴勁。你一生徒人敬再不敬人。／×
⑥是公公茶館去磕頭邀情。／是爹爹茶館去磕頭邀情。
⑦那一回請幇工去打碑磴⑮。／那一回請幇工去把棹浄。
⑧你才把肉鑽鑽提進房門。／你才把肉罐子提進房門。
⑨那一回邀猪⑯的門外使性。／那一回推車的門外使性。
⑩如今塵世上、人看那上一輩人於父母前怎様行為、下輩人一定照様。正「聖諭六言解」云、不信但看簷前水、点簷旧窠不差移⑰。……／×

「砍断手」は『勧世編』に取材したというが、『勧世編』は現存しない。この案証は『宣講集要』巻三「神譴敗子」とも冒頭から文字が一致するが⑱、末尾に評語を付けて主題を明らかにする点が異なる。

迨後年余、顕化人亦多、其手漸至不痛。後改邪帰正、克尽孝道。後又遵従宣講以身勧人。其人如果終身不怠、自必転禍成祥。……（後に一年余して、教化した人も多くなると、手は次第に痛くなくなった。後に真っ当になって孝道に尽くした。後にまた宣講に従事して身をもって人を諫めた。人はもし終身怠らなければ、きっと災いを幸いに転じるであろう。……）

「遵諭明目」は『遵諭集成』に取材するというが、『遵諭集成』は現存しない。『宣講集要』巻七「聴諭明目」と比較すると、本案証は表現を加えてわかりやすくしたり①、方言を用いた表現によって親しみやすくしたり②③、宣詞に台詞を挿入してドラマ風に組み立てたりして④、新しさを出している。

①人中年又才娶妻、一半姑息将就他人。／人中年又才娶妻。

②万氏不許他去、要他在屋裡好叫口⑲。／万氏不許他去。

③我不曉得那⑳們撞㉑倒你了。／我不曉得那个撞到你了。

④婦女原要敬夫君。你説只有男子敬婦人、昧得婦人敬男人。／婦女原要敬夫君。

巻二「厚族獲報」は『一声雷』に取材するというが、『一声雷』は現存しない。同じ内容の『宣講集要』巻八「創立義田」と比較すると大きく表現を変えており、叙述を補充したり（①②④⑤⑥）、語りを歌唱に変えて主人公の意志を強く表現したり（③）、別の案証を加えて主題を補強したりしている（⑦）。

①而千古愛祖宗之人、即是千古愛子孫之人。／×

②今且説一個極愛宗族、肯吃大虧後獲大利的、与衆聴。／你們聴我説一個極愛宗族的。

③〔謳〕叫声妻、与孫児、切莫那講。今日裡、細聴我、詳説的端。想范氏、宗与族、雖多派衍。在祖宗、均都是、一脈流伝。（夫君雖是一脈、到底有个親疎。）我今日、又何必、親疎□弁。須当要、存得意、一体同観。／我們如今豈愁衣食住居。但我范氏宗族甚多、在我雖有親疎、在宗族看来、均是一室子孫。我二十年来立願賑済、而今豈可自肥嗎。

④我若是、独一人、自居盈満。也不管、族中人、啼飢号寒。者是個、自了漢、何足為算。身死後、見祖宗、有何面顔。急肥己、緩肥人、祖宗看淡。全不想、一族人、望解倒懸。薄宗族、壊根本、天怒人怨。你子孫縦享受、定難綿延。従今後、爾若輩、不必埋怨。聴父言、篤於親、以格皇天。切莫説、一定要、安排家産。回蘇州、先贍族、広置義田。／我若是、独一人、自居盈満。身死後、見祖宗、有何面顔。従今後、且莫忙、安排家産。回蘇州、先贍族、広置義田。

⑤他厚買義田、薄置私産、而竟致子孫永遠的富貴、者是不是肯吃大虧而終獲大利者耶。你看他従前那様困苦。……

／你看他従前那様困苦。……

⑥如見有少衣欠食者、即与一件衣、攜幾升米、或佃点田地与他耕種、収稞不見尽、或借点銭与他作生理、不言利息。

強者抑之、弱者扶之。……／你但従仁孝上立心、上天爺都是不負你的呀。

⑦又有明季劉子平。毎逢節気、必治湯餅邀会。族人有不至者、再三召之、不使情隔。……此均謂之善於睦族人。総要従祖宗仁孝上設想、上天未有不黙護者矣。／明朝汾州副榜鄧成美、念年歳豊歉不常、自己無力救荒、約族人商議、興一個周利倉。……総要従仁孝上立心纔好。

「友愛全節」の取材源は『頂門針』だというが、『頂門針』は現存しない。『宣講集要』巻四「友愛全節」と比較すると、遺言を記して死者の遺志を表明したり（①）、妻の悲哀の言葉を記して夫への愛情を表明したり（②）、結語を記して案証形式を表明したりしている（③）。

①却説定綱、日日耕営、受尽風霜、忽然得下病症、臥床不起、自料必死、因叫哥弟嫂嫂、上前来嘱咐一番、「尊一声、弟与兄、細聴我言。……／三弟名叫史定綱、早死無子。其妻徐氏、苦志守節。

②斯時徐氏抱着他夫、放声大哭、哭一声我的夫珠涙滾滾。……／×

③従此看、女当以徐氏為効、男当以定国為法、定邦・定常為戒。／×

巻四「和順化人」は『覚世盤銘』に取材するというが、前述のように『覚世盤銘』は現存しない。『宣講集要』巻七「夫婦孝和」と比較すると、馬雪堂夫妻の孝行を具体的に表明したり（①②）、世間の不孝を具体的に述べたり（③）、何度も勧善歌を聴かせたりする場面を設定したりしている（④）。

①其父母性偏悪其所為、而馬生夫婦、越加敬重、孝行甚多、姑即一二件言之。毎日早起、馬生夫婦必問安。／毎日

早起、馬生夫婦必問父母之安。

②其答応之声、低声下気、臉上一派和悦顔色、従未高声大気、黒臉嚾嘴。不但如此、於父母前、並未搔過癢、咳唾吐過口水、擠過鼻脂、世人皆謂小小儀節不足掛歯、……／答応之声、甚是和気、答応之時、甚有愉色。雖是小小儀節不足掛歯、……

③少頃、想起世情、嘆気一声。……先時我嘆気者、因見我妻這様賢孝、不覚想到世間的忤逆婦毎為姑姉透漏銭物、与婆婆角孽。只知顧惜児孫、全不顧自己的罪悪。何其這様愚蠢、不覚嘆気耳。／地方上多少因婆婆疼女、自己不服、遂而婆媳参商。……

④馬生詠罷此歌、来一小女説道、同年母説、他未聴明白、請爺再唸一到。……／馬生詠罷此歌、並抄写一張。……

「規賭全貞」は『破迷鍼砭』が取材源だというが、『破迷鍼砭』は現存しない。『宣講集要』巻十二「焦氏殉節」と比較すると、案証の発生時期を明記したり①、妻が賭博を諫める言葉を歌詞で表現したり②、夫が妻をごまかして賭博をやめようとしない心情を表現したり③、新たに悪人が妻の姦淫を謀る場面を設定したり④、妻が姑に苦衷を訴える場面を設定したり⑤、夫が心から後悔する場面を設定したり⑥、末尾に案証に特有の「この案から見ると」に始まる評語を置いたりして⑦、新しさを出している。

①本朝乾隆年間、江南宣城県、有一秀士、姓陸名鑑明。／本朝、寧国府宣城県黄池鎮、有一陸生名鑑銘。

②焦氏復跪夫前、遂流泪道、〔詞〕夫君息怒聴妻嘆。……／×

③陸鑑明聴得者番言詞、詆妻説道、嫖賭洋煙、戒到要戒、但我的賭賬、未能除清、只要贏来、把賬開消了。／×

④忽一日、有劣棍臧二八、見陸焦氏人才殊絶、欲謀姦淫、……／×

⑤唉、婆婆。〔詞〕焦氏女、忽聴得、婆把話講。低下頭、不由奴、心口相商。……／×

⑥厥後、陸鑑明回節孝祠、痛苦難過、悔心作諭、勧衆道、「陸鑑明、背了時、自悔不転。……」／×

⑦従者案看来、若論士農工商均当各立品行、……人盍鑒之。／今之好賭者、盍観之。

「跪門受譴」の取材源は『勧世新編』だというが、『勧世新編』は現存しない。『宣講集要』巻七「悪婦受譴」と比較すると、西南官話を多く用いて聴衆が聞きやすくしている点が特徴である。

悔不該、那一回、呋你的媽。（你光呋我的媽、我的先人都着你叨転了。）／悔不該、那一回、連你的媽。（你光喚我的媽、我的先人都被你們喚転了。）

「断機教子」の取材源は『廻生舟』だというが、前述のように『廻生舟』は現存しない。『宣講集要』巻四「断機教子」と比較すると、秦雪梅が亡き許嫁を弔問する場面を設定したり（①）、商輅が雪梅に反抗したことをわびる場面を設定したり（②）、西南官話を使用したり（③）、雪梅と商輅の会話を設定したり（④）、世間の親が子を甘やかしてだめにすることを説く場面を設定したりして（⑤）、より善書らしい案証にしている。

①一進商門、見丈夫設有霊位、遂擺設祭礼、哭泣弔以情曰、「嗚呼、夫郎。丟下妻子好悽凉。……」／×

②於是輅児尊祖父母之命、……向母親面前、泣涕請罪曰、〔謳〕尊一声、我母親、怒息雷霆。……／秦雪梅聴得商老夫婦啼哭不止、……教訓路児一番。

③日夜的将嬌児殷勤撫引。／日夜的将嬌児殷勤撫養。

④断了機回秦府不把児訓。「児哪。者我一心如此。不管你的是実。」「哎呀。娘。使不得。児錯了。児認錯。」……／断了機回秦府不把児訓。

⑤究之、不能効彼所為、毎多姑息養奸、生怕他苦了。至若孤児独子、由他放縦、驕養性成。……／×

四　小説と戯曲

本書ではストーリーをおもしろくするために、先行する小説や戯曲を借りて物語性のある案証を創作している。それらは以下の案証である。

巻一「慈孝堂」は、元関漢卿『感天動地竇娥冤』雑劇にもとづく案証である。『竇娥冤』では、竇娥が処刑される際に冤罪であることを天地が証明し、後にその亡霊が両淮提刑粛正廉訪使として赴任した父の竇天章の前に冤罪を訴えるが、この案証では竇娥が処刑される前に冤罪が雪がれるというストーリーに書き換えて勧善懲悪の主旨を明らかにしている。

巻三「棄家贖友」は、『古今小説』巻八「呉保安棄家贖友」とほぼ同じ内容である。「捨身全交」は、『古今小説』巻七「羊角哀捨命全交」とほぼ同じ内容である。「生死全信」は、『古今小説』巻十六「范巨卿雞黍死生交」とほぼ同じ内容である。

巻四「借狗勧夫」は、元『楊氏女殺狗勧夫』雑劇にもとづく案証であるが、人名を変えて改編している。ちなみに『殺狗勧夫』雑劇では、孫栄の妻楊氏が孫栄に弟孫華との仲を修復させるため、犬の死骸を用いて柳隆卿・胡子転の虚偽を暴き、開封府尹の王脩然が裁判で柳・胡を処罰する。

五　結び

『宣講彙編』の編集については序文もないことから手がかりがなく、内容を分析するほかない。まず各巻の内容を分析すると、各巻は孝弟義貞の四テーマで分類されている。これは宣講人が宣講を行う時にどこから選べばよいかわかりやすくするためであろう。もともと宣講書は「聖諭六訓」や「聖諭十六条」によって分類して案証を収録していたが、どうしても孝弟義貞のテーマが多くなり、次第にそうしたテーマの案証に偏重することになったと言える。またそれぞれの案証には取材源が注記されているものの、それらの現存は確認できず、取材源のテキストと内容の比較をすることはできないが、比較的早期に編輯された『宣講集要』との比較は可能であり、比較を行うと、『宣講彙編』収録の案証は、西南官話を用いて地元の者が聞き取りやすくしたり、宣詞を用いて人物の心情を強く表現したり、よく知られた故事を改編してストーリーを構築したりして、聴衆が親しみを感じる作品としている。従来、この種のテキストに対する分析が行われたことがなかったため、本節ではこれを考察した。

注

（1）封面表「宣講彙編」、封面裏「光緒戊申春月、経元書室重刊」。早稲田大学図書館風陵文庫蔵。

（2）早稲田大学図書館風陵文庫蔵。

（3）不詳。以下、不詳の書には特に注釈を付さない。

（4）『晋書』巻三十三「王祥・弟覧伝」に、「祥性至孝。早喪親、継母朱氏不慈、数譖之、由是失愛於父。毎使掃除牛下、祥愈恭謹。父母有疾、衣不解帯、湯薬必親嘗。母常欲生魚時、天寒冰凍、祥解衣将剖冰求之、冰忽自解、双鯉躍出、持之而帰。母又思黄雀炙、復有黄雀数十飛入其幙、復以供母。郷里驚嘆、以為孝感所致焉。有丹柰結実、母命守之、毎風雨、祥輒抱樹而泣。其篤孝純至如此。」「覧字玄通。母朱、遇祥無道。覧年数歳、見祥被楚撻、輒涕泣抱持。至于成童、毎諫其母、其母少止凶虐。朱屢以非理使祥、覧輒與祥倶。又虐使祥妻、覧妻亦趨而共之。朱患之、乃止。祥喪父之後、漸有時誉。朱深疾之、密使酖祥。覧知之、径起取酒。祥疑其有毒、争而不与。朱遽奪反之。自後朱賜祥饌、覧輒先嘗。朱懼覧致斃、遂止。」

（5）『後漢書』巻七十六「許荊伝」に、「許荊、字少張、会稽陽羨人也。祖父武、太守第五倫挙為孝廉。武以二弟晏、普未顕、欲令成名、乃請之曰、礼有分異之義、家有別居之道。於是共割財産以為三分、武自取肥田広宅奴婢強者、二弟所得併悉劣少。郷人皆称弟克譲而鄙武貪婪、晏等以此併得選挙。武乃会宗親、泣曰、吾為兄不肖、盗声窃位、二弟年長、未豫栄禄、所以求得分財、自取大譏。今理産所増、三倍於前、悉以推二弟、一無所留。於是郡中翕然、遠近称之。位至長楽少府。」

（6）『毛詩』邶風「二子乗舟」に、「二子。乗舟思伋寿也。衛宣公之二子。争相為死。国人傷而思之。作是詩也。」

（7）『史記』巻三十七「衛康叔世家」に、「十八年、初、宣公愛夫人夷姜、夷姜生子伋、以為太子、而令右公子傅之。右公子為太子取斉女、未入室、而宣公見所欲為太子婦者好、説而自取之、更為太子取他女。宣公得斉女、生子寿、子朔、令左公子傅之。太子伋母死、宣公正夫人与朔共讒悪太子伋。宣公自以其奪太子妻也、心悪太子、欲廃之。及聞其悪、大怒、乃使太子伋於斉而令盗遮界上殺之与太子白旄、而告界盗見持白旄者殺之。且行、子朔之兄寿、太子異母弟也、知朔之悪太子而君欲殺之、乃謂太子曰、界盗見太子白旄、即殺太子、太子可毋行。太子曰、逆父命求生、不可。遂行。寿見太子不止、乃盗其白旄而先馳至界。界盗見其験、即殺之。寿已死、而太子伋又至、謂盗曰、「所当殺乃我也」。盗併殺太子伋、以報宣公。宣公乃以子朔為太子。十九年、宣公卒、太子朔立、是為恵公。左右公子不平朔之立也、恵公四年、左右公子怨恵公之讒殺前太子伋而代立、乃作乱、攻恵公、立太子伋之弟黔牟為君、恵公犇斉。」

（8）清陳宏謀編『教女遺規』巻中「呂新吾閨範」に、「欧陽氏、宋人、適廖忠臣、踰年而舅姑死于疫。遺一女閨孃、才数月、欧陽適生女、同乳哺之。又数月、乳不能給、乃以其女分隣婦乳而自乳閨孃。二女長成、欧陽于閨孃、毎倍厚焉。女以為言。欧陽曰、「汝、我女。小姑、祖母之女也。且汝有母、小姑無母、何可相同。」因泣下。女愧悟、諸凡譲姑而自取余。忠臣後判清河。二女及笄、富貴家多求姪氏。欧陽曰、「小姑未字、吾女何敢先。且聘吾女者、非以吾愛吾女乎。」其問諸隣人、卒以富貴家先閨孃。簪珥衣服器用、罄其始嫁粧奩之美者送之、送女之具不及也。終其身如是。閨孃毎謂人曰、「吾嫂、吾母也。」欧陽歿、閨孃哭之、至嘔血、病歳余。聞其哭者、莫不下涙。呂氏曰、「嫂、世所謂参商人也。嫁女之家、聞有小叔姑則戚、而嫂亦厭悪此両人、若不可一日有。何者。為母耳目、譖愬相虐也。世之為嫂者、誠如欧陽氏賢、則挙世皆閨孃矣。吾于是知一人尽道、両人成名、同室仇讐、過分寡耳、難以罪一人也。」

(9) 「一順父母」、「二戒淫悪」、「三和兄弟」、「四信朋友」、「五忍口」、「六節慾」、「七除驕矜」、「八息争訟」、「九広施済」、「十培古墓」。

(10) 『正統道蔵』正一部『高上大洞文昌司禄紫陽宝籙』巻上「文昌儲佐列神品」に「巴西邑神和来孫」を記載する。

(11) 末尾に「此案莫以為虚、『伝家宝』『暗室燈』倶載之。」と出典を記す。

(12) 原典『楊氏女殺狗勧夫』雑劇では、主人公は楊氏、夫は孫栄、弟は孫虫児、悪友は柳隆卿・胡子転。

(13) 原典は明陳羆斎『姜詩躍鯉記』四巻。

(14) 両者は「你們請聴、今試説一個不安父母心的。」から始まる。

(15) 西南官話。「碑」は墓碑。『漢語方言大詞典』、六四四四頁。「磴」は「用来加高的較厚的整塊石頭或木頭。」『漢語方言大詞典』、七三二二頁。

(16) 西南官話。「趕豬」に同じ。豚を追う。『漢語方言大詞典』、七二六四頁。

(17) 『聖諭六訓解』「孝順父母」に、「古人説得好、『孝順還生孝順子、忤逆還生忤逆児。但看簷前水、点点不差移。』這箇報応断然不爽。」

(18) 「道光二十九年後四月十三日、璧山県、新出一奇案。」

(19) 叫口―動詞。「幇大人干点活。」中原官話。河南南陽。『漢語方言大詞典』、一二二〇頁。

(20) 那們―代詞。「怎麼。哪些人。」西南官話。湖北。『漢語方言大詞典』、四一二五頁。

(21) 倒―助詞。表時態「着」、「了」。西南官話。四川成都。『漢語方言大詞典』、四九二〇頁。

第三節　湖北の『宣講大全』八巻

一　はじめに

『宣講大全』の巻頭には、清末の光緒三十四年（一九〇八）に西湖侠漢が上海六芸書局の湖北省漢口支店で著した序文があり、案証六十一篇を八巻に分けて掲載しているが、初期の宣講書『宣講集要』十五巻首一巻や『宣講拾遺』六巻のように清聖祖の「聖諭十六条」や清世祖の「聖諭六訓」によって明確な分類を行っているわけではない。ただ「二十四孝図説」を掲載して孝を善行の源とする儒教思想を表明しており、孝を中心に案証を構成して、案証の冒頭にその主旨の解説をする講説を置くことを特色とする。聖諭においても「孝順父母」「敦孝弟以重人倫」を最重視しており、その主旨の案証が最も多いことから、宣講書において次第に孝を主とした案証が編集されるようになったのではないかと思われる。ただ巻一を除く多くの巻では分類の主旨が必ずしも明確ではないことから、後に巻を分けないテキストが出現したと思われる。本節では、本書を代表的な簡易本宣講書として考え、その特色について述べてみたい。

二　テキスト

本書のテキストには以下のようなものがある。

1．『新編宣講大全』六冊
刻本。宣統三年（一九一一）重刊。封面「宣統三年重刊／宣講大全／山東済南府西関篋市街北首慎徳堂陳蔵板」。『新編宣講大全』巻一目録「苦心行孝」「不孝遭撃」「弟道可風」「忤逆受報」「拒淫登科」「悍婦逆報」「嫁嫂失妻」「善悪両報」「処女守孀」「傷生惨死」「善悪異報」十一篇。分巻本。石印八巻本で巻二に収録する「善悪二報」「処女守孀」「傷生惨死」「善悪異報」四篇を巻一に収録。本文は半葉九行、行二十四字。序文、「二十四孝図説」の有無不明。所蔵者不詳。

2．『新編宣講大全最好聴』八巻
石印本。首都図書館蔵。封面表「最新宣講大全最好聴」、封面裏「宣統辛亥三年海寧陳氏珍蔵本古今図書館発行」。海寧陳氏は浙江の名家。序文（隷書）「光緒戊申仲夏西湖侠漢謹撰於漢口六芸書局」。光緒戊申は光緒三十四年（一九〇八）。「新編宣講大全最好聴総目」八巻。各巻頭に「二十四孝図説」（「孝感動天」等）（上文下図）を六図説ずつ、八巻計四十八図説を掲載。版心「上海裕記書荘」。裕記書荘については巻三末尾に、上海・漢口・沙市六芸書局が出版図書等の販売のため漢口中碼頭松福桟内に設立した書店だと記す。本文は半葉十六行、行三十六字。

3．『最新宣講大全最好聴』存四冊（巻三・巻四・巻七・巻八）
石印本。巻四末葉版心に「上海裕記書荘校印」。本文は半葉十六行、行三十六字。

4．『宣講大全』存一冊（巻八）
石印本。版心「上海裕記書荘校印」。巻頭に「張元泣誦薬師経」（上文下図）等六図すなわち（続二十四孝図説）を掲載。版心「二十四孝図説」。末尾に「上海六芸書局分設漢鎮新街口大街漢分沙市七里廟大街発行新出版書冊」を掲載。本文は半葉十六行、行三十六字。

5.『新編宣講大全』四冊四巻

石印本。題箋「最新宣講大全　上海広益書局発行」。巻一末葉版心に「上海裕記書荘校印」。序文（隷書）「大清光緒戊申仲夏西湖侠漢謹撰於漢口六芸書局」。四巻収録の案証は、八巻本の第一～四巻収録の案証。図説なし。本文は半葉十六行、行三十六字。

6.『新編宣講大全最好聴』八巻

石印本。王見川等編『明清民間宗教経巻文献続編』（二〇〇六、台北、新文豊出版公司）第四冊所収[1]。封面表「新編宣講大全」、封面裏「中華民国九年孟春／上海鋳記書局石印」。序文（明朝体）「大清光緒戊申仲夏西湖侠漢謹撰於漢皐寓次」。目録八巻。「前・続二十四孝図説」（「孝感動天」等）。本文は半葉十八行、行四十字。

7.『新編宣講大全最好聴』六冊八巻

石印本。封面表「第一善本／新編宣講大全最好聴／上海錦章図書局印行」、封面裏「民国十二年冬月／上海碁盤街中木錦章図書局蔵版」。序文（明朝体）「大清光緒戊申仲夏西湖侠漢謹撰於漢皐寓次」。目録八巻。「前・続二十四孝図説」（「孝感動天」等）。本文は半葉十八行、行四十字【図1】。

8.『二十四孝宣講大全』不分巻

活字本。首都図書館蔵。民国二十五年九月、広益書局出版。序文「大清光緒戊申仲夏西湖侠漢謹撰」。目次（六十二案）。「二十四孝図説」（「孝感動天」等四十八図説）。本文は半葉十八行、行四十四字。

9.『新編宣講大全』不分巻

活字本。早稲田大学図書館風陵文庫蔵。封面「民国二十六年編印／新編宣講大全／上海鴻文書局刊印」。序文「大清光緒戊申仲夏西湖侠漢謹撰於漢皐寓次」。目録。〔二十四孝図説〕（「大舜耕田」等二十四図説）。本文は半葉十

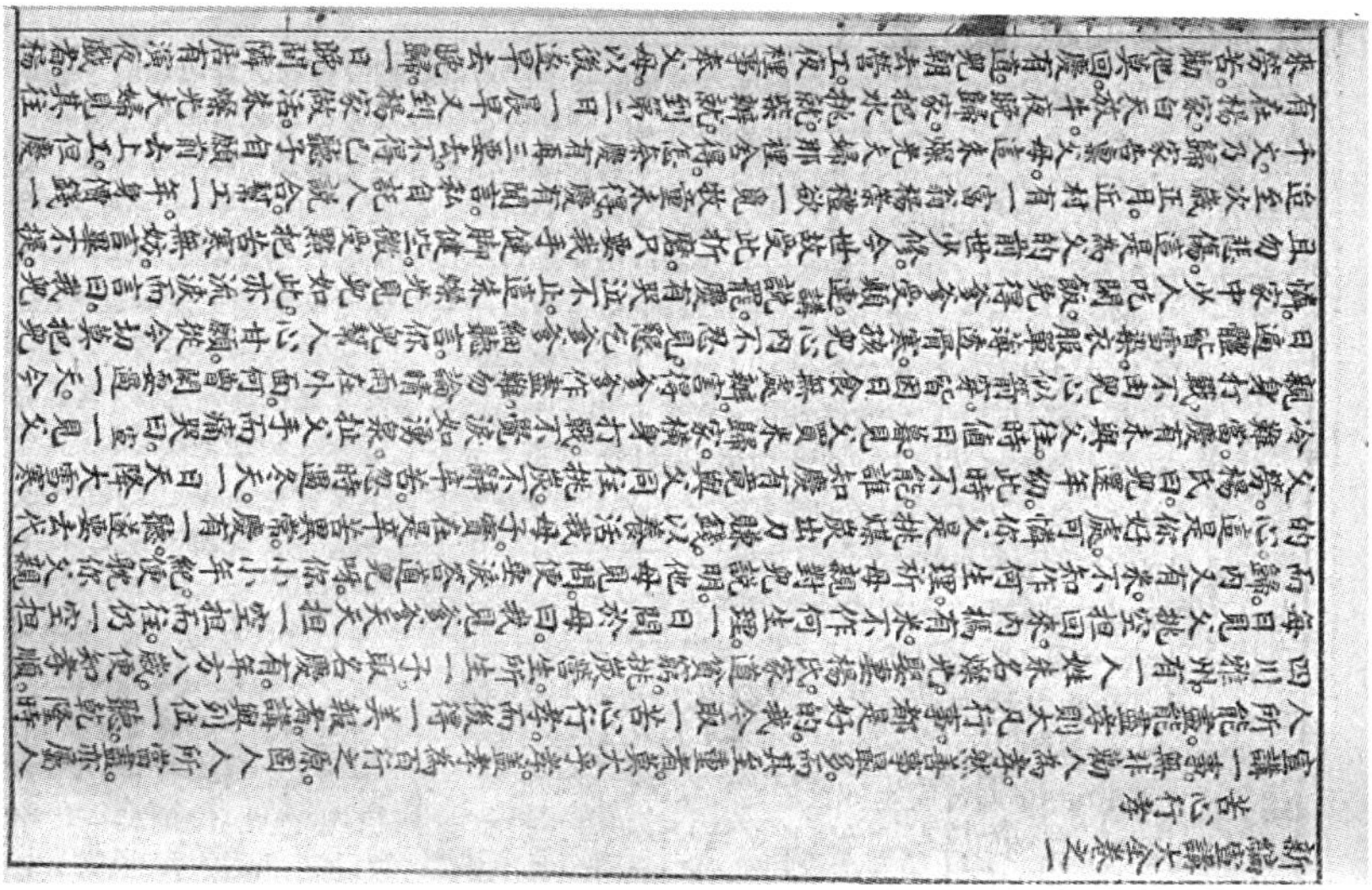

【図1】 民国十二年石印『新編宣講大全最好聽』

五行、行三十二字。

10・『宣講大全』存巻三

刻本。著者不明「咸豊旧刻『宣講大全』零本」（二〇一二年十月三十一日、Yahoo奇摩blog）には「近日高雄劉兄割愛旧刻『宣講大全』零本（存巻三故事九篇）」と述べ、「二算盤」「金牌高懸」「宣講回生」三篇の写真を掲載している。だがこの三篇の案証は現行の八巻本に収録されておらず、本書は同名の異本と思われる。ちなみに「二算盤」は、広東崇明県溺愛郷の王堅が吝嗇の上に表兄張達仁の田畑も詐取したので二算盤と綽名されたという案証。「金牌高懸」は、広陵府江陽県の李珏が父親から正直な米の販売を教わるという案証。「宣講回生」は、成都大足県の朱三星が四子夫婦とともに幸福であったが宣講を信じず疫病に感染したという案証。本文は半葉十行、行二十五字。

以上をまとめると、『宣講大全』には刻本、石印本、活字本があり、刻本は石印本と版式が異なるが、原本が閲覧できない現状では詳細はわからない。刻本と同時期に出版された石印本には、版式の異なるテキストが二種類あり、まず編者が六芸書局の漢口支店で序文を書いて出版し、そのあと上海の本店で出版したと思われる。石印本では八巻に分けて案証を掲載していたが、分巻の主旨も明確でなく、活字本に至って分巻を取りやめたようである。なお同名の異本があるが、残本でもあり、八巻本との関係は不詳である。

本書は「宣講聖諭規則」を掲載しない簡易本に属する宣講書であり、案証の冒頭に講説を置いて主旨をわかりやすくしている。ここでは比較的早期に出版された石印本『新編宣講大全最好聴』八巻（首都図書館蔵本）を底本として、各巻の案証についてこうした特徴を考察してみたい。

三　本書の構成

1　序　文

冒頭の西湖侠漢の序文には、因果応報を主旨とする故事は民衆を教化するために必要であり、聖賢・君相を幇助すると言う。

従来聖賢明性理而不言因果、君相厳賞罰而不論報応。……至晩近之世、人心風俗、愈趨愈下、善悪既混為一途、則性理之所難喩、賞罰之所莫能窮者。間観郷曲有善士論因果談報応、而聞者蹶然興、怵然変。……足以闡聖賢之教化、懍君相之明威、而使天下之智愚賢否薫蒸於善気而不自知也。……大清光緒戊申仲夏、西湖侠漢謹撰於漢口六芸書局。（従来、聖賢は性理に明るく因果を言わず、君相は賞罰を厳しくして応報を論ぜず。……近世に至って人心風俗はますます下落し善悪は混淆して、性理は諭しがたく、賞罰はきわめがたい。時に田舎で善士が因果応報を談論すると、聞く者は勢いよく立ち上がり、震えて心を入れ替えるのを観る。……聖賢の教化を明らかにし、君相の威信を震わせて、天下の智者愚者を知らず知らずに善風に薫陶させるのである。大清光緒戊申年の仲夏、西湖侠漢謹んで漢口六芸書局に撰す。）

西湖侠漢なる人物の詳細は明らかではないが、漢口六芸書局において序文を執筆したところからすると、漢口六芸書局と関係のある人物であろう。ちなみに西湖侠漢は別に『分類普通尺牘全璧』八巻を同年に六芸書局から出版している。序文の執筆地を「漢皐寓次」とする石印本もある。

なお西湖侠漢は序文中で「瑶函弌集、尤為美備」と賛辞を送っており、「瑶函弌集」を本書の原名とする説もある。(2)ただ『瑶函弌集』と題するテキストは現存しない。

2 目　録

序文に続いて目録を掲載する。八巻と不分巻のテキストがあるが、出版時期から見て八巻本の方が早いと考えられる。収録案証六十一篇の内訳は、一巻八篇、二巻九篇、三巻六篇、四巻七篇、五巻七篇、六巻七篇、七巻八篇、八巻九篇である。ただし、巻六「三従」「四徳」「七出」「八則」「十不可」は案証ではなく講説である。

巻一（八篇）「苦心行孝」「不孝遭撃」「弟道可風」「忤逆受報」「拒淫登科」「悍婦逆報」「金玉満堂」「嫁嫂失妻」「雪裏救母」

巻二（九篇）「善悪両報」「処女守孀」「傷生慘死」「善悪異報」「培墓得第」「孝獲宝珠」「純孝化逆」「聞氏建坊」

巻三（六篇）「叨唆償命」「挖墓乞食」「貪財遭禍」「仮無常」「助夫顕栄」「捨命伸冤」

巻四（七篇）「能孝獲福」「逞気殺身」「霊前認弟」「城隍報」「判家私」「鴨嘴湖」「鳳山遇母」

巻五（七篇）「夢仏賜子」「還妻得子」「節孝全義」「貪淫慘報」「捐金獲福」「鬼断家私」「雷神碑」

巻六（七篇）「三従」「四徳」「七出」「八則」「十不可」「兄弟斉栄」「滴血成珠」

巻七（八篇）「孝化悍婆」「敬竈美報」「双瞽現報」「活鬼捉奸」「阻善慘報」「貞淫異報」「馬前覆水」「閨女逐疫」

巻八（九篇）「溺女慘報」「積徳美報」「一文不苟」「孝友無双」「清白善報」「後母賢」「疏財美報」「愚夫駝河」「忠孝節義」

3 図　説

目録に続いて「前二十四孝図説」（舜・漢文帝・曾子・閔子・子路・剡子・老萊子・董永・郭巨・姜詩・蔡順・丁蘭・江革・

陸績・黄香・王褒・呉猛・王祥・楊香・孟宗・庾黔婁・崔山南・朱寿昌・黄庭堅）、「続二十四孝図説」（周文王・鄭頴考叔・高柴・北宮氏女・唐木蘭・曹娥・漢太倉令少女・漢斉張氏・漢韓伯兪・後漢毛義・漢茅容・杜先・晋陳遺・華光・王修・郭原平・北斉徐陵少子份・滕曇恭・張元・李密・陳叔達・唐崔山南・唐狄仁傑・宋欧陽脩）を掲載する。これによって、本書の主旨が孝を中心とした儒教思想の鼓吹にあることがわかる。

四　案証の主旨と梗概

八巻に掲載する案証の主旨と梗概は以下のごとくである。

巻一（八篇、十九葉）―孝弟に関する案証。

「苦心行孝」（一葉表～二葉表）―孝子。乾隆時、四川雅州、朱燦光の子慶有。燦光に代わって炭を運び、楊家の牧童をして金銀を発掘する。『宣講摘要』巻一「苦孝獲金」を改編。

「不孝遭撃」（二葉表～三葉裏）―不孝。道光四年、新寧県（湖南）、于狗保。勘当されて家に帰らず、雷に撃たれて死ぬ。

「弟道可風」（三葉裏～五葉表）―友弟。明嘉靖年間、湖広黄岡県、文耀廷。継母馬氏に殺害されそうになるが古翁に救われ、帰宅して四弟を教育する。

「忤逆受報」（五葉裏～六葉裏）―不孝。元順帝の時、山西太原府、蕭裕理の二子。父の死後に分家して母を養わず、雷に撃たれて死ぬ。長子は貧乏で免れる。

「拒淫登科」（六葉裏～九葉表）―正直。康熙年間、杭州、喬毓秀。「戒淫詞」を作り、婦人の誘惑を拒絶して、科挙に及第し、御史に就任する。

「悍婦逆報」（九葉表〜十一葉裏）―不孝。清道光壬寅年、四川金堂県、諸享禎の長子泰蛟の妻甄氏と次子泰臨の妻童氏。性格が悪く姑を虐待したため惨死する。

「金玉満堂」（十一葉裏〜十五葉裏）―孝婦。徽州、葉元善の二子華堂・茂林が出征後に、華堂の妻何善瑜が衣食費を削って両親に孝行し、三官大帝が「金玉満堂」の扁額を下賜する。二子は出世して帰郷し、不孝な秦秋娘は雷に撃たれる。『宣講集要』巻十三「金玉満堂」、『宣講珠璣』巻四「金玉満堂」を転載。

「嫁嫂失妻」（十五葉裏〜十九葉裏）―不弟。杭州、趙元真。兄元清が広東で死んだと偽って嫂何氏を博徒李四麻子に売ろうとするが、誤って妻謝氏を売ってしまい、恥じて縊死する。『宣講珠璣』巻四「嫁嫂失妻」を転載。『宣講全集』「嫁嫂失妻」に転載(3)。

巻二（九篇、十九葉）―女子・善悪の案証。

「善悪両報」（一葉表〜三葉裏）―悪女。清道光初年、甘粛咸県、李為棋の妻頼氏。怠惰で再婚を繰り返して娼婦になって病死する。頼氏を諫めた鍾安氏は幸福になる。

「処女守孀」（三葉裏〜五葉裏）―節婦。北京順天府宛平県、余文貴の娘翠英。嫁ぐ前に婚約者段発于が死ぬが、再婚を拒絶して段家に嫁ぐ。『宣講全集』「処女守孀」に転載(4)。

「傷生惨死」（五葉裏〜七葉表）―殺生。清嘉慶年間、四川彭水県、包太。残忍で動物を殺したため、天庭が罪を供述させ、雷に撃ち殺させる。

「善悪異報」（七葉表〜九葉表）―吝嗇。清雍正年間、四川石柱庁、游世光。吝嗇で表弟《いとこ》程青雲の慈善を妨害するが、青雲は商人に信頼されて巨富を得る。

「培墓得第」（九葉表～十葉表）―慈善。清康熙元年、山東曲阜県、漆大成。古い墓を補修し、「勧培古暮詞」を作って科挙に及第する。

「孝獲宝珠」（十葉表～十二葉裏）―孝子。晋朝、呉猛。裸で父母を蚊から護ったため、天が宝珠を下賜する。『宣講全集』「孝子得宝」に転載。

「純孝化逆」（十二葉裏～十五葉表）―孝子。後漢、山東青州府臨淄県、江革。不孝な袁大を諌め、戦乱で黒桑を母に遺して赤眉賊を感化する。『宣講珠璣』巻一「純孝化逆」を転載。『宣講全集』「純孝化逆」に転載。

「聞氏建坊」（十五葉裏～十七葉裏）―節婦。乾隆年間、夔府奉節県（四川）、聞昌の娘大姑。婚約者の宋亦郊が死ぬと聞家に嫁ぎ、舅姑が死ぬまで孝行を尽くす。『宣講摘要』巻二「聞氏建坊」を転載。

「雪裏救母」（十七葉裏～十九葉裏）―孝女。潼川府三台県（四川）、蔡国昌の娘長姑。雪の中で母の死体を護ったため観音が母を蘇生させて圏を授ける。沈万財は経緯を聞いて長男の嫁として迎える。『宣講集要』巻五「雪裏救母」、『宣講摘要』巻二「雪裏救母」を転載。『宣講全集』「雪裏救母」に転載。

巻三（六篇、二十一葉）―悪行・女子の案証。

「叨唆償命」（一葉表～三葉裏）―名誉毀損。康熙初年、湖広黄岡県、龔永培。帰光国の娘を中傷して縊死させ、劉美秀を破産させたため、獄死する。『宣講全集』「悪貫満盈」に転載。

「挖墓乞食」（三葉裏～五葉裏）―墓荒らし。荊陽地界（湖北）、余士興。墓地を開墾したため、疾病を患って乞食をし、諌めた家僕李東栄は幸福を得る。『宣講全集』「挖墳討飯」に転載。

「貪財遭禍」（五葉裏～九葉表）―高利貸し。乾隆年間、四川犟県、燕有春。捜山虎と渾名される高利貸しで、人を苦しめたため火事に遭って乞食をし、地獄に堕ちる。『宣講全集』「刻薄成家」に転載。

「仮無常」（九葉表〜十三葉表）―賢婦。康熙時、金在鎔の妻竞氏。貪欲で、劉耀海の死後、借金を返さず、耀海が袁氏の子金龍に転生して報復する。雷四架子は好色で、無常に仮装して金龍の妻謝天香を襲うが、天香も無常に仮装して打ち殺し、失踪した弟金鳳と法廷で再会する。『宣講彙編』巻三「仮無常」を転載。

「助夫顕栄」（十三葉表〜十七葉裏）―賢婦。本朝道光年間、安化県（湖南）、黄玉堂の妻王氏。玉堂は義父の埋葬のため身を売る婦人を救い、妻王氏も隣家に白雄鶏を奪われても我慢して、玉堂の出世の道を開く。『宣講摘要』巻二「助夫顕栄」、『触目警心』巻一「白雞公」を転載。『宣講全集』「白雞公」に転載。

「捨命伸冤」（十七葉裏〜二十一葉表）―賢婦。湖広徳安府随州、柳含金の妻梅氏。劉朝英に嫁いだ張文玉の娘秀英が朱屠夫に殺害されて含金が冤罪を被るが、命を賭して太守許良貴に訴えて冤罪を晴らす。『宣講摘要』巻二「捨命伸冤」を転載。

巻四（七篇、二十三葉）―孝弟・善悪の案証。

「能孝獲福」（一葉表〜三葉表）―節婦。乾隆年間、四川秀山県、畢有義の妻鄺氏。夫が父を捜しに出て死んだため家を守り、失踪した子と再会する。

「逞気殺身」（三葉表〜五葉裏）―怒気。道光年間、江西吉安府吉水県、雷大鳴。凶暴で傭人を傷つけ、ついには人を殺して斬首される。

「霊前認弟」（五葉裏〜八葉表）―友弟。呉興（浙江）、莫翁の長子大郎。莫翁が侍女宜春に寄生を生ませたことが発覚するが、大郎が母を諫めて、葬儀に来た寄生を子と認めさせる。『宣講珠璣』巻一「認弟息訟」を転載。

「城隍報」（八葉表〜十二葉裏）―悪女。雲南交州、柳世英。継母任氏が嫂田玉真を侮辱して、柳老が自害したため病死する。任氏は陰謀を巡らして玉真を売ろうとするが、玉真は縊死して世英とともに城隍に訴えて復活し、任氏は惨死する。

「判家私」（十二葉裏～十五葉表）―不弟。重慶府、高二と妻白氏。継母の子女を虐待して家から追い出すが、呉県令が子女を捜し出し、子女に家産を分与する。白氏は喉を痛めて死亡し、高二も後を追って死に、家産は子女のものとなる。『宣講集要』巻六「高二逐弟」、『宣講摘要』巻一「判家私」を転載。

「鴨嘴湖」（十五葉表～十八葉表）―犯罪。昔、武崗（湖南）、黎永正。偽金を作って儲けるが、城歩県の宿場の店主蔣順に殺され、仲間の徐安も投獄され、蔣順も捕らえられる。『宣講摘要』巻四「鴨嘴湖」を転載。

「鳳山遇母」（十八葉表～二十三葉裏）―孝子。唐の時、雲南果山、王基の妻安氏。妾柳氏を追い出すが、安氏の死後、子宜寿が母を捜し、鳳凰山で母に出会う。『宣講摘要』巻一「鳳山遇母」、あるいは『触目警心』巻四「鳳凰山」を転載。

巻五（七篇、二十四葉）―女子・善悪の案証。

「夢仏賜子」（一葉表～二葉裏）―賢婦。順治丙戌年、当途（安徽）、楊璜の妻陸氏。観音・竈神に祈ると戦乱で死んだ夫と子の死体を発見し、善行を積むと娘が息子に変わる。

「還妻得子」（二葉裏～四葉裏）―悪女。西安府、馬中驥の妻朱氏。竈神を崇敬せず、一子福元が失踪する。中驥が身売りする李慎修の妻梁氏を買い戻すと、李家の養子となった福元と再会する。

「節孝全義」（四葉裏～十三葉表）―道義。道光年間、蜀省安岳県（四川）、鄭福元の妻何秋桂。長屋の刁氏に讒言されて身投げし、監生陳正に売られるが、陳正の妻杜氏が誤って陳正を殺して冤罪を被る。杜氏の甥文連は秋桂の子保童を殺そうとして誤って店主李長発の娘蘭香を殺し、王成富の旅館で蘭香の片手を犬に奪われる。成富は冤罪を被るが弟成貴が身代わりとなり、子桂林が保童とともに総督に上訴して、刁氏は絞殺され、杜氏は地獄に堕ちる。『福海無辺』巻一「節孝双全」に転載。

「貪淫惨報」(十三葉表～十四葉裏)—好色。「淫之一字、害人無厭。」雍正初年、扈顕栄。好色な性格が改まらず、妻は虐待されて縊死する。顕栄は漢口で盗賊に襲われて餓死する。

「捐金獲福」(十四葉裏～十七葉裏)—慈善。山東兗州府、石朝祖。母の病気を治すため子を売るが、修符が科挙の旅費を譲って救う。修符は科挙に合格し、湖広監利県令となる。『宣講珠璣』巻一「捐金獲福」を転載。

「鬼断家私」(十七葉裏～二十一葉表)—不弟。明朝永楽時、北京順天府香和県。倪太守の子善継が妾梅氏とその子善述を認めず、遺産を奪おうとするが、失敗して病死する。『古今小説』巻十「滕大尹鬼断家私」による。『宣講珠璣』巻一「鬼断家私」、『宣講管窺』巻二「鬼断家私」を転載。

「雷神碑」(二十一葉表～二十四葉裏)—悪女。洪化年間、保寧府閬中県(四川)、何紹啓の妻林氏。狡猾で、弟紹興に讒言してその妻路氏を追い出させたため、雷神に撃たれて死ぬ。『宣講珠璣』巻二「雷神碑」を転載。『福海無辺』巻四「雷神碑」に転載。

巻六(七篇、二十二葉)—女子の案証。

「三従」(一葉表～)—父・夫・子に従う。

「四徳」—徳性・言語・容貌・女工に努める。

「七出」—不孝・淫行・虐待・不順・嫉妬・不育・疾病による離縁。

「八則」—孝順・恭敬・心性・和睦・教訓・善良・貞節・端正。

「十不可」(～二葉表)—短気・抗弁・従順・飲酒・化粧・参拝・外出・養子・観劇・殺生。

「兄弟斉栄」(二葉表～九葉表)—悪女。明時、広西桂林府、張春芳。継母劉氏が性悪で、父の死後、偽金を持たせて売り掛けを徴収に行かせ、妻李氏を追い出す。春芳は東海龍王に救われてその宝珠で堤防を築き、弟春元は二少年に救われて将軍となり、李氏と再会する。『宣講珠璣』巻一「兄弟斉栄」から転載。

「滴血成珠」（九葉表～二十二葉表）―節婦。『包公案』「四下河南」故事。宋朝仁宗在位、四川保寧府巴州、趙如山の子秉蘭が弟の子秉桂を殺害して遺産を奪うが、秉桂の妻田氏と娘瓊瑤が上京して包公に訴える。『宣講珠璣』巻四「滴血成珠」、『触目警心』巻一「滴血成珠」を転載。『宣講全集』「四下河南滴血成珠」に転載。

巻七（八篇、十八葉）―女子・善悪の案証。

「孝化悍婆」（一葉表～三葉裏）―孝女。『聊斎志異』「珊瑚」故事。重慶府、安醇の長子大成の妻陳珊瑚。母沈氏に追い出されるが密かに孝行を尽くす。沈氏は次子二成の妻臧氏に虐待されて性格を改める。『宣講集要』巻四「孝媳化姑」、『宣講摘要』巻二「孝化悍婆」を転載。『福海無辺』巻一「孝感姑心」に転載。

「敬竈美報」（四葉表～六葉表）―賢妻。巫山県（四川）、仇作恩の娘蘭香。卓然立に嫁ぎ、竈神の託宣に従って淡秋雲を後妻に推薦して死ぬ。淡氏は有常を生み、竈神の託宣どおり疫病を逃れる。

「双瞽現報」（六葉表～七葉裏）―悪女。新寧県（四川）、鍾霊秀の妻盧氏。性悪で竈神を信じず、妾が男子を生むと胞衣を竈に隠して霊秀を失明させるが、犯行を否定して自分も失明する。

「活鬼捉奸」（七葉裏～九葉表）―不貞。青州、康太興の妻荀氏。化粧好きで、太興の死後、寇三娘の手引きで馮青と姦通するが、太興の亡霊に打たれて死に、馮青は三娘の子光林に殺される。

「阻善惨報」（九葉表～十葉表）―悪行。銭江、朱二狗。陳宗礼が聖諭宣講を開くが、邪魔をして酒をねだり、朱大成の宣講も邪魔したため、一家に禍が及ぶ。

「貞淫異報」（十葉表～十二葉裏）―正邪。昔、徽州歙県、唐皋と曾省。二人は同年であったが、唐は潔癖で隣家の春桃の誘惑を「正色歌」を聴かせて拒絶し、曾は淫蕩で、唐皋の名を借りて、春桃の名を借りた秋棠と姦通し、秋棠は懐妊するが堕胎して死亡する。唐皋は科挙に合格するが、曾省は亡霊の報復で落第し、尼僧に頭髪を剃られて和尚となり、誤ってわが子に殺される。『宣講摘要』巻四「貞淫異報」を転載。

「馬前覆水」（十二葉裏～十五葉表）―悪女。昔漢の時、朱買臣の妻崔氏。買臣が人相占いに五十歳過ぎて出世すると言われて学問を続けたため、離縁状を書かせるが、遊び人趙耿と再婚して家産を蕩尽し、会稽太守となった買臣の馬前で朝廷の施しを乞い、破窯の中で頭をぶつけて死ぬ。『宣講集要』巻七「崔氏逼嫁」、『宣講珠璣』巻三「馬前覆水」、『宣講管窺』巻六「覆水難収」を転載。

「閨女逐疫」（十五葉表～十八葉裏）―孝女。本朝、何静庵。通俗歌謡を作って子桂生、娘春英を教育する。静庵が重病の時、竈神が紅丸を子女に贈って治す。春英の嫁ぎ先の親は応報を信じず疫病に冒されるが、春英が見舞いに行くと、孝女が来たと言って病鬼が逃げて行く。『宣講珠璣』巻二「閨女逐疫」を転載。

巻八（九篇、十九葉）―善悪の案証。

「溺女惨報」（一葉表～四葉裏）―溺女。石有明。妻杜氏が六人の娘を生んで溺死させて、死んだ娘たちが閻魔に訴えたため、地獄に堕ちる。有明は閻魔に溺女の風習をやめさせよと命じられ、「戒溺歌」を歌って聞かせる。附録「戒溺歌」。

「積徳美報」（五葉表～七葉表）―不弟。湖北徳安府随州、張瑤峯。懶和尚の示唆に従って善行を積んで一子仏佑を儲けるが、堂兄正耀が仏佑を河に落として財産を要求する。仏佑は懶和尚が贈った八卦衣を着て水におぼれず、誤って徐州に運ばれるが、何首烏という薬草を食べて霊能者となり、金孔を見つけて随州に帰還する。正耀の家は喧嘩が絶えず落ちぶれる。

「一文不苟」（七葉表～八葉裏）―善人。湖広、董善祥。河南で布匹を販売し、客が一文払い過ぎたので返して交友し、盗賊を察知する金毛紬猫を贈られる。妻の死後、河南に出るが病死し、一子心福は広西の挙人劉翰長に随行して、猫で盗賊を察知するが、それは父に猫を贈った客であり、盗まれた玉猫頭の在処も教えられ、持ち主の袁小姐と結婚する。

「孝友無双」（八葉裏～九葉裏）―孝弟。明朝万暦年間、王侍御の子毓俊。侍御の死後、嫉妬深い母魏氏を諌めて、庶母と子毓秀を引き取り、毓秀を善導する。

「清白善報」（九葉裏～十一葉裏）―正直。陰山県、羅正方。父母を亡くして親戚に預けられるが、正直な小商いをして、太湖県石牌鎮で失踪した馬を見つけると持ち主に返す。また従兄羅正元の妻兄彭耀坤が正龍の豚を南京に売りに行って船が沈んだため正元が弁償を迫られるところを救う。また家族とはぐれた張家の娘を正龍の毒手から護ったため殺人の冤罪を被るが、娘の親が失踪した馬の持ち主であったため救われる。

「後母賢」（十一葉裏～十三葉裏）―賢母。唐高宗の時、陝西鳳翔府宝鶏県、閔崇信の後妻梅氏。先妻杜氏の子大興は里長として子弟たちと右僕射李勣の宣講を聴くが、鄢重喜が大興と境界争いをして殺人事件を起こすと、梅氏の二子が身代わりを申し出たため、高宗から表彰される。重喜は被害者の報復で臂を落とし、妻は再婚する。大興は烏斯蔵に避難し、通訳となって帰国する。

「疏財美報」（十三葉裏～十四葉裏）―正直。当陽県（湖北）、王敦厚。北京から衡水に手紙を運んだ時に、老人が河に落とした帽子に避塵珠があると知らせる。後に人助けのため持ち金を与え、年越しのために妻の夏着を質に入れると、質屋の店主が以前の老人であり、敦厚の生活を支援する。

「愚夫駝河」（十四葉裏～十六葉表）―正直。宋末、会稽（浙江）、碧碩耳。愚鈍で人の言うことを信じ、田畑を売って道を補修したため、虎にも傷つけられない。頭にできもののある娘を娶ると出世するという話を信じて孫姓の娘を娶り、河に落ちて救った娘が理宗の皇后になって護駕将軍に任命される。

「忠孝節義」（十六葉表〜十九葉裏）——節義。明末、蒲圻県（湖北）、樊徳馨。宦官魏忠賢の部下楊嗣元が県令となり、監生方士達と共謀して、徳馨の謀反を誣告したため投獄される。典吏廖芳華夫妻は一子官保を徳馨の子向陽と入れ替えて、向陽を義僕顧嬰・柳芳に託す。嗣元の子維盛が徳馨の妻陳氏を妾にと思うが、陳氏は自害し、官保は猟師に保護される。『宣講珠璣』巻一「忠孝節義」から転載。

五　案証の編集

1　講説の挿入

本書の案証の特徴は、案証の冒頭に講説を置いて主旨をわかりやすくしているところにある。たとえば巻一には孝弟に関する案証を収録しており、巻末の「金玉満堂」「嫁嫂失妻」二篇を除いて、すべて冒頭に孝弟に関する講説を置いている。たとえば「苦心行孝」では、孝は百行の源であり、宣講においては孝を宣揚することこそが重要であるという。

宣講一事、無非勧人為孝。(5) 然善事最多、而其至重者、莫大乎孝。(6) 蓋孝為百行之原、固人人所当尽、亦属人人所能尽。能尽孝、則大凡行事、都是好的。（宣講の一事は、すべては人に孝を勧めるためにある。だが善事は多いが、最も大切なものは孝ほど大なるものはない。だいたい孝は百行のもとであり、もとより誰しも尽くすべきことで、また誰しも尽くすことができることでもある。孝を尽くすことができれば、多くのことはうまくいく。）

「拒淫登科」では、淫行が不孝に相当すると講説する。

嘗思孝為百行先、淫居万悪首。是知人生在世、事父母固当敬孝、而於淫字忽之、是損父母之遺精、又壊他人之名節、亦属不孝。（かねがね孝は百行の先であり、淫は万悪の首だと考えている。よって人は世にあって父母を敬うべきことはもとよりであるが、淫をいましめずしては、父母からいただいた身体を損なううえに他人の名節を損なうのであり、これも不孝に属するのである。）

「悍婦逆報」では、従順でない婦女を不孝者だと説く。

蓋婦女以柔順為主。……況於翁姑丈夫前、敢不婉容悦色、以尽其婦道乎。無如今世婦女、多有不明道理、只逞一己之性情、那管翁姑之憂気、以致抵触不堪、忤逆日甚。（だいたい婦女は従順が大事である。……まして義父母や夫の前では顔色を和らげて婦道を尽くすべきであろう。だが今の世の婦女は道理に暗く、自己の性情をたくましくして、義父母の憂慮にもかまわず抵触にたえず、不孝が日増しにひどくなるものが多い。）

こうした講説は取材源である『宣講摘要』巻一「苦孝獲金」、『宣講珠璣』巻四「金玉満堂」「嫁嫂失妻」にはないところから、本書の編者が案証の主旨にそって冒頭に付加したものと考えられる。

巻二では「善悪両報」「処女守孀」「傷生惨死」「善悪異報」「培墓得第」五篇の冒頭に講説を付加している。たとえば「善悪両報」では、女子は夫に従順でなければならず、貧富は運命であり、貧乏だからと言って夫の家を軽蔑して再婚すべきではないと説く。

蓋女子以順夫為正、而貧富実由乎命、人豈可以強為。……如夫家貧窮、便生嫌棄、懐琵琶而上別船者、遂可必其長享富貴乎。（いったい女子は夫に従うことが正道であり、貧富は命運によるもので、人がどうできるものでもない。……たとえ嫁ぎ先が貧乏なのを嫌いになって離婚しても、富貴を授かることができようか。）

このあと「傷生惨死」（殺生）、「善悪異報」（積善）、「培墓得第」（墓地）という案証がつづき、講説を付加しているが、それらは善悪の案証であり、女子の案証ではない。またその後の「孝獲宝珠」「純孝化逆」「聞氏建坊」「雪裏救母」は孝子と孝女に関する案証ではあるが、講説を付加していない。

巻三では、前半は「叨唆償命」「挖墓乞食」「貪財遭禍」という善悪の案証を収録し、後半は「仮無常」「助夫顕栄」「捨命伸冤」という女子の案証を収録するが、講説は「叨唆償命」「貪財遭禍」の二篇だけにしか付加していない。たとえば「叨唆償命」の冒頭の講説では、人を救う智謀がひいては祖先・自分・子孫を救う行為になると論じている。

蓋人生斯世、若有智謀者、無妨為人排難解紛、……上可以超祖宗、中可以栄本身、下可以蔭児孫。（だいたい人はこの世に生まれて、智謀がある者は人のために難題を解決することもできるし、……祖宗は称揚され、自身は誉れを得、子孫はお蔭を被るのである。）

巻四でも「能孝獲福」「逞気殺身」の二篇にしか講説を付加しない。たとえば「能孝獲福」では、女子も男子と同じように孝が重要であることを説く。

且以人生在世、男子要孝父母、而女子要孝公婆。（さて人はこの世に生まれると、男子は父母に孝、女子は舅姑に孝を尽くすべきである。）

巻五では「貪淫惨報」一篇にしか講説を付加せず、淫行が身を滅ぼすことを喚起する。

蓋聞淫之一字、害人無厭。不怕你英雄好漢、家累万貫、都被他埋蔵、都被他破散。（だいたい淫の一字は人をあくことなくだめにすると聞いている。たとえ英雄好漢であっても、家に万貫の金があっても、淫によって埋もれ、淫によって失う。）

巻八も「忠孝節義」「溺女惨報」の二篇にしか講説を付加せず、「忠孝節義」では女子の節孝を重視する。

大凡人生在世、各有幾件本等事業。無論士農工商、要体貼三綱五常。……至於女子、不拘富貴貧賤、須謹遵三従

四徳、節孝両全、纔算是巾幗中的大丈夫。（およそ人はこの世に生まれて、おのおの本業を持っているが、士農工商を論ぜず、三綱五常を体得しなければならない。……女子に至っては、富貴貧賤を問わず、三従四徳、節孝両全をまもってこそ、女子の中の大丈夫である。）

このように各巻の案証には講説が付加されてわかりやすくなっているが、講説が巻を追うごとに減少すると同時に各巻の分類も不明確になっており、八巻という巻数の多さに対応するため、一般的な善悪の案証を他の宣講書からそのまま転載するようになったと考えられる。

2　案証の転載

本書は案証の出典を明記していないが、以下のように、『宣講集要』（咸豊二年、一八五二）、『緩歩雲梯集』（同治二年、一八六三）、『触目警心』（光緒十九年、一八九三）、『宣講珠璣』（光緒三十四年、一九〇八）、『宣講摘要』（光緒三十四年）、『宣講彙編』（光緒三十四年）、『宣講管窺』（宣統二年、一九一〇）、『福海無辺』（民国元年、一九一二）、『宣講全集』（一九四七）などの宣講書所収の案証と内容が一致している。発行年からして、本書の案証は、『宣講集要』『緩歩雲梯集』『触目警心』『宣講珠璣』『宣講摘要』『宣講彙編』から転載し、『宣講管窺』『福海無辺』『宣講全集』に転載されたと考えられる。

「金玉満堂」―『宣講集要』巻十三「金玉満堂」(7)、『宣講珠璣』巻四「金玉満堂」、『福海無辺』巻三「金玉満堂」

「嫁嫂失妻」―『宣講珠璣』巻四「嫁嫂失妻」

「孝獲宝珠」―『宣講全集』「孝子得宝」

「純孝化逆」―『宣講珠璣』巻一「純孝化逆」、『宣講全集』「純孝化逆」

「聞氏建坊」―『宣講摘要』巻二「聞氏建坊」

「雪裏救母」―『宣講集要』巻五「雪裏救母」、『宣講摘要』巻二「雪裏救母」

『宣講全集』「雪裏救母」

「叨唆償命」―『宣講全集』「悪貫満盈」

「挖墓乞食」―『宣講全集』「挖墳討飯」

「貪財遭禍」―『宣講全集』「刻薄成家」

「仮無常」[8]―『宣講彙編』巻三「仮無常」

「助夫顕栄」―『触目警心』巻一「白雞公」、『宣講摘要』巻二「助夫顕栄」、『宣講全集』「白雞公」

「捨命伸冤」―『宣講摘要』巻二「捨命伸冤」

「霊前認弟」[9]―『宣講珠璣』巻一「認弟息訟」

「判家私」―『宣講集要』巻六「高二逐弟」、『宣講摘要』巻一「判家私」

「鴨嘴湖」―『宣講摘要』巻四「鴨嘴湖」

「鳳山遇母」―『触目警心』巻四「鳳凰山」、『触目警心』巻四「鳳凰山」

『宣講摘要』巻一「鳳山遇母」

「節孝全義」―『福海無辺』巻一「節孝双全」

「捐金獲福」―『宣講珠璣』巻一「捐金獲福」

「鬼断家私」―『緩歩雲梯集』巻一「画裡蔵金」、『宣講珠璣』巻一「鬼断家私」

『宣講管窺』巻二「鬼断家私」

「雷神碑」――『宣講珠璣』巻二「雷神碑」、『福海無辺』巻四「雷神碑」
「兄弟斉栄」――『宣講珠璣』巻一「兄弟斉栄」
「滴血成珠」――『宣講珠璣』巻四「滴血成珠」、『触目警心』巻一「滴血成珠」
『宣講全集』「滴血成珠」
「孝化悍婆」――『宣講集要』巻四「孝媳化姑」、『緩歩雲梯集』巻二「紫薇窖」
『宣講摘要』巻二「孝化悍婆」、『福海無辺』巻一「孝感姑心」
「貞淫異報」――『宣講摘要』巻四「貞淫異報」
「馬前覆水」――『宣講集要』巻七「崔氏逼嫁」、『宣講珠璣』巻三「馬前覆水」
『宣講管窺』巻六「覆水難収」
「閨女逐疫」――『宣講珠璣』巻二「閨女逐疫」
「忠孝節義」――『宣講珠璣』巻一「忠孝節義」

3　案証の改編

ただ一例、巻一「苦心行孝」だけは、以下のように、原典である『宣講摘要』巻一「苦孝獲金」の宣詞や叙述を省略しながら、冒頭に講説を加えている。（×は無を意味する。）

「苦心行孝」（宣二場、千五百九十三字）／『宣講摘要』巻一「苦孝獲金」（宣七場、二千百十七字）

①〔講説〕宣講一事、無非勧人為孝。然善事最多、而其至重者、莫大乎孝。／×

②乾隆時、四川雅州、有一人姓朱名燦光。／乾隆六十年間、四川雅州、有一人姓朱名燦光。

③×／〔母〕〔歌〕一提你父娘心酸、恐児聞之心亦寒。
④×／〔慶有〕〔歌〕聴母言、不由児、珠泪下弔。才知道、児的父、受尽煎熬。
⑤×／〔燦光〕〔歌〕聴児言、好惨悽、不由為父涙湿衣。皆由父、没志気、無有別様盤穿吃。
⑥×／列位呀。你我都有父母。你看朱慶有、家道這様寒微、尚且結竭力尽孝。
⑦一日晩間、隣居有演夜戯者。／忽那一夕、隔壁不遠、有個楊老頭家裡、唱灯影子戯。
⑧×／〔慶有〕〔歌〕見児父、喪了命、五内悽愴。止不住、傷心泪、滴湿衣裳。
⑨×／〔慶有〕〔歌〕尊声賢翁聴我鳴、容恕小子説原因。

六　結び

『宣講大全』八巻はその名のごとく、宣講に供する案証を従来の宣講集から網羅的に採集した宣講書であり、湖北省漢口の六芸書局が刊行した。巻頭に「二十四孝図説」を冠したり、巻一に孝弟に関する案証を収録し、案証の冒頭に主旨を講説してわかりやすくしたりしているところに特色があるが、こうした方法は全巻一貫しているわけではなく、次第に講説を置くことがなくなり、ついには巻を分けないテキストも出現した。本書はおおむね善悪の案証を同時代の宣講書から採取しており、案証の選集として位置づけることができよう。

注

（1）原書を複写した後に印刷しており、本文の最終行などが不鮮明なため全文を正確に読むことができない欠点がある。

（2）鄂城陳廷英豫生著『勧善書目提要』一巻（活字本。民国甲子年〔一九二四〕自序。武昌精華印書館承印。封面表「勧善書目提要一巻」、封面裏「民国己丑自武昌興隆巷付印」）の「訓俗類」第八「宣講」に、「『宣講大全』民国九年上海重刻本　原名『瑶函弌集』。光緒戊申、西湖侠漢重印。民九、用石印。遂改今名。凡為八巻」と解説する。

（3）「嫁嫂失妻」には民国年間、延慶県鉛印本がある。半葉十行、行二十七字。武漢大学図書館蔵。

（4）「処女守孀」には民国年間、延慶県鉛印本がある。半葉十行、行二十七字。武漢大学図書館蔵。

（5）文意から「孝」は「善」の誤字か。

（6）『孝経』「聖治」章に、「人之行、莫大於孝。」

（7）案証の発生した地名を「徽州」（安徽）ではなく、「莱州」（山東）とする。

（8）〔宣〕「十月懐胎受辛苦、三年乳哺受労碌。……」を付加する。

（9）末尾に「評曰、人第知隅坐随行、奉几授杖之謂、……」を付加する。

第四節　四川の『万選青銭』四巻

一　はじめに

本書は早稲田大学図書館編『風陵文庫目録』（一九九九年四月）解説によれば、旧帙の題箋に『宣講万選青銭』と題するという。封面、前一葉表、前五・六葉、目録を欠き、書名・出版者等の事項が不明であるが、巻一の前一～前四葉の版心に『万選青銭』と題し、巻一の宣講規則では『万選青銭』と命名したと述べ、巻二「悔悟活命」ではこの案証を『万選青銭』に収録したと記載していることからして、書名は『万選青銭』である。半葉九行、一行二十四字で、第一・二冊一〇七頁、第三・四冊一〇二頁、総二〇九頁である。

ところが別に版式は同じながら内容を異にする版本があり、その第一冊には封面がある。封面表に「送君書望君行君不看送他人　若汚穢罪不軽　能体貼福寿増／万選青銭／板存夾邑茶房頭道河沈家塥[1]　願印送者自備紙張不取板貲」、封面裏に「宣統二年歳官庚戌翻刻／聖諭証釈／共計四本二百一十一頁」と刻す。「夾邑」とは四川省夾江県を指し、宣統二年（一九一〇）の翻刻本である。この翻刻本は第一冊第一巻しか現存しないが、早稲田大学蔵本と同じく半葉九行、一行二十四字である【図1】。

以上の二種の版本は巻一冒頭に「宣講聖諭規則[2]」を掲載しており、これを省略する後の簡易宣講書より古い形態を遺している。またそこには清末・民国初期における四川省の事例を掲載しており、編纂時期・編纂地も明白である。ただ本書は冒頭に清朝の「聖諭六訓」「聖諭十六条」を宣読する体裁を取っているが、案証は必ずしも聖諭によって分類されておらず、全四巻として道徳の中でも比較的重要な孝・弟・節・義を説く案証を収録しており、宣講書が次第に主要な徳目を重視していくようになったことを示唆している。本論では本書を通じて宣講書の簡易編集について考察してみたい。

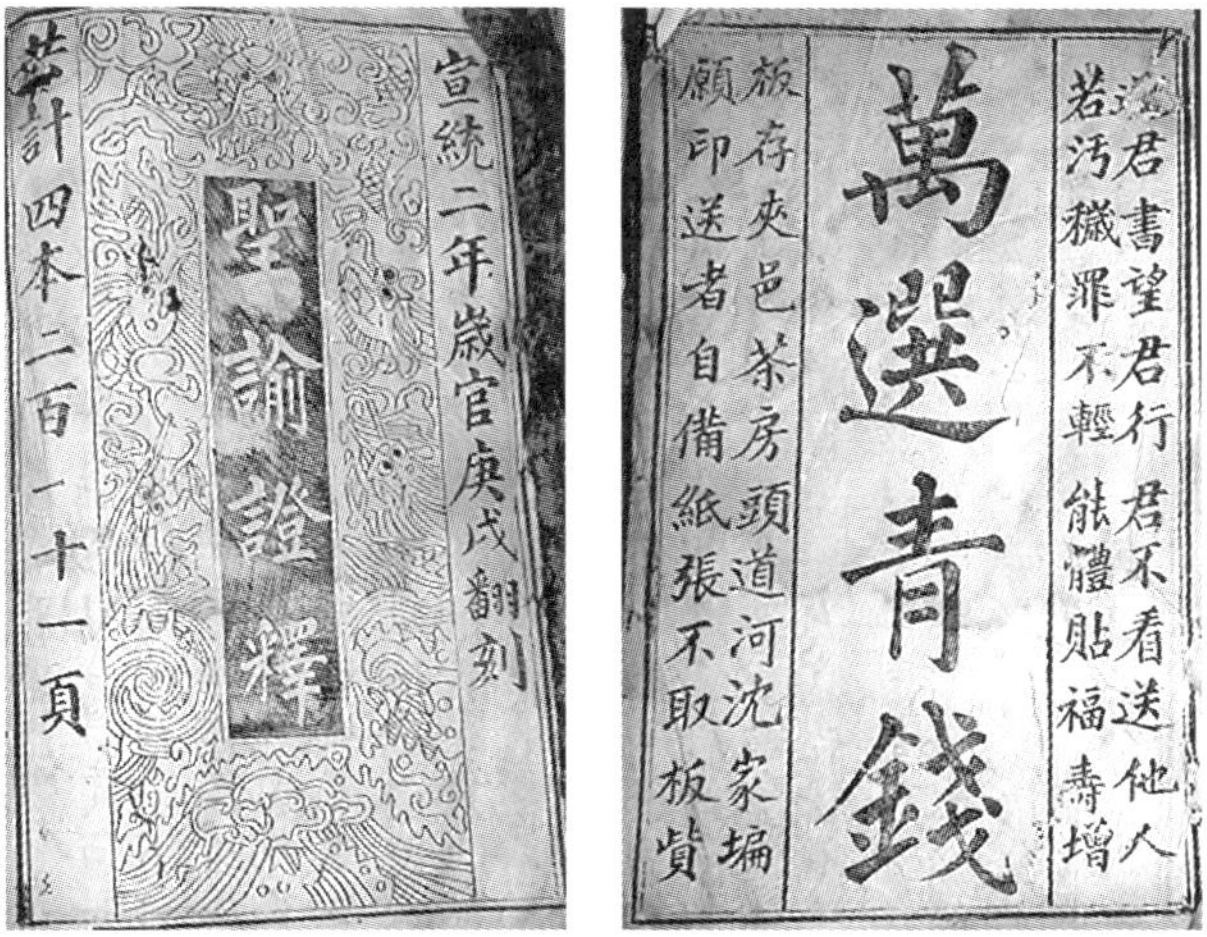

【図１】『万選青銭』宣統二年刻本

二　聖諭読誦と宣講の霊験

『万選青銭』巻一冒頭の「宣講聖諭規則」では、順治帝の「聖諭六訓」、康熙帝の「聖諭十六条」、乾隆帝の「聖諭広訓」を読誦する。

> 宣講生宜三跪九叩[3]、恭読「聖諭六訓」……再恭読「聖諭十六条」……王章読畢。講我朝世祖章皇帝頒行「聖諭六訓」、聖祖仁皇帝頒行「聖諭十六条」、世宗憲皇帝頒行「聖諭広訓」、河東王又樸註為「衍義」。……況又各州府県、設立文武官員、教諭約正、遵行宣講。屢次議准、軍民生童人等、通行講読。

(宣講生は三跪九叩し[4]、恭しく「聖諭六訓」を読み……再び恭しく「聖諭十六条」を読むべし。……王章を読み終えると、我が朝の世祖章皇帝が頒行された「聖諭六訓」、聖祖仁皇帝が頒行された「聖諭十六条」、世宗憲皇帝が頒行された「聖諭広訓」、河東の王又樸が註した「衍義」を講ずべし。……況や又各州府県は、文武の官員、教諭・約正を設立し、宣講を遵行すべし。屢次議准し、軍民・生童人等に暁諭し、講読を通行すべし。）

聖諭の読誦の後には本書の編集の意図について述べ、新しい勧善懲悪故事を好む聴衆のために新に案証を精選したことから『万選青銭』と命名したこと、専ら無学な庶民の修身の教科書として編集したものであり、学問をした者には不要であることを述べている。

怎奈如今的人、毎多驚奇好異、厭故喜新、不得已才将世事人情善悪報応、真選之又選、故名『万選』。如銭之為銭最重青銭、集而成巻、顔曰、『万選青銭』。其意浅、其詞俗、原為愚夫愚婦而講修身斉家之事、至徳要道之情。若夫大雅君子、安取夫此。（如何せん今の人は、常に奇異な話を好み、古い話を嫌って新しい話を喜ぶので、仕方なく世事・人情・善悪・報応をまさしく選びに選び、故に『万選』と名付けた。ちょうど銭の中の銭が最も青銭を重んじるように、集めて巻を成し、『万選青銭』と題した。その意は浅く、その詞は俗で、もともと愚昧な男女のために修身・斉家の事を講じ、至徳・要道の情を講じるものであり、大雅・君子が取り上げるほどのものではない。）

また宣講の要領と、宣講の霊妙な効果について述べ、宣講の実践を推奨している。

一、宣講必須声音嘹喨、情詞懇切。喜怒哀楽、伝其神気、自能動人。不可信口説過、亦不可遊戯。（必ず大きく発声し、丁寧に発言して、喜怒哀楽の情を込め、聴く者を感動させる。）

一、宣講必須品行徳行、言語心術倶端方。正己始能化人。（必ず品格があり、端正な者が行ってこそ、人を感化できる。）

一、宣講定有神霊監察。……忽見関聖人自天而降、端坐廟中。……可見講者聴者各宜誠意。（神霊が監察しているので誠意を尽くすべきである。関帝が出現したこともある。）

一、宣講能除瘋疾。（精神疾患を除くことができる。）

一、宣講能駆瘟疫。（疫病を除くことができる。）
一、宣講能祈雨。……又宣講可以免刀兵。……又宣講可以勧鳥雀。……又宣講可以動風雷。（雨乞いがかない、戦乱を免れ、動物も感応し、風雨を呼ぶことができる。）

この中には、「壬子年（一九一二）、湖北乱。」「新繁県（四川成都府）多老鴞、辛亥年（一九一一）、尽行飛去。」「永邑（四川永寧）李家、庚戌年（一九一〇）。」「癸丑年（一九一三）、川南地方春乾。」「高邑（四川高県）鄭士貴、母病瘋癱。」「馬邑（四川馬辺県）李国光、妻江氏。」「富邑（四川富順県）李其昌之妻黄氏。」「屏邑（四川屏山県）官正川家富。」「辛亥年、栄邑（四川栄県）謝家。」の事例を挙げており、(5)本書が清末から民国にかけての時期に湖北・四川省で編集されたことをうかがわせる。

三　本書の目録

宣統二年刊本の前七葉には四巻五十二篇（一巻十五篇、二巻十四篇、三巻十三篇、四巻十篇）の目録を記載している。(6)
（＊印を付した案証は早稲田大学蔵本には無い。＊＊印を付した案証は宣統二年刊本には無い。）

巻一目録―「全家福寿」、「沈香報孝」、「雷神全孝」、「太乙指地」、「四逆遭誅」、「養女失教」、「順妻逆親」、「善悪分明」、「文武状元」、「遇雨談恩」、「至誠感弟」、「装病化親」、＊「蓮花現母」(7)、＊「変猪還賬」、＊「悔罪獲福」

巻二目録―「仮装和尚」、（＊＊「大堂悔罪」(8)）、「欺兄圧弟」、「修徳回天」、「二虎同埋」、「蘭芳節孝」「仮鬼護節」、「宮花入夢」、「竈神霊験」、「改過換子」、＊「敗節変猪」、「悔過活命」、＊「感神救命」、＊「能知大義」、＊「嗜賭受刑」

巻三目録―「三喜臨門」、「天送状元」、＊＊「蓮花現母」、「孝魂礼仏」、「褙霊悔罪」、「全葬天話」、「忠孝節義」、「女中君子」、「状元拝墳」、「聖帝搬家」、「祖上有徳」、「*保命金丹」、「大堂悔罪」、「*婆賢媳孝」
巻四目録―「天官賜福」、「二姓同栄」、「**忍気旺夫」、「忍敵災星」、「紅蛇纏身」、「案中有案」、「成敗由婦」、「倪氏勧夫」、「*黜邪崇正」、「*同登道岸」、「*直上天梯」

なお目録の末尾には、宣統二年に林棟樑等が募金活動をして刻版を完成したという説明が李芳斎によってなされている。その中には沈姓の者が多く、封面に記すように沈家塥において編集がなされたことがわかる。

> 宣統二年庚戌中秋節、領袖林棟樑・沈意誠・鄭斐然・蕭太和・沈善元・沈香譜等、募化刊刻、全部板既刻成、独林公棟樑之力為多。如有印送者、自備紙張、不取板貲。李芳斎敬書。（宣統二年庚戌の中秋節、領袖林棟樑・沈意誠・鄭斐然・蕭太和・沈善元・沈香譜等が寄付を募って刊刻し、全部の版刻が完成させたが、林棟樑公が最も尽力された。もし印送を希望する者があれば、印刷用紙を準備すれば、印刷費用はいただかない。李芳斎、敬して書す。）

四　各巻の案証

案証の分類と梗概は以下のごとくである(9)。

巻一にはまず孝・不孝の案証を子・嫁・孫に分けて掲載し、ほかに弟の案証二篇、善悪の案証二篇を掲載している。

「全家福寿」（一～三葉）（宣四場）―嫁の孝。崇明県、呉大爺の嫁たち。仲良く舅姑を養って長寿を得る。

「沈香報孝」(10)（四～八葉）（宣二場）―子の孝。正徳年間、紹興府、張二娃。山神が沈香木を与えて皇后の病気を治させ、その子孫が官職を得る。

「雷神全孝」(11)（九～十四葉）（宣四場）―子と嫁の孝。万県（四川）、張全。子を得るために善行を行って財産を潰し、妻艾氏の犠牲で嫁を娶る。嫁は宝石を質に入れて姑を請け出そうとするが、盗賊が入って金を盗まれたため自害する。雷神は嫁を復活させ、盗賊を誅殺する。

「太乙指地」(12)(十五～二十葉)(宣一場)—子の孝。泰安府、張豆腐。雪道に難儀する太乙真人を家に泊めると、黄員外が母の墓地を提供して親戚になり、科挙に及第する。

「四逆遭誅」(13)(二十一～二十五葉)(宣二場)—子の不孝。雲南富民県、余明星。四子が不仲で分家し、病死した後に妻が四子に酷使される。結果、長男は殺人罪で処刑され、次男は境界争いで打ち殺され、三男は牛と一緒に崖から転落死し、四男は気が狂って壁に頭を打って死ぬ。

「養女失教」(二十六～三十一葉)(宣三場)—嫁の不孝。乾隆年間、湖広漢川県、鄧化宇の嫁黄氏。怠惰で次男の嫁や姑を虐待したため、総督から処刑の審判を下される。

「順妻逆親」(三十二～三十五葉)(宣一場)—子と嫁の不孝。昔、喩家の息子夫婦。病気の姑の投薬も惜しんだため、舌にこぶができて死ぬ。

「善悪分明」(三十六～三十九葉)(宣二場)—子と嫁の孝不孝。昔、龍游地方(浙江)、徐兄弟。分家して兄夫婦は本家を相続できず、貧乏で老母を養えず、弟夫婦は本家を相続して裕福だが、不孝で老母を虐待する。弟夫婦は老母を追い出し、雷に打たれて死ぬ。

「文武状元」(14)(四十～四十三葉)(宣二場)—孫の孝。昔、祝辛。善行で得た子善生が科挙に及第するが病死し、善生の子瀛州が祝辛を養うが、負ぶった時転んで死んだため、閻魔王が訴えを聴いて上帝に上奏すると、祝辛は復活する。瀛州は状元に及第し、瀛州の子も武状元に及第する。

「遇雨談恩」(15)(四十四～四十七葉)(宣二場)—孫の不孝。昔、余先達。古い墓を移したため、子光閭が短命で死に、光閭の妻も後を追って死ぬ。先達の妻何氏は孫開化を育てるが、家財を擦って家を去る。悲観した何氏は自害して開化の妻に乗り移って開化を罵り、夫婦は傷つけ合って死ぬ。

「至誠感弟」（四十八～五十葉）（宣二場）—弟。明朝、次男の陳世恩。夜遊びする三男の弟を毎夜門で待って感化する。

「装病化親」（五十一～五十五葉）（宣一場）—弟。福建省、林国奎。死後、妻鄭氏は後妻の姑に再婚を強要されて自害しようとするが、甥国璽が重病を装い、母を戒めて嫂を救う。

「変猪還賬」（六十二葉裏～六十七葉表）[16]（宣二場）—詐欺。光緒年間、洪邑（四川洪雅県）、張有順。石灰を売る。貪欲。重量を偽って王徳華に売ったため、誰も買わなくなる。賈二喜に借金して返さなかったため、天に誓いを立てたとおり、豚になって借金を返す。

「悔罪獲福」（六十七葉裏～七十五葉裏）[17]（宣五場）—清朝道光年間、湖南省岳州府平江県、魏興邦。悔悟。偽の薬を売ったため、一子安富が失踪し、妻周氏も病死する。興邦は竈神に懺悔する。姨表《いとこ》の李光文に魚蝦を食べると病気になると誡めるが、光文は聴かず、病死する。興邦は昔救った趙洪源が報恩のため訪れ、失踪した安富を連れて来る。

巻二には巻一末尾の二案に続けて弟三篇、その後に女子の案証を七篇、最後に男子の案証に二篇を付加して掲載している。

「仮装和尚」（五十六～六十葉）（宣一場）—弟。昔、雅州（四川）、曾兄弟。嫁同士の仲違いで分家するが、あるきっかけで兄弟は仲直りして廟に逃げ、和尚に扮して嫁を改心させる。

「大堂悔罪」（六十一～六十四葉）（宣一場）—弟。虔州、何兄弟。嫁を娶って仲違いし、相手を訴えるが、知事は兄弟に一日中対面して兄弟と呼ばせ、良心を呼び覚まさせる。

挙に合格する。

「欺兄圧弟」(18)（六十五～六十九葉）（宣一場）―弟。文安県、朱三兄弟。次男夫婦は横暴で、分家して良田を取るが、天災で収穫が無く騒ぎ出したため、兄弟は母屋を次男に譲る。次男は亡父に罵られる夢を見て死に、兄弟の子は科挙に合格する。

「修徳回天」（七十～七十三葉）（宣一場）―嫁の友愛。従前、崔氏。蘇家に嫁いで分家の不経済を説いたり、実家から持ち帰った物を分けたりして三人の嫂を感化し、長寿を全うする。

「二虎同埋」(19)（七十四～七十八葉）（宣二場）―母の溺愛。梁山県陳錫の娘は李家に嫁いで騒ぎを起こし、竈神を罵ったため、虎に変化してその訳を話す。実家の母も娘を甘やかした罪で病死し、一緒に埋葬される。

「蘭芳節孝」（七十九～八十二葉）（宣二場）―節婦。雲南、林章魁の嫁凃氏。子と夫と姑を亡くすが、舅に後妻を娶らせて子孫を遺させ、自分の乳で育てて、科挙に合格させた後、成仏する。

「仮鬼護節」(20)（八十三～八十七葉）（宣二場）―節婦。会理州、陸上清の嫁林氏。上清と妻年氏、夫存厚も死ぬと、張裁縫が死に神に扮装して脅そうとするが、死者に扮装した林氏を見て存厚の亡霊だと誤解し、驚いて死ぬ。

「宮花入夢」(21)（八十八～九十二葉）（宣一場）―惜字。昔、湯陰地方（河南）、石燕飛の娘良英。燕飛が字を大事にせず失明したため竈神に祈ると、仙童に導かれて冥界に至り、燕飛が目を刺されるのを目の当たりにする。良英は目が覚めて燕飛に字を大事にするよう諭す。

「竈神霊験」（九十三～九十六葉）（宣二場）―敬竈。貴州、何柔の妻申氏。竈神を敬わず、劉姑娘の諫言を聞かずに厨房で赤子の尻を洗うと、天罰が下る。

「改過換子」（九十七～一百二葉）（宣一場）―吝嗇。昔年、蓬州（四川）、宋長福。吝嗇であったが、双生児が生まれて悔悟し、善行に努めるが、二子とも病死する。冥界に行くと、善悪都司が家産を蕩尽する二子を殺したと告げられ、改めて二子を授かる。

「悔過活命」（一百三〜一百七葉）（宣二場）—傲慢。井研県（四川）、余秀才。傲慢で、誤って無罪の人間を捕らえたため不幸が訪れる。悔悟して文昌帝君に許され、この案証を『万選青銭』に収録する。

巻三には種々の善悪の案証を載せている。

「三喜臨門」（一〜四葉）（宣二場）—善行の妨害。梁渓県、陸歩瀛。妻万氏の父国順と姑は歩瀛夫妻の善行を妨害するが、銀を発掘し、科挙に及第し、一子が生まれる。国順の家は落ちぶれ、国順は一人生き残って乞食をし、陸家の門前で死ぬ。

「天送状元」（五〜十葉）（宣二場）—善行の妨害。昔、湖広、蘇正栄。病母のために夫婦で銭米を買うが、盗賊に盗まれて母子ともに重病に罹る。表兄羅文通は悪意で下薬を与えるが、吐瀉して母子は快復する。文通は借金の返済を督促してその妻馬氏を奪おうとするが、馬氏は教師舒翁が年給をはたいて救い、舒翁は将来出世する運命を持つ一子舒芬を授かる。

「蓮花現母」(22)（十一〜十五葉）（宣一場）—孝子。昔、西安、楽仲。股肉を割いて病母に勧め、母が死ぬと善行に努める。病気で墓参に行けないでいると亡母が訪れ、南海にいると告げる。楽仲は南海に行く途中で娘と同行し、南海に着くと蓮花の中に母親が現れる。帰宅して道士の歌を聴き、娘との結婚を考えて病気になるが、先の娘が現れ、結婚して一子阿辛を儲ける。娘は散花仙女であった。

「孝魂礼仏」（十六〜二十葉）（宣一場）—孝女。昔、太平崗、呉大貴の娘癸女。貧家に生まれたため幼女で花家に嫁ぎ、その霊魂が姑の病気治癒の願解きに鶏足山に参拝すると、香が飛んで正殿の香炉に刺さり、皇太后の願解きに来た宦官に咎められるが、開元帝が孝烈一品夫人に封じる。

「猜霊悔罪」（二十一～二十五葉）（宣一場）―不孝。昔、王徳昭。放蕩息子で、父母の死後、二子に追い出されて衆人に不孝を戒める。

「全靠天話」（二十六～三十一葉）（宣一場）―不孝。道光年間、嘉定府、何其堂の子継科。結婚して家にいて何もせず、財神が孝行をすれば富貴が得られるという天の話を伝える夢を見て父母を扶養すると、商売が順調にいき、家が繁栄する。

「忠孝節義」（三十二～三十六葉）（宣二場）―勤勉。康煕年間、山西太原府、張明徳。長子至新は賭博癖があったが、次子至誠は聖諭を聴いて良心を育て、趙明盛の店の経理となって、娘婿に迎えられる。

「女中君子」（三十七～四十一葉）（宣一場）―貞節。乾隆時、川東涪州城、封翠姑。駱正彰に嫁ぐが、嘉慶初年の王三槐の反乱で正彰が死に、三子が修行で家を出たため、三人の嫁とともに綿花を紡いで家計を立てる。病気になるが、孝子孝婦が世話をする。

「状元拝墳」（四十二～四十六葉）（宣一場）―貞節。昔、天全州（四川）、李大興の妻王氏。三弟李大興が死ぬと長兄大彰はその妻王氏に再婚を迫り、次兄大栄の諌言を聴かず、江西の楊商人に売る。王氏は途中で男子を出産し、男子は後に状元に及第する。王氏は子に大興の墓参りをさせ、大栄夫妻を迎える。

「聖帝搬家」（四十七～五十一葉）（宣一場）―姦淫。道光年間、遂寧県（四川）、周一の婚約者謝氏。賢明で、母が婚約解消を主張するが結婚する。王二が泥酔した周一に頼まれて家に行き、謝氏を姦淫しようとするが、謝氏が縊死して関帝に訴えると、関帝像が謝氏の墓前に移動し、王二を斬首して謝氏を復活させる。

「祖上有徳」（五十二～五十五葉）（宣一場）―姦淫。福建、呂清。好色で、亡祖父に冥界に連行され、姦淫の応報を見せられ、悔悟して二子を儲ける。

巻四にも種々の善悪の案証を載せている。

「天官賜福」（五十六～六十四葉）（宣一場）―貞節。昔、永興県、許福田の嫁妙香。福田は善行を積んで天官から子を授かったため、夢生、字九齢と名付け、清河県の李元善の娘妙香と結婚させる。九齢は殿試を受験するが病死と誤解され、妙香は再婚を迫られるが河に身を投げたため、求婚者は婚約を破棄する。妙香は香山寺で観音に祈り、壁に詩を題すると、皇帝に文才を認められて内相に抜擢された九齢が帰郷し、香山寺の題詩を見て媒酌婆を処罰し、一家は繁栄する。

「二姓同栄」（六十五～七十葉）（宣一場）―忠厚。従前、邱懐徳。母によって育てられ、陳大爺の仕事を手伝って誠実さを認められる。後に陳家の二子に武芸を教え、劉老師の援助で秀才に合格して、陳大爺の娘を娶り、陳家の子とともに武挙に合格する。

「忍気旺夫」(23)（七十一～七十四葉）（宣二場）―忍耐。陳氏。金陵の秀才李蕚に嫁ぎ、貧困を嘆く李蕚を慰める。向かいの王老陜が鶏を盗んだと誤解して持ち去るが、李蕚には猫が盗んだと告げる。王老陜は誤解が解けて李蕚に科挙の旅費を都合し、李蕚は科挙に及第する。

「忍敵災星」（七十五～七十八葉）（宣一場）―忍耐。従前、宜興、張遵文。占い師から殺人を免れるためには忍耐せよと示唆されたため忍字を見て耐え、耐えなかった李豆腐が殺人を犯して斬首される。

「紅蛇纏身」(24)（七十九～八十二葉）（宣一場）―溺女。昔、李黄氏。娘を溺死させると、紅蛇となって李黄氏に纏わりつき、乳を吸って成長し、ついには身体を食い尽くされる。

「案中有案」（八十三～八十九葉）（宣二場）―殺生。本朝、蓬渓県（四川）、楊狌子。殺生を好み、叔父張大徳が事例を挙げて諌めるが聴かず、身体に泥鰌が生えて苦しんで死ぬ。

「成敗由婦」（九十〜九十五葉）（宣一場）―賢妻。虔州（浙江）、陳子宣の長子鳳山の妻羅氏。次子鳳岡は聡明だが学校を嫌い、妻余氏も読書に反対し、兄夫婦を讒言して分家し、遊蕩して夫婦は梅毒で死ぬ。鳳山は愚鈍であったが、妻羅氏が読書を勧めたため、出世する。

「倪氏勧夫」（九十六〜一百二葉）（宣三場）―賢妻。陝西涇陽県、李正初の嫁倪氏。飢饉になり、正初が妻艾氏の勧めに従って慈善に努めると一子陽春を授かる。陽春は学友に唆されて遊郭に通うが、妻倪氏が説得して矯正する。

五　案証の改編

案証はおおむね冒頭に講説を置いてわかりやすく述べている。例えば巻一「全家福寿」では、最初に格言詩を置いて主題を解説し（一百十五字）、次に案証を置いて例証する形式を取っている。

「父母恩情大如天、従頭細想有万千。苦口深相勧、子媳還須孝為先。」在位、你想父母懐你、生你、養你、教你、憂你、望你。這些恩情、是大如天否。……我見一家人、児孝媳孝、孫男孫女、皆有孝道、後来発富発貴、享福享寿、真是愛人。待我講跟你聴。（「親の恩情ありがたく、数えてみればきりがない。説教口に苦いけど、夫婦は孝を尽くすもの。」皆さん、親があなたを懐妊し、扶養し、教育し、心配し、期待した恩情は天のように大きいではありませんか。……小生は、夫婦が孝を尽くし、孫や孫娘も孝行者で、のちに富貴になり、福寿を享受するという素晴らしい一家を見ましたので、皆さんにお話ししましょう。）

そして『緩歩雲梯集』（同治二年〔一八六三年〕復刊）等、本書よりも先に出版された宣講書収録の案証を引用する際にも、このように冒頭に講説を付加している。また文中の表現は、取材元の宣講書のものをおおむね簡略化してわかりやすくしている。さらに途中で「在位」と聴衆に語りかける言葉を挿入したり、人物の感情を表現する「歌」（宣）を挿入したりするのが特徴である。

1　『緩歩雲梯集』の改編

いま主たる相違を比較してみると、以下のように『緩歩雲梯集』の叙述の方が具体的であり、原典であることがわかるが、講説は『万選青銭』「沈香報孝」の方が詳細である。（×は無を意味する。）

巻一「沈香報孝」（二千一百三十六字）／『緩歩雲梯集』巻一「沈香報孝」（貧児孝）（一千八百二十六字）

①〔講説〕八反歌[25]云「富貴養親易、親常有未安。」（三千一百九十四字）／無論貧窮富貴家、親恩都宜報答。（七十七字）

②娶妻林氏、生一子、早死。／請媒娶妻林氏、隔年生一子、取名張大、早死。

③只得当天許願。／只得対天許一個千石宝珠壇願。

④保佑我爹病好、吃得飯。／保佑我們爹不冷不熱、不打糊説、明朝就好起来、吃得両碗飯。

⑤此柴是何人売的。／此柴何人所売。此言一出、一呼一百諾、将二娃驚醒。

⑥二娃是個愚夫俗子、従未見過皇上、嚇得戦戦競競。／×

巻一「雷神全孝」（二千六百五十八字）／『緩歩雲梯集』巻一「双孝報」（児媳倶孝）（二千八百二十二字）

①〔講説〕帝君有云「試問身従何来、親為生我之本。[26]」（一百二十七字）／世間有児媳不孝的。（一百二十三字）

②×／〔艾氏勧道〕我已経五十、暁得是無生育了。

③〔講説〕在位、為人総要聴勧。你看張全聴劉老師相勧、多行善事、所以才生子。／×

④〔講説〕〔是你們〕殊不知張全刻薄成家、天老爺要把他孽銭消完、受尽困苦、才得昌盛。／×

⑤×／〔何三幸道〕此話我今朝回去、明天我去対你丈人説。

⑥×／媒人説、「你丈人与你帯得有幾句硴楸話来。」

⑦「想成此事不非軽」（八句）／「要接此親不非軽。他的親戚多得很。送轎怕有十棹零。」（十六句）

⑧我匱内有了二千。／我匱内有了二千。還争十二千、又在何処去借。猛想起我幇呉大公。……

⑨多做両年活路、就可除賬。／除了今年五吊六、明年五吊六、我添八百就還了。

⑩那晩下張天賜進房去。／那張天賜把所借的棹子板櫈送還人家、已経黒了、才進房門。

⑪我害怕得很。／我遅吓子与你做九牛鑽孔的道場。

巻一「四逆遭誅」（二千一百三十六字）／『緩歩雲梯集』巻一「四逆遭誅」（児媳倶不孝）（一千八百九十六字）

①〔講説〕帝君有云「這如今老天爺不同了。」（二百五十四字）／我聖朝把聖諭頒行天下。第一条……。（二百二十字）

②雲南富民県。／本朝嘉慶年間、雲南富民県。

③余明星提養老銭四一百串、放賬搊穀子吃。／幸喜分家之後、族人与余明星提銭四一百串、毎年放借、搊回脚穀二十石、以為養老之用。

④〔講説〕你們説、這宗忤逆不和、全無孝弟、天老爺都莫得報応嗎。有報応嘞。／×

⑤〔歌〕「想我們、夫婦間、把児撫養。……既不孝、又不弟、憂壊為娘。」／×

⑥〔講説〕在位、人人都是養喂児子接媳婦。仮如你的児媳、也是重憂你。……／×

⑦×／側近有一叫化子、来在城隍廟、……只聴余大爺夫妻哭泣殿下、総求城隍賞点祭祀。……

⑧〔講説〕全家概行都死絶。你們説、値得不値得。願世人常把父母恩情想。……／×

巻一「文武状元」（一千七百二十字）／『緩歩雲梯集』巻一「双状元」（順孫）（一千四百五十五字）

①〔講説〕従来講到孝字、人人暁得要孝順父母、而不知父母之父母。（三百二十二字）／×

②昔祝家沱、有一人名祝辛。／膠州祝家沱、有一人姓祝名辛。

③守着祖墳大哭一場。／守着墳墓大哭一場。〔歌〕跪墳台眼涙落、傷心話児肚内多。……

④〔講説〕他是怎麼説法口勒。我就依言唱与你們聴。／×

巻一「遇雨談恩」（一千七百五字）／『緩歩雲梯集』巻一「望雪談恩」（一千四百六十七字）

①〔講説〕人生在世、為児子固当要孝順父母。（二百八十二字）／人生在世、為児子固当要孝順父母。（八十五字）

②昔有一人、名余先達。／嘉魚上谷村、有一人、姓余名先達。

③〔講説〕在位、古話説、「生人妻、古人墓、惹到就是禍。」……／×

④〔講説〕此不得其死、然者亦由於不惜古墳之報也。你們聴了、就要各自小心才好。／×

⑤〔歌〕尊一声、我婆婆、耐煩聴講。（一百二十字）／〔歌〕守着婆婆傷心苦。（一百四十字）

⑥〔講説〕在位、這宗忘恩負義的孫児、天老爺没得報応嗎。／×

⑦〔講説〕你們説、這宗人有点良心気気否。／×

巻二「二虎同埋」（二千一百五十七字）／『緩歩雲梯集』巻二「双虎墳」（不和妯娌）（一千八百九十三字）

①〔講説〕婦女潑蠆本不該。……（二百八十八字）／勧婦人要従順。……（一百三十字）

②梁山県、陳錫之女。／梁山県、北家坰、陳錫之女。

③自嫁与李能魁為妻以来。／自嫁与李敬之子李能魁為妻以来。

④〔講説〕此悪婦得罪一家人、天地神霊記得清楚、後来定有惨報的。婦女断不可学他／×

⑤〔講説〕在位、依王法看来、凡婦人打丈夫、杖一百。……／×

⑥×／李三雑種、你拖牢眼、打牢棒的。……

⑦〔講説〕在位、分明女児多不是、反与女児長志気。……／×

⑧儘他吵個気醒。／才与他娘母叩頭説、永不敢得罪他的女児、又辦酒菜待承他。

⑨〔講説〕你們説、這是慣女的報応否。要曉得慣女是一名大罪。／×

巻二「仮鬼護節」（二千一百三十六字）／『緩歩雲梯集』巻二「仮鬼護節」（節烈報）（二千五百三十二字）

①〔講説〕婦女以節孝為先。……（一百八十七字）／婦人家節為先。……（一百四十三字）

②会理州、離城二里、有一家。／本朝康熙年間、会理州離城二里、地名西関、有一家。

③×／無如他婆婆牟氏、心腸最毒、朝日刻苦、……而林氏竭力奉養、不起怨恨一点之心。

④×／這張裁縫……存厚見他為人誠実、平素都在家中縫衣服的。……

⑤×／時才妻子煨薬、看見呉二爺直進母親房去、妻子嚇倒在地、……

⑥×／総要謀你到手。淫心発動、……

⑦〔講説〕在位、休道天高無耳目。虧心、暗室有遊神。……／×

巻二「宮花入夢」（二千一百六十字）／『緩歩雲梯集』巻二「宮花入夢」（女惜字）（一千六百八十三字）

①〔講説〕如今士子……識字而不敬字。（四百七字）／聖賢制字以治天下。（一百二十三字）

②×／鼓楽喧天、旌旗繞地。乗轎而来、乗轎而去、真是鬧熱。

③〔講説〕在位、天地間有此好婦女、豈無善報嗎。／×

④×／良夫将要臨産、毎到下半日、有一鬼抱一個紅叫雞。……何方産難鬼害、……

⑤十八歳会進士、中探花。／十六歳下会場、在号中睡着、見一人……連写宮花二字而去。

⑥〔講説〕在位、此一孝女、能惜字、能勧人、児孫就有探花状元之報。／此是女子能敬字、又能勧人之好報。

巻三「蓮花現母」（二千一百三十六字）／『緩歩雲梯集』巻三「蓮花現母」（富児孝）（二千四十六字）

①〔講説〕講到孝字、義理無窮。……父母死後亦当孝。……（一百九十四字）／×

②常聞人言説道、婦女家……吃斎以唸南無阿弥陀仏六字経、不必入廟焼香。／老母好吃斎。……楽仲常対母泣訴道、〔歌〕「我老娘年紀邁血気衰弱。……」

③×／不想老母那日害病昏迷之時、……将股肉割下、烹与母食。食畢而死㉗。

④樹子也哭了三年。／却也奇怪。……那無花果上就滴水出来、如人流涙一様。

⑤〔講説〕這就是死後尽孝。你們好生照様做。／×

⑥×／先是村内有結香社到南海者。楽仲売田十畝、将銀去結香社㉘。

⑦〔講説〕在位、這都是楽仲的孝心感動天地神霊、故所以才有這宗好福分。／×

⑧身坐蓮花之上。／肚皮上面開一朶肉蓮花㉙。

⑨×／阿辛忽想父親之言、頂門一針、速又開墳相験。

巻四「忍気旺夫」（一千七百二十八字）／『緩歩雲梯集』巻二「雞進士」（代夫忍気）（一千六百十八字）

①〔講説〕忍忍忍、忍為衆妙之門。（二百五十一字）／忍気二字乃天下之至宝。（一百九字）

②〔歌〕……這一陣好叫人気得吹鬍。〔講〕陳氏笑道、……到底你那鬍子在那裡。／……×

③〔講説〕是如今有些婦女、看見你這様窮困、早已哭流哭滴、吵得你天紅使気発気、憂得死你。／×

④〔講説〕是不忍気的婦人明説了。明説必惹禍。／×

⑤×／你不懂文話。陳氏道、那猫児黄色、不是得文画匠的麻猫。

⑥〔講説〕此回提雞之事、該也説得。你看陳氏還忍住不説。／×
⑦我這功名、全靠賢妻忍気而得。／如此説来、者四個雞腿子、都該你吃了。
⑧×／従此案看来、婦人能替男人忍気、又有雞腿々吃、又当太太、好嗎不好。
⑨〔講説〕此事伝聞街郷、人人称太太賢徳、个个学太太忍気。／×

2 『触目警心』[30] の改編

長編を他の案証と同じくらいの長さに短くまとめ、講説を加えて主題を明らかにしている。

巻一「太乙指地」（二千五百八十八字[31]）／『触目警心』巻五「太乙指地」（八千七百九十一字[32]）
①〔講説〕事親竭力出性真、……。在位、要暁得天老爺与人無親戚、只愛人修徳。（一百五十六字）／事親竭力出性真、……。（九十一字）
②即当雨雪霏霏、行道遅遅之際。／那年冬月十八日、正是大雪飄飄、鳥雀難飛。……
③×／〔講説〕各位、像這様天寒地凍、冷風透骨、人多与妻子囲炉、連門都怕出的還有。……
④〔講説〕在位、張豆腐心上会想、你們也学他不忘親恩、便是孝子。／×
⑤×／〔講説〕各位、是在於今婦女、丈夫留一乞丐到家、還怕会吵将起来。
⑥×／是夜、送老人竈房安寝、転至房中。呉氏道、我們不如合衣而臥。……
⑦張豆腐帰家、怪其妻。／張豆腐買些酒肉帰家、問及老人、呉氏便言留不住。張豆腐蹬足。……
⑧×／老人曰、他這個月十五要遭火焼嗎。……天明就去勧他莫憂気、……送一百様你都莫要。
⑨個々推神保当太爺審案時、……凡有不遵父母教者、……神保問明。……[33]／神保見群小児中、多有不遵父母教訓、

……毎日装太爺審案。……

⑩×／〔講説〕各位、人有善念、天必佑之。你們若能尽孝、也是要生好児子的。

⑪〔講説〕在位、這是張豆腐大有孝道、児子才有這奇縁。／×

⑫接個廩生李老師、単教伊子黄正中、神保張体仁。／接個廩生李逢春、単教伊子黄正中、与神保上学時更名張体仁。

⑬一日私自上街、花銭学套把戯、是個移眉法。／一日上街去買紙筆、見有要把戯的、真足取彩、伊即請到茶館、言要学一二套。……正中見摺上有移眉法。

⑭〔講説〕在位、要曉得張体仁中挙、因父行孝也。黄正中不中、因侮慢師長也。／×

⑮×／報子道、這封書是李老師叫我送在員外府中来的。……〔謳〕叫夫人、上前来、你且聴話。……

3 『宣講集要』(34)の改編

長編を二分の一に短縮しながらも、講説は重視して加え、主題をわかりやすくしている。

巻二「欺兄圧弟」（一千七百一字）／『宣講集要』巻六「悔後遅」（一千三百十七字）

①〔講説〕従来父母養児、無有不望弟兄和気者。（二百九字）／×

②七刁唆、八刁唆。／常対丈夫説道、「哥哥兄弟児女成人、……不如早些分家。……」

③×／〔宣〕大哥哥你説話実在欺我。……

④〔講説〕此哥子兄弟都好、独朱老二不好。這天地神霊、豈無善報与悪報嗎。／×

⑤光顕大挑一等為知県。／光顕大挑一等、放石泉県知県。

⑥毛氏改嫁、遭凶而死。／毛氏無靠、改嫁石泉県客商、名周才。……打死弟媳。……

⑦〔講説〕此案看来、……你們当要学他才好。……／×

4 『宣講彙編』(35)の改編

同様に長編を短縮しながら、講説を加えて主題を明らかにしている。

巻四「紅蛇纏身」（一千七百四字）／『宣講彙編』巻四「紅蛇纏身」（二千五百字）(36)

①〔講説〕人生在世、生男生女、原由命定。（三百四十四字）／×

②昔、有婦人、李黄氏。／昔陽県（山西）、有一陳一清。其妻許氏。

③〔講説〕在位、李黄氏以為自己生的、治死他也莫殺来由。……那冤魂豈与你甘休嗎。……／×

④×／此由許氏不信報応、六戒犯完、大小月汚穢竈君、兼之溺女心毒。……

⑤〔講説〕在位、要曉得打胎溺女是大罪、依王法就該要杖一百、徒三年。…／×

六　結び

『万選青銭』四巻は清末民国初期に湖北・四川地方で編纂された宣講書である。簡易本でありながら冒頭に「宣講聖諭規則」を掲載しており、伝統的な形式を留めている。四巻本であるゆえに、聖諭に則って案証を掲載しているわけではなく、巻一には主として孝不孝案を収録してはいるが、他の巻には様々な善悪応報案を掲載している。本書の文体を分析してみると、『緩歩雲梯集』などの宣講書から案証を選出しているが、そのまま転載するのではなく、聴衆に語りかける講説を各所に置いて勧善の主旨を強調しているところに特徴がある。また長短不揃いの案証も、最終頁はおおむね一葉内に納めて、独立した案証として刊行できるような工夫もなされている。本書は娯楽性が強くなっていく宣講より以前の素朴な宣講を代表するテキストだと評価できよう。本節では封面を有する宣統二年翻刻本第一冊を用いながらこうしたことを考察した。

注

（1）「山坡」（復旦大学・京都外国語大学共編『漢語方言大詞典』〔一九九九、中華書局〕、五八八四頁）。

（2）本書には「宣講聖諭規則」と称していない。『宣講集要』の命名により、便宜的にこう称した。

（3）早稲田大学蔵本には「宣講生宣三跪九叩」八字を省略する。

（4）早稲田大学蔵本にはこの部分を省略する。

（5）早稲田大学蔵本には〔宣講聖諭規則〕前一葉～前六葉のうち、前五・六葉に記載する高邑以下の事例を欠く。なお前四葉裏の最後は「豈有求福」で終わっており、前五葉表の「〔求〕寿求富貴求児子、還求不倒嗎」と続く。すなわち早稲田大学蔵本はこの部分を省略したのではない。

（6）早稲田大学蔵本は目録を欠く。

（7）早稲田大学蔵本では巻三に収録する。

（8）宣統二年翻刻本では巻三に収録する。

（9）葉数は早稲田大学蔵本によった。ただし早稲田大学蔵本にない案証の葉数だけは宣統二年翻刻本によった。宣統二年翻刻本では一葉の途中で前の案証が終わって次の案証が始まるが、早稲田大学蔵本では一葉の最終行で前の案証は終わり、次の葉から次の案証が始まる。

（10）『緩歩雲梯集』巻一「沈香報孝」（貧児孝）。

（11）『緩歩雲梯集』巻一「双孝報」（児媳倶孝）。

(12)『触目警心』巻五「太乙指地」。早稲田大学蔵本は第十七葉を欠く(宣統二年翻刻本では第十七葉裏三行目から第十八葉裏二行目までの四百三十二字に相当する)。
(13)『緩歩雲梯集』巻一「四逆遭誅」(児媳倶不孝)。
(14)『緩歩雲梯集』巻一「双状元」(順孫)。
(15)『緩歩雲梯集』巻一「望雪談恩」(孫不順)。
(16)宣統二年翻刻本の葉数。早稲田大学蔵本未収録。
(17)同。
(18)『宣講集要』巻六「悔後遅」。
(19)『緩歩雲梯集』巻二「双虎墳」(不和妯娌)。
(20)『緩歩雲梯集』巻二「仮鬼獲節」(節烈報)。
(21)『緩歩雲梯集』巻二「宮花入夢」(女惜字)。
(22)『緩歩雲梯集』巻一「蓮花現母」(富児孝)。
(23)『緩歩雲梯集』巻二「雞進士」(代夫忍気)。『宣講摘要』巻二「助夫顕栄」では李蕚を黄玉堂とする。
(24)『宣講彙編』巻四「紅蛇纏身」。
(25)「勧孝八反歌」。
(26)『文昌帝君元旦勧孝文』。
(27)『聊斎志異』「楽仲」には、「後母病、彌留、苦思肉。仲急無所得肉、刲左股献之。病稍瘥、悔破戒、不食而死。」
(28)『聊斎志異』「楽仲」には、「会隣村有結香社者、即売田十畝、挟資求偕。」
(29)『聊斎志異』「楽仲」には、「股上刲痕、化為両朶赤菡萏、隠起肉際。」
(30)早稲田大学図書館風陵文庫、上海図書館蔵。五巻。光緒十九年(一八九三)、沙市(湖北)善成堂蔵版。
(31)早稲田大学風図書館陵文庫本は第十七葉を欠く。二千五百八十八字の中にはこの一葉の字数を加えている。

（32）「採取『増訂輯要』」と注記する。『増訂輯要』については不詳。
（33）張豆腐の子神保が太爺に扮して子供たちと裁判ごっこを行い、それを見て感心した黄員外が神保を女婿とする場面。早稲田大学蔵本では欠落した第十七葉部分に相当。いま宣統二年翻刻本によって補う。
（34）国立中央図書館台湾分館蔵福建復刊本。咸豊二年（一八五二）挙人陳光烈序がある。
（35）早稲田大学図書館風陵文庫蔵。四巻。光緒戊申三十四年（一九〇八）、経元書室復刻本。
（36）「採取『破迷箴砭』」と注記する。『破迷箴砭』については不詳。

第四章　物語化する宣講書

第一節　湖北の『触目警心』五巻

一　はじめに

本書は清光緒十九年（一八九三）に刊行された宣講書である[1]。封面には「光緒十九年鐫／触目警心／沙市善成堂蔵梓」と記す。善成堂は四川の傅氏が咸豊年間（一八五一～一八六一）に創業した書肆で、重慶に本店を置き、四川成都、江西南昌、湖北沙市・漢口、山東東昌・済南、北京など各地に支店があった[2]。沙市は湖北省荊州に隣接する町で、唐代には重要な物資の集散する港湾となり、清代には沙市鎮と称して江陵県に属し、商業都市として発展した[3]。なお巴蜀善成堂蔵板の宣講書に『宣講金針』四巻があり[4]、山東聊城の善成堂が出版した宣講書に『宣講宝銘』六巻がある[5]。

早稲田大学蔵本の第一冊表紙には『宣講小説触目警心』と筆写されており、筆者や時期は定かでないが、宣講書が小説として読まれたことも示唆する。半葉九行、行二十三字。各巻五案を収録し、冒頭に目次を掲載する。各案証は第一葉第一行から始まっている。また「滴血成珠」などの案証には末葉に捐刻者の姓名を刻する。

巻一　1．「五桂聯芳」十四号[6]（第一冊第一～十五葉）（宣三場）　採取『宣講福報』[7]

2．「滴血成珠」（第一～四十葉）（宣十七場）　採取『宣講珠璣』[8]　張錫笏捐刻

3.「白雞公」（第一～七葉）（宣二場）　採取『増訂輯要』[9]

4.「天賜孝粟」（第一～九葉）（宣六場）　採取『福縁善果』[10]

5.「戒烟全節」（第一～十葉）（宣五場）　採取『浪裏生舟』[11]　劉吉詮弟兄捐刻

巻二

6.「白玉圏」（第二冊第一～二十三葉）（宣十三場）　採取『万善帰一』[12]

7.「便人自便」（第一～十五葉）（宣八場）　採取『宣講大全』[13]

8.「集冤亭」（第一～十五葉）（宣九場）　採取『万善帰一』[14]　羅沢源・肖興禄・鍾礼斌捐刻

9.「双還魂」（第一～十六葉）（宣四場）　採取『万善帰一』[15]

10.「忘恩負義」（第一～十一葉）（宣四場）　採取『福縁善果』[16]

巻三

11.「作善団円」（第三冊第一～二十三葉）（宣七場）　採取『宣講珠璣』[17]

12.「貞烈女楼」（第一～十四葉）（宣六場）　採取『明善復初』[18]　王恩賢弟兄捐刻

13.「修路獲金」（第一～十葉）（宣四場）　採取『明善復初』[19]

14.「双槐樹」（第一～二十一葉）（宣十一場）　採取『保命金丹』[20]

15.「鴛鴦巧瓶」（第一～十三葉）（宣四場）　採取『福縁善果』

巻四

16.「成人美」（第四冊第一～二十五葉）（宣六場）　採取『救劫金丹』[21]

17.「孝遇奇縁」（第一～十二葉）（宣四場）　採取『広化篇』[22]

18.「珍珠塔」（第一～二十二葉）（宣八場）　採取『浪裏生舟』[23]

19.「鳳凰山」（第一～十一葉）（宣七場）　採取『避溺艇』[24]

20.「虐母化慈」（第一～十三葉）（宣六場）　採取『福縁善果』

巻五21・「飛龍山」（第五冊第一～十一葉）（宣四場）　採取『宣講大全』(25)
22・「太乙指地」（第一～二十二葉）（宣七場）　採取『増訂輯要』(26)
23・「愛弟存孤」（第一～十八葉）（宣六場）　採取『福縁善果』
24・「嫌妻受窮」（第一～十一葉）（宣六場）　採取『広化篇』(27)
25・「双屈縁」（第一～十九葉）（宣九場）　採取『万善帰一』(28)

本書は以上のように、各案証を単行できる体裁を取っており、十五葉以上の長編が半数を占め、試練を克服して幸福を得るという内容の物語が多く、「五桂聯芳」「滴血成珠」「珍珠塔」などは独立した演劇作品としても有名である。案証には採取元の宣講書名を注記しており、本書が別の宣講書から案証を選んで再編集したことがわかる。また案証の内容を検討すると、数量的に善悪案七篇、孝不孝案五篇、兄弟案一篇、夫婦案十一篇、冤罪案一篇と、圧倒的に夫婦案が多数を占めており、本来の聖諭宣講において多数を占めていた孝弟案を上回っているところに特徴が認められ、男女の愛情説話が好まれるようになったことを表している。

本節では物語性のある案証が聴衆に求められるようになった様子をこの宣講書によって考察してみたい。

二　善悪案七篇

巻一1．「五桂聯芳」（十五葉）―竇禹鈞の善行

竇禹鈞が善行を重ねて五人の優秀な子を授かる。竇禹鈞は五代晋、幽州の人で、宋の王応麟（一二二三～一二九六）編『三字経』には、「竇燕山、有義方、教五子、名倶揚」と歌われる教育者とし(29)、明末の善書『文昌帝君陰騭文』に

も、「竇氏済人、高折五子之桂」と簡単にしか紹介しないが、(30)清の周夢顔（一六五六〜一七三九）『文昌帝君陰騭文広義節録』には、亡祖父が夢に現れて善行を勧めたため、幼女を形に家の金を盗んだ家僕を許したうえ、その幼女を養育して嫁入りさせたこと、また一族の冠婚葬祭を援助したり、書院を建てて学士を育てたりしたことによって、聡明な五子を授かったことなど、具体的に善行を記載している。(31)

五代竇禹鈞、燕山人、年三十外無子。夢祖父告曰、「汝不但無子、且不寿、宜早修徳以回天。」禹鈞由是力行善事。有家人盗銭二百千、自書券系幼女背、曰、「永売此女、以償所負」、遂遁。公憐之、焚券養女、及笄、択配嫁之。同宗外戚、有喪不能挙、出銭葬之、有女不能嫁、出銭嫁之。公量毎歳所入、除伏臘供給外、悉以済人。家唯倹素、無金玉之飾、無衣帛之妾。於宅南建書院、聚書数千巻、延師課四方孤寒之士、厚其廩餼。由公顕者甚衆。不久、連生五子、皆聡明俊偉。復夢祖父告曰、「汝数年来、功徳浩大、名掛天曹、延寿三紀、五子倶顕栄。汝当益加勉励、無惰初心也。」（五代の竇禹鈞は、燕山の人で、年三十を過ぎても子が無かった。夢に祖父が、「おまえは子が無いばかりか短命であるから、早く徳を修めて運を変えなさい」と告げた。禹鈞はそれから善行に励んだ。家僕が銭二百千文を盗み、「永久にこの娘を売って、負債を償う」という債券を書いて幼女の背に貼って逃走した。公は憐れんで、債券を焼いて娘を養い、成人すると、配偶者を選んで嫁がせた。同族外戚に葬式が挙げられない者がいると、銭を出して葬ってあげ、娘が嫁げない者がいると、銭を出して嫁がせた。公は毎年の収入を計算し、祭祀の供給を除いて、悉く人の救済に使った。家は倹素で、金玉の飾り無く、帛を着た妾もいなかった。自宅の南に書院を建て、数千巻の書物を集め、教師を招いて四方の貧乏な士人を教えさせ、待遇を厚くした。公の支援で出世したものは多かった。まもなく続けて五子が生まれ、皆聡明俊偉であった。また夢に祖父が現れて、「おまえは数年来、功徳浩大で、天曹に登録され、寿命を三紀延ばし、五子はみな出世する。ますます勉め励んで初心を忘れてはならぬ」と告げた。）

竇禹鈞の善行説話はこのように物語化の要素をすでに有していたが、後に『宣講拾遺』（一八七二）巻四「燕山五桂」（二千六百六十六字）では長編化し、さらに本書の「五桂聯芳」（五千七百十六字）に至ると、そのほぼ二倍の長さに改編されて、以下のように、満天飛という悪辣な船頭が河の真ん中で船を止めて船賃を要求して苦しめるのを見て懲らしめるため、禹鈞が橋を造って往来の人を助けたり④、妻が身を売って死んだ姑の葬儀の金を作ろうとする夫婦を援助したり⑤、鄭明が罪に連座したため子女を売って作った金を落とし、禹鈞がそれを拾って救うと、鄭明は報恩のために娘を嫁がせるが、禹鈞が拒絶したり⑦、禹鈞が再婚の女性を紹介されるが、女性の独身を通す意思が強いため、再婚をあきらめたり⑧等の描写を加え、具体的に善行を積むことを述べることによって長編の物語としている。ちなみに両書の叙述を比較すると以下のごとくである。（×は無を意味する。）

『触目警心』巻一「五桂聯芳」／『宣講拾遺』巻四「燕山五桂」

①昔、『文昌帝君陰隲文』曰、「竇氏済人。」……余逐一講説。／毎嘆世之愚夫、多有刻薄慳吝。……古有一案、而能改過遷善。

②祖父罵曰、「爾這奴才、造罪不小、刻薄奸貪。……」／見父帯怒色而責之曰、〔宣〕「呼一声、禹鈞児、甚是愚蠢。……」

③燕山亦入廟去聴、正読「堪嘆人生莫来由。……」此是呂祖勧人淡財歌。……燕山聴至此、大不歓悦。以為譏誚之語。／自書黄疏、表悔罪之心於上帝、〔宣〕「竇禹鈞、跪炉前、自陳己過。……」

④有一渡夫打渡、混名満天飛、……将過河衆人推至当江之中停舟要錢。…不如将此河修一座大橋以便往来。／造河船以済人渡、修橋路以便人行。

⑤偶聴茅房有悲声、……〔歌〕「哭声夫君涙滂沱。……」其夫又哭云、〔歌〕「賢妻不必抱怨我。……」……嫁妻預備

母親終天之事。／×

⑥撿一手帕包裹……是白銀一錠金釵一隻。……只見一個中年婦人慌慌忙忙、恍惚無主而来。……因丈夫鄭明、牽連受害、……只得売子売女、勉強弁者点銀子。……燕山従此立功、共有四千功労。／一日閑遊於延慶寺、撿銀一封、……忽一人垂涙而至曰、「父犯大辟、売女贖父、……誤将銀失去。」……方便数年、共助葬者二十七家、助嫁娶者三十六人。……一夕又夢見父欣然相告曰、〔宣〕「禹鈞児、真乃是、善根不浅。……」

⑦吩咐鄭女安宿、独自自坐以待旦、不妄動一毫邪念。此夜立功一万。何也。万悪淫為首、首悪既除、而万善倶備。／×

⑧後又有人作合、……那知此婦居孀心堅、……〔歌〕「引着嬌児哭一更。……」……燕山聴明、……不娶而帰。……未上一年、夫人身懐有孕。／×

巻二7・「便人自便」（十五葉）―正直者の出世

正直者が西方に因果を尋ねる途中で山賊の娘に救われ、老人から娘が唖である理由などを、また老龍から飛べない理由を釈迦に尋ねてほしいと頼まれて解決し、老龍の宝珠を朝廷に献上して「進宝状元」を授かる。

宋仁宗時、江南寧国府常安県[32]、王臣の子邦賢。善行を尽くしたにも拘わらず貧窮して人に嘲笑されたため、西天にその因果を尋ねに行く。途中で太行山の崑崙大王朱貴に捕まるが、その娘蘭英が観音菩薩の託宣によって銀と馬を贈って下山させる。蘭英は山を追われて集賢村の張奇の養女となる。邦賢は流沙河で盗賊の毒煙を吸って荷物を奪われるが、趙普翁に救われ、西天で娘秀英の唖のわけなどを聞くよう依頼される。また西蔵の山下で老龍に千年飛べぬわけを聞くよう依頼され、西天で三世因果経を聴き、龍の頭を夜明珠が抑えていること、娘が婿を迎えれば唖は治癒することなどを教えられて帰還し、趙家の婿となり、朝廷に老龍の宝珠を献上して進宝状元を授かり、陝西巡撫に赴任して蘭英を娶り、張奇の娘玉容を周翰林に嫁がせる。朱貴は蘭英の嘆願によって囚人を身代りに処刑して放免される。
この案証は『宣講集要』巻十一「方便美報」をやや短く改編したものであり、両者を比較すると、「方便美報」には、山賊の娘が西方に行く若者に父親の改心の時期を釈迦に尋ねさせる場面（①）、若者が家に三代続く六件の善行を老人に説明し、老人が善行を勧める場面（②）、釈迦が山賊とその娘が救われると若者に告げる場面（③）がある。「便人自便」には、蘭英が父親の助命を求める宣詞（④）がある。

『触目警心』巻一「便人自便」／『宣講集要』巻十一「方便美報」

①×／「想此事由命不由人。……若無家室、将奴終身負託於他、替我西天問仏、看我父親幾時回心。」小姐便問、「相公有多大年紀。……」〔宣〕「邦賢聴得小姐問、腹内思量口問心。……若得放我西天去、甚如宝塔点明燈。」

②趙翁纔知他三代為善、無有好報。……／「把你家三代所行善事、説与我聴。」王公子道、「論我家所行善事、總是広行方便、……第六件、遇有寃枉、与人排難解紛。……」趙翁曰、「夫天地無私、神明鑑察。……」〔宣〕「心不明来点甚燈、意不公平誦甚経。……」

③×／那太行山放活生命一百、父女自然有報。

④其妻泣啼上前求情曰、〔詞〕「尊声老爺慢施刑。……」／蘭英哭至帳中。

なお、山賊の娘が旅人を助け、のちに旅人と結婚するというプロットは、「包公案」『張文貴』故事にも見られる民間説話である(33)。

富家の公子張文貴が応試のため上京する途中、太行山で盗賊静山大王趙太保に捕らえられ、心肝を食われそうになるが、大王の娘青蓮公主に見初められて夫婦となり救われる。別れに臨んで青蓮は、青糸碧玉帯・逍遥無尽瓶・温涼盞の三宝を贈り、科挙に落第したら宝物を献上して官職を得よと諭す。仁宗は張文貴を元帥に封じ、青蓮公主との結婚を仲介する。

巻三11・「作善団円」（二十三葉）―善人の団円

善人が失踪した子に買われて再会し、子の善行によって別れた妻とも再会する。善人は息子が失踪したため善行を重ね、親を買う者を捜して息子に再会し、親子となる。息子は兵乱で麻袋に入れて売られる婦女を買い、母と妻に再会する。李漁『十二楼』「生我楼」を善書に改編した作品である。

乾隆二十年、貴州省大定府平遠県、[34]向進先。吝嗇。五十歳で一子鳳生を儲けるが、鳳生が龍船を見物して失踪し、夢に祖先から善行を積むよう諫められて悔悟する。鳳生は誘拐されて遵義府の劉裁縫の子金山と改名し、秋錫匠の娘月英を娶る。進先は母の埋葬の借金を返済できずに身を売る祁鳳閣の妻瑞娥を救った後、神の啓示に従って親を買う者を捜して金山に遭う。進先は強盗に襲われるが、従者の向忠に救われ、強盗を改心させる。進先は帰郷して、兵乱で誘拐された妻が麻袋で売られると聞く。金山は定番州で袋を買うと老婆であったが、老婆に教えられた袋を買うと月英であり、老婆は進先の妻であった。

ちなみに「生我楼」では、宋末、湖広鄖陽府竹山県の富者尹厚、あだ名小楼が一子楼生の失踪の後、子が生まれず、後継ぎを慎重に選ぶため、銀十両で身を売ると公言して松江府華亭県に至り、姚継の養父となる。姚継は元兵の襲撃を避けて湖広に結婚相手を訪ね、仙桃鎮に至って布袋で売られる老女を買って養母にすると、老女から美女の入った布袋を当てる方法を教えられて結婚相手の曹女を探し出す。後に老女は尹小楼の妻だとわかる、という物語である。「作善団円」の向進先が吝嗇であったり、孝女を救ったり、強盗を改心させたりする叙述は善書特有のものであり、「生我楼」には見られない。

巻三13・「修路獲金」（十葉）―善女の応報

善女が路を造って黄金を授かり、善行を妨害した富家が落ちぶれる。

国朝光緒壬午八年（一八八二）、安岳県（四川）、劉永清の母王氏。慈善に努め、奢侈を好む嫁呉氏に「竈君六戒」を教えて悔悟させる。また山道が危険なので石工の方大概に協力を要請する。富者畢曰利は協力を拒絶するが、石工たちは工事を始め、光沢ある「石胆」（薬剤）を発見して劉家に届ける。盗賊の鄺四喜が「石胆」を盗もうとするが、黒漢（竈神）に打たれ、王氏は四喜を戒める。この石胆は黄金に変わる。畢家は落ちぶれる。


巻五21・「飛龍山」（十一葉）—天童の転生

善人の家に天界の童子が転生して孝行し、苦行を終えて昇天するという神話。

山東叙州府(35)、焦老。傭人。無言の子悶龍が生まれる。父が死ぬと、悶龍は母楊氏に雲陽板を打って歌を聴かせて喜ばせる。楊氏が逝去すると乞食をして生活し、悪人呉獠の大蛇を解き放って呉獠に殴打されるが、陳仲義が諫めて悶龍に陳家の手伝いをさせる。呉獠は神が食事を妨害するので陳家を離れる。悶龍は善行に努め、仲義から結婚を勧められるが辞退する。太白金星は悶龍が真武殿の捧剣童子であり、仙桃を盗んだ罪を償うため下界で苦行を終えることを知り、二十四の「耐煩」（厄介）を負わせて山を登らせ、三つの「耐煩」を残して去る。魏有真はこれを聴いて鉄拐李に扮して悶龍をだまし、魏家で三年働いて宿債を返却するよう告げる。三年後に有真は呉獠が大蛇に遭って死んだ裏山から悶龍を落とすが、大蛇が空中で手を伸ばして北方に連れ去る。有真夫婦は悶龍をまねて山から落ちて死ぬ。人々は山に飛龍山と名づける。


巻五22・「太乙指地」（二十二葉）—善人と神童

善人の夫婦が神童を授かり、神童は知恵を用いて科挙に及第するという神話。

泰安府（山東）、張豆腐。妻呉氏とともに母を看病して、冬の氷の中で汚れた衣服を洗い、雪道に難儀する乞食の老人を家に泊めると、老人が再び訪れて、員外黄常の火事見舞いに行って母の墓地として葛藤磚を求め、鉄帽子を被った人が現れた時に埋葬すれば子孫が出世すると告げ、太乙だと名のる。豆腐がその言に従うと、一子神保が生まれる。員外は神保が大人の裁判をまねて劉三麻子の不孝と湯痞子・楊癩子の悪行を裁くのを見て妻を説得し、趙老爺を仲人として娘金花の壻に選び、豆腐夫婦ともに家に住まわせる。員外の子正中は軽薄で、雑技者から移眉法を学び、教師の眉を顔に移す。員外は二子に「尊師長歌」を聴かせ、書いて壁に貼らせる。神保は夢に紅袍の長官が「張尋張」と啓示したので、張人杰から監生の身分を借りて受験し、及第して礼部尚書まで陞進する。

なお『万選青銭』巻一にも「太乙指地」を収録するが、物語はこの四分の一に縮小されている。宣講人による講説は双方に特色があるが、本書は案証の発生時期を記載していることなどから、『万選青銭』は本書の案証を改編したものと思われる。参考のため、以下に両者の叙述を比較する。

『触目警心』巻五「太乙指地」（八千七百九十一字）(36)／『万選青銭』巻一「太乙指地」（二千五百八十八字）(37)

①事親竭力出性真、……。（九十一字）／事親竭力出性真、……。〔講説〕在位、要暁得天老爺与人無親戚、只愛人修徳。（百五十六字）

②母親劉氏……昏昧時、屎尿窩於床上。……床褥帳被、勤為洗換。／×

③那年冬月十八日、正是大雪飄飄、烏雀難飛。……／即当雨雪霏霏、行道遅遅之際。

④〔講説〕各位、像這様天寒地凍、冷風透骨、人多与妻子囲炉、連門都怕出的還有。……／×

⑤×／〔講説〕在位、張豆腐心上会想、你們也学他不忘親恩、便是孝子。

⑥〔講説〕各位、是在於今婦女、丈夫留一乞丐到家、還怕会吵将起来。／×

⑦是夜、送老人竈房安寝、転至房中。呉氏道、我們不如合衣而臥。……／×
⑧張豆腐買些酒肉帰家、問及老人、呉氏便言留不住。張豆腐蹬足。……／張豆腐帰家、怪其妻。
⑨老人曰、他這個月十五要遭火焼嗎。……天明就去勧他莫憂気、……送百様你都莫要。／×
⑩〔講説〕各位、人有善念、天必佑之。你們若能尽孝、也是要生好児子的。／×
⑪×／〔講説〕在位、這是張豆腐大有孝道、児子才有這奇縁。
⑫接個稟生李逢春、単教伊子黄正中、与神保上学時更名張体仁。／接個稟生李老師、単教伊子黄正中、神保張体仁。
⑬一日上街去買紙筆、見有耍把戯的、真足取彩、伊即請到茶館、言要学一二套。……正中見摺上有移眉法。／一日私自上街、花銭学套把戯、是個移眉法。
⑭×／〔講説〕在位、要暁得張体仁中挙、因父行孝也。黄正中不中、因侮慢師長也。
⑮報子道、這封書是李老師叫我送在員外府中来的。……〔謳〕叫夫人、上前来、你且聴話。……／×

巻二10・「忘恩負義」―娘婿の忘恩

娘が恩義を忘れた夫に殺されるが、雷神が蘇生させ、夫を誅殺する。婿として養育された乞食の男は、出世すると赴任地を訪ねた妻の殺害を謀る。妻は獄吏の娘の犠牲によって救われ、雷神が婿を殺し、娘を再生させる。

昔、新寧県（湖南）、曽志仁。落第書生。張棟材という乞食の子を娘蘭香の婿として教育し、解元に及第させるが、蘭香と婚礼を挙げないことを疑って、恩義を知らないことを揶揄する。棟材は良心の痛みを覚えるが、探花（三席）に合格すると、宰相王輔の娘蕙英と結婚して河南道に赴任し、志仁と蘭香を県令に捕らえさせる。獄吏と妻杜氏は同情し、娘秋香を身代わりに殺す。志仁が雷祖廟に訴えると、霹靂が落ちて棟材を撃ち殺し、秋香を蘇生させる。蘭香と秋香は出家し、志仁は河南知府を授かる。

三　孝行案五篇

巻一2．「滴血成珠」（四十葉）――孝女の復讐

孝女が困難にもめげず父親の復讐を果たし、包公がその純潔を証明する。この案証には、「長編の案証で、一気に講じ終えてはならず、交代で講じるか、二回に分けて講じる」（「長案、勿一気講完、或輪講、或二次講」）と注記する。娘が父を殺した権力者の伯父を訴えるため三度にわたって河南に下り、婚約者から純血を疑われたため、もう一度河南に下るという、孝心と貞節を称揚する感動の物語であり、娘の度重なる河南行が長編案証を構築している。

宋朝仁宗が在位し包公が宰相の時、四川保寧府巴州、富豪趙如山の子秉蘭は武挙。異母弟の子秉桂は儒生。秉蘭父子は遺産を奪うため秉桂の妻田氏が子良英と娘瓊瑤を連れて正月十五日に実家に帰省した時に乗じて秉桂を毒殺し、楼から落ちて死んだと偽るが、秉桂の冤魂が田氏と瓊瑤の夢に出て訴え、田氏は位牌を南荘の祠堂へ移す。田氏は秉桂の母方の叔父岳在仁に相談すると、李婆が毒殺現場を目撃していたため、劉忠信に代書を依頼して巴州に訴える。太守趙文炳は秉蘭を招待して告訴の件を告げ、秉蘭は検死官に贈賄して訴えを棄却させる。田氏と瓊瑤は保寧府に上告するが棄却され、川北道に上告すると、閬中・通江・剣州の官が招集されるが、三官は権臣趙荀欽の甥である巴州太守に諂って訴えを棄却し、さらに城都省按察布政巡按に上告しても同様に棄却される。母と娘は絶望するが、雨宿りした河南の秀才古成璧に相談すると、上京して包公に訴えよと示唆される。母子三人は河南の古家に身を寄せ、瓊瑤と成璧の婚姻を約する。母子三人は店主趙虎の助言で包公に訴えるが、包公は田子真の妻羅恵英を強奪した武宣王を斬首したため罷免されて廬州合肥県に帰っており、荀欽が代理をして母子

三人を巴州へ送る。秉蘭は窃かに瓊瑤を無頼王黒蛮に売り、瓊瑤は縊死するが蘇生し、包公が復職したと聞いて上京する。だが包公は陳州の飢饉救済に出て不在であり、趙虎の店に宿泊するが、母が病死したため、瓊瑤は弟を真武観の道士の徒弟とし、趙虎の母の養女となり、白衣庵で女子を教えて包公の帰還を待つが、荀欽を包公と間違えてまた巴州に送り返され、富商張化堂の妾として売られる。化堂夫妻が瓊瑤の喪服を見て孝女と認めて養女とすると、県城隍となった瓊瑤の亡父が一子天佑を授けると言う。瓊瑤は三度目の河南行を試み、山賊になった叔父田豹の援助で上京する。田豹は巴州に潜入して、陰地の詐取を謀る富豪龔姓・訟棍呉秀才・州太守を殺し、さらに炳蘭と二子を殺す。瓊瑤は成璧が縁談を拒絶したため、四度目の河南行によって包公に訴え、包公は「滴血成珠」の方法で瓊瑤が処女であることを証明する。

この案証は、湖南唱本『新刻滴血珠全部』五巻(38)、弾詞『滴水珠』四巻四回(39)、京劇『趙瓊瑤』(40)、廬劇『滴血珠』十七場(41)、高甲戯『試掌中血』(42)などとして上演されている。

巻一4.「天賜孝粟」（九葉）―夫婦の孝行

夫婦が愚母のわがままに耐えると、天が悪人の穀物を奪って夫妻に下賜する。

本朝道光二十七年、嘉興（浙江）白水村、周大来。貧乏で富者張叔位の小屋に住んで下働きをして老母朱氏を孝養する。朱氏が肉を要求したため、「蓮花鬧」で勧世文を歌って肉を買うが、飢饉でお粥しか無く、朱氏が池に捨てると、雷が起こる。夫婦が老母のために懺悔すると、天が白米を降らせるが、それは叔位の倉の米であり、叔位は天が米を夫婦に贈ったと考え、日頃の悪行を懺悔する。

巻四17.「孝遇奇縁」（十二葉）―孝子の出世

孝子に幸運がめぐって難問を解決し、進宝状元を授かる。

明の時、四川莪眉県(43)、青傑の一子青奇。青傑の死後、母何氏と暮らす。叔父何福の紹介で県の王易仁の手伝いをする。婚約者の父周寛に盗賊が盗んだ騾馬の場所を暗示すると、周寛は青奇が仙術を解すると誤解して、母子を周家に住まわせる。この時、西京の四王子が国母の眼病治癒のため遂寧県に祈願し、莪眉県を通過するが、外国から献上された白鸚鵡が逃げ、青奇が捕らえて賞金を授かる。都の首相賈国治は謀反をくわだて、張三才と李四維に玉璽を盗ませる。青奇は四王子に推挙されて煩悶し、子を井戸桁に置いて水厄があると偽ったり、馬小屋に放火して火厄があると偽ったりして逃れようとするが、観念して上京し、四十九日の斎戒が必要だと上奏する。国治が青奇を恐れて偵察すると、青奇の「仮」という酔言を「賈」と誤解して自宅に招待し、良策を求めると、青奇は国治に悔悟させ、玉璽を東嶽廟に置かせる。青奇は玉璽を見つけた功績で進宝状元を授かる。

巻四19・「鳳凰山」（十一葉）—孝子の母捜し

孝子が苦難を克服して正妻に追放された生母を捜し出す。

嘉靖年間、登州果山県(44)、王基の妾柳氏の子宜寿。王基の妻安氏が嫉妬して柳氏に何も与えず追い出したため皮膚が爛れて死に、続いて王基も死ぬと、母を捜すため家を出る。文昌帝君に祈願すると鳳凰山を示され、途中で民家に泊まって母親に不孝な伍朝佐の甥廷選を「勧孝歌」で諫め、民家を出て強盗に遭って持ち物を奪われるが、冷廟に雷雨を避けて乞食をする母に再会する。強盗は廷選であり、雷撃を受けて死んでいた。

なお『宣講摘要』は以下のごとく本書よりも長編であり、叙述を大きく異にする。

『触目警心』巻四「鳳凰山」（三千四百八十八字）／『宣講摘要』巻一「鳳山遇母」（五千九百五十三字）

①百行第一孝当頭、（七言四句）／×

②嘉靖年間、登州果山県。／唐、雲南果山。

③王基謂其妻曰、我家財産頗富、……。／王基嘆口気道、賢妻你聴。「悶厭厭、坐房中、嘆気不了。……」

④柳氏聴得要将他母子分離、遂大哭説道、〔謳〕「時纔大娘把話叙。……」／安氏眉毛一竪説、你敢与我作対嗎。大怒罵道、「你者東西好混障。……」

⑤柳氏抱児、遍体撫摸、不覚両眼流涙哭道、〔謳〕「手抱嬌児好悽惨。……」／×

⑥×／安託鄰婦熊利氏、混名利嘴婆、勧柳氏改嫁、……。

⑦×／不料安氏……在柳氏懐中将児奪出、……高声罵道、「罵声畜生好大胆。……」

⑧柳氏出外、因久受饑困、……。／柳氏出門冷得打戦、……哭道、「柳氏女、止不住、泪流満面。……」

⑨×／打得柳氏大喊哎喲、……「者一陣、打得我、背脊要断。……」

⑩×／「出門来、泪滾滾、只把天喊。……」

⑪×／有回躲倒哭声嫣、……安氏聴見、脱了衣服、用竹条苦打。

⑫×／忽一日、有人言、利嘴婆渾身生蛆、口説報応。……

⑬王宜寿将康氏妻子喚出堂前、分咐説道、〔謳〕「叫声妻、上前来、夫有話嘆。……」／宜寿将大娘葬畢、過了七七、乃吩咐康氏道、「妻呀、我家衣食豊足、……」

⑭遂跪神前曰、〔謳〕「王宜寿、跪神前、把話上表。……」……忽聴有人大声言曰、「宜寿記心間、巴渠二江辺。要会你母面、急到鳳凰山。」／再説柳氏在渠県・巴県交界之処、有一鳳凰山。……〔歌〕「独自背柴在山岡。……」……劉氏這様全節受苦、豈無神明鑑察嗎。故宜寿尋母、也就往四川者条路来了。……両賊将宜寿衣服銀銭偸尽去了。

⑮「我乃姓伍、名朝佐、兄名伍朝輔。……不料家兄去歳棄世、……姪児名伍廷選、……不孝母親。」……王宜寿也向廷選説、「伍先生。……我有一段格言、唸来你聴。〔歌〕「衆人静坐仔細聴。……」……那些強人将他包袱行李

概行搶去。……〔謳〕「天哪天、王宜寿、命運浅。」……時纔雷打死一人。……。／×

⑯×／遇一妖物如婦人、被髪至地、……望山神慈悲、……那怪大吼一声、就不見了。……遇一猛虎、……那虎転往山坡縦去了。……桶大一条蟒蛇、……蛇影不見、這是宜寿孝心所感。……宜寿回転走了、一日路過文昌宮、……祝曰、「王宜寿、跪在塵、三跪九叩。……」……於是母子大哭道、「我的媽、也還在、不由為児哭哀哀。……」「宜寿児你且立站。……」

巻四20・「虐母化慈」―孝女の感化

孝女が嫂を虐待する愚母を感化する。善良な娘は我が子を誤って殺した嫂を許し、意地悪な母を感化する。

宋の時、梓潼県双河口、鄒光前の後妻劉氏。性悪で前妻の子騰芳の妻荊氏を虐待する。娘鄒英は常に荊氏を擁護し、曹氏が前妻の子の嫁を虐待して家畜に転生したことを話して諫める。劉氏は廟に参詣すると、牛飼い王二に牛馬に転生すると嘲笑される。鄒英は栢家に嫁いで、夫天才の不孝を諫め、舅姑によく仕えるが、実家に嬰児を連れ帰って、荊氏と話に夢中になり、嬰児を火鉢に落として焼死させる。鄒英は荊氏をかばい、舅姑も鄒英に同情する。劉氏はこれを見て反省し、荊氏をいたわるようになる。鄒英が病気に倒れて荊氏が天に祈ると、太白金星が紅丸を呑ませて病気を治す。

四　兄弟案一篇

巻五23・「愛弟存孤」―子か甥か

夫婦が子を棄てて甥を育てるが、子と再会する。戦乱で夫婦は我が子を棄てて弟の子を育てると、度重なる苦難を経て我が子と再会する。

唐の時、安徽省太平府繁昌県永興場、白文炳。弟の文挙が酒を貪って崖から落ちて死に、文挙の妻も病死したので、妻蔡氏に弟の子貴生を育てさせる。安禄山の乱が安徽にも及び、文炳と蔡氏は我が子福生を棄て、貴生を護って避難する。李光普は虎が嬰児に授乳しているのを見て義子として育て、退職して揚州へ帰郷する。文炳は五河県で同郷の方正達・全和理と同船するが、二人は悪人で、天長県で文炳を河に落とし、非難した正達の妻顧氏も河に落とされ、貴生も和州含山県で棄てられる。貴生は商人柳逢春の義子となって揚州に行く。文炳は九江口で漁師何成玉に救われる。顧氏は孝子孔懐璧に救われて孔家の養女となる。蔡氏は娶ろうとする正達と和理を殺し、血書を遺して縊死する。近所の王牛児は蔡氏の墓を盗掘すると、蔡氏が蘇生したため背負って帰宅し、義兄妹となる。何老は文炳に再婚を勧めて顧氏を紹介する。蔡氏は牛児が強盗として捕らえられたため、他郷へ乞食に行く。牛児も釈放されて蔡氏を捜しに行く。文炳・顧氏は何老が死去して二子永慶・永祥が分家したため何家を離れる。永慶は永祥が文炳に贈った餞別を辛三・丁四に盗ませる。永慶は後に家業を廃らせる。光普は福生を白逢虎と改名し、娘翠枝と婚約させ、息子承徳とともに入学させる。蔡氏は揚州に来て逢虎に出会って李家に住む。貴生は逢春夫妻が死去したので、載陽と改名して揚州に至り、文炳・顧氏に遭って父母として養う。逢虎は光普夫婦が死去した後、科挙に及第して太平府知府として蔡氏を伴って赴任する。載陽も文炳の指導で科挙に及第して繁昌県に赴任し、永慶の窃盗案を裁判して父命により釈放する。蔡氏と顧氏は蔡氏の誕生日の宴会で遭い、互いに経緯を語り合って白氏一家はめでたく再会する。牛児も後に到着する。

五　夫婦案十一篇

巻一―3．「白雞公」―賢妻の忍耐

賢妻が隣人の誤解に忍耐する。妻は隣人の誤解に忍耐すると、誤解した隣人が疑心暗鬼を生じて恐れ、夫の出世を援助するという案証であり、忍耐の不可思議な力が物語性を創出している。

道光間、安化県（湖南）、黄玉堂の妻王氏。玉堂は義父の埋葬のため身を売る婦人を救い、妻王氏は隣家から白雄鶏を奪われても我慢して、玉堂の出世の道を開く。

なお『宣講摘要』巻二「助夫顕栄」、『宣講大全』「助夫顕栄」は約五千字で「白雞公」の二倍の長さを持っている。『触目警心』はこれを簡略化したと思われる。今、両者を比較してみると、「助夫顕栄」は叙述が詳細であり、玉堂が貧乏だが善行に励む、住む家は無く家を借りている、婦人が埋葬費用の無いことを嘆く、主人が家の内情を語る、賢明な妻が玉堂のために書写の紙を買う金を準備する、玉堂が書写に巧みで雄鶏と交換する者が現れる、王老陝が白雞公を捜す所以、王老陝が玉堂を鄭重にもてなす言葉、など描写が生き生きとしている。ただ「白雞公」にも、王老陝が以前に誣告罪で処罰されたため玉堂を恐れるなど、詳細な叙述も見られる。

『触目警心』巻一「白雞公」／『宣講摘要』巻二「助夫顕栄」

①×／雖然家道寒微、亦好敦行善事。

②幸祖輩所留店房一座、夫婦安身。／因坐居城内街市之間、既無園圃房屋、佃銭又貴。

③偶遇一家人戸哭泣不止。／那婦人在内哭曰、〔謳〕「痛傷情、不由我、珠涙下降。……」

④却説這家人戸、姓王、名二喜。／主人説、「小人姓楊、名喚二喜。……」

⑤玉堂善於書写、是日出街去売対聯。／李氏言道、「夫君作此大大陰功、能為人之所不能為。……為妻存有線子三斤、売之稍助、将銭買紙、書写対聯発売。」……

⑥忽来一人、提白雞公一隻、玉堂買成。／人見其字跡恭正、……争相去買。……忽見一人、捉白雞公……。其人曰、「掉幾副対聯、不知可否。」

⑦有一王老陝、……開座当舗、……失去白雞公。／有一当舗、……王老陝吩咐請的先生把那白雞公宰了、一則可以敬神、一則可以宴酒。

⑧王老陝為何如此驚嚇。却原前不両年因舗内失去幾件貨物具控官前、至後審実、誣良為盗。／堂堂乎一個秀才、豈肯平空受這個賊名、……必要興詞告状。

⑨王老陝一見怕会講話、遂接他家過節。／王老陝開言説道、〔謳〕「請大駕、無桂殺、莫嫌酒淡。」

巻一5・「戒烟全節」―賢妻の受難

賢婦が忍耐強く愚夫の阿片中毒を戒める。妻は阿片中毒の夫に身を売られるが、身を買った人に救われ、夫も悔悟し、人を助けて幸福を得る。

道光時、滕子吉の子滕奎は愚鈍で正業に務めず、阿片に溺れて債務がふくらみ、子吉に叱られてやめるが、子吉の死後、また悪友に唆されて始め、妻柳翠英に一晩だけ大戸鄔永発の相手をせよと命じる。翠英は鄔大戸に訴えて理解を得、滕奎が後悔して阿片をやめたため、鄔大戸は夫婦を援助する。翠英がある晩宿所がなく困っていた客を泊めると、それは銅関県の県令であり、謝礼として大金を贈られる。

巻二6・「白玉圏」―節婦の受難

善良な妻が悪党に奪われそうになるが、善人に救出され、出世した夫と遂に再会する。

昔、山東済南府撫州(45)、馮開順。娘桂英の婚約者の沈歩雲を引き取って勉学させる。歩雲は桂英と結婚し、家宝の白玉圏を桂英に預ける。いとこの方応奎は、桂英に恋慕して、家僕劉二の奸計を用いて、城隍廟に開順と歩雲を泊まらせ、王小二に歩雲の殺害を命じるが、小二が誤って劉二を殺害したため歩雲を誣告し、陳太守は歩雲を死罪と判決する。桂英は投身自殺を図って漁師に救われ、白玉圏を売ると、陳状元がそれを見て桂英と認める。陳状元は実は歩雲であり、陳太守が病死した唖の子を歩雲に偽装して処刑し、歩雲は養子となり、状元に及第していた。劉二を殺害した小二は、劉二の霊魂が憑依して罪を自供する。応奎と小二は斬首される。

この物語は「漢川善書」が継承しており、油印本『白玉圏』では、歩雲が白玉圏を妻である桂英に贈る言葉を宣詞で表現したり、応奎が歩雲だけを自宅に招いて侍女殺害の冤罪を被らせたりするなど、工夫を加えている。


『触目警心』巻二「白玉圏」（八千七百三十二字）／油印本『白玉圏』（約七千字）

①天眼恢恢在上、疏而不漏毫分、……。／×

②昔、山東済南府撫州城南門内、有一人、姓馮名開順。……始生一女、乳名桂英。……自幼許配東門沈天官之子沈歩雲。／這段書、出在大明正徳年間、山東省済南府撫州城、有一儒生、名叫沈歩雲。父親昔日在朝、身為天官。……就在岳父馮開順家中攻書、……所生一女、取名桂英。

③「賢妻呀、此圏名曰玉宝圏、我父在朝先王恩賜之物、遺留已久、賢妻好生収拾。」／〔宣〕「……無価宝、先王賜、価値数万。交与妻、収蔵好、要把心耽。……」

④応奎道、「姑父表兄、……不如在廟中歇宿一宵。」／叫劉二前往馮家接沈歩雲来府飲宴。

⑤王小二提刀在手、……只道是沈歩雲、……劉二早已嗚呼哀哉了。／忽有家人大声喊叫、「不好了。寿琴丫環在書

房門前、被人殺死了。」
⑥忽夜四更、禁子来報、沈歩雲監中廃命。／恰好這陳大人的唖巴児子病死、便叫衙役将歩雲放了出来、只説他死牢獄中。
巻二8・「集冤亭」―貞女の受難
娘が殺害されながらも書生を愛し続けて再び結婚する。娘は書生に恋をするが好色な男に殺されてその男を取り殺し、冤罪を被った書生の無罪を証明して、転生する時に男の祖父に男との結婚を迫られるが、関帝が転生を助けて書生と結婚させる。
昔、南龍県(46)、郭長春の娘翠娥。楼上から書生呉正品を見て恋する。これを見た蔡倫の子子飛が正品を装って翠娥の楼に忍び込むが、翠娥に怪しまれたため殺し、刺繍鞋を盗み去る。翠娥の亡霊は呉生に訴え、呉生も悲しむ。翠娥は子飛の喉を引っ掻いて殺し、蔡倫は側にいた呉生を訴える。翠娥は県令の姪趙銀姑に憑依して子飛が犯人であり、刺繍鞋を妻周氏に渡したと証言したため、子飛は処刑されるが、転生する時に集冤亭を通過し、鞫司が子飛の祖父であったため、子飛との結婚を迫られる。翠娥の嬸母何氏の亡霊が帰宅して夫郭三全と共に聖帝に訴えると、聖帝は王刺史の娘湘裙に転生させ、刺史は事情を聞いて呉生と結婚させる。
巻二9・「双還魂」―夫婦の受難
夫婦が殺害されても蘇生して再び結婚する。継母は婿の貧窮を嫌い、娘に離縁を迫って婿の毒殺を謀るが、誤って実子を殺したため婿を訴えて獄死させる。娘は再婚を迫られて縊死するが、婿とともに再生して改めて結婚する。
昔、桂陽（湖南）、秦平章の曾孫の嘉樹の妻は胡承恩の次女で、紙鳶を夢見て娘飛瓊を生む。胡氏の死後、後妻趙氏は一子愛児を生む。嘉樹は飛瓊の婿に桂華の一子秋栄を選び、桂華の死後、秋栄に勉学させるが、趙氏は貧乏な秋栄を軽蔑し、飛瓊に離縁を勧めるが聴かないため、秋栄の毒殺を謀る。秋栄は亡父に遮られて毒酒を飲まず、愛児が飲んで死んだため、趙氏は秋栄が毒殺したと嘉樹に誣告し、夫婦は獄吏を買収して秋栄を殺させる。閻魔は秋栄が文曲星の転生だと知ると、口に還魂宝珠を含ませる。夫婦は飛瓊を王姓に嫁がせるが、飛瓊は王家で縊死し、艾狗狗が墓を暴くと飛瓊は蘇生する。狗狗は死ぬという飛瓊を説得して家に住まわせ、狗狗が盗賊として捕らえられて飛瓊は遊郭に売られるが、艾母が県に訴えて飛瓊は県令の養女となる。狗狗は墓の中の声を聞いて秋栄を救い出し、秋栄は狂風によって嶺南に吹き飛ばされ、飛瓊と再会する。

巻三12・「貞烈女楼」―貞女の受難

善人の子と嫁が危害を受けるが起死回生して結ばれる。善行によって授かった子は殺されるが、起死回生の宝珠を得て再生し、婚約者の娘は再婚を強要されても貞節を守って身投げし、再生した子と結ばれる。

国朝咸豊九年、甘粛省正寧州[47]、牛文仲。善行によって一子良玉を授かる。文仲の妹婿向南斗は良玉に娘彩雲との婚姻を勧める。良玉は癩蝦蟇の吐いた紅珠を王屠戸に預けて病父のために肉を買うが、文魁星が起死回生の宝珠だと告げたので奪い取り、良玉は屠戸に宝珠を要求したため殺される。彩雲は嫂邱氏から羅亭玉の子紹基との再婚を勧められ、逃げて牛家に住む。南斗は彩雲が誕生祝いに来た時に乗じて轎で羅家に送ろうとするが、池に身投げした彩雲を観音が救い、州太守は彩雲の訴えを聴いて羅亭玉父子を捕らえる。布庁（布政使）は収賄して紹基との結婚を認め、彩雲は羅家に送られるが、途中で州太守に遭って救われる。屠戸が良玉の宝珠を盗むため墓を暴くと、良玉が蘇生し、良玉は彩雲と結婚して進宝状元を授かり、彩雲には貞烈女楼が建てられる。

巻三14・「双槐樹」―夫婦の受難

夫婦が悪い弟嫁に引き裂かれながらも再び結ばれる。弟の嫁は財産の独占を謀って兄の子を戦場に送り、兄の嫁を再婚させようとするが、兄の子は道士から宝剣を授かって戦功を立て、兄の嫁と姑は逃れて兄の子と再会し、兄の子を援助した弟の子も出世して、弟の嫁は雷に撃たれて死ぬ。

宋の時、双槐樹、兄包克寛の子洪恩は武道を学ぶ。嫁馮蕙蘭は孝順和睦。弟包克仁の妻朱氏は毒婦であったが、子洪貴は勉学する。克寛が逝去し、西番の叛乱が起こると、朱氏は財産を独占するため、洪恩を参戦させる。洪貴は銀と馬を提供するが、甥朱標に奪われる。洪恩は道士から銀・衣・宝剣を授かって辺境に向かう。洪貴は盗賊に遭ったためそのまま遊学する。朱氏は朱標を養子にするため、蕙蘭に拷問を加えて再婚を迫る。朱氏が姑李氏と蕙蘭に羊飼いをさせると、羊が二人を暖める。二人は逃亡して乞食をする。十年後に洪恩は凱旋して西平侯に封じられ、洪貴は会元に及第して帰郷し、朱標を斬首する。朱氏が双槐樹の下に李氏と蕙蘭の偽の墓を作るが、二人が帰郷して洪恩と再会し、朱氏は雷に撃たれて死ぬ。

巻三15・「鴛鴦巧瓶」―節婦の受難

節婦が権勢者に姦淫を迫られるが包公に救われる。悪人は節婦に恋慕してその夫を毒殺するが、包公が節婦の訴えを聴いて悪人を裁く。

宋朝、銭塘県、張伯廉。子紹渠は呉孝廉の娘蘭英を娶る。伯廉が死ぬと、好色な都司の子孫韜が葬儀に参列する。紹渠は孫韜が自分の才能を認めたと誤解する。孫韜は蘭英に言い寄り、紹渠は怒って孫韜と絶交する。孫韜は劉鼎甲を買収して陰謀を授かり、紹渠を家に招待する。紹渠は蘭英の諌言を聴かず出かけて鴛鴦壺に入った毒酒を飲んで死ぬ。蘭英は県に訴えるが、孫韜が贈賄してもみ消す。この時、包公が飢饉救済に訪れて呉氏の訴えを聴き、孫韜を招待し、紹渠の亡霊を演じて犯行を自供させる。

巻四16・「成人美」―貧しい婿の受難

書生が岳父に離婚を迫られるが、友人の粋な計らいで婚約者と結ばれる。

国朝雍正年間、江西省広信府桂渓県[48]、丁光耀。文挙出身。一子継蘭。武挙出身の莫天相の娘素貞と婚約する前に光耀が死ぬ。継蘭は光耀の遺言を歌詞にして皆に聴かせる。天相は継蘭の貧困を喜ばず、援助を拒む。妻管氏は怒って銀百両を貸す。管氏は素貞に三従四徳の意味を質し、七出八則・十不可の意味を講じる。天相は継蘭を招待して素貞が廃人になったと偽り、常抜貢に離縁を勧めさせるが、抜貢は怒って退席し、継蘭は離縁状を書かされる。抜貢は学堂で勉学に励む王進士の子之臣に遭って気に入り、妻古氏と相談して娘芙蓉の婿にして援助する。継蘭は恒尚義の援助を得て試験を受ける。尚義は妻卜氏の死後に再婚を考えるが、仲人成全が素貞を紹介したのに乗じて、継蘭を婚礼に招待する。素貞は侍女玉梅に促されてとりあえず恒家に嫁ぐ。尚義は継蘭を酔わせて寝台に寝かせ、素貞と居室を共にさせる。後に四人の書生は会試に合格する。天相は状元継蘭に面会に来るが、四人から嘲笑を受ける。

巻四18・「珍珠塔」―貧しい婿の出世

書生が岳母に貧乏を嫌われるが、婚約者とその侍女の援助を受け、危難を乗り越えて科挙に及第し、母とも再会する。

明朝、河南洛陽県、方定。御史。一子方卿が一歳の時、厳嵩父子の迫害により死去する。翰林出身の姑父《おじ》陳廉が弁護して母李夫人と棺を運んで帰郷する。方卿は李夫人と相談して科挙受験の旅費を借りるため山東の姑父を訪ねる。山東に着くと、占い師が富貴の面相だと叫ぶ。陳家では寄奴が出迎え、陳廉は衣服を着替えさせて誕生祝いの席に出させるが、侍女紅芸が夫人に讒言したため、夫人は路銀を貸さず、方卿は出口を間違えて娘翠娥の侍女采蘋に出会い、翠娥から珍珠と宝塔を贈られる。陳廉は方卿の後を追って路銀を贈り、方卿は白玉蓮墜を贈って、翠娥との婚約を交わす。方卿は強盗に遭って荷物を奪われ、井戸に落とされるが、畢大人に救われる。強盗が宝塔を陳家の質屋に出したため、陳廉は強盗に犯行を自供させるが、方卿が見つからず、寄奴を洛陽に遣る。方卿は使者を洛陽に遣るが、使者は途中で病気になる。李夫人は飢饉を避けて山東に至り、尼寺で方卿が死んだと聞いて下働きをする。翠娥は陳廉の病気快復祈願のため尼寺に詣でて李夫人に会う。方卿は科挙に及第して十二府巡按に任命され、道士に扮して尼寺に至る。李夫人は方卿が妻を棄てて出家したと誤解する。采蘋は陳廉に知らせ、方卿は陳家に招かれる。翠娥は方卿の服装を見て悲しむ。方卿は事情を話し、改めて李夫人に会い、翠娥・畢氏・采蘋を娶る。占い師が再来し、宝塔を梁上に投げて清官となるよう戒める。紅芸は悪病に罹って死ぬ。

巻五24・「嫌妻受窮」―醜妻の幸福

醜女が美貌を得、婚約者も背が伸びて幸福を得る物語。醜貌の妻が夫の虐待に耐えると竈神の加護で美貌を得、婚約者のせむし男も腰が伸びる。醜貌を嫌った夫は妻を虐待して貧窮する。

道光の時、福寧州（福建）[49]、徐廷貴と妻李氏。夫婦は「竈君戒規」を遵守する。娘妹児は徳性こそ優れていたが、容色はなぜか成長するにつれて劣っていった。夫となる柳廷玉の子金桂はわがままで貧乏人を嫌い、妹児の醜貌を見ると父母を怨んで妹児を相手にしない。廷玉夫婦は妹児に他家への再婚を勧めるが、妹児は聴かず、金桂の虐待に耐える。竈王府君は夢で妹児に昆棃山の李舵子の子小身它子に嫁げば美貌になると示唆する。小舵子は結婚を喜んで石につまずくが、起きると腰が伸び、妹児も夢で顔を掻かれて美貌に変わる。不思議なことに李家の塀の煉瓦は金銀となり、裕福になって双子金児・銀児が生まれる。金桂は呉黒子と婚約していた張小作人の娘秀英を奪ったため、訴えられた上に、災害と疫病で父母も秀英を失い、乞食をして妹児の家に至る。妹児は饅頭の中に銀を隠して贈るが、姑がその饅頭を買って帰る。金桂は後悔して洞中で病死する。

六　冤罪案一篇

巻五25・「双屈縁」―兄弟の冤罪

兄弟が同時に姦通殺人の冤罪を被る物語。文武に優れた兄弟が犯罪者と疑われるが、容疑者の妻の弟が出世して赴任し、兄弟の嫌疑を晴らす。

昔、山東済南府臨都県(50)、潘生。観音院で教える。生徒の朱成富はよく勉強し、兄成武が結婚もせず支援する。隣家の胡玉の息子学古は愚鈍で、妻陳連珠は成富の読書に感心する。清明節に胡玉が妻子と墓参りに行くと、連珠は孤独の身を悲しみ、塾の手伝いの李文稀が上京すると聞き、留守をしていた成富に母と弟天柱への手紙の代書を依頼する。姑黄氏は連珠が成富に鶏と酒を贈るのを見て怒り、学古が成富の食べ残した鶏酒を食べて血を流して死ぬと、連珠と成富が姦通して学古を殺したと訴える。知県頼文才は男女を拷問して投獄する。鄭文英は父が官糧を収めず投獄されたことを妻王氏に告げ、王氏の簪・腕輪を質に出して帰り、さらに王氏の実家に借金に行くが、それを賊が聴いて盗もうとして王氏を刺して逃げる。そこへ成武が成富を救うために夜行して表弟《いとこ》である文英の家に宿泊に来て、文英から王氏を殺したと訴えられる。天柱は北京順天府の劉天遂の義子となり、武解元に及第して帰郷するところに連珠の手紙が届き、臨都県に赴いて護送される連珠らを救出して北京に至る。天遂は兄で吏部の劉文進にはかり、天柱と私服で臨都県を調査するが、途中で盗賊周非友に荷物を奪われる。非友は捕らえられて王氏の殺害を自供する。また観音院に鶏肉を置くと蜈蚣が現れ、学古が蜈蚣の毒で死んだと判明する。勅旨が下って県令は解任、非友は斬首、成富は胡玉の義子となって連珠と結婚する。

七　結び

清光緒年間に湖北沙市の善成堂が刊行した宣講書『触目警心』五巻は、各巻五篇ずつの案証を収録しており、主題は善悪・孝行・兄弟・夫婦・冤罪などに分類できるが、それらは単行本としても刊行できる形態を取っており、内容も単純に教訓を説いたものではなく、多数の人物を登場させて起伏のあるストーリーを展開しており、宣講が時代を経るにつれて物語性を持つ娯楽性の強いもの、すなわち芸能に変容していったことを知ることができる。これは当時の聴衆のニーズに合わせた結果であろう。

注

（1）早稲田大学図書館風陵文庫蔵本五冊。上海図書館蔵本六冊。版心には『触目驚心』と題す。

（2）魏隠儒編著『中国古籍印刷史』（一九八八、印刷工業出版社）、第二編「古籍雕板印刷発展史」第十四章「清代的彫版印書事業」第三節「坊刻本」（一七二頁）に、「善成堂也是晩清規模較大、刻書較多的一个書肆、為四川傅氏出資開設。総号設在重慶・;成都、江西南昌、湖北沙市、漢口、山東東昌、済南、河北泊鎮和北京都設有分号。」

（3）王百川纂『民国沙市志略』（一九一六）沿革第一に、「施廷枢『府志』紀郷鎮、沙市、一名沙津、一名沙頭。在城東南十五里。沙・草二市、為江陵諸市之最大者。就中沙市、尤為浩穰。列肆則百貨充牣、肆頭則万舫鱗集。黄義尊『江陵県志』郷鎮、「……元微之詩、闤咽沙頭市、玲瓏竹岸牕。知其盛、在唐時已然矣。」（一九九〇、『中国地方志集成』湖北府県志輯㊳、江蘇古籍出版社・上海書店・巴蜀書社）、乾隆『江陵県志』郷鎮に、「沙津為三楚名鎮、通南北諸省、賈客揚帆而来者、多至数千艘、向晩蓬灯遠映、照燿常若白昼。」聶成茹「両本百年古書中的沙市」（江漢商報、二〇一二・一一二四期）等。

（4）中央研究院蔵。封面「光緒戊申季春鐫巴蜀善成堂蔵板」。収録案証三十篇。

（5）本書第四章第三節参照。

（6）「号」は頁数を示す。以下、号数は記載を省略する。

（7）四巻三十案。封面「光緒戊申春月、経元書室重刊」。早稲田大学図書館風陵文庫蔵。『宣講福報』巻一「五桂聯芳」（原典『寿世元』）を転載。なお『宣講拾遺』巻四「燕山五桂」は異文。

（8）四巻二十七案。封面「光緒戊申春月、経元書室重刊」。早稲田大学図書館風陵文庫蔵。『宣講珠璣』巻四「滴血成珠」（宣十四場）、『宣講大全』「滴血成珠」を転載。後に『消劫大全』巻五、『宣講全集』第一冊（民国三十六年初版、漢口鑫文出版社選輯、重慶大同書局発行）に転載する。『消劫大全』巻五の第一行には「消劫大全巻五高霊原手書古臨江挽劫堂編輯」、第二行には「滴血成珠」と「触目警心」を記す。漢川善書演目。湖北省漢川市政協学習文史資料委員会編『漢川文史資料叢書』第二十一輯『漢川善書』（二〇〇五年十二月）「善書案伝」収録。

（9）不詳。『宣講摘要』巻二「助夫顕栄」、『宣講大全』「助夫顕栄」、『宣講管窺』巻五「全節得栄」は異文。前掲『宣講全集』第二冊に転載する。漢川善書演目。『漢川善書』（二〇〇五年十二月）「善書案伝」収録。

（10）封面裏「石照雲霞子編輯・安貞子校書」。現存の『福縁善果』に収録する案証は、第一巻「天官賜福」「閨女訓子」「烏碧免災」「賭場活祭」「鴛鴦巧瓶」（于頭、二〇〇九年七月、孔夫子旧書網出品）、第二巻「剪髪完貞」「疑姦殺父」「忘恩負義」、第三巻「彩霞配」「冤中冤」「麒麟閣」「血書餅」「碧玉圏」、第四巻「愛弟存孤」「敬兄登科」「師弟異報」「天賜金馬」「嫌貧分産」「完貞証果」。『福縁善果』三冊三巻本は、各巻七篇の案証を収録しているという。封面「光緒癸巳年季春月重刊／福縁善果／成都王成文斎蔵板」。槐軒一脈、二〇〇七年六月、孔夫子旧書網出品。

（11）四巻二十四案。大連図書館蔵。封面「民国乙卯年重鐫／浪裏生舟／新都鑫記書荘蔵板」。雲霞子編石照自省子校書。『浪裏生舟』巻三「戒烟全節」を転載。

（12）存一、三、四巻十八案。上海図書館蔵。封面「民国三十年新刻／万善帰壹／儒興堂蔵板」。石照雲編輯、安貞子校書。『万善帰一』巻二「白玉圏」を転載。後に『消劫大全』巻五に転載する。注（6）参照。油印『白玉圏』（荊州）の単行本は異文。漢川善書演目。

(13) 八巻六十一案。光緒戊申(一九〇八)仲夏、西湖侠漢、漢口六芸書局序。首都図書館等蔵。本案は現行『宣講大全』に収録せず。『宣講集要』巻十一「方便美報」。

(14) 『万善帰一』巻四「集冤亭」を転載。

(15) 『万善帰一』巻二「双還魂」を転載。漢川善書演目。

(16) 『福縁善果』巻二(四川徳陽市雒城空間、二〇一二年十二月、孔夫子旧書網出品)収録。注(8)参照。

(17) 『宣講珠璣』巻三「作善団円」(宣六場)を転載。

(18) 存巻一「救劫新諭」「四孝守棺」「双孝遇仏」「善忍釈冤」「城隍書弁」「不孝犯淫」「宣化成神」七案。光緒十三年(一八八七)刻本。

(19) 漢川善書演目「修橋獲金」。

(20) 『保命金丹』巻三(現存)に収録せず。本案は前掲『宣講全集』第二冊(民国三十六年初版)に転載する。漢川善書演目。『漢川善書案伝目録』(二〇〇六年十一月)掲載。

(21) 不詳。漢川善書演目。

(22) 不詳。漢川善書演目。漢川市非物質文化遺産保護中心『漢川善書案伝目録』(二〇〇六年十一月)掲載。

(23) 『浪裏生舟』巻二収録。漢川善書演目。『漢川善書案伝目録』(二〇〇六年十一月)掲載。

(24) 不詳。『宣講摘要』巻一「鳳山遇母」、『宣講大全』「鳳山遇母」は異文。

(25) 現行『宣講大全』に収録せず。

(26) 不詳。『万選青銭』巻一「太乙指地」は異文。

(27) 不詳。

(28) 『万善帰一』巻二「双屈縁」を転載。後に『消劫大全』巻五に転載する。巻一「滴血成珠」注参照。漢川善書演目。

(29) 陳戌国・喩清点校『三字経』(一九八六、岳麓書社)。呉蒙標点『三字経・百家姓・千字文』(一九八八、上海古籍出版社)。

(30) 『文昌帝君陰騭文暨文昌帝君戒淫宝録』(一九三九、上海、蘇錫文)。

(31)『文昌帝君陰騭文広義節録』(一八八一、揚州蔵経禅院)。
(32)常安県は陝西省に属する。
(33)阿部泰記「地方劇における張文貴故事の内容と特色」(一九九七、山口大学文学会志四十八巻)参照。
(34)平遠県は正しくは平遠州。
(35)叙州府は四川省。
(36)「採取『増訂輯要』」と注記する。『増訂輯要』については不詳。
(37)早稲田大学図書館風陵文庫本は第十七葉を欠く。二千五百八十八字にはこの一葉の字数を加えている。
(38)民国年間、中湘九総黄三元堂刊。
(39)民国七年(一九一八)刊。譚正璧『弾詞叙録』(一九八一、上海古籍出版社)参照。
(40)曽白融主編『京劇劇目辞典』(一九八九、中国戯劇出版社)参照。
(41)龍国成口述。安徽省伝統劇目研究室編印『安徽省伝統劇目匯編』盧劇第八集(一九五八、一三一〜一七〇頁)。
(42)一名『三下河南』。福建省文化局編印『福建戯曲伝統劇目索引』二輯(一九五八)参照。
(43)莪眉県は正しくは峨眉県。
(44)果山は山東省ではなく、四川省南充県に属する。
(45)撫州は江西省に属する。
(46)不詳。
(47)正寧州は正しくは正寧県。
(48)桂渓県は正しくは貴渓県。
(49)福寧州は正しくは福寧府。
(50)臨都県は存在しない。臨邑県の誤か。

第二節　四川の『萃美集』五巻

一　はじめに

『萃美集』五巻は「聖諭書」すなわち「聖諭宣講」のテキストで、中国社会科学院文学研究所、上海図書館に残巻を蔵しているが、筆者は最近になって民国二十六年（一九三七）復刻本が大連図書館に蔵されていることを知った。民国刊本は各巻に「案証」のみを掲載する簡易なテキストであるが、社会科学院蔵本によれば、もともとは巻頭に宣講儀式を冠するテキストであったらしい。本節ではその全容を把握するとともに、本書によって宣講に用いられた案証（因果応報故事）が聴衆を楽しませるために次第に物語性を持つようになったことを論じたい。

二　各巻の全容

1　中国社会科学院文学研究所蔵本

竺青「稀見清末白話小説集残巻考述」(1)の記述によれば、以下のごとくである。

ⅰ・封面を欠き、出版の時代や編者は不詳。

ⅱ・巻頭一～四葉を欠き、五葉から「五、戒廃字」「六、敦人倫」「七、浄心地」「八、立人品」「九、慎交遊」「十、広教化」の箴言を掲載する。(2)私見では、この箴言は『文昌帝君蕉窓十則』の後半五則である。このほか、

『武聖帝君十二戒規』、『孚佑帝君家規十則』、『竈君男子六戒』、『竈君女子六戒』、『竈君新諭十条』、『玉皇宝訓』、『武聖帝君論』を掲載している。『玉皇宝訓』と『武聖帝君諭』には「庚子」の干支を記載しており、光緒二十六年（一九〇〇）だと推測できる。

iii・現存する案証は以下のごとくである。

巻一「会円寺」（一～二十七葉表）、「双貞姑」（二十七葉表～不詳）、「雷賜銀」、「鸚鵡報」

巻二「破鏡合」、「賽包公」、「献西瓜」、「七層楼」

巻五「血羅衫」（一～三十八葉）、「玉連環」（三十九～六十八葉、欠後半）

iv・巻一目録裏葉には「簡州周家場河西信士夏月亭捐刊」と題する。簡州は現在の四川省簡陽市。

v・巻五目録には「版存銅邑……」と題する。(3) 銅邑は銅梁県（四川省重慶府合州銅梁県）。

vi・案証の版式は、半葉八行、行二十一字。

2　上海図書館蔵本

i・巻一には冒頭に「宣講聖諭規則」を掲載しない。

ii・各巻の案証の冒頭に封面を付す。たとえば巻一「双貞姑」の封面には、「今年新刻　八百冊／双貞姑／聖諭書　源盛堂」と題しており、各案証を単行本形式で刊行したテキストである。源盛堂は四川省瀘州の書房であるが、刊行の時期は特定できない。現存する案証は以下のとおりである。(4)

巻一「会円寺」（存二十七葉裏）、「双貞姑」（二十七～四十九葉）、「雷賜銀」（五十～前六十七葉）、「鸚鵡報」（六十七～一百八葉）

巻二「破鏡合」（一～五十四葉表）、「賽包公」（五十五～七十二葉）、「献西瓜」（七十三～九十葉表）、「七層楼」（九十一～一百十八葉）

巻三「雲霞洞」（一～五十葉表）、「双冤曲」（五十一～七十五葉）、「善縁橋」（九十三～一百十一葉表）

巻四「双冠誥」（一～四十一葉）

iii・案証の版式は、半葉八行、行二十一字。

3　大連図書館蔵本

大連図書館には、「『萃美集』五巻、（清）呉栄清輯、民国二十六年（一九三七）、成都王成女斎《ママ》刻本、五冊一帙」を蔵する[5]。

i・巻一には封面があり、「民国二十六年丁丑重刊／萃美集／板存四川成都古臥龍橋王成文斎住四十八・五十号」と刻しており、復刻本である。

ii・巻一冒頭には「光緒丙午年（光緒三十二年、一九〇六）冬月上浣（上旬）岳邑（四川省岳池県）呉永清撰」の「序」を掲載する。

この序には、簡州の慈善を好む諸氏が因果応報故事を集めて案証を作成し、神明の条規を記録して世間を善導した、その書が完成して『萃美集』と名付けた、この書によって宣講人をはじめ多くの人が啓発されることを願っている、と本書の縁起について述べている。

> 簡邑各場好善諸公、捜羅古今果報、撰案証以勧人、録聖神条規、発明男婦過咎、伝諭訓以暁世。幸今稿成将付棗梨、故嘉之曰『萃美』。其中法戒咸昭、俗弊悉中。詞雖浅近而皆有益身心、……但願天下之能宣講者、正己化人、

……即天下之不能宣講者、亦触目驚心、常以此為持身之具。……光緒丙午年冬月上浣岳邑呉永清撰。（簡州の各村の慈善家たちは、古今の果報故事を捜羅し、案証を撰述して人に勧め、聖神の条規を記録して、男女の過咎を明らかにし、訓諭を伝えて世をさとした。幸い今稿が成って刊行にこぎつけたので、これを称賛して『萃美』と名付けた。そこでは法戒はみな昭らかで、俗弊を悉く当てている。言葉は浅近であるが、みな心身に有益である。……願わくは天下の宣講ができる者は、己を正し人を化し、……天下の宣講ができない者も、目に触れ心に驚き、常にこの書を身を持する具としてほしい。……光緒丙午の年、冬月上浣、岳邑の呉永清撰す。）

iii・各巻の案証は以下のとおりである。

巻一「会円寺」（一～二十七葉）、「双貞姑」（二十七～四十九葉）、「雷賜銀」（五十～前六十七葉）、「鸜鵒報」（六十七～一百八葉）

巻二「破鏡合」（一～五十四葉）、「賽包公」（五十五～七十二葉）、「献西瓜」（七十三～九十葉）、「七層楼」（九十一～一百十八葉）

巻三「雲霞洞」（一～五十葉）、「双冤曲」（五十一～七十五葉）、「審土地」（七十六～九十二葉）、「善縁礄」（九十三～一百十一葉）

巻四「双冠誥」（一～四十一葉）、「盧江河」（四十二～七十葉）、「桂花橋」（七十一～八十七葉）、「審磨子」（八十八～一百十四葉）

巻五「血羅衫」（一～三十八葉）、「玉連環」（三十九～一百二十三葉）

iv・巻五目録の裏葉には(6)「楽中遐齢子校書」と刻する。

v・案証の版式は半葉八行、行二十一字である。

以上の三種の原本は版式を同じくするテキストであり、復刻本の前後関係は不明であるが、二〇〇三年に『東北地区古籍線装聯合目録』が刊行され、二〇一一年に大連数字図書館の書籍検索が完成すると、民国復刻本の所在を知ることができるようになり、テキストの全容が明らかになった。

このほかに孔夫子旧書網に出品された、巻四「双冠誥」「蘆江河」「審磨子」三種（四川省眉山市東坡書屋、二〇一三年三月出品）、巻五「血羅衫」「玉連環」二種（同、二〇一一年六月出品）の版式を見ると、上記三種と同版であることを知る。また同市老紙行が出品した『萃美集』巻四「蘆江河」（二〇〇九年九月出品）は、上海図書館蔵本と同じく単行本の案証である。

三　案証の分類

案証とは、もともと明太祖「六諭」（清世祖「聖諭六訓」）、清聖祖「聖諭十六条」（清高宗「聖諭広訓」）を解き明かすための例え話であり、「聖諭」の各条に分類して掲載されていたが、後には民間の神明の聖諭も加わって、様々な勧善の主旨を講じるようになり、その内容も次第に聴衆を魅了するために物語性のある説話に変化した。『萃美集』に収録された案証も物語性が強く、迫害を受けた弱者が義侠の援助を受けて幸福を手に入れるという、清代に特徴的である通俗的な義侠小説の影響が見られる。

本論では『萃美集』の案証をその内容によって、迫害と抵抗の物語、虐待と応報の物語、善行と報恩の物語、冤罪と雪冤の物語、弾圧と逃亡の物語に分類して、こうした宣講の物語性を明らかにする。

（1）迫害と抵抗の物語

物語のストーリーは単純で爽快なものが多く、中でも好色な悪人が貞節な婦人を強奪しようとするが、義侠が出現して危難から救出し、悪人は罰を受けるという内容が多数を占めている。

「会円寺」（全二十五葉、謳八場）は、好色な富豪が寡婦を迫害し、姑と孫が危難を逃れて復讐を果たす物語であり、義侠心の厚い尼僧が登場して寡婦を救出し、貢生（国子監生）が出現して姑と孫を支援し、孫は成長して八府巡按（7）となり、富豪を捕らえて復讐する。

安岳県（四川）の王岐山は臨終に妻梅氏に老母李氏と子吉平の世話を托し、再婚しないように諭す。梅氏は岐山に再婚しないことを約束する。①李氏は岐山が病死すると慟哭する〔十言三十二句〕。梅氏は飢饉の中で必死に家族を支える。②李氏は梅氏が苦菜を食べるのを見て泣く〔十言二十四句〕。李氏は梅氏に再婚を勧める。梅氏は再婚できない理由を数えあげる。李氏が病気になると梅氏は割股を行う。③梅氏は神明に祈願して腕の肉を割く〔十言二十六句〕。李氏は肉入りスープを飲んで病気が快復する。富豪柳四官人は関媒婆を通じて李氏に結納を贈り、梅氏を強引に娶る。④梅氏は李氏と子に別れを告げて家を出る〔十言五十八句〕。⑤吉平は母を奪われて泣く〔十言十八句〕。李氏は孫の吉平とともに湖広孝感県に難を逃れる。梅氏は亡夫を弔うことを口実にして河に身を投じようと考える。⑥梅氏は河辺で亡夫を祭る〔十言二十二句〕。梅氏の身体は龍宮の魚類に守られ、観音寺の尼僧に救われる。李氏は会円寺に住み、吉平は貢生曹彩雲に見込まれる。⑦吉平は彩雲に境遇を語る〔十言二十二句〕。吉平は彩雲の支援で読書して状元に及第し、嘉靖帝によって八府巡按を授かって帰郷する。⑧吉平は家族が見つからず悲嘆する〔十言二十八句〕。吉平は神の導きで観音寺に至る。⑨梅氏は李氏と吉平の安否を神に祈る

〔十言三十八句〕。家族は再会する。吉平は柳四官人と関媒婆を極刑に処す。

「双貞姑」（全二十四葉、謳八場）では、寡婦が近所の婦人の手引きで侵入した好色な富豪から身を守るため殺害して投獄され、その義弟の娘も無頼に騙されて遊郭に売られて入水自殺を図る。二婦は高官に救出されて朝廷に表彰され、悪人は雷に打たれて死ぬ。

福平県[8]の李中和員外の長男玉山は同県の書生白了凡の一女金花と婚約していた。次男には一女雪桃があった。玉山が病死すると、①金花は墓前で泣いて再婚しないことを誓う〔十言二十八句〕。②金花は雪桃にも出家を勧める〔十言五十四句〕。③雪桃も同意する〔十言六十句〕。雪桃は父母に告げる。二女はともに経堂で修行する。④金花は近所の婦人劉四娘に信仰を説く〔七言十六句〕。金花は四娘の手引きで侵入した好色な富豪を殺害して投獄される。⑤金花は拷問に泣く〔十言二十六句〕。⑥雪桃は金花に面会し、二女は泣き合う〔十言二十八句〕。雪桃は上訴しに行く途中で無頼牛金に騙され、遊郭に売られる。⑦雪桃は女将に事情を訴える〔十言二十六句〕。雪桃は隙を見て川に飛び込み、吏部尚書劉陞に救われる。⑧雪桃は劉陞に事情を話す〔十言三十二句〕。二女は朝廷に表彰され、牛金と四娘は雷に打たれて死ぬ。

「破鏡合」（全五十四葉、謳十六場）は、好色な富豪と朋党が婦女を強奪しようとする物語であり、主人公たちが危難を避けて逃亡するストーリーを設定する。この物語でも義侠心の強い人物が続出して悪人を退ける。

三元県（陝西）の呉彩文は高仁潔を救うため公金を流用して投獄され、①妻陳秀蓉は夫を救おうと、泣いて林壁山に訴える〔十言二十二句〕。秀蓉は富豪謝全恩に身売りしようとするが、壁山が公金を補塡して彩文と秀蓉を救う。②壁山は謝全恩を諫める〔十言三十二句〕。全恩は壁山を恨んで壁山が兵糧を盗んだと誣告する。③壁山の妻黄氏は悲しんで自害を考える〔十言十六句〕。④壁山の妹宝釵は嫂をなだめる〔十言十四句〕。⑤秀蓉もなだめる

〔十言十八句〕。全恩は黄氏に宝釵を朋党楊徳華に嫁がせるよう迫る。⑥秀蓉は宝釵の代わりに嫁いで殺すと言って別れを告げる〔十言十二句〕。宝釵は形見に破鏡を渡す。途中で悪船頭朱童が全恩と徳華を殺して秀蓉を奪う。⑦朱童の母雲氏は朱童を叱って秀蓉を養女として保護する〔十言三十二句〕。宝釵は彩文らと鳳陽県まで逃亡して無頼胡廷貴に襲われる。⑧宝釵は災難を嘆いて泣く〔十言二十八句〕。仁傑はその声を聞いて宝釵を救出する。宝釵の婚約者花雲亭は母白氏の命で林家に向かうが、途中で従者坤山に虎邱山から突き落とされ、坤山は白氏を騙して家財を持ち逃げする。白氏は三元県に向かい、従者張狗児に金を奪われる。⑨白氏は身の不幸を嘆く〔十言二十四句〕。白氏は川に身を投じるが、黄氏と宝釵の乗った船に救われる。⑩宝釵は白氏に事情を話して誤解を解く〔十言六十二句〕[9]。雲亭は助かるが、再び坤山の店に泊まって毒殺され、観音大士に救われて雲氏の家で秀蓉と再会する。⑪秀蓉は泣いてこれまでの経緯を説明する〔十言三十八句〕。雲亭は悪人曹子貴が秀蓉に結婚を迫っていると聞き、秀蓉に扮装して子貴に嫁ぐ。子貴は父親の葬儀で不在であったが、妹春蓉に見破られる。⑫雲亭は夫人に事情を説明する〔十言十六句〕。夫人は春蓉と婚約させる。雲氏は病死する。⑬秀蓉は泣いて悲しむ〔十言二十二句〕。雲亭と黄麗生は科挙に及第する。秀蓉は雲氏を埋葬するために身を売り、上京途中の麗生の妻盧氏に買われる。⑭秀蓉は麗生に事情を話す。壁山・雲亭・麗生は科挙に及第して家族は再会する。⑮宝釵は親不孝な状元を罵る。⑯雲亭は母に事情を話して許しを請う。壁山はじめ一同は再会し、坤山、狗児は雷に打たれて死ぬ。

「献西瓜」（全十七葉、謳五場）は、好色な富者が人妻を強奪するためにその夫を毒殺するが神罰を被るという事件を述べる。

鳳翔府（陝西）の書生呉繍龍は勉学しか知らないまじめな書生であった。悪妻敖氏は繍龍を罵っていた。弟繍元はせむしであったが妻康氏は不満を言わず、繍龍の誕生日に出かける。①康氏は敖氏に女子の心構えを説く〔十言三十二句〕。敖氏は女子が男子を管理すべきだと主張する。富者雷仁忠は康氏を強奪するため、西瓜を食べさせて繍元を毒殺し、敖氏に賄賂を渡して康氏が秀才王輔亭と姦通して殺したと誣告させる。②輔亭は冤罪を叫ぶ〔十言二十句〕。③輔亭と康氏は冤罪を叫ぶ〔十言三十六句〕。二人は互いに相手を罵るが、敖氏に陥れられたことを知り、拷問に屈して姦通を自供する。④仁忠は金甲神に追われて誣告を自供する〔十言三十八句〕。⑤続いて敖氏も誣告を自供する〔十言三十八句〕。県令は輔亭と康氏の結婚を仲介し、仁忠と敖氏を処刑する。

「七層楼」〔全二十七葉、謳七場〕では、好色な悪人が人妻に恋慕してその夫を毒殺し、盗賊が義侠心から証言して始めて事件は解決する。

高県〔四川〕の徐達生と栄生兄弟、その妻盧氏と梁氏は仲が良かった。達生が急病死すると、①栄生は泣いて悲しむ〔十言二十二句〕。悪人頼春山は栄生の妻梁氏に恋慕して、無頼の姚存厚を遣って栄生を七層楼に招待して鴛鴦壺に入れた毒酒で殺害するが、梁氏も楼から飛び降りて自害する。山東の盗賊高傑は頼姚二人の密談を聞く。②盧氏は夢に栄生と梁氏の亡霊を見て泣く〔十言二十六句〕。盧氏は県令に訴えるが、県令は収賄しており、訴えを棄却する。盧氏は省城に赴き、③泣いて人々に冤罪を訴える〔十言二十六句〕。周員外は盧氏の子福保を預かる。④盧氏は子との別れを悲しむ〔十言三十四句〕。県令劉天祐は高県に赴任する途中で帽子を風に飛ばされ、棺を開いて検屍する。⑤男女の亡霊が天祐の夢に現れて訴える〔十言二十八句〕。県令は頼家の七層楼に上るが、鴛鴦壺を発見できず、挙人王代安の母の墓をあばいた罪で府に訴えられる。⑥県令は事件の解決に期限を切られて悩む〔十言三十句〕。そこに盗賊高傑が出現して証言し、挙人の母の墓の下から男女の屍体を発見する。⑦盧氏は義弟夫婦の屍体を見て悲しむ〔十言二十八句〕。県令は頼姚二人を裁く。

「双冠誥」〔全四十一葉、謳十二場〕では、好色な権力者が二人の女性を強奪しようとするが、女性たちは義姉妹となって危難を乗り越え、誥命を授かる。

荊陽県〔安徽〕の林岱香の妻張蘭香は、岱香に父の遺訓を守って勉学するよう勧め、装飾品を売って科挙の旅費を作る。蘭香は留守中に子茂宣を生む。この時一婦人が現れ、①歴城県の武者趙錦屏の妻孫玉娥で、悪人馬玉山の魔手から逃れて来たと言う〔十言二十句〕。蘭香は玉娥と義姉妹となる。岱香は途中で悪人王麻子に襲われ、錦屏に救われて義兄弟となる。富者呉道国は清明節に蘭香を攫って行く。②玉娥はこれを聞いて嘆く〔十言二十二句〕。そこへ錦屏が岱香の書信を持って現れ、凶報を聞く。③蘭香は富者を罵る〔十言十二句〕。富者は拷問を加え、④蘭香は三歳の子茂宣を思って泣く〔十言三十句〕。錦屏が富者を殺すが、蘭香は官に突き出され、④拷問に泣く〔十言三十四句〕。錦屏は玉娥と茂宣を連れて逃走する。道国の父の門生馬玉山は蘭香を歴城へ連行する途中、母の埋葬のため身を売る王桂英を買って蘭香の侍女とする。⑤桂英は蘭香に身の上を語る〔十言二十二句〕。二女は義姉妹となる。⑥蘭香は県令の前で冤罪を訴える〔十言二十四句〕。玉山は王県令に蘭香を渡すよう要求する。県令は短刀を隠した白扇を蘭香に贈って玉山を殺させる。⑦桂英が玉山を殺したと自供する〔十言三十四句〕。新県令に代わり、⑧蘭香は拷問に苦しむ〔十言二十二句〕。⑨桂英は気絶した蘭香を見て悲しむ〔十言十六句〕。岱香は三年後に学台となって山東に帰る。⑩桂英が馬前に訴え〔十言五十句〕、岱香は歴城に来て蘭香と再会する。聖旨により悪人に制裁が下って、善人に褒賞が下る。⑪玉娥は茂宣に実の親を教えて勉学を勧め〔十言三十二句〕、⑫上京する茂宣に出世して母の仇を討つよう告げる〔十言二十句〕。茂宣は状元に及第して上奏し、悪人がすでに処罰されたと知り、父母と再会する。

「血羅衫」〔全三十八葉、謳十二場〕では、好色な富豪が人妻を強奪しようとするが、人妻は危難を逃れ、男装して出陣し、異国を平定する。

犍為県〔四川〕の裴宣は狩猟をして生活をしており、①猟に出る前に妹月英に家から出ないよう諭す〔七言十六句〕。②月英も裴宣を安心させる〔七言十四句〕。裴宣は紅雲洞の千年黒狐を捕獲する。月英は黒狐を逃がし、裴宣に叱られる。月英は王鳳鳴と婚約していたが、鳳鳴が科挙のため上京すると、好色な富豪張培忠が部下熊豹に鳳鳴の殺害を命じる。③鳳鳴は命乞いする〔十言二十句〕。熊豹は鳳鳴と義兄弟となり、鳳鳴を殺したと偽って報告する。④月英は凶報を聞いて鳳鳴を祭る〔十言三十二句〕。（欠八葉裏～十葉表）張家の家僕秋二が来て裴宣に銀五十両を渡す。媒酌人汪二姨が来て月英に縁談を勧める。⑤月英は汪媒婆を罵る〔十言十四句〕。月英は王家に弔問に行く。王夫人は鳳鳴の死を悲しむ。裴宣は上京する。培忠は偽の裴宣の婚約書を見せて月英を娶ろうとする。⑥月英はそれを聞いて痛哭する〔十言三十句〕。月英は培忠を殺して復讐するという。⑦王夫人は離別を恐れて痛哭する〔十言四十四句〕。（欠十七葉裏～二十三葉表）月英は培忠を殺害し、熊豹と狐仙が逃亡を助ける。月英は逃走する途中で強盗の捜山狗・活埋人・水中跳・浪裡鰍に捕まり、捕らえられていた盧月英と出会う。⑧盧月英は身の上を語る〔十言二十六句〕。⑨月英も身の上を語る〔十言二十八句〕。二女は義姉妹となり、強盗らを騙して殺し、男装して上京する。⑩二女は行路に苦しむ〔十言二十二句〕。二女は退職した五馬太守馬仁忠の家に泊まる。裴月英は馬太守に娘月英との結婚を勧められるが、⑪馬月英に正体がばれて事情を打ち明ける〔十言三十四句〕。三女は義理の姉妹の契りを結ぶ。鳳鳴は状元に及第し、裴宣は神から武芸を授けられて熊豹とともに辺境に出征する。⑫狐仙は裴月英に法力を授ける〔十言二十四句〕。三女は出征して征戦を援助し、皆は凱旋して帰京する。皇帝は裴・馬二月英を鳳鳴に嫁がせ、盧月英を裴宣に嫁がせる。

なおこの故事は、漢川善書『三月英』（何文甫抄本）が継承しており、そのストーリーは以下のごとくである。

明朝嘉靖年間、四川犍為県の裴宣の妹月英は尚書王朝善の子鳳鳴と婚約していた。月英は裴宣が紅雲洞で捕らえた黒狐を放ったが、裴宣は叱らず食事を共にする。①裴宣は月英に優しく諭す〔十言三十句〕。尚書王朝善は盗賊に襲われて病気になり、②臨終に妻に遺言する〔十言二十四句〕。月英の婚約者鳳鳴は裴宣に借金して科挙を受験する。③鳳鳴の母は送別する〔十言二十八句〕、鳳鳴の返詞〔十言二十八句〕。悪党張培忠は月英を奪うため、熊豹に鳳鳴を殺させる。④夫人は血に染まった上着を見て悲しむ〔十言二十八句〕。月英は復讐のため培忠に嫁ぐ。⑤月英は夫人に別れを告げる〔十言二十八句〕、夫人の返詞〔十言二十句〕。月英は培忠を殺して逃亡するが、盗賊に捕まり、⑥土牢で芦月英と出会う〔十言三十六句〕、月英の返詞〔十言四十四句〕。二女は男装して逃走し、⑦雨で行路に苦しみ悲嘆する〔十言三十八句〕。裴月英は兄裴宣の名前で馬翰卿の娘月英と婚礼をあげ、⑧馬月英に真実を話す〔十言六十句〕。鳳鳴は熊豹に救われて、ともに異国平定に出征し、三女もそれぞれ裴宣・盧相・馬勝となのって出陣し、馬家の花園で得た宝物花瓶を使って凱旋する。⑨裴月英は元帥に拝謁する〔十言四十八句〕、鳳鳴と月英の返詞〔十言四十句〕。三女はそれぞれ鳳鳴・裴宣・熊豹と結婚する。媒酌人汪二娘は口が腐れて死ぬ。

（2）　虐待と応報の物語

いわゆる家庭内暴力であり、血縁のない後妻が先妻の子を虐待し、天罰を被るという内容の物語が多い。

「雷賜銀」（全十七葉、謳五場）では、家族を虐待する次男の嫁に雷が落ちる。

長寿県（四川）、張祐中の次男全貴の妻雷氏は躾が悪く、①厨房で長男全富の妻劉氏を罵る〔七言三十四句〕。全富夫婦は分家して西荘に追い出される。②姑楊氏は雷氏に罵られて泣く〔十言二十六句〕。③祐中は雷氏に酷使されて泣く〔十言三十句〕。④祐中は誕生祝いに迎えに来た楊氏と孫長生に苦しみを訴える〔十言十八句〕。⑤楊氏も泣いて雷氏を罵る〔十言二十句〕。長男夫婦は老父を引き取り、雷氏夫婦は雷に打たれて死ぬ。

「鸚鵡報」〔全四十一葉、謳十三場〕では、先妻の子と嫁を虐待する後妻が竈神に譴責される。離散した子とその妻、弟は再会する。

①犍為県〔四川〕の孟忠信は臨終に後妻朱氏に後を託す〔十言三十六句〕。朱氏が孤独に耐えられず病気になると、②長男長発夫婦は心配して股肉を割いて食べさせる〔十言二十句〕。朱氏は長発の毒殺を謀るが、③次男長春が母を諌める〔十言三十二句〕。朱氏は甥朱貴に命じて偽金を作らせ、長発に持たせて商売に出すが、長春が別に金を贈る。朱氏は嫁王氏を虐待し、④王氏は泣いて許しを乞う〔十言四十二句〕。長春は嫂を気遣う。長発は偽金を使って捕まり、⑤官に弁明するが、継母を庇う〔十言五十六句〕。官は孝子と見て役所に留めて勉学させる。⑥王氏は虐待されながら長発の帰りを待つ〔十言五十六句〕。⑦長春は朱氏を諌める〔十言三十二句〕。朱氏は甥に命じて王氏を商人周培仁に売る。⑧王氏は事情を商人に訴える〔十言十六句〕。商人は王氏を義妹とする。長春は兄嫂を捜しに出て二龍岡で山賊汪四狗に荷物を奪われ、⑨運の拙さを悲しむ〔十言二十六句〕。長発は科挙に及第して兵糧の運搬を命じられる。長春は真武廟で兵法を伝授され、二龍橋で官員に出会って、⑩身分を語る〔十言三十二句〕。⑪官員は弟と知って喜ぶ〔七言三十二句〕。陳大老の鸚鵡が王氏の所在を知らせる。⑫王氏が長発に身分を語る〔十言四十四句〕。⑬朱氏は竈神の譴責に遭い、罪を告白する〔十言六十句〕。甥と汪四狗は雷に打たれて死ぬ。

「善縁橋」〔全十八葉、謳六場〕では、嫂が幼い義弟を虐待するが、義弟は唖女と出会って出世し、嫂は罪を自供して死ぬ。

富順県〔四川〕の尹顕栄には妻王氏と三歳の弟培栄があり、父が救った白犬を飼っていた。王氏は顕栄が子一生より培栄を可愛がるのに不満を抱く。①顕栄は培栄が母を求めるので不憫に思う〔十言二十句〕。犍為県の員外毛松雲と妻李氏には娘彩霞があり、霊祖大帝は彩霞が将来一品夫人になるため唖者にし、夢に観音菩薩が夫になる人に会えば治ると告げる。培栄が成長して顕栄が揚州に売り掛けの取り立てに出かけると、王氏は培栄を虐待し、②倍栄は父母の墓前で泣く〔十言二十八句〕。王氏は毒殺を謀るが白犬が毒を銜え去る。王氏は培栄に酒を大量に飲ませて、古井戸に落とす。③培栄は井戸の中で泣く〔十言二十六句〕。培栄は雇用人に救われた後、空中の声を聞いて乞食をして兄を捜し、④犍為県で「訓女歌」を歌う〔十言六十二句〕。毛員外松雲の娘彩霞はこれを聞いて唖が治って言葉を発する。員外は妻李氏を説得して培栄を家に住まわせて勉学させ、培栄は翰林に及第する。⑤員外は李氏に培栄の感謝の手紙を読んで聞かせる〔十言十二句〕。培栄は帰郷して善縁橋に至り、落魄した兄顕栄と再会して帰宅すると、⑥王氏は倒れて罪を自供して死ぬ〔十言四十六句〕。

「賽包公」（全十七葉、謳五場）は、包公案の翻案であり、恩知らずの夫が妻を殺害する難事件で、官は亡霊の訴えを聴いて解決する。

西陽県（四川）の王屏山と妻肖氏には娘桂英があり、姜明朗に嫁いでいた。屏山は明朗に勉学させる。①桂英は明朗に勉学を勧める〔十言二十四句〕。しかし明朗は桂英の醜貌を嫌って省城の旅館の女将劉春香と懇ろになり、落第して帰宅して桂英を虐待する。②桂英は泣いて我慢する〔十言三十八句〕。明朗は春香を娶り、母劉氏に罵られる。二人は共謀して劉氏の留守中に桂英の頭に釘を打ちこんで殺害する。③劉氏は凶報を聞いて悲しみ、神に訴える〔十言四十六句〕。桂英の亡霊は病気の劉氏に飴を与え、④劉氏は泣いて感動する〔十言二十二句〕。県令羅洪璧は母の誕生祝いに包公劇を上演すると、桂英の亡霊が出現して俳優を脅かす。洪璧が包公に扮して舞台に上がると、⑤桂英の亡霊が訴える〔十言二十二句〕。洪璧は棺を開けて屍体を検査し、二人を極刑に処する。

「盧江河」（全二十九葉、謳七場）では、継母が前妻の子を虐待するが、継母の娘が何かにつけて庇護し事なきを得る。

安平県（河北）の富豪朱茂林は妻楊氏との間に一子全科がいた。①楊氏は臨終に遺言を残す〔十言二十四句〕。②

茂林は全科が母を求めるので泣く〔十言二十二句〕。後妻王氏には陰ひなたがあり、茂林が不在の時には全科をなぶる。王氏は一女鳳姑を儲ける。茂林は近隣の林尚香の娘岱玉を全科の嫁に娶り、鳳姑の助言を聞いて家に迎える。王氏は茂林が病死すると全科夫妻をいたぶり、全科に薪を運ばせて失敗すると棒で殴打する。③鳳姑はそれを見て泣いて王氏を諫める〔十言三十句〕。王氏は策を講じて全科に薪小屋で勉学させ放火する。全科は鳳姑の諫めも聴かず小屋を出ないが、山で救った子犬が全科の衣服の裾をくわえて外に導く。④鳳姑は火を見て全科と生死を共にすると言って痛哭する〔十言二十二句〕。全科は鳳姑を慰める。王氏は毒薬で全科を殺そうとたくらむ。鳳姑は近所の田大嫂に頼んで補薬を買わせ、王氏が買った毒薬とすり替える。鳳姑は全科に家を出るよう勧め、全科は王氏を悲しませないように、盧江河の河畔に遺書と靴を置いて出て行く。⑤鳳姑は涙ながらに全科の遺書を読み上げる〔十言二十四句〕。岱玉が懐妊すると、鳳姑は田大嫂に頼んで産まれた子供を溺死させた女児とすり替えさせて王氏に渡す。⑥王氏は鳳姑から子供の重大さを聞かされて悔悟する〔十言三十六句〕。⑦鳳姑は田大嫂を主席に座らせ、真実を打ち明ける〔十言五十句〕。王氏は孫天保を抱いて鳳姑に感謝する。全科は揚州で身を売って兄を埋葬しようとする鄭坤元に銀二百両を渡して救う。そこへ頼老大が迎えに来る。

「審磨子」〔二十七葉、謳十七場〕は、後妻がその甥と共謀して先妻の子を虐待する物語であり、後妻は天を欺くことはできず、罪を自供して極刑に処される。「包公案」『鉄蓮花』による。

宋朝仁宗の時、陝西省漢中府郿県九洞橋のそばに劉子忠、子明兄弟がいた。子忠は岳池県の知県にまでなったが、丁憂で帰郷し、妻陳氏が病死したため馬氏を娶るが、甥馬保とともに悪行を尽くす。子明には妻王氏との間に一子定生がいたが、馬氏が騒ぐので兄弟は分家する。子忠は馬保を同伴して岳池県の陳学古の借金を取り立てに行くが、陳家は落ちぶれていて、子陳良と争いになり、子忠は陳良を打ち殺す。①子忠は張県令に経緯を話す〔七言二十六句〕。馬氏が救わないため子明と王氏は岳池県に駆けつける。②子忠は自分が犯人だと訴える〔七言二十句〕。③子明も自分が犯人だと訴える〔七言十句〕。④県令は生牌と死牌を引かせて決めると告げる〔七言二十二句〕。子明は兄の死牌を奪って死罪となる。⑤兄弟は獄中で面会して互いに痛哭する〔七言十句〕。⑥定生は父と面会して互いに泣く〔十言三十四句〕。太白金星は文曲星劉子明に温暖丸を口に含ませて死体の腐敗を防ぐ。⑦定生は父の死体を抱いて痛哭する〔十言十句〕。⑧王氏は帰郷した子明の棺を見て泣く〔十言二十二句〕。⑨子忠は王氏を慰める〔七言十八句〕。⑩馬氏は王氏が家を出ないと言うので罵る〔七言十八句〕。⑪王氏は家を追い出されて河に身を投げる〔十言二十句〕。吏部天官文彦修《ママ》の夫人陳氏がそれを見て救い、養女として同伴して上京する。馬氏は定生に罪人を演じさせて拷問する。⑫定生は必死に許しを請う〔十言六句〕。馬氏は馬保の奸計を用いて焼いた盌を定生に持たせる。⑬盌を落として子忠に打たれた定生は、子明の墓前で痛哭する〔十言二十二句〕。馬氏は馬保の奸計を用いて磨臼を首に懸けて定生を殺すことにするが、定生が子忠と寝床を換えたため、誤って子忠を殺す。張県令は現場検証をして被疑者を県に連行する。⑭馬氏は訴えを述べる〔七言四十四句〕。⑮定生は訴えを述べる〔十言五十二句〕。県令は磨臼を拷問する。⑯旋風が起こって馬氏が真相を語り、善悪の応報を告げる〔七言二十二句〕。県令は馬氏と馬保を極刑に処し、子明は蘇生する。定生は状元に及第して郿県令となり、母王氏と再会する。⑰王氏と状元は互いに身の上を明かす〔七言五十二句〕。母子は文家を訪れて夫人に挨拶する。

「桂花橋」（十七葉、謳五場）では、後妻が夫の死後に先妻を殺害する。先妻の子は竈神に庇護されて難を免れ、出世して母の無念を晴らす。

本朝乾隆時、江南常州府黄池県の国学生王必達は、富豪で善行を好んだが、賢妻謝氏との間には子供がなかった。謝氏は養子を取ることを承知せず、妾林氏を娶り、一子定国を生むが、林氏は性格が悪かった。謝氏にも一子定邦が生まれた。①必達は危篤になり後を二婦に託す〔十言十八句〕。二婦と二子は仲が悪くなり、謝氏の背に瘡ができると、林氏は針で瘡を刺して謝氏を殺す。さらに定邦を包丁で殺そうとするが、身震いが起きて包丁を落としたためやめる。竈神が救ったのである。林氏は定邦にぼろを着せて桂花橋に置き去りにするが、ぼろには周恒泰の借金銭二百串の字約〔証文〕があった。趙光前・熊正綱が見つけて陝西の亢員外が引き取り、熹来と名付けて学問をさせ、娘秀英を娶らせる。熹来は科挙に合格して黄池県令として赴任する。②熹来は員外から身の上を聞いて員外に別れを告げる〔十言十八句〕。③謝氏の亡霊は土地神の示唆で熹来の夢で訴える〔十言三十六句〕。林氏母子は家産を蕩尽したため、周恒泰から負債を回収しようと考える。熹来は桂花橋で母子に遭って身の上を明かす。④林氏は熹来にわびる〔十言二十四句〕。恒泰は借金を返そうとしないが、熹来が証文を見せると金利併せて銭一千百六十串を返す。熹来は母の死因を知るため、墓を移すと言う。乾隆帝は江南の賢者を訪ねてその現場を見る。⑤熹来は墓から銀の針を見つけて泣き出す〔十言三十八句〕。乾隆帝が天罰が下るべきだと叫ぶと、林氏に雷が落ちて焼死する。謝氏が林氏を捕らえて冥王に質すと、冥王は判官に善悪簿を調べさせて、二婦は前世で妯娌《あいよめ》〔相嫁〕であったと告げる。乾隆帝は熹来に西安知府を授け、員外には大夫の職を賜う。

（3）善行と報恩の物語

「雲霞洞」〔五十葉、謳十二場〕では、善良な主人公の子女が兵乱を避けて逃亡し、恩を授けた人物の援助を受けたり、神助を得たりして危難を乗り越え、兵乱を平定する。

京陵県の富者蘇通貴と妻厳氏は善行に努め、登金・登榜・雲霞の二男一女を儲ける。洪水で溺れる鴻雁・毛犬・黒猿を救い、さらに川に身を投げる男も救うと、①男は黄忠善といい、兄忠礼が張善洪に誣告されたと語る〔十言二十六句〕。②婦人李氏は義父を葬るため、王客人との再婚を命じられたと言って悲しむ〔十言十八句〕。通貴は費用を援助して夫婦を救う。③女子蓮香は母杜氏の死体を守って泣く〔十言十四句〕。通貴は蓮香も保護する。登金は周氏を娶り、④通貴夫妻は遺訓を述べて死去する〔十言四十四句〕。柳雲亭は岳父の弔問に来る。雲霞は雲亭を将来有望と見、蓮香に勧められて、花園で金を贈って上京させる。海南の盗賊が京陵を襲い、⑤蘇兄弟は泣いて別々に逃亡する〔十言十六句〕。登榜は崖から飛び降りるが黒猿に救われる。黒猿は周氏も救い、忠善は周氏が通貴の嫁だと知って保護する。雲霞と蓮香は川に飛び込み、漁師芳雲に救われて養女となる。登金は川に身を投げると黒狐が救って雲霞洞に匿い、兵法を授ける。建康の全豹は張翁の娘秀英を強奪するが、秀英が縊死したため、雲霞を狙う。⑥蓮香は雲霞の身代わりになると言う〔十言三十八句〕。蓮香は全豹に嫁いで刺し殺す。芳雲の母劉氏と雲霞は陰都に至り、悪人黄道貴に強奪される。⑦劉氏は官に訴える〔十言三十二句〕。劉県令は劉氏を観音寺に隠す。雲霞は道貴を打ち殺し、土牢に監禁されるが、黒猿が饅頭を運ぶ。⑧雲霞は鴻雁に血書を託す〔十言三十四句〕。⑨劉氏は血書を見て悲しむ〔十言三十四句〕。黒猿は登榜を潼関に送る。狐仙は登金を洞から出す。忠善は周氏と義兄妹となり、官保を連れて建康に行き、芳雲から蓮香・雲霞のことを聞く。芳雲は周氏が蓮香の嫂と知る。忠善は護送される蓮香を救うことを提案して実行する。⑩劉氏は雲亭・登金・登榜に会って、雲霞が土牢に監禁されていると告げる〔十言三十六句〕。黒猿と狐仙は雲霞を救って洞に匿う。⑪狐仙は雲霞の兄たちに兵乱を平定させたことを告げ〔十言三十四句〕、火龍珠・杪木箭・捆仙縄を授けて下山させる。雲霞は殷鸞英・馬貴英・高秀英の飛刀を打ち破って投降させる。諸将は褒賞を受ける。⑫狐仙は皇帝に別れを告げる〔十言二十八句〕。皇帝は狐仙を神に封じる。

「双冤曲」（二十四葉、謳九場）は、善良な農民とその妻が同時に殺人の罪を被るという衝撃的な事件を述べ、義侠心の厚い盗賊、孝子を支持する県令や学院、殺害された亡霊が事件の解決に協力する。

雲陽県（四川）の許正大と妻謝氏は善人であった。母李氏は謝氏が「竈君六戒」を守っているので子を授かると予言する。近所の張洪加は不孝者で母楊氏に食事を与えなかったため、①楊氏は天を仰いで嘆く〔十言三十二句〕。近所の富者何廷祥は正大の田畑を奪うため、雇用人を毒殺して裏庭に首を投げ入れ、洪加に見られたため、洪加も刺殺する。隣人羅成仙が首を見つけて県に訴える。②正大は冤罪を訴え〔十言三十二句〕、③獄中に面会に来た謝氏に後を託す〔十言二十八句〕。盗賊張了凡が人助けをして正大の家に来る。近隣の悪人李鉄牛は謝氏を姦淫しようと謀り、李氏と子桂喜を殺そうとする。④謝氏は鉄牛に許しを乞う〔十言二十句〕。了凡はこれを見て鉄牛を殺すが、謝氏が冤罪を被り、⑤謝氏は官に冤罪を訴える〔十言六十句〕。⑥桂喜は謝氏に面会して悲しむ〔十言二十六句〕。県令の母は孝心に感じて謝氏を寛大に扱うよう命じる。桂喜は入学して、⑦学院に父母の冤罪を訴える〔十言四十六句〕。学院は事件の解決を約束し、娘月香を娶らせ、洪恩と改名させて、ともに上京する。洪恩は祖先の祭祀に帰郷する途中、⑧了凡が謝氏を守るため鉄牛を殺したと自供したため〔十言二十六句〕、県に赴いて正大と謝氏を出獄させる。⑨何廷祥は雇用人の亡霊に迫られて洪加殺害も自供し、皆に悪事を行わないよう戒めて〔十言一百句〕、喉を割いて惨死する。

「審土地」（全二十七葉、謳六場）では、狡猾な番頭が主人の死後に偽の借用書を作って訴訟を起こし、その財産を奪おうとするが、土地神が証人となってその欺瞞をあばく。

巴県〔四川〕の商人雍百川は正直者であったが、番頭劉忠信は狡猾であった。百川は忠信に正直に生きるよう諭し、資金を与えて開店させる。貧乏な士人鄭元安の子茂林は聡明で、祖母が死んで葬儀ができないのを見て父に自分を売るよう説く。①母李氏は別れを悲しむ〔十言十八句〕。百川は事情を尋ねる。②元安は母の葬儀のために子を売ることを語る〔十言十六句〕。百川は養子にしたいと言い、元安に銀二十両と棺を与える。③百川は妻に子がないのは運命だと言う〔十言二十句〕。神が夢に現れて子を授けると告げ、妻李氏は一子桂林を出産する。桂林は聡明であったので、百川はいっそう善行に努め、神が山東省城隍祠になると告げる。④百川は死期を悟って家族に教訓を遺す〔十言二十四句〕。忠信は百川の死を知って偽の借用書を作り、県に訴えて李氏から銀三百六十両をだまし取る。桂林は母を慰める。⑤忠信は味を占めて再び訴える。李氏は無実を訴える〔十言三十四句〕。裁判官も忠信を諭すが、忠信は百川が悪辣な商売をしていたと中傷する。裁判官が土地神を証人として喚問すると言うと、⑥土地神が官の部下の老総に憑依して忠信が偽の借用書を書いたことを証言する〔十言三十二句〕。忠信は天罰を受けて病気で倒れ、全身に蛆がわいて死に、二子は犯罪で投獄され、乞食に転落する。

（5）弾圧と逃亡の物語

「玉連環」〔二十八葉、謳二十四場〕では、明の厳世蕃に弾圧を受けて逃亡した三組の男女が危難を克服して結ばれ、おせっかいをした悪人は天罰を受ける。

江南省揚州府出身の尚書崔富には妻秦氏、子良英、娘宝霞があったが、厳世蕃父子の専権を見ると官を棄てて海瑞とともに帰郷し、良英に史丹霞と婚約し、玉連環を結納としたことを告げる。しかし世蕃父子が忠臣を迫害したと聞くと血を吐いて死ぬ。①良英と宝霞は父の死を悲しむ〔十言二十八句〕。世蕃が捜索すると、良英は母と妹を連れて安徽に逃れる。史培忠は女装し、妹丹霞は男装して逃走する。盧雲卿と喜童は女装して逃れ、②廟の中で仏に救いを求める〔十言二十二句〕。世蕃の部下趙文忠の弟文炳は王秀才の娘月娥を強奪する。文炳は女装した雲卿と喜童も捕らえるが、世蕃に召喚されて家を出る。③月娥は雲卿に強奪された事情を告げる〔十言二十二句〕。雲卿と喜童は月娥を連れて逃亡する。④秦氏は良英と宝霞に遺言を残して死ぬ〔十言三十六句〕。解梁城の好漢杜興は五馬太守の子で、良英に逢って義兄弟の契りを結ぶ。良英は復讐のために杜興とともに上京する。⑤良英は霊前に別れを告げる〔十言二十四句〕（欠第五十二葉）。文炳は宝霞を捕らえる。⑥宝霞は文炳に酒を勧める〔十言三十八句〕。宝霞は杜興の助力で文炳を殺し、良英とともに逃げる。⑦宝霞は自分の経歴を語る〔十言三十四句〕。女装した雲卿は宝霞が別れた婚約者だと知る。⑧月娥は宝霞に身の上を語る〔十言二十四句〕。女装した培忠と男装した丹霞の兄妹は鳳翔府の古廟で大男が女子に結婚を迫るのを見る。⑨女子は大男を罵る〔十言十二句〕。培忠は大男を殺す。女子は羅金花だとわかる。厳家の執事の子厳高は丹霞らを強奪する。培忠は追いかけて金不換に逢い、金不換は法術を使って丹霞らを救って鳳凰山に送り、厳高を懲らしめる。忠臣の子孫たちは鳳凰山に集結する。⑩雲卿は素性を明かす〔十言二十句〕。雲卿は宝霞と結ばれ、良英は丹霞と結ばれ、培忠は金花と結ばれ、杜興は月娥と結ばれる。兵部尚書蘇通鳳の家僕蘇籍は誤解されて蘇家を追放されるが、厳家に入って蘇家に報恩しようと考え、世蕃が蘇一族を捕らえるのを通報して子女の身代わりになると言う。⑪蘇籍は世蕃に請うて夫人を祀る〔十言三十二句〕。家僕蘇富は世蕃を罵って惨殺される。⑫蘇公子桂芳は自分の身代わりに侯成璧に殺された義僕蘇華の墓前で痛哭する〔十言二十八句〕。涇陽県の富者孫廷芳は娘小臣をさらう。⑬妻李氏は非道を諫める〔十言二十六句〕。李氏は廷芳が聴かないので逃亡を助ける。廷芳は背に腫瘍ができて死ぬ。⑭李氏は近所の不孝者牛金児を諫める〔七言三十句〕。牛金児は小臣らの荷物〔色嚢〕を奪う。小臣らは鳳翔府で総兵李化堂の子春融を殺して捕まる。⑮小臣は県令に訴える〔十言三十二句〕。好漢たちは小臣を救う。蘇桂芳は鳳翔府の関王廟で兪員外の娘彩玉と出会う。⑯桂芳は境遇を語る〔十言三十句〕。彩玉は桂芳に銀を贈る約束をし、玉連環を贈る。桂芳は玉圏を贈る。しかし店主が色嚢を盗んで客を殺したため冤罪を被る。⑰桂芳は身分を明かして県令に無罪を訴える〔十言三十八句〕。⑱侯家の娘珊瑚は獄中に桂芳を見舞って身分を明かす〔十言三十句〕。月娥は珊瑚主僕に鳳凰山の好漢が桂芳を救うことを告げる。⑲兪彩玉は鎮台張仁山に捕まり、身の上を語って妾にしないように請う〔十言二十六句〕。彩玉は逃げ回り、盧殿卿と馬雲中は仁山を殺して救う。蘇珍・蘇璧・蘇宝兄弟は真武大帝から十八般武芸を授かって涇陽県に至り、⑳世蕃に処刑された都察院王忙の子夢生が変装して逃亡したが捕まったと県令に訴える〔十言二十二句〕。三兄弟は護送車を襲って夢生を救う。張把総は犯人を追うが、鳳凰山の好漢たちに敗れる。蘇公子は珊瑚・彩玉を妻とする。趙洪春は紫陽山で好色な山賊蔣豹を殺して頭領となり、厳高を捕らえて鐘呂臣・李雲章を救い、厳高と牛金児を処刑する。㉑道士冷如氷は詩句を用いて鳳凰山に結集するよう説く〔七言三十句〕。㉒厳貴に捕らえられた白良玉の娘玉蟾が泣いて身の上を語る〔十言五十句〕。三人は厳貴を殺し玉蟾ら女子を救って鳳凰山に向かう。盧雲卿は将軍楊国忠が投降した偽書を朝廷に見せ、世蕃はその母と妻の首を送る。㉓国忠は号泣する〔十言二十八句〕。雲卿らは捕らえられた国忠を救い、鳳凰山に迎える。雲卿らは下山して科挙を受験し、三元十八学士に及第して、内閣学士程栄陞に世蕃を倒す計略を話す。雲卿らは六十四道の表章を上奏して世蕃の悪事を暴き、世蕃親子を惨殺する。㉔末尾に勧世の詩句を置く〔七言二十句〕。

四　結び

大連図書館蔵民国復刻本の出現によって『萃美集』五巻の編者が清の呉栄清であり、合計十八篇の案証を収録していることが明らかになった。その序文には簡州各地の慈善家がこの書を編纂したという。大連図書館蔵本は中国社会科学院文学研究所蔵本・上海図書館蔵本と同版であるが、三本の刊行された場所はそれぞれ成都・重慶・瀘州と異なり、本書は四川省の各地で刊行されたと思われる。また四川で編集された宣講書であるため、案証十八篇の中でも「会円寺」(安岳県)・「雷賜銀」(長寿県)・「鸚鵡報」(犍為県)・「賽包公」(酉陽県)・「七層楼」(高県)・「双冤曲」(雲陽県)・「善縁橋」(富順県)・「血羅衫」(犍為県)の八篇が四川発生の「案証」である。本書は『宣講集要』『宣講拾遺』などの初期の説唱宣講書と同じように、もともと「宣講聖諭規則」を掲載していたが、案証は「聖諭」によって分類されておらず、しかも物語性の強い内容であり、単行本として刊行されることにもなったと考えられ、聖諭宣講の物語化を明証するよい例と言えるであろう。

注

(1)『中国古代小説研究』二〇〇五、北京、中国社会科学院文学研究所中国古代小説研究中心編、第一輯、三五九~三七二頁。

(2)巻頭には「宣講聖諭規則」が掲載されていたと思われ、またその前に「聖諭六訓」「聖諭十六条」等も掲載されていたと思われる。

(3)「……」部分は欠損。「銅邑」は銅梁県(四川省重慶府合州銅梁県)。

(4)巻三の一案証、巻四の三案証、巻五の二案証を欠く。

(5)王栄国等編『東北地区古籍線装聯合目録』(二〇〇三、瀋陽、遼海出版社)。集部戯曲類鼓詞之属、三五三四頁。「女」は「文」の誤刻。

(6)四川省楽至県。

（7）巡按御史は明代に設けられた。八府巡按という職名はなく、戯曲・小説で使用する架空の職名である。
（8）不詳。
（9）偶数句の下に白氏の言を挿入する。

第三節　山東の『宣講宝銘』六巻

一　はじめに

筆者は先に『宣講宝銘』について吉林省図書館蔵写本と山東聊城善成堂刊本によって論じた[1]。本書の存在はあまり知られていなかったが、二〇〇九年、二〇一一年に巻二・巻三・巻四・巻五の広告が孔夫子旧書網に掲載されたことによって漸くその存在が知られるようになった。善成堂は四書五経、小説演義のほか、当地の人物が編纂した民間故事に取材した「善書」「宣講書」を刊行しており、『宣講宝銘』は聊城後菜市街の私塾の教師であった王新銘の編著であり、民衆に好まれ、常に街頭で説唱された作品だと言われる。

一方、王栄国等編『東北地区古籍線装聯合目録[2]』に記載する『宝巻六種』（清抄本、吉林省図書館所蔵）は、車錫倫氏が指摘するように、宝巻ではなく宣講書であり、そこに収録する「不孝而吝」「聴信妻言」「訛詐吃虧」「害人害己」「雷撃負心」「騙賊巧報」六篇は『宣講宝銘』巻二収録の六篇と一致し、私見によれば『宣講宝銘』を書写したものである。

また最近になって筆者は民国石印本が現存することを知った。これは完本であり、全六巻で巻頭に序文を冠する。これによって本書は後に石印されて全国に流通したことがわかり、本書の全容も知ることができる。

そこで本節では吉林省図書館所蔵写本、古書の残巻、民国石印本の三種を用いて山東の宣講書『宣講宝銘』について考察を加えたい。

二　写本「宝巻六種」

1　宣講の文体

吉林省図書館所蔵の写本一冊には書名がない。「宝巻六種」という題名は青色ボールペンで表紙に書かれており、題簽などはない。表紙裏には「目録」があり、「不孝而吝」「聴信妻言」「訛詐吃虧」「害人害己」「雷撃負心」「騙賊巧報」(3)六篇の名を掲載してその下に頁数を記している。半葉十一行、行二十七字、全葉数は四十葉で、各篇の葉数は以下のとおりである。

1. 「不孝而吝」五葉半（第一葉表〜第六葉表）
2. 「聴信妻言」七葉半（第六葉裏〜第十三葉表）
3. 「訛詐吃虧」五葉半（第十四葉表〜第十九葉表）
4. 「害人害己」九葉半（第二十葉表〜第二十九葉表）
5. 「雷撃負心」六葉（第二十九葉裏〜第三十五葉表）
6. 「騙賊巧還」五葉（第三十五葉裏〜第四十葉表）

また各篇は「宣」の部分だけを改行し、欄外に宣・講の朱印を押しており、明らかに宝巻ではなく、宣講書であることがわかる。たとえば「不孝而吝」では、次のごとく、叙述を「講」で表し、歌唱を「宣」で表す（句読点は筆者）。

河南一人、姓房名芝田、為浙江仁和県典史。東呉一人、姓朱名錫璐、為浙江布庫。朱房二人、同省為官、十分相契。一日、二人談及家常、房芝田二子一女、女尚未許人家、朱錫璐一子、亦未定親。朱対房曰、（河南に姓は房、

名は芝田という者があり、浙江仁和県の典史であった。東呉に姓は朱、名は錫璐と言う者があり、浙江の布庫であった。朱と房は同省の官としてたいそう気が合い、ある日、二人は雑談をすると、房芝田には二子一女があって娘はまだ婚約しておらず、朱錫璐には一子があってまた婚約していなかった。朱が房に言うには、）

宣　咱二人、論交情、十分相契。不自揣、願高攀、結為親戚。兄一女、聞兄言、尚未許字。愿与児、做一対、百年夫妻。弟所言、不知兄、欲也不欲。依我看、這件事、実在不難。……（我々は、つきあって、意気は投合。臆面もなく、高望みする、親戚の縁。ご令嬢、仰せでは、婚約はまだ。願わくは、お似合いの、夫婦となれば。この願い、いかがでしょう、ご希望なさるや。私には、この件に、支障は見られず。……）

講　於是朱房二人……（かくて朱と房両人は……）

そして結尾は「以此案看来、人何不孝於親、信於友者」（この案証から見ると、人は親に孝行、友に信義を尽くすべきである）と宣講書に一般的な形式で簡潔に結んでいる。

2　梗　概

今、宣講書の特色である宣詞の句数を（　）で明記しながら、各篇の主旨と梗概を述べると、以下のとおりである。

1．「不孝而吝」—親の言に従わず親戚に金を貸さない吝嗇への悪報

浙江仁和県典史の房芝田と浙江布庫の朱錫璐は同省の官吏として交際していた。朱は房に婚姻関係を結ぼうと提案する〔十言十二句〕。しかし道光二十七年四月犯人が脱獄し、監守であった房は罷免されて病死する。妻子は郷里の河南への旅費もなく、洞庭山に住む朱の家に行き、朱の父太翁に窮状を訴える〔十言二十句〕。太翁は錫璐に銀百両を贈るよう命じる〔十言十二句〕。しかし錫璐は四十両に減額し、その子はさらに二十両に減額する。錫璐

は太翁に露見するのを恐れて、揚州の県令に銀三百両を貸していると偽り、房夫人に債券を渡す。房夫人は途中旅費に困って次男を旅館に質として預けながら揚州に着き、長男に県令を訪ねさせると、債券は偽物であった。房夫人は錫璐を罵る〔十言三十二句〕。房夫人は縊死し、長男は訴状を血書して〔十言二十八句〕、懐中に入れて自刎する。店主が官に報告すると、官は旅館から次男を請け出し、路銀と棺を贈って帰郷させる。血書は消失するが、霹靂が起こって朱の面前に投じられ、一雷がその子を撃ち殺し、錫璐は発狂して罪を告白する〔十言三十六句〕。一雷は錫璐も撃ち殺す。

2.「聴信妻言」―悪妻の言うことに従って弟の家産を奪う兄への悪報

山東沂州府莒州の二商の妻朱氏は飢饉の年に兄大商に食料を借りるよう勧める。二商は兄が貸してくれまいと言うが〔十言十八句〕、朱氏は試みるよう勧める〔十言十二句〕。二商は仕方なく子を使いに遣る。子は大商に懇願する〔七言二十句〕。だが大商の妻尹氏は析居後は各自で考えるものと言って断る〔七言十四句〕。無頼は日頃二商と子の武勇を恐れていたが、兄弟不仲を知って大商の家を襲撃し、大商夫婦を拷問して財の在処を質す。尹氏は朱氏に救いを求めるが、朱氏は析居後は何事も各自でと応酬する。二商は見るに忍びず、無頼を追い払う。だがその後も大商が粟一升しか貸さないので、朱氏は突き返そうとする。二商は大商に家産の権利書を示して、大商が金を貸すか、権利書を買うか見てみようと提案する〔七言四十句〕。大商は金を貸そうと言うが〔十言十四句〕、尹氏は二商の家を奪って塀を高くすれば良いと言い〔十言二十句〕、権利書をもらって銭一百五十千文を与える。二商が金を受け取って引っ越すと、群盗が押し寄せて大商夫婦を拷問して財貨の在処を聞き出して奪う。大商は重傷を負って死期を悟り、二商にわびる〔十言四十八句〕。大商一家は貧窮し、二商は子が遊びに来ると食料を持たせて助ける。大商は二商の夢に現れ、東塀の下に銀五百両を埋めたので資本とし、子を育てるよう託し、尹氏は地獄に堕ちると言う〔十言三十二句〕。

3.「訛詐吃虧」―金額を偽って拾い主を苦しめる落とし主への悪報

同治年間、閩県城南に住む張仁は父なき後、農に務めて母・妻劉氏と暮らしており、母が発病したため城内に薬を買いに出る。母は張仁に貧乏でも人の金を盗んではいけないと教戒する〔十言十八句〕。張仁は城門を出る時、路傍に銀五十両が入った布袋を拾うが、家で待つ母が気がかりで帰宅すると、母は落とし主を待つよう指示する〔十言二十六句〕。張仁は落とし主らしき男に声をかける〔七言四句〕。落とし主は張仁を田舎者と見て布袋には銀百両が入っていたと言いがかりをつける〔十言六句〕。張仁は反論する〔十言四句〕。張仁は衆人の前で経緯を話す〔十言二十句〕。落とし主は反論する〔十言二十二句〕。張仁は泣き出す〔十言十六句〕。そこへ閩県の知事が通りかかり二人に尋問する。張仁は泣いて事情を訴える〔十言二十二句〕。落とし主は詭弁を弄する〔十言十句〕。官は双方の言い分を聞いて裁きを下す〔十言八句〕。官は布袋の落とし主は別にいるので、拾い主は落とし主が来なければ持ち帰り、落とし主には別の拾い主を待てと言う。官は河南の解元曹懐樸であった。

4.「害人害己」―旅人を殺そうとして誤って子を殺す強盗への悪報

山東茌平県南関の両替屋で商売を学ぶ張生は父が急病だという家信を見て慌てて帰宅するが途中で夜になる。時は九月下旬で月光を頼りに歩くと、松林から頭に白い帽子をかぶり白い喪服をまとった鬼が出現する。実は周大混という盗賊であり、旅人を脅して荷物を奪っていた。張生は大胆で月光に影を見て鬼ではないと悟り、土塊を投げ馬棒で打って逃げる。張生は驚き焦る〔十言二十二句〕。張生は灯がともる民家に駆け込み、女主人に自分が遭遇した出来事を語る〔七言三十四句〕。そこは周の家で、妻馬氏に案内されて子供と一緒に寝るが、周が帰り、周夫婦が自分を殺す相談をするのを聴いて逃げる。周は誤って子を殺し、死体を隣の劉徳正の家に投げ込んで罪をかぶせようとする。夫婦は素知らぬ顔で遺体を見て痛哭する〔七言三十六句〕。県令朱公が尋問すると、周は劉が殺害したと訴える〔十言二十二句〕。劉は冤罪だと訴える〔十言三十二句〕。朱公は班長李仁に捜査させ、張生は李仁に真相を話して事件が解決する。周夫婦は処刑される。

5.「雷撃負心」──婢を孕ませながら認めず諫める妻も殺す富者への悪報

道光二十六年六月十三日、泰州の鄭連泰は父の遺産で裕福になって性格が悪くなり、婢を買って懐妊させる。妻張氏は妾にして子を認知せよと諫言する〔十言十四句〕。鄭は聴かず、他の男の子だと言って婢を罵る〔十言十四句〕。婢は追い出されて実家に帰ると、父李老から罵られる〔七言二十句〕。娘は実家からも追い出されて廟で神に訴える〔十言二十四句〕。娘は廟で縊死し、父母が荒野に埋葬する。妻は鄭の非道を恐れて責める〔十言二十二句〕。鄭は怒って妻を罵る〔十言十二句〕。鄭は妻の小腹を蹴って流産させ、傷ついた妻は縊死する。妻の霊魂は揚州の実家の父母の夢に現れて訴え、父張仁は泰州に来て用人たちから娘の死因を聞いて慟哭する〔十言二十八句〕。鄭は張氏を手厚く葬ると約束して岳父をなだめる。鄭は静夜に自分の行為を後悔する〔十言三十句〕。鄭は再婚相手を探すが近所では誰も相手にされず、揚州まで行くが、新橋寺で雷に撃たれて死ぬ。鄭は一旦蘇生して反省の言を吐く〔十言二十二句〕。

6.「騙賊巧還」──船に好意で乗せられながら船主の財を盗む賊への悪報

光緒七年九月、無錫県の華正は三百金を持って船員を雇い、淮海の南に仕入れに出る。丹陽を過ぎる頃、重嚢を担いだ客が川岸から呼び止める〔十言十四句〕。船員たちは悪人が出るからと船を止めないよう諫める〔十言十六句〕。華正は気の毒に思って船員たちを制して船を止めて男を乗せる。男は丹陽の梁三慶と称して礼を言い、華正と会話を交わす〔十言二十二句〕。男は三昼夜泊まって丹徒の近くで船を下りるが、衣装箱を開けると三百金が盗まれていた。華正は船員たちの忠告を聞かなかったことを後悔する〔十言十四句〕。船員は資金を準備して再出発せよと忠告する〔十言十二句〕。華正は船員に励まされて気を取り直す〔十言十四句〕。出航すると、途中で同じ男が船に乗り、逃げようとするが踏み板から脚を滑らせて川に落ち、船員たちに棹で打たれて水底に沈む。男の行李には三百金のほか、珍珠百十粒があった。華正は船員たちに分配しようとするが、船員たちは華正への天の賜り物として受け取らない〔十言二十八句〕。華正は強いて船員に分け与える〔十言十二句〕。華正は富豪となる。

三　「宝巻六種」と『宣講宝銘』

本書が明らかに宣講書でありながら誤って宝巻と分類されたことについて、車錫倫氏は、「民間宣講（善書）と清及び近現代民間宣巻（宝巻）は、内容と形式の上で相似る処があり、（1）どちらも「勧善」を主旨とし、多くの故事を改編して演唱する。（2）形式上はどちらも説唱体を取り、唱詞は「詩賛体」（七言と十言句式）である。それで単に民間宝巻と宣講善書の文体からでは、一般の研究者は両者を区別できず、現代でも此の類の宣講善書のテキストを宝巻目録に編入するものがいる」と述べて、『東北地区古籍線装聯合目録』で宝巻に分類された「宝巻六種」を例に挙げている。(4)

車氏は「宝巻六種」が宣講書であることを指摘したが、その書名については指摘するに至っていない。私見によれば、民国刻本『宣講宝銘』巻二の目録「不孝而吝」「聴信妻言」「訛詐吃虧」「害人害己」「雷撃負心」「騙賊巧報」六篇が「宝巻六種」六篇に相当し、両者の文字が完全に一致することから、「宝巻六種」は『宣講宝銘』巻二を書写したものと考えられる【図1】。

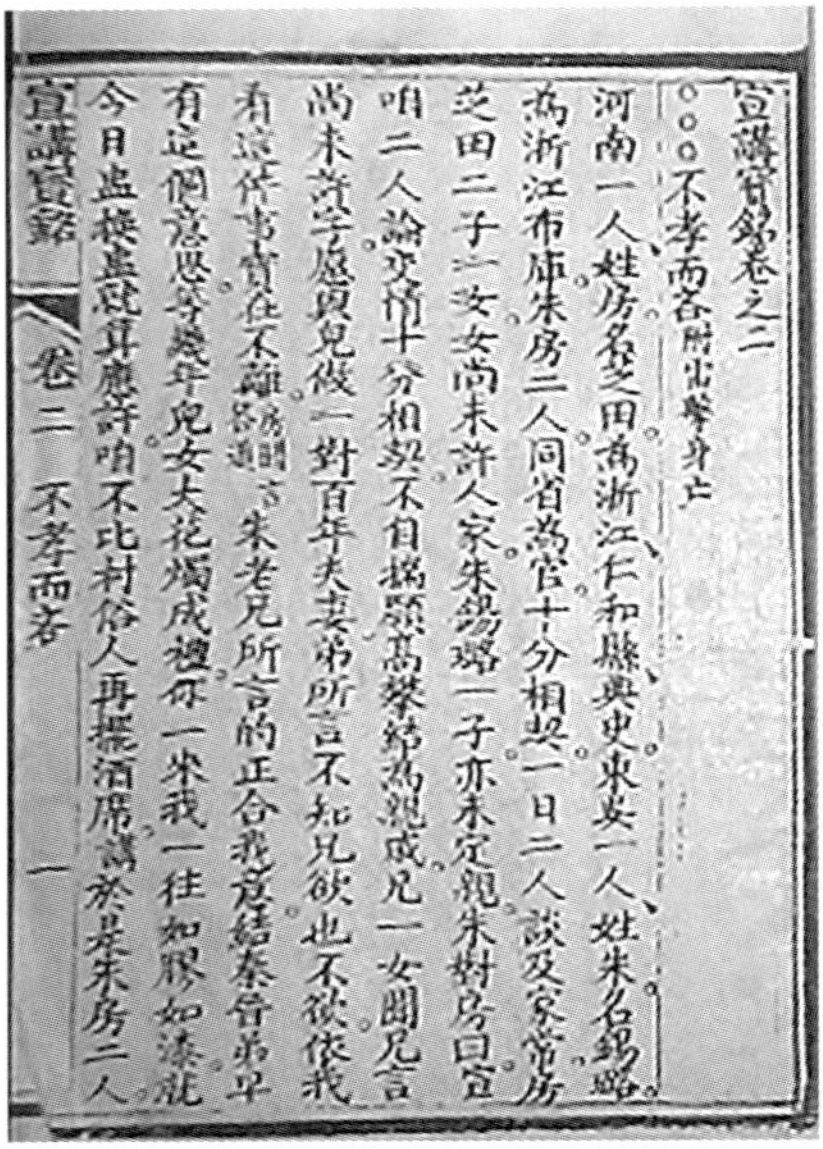
宣講寶銘卷之二
○○○不孝而吝附雷擊身亡
河南一人、姓房名芝田爲浙江仁和縣典史東吳一人、姓朱名錫璐
爲浙江布政朱房二人同省爲官十分相契一日二人談及家常房
芝田二子二女女尚未許人家朱錫璐一子亦未定親朱對房曰宜
咱二人論交情十分相契不自揣願高攀締爲親戚兄一女聞兄言
尚未許字願與兒從一對百年夫妻弟所言不知兄欲也不欲依我
看這件事實在不離 朱老兄所言的正合我意結秦晉弟早
有這個意思等幾年兒女大花燭成禮你一來我一往如膠如漆就
今日盡樽盡歡尊應許咱不比村俗人再擺酒席講於是朱房二人
宣講寶銘　卷二　不孝而吝　一

【図１】　刻本『宣講宝銘』巻二

以下に『宣講宝銘』巻二について説明する。

1．目録—第一行「宣講宝銘巻之二」。第二行「目録」。第三行から各行に「不孝而吝・附雷撃身亡」「聴信妻言・附報応迅速」「訛詐吃虧」「害人害己・附教子顕報」(5)「雷撃負心」「騙賊巧報」(6)と篇名を記す。

2．本文—版式は十行、行二十六字。第一行「宣講宝銘巻之二」、第二行「〇〇〇不孝而吝附雷撃身亡」(篇名)。第三行「河南一人、姓房。名芝田。為浙江、仁和県、典史。東呉一人、姓朱。名錫璐。」(本文)。

版心「宣講宝銘　巻二　不孝而吝　一」(書名、巻数、篇名、葉数)。

3．「不孝而吝」五葉(第一葉表～第五葉裏)

4．「聴信妻言」七葉(第六葉表～第十二葉裏)

5．「訛詐吃虧」五葉(第十三葉表～第十七葉裏)

6．「害人害己」十葉(第十八葉表～第二十七葉裏)

7．「雷撃負心」五葉半(第二十八葉表～第三十三葉表)

8．「騙賊巧還」四葉半(第三十四葉表～第三十八葉表)

ちなみに「宝巻六種」の書式は半葉十一行、行二十七字であり、『宣講宝銘』の版式と一致しないが、これは「宝巻六種」が原板の版式を変更したものか、あるいは別の原板が存在してそれに依拠したものと思われる。

『宣講宝銘』については、『山東省情網』(7)に解説があり、本書は山東聊城後菜市街の私塾の教師であった王新銘が編集し、聊城の善成堂が出版した宣講書で、善成堂は四書五経、小説演義のほか、当地の人物が編纂した民間故事に取材した「善書」「宣講」を刊行しており、『宣講宝銘』は民衆に好まれ、常に街頭で説唱された作品だという。

善成堂　一七二三年〔雍正元年〕開業於聊城鼓楼東大街路南、創建人為四川傅某。済南、済寧、包頭等地有分号。善成堂有門面三間、後院房屋三十余間、職工七十余人。所出書籍、雕刻、印刷、装幀都很考究、生意非常興隆。善成堂存有書版上千種、有自制原版、也有翻版。除刻印四書五経、小説演義之外、還刻印一些当地人編撰的、取材於民間流伝故事的所謂「善書」、「宣講」。如該店刻印的『宣講宝銘』、即聊城後菜市街私塾先生王新銘編著、為百姓所喜愛、常在街頭巷尾説唱。一八五四年〔咸豊四年〕、運河淤塞停運、南方紙張運来不便、善成堂走向衰落。光緒年間、各地分号紛紛独立経営。民国以後、石印、鉛印興起、善成堂僅靠売底貨維持。一九四五年停業。〔善成堂は一七二三年〔雍正元年〕に聊城鼓楼東大街路の南に開業した。創建者は四川の傅某で、済南、済寧、包頭等の地に支店があった。善成堂は間口が三間あり、奥の間は三十間あまりで、職工は七十人あまりいた。出版書籍は彫刻・印刷・装幀いずれも工夫されており、商売は非常にうまく行っていた。善成堂は版木を千種以上も持っており、原板を制作したり、翻刻したりした。四書五経や小説演義を刊刻するほか、当地の人が編輯した、民間に伝承する故事に取材したいわゆる「善書」や「宣講」も刊刻していた。たとえば当店が刊刻した『宣講宝銘』は、聊城後菜市街の私塾の先生王新銘の編著であり、庶民に愛され、常に街頭巷尾で説唱していた。一八五四年〔咸豊四年〕に運河が停止して、南方の印刷紙の運搬が不便になると、善成堂は衰退の一途をたどった。光緒年間、各地の支店は独立経営し、民国以後、石印・鉛印が興ると、善成堂は三流品だけを売って経営を維持していた。一九四五年に閉店した。〕

四　民国石印本

後に『宣講宝銘』は石印本として民国十三年に上海大成書局から刊行された(8)。巻頭の「宣講宝銘序」は民国六年丁巳（一九一七）秋八月、山東益都の城隍司になったという子盤氏王金銘が善堂である公仁堂の省心書屋で扶鸞によって作成したものである。王金銘については、序文の後に公仁堂が次のように説明を加えている。

益都城隍王公、諱金銘、字子盤。邑庠生。生平楽読、教子弟不惜余力、門下士多有成名者。且忠厚和平、済急為懐、郷人徳之。『宣講宝銘』一書、公握管演出、誠字句錘錬、光采異常、非面壁功深焉、能臻此境界。書既成、而公心神労尽、因以仙去。夫人陳氏、善体夫志、募資以善其後、未幾亦帰。旋経公姪恵麟、与儆社相協集資、此書始告完善。現公為益都主司、皆善力所致也。公仁堂識。（益都城隍の王公は、諱は金銘、字は子盤。邑の学生であった。平生読書を楽しみ、子弟の教育に尽力し、門下の士は多く名を成している。かつ性格は穏やかで、人助けに努めたので、村人は尊敬していた。『宣講宝銘』は、公が筆を執って書いたものであり、誠に字句は練られて、光彩があふれており、面壁して功を積んでいなければ、この境界には至れまい。書は完成したが、公は心神を使い果たして仙去した。夫人陳氏は、よく夫の志を理解し、募金してその後を継いだが、まもなく他界した。だがすぐに公の甥の恵麟が、儆社と協力して資金を集め、この書はやっと完成したのである。……いま公は益都の主司となったが、それはみな積善の致した結果である。）

王金銘は王新銘と名が似るが、時代も異なり、出身も同じく山東ではあるが、新銘は聊城の人で、金銘は益都（青州）の人であり、その善行によって死後に城隍司に任命されたという伝説を持つ人物である。

続いて本書には「絵図宣講宝銘目録」を掲載するが、それを見ると巻二、巻三、巻四、巻五、巻六の目録は孔夫子旧書網出品の各刻本の目録と一致する(9)【図2】。以下に全巻の目録と概要を記す。

巻一

「夢雷悔非」—山西沢州府、何開山の妻黄氏が姑を嫌って義母と呼ばず、二子が唖者となる。

「貧苦尽孝」—昔、李歩行は野菜を売って父に孝行する。

「鬼畏孝婦」—本朝乾隆年間、蘇州府文明街の孝婦唐氏は寡婦となって姑に孝行し寿命を延ばす（詳細は後述）。

「鬼打刁媒」—同治年間、呉中の顧秀田の妻黄氏が寡婦となり、隣家の媒酌人金姓が再婚を唆したため、秀田の亡霊に打たれて死ぬ。

「悪婦現報」—大清国、歴城県の申徳秀の弟徳升の妻は悪妻で、徳升に分家を唆し、母を養わず再婚したため、雷に撃たれて死ぬ。

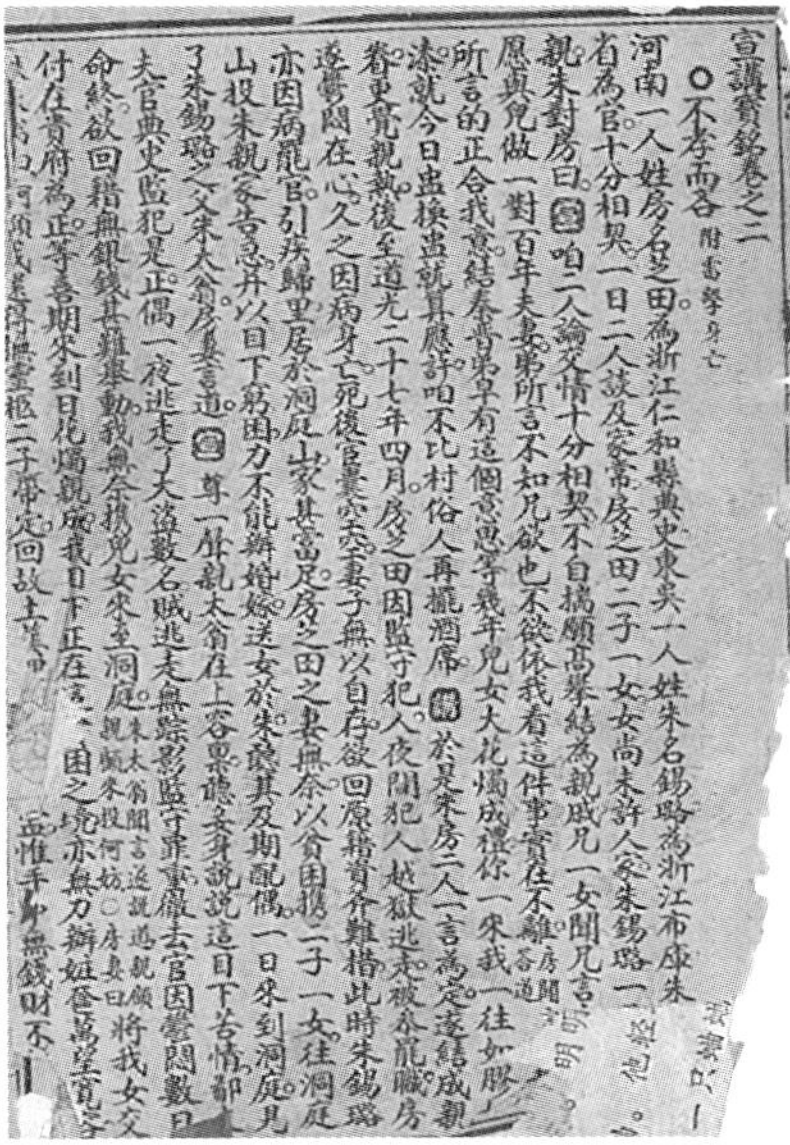

宣講寶銘卷之二

○不孝而吝 附雷擊身亡

河南一人姓房名芝田爲浙江仁和縣典史東吳一人姓朱名錫璐爲浙江布庫朱
省爲官十分相契一日二人談及家常房芝田二子一女女尚未許人家朱錫璐一
親未對房曰[宣]咱二人論交情十分相契不自揣願高攀結爲親戚兄一女聞兄言
願與兒做一對百年夫妻弟所言不知兄欲也不欲依我看這件事實在不離
所言的正合我意結秦晉弟早有這個意思等幾年兒女大花燭成禮你一來我一往如膠
漆就今日盅換盅就算應許咱不比村俗人再擺酒席[講]於是朱房二人一言爲定遂結成親
眷更覺親熱後至道光二十七年四月房芝田因監守犯人夜間犯人越獄逃走被參罷職房
遂憂悶在心久之因病身亡死後宦囊空空妻子無以自存欲回原籍資斧難措此時朱錫璐
亦因病罷官引疾歸里居於洞庭山家甚富足房芝田之妻無奈以貧困攜二子一女往洞庭
山投朱親家告急并以目下窮困力不能辦婚嫁送女於朱家俟其及期配偶一日來到洞庭見
了朱錫璐之父朱大翁房妻言道[宣]尊一聲親太翁在上容稟聽妾身說說這目下苦情都
夫官典史監犯是正偶一夜逃走了大盜數名賊逃走無蹤影監守罪重撤去官因憂悶數日
命終欲回籍無銀錢甚難舉動我無奈携兒女來至洞庭 房妻曰 將我女交
付在貴府爲正等吾期來到日花燭親 我目下正在 困之境亦無力辦妝奩萬望寬宥
惟手中無錢財不

【図2】　石印本『宣講宝銘』巻二

「悪婦冥討」—光緒二十四年、歴城県の秦業の妻周氏は嫉妬深く、周家の養子の嫁と秦業の仲を疑う（後半欠葉）。

巻二

「不孝而吝」「聴信妻言」「訛詐吃虧」「害人害己」「雷撃負心」「騙賊巧還」（以上、前述）。

巻三

「全節復仇」—江南省中州の金大用の妻尤庚娘が、大用を河に落とした広陵の王十八を殺害して自害するが、蘇生して大用と再会する（詳細は後述）。

「節烈異常」—国朝同治年間、山東嶧県の王英臣の娘大姑は寡婦となり、盗賊を欺いて家族を守る（詳細は後述）。

「終成婚姻」—南宿州、張全は灯籠見物で道に迷った劉成徳の娘を保護し、最後には嫁に迎える。

「嫌貧離婚」—山西邳邑の陳子言は科挙に落第して遊学したため、周翁は長女をその子錫九に嫁がせたことを後悔して婚約解消を謀るが、錫九は西安で亡父に会い、その遺骸とともに帰郷して周女を娶る。周翁は刑罰を受けて死ぬ（詳細は後述）。

巻四

「神仏現化」—欠第一葉。東昌人で布商人の趙懐仁は悪僧に金を奪われ自尽を迫られるが、神仏が女人に化し、防海将軍を招いて救う。

「信仏福報」—昔、楚人の胡大成は母の言に従って観音堂に参拝し、崔画工の娘菱角と出会う。後に母に似た老婆を養い、老婆に勧められて妻を娶ると、新婦は菱角であり、母とも再会する。老婆は観音の化身であった（詳細は後述）。

「敬竈獲安」—昔、金堂県（四川）の郭思洪は猟を好み、雁を鍋で煮ようとして油が飛んで目を痛めるが、母の忠告を聴いて竈神に祈ると、その化身である乞食が現れ、指示された薬草を塗ると治癒する。

「城隍顕霊」—同治三年、甫田県（福建）の王監生は県官に贈賄して張家の土地を奪い、張嫗を殺してその子に罪を被せるが、城隍が子の冤罪を雪いで、総督が監生の罪を裁く（詳細は後述）。

「作善降祥」—明万暦年間、河南帰徳府の士人李之棟と妻魯氏は善行を積み、昇進と子孫を授けられる。

「為善益篤」—宋神宗年間、河南省の士人廖徳明は善行が認められ、神託を得て官職に就く。

巻五

「得恩必報」—昔、金陵の曹浚は干害を逃れて父に従って江寧に来るが父を亡くし、王心善の援助で父の葬儀をする。曹は後に海賊に家財を略奪されて金陵に逃れて来た王に恩を返す（詳細は後述）。

「以徳報徳」—国朝道光年間、直隷無極県の貧者魏沢は鄭存仁の家に盗みに入って施しを受け、それを資金にして魚屋を開業し、毎日魚を鄭家に贈る。

「育嬰連捷」—本朝咸豊年間、寧波府の士人袁道済は友人の援助で科挙を受験に出かけるが、途中で棄てられた女児を拾って善人に預け、友人から贈られた金を養育費としてわたしたので、科挙に合格する（詳細は後述）。

「忍辱解冤」—光緒五年三月、呉中閶門の徐受天は糞尿を浴びせられて罵られるが我慢する。肥担ぎは追いかけて来て宿世の仇敵だと言い、死んだので手厚く葬り家族を支援してほしいと頼む。徐はその子に資金を与えて母を養わせ、宿怨を絶つ（詳細は後述）。

「貧女報恩」—同治五年三月十二日、富者周姓の娘と貧者李姓の娘が蘇州城外の郵亭で雨を避けた時、周姓の娘が李姓の娘にお金を施す。貧者の娘はその金で嫁ぎ先の家を栄えさせ、後に富者の娘に恩返しをする（詳細は後述）。

「李氏節孝」—道光四年、温州の李才の娘は汪宝年の子慶昌に嫁ぐが、慶昌が病死した後も節を守って舅を養う。

巻六

「泥像誅逆」—嘉慶年間、杭州の呉良と妻孫氏は親不孝で、母を奴隷のように扱い、母が誤って孫を熱湯に落として殺すと、追いかけて斬り殺そうとしたため、周将軍に斬られる。

「現世報廟」—本朝光緒二十一年、直隷大明府獅子街の呉安然と楊成泰は仲が良かったが、楊が呉の金を借りて臆面なく返したと偽り、呉家の馬に転生しそうになるが、安然が阻止する。知県戴鴻城は二人に現世報廟を建てさせる。

「細心断獄」―本朝夏邑（河南）の李杲台は裁判を正しく行ったので子を授かる。

「貞女明冤」―本朝乾隆辛亥（五十六）年、京師の周三慶は無頼で、怠惰な妻高氏を秦潤田に売って、秦の留守中にその娘を強姦しようとして従わなかったため二人で共謀して殺害するが、その犯行は別の事件によって暴露される（詳細は後述）。

「毀謗顕報」―光緒十三年六月八日、済南府歴城県南関の王蜮は朱寡婦や李幼女の名誉を傷つけて自害させたため、地獄で責め苦を受ける。

このように現存の版本と比較すると、本書はそれをそのまま石印したと考えられるが、各冊冒頭に絵図半葉を置くところに石印本としての特徴がある。

五　民間伝説の改編

『宣講宝銘』は民間流伝の故事に取材して作成された宣講書というが、私見によれば、実は『清稗類鈔』『北東園筆録』『聊斎志異』等に収録する記事を宣講体に改編したものである。そして『清稗類鈔』は民国年間に刊行されていることから、あるいは本書の成立は民国年間であった可能性もある。(10)

1　『清稗類鈔』

『清稗類鈔』は清徐珂（一八六九～一九二八）が編纂した作品である。徐珂は浙江杭県（余杭）の出身で、清光緒十五年（一八八九）の挙人であり、民国元年（一九一二）に東方雑誌の雑纂部長であった時、『清稗類鈔』の編纂に取り組んだという。本書は民国六年（一九一七）に上海商務印書館から活字出版された。なお上海商務印書館本には民国五年に記した徐珂の序文を載せており、稗史が正史を補うに足るものであり、『宋稗類鈔』にならって清朝の稗史を編纂したと言う。

稗史、紀録瑣細之事者也。『漢書』注如淳曰、「王者欲知閭巷風俗、故立稗官使称説之。」[11] 因謂其所記載者曰稗史。清順・康間、金沙潘長吉有『宋稗類鈔』之輯、蓋参倣宋劉義慶『世説新語』、明何良俊『語林』而作、足以補正史、資談助。不佞読而善之、因思有清入主中原、亦越二百六十有八載矣、朝野佚聞、更僕難数、……乃参倣『宋稗類鈔』之例、輯為是編、而名之曰『清稗類鈔』。……中華民国五年十二月杭県徐珂仲可述於上海寓盧之天蘇閣。

（稗史とは些細な事を記録するものである。『漢書』注に如淳は、「王は閭巷の風俗を知ろうとして稗官を立てて述べさせた」と。よってその記載を稗史と言った。清の順治・康熙年間に金沙の潘長吉は『宋稗類鈔』を編輯したが、宋劉義慶の『世説新語』、明何良俊の『語林』にならったもので、正史を補い、談助に資することができた。私は読んですばらしいと思い、清が中原を制覇して二百六十八年を過ぎていることから、朝野の佚聞は無数にあり、……『宋稗類鈔』の例にならって編輯して『清稗類鈔』と名づけた。……中華民国五年十二月、杭県の徐珂仲可、上海で寓居した天蘇閣にて述べる。）

『宣講宝銘』巻二「訛詐吃虧」はその獄訟類「閩県拾金案」に取材している。

1．『清稗類鈔』獄訟類「閩県拾金案」

河南曹懐樸名謹、宰閩県時、一日出行、途遇二人争弁。提問之、其一曰、「頃拾金、約重五十両、持帰、白之母。母曰、銀太多、苟為失者所急需、必有他変、亟応守其地還之、乃至此守候。彼果至、即付以原金。彼反覆審視而曰、尚有半、蓋欲詐欺以取財也。」曹詰失銀者曰、「所失果百両乎。」曰、「然。」又語拾銀者曰、「彼所失為百両、

与此不符。此必為他人所失。其人不来、汝姑取之。」於是拾銀者遂持銀去。（河南の曹懐樸は名を謹と言い、閺県令の時、ある日出かけて、口論する二人に遭った。尋ねて見ると、一人は、「先ほどお金を拾い、約五十両の重さがありました。持ち帰って母に告げると、母は、お金が多すぎる、もし落とした人が急な要があれば、必ず事件が起こります、早く戻って返しなさいと言われましたので、ここへ戻って待ち、あの人がやって来ましたので、すぐに返しましたが、あの人は何度もしげしげと見て、まだ半分があると言いました。きっと詐欺して奪おうというのでしょう」と言った。曹は金を落とした者に詰問し、「落としたのは百両か」と詰問すると、「そうです」と応えた。そこで金を拾った者に、「あの男が落としたのは百両で、これとは違う。これは必ずや別人が落としたものだ。その人は来ないので、おまえとりあえず受け取れ」と言った。かくて金を拾った者は金を持ち帰った。）

そして取材源の故事「閺県拾金案」とそれを改編した「訛詐吃虧」を比較すると、以下のごとく、宣講の文体の特徴を知ることができる。

i・「訛詐吃虧」では冒頭に金の落とし主が拾い主に感謝するどころか騙したりすると大損をするという主旨の教訓的な主題を付加している。この主題は文語体で講説しており、先行する『宣講集要』などの宣講書が口語体を採用しているのと対照的である。(12)

居心訛詐反吃虧矣。夫曰訛詐、其居心已不堪問矣。而反吃虧焉、謂非天道好還哉。譬如一人失去銀両、幸遇拾金不昧者、必没身不忘、方不愧心。而又因而訛詐、無怪其反吃虧也。今講一案、大衆請听。（詐欺を思うとかえって損をするものである。詐欺というのは、思うことさえ問題にするにたえないものだ。かえって損をするのは、天が応報を好むからである。もし自分が金を落として、幸い拾って返してくれる人に遇えば、必ず一生忘れないものであり、そうしてこそ心に恥じないのである。それなのに詐欺を思うとすれば、損をして当たり前なのである。今一案を講じるので、皆さん聴かれよ。）

ii・「閩県拾金案」では冒頭に曹懐樸を登場させて彼を主人公としているが、「訛詐吃虧」では冒頭に金の拾い主を登場させ、主人公を正直で親孝行な若者とする。拾い主に張仁という姓名を与えたのも物語らしくするためである。時代を同治年間としたのは曹懐樸が閩県令であった時期を考慮してのことである。

同治年間、閩県城南張集村、一人姓張名仁、父早喪、母孀居、家道不豊。張仁天性孝順、読書数年。因父喪棄読務農。妻劉氏儒家女、亦賢淑。一日、張仁因母病、請医調治、欲進城買薬、稟明老母欲進城。（同治年間、閩県城南の張集村に姓を張、名を仁という人があり、父は早く亡くなり母は寡婦で、家は豊かでなかった。張仁は天性孝順であり、数年読書したが、父を亡くして農作に務めた。妻劉氏は儒家の娘で、また賢妻であった。ある日、張仁は母の病のため、医者に治療を請い、町に出て薬を買うため、老母に町に出たいと告げた。）

iii・「訛詐吃虧」では母は張仁に家は貧乏だが悪事を犯してはならないと告げる。その言葉は十言句の「宣」で表現し、母の正義感を強調するとともに、間接的に聴衆を教化する。

叫我児、你進城、速去早還。買了薬、在城中、莫在遅延。……家道貧、内与外、当重勤倹。万不可、取人家、無義銀銭。………（わが息子、街に行ったら、早くお帰り。薬買い、街中で、ぐずぐずせずに。……貧乏人、買い物は、節約をして。絶対に、人の物、取るんじゃないよ。……）

続いて「講」によって張仁が銀五十両を拾うことを述べ、また「宣」によって張仁が母に金を拾ったことを告げる言葉、母がすぐに落とし主を探しに行くよう告げる言葉を表現し、張仁が母の言いつけを守る孝順な人物であることを印象づける。このように叙述は「講」と「宣」を交えて進行し、「講」は物語の叙述部分を表現し、「宣」は人物の言葉を表現する。

iv・末尾は「以此案看来、訛詐者好乎、忠厚者好乎。及其経官以断、反吃大虧、人何甘心訛詐乎。」（この案証から見ると、詐欺師がよいか、篤実者がよいか。官の審判を経て、大きな損を被れば、誰が甘んじて詐欺をはたらくであろうか。）と結ぶ。

2 『北東園筆録』

本書は清梁恭辰（福州の人、一八一四〜卒年不詳）の著作である。道光二十三年（一八四三）自序には、年少の頃から因果応報の記事を好んで採集し、多くの人々の目に触れて役立つことを願ってきたという。

惟総角時即喜閲因果諸書、……而因果諸書之益人匪浅也。自是随侍游学二十年、足跡幾遍天下、凡所遇有所為勧戒者、皆私記之。……庶幾伝観徧説、触目驚心、其可勧者足以感人、可戒者更足以警世。……道光癸卯冬至福州梁恭辰敬叔氏書。（ただ幼少時より因果の諸書を読むのを好み、……そして因果の諸書が人を益することは浅からぬものがある。これより随行して遊学すること二十年、足跡はほとんど全国に及び、凡そ勧戒する話に遭遇すれば皆ひそかに記した。……伝播させることで人を諭し、人に勧める話が感動させ、人を戒しめる話がさらに警醒することを期したのである。……道光癸卯冬至、福州の梁恭辰敬叔氏書す。）

『宣講宝銘』は多く記事を宣講体に改編しており、原文の字句も踏襲している。その概要は以下のごとくである。

1. 続篇巻五「鬼畏孝婦」（『宣講宝銘』巻一「鬼畏孝婦」）

蘇州城隍廟で、姑に孝行な嫁の寿命を延ばすよう東岳帝に申し上げるという鬼の話を徒弟が聴く。傍線部分は『宣講宝銘』が引用した部分である。

蘇州城隍廟、向有道士住持。乾隆間有袁守中者、杭州春圃方伯之族裔也。工詩詞、善小楷、其徒皆敬畏之。有某徒私出游山、半夜始帰、不敢叩院戸、即坐殿上仮寐。逾時、聞一鬼曰、「奉牒拘某婦、乃恋其病姑、念念固結、神不離舍、不能摂取、奈何。」一鬼答曰、「精誠固結以恋病姑、此孝婦也。与強魂捍拒者不同、不可率夜又去、宜稟請東岳帝議延其寿、慎勿孟浪。」語畢、似偕入内殿、去即寂然。其徒惶懼、急叩院戸而進。朱蕉圃曰、「世人未有不思延寿者。孰知孝之延寿、蓋有不求而自得者哉。」

『宣講宝銘』では中間に城隍が鬼に唐氏（嫁）の命を奪うよう命じる宣、唐氏が姑を捨てては死ねないと語る宣、姑が唐氏に死なれては生きていけないと語る宣、鬼が城隍に唐氏の孝心に免じて上帝に延命の嘆願をお願いする宣、上帝が孝行な唐氏を表彰し世人に訓戒を垂れる批文（宣）を挿入している。

2．四編巻四「不孝而吝」（『宣講宝銘』巻二「不孝而吝」）

河南房芝田為浙江仁和典史、東呉朱某時為布庫大使、同官為婚、朱子房女遂締姻焉。道光某年、房以監犯越獄鐫職、鬱鬱以亡、身後蕭然、妻子無以自存。時朱已引疾帰里、居洞庭山、家饒裕。房之妻以貧困携二子一女往投告急、并以力不能営婚嫁、送女於朱、聴其及期配偶。朱某之太翁憫之、嘱朱某取百金以贈。朱某尅減其大半、以四十金使其子貽之。其子即房壻也、又尅減二十、止与二十金。房夫人大失望、計資斧且不給、再嘱壻謀諸其父。父復以一券付之曰、「此揚州甘泉令某仮吾三百金之券、可持往索之。即以助汝、資斧之外有余蓄矣。」房妻不得已、取券而行、途中資竭、又以其幼子質於人、乃得至維揚。即命長子持券赴県、則県令并無負朱銀之事、以為無頼誆詐、怒加訶斥、呼吏役将縶縛之。駭奔告母、方知其券偽也。念已無生路、即自経死。其長子痛母、又無計処此、因以刀割指血書冤状寘於懐、亦自刎。逆旅主人報県。甘泉令験尸、見血書大驚、始悉其受紿惨害之故。即携血書至署、命吏叙稿備案、将移咨長洲査弁。吏方繕稿未竟、食頃、不見血書、疑他人取之。而査詢並無見者、群相驚訝、亦遂置之。逾旬伝聞洞庭山朱宅一事、即於吏録血書之日、某時方飯、霹靂一声、擲血書於前。即捧跪庭中、雷榍釘其両額。其子趨出、又釘其足、並撃死。蓋瞬息間神取血書、越数百里而去。報応之速、不終日而千里応之、可畏哉。此道光二十七年四月事。

3．四編巻二「雷撃負心」（『宣講宝銘』巻二「雷撃負心」）

泰州鄭姓者、其父工刀筆、積有貲。鄭世其業、性素乖張、無悪不作。私一婢、有孕。其妻知而責之、謂事既如此、只得納為妾。鄭不承、且辱打婢、並云其孕不知従何而来、遣之去。婢帰其家、為父母所詬、謂行此無恥事而仍為人所擯棄、何以為人。婢忿極、無以自容、遂自縊、而鄭自若也。其妻知婢之死、責夫昧良喪心、泣告曰、「吾此後尚能靠汝乎。」鄭厭其絮聒、以脚踢之、適中其腹、妻亦有孕、痛楚之下、亦自縊。其妻父在揚州、鄭以其女産亡報、岳家亦不之疑。一日、鄭到揚州経紀、隠為続弦計也、住新橋寺。是日午刻、大雷雨。鄭適在乗除、聞雷声、即面有戒色、忽霹靂一声而鄭死矣。時同在寺者、一売画、一小道士、均被震而蘇。此道光二十六年六月十三日事、余正随侍邗上、故知其詳如此。

4．初編巻二「騙賊巧還」（『宣講宝銘』巻二「騙賊巧還」）

家大人扈蹕沈陽、与無錫顧晴芬侍郎（皋）帳幄相接。公余時得晤談、侍郎述其郷数年前一故事、云、有華姓者、挟三百金将買貨淮海間。舟過丹陽、見岸上負重嚢一客呼搭船甚急。華憐之、令停船相待。舵工揺手曰、「此地匪人最多、免累為幸。」華固欲相待、舵工不得已、迎客宿於後艙。将抵丹徒、客負嚢出曰、「余為訪戚来、今已近戚家、可以行矣。」謝華去。頃之、華開箱取衣、則箱中三百金尽変瓦石、知為客偷換、懊恨無已。俄而天雨且寒、風又逆、舟不得進。華私念金已被窃、無買貨貲、不如帰家摒擋再作計。乃呼篙工返棹、許其直、仍如到淮之数。舟人従之、順風張帆而帰。過奔牛鎮、又見有人冒雨負行李淋漓立、招呼搭船。舵工視之、即窃銀客也、急伏艙内而令水手迎之。其人本不料此船仍回、天晩雨甚、急不及待、持行李先付水手、身躍入艙、見華在焉、大駭狂奔登岸、失足落水、衆以篙築之、遂沈。華発其行嚢、原銀三百宛然尚存、外有珍珠百十粒、価可数千金、而華従此富矣。

5．初編巻四「城隍顕霊」（『宣講宝銘』巻四「城隍顕霊」）

甫田県（福建）の王監生が隣家の張嫗の田圃を詐取するため登記簿を偽造して県令を買収し、騒ぐ張嫗を隣人に殺害させ、その子に罪を被せる。総督蘇昌が城隍廟で会審すると、子は城隍に冤罪を訴え、城隍が異変を起こしたので子の冤罪が明らかになる。

吾郡城隍廟、本屛山地、層累而上、形勢巍峨、香火最盛。余周歴各省、所見廟貌無此壮観也。少聞甫田県有王監生一案。王素豪横、見田隣張嫗田五畝、欲取成方、造偽契賄県令某、断為己有。張嫗無奈何、以田与之、而中心甚憤、日罵其門。王不能堪、買嘱隣人殴殺張嫗、召其子視之、即執以鳴官、誣為子殺其母。衆証確鑿、子不勝酷刑、遂誣伏。将請王命、登時凌遅矣。総督蘇昌聞而疑之、以為子縦不孝、殴母当在其家、不当在山野間、且通体鱗傷、子殴母必不至此、乃檄福州、泉州二知府会鞫於省中城隍廟。両知府各有成見、仍照前擬定罪。其子受綁、将出廟門、大呼曰、「城隍爺爺、我家奇冤極枉、而神全無霊響、何以享人間血食哉。」語畢、西廂突然傾倒。当事者猶以廟柱素朽、不甚介意。及牽出、最下一層廟門、則両泥塑皀隷忽移而前、以両梃夾叉之、人不能過。於是観者大譟、両知府亦悚然、重加研訊、始白其子冤、而王監生伏法。城隍之香火従此益盛、而頭門両皀隷前進香者亦不絶。此先祖資政公目撃其事、為家大人述之云。

『宣講宝銘』では同治三年（一八六四）の出来事とし、監生を王永富、総督蘇昌を総督大人とする。王監生が張嫗の田圃を詐取しようと謀る宣、収賄した県官が張嫗の登記簿を焼いて追放する宣、張嫗が県官を罵る宣、張嫗が王監生をその門前で罵る宣、県官が母親殺害で子を罵る宣、会審で判決が変わらず子が城隍に冤罪を訴える宣、子の冤罪が明らかになり総督が県官を叱る宣、総督が王監生を罵る宣、総督が犯罪に荷担した者に審判を下す宣を挿入している。

6・四編巻四「金陵曹氏」（『宣講宝銘』巻五「得恩必報」）

江寧の曹某が浙江で父を亡くして路頭に迷い、王某の支援で父の遺骸を運んで金陵に帰郷し、後に海賊に家財を略奪されて金陵に逃れて来た王某を支援して、両者は善報を授かるという美談。

江寧曹某、少年随父赴浙江、投親不遇、父没於途、曹流為乞丐、逢人痛哭、求給川資負父骸帰里。有王某者、見而憐之、給以青蚨四串。曹感之入骨、竟負父骸帰。如是者十年、嗣以貿易頗順利、積有余資、家已小康、而時時泣念王某恩、恨無由報答也。王、寧波人、値夷船陷城、家資全為所掠、携妻子踉蹌奔至金陵、行将乞食矣。与曹某恰遇諸途。曹大驚曰、「恩人何亦流落至是耶。」王告以故、曹即邀至其家。時已戒寒、易以冬衣、並為賃小屋以居、復割田二十畝俾営生焉。後曹某忽獲蔵鏹巨万、乃以分潤王某、王亦得自立、全家温飽、人両称之。

『宣講宝銘』では同治年間の出来事とし、金陵の曹浚が父に従って飢饉を避けて江寧に親戚を訪ねるが、父を亡くして王心善に救われる話とする。曹翁が曹浚に自ら臨終を告げる宣、曹浚が物乞いをする宣、王心善が曹浚に金を施す宣、曹浚が王心善に礼を述べる宣、曹浚が亡父に帰郷を誓う宣、曹浚が王心善の恩を思う宣、曹浚が王心善に遭って驚く宣、王心善が曹浚に事情を話す宣、曹浚と王心善が友情を確かめる宣を挿入している。

7．続編巻六「貧士収棄女」（『宣講宝銘』巻五「育嬰連捷」）

四明（浙江）の袁道済は貧乏で科挙の旅費として親戚友人から金を贈られるが、途中その金を捨て子の養育費として使用する。僧が道済に宿を貸すと、僧は寧波（浙江）城隍が文昌帝君に合格させるよう上奏する夢を見る。

四明袁道済、家貧乏貲、不赴秋闈。七月望前、猶在家。有戚友贈以三金、勧之往、乃行。路遇一棄嬰、莫肯収養、啼飢垂斃。袁惻然、即以三金託豆腐店夫婦善撫之。至省、同郷友憎其貧、不納。独旧識一僧、勉強留之。僧夜夢各府城隍斉集、以郷試冊呈文昌帝君、内有被黜者、尚須査補。寧波城隍稟曰、「袁生救人心切、是可中。」帝君命召至、見其寒陋、曰、「此子貌寝奈何。」城隍稟曰、「易耳。可以判官鬚貸之。」僧寤、駭甚。次早、正欲告袁、及相晤、見其向本無鬚、一夕間忽両腮萌動、笑吃吃不止。袁問故、僧具言之、与袁所夢合、互相驚嘆。後榜発、果中式。

『宣講宝銘』では本朝咸豊年間の出来事とし、袁道済が妻張氏に貧乏で科挙が受験できないことを語る宣、道済が友人の支援に感謝する宣、道済が捨て子を見て悲しむ宣、道済が子の無い豆腐屋に捨て子を託す宣、道済が省城で困惑する宣、文昌帝君が娘の溺死を唆した莫譚に悪報を与え、道済を及第させる判決（宣）、帝君が道済に鬚を生やさせる宣、道済が帰宅して張氏に報告する宣を挿入する。

8．三編巻四「忍辱解冤」（『宣講宝銘』巻五「忍辱解冤」）

呉中閶門の徐受天は肥担ぎにぶつかって衣服を汚されても我慢するが、肥担ぎは家まで追いかけて来て宿世の仇敵だと言い、死んだので手厚く葬り家族を支援してほしいと頼む。徐はその子に資金を与えて母を養わせ、宿怨を絶つ。

徐受天、呉中閶門人、嘗於市上遇担糞者、傾汚満身。徐念担糞窮民、諒不能賠其衣履、含忍欲走、担糞者反誣其撞翻、揮拳大罵。掙脱而竄、猶追逐里許。衆為之不平。徐狼狽至家、更衣浣体、妻孥怨悵、以為不祥、徐亦怏怏、無如之何。至半夜、忽聞叩戸声甚急、啓視之、則担糞者洶洶而前、囁嚅不語。徐訝曰、「吾不責汝賠衣履、向我罵、我忍而避之、亦可已矣。奈何又夤夜而来。」答曰、「吾与君有宿世仇、日間以君相避、我恨已消、今我已死、我家貧、無棺以殮、君能殯我、請即解此仇。若得更恤我妻子、且当報徳矣。」言罷大哭、灯光惨碧、相対寒凛。徐已戦栗、聞其為鬼、益懼。因曰、「当如汝言。」担糞者遂告其姓名里址、大嘯而去。徐次日往訪、果如其語、遂厚殮之、并貽其子十金、営小貿販以贍母。嘗以此事告人曰、「苟逞一時之忿、不忍辱遠避、則担糞者死於吾手、吾已繯首市曹矣。」

『宣講宝銘』では光緒五年三月の出来事とし、肥担ぎが受天を罵る宣、受天が肥担ぎに謝罪する宣、受天が家族に事情を説明する宣、受天が肥担ぎになぜ家まで来たか尋ねる宣、亡霊が家族のことを託す宣、受天が亡霊に約束する宣、亡霊が受天に感謝する宣を挿入する。

9・三編巻二「貧女報恩」（『宣講宝銘』巻五「貧女報恩」）

貧家の娘が嫁ぐ途中で遇った富家の娘から金二十両を施され、その金で嫁ぎ先の家を栄えさせ、後に恩返しをする。

凡人煙輻輳之区、遇吉日、嫁娶恒十余起。一日、両家倶嫁女、一巨富、一極貧。至中途相値、雨甚至、舁者各以綵輿置郵亭中、四散為避雨計。貧女於輿中哭甚哀、久之、富家女亦心動、遣媵婢問之、曰、「女子適人、離父母遠兄弟、誠大苦、然何至傷慟乃爾。」貧女曰、「我母家故窮、所適又乞人子、明日即不知何若、以是悲。」富家女為之惻然。俗於嫁娘両袖中必置墜重物、謂之圧袖。富家女袖貯荷嚢二、各緘金錠一、約重二十余両。乃出、使婢納諸貧女之懐、語以萍水相逢、無可為贈、持此謀饘粥、或不致遽凍餒、貧女受之。正欲問姓名、適雨霽、輿夫坌集、両両分路。貧女嫁後、出所贈金、俾其夫権子母、逐什一之利、遂臻饒裕、乃行大賈、家驟起、広市田園。然所置産、田必両荘、屋必両所、本資与所獲利必相埒、衆莫解其意之所在。性好施予、一郷称善人。顧艱于嗣息、逾十載始生男、視若掌珠、択乳媼哺之。媼来時、諸婢僕指示屋後楼三楹、云、「毎清晨、主母盥洗畢、即捧香屏従人詣其上、汝慎勿登、違則必不恕也。」問何故。衆言、「我輩来此有十余年者、皆不知、但謹守条約而已。」媼所哺子、漸能行走、忽攀躋欲上、媼阻之、則号跳、不得已、従之登入、其中則空洞無物、惟設香案、南向一龕、障以幕。媼掲視久之、不覚失声哭。衆聞声、告主母、争訊之、媼伏罪、言、「小郎欲登、恐其蹉跌、匆促間不及細思、致干犯。応如何示罰、惟主命。」問何為哭、媼又揮涕曰、「適見其中所懸荷嚢、与我嫁時圧袖者相似。是日行至途中、並所貯金贈一嫁娘、爾時母家夫家皆極盛、初不介意、亦不知其可貴也。不図今日落魄至此。」語罷復泣。諸婢喝之止。主問、「汝嫁為何時。」媼以某年月日対。問、「是日遇雨否。」媼曰、「不雨、則我之荷嚢固在也。」主聞而默然、亦不之罪、但尋其夫来。媼以為将遣己也、益悲不自勝。次日、主家張灯彩、召梨園、若将宴貴客者、并召其族人皆至。届時、堂中排二席、設両坐、旁列二几、堆簿籍高尺許。媼之夫在外廂、命四僕引入、四婦自室中擁媼出、令各按二人上坐、勿使動。主人、主母倒身下拝、拝已、起而言曰、「曩蒙贈金者、乃我賤夫婦。非媼、無以有今日。蔵庋荷嚢、示不忘也。日日頂礼、冀相遇也。財分為二、不敢専利也。今幸天仮之縁、不致負恩没世。此田産簿二分、願存其一而以一帰翁媼。」並示族人、不得有異説。翁媼慌遽、惟同声連称不敢不敢而已。主乃促坐定、奉酒巵、筵開楽作。至二鼓、挑灯送帰所居之東院宿、凡几案衾榻、与主居無少異。翁媼本富家出身、亦安之若固有。媼初生女、寄養他人而身出為傭、至是迎帰、後長成、遂以字其所乳子。両家世為婚姻、如朱陳村焉。世或疑翁媼坐享其成、幾于倖獲、不知皆其贈金時惻隠之一念所感召也。而貧女暴富即矢図報心、宜天之陰相之矣。造物豈妄予人以福沢哉。

『宣講宝銘』では、貧家の娘が乞食の男に嫁ぐため泣く宣、貧家の娘が富家の娘から贈られた金を資金に商売を始めるよう夫に提言する宣、乳母が自分の荷嚢が奉祀されているのを見て泣く宣、女主人が乳母に夫を連れてくるよう告げる宣、女主人が乳母から昔受けた恩に感謝する宣、乳母が事実を知って女主人に感謝する宣、女主人が乳母に親戚になろうと提案する宣を挿入する。

10．四編巻四「汪李氏」（『宣講宝銘』巻五「李氏節孝」）

温州の汪李氏は貧家の娘で、道光四年に夫が死ぬが、舅を養うため未亡人になり、舅の子を育てる。

温州汪李氏、本貧女。道光四年其夫没時、年二十四歳、家復赤貧、将以身殉。或語之曰、「爾有翁在、年已六十三、爾若死、則老人更無所恃矣。」氏為之憬然、遂勉称未亡人。易釵釧為翁置妾、逾年得一子、翁旋没而妾亦去。氏曰、「此時我真不得死矣。」即撫翁之子、而力不能僱乳媼、氏本未生育、忽乳汁長流、子日以長成。一日、有虎入其室、氏抱子長号待斃。忽火光一道入室、虎即貼耳去。今此婦年四十歳、翁之子亦已十六歳、状貌歧嶷、送入鄰塾読書、能冠其曹、偶聞不日可赴童子試。或曰、「其翁以貧故葬乱塚中、実霊穴也、後必有興者。」或曰、「此事於翁則孝、於夫則節、於翁之子則慈、一婦人而三善備焉。雖入之古『列女伝』、無愧也。不興何待時。」有名流贈之詩者曰、「虎至無能擾、牛眠不待求。孝慈完大節、壷範足千秋。」大筆闡揚、已足不朽矣。

『宣講宝銘』では、夫慶昌の臨終の宣、李氏と舅宝年が嘆く宣、李氏が宝年に妾を買うことを提案する宣、宝年が李氏に委任する宣、李氏が宝年の快復と妾の出産を天に祈る宣、宝年の臨終の宣、李氏が嬰児に与える母乳が無いのを嘆く宣、李氏が虎に襲われて救助を求める宣を挿入する。

11・初編巻四「貞女明冤」（『宣講宝銘』巻六「貞女明冤」）

乾隆辛亥年の春、京師で轎の中で死んだ老人の死体が消える事件が起き、里甲が別の死体を充当しようとすると、女性の死体であった。実は妻が元夫と共謀して娘を殺害していた。老人は実は生きており、後に出現する。

乾隆辛亥春、京師徳勝門外一老人僱車往南城、未至而死。御者赴官報験、日暮未及検、命里甲二人守之、更深冷甚、守者各覓火向煖、既帰、屍烏有矣。懼罪、計無所出、有黠者曰、「吾見僻処厝一棺、已被挖、可偸其屍代之。」遂往発焉。黒夜間不復審視、匆遽将屍覆置験所。明日、官来検験、則女尸也、項有扼痕。共相駭愕、厳鞫守者、迫於刑、遂吐実。亟拘屍主至、厳訊之、蓋西人某姓女。其父娶一後婦、婦本有夫、以貧故、偽為兄妹而売之以度生。某貪其色、娶焉、前夫以親故、時相往来。某業賈、毎出必竟日、或越夕不返、其前夫得以交好如初。久之、為女所窺、懼発其私、謀並汚之。与女婉商不允、至夜、強劫之。女号詈百端、婦計無所施、適其父以索逋赴通州、須十日方帰、遂共扼殺以滅口。比某帰、紿以暴病死、亦弗究也。至是、鞫得其情、以二人抵罪。顧老人之屍烏有也、遍索弗獲、姑繫車夫与里甲以待。忽一日、有老人言於官曰、「前日所失之屍即吾也。吾夙有痰疾、冷則発、発則如死。至中夜醒、見黒暗無人、意御者棄我而去耳、暗中尋路自返、孰意興此大獄哉。」官出車夫及里甲験之、確、並釈之、案乃結。噫。此天之不欲淫凶漏網、抑貞魂烈魄仮手於人以自明其寃歟。

『宣講宝銘』では、趙老人が轎を頼む宣、轎屋が死んだ老人を見て捨てようと考える宣、地保が発見して轎屋とともに官署に行く宣、見張りの更夫（夜回り）が死体の消失に戸惑う宣、官が女子の死体を見て地保を罵る宣、官が更夫に真実を問いただす宣、更夫が真実を白状する宣、秦潤田が娘の死体を見て泣く宣、官が高氏と周三慶に犯行を問いただす宣、官が高周二人に審判を下す宣を挿入する。

3　『聊斎志異』

本書は清山東省淄川県の蒲松齢（一六四〇～一七一五）の作品で、中に因果応報故事を多く収録しており、『宣講宝銘』は以下の故事を宣講体に改編しており、その際にも原文の字句を踏襲している。

1．「二商」（『宣講宝銘』巻二「聴信妻言」）

莒人商姓者、兄富而弟貧、鄰垣而居。康熙間、歳大凶、弟朝夕不自給。一日、日向午、尚未挙火、枵腹蹀踱、無以為計。妻令往告兄、商曰、「無益。脱兄憐我貧也、当早有以処此矣。」妻固強之、商便使其子往、少頃空手而返。商曰、「何如哉。」妻詳問阿伯云何。子曰、「伯躊躕目視伯母、伯母告我曰、『兄弟析居、有飯各食、誰復能相顧也。』」夫妻無言、暫以残盎敗榻、少易糠秕而生。里中三四悪少、窺大商饒足、夜逾垣入。夫妻警寤、鳴盥器而号。鄰人共嫉之、無援者。不得已、疾呼二商。商聞嫂鳴、欲趨救。妻止之、大声対嫂曰、「兄弟析居、有禍各受、誰復能相顧也。」俄盗破扉、執大商及婦炮烙之、呼声綦惨。二商曰、「彼固無情、焉有坐視兄死而不救者。」率子越垣、大声疾呼。二商父子故武勇、人所畏懼、又恐驚致他援、盗乃去。視兄嫂、両股焦灼、扶榻上、招集婢僕、乃帰。大商雖被創、而金帛無所亡失。謂妻曰、「今所遺留、悉出弟賜、宜分給之。」妻曰、「汝有好兄弟、不受此苦矣。」

商乃不言。二商家絶食、謂兄必有以報、久之、寂不聞。婦不能待、使子捉嚢往従貸、得斗粟而返。婦怒其少、欲反之、二商止之。逾両月、貧餒愈不可支。二商曰、「今無術可以謀生、不如鬻宅於兄。兄恐我他去、或不受券而恤焉、未可知。縦或不然、得十余金、亦可存活。」妻以為然、遣子操券詣大商。大商告之婦、且曰、「弟即不仁、我手足也。彼去則我孤立、不如反其券而周之。」妻曰、「不然。彼言去、挟我也。果爾、則適堕其謀。世間無兄弟者、便都死却耶。我高葺墻垣、亦足自固。不如受其券、従所適、亦可以広吾宅。」計定、令二商押署券尾、付直而去。二商於是徙居鄰村。郷中不逞之徒、聞二商去、又攻之。復執大商、搒楚並兼、梏毒惨至、所有金貲、悉以贖命。盗臨去、開廩呼村中貧者、恣所取、頃刻都尽。次日、二商始聞、及奔視、則兄已昏憒不能語、開目見弟、但以手抓床席而已。少頃遂死。二商忿訴邑宰。盗首逃竄、莫可緝獲。盗粟者百余人、皆里中貧民、州守亦莫如何。大商遺幼子、纔五歳、家既貧、往往自投叔所、数日不帰、送之帰、則啼不止。二商婦頗不加青眼。二商曰、「渠父不義、其子何罪。」因市蒸餅数枚、自送之。過数日、又避妻子、陰負斗粟於嫂、使養児。如此以為常。又数年、大商売其田宅、母得直、足自給、二商乃不復至。後歳大饑、道殣相望、二商食指益繁、不能他顧。姪年十五、荏弱不能操業、使携籃従兄貨胡餅。一夜、夢兄至、顔色惨戚曰、「余惑於婦言、遂失手足之義。弟不念前嫌、増我汗羞。所売故宅、今尚空閒、宜僦居之。屋後篷顆下、蔵有窖金、発之、可以小阜。使醜児相従、長舌婦余甚恨之、勿顧也。」既醒、異之。以重直啗第主、始得就、果発得五百金。従此棄賤業、使兄弟設肆廛間。姪頗慧、記算無訛、又誠愨、凡出入、一錙銖必告。二商益愛之。一日、泣為母請粟。商妻欲勿与。二商念其孝、按月廩給之。数年家益富。大商婦病死、二商亦老、乃析姪、家貲割半与之。

2・「庚娘」（『宣講宝銘』巻三「全節復仇」）

中州の金大用は戦乱で逃亡中に広陵の王十八という少年を船に乗せ、家族は川に突き落とされ、王の妻も抗議して川に突き落とされる。金の妻庚娘は金陵の王家まで同行し、王を殺害して自害するが蘇生し、金も富民尹翁に救われて父母の遺体を葬り、庚娘と再会して、王の妻唐氏を妾とする。（原文省略）

『宣講宝銘』では、庚娘が大用に少年が危険であることを警告し、大用が庚娘に心配は無用だと説く宣、大用が救われて伊翁に事情を語る宣、大用が父母の溺死を知って泣く宣、唐氏が大用に妾にしてほしいと懇願するが、大用が仇敵とは結婚できないと拒絶し、伊翁が大用に娶るよう説得する宣、唐氏が大用に復讐せず官に訴えるよう勧める宣、大用と庚娘が再会して喜ぶ宣を挿入する。

3．「陳錫九」（『宣講宝銘』巻三「嫌貧離婚」）

山西邳邑の陳子言は科挙に落第して遊学したため、周翁は長女をその子錫九に嫁がせたことを後悔して娘に離婚を勧めるが、周女は錫九に嫁いで貧窮に耐える。周翁は下女に陳母を罵らせて娘を強奪し、錫九に離縁状を書かせる。陳母は子言の死を知って絶命し、錫九は西安で太行総監となった亡父に遭ってその遺骸とともに帰郷する。周翁は娘に再婚を迫り、娘が絶食して息が絶える寸前に陳家に送りつける。周女は一旦絶命するが錫九の亡父母が蘇生させる。周翁は錫九を盗賊だと誣告するが、子言の学生であった郡太守の裁きで釈放される。後に周家に強盗が入って大金を盗むが、盗まれた錫九の驢馬がその大金を陳家に運ぶ。周翁は刑罰の傷が癒えずに死ぬ。（原文省略）

『宣講宝銘』では、周翁が長女に離婚を勧め、長女が反論する宣、陳母が周女をねぎらう宣、錫九が周家の下女を罵る宣、陳母が錫九に臨終を告げる宣、錫九が西安で亡父の遺骨を捜す誓いを立てる宣、錫九が亡父と対話する宣、従兄十九が周翁の非道を罵る宣、周翁が長女を錫九に殺されたと誣告する宣、錫九が官に周翁の非道を訴える宣、二吏が錫九を逮捕すると告げる宣、錫九が自分は盗賊ではないと弁明する宣、周母が娘に周翁が投獄されたと告げる宣、錫九が周氏に周翁の薄謝は受けないと語る宣、周翁が地獄の苦しみを和らげるよう錫九の父に頼んでほしいと娘に語る宣を挿入する。

4・「菱角」(『宣講宝銘』巻四「信仏福報」)

楚の胡大成は崔爾誠を仲人として観音祠の西に住む焦画工のむすめ菱角を娶り、伯母の葬儀で湖北に赴くが、伯父も死に、賊が湖南を占拠したため帰郷できず、母に似た老婆が身売りするのを見て引き取って養う。大成は老婆に勧められるまま妻を娶ると、新婦は菱角であり、周家の輿に乗って来たと告げる。母も大成のもとへ運ばれる。大成は老婆が観音の化身であったと悟る。(原文省略)

『宣講宝銘』では、胡母が崔爾誠に仲人を依頼する宣、爾誠が焦画工と婚姻のことを話す宣、爾誠が胡母と婚姻のことを話す宣、老婆が村民に身売りして母になると提案する宣、大成が老婆に母としたいと申し出る宣、大成が老母に妻と母がいることを話す宣、新婦が夫は胡大成だけだと告げる宣、胡母が大成を思って泣く宣、胡母が大成と菱角に再会できたことを観音に感謝する宣を挿入する。

4 『夜雨秋灯録』

清宣鼎(一八三二~一八八〇)撰。宣鼎は天長県の生まれで、幼時から因果応報故事に親しんでいた。『夜雨秋灯録』(一八七七)、『続録』(一八八〇)はその代表作である。『筆記小説大観』本(一八九七、上海進歩書局)は三集各四巻。

1・巻一「王大姑」(『宣講宝銘』巻三「節烈異常」)

嶧陽台児庄の王大姑は聡明で、大金があると言って盗賊を欺き、村民を逃がした後に自害する。

嶧陽西南、隣豊沛諸境、台児荘当其沖。荘有巨族王氏、所居比櫛。王叟某、老夫婦生子女各一。子名懋修、癝膳生、常遠就皋比、坐博菽水、攻挙業。女名大姑、貌楚楚、性敏慧、幼読曹娥龐娥諸列伝、未嘗不掩巻而泣也。適某生、素患瘵、結縭甫半年、女三割臂上肉、不能救其死、思以身殉、又恐傷親心。……女含笑下車、襝衽而前曰、「大王無怒、若皆農家子、非善于語言者。我即彼族司管鑰人也。黄白豈無、窖蔵誠有。彼大樹葱籠、廬舎翳如者、是所居耳。如従我往、一一指示、十万金咄嗟弁。否則駢死荒郊、于大王毫無裨益。」捻大喜、賞其慧美、信其懇篤、乃舎衆而随女以行。女慨然導、略反顧、以目示衆、令遁、衆始免脱焉。

『宣講宝銘』では、夫劉道敏の臨終の宣、大姑が夫の死を悲しむ宣、兄王懋修が大姑を慰める宣、大姑が実家の父母に会って泣く宣、盗賊が王家に金品を要求する宣、大姑が盗賊に大金があると告げる宣、大姑が盗賊に待つよう告げる宣、盗賊が大姑の賢明さをたたえる宣、父母が大姑の死体を見て泣く宣、懋修が大姑の死体を見て泣く宣、昇天した大姑が父母に別れを告げる宣を挿入する。

5　『想当然耳』八巻

清鄒鐘（一八三三～一八九〇）撰。同治六年（一八六七）、北京聚珍堂活字印本。『夜雨秋灯録』『斯陶説林』等の文言小説集の創作に影響を与えた(13)。巻五「王蜮」は『宣講宝銘』巻六「毀謗顕報」の取材源。

『宣講宝銘』では、朱寡婦が王蜮を罵る宣、王蜮が噛みついた犬を罵る宣、閻魔が王蜮を罵る宣、朱寡婦と李家女が王蜮を罵る宣、閻魔が王蜮に地獄の責め苦を受けさせる宣、王蜮が地獄の夢を顧みる宣、王蜮が家僕李二と姦通して出産し、嫁ぎ先の劉家から追い出された自分の娘を問いただす宣、王蜮が妻に臨終を告げる宣を挿入する。

六　結び

筆者は吉林図書館所蔵「宝巻六種」、民国刊本、民国石印本六巻を収集し、これを分析した結果、以下のような結論を出すことができた。

1．吉林図書館所蔵「宝巻六種」は宝巻ではなく宣講書であり、『宣講宝銘』巻二を書写したものである。

2．『宣講宝銘』は山東聊城の教師王新銘が編纂し、当地の善成堂が出版した宣講書である。

3．『宣講宝銘』の編者王新銘は民間故事を現地で採集したのではなく、『清稗類鈔』『北東園筆録』『聊斎志異』『夜雨秋灯録』などの民間故事集に取材してそれらを説唱宣講の形態に改編した。

4．収録した「訛詐吃虧」が民国六年に刊行された『清稗類鈔』所収の故事に取材していることから、あるいは『宣講宝銘』は民国年間の刊行物であり、それを書写した「宝巻六種」も「清抄本」ではなく「民国抄本」の可能性がある。

5．『宣講宝銘』は山東聊城の民衆に語られた作品であり、山東方言の特徴は見られないが、華北方言を使用しており、『宣講集要』などの宣講書に使用された西南官話の語彙は見られない。

注

（1）阿部泰記「山東の宣講書『宣講宝銘』残巻について」（二〇一四、山口大学文学会志六十二巻）。

（2）二〇〇三年十二月、瀋陽、遼海出版社。集部戯曲類宝巻之属、三五〇八頁。

（3）正しくは「騙賊巧還」。

（4）民間宣講（善書）和清及近現代民間宣巻（宝巻），在内容和形式上的相似之処為：⑴它們都以〝勧善〟為宗旨，許多故事両者都改編演唱，⑵形式上都是説説唱唱，唱詞為〝詩賛体〟（七言和十言句式）。因此、単従民間宝巻和宣講善書的文本，一般研究者看不出它們之間的差別。当代有人将此類宣講善書文本編入宝巻目録。如《東北地区古籍線装聯合目録》〝集部戯曲類宝巻之属〟，収〝宝巻六種、清抄本〟，子目為《不孝而吝》、《聴信妻言》、《訛詐喫虧》、《害人害己》、《雷撃負心》、《騙賊巧報》，遼海出版社二〇〇三年版，第三五〇六頁」。車錫倫「読清末蔣玉真編《醒心宝巻》―兼談〝宣講〟（聖諭、善書）与〝宣巻〟（宝巻）」（文学遺産、二〇一〇年二期）。

（5）正しくは「殺子顕報」。

（6）正しくは「騙賊巧還」。

（7）http://www.infobase.gov.cn/、山東省地方史志弁公室主弁。「山東省情資料庫」第一巻「書刊出版」第一類「図書出版」第一輯「出版機構」1清朝出版機構「書業徳　公茂画店　善成堂　有益堂　三益堂」。

（8）帙入六冊。帙表紙「善悪到頭終有報・不過来早与来遅／宣講宝銘／上海大成書局印」。封面「大字足本／民国十三年夏月精校宣講宝銘／上海大成書局発行」。

（9）現存の残本では、巻三は「全節復仇」一葉・六葉、巻四「神仏現化」三葉、「信仏福報」十一葉、「為善益篤」三十六葉を見ることができる。これらは石印本の目録と一致する。

（10）『宣講宝銘』巻四「為善益徳」「神仏現化」「信仏福報」の原拠とした故事は不詳である。なお呉雲濤『聊城刻書出版業簡史』（聊城文化史料集刊之三、一九七七、中共聊城県委員会辧公室檔案組編印）、四「地方性的私人纂述」（三）両部『宣講』には、王新銘が『聊斎志異』「仇大娘」「張誠」「大男」「菱角」等に取材して、聊城の誠善堂から刊行したこと、別に光緒初年に善成堂から六巻を刊行したこと、全部で一百余篇であったことを述べる。『宣講宝銘』は全六巻だったと思われる。唐桂艶（山東省図書館研究員）「清代山東刻書史（一）」（山東大学二〇一一年博士論文）第四章「清後期（同治至宣統）山東刻書」第三節一「東昌府刻書」（二）坊刻、二、善成堂、一〇五九頁参照。

（11）『漢書』巻三十「芸文志」小説家「小説家者流、蓋出於稗官」に、「如淳曰、……王者欲知閭巷風俗、故立稗官使称説之」と言う。

（12）冒頭に主題の説明を設けることは第一篇「不孝而吝」を除いたほかの四篇に共通する。

（13）張振国「晩清江西文言小説集二種叙考」（二〇〇九、江西教育学院綜合第三十巻第六期）、同氏『晩清民国志怪伝奇小説集研究』（二〇一一、鳳凰出版社）第三章第二節「江西鄒鐘《想当然耳》与李煕齢《冰鑒斎見聞録》」参照。

第四節　湖北の『勧善録』残巻

一　はじめに

上海図書館古籍目録には「清孔継品『勧善雑録』」と題する善書を蔵しており、第一巻十一篇の故事を収録しているが、筆者が考察するに、この書の書名は『勧善雑録』ではなく『勧善録』と訂正すべきである。また孔継品は編者ではなく刊行に出資した人物の一人に過ぎない。『勧善録』は完本ではなく、上海図書館蔵本（存巻一）の他に、孔夫子旧書網出品本（存巻一、巻三）、及び個人所蔵の複写本（存巻四）があり、これらの残本を総合すると、現存するテキストは三巻三十七篇となる。本書は湖北で編集され刊行された宣講書であり、収録された故事の文体を検証すると、代言体と叙事体の歌唱を巧みに使用して感動的な物語を展開している。本節では異なる所蔵者のもとにある各巻を照合して全体の概要を確認し、その特徴について考察してみたい。

二　残巻の全容

『勧善録』は巻一、巻三、巻四の三巻が現存しており、各巻の所蔵者と収録する内訳は以下のようになる。

1 巻一

i．上海図書館蔵『勧善雑録』

上海図書館古籍目録には「清孔継品『勧善雑録』」と題する残本を蔵しており(1)、第一巻十一篇の故事を収録しているが、全体の巻数と故事数は不詳である。版心には故事名だけを記して、巻数を明記していないものが多い。ただ「変牛償債」「大士救難」だけは版心に書名（『勧善録』）、巻数、葉数を記しており、葉数が通しであることから、本書は『勧善雑録』ではなく『勧善録』だと称すべきである。

また本書は義捐によって出版された善書であり、「宣講解冤」「施公奇案」には「孔継品敬刊」、「司命顕化」には「当邑弟子陶徳宣敬刊」と刻している。言うまでもなく孔継品と陶徳宣は出版費を支援した信徒であり、従って上海図書館古籍目録のように孔継品をもって本書の編者とすることはできない。また当邑は当陽を指し、湖北省に属する県であり、この故事が当陽県で刊行されたことがわかる。

版式は半葉九行、行二十字であるが、「淫悪巧報」「欺貧賭眼」「善全孝友」の一部は半葉八行、行二十字で、全体の版式は不統一である。

今、所収の作品名と版心の巻数・葉数表記を記すと、「守財奴」上巻・下巻（存第十二～二十五葉）、「宣講解冤」（第二十六～二十九葉）、「施公奇案」（第三十～三十五葉）、「溺女現報」（第三十五葉）、「変牛償債」（巻一、第三十六～三十八）、「淫悪巧報」（第三十八～四十七葉）、「大士救難」（巻一、第四十七～五十二葉）、「味心急報」（第五十二～五十六葉）、「欺貧賭眼」（第五十六～六十葉）、「善全孝友」（存第六十葉）、「司命顕化」（存二葉、破損）の十一篇となる。

ii．刻本『勧善録』巻一

表紙には表題『勧善録』及び販売店「禧元記」が墨書されている。封面は「光緒十九年（一八九三）重刊／勧善録張接港両儀堂蔵板」。版式は半葉九行、行二十字で、上海図書館蔵本と同版である。「張接港」は荊州府荊門県に位置する一港湾であり[2]、本書が湖北で刊行されたことを知る【図1】。

冒頭の「趙大真君敍」は民間の善堂が祭る神明が述べた序文であり、聖諭宣講の故事が実話を採集したもので、模範的な人間となる手本として学ぶべきこと、歌唱形式によって雅俗ともに楽しめることを述べている。

嘆時殊勢異、顚倒錯乱。如此其極、惟有安天命、惟有講聖諭。至於彰善癉悪、豈可拘泥。況所集之案、均皆実迹、可以作人榜様、何妨講習。莫言粗俗不雅。歌詞大有関係、須知雅俗共賞。……（時勢は異常で、顚倒錯乱している。このように極端であれば、天命に安んじるしかなく、聖諭を講じるしかない。善を褒め悪を憎むことなどに、どうして拘泥できよう。まして編集した案証は、すべて事実であり、人の模範として、講習してかまわない。俗っぽくて優雅でないと言われるな。歌詞は大いに効果があり、雅俗が共に味わえるのである。……）

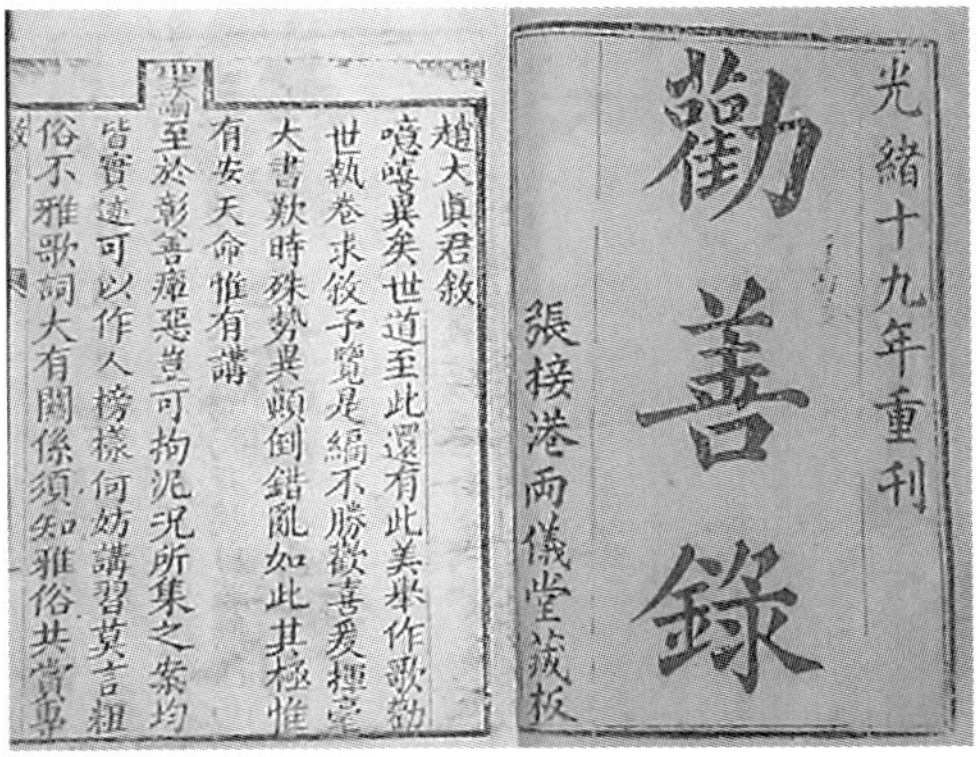
光緒十九年重刊
勸善録
張接港両儀堂蔵板

趙大眞君敍
噫嘻異矣世道至此還有此美舉作歌勸
世執卷求敍予覽是編不勝欣喜爰揮毫
大書歎時殊勢異顚倒錯亂如此其極惟
有安天命惟有講
聖諭至於彰善癉惡豈可拘泥況所集之案均
皆實迹可以作人榜樣何妨講習莫言粗
俗不雅歌詞大有關係須知雅俗共賞事

【図1】　光緒十九年刊本『勸善録』

続く「首巻目録」には、序（「趙大真君敍」）、郭崙岫敍、および「誠孝格天」「孝婦逐疫」「逆子遭譴」「守財奴」「宣講解冤」「施公奇案」「溺女現報」「司命顕化」[3]「変牛償債」「淫悪巧報」「大士救難」「味心急報」「欺貧賭眼」「善全孝友」十四篇を掲載しており、上海図書館蔵本の「守財奴」の故事の前に、「誠孝格天」「孝婦逐疫」「逆子遭譴」三篇を収録していたことが知られる。この三篇は湖北当陽県の曽得宗の義捐によって刊行された故事である。

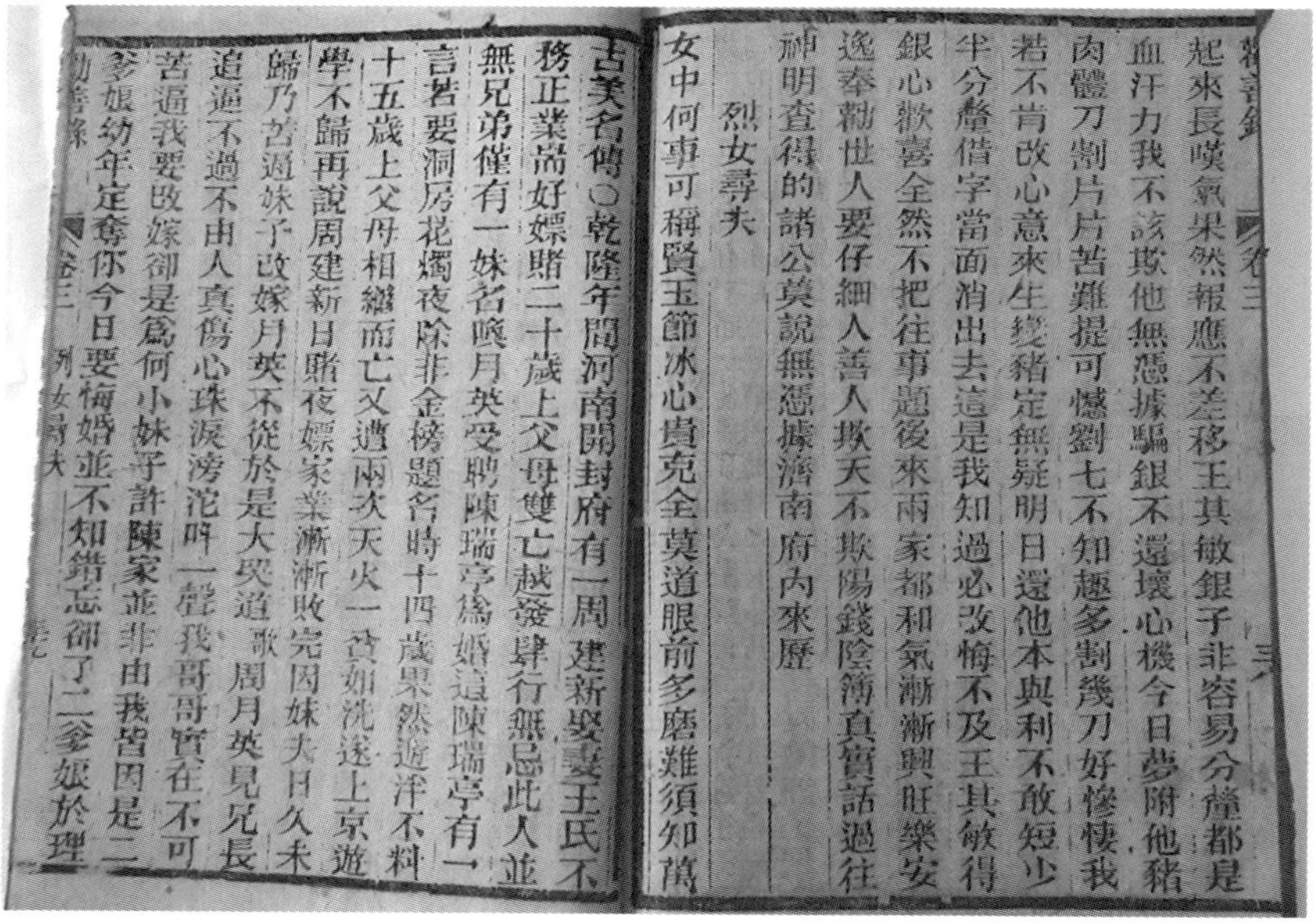
勸善録　卷三

起來長嘆氣果然報應不差移王其敏銀子非容易分釐都是血汗力我不該欺他無憑據騙銀不還壞心機今日夢附他豬肉體刀割片片苦難提可憐劉七不知趣多割幾刀好慘悽我若不肯改心意來生變豬定無疑明日還他本與利不敢短少半分釐借字當面消出去這是我知過必改悔不及王其敏得銀心歡喜全然不把往事題後來兩家都和氣漸漸興旺樂安逸奉勸世人要仔細人善人欺天不欺陽錢陰債真實話過往神明查得的諸公莫說無憑據濟南府內來歷

烈女尋夫

女中何事可稱賢玉節冰心貴克全莫道眼前多磨難須知萬古美名傳○乾隆年間河南開封府有一周建新娶妻王氏不務正業尚好嫖賭二十歲上父母雙亡越發肆行無忌此人並無兄弟僅有一妹名喚月英受聘陳瑞亭為婚這陳瑞亭有一言若要洞房花燭夜除非金榜題名時十四歲果然遊泮不料十五歲上父母相繼而亡又遭兩次天火一貧如洗遂上京遊學不歸再說周建新日賭夜嫖家業漸漸敗完因妹夫日久未歸乃苦逼妹子改嫁月英不從於是大哭道　歌　周月英見兄長追逼不過不由人真傷心珠淚滂沱叫一聲我哥哥實在不可苦逼我要改嫁卻是為何小妹子許陳家並非由我皆因是二爹娘幼年定奪你今日要悔婚並不知錯忘卻了二爹娘於理

勸善録　卷三　烈女尋夫

【図2】　刻本『勧善録』巻三

2　巻三

i・刻本『勧善録』巻三

半葉十行、行二十四字。案証「江生遊冥」(存第一葉裏)、「鴨還銭」(第一葉裏~二葉表)、「猪償債」(第二葉表~二葉裏)、「孝逆速報」(第二葉裏~七葉表)、「焚書減寿」(第七葉表~十一葉裏)、「竈王救劫」(第十一葉裏~十四葉裏)、「継母不賢」(第十四葉裏~二十葉裏)、「溺女惨報」(第二十葉裏~二十二葉裏)、「木匠做官」(第二十二葉裏~二十九葉裏)、「救女獲福」(第三十葉表~三十三葉表)、「活変猪」(第三十三葉表~三十六葉表)、「夢変猪」(第三十六葉表~三十八葉裏)、「烈女尋夫」(第三十八葉裏~四十三葉裏)、「陰隲得妻」(第四十四葉裏~五十一葉表)十四篇を収録する【図2】。

ii・写本『勧善録』巻三

半葉八行、行二十字。原版の版式を模写したものと思われる。「勧善録三巻目録」によれば、「江生遊冥」「鴨還銭」「猪償債」「孝逆速報」「焚書減寿」「竈王救劫」「継母不賢」「溺女惨報」「木匠做官」「救女獲福」

「活変猪」「夢変猪」（五十三〜五十七葉）、「烈女尋夫」（五十七〜六十四葉）、「陰隲得妻」十四篇を収録する。そのうち「江生遊冥」（荊門）、「鴨還銭」（馬家湖）、「孝逆速報」（沔陽、蘄州）、「焚書減寿」（沙市）、「継母不賢」（漢陽）五篇が湖北の故事である【図3】。

iii・李洪源複写本

李洪源氏（湖北省仙桃市民間芸人協会会長）所蔵の複写本は、版式が半葉九行、行二十五字で、版心にはすべて、書名『勧善録』、巻数、及び葉数を刻する。その中で巻三は「烈女尋夫」末尾（四十六葉裏[4]）と「陰隲得妻」（四十六〜五十四葉）の二篇を収録する。この二篇は清代抄本巻三の目録の篇名と一致していることから、版式は異なるものの、複写本は清代抄本と同じ内容のテキストであったことがわかる。

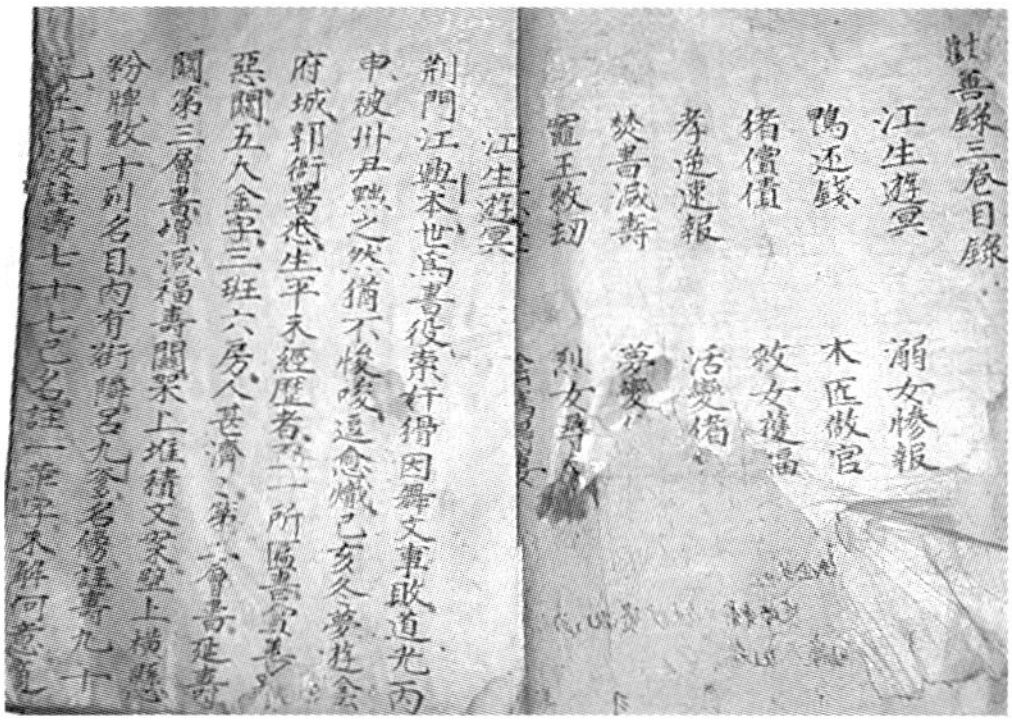

【図3】　写本『勧善録』巻三

3　巻四

i・李洪源複写本

李洪源氏所蔵の複写本の巻四に収録する故事は、「両世合指」（四〜十葉）、「因妻免禍」（十六〜十九葉）、「応該餓死」（十九〜二十三葉）、「遺画成美」（二十三〜二十八葉）、「節孝双善」（題目のみ、二十八葉〜?…）、「題目不詳」末尾（?…〜四十二葉表）[5]、「好賢妻」（四十二〜四十六葉）、「好兄弟」（四十六〜四十九葉）、「好朋友」（第四十九葉〜五十二葉）の九篇であるが、一〜四葉表、十一〜十六葉表、二十八葉裏〜四十一葉、及び五十三葉以後を欠いており、複写本の巻四はあるいは他の巻と同じく、全体で十四篇ほどの故事を収録していたと思われる【図4】。

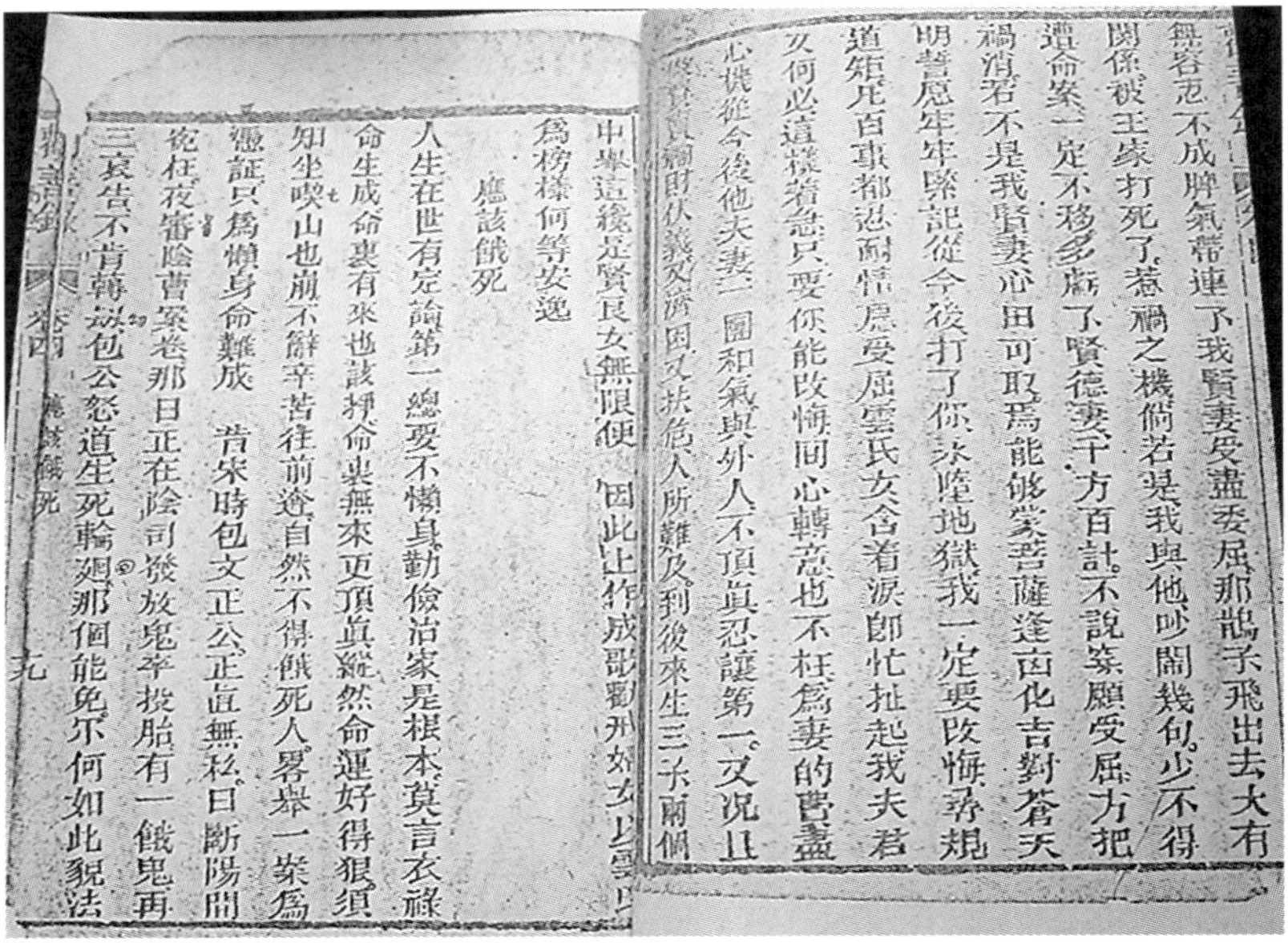
無容忍不成脾氣帶連了我賢妻受盡委屈那鵲子飛出去大有
關係被王家打死了惹禍之機倘若是我與他吵鬧幾句少不得
遭命案一定不移多虧了賢德妻千方百計不說第願受屈方把
禍消若不是我賢妻巧用可取焉能彀蒙菩薩逢凶化吉對蒼天
明誓愿年年祭記從今後打了你永墮地獄我一定要改悔奉規
道矩凡百事都忍耐情愿受屈雲氏女含着淚郎忙扯起我夫君
又何必這樣着急只要你能改悔回心轉意也不枉爲妻的苦盡
心懷從今後他夫妻一團和氣與外人不頂眞忍讓第一又況且
好賢員輸財仗義救濟困又扶危人所難及到後來生三子兩個
中舉這樣足賢良女無限便宜因此上作成歌勸 以
爲榜樣何等安逸
應該餓死
人生在世有定論第一總要不懶身勤儉治家是根本莫言衣祿
命生成命裏有來也該掙命裏無來更頂眞縱然命運好得狠須
知坐吃山也崩不辭辛苦往前進自然不得餓死人畧舉一案爲
憑証只爲懶身命難成　昔宋時包文正公正直無私日斷陽間
夜在夜審陰曹案卷那日正在陰司發放鬼卒投胎有一餓鬼再
三哀告不肯轉劫包公怒道生死輪迴那個能免爾何如此貌法

【図４】　複写本『勸善録』巻四（李洪源氏所蔵）

三　案証の概要

光緒本には「郭崙岫敍」を掲載せず、直ちに「誠孝格天」の本文を掲載する。各案証の概要は以下のごとくである（〔　〕内は宣詞の詞体と句数を示す）。

巻一

「誠孝格天」（当邑曽得宗敬刊）――『宣講集要』巻十四「誠孝格天」を転載。冒頭に『聖諭』一条「敦孝弟以重人倫」の主旨を説明し、咸豊七年（一八五七）湖北省施南府咸豊県（湖北）の孝子劉光貴の故事を案証として挙げる。

光貴は苦労して盲目の母曽氏を養う。曽氏が早く死んで面倒をかけたくないと言うと〔十言二十句〕、光貴は母の世話をするのは当然だと答える〔十言十二句〕。光貴が母のことを気にかけながら田で草を鋤いて除いていると地震が起き、不思議なことに家屋が二里あまり離れたところに移されて被害を免れたため、神に感謝する〔十言二十二句〕。甥の劉玉連が来て天が曽氏に同情し光貴の孝心に感動して奇跡を起こしたと語っているると近所の人が来て役所に申し上げようということになり〔十言十六句〕、県令が府憲に報告し〔十言四句〕、府憲は道憲に碑を立てるよう申し上げると言う〔十言四句〕。府憲は光貴を模範とするよう民衆に説いて碑を立て皆が見に来る〔十言二十六句〕。

「孝婦逐疫」(6)（当邑曽得宗敬刊）

順治年間、晋陵（江蘇）の顧成の長子元培は怠惰であった。妻銭氏が諌言すると〔七言十六句〕、元培は改心する。顧成夫妻が喜んで銭氏に感謝すると〔十言十二句〕、銭氏は当然のことだと言う〔七言十句〕。順治八年（一六五一）に疫病が蔓延して顧成一家は感染する。実家にいた銭氏は父母の世話をしなければと言って帰宅する〔十言十二句〕。顧成が疫病に苦しんでいると疫病神が孝行な嫁が帰宅したので回避すると話すのが聞こえて病気が治癒し一家は繁栄する〔十言三十句〕。

「逆子遭譴」(7)（当邑曽得宗敬刊）――『宣講集要』巻十四「逆子遭譴」を転載。冒頭に不孝に対する悪報を述べると説く。長渓地方の農民馮思仁と妻王氏の一子金保は陳家に養子となって陳元と改名し漁業を営むが生みの父母を思わない。王氏は苦労して育てた息子を思って会いに行く〔十言十八句〕。陳元は何しに来たと王氏を罵る。王氏は養育の恩を忘れた息子に悲憤して帰ろうとする〔十言十二句〕。陳元の妻は魚を捕って母をもてなすよう夫を窘める〔十言六句〕。陳元は大漁であったが魚を隠す。陳元は母をもてなした妻を責める〔十言十二句〕。陳元は大蛇に変化した魚に噛まれて人事不省になり真夜中に目が醒める。陳元は閻魔から世人に勧告せよと言われたと妻に告げる〔十言十六句〕。陳元は頭を斬られて死ぬ。

「守財奴」上下二巻(8)――冒頭に吝嗇を戒める詩を置く。

〔上巻〕宋朝、卞梁曹州曹南県（山東）の秀才周栄祖の祖先は善行に努めていたが、父周奉は財を重んじ経堂を毀したため病死する。栄祖は妻張氏に科挙を受験したいと相談し、家は老僕に任せ一子長寿を連れて上京する〔七言三十句〕。曹州の賈仁は貧乏で東岳廟に住んでいた。賈仁が貧乏の原因を東岳帝に尋ねると増福神が前世で不信心であったためだと報告し賈仁が懺悔したため帝は周栄祖と禍福を入れ替える〔十言七十句〕。かくて栄祖の家は火事に遭い、賈仁は焼け跡から埋蔵金を得て裕福になる。だが賈仁と妻は吝嗇で子供ができず陳徳輔の仲介で養子を探す〔十言二十四句〕。栄祖は科挙に落第して帰郷し家を失ったことを知る。栄祖は悲嘆し風雪を避けて酒屋に入る〔十言十八句〕。店主は夫婦に酒を勧め、泣く長寿を見て賈家の養子の話をして栄祖が承諾したため徳輔を呼びともに賈家に行く〔十言六十八句〕。〔下巻〕冒頭に金を貯めても善行を積まなければ無駄になると説く〔十言十二句〕。徳輔は栄祖を賈仁に紹介する。賈仁は栄祖の子を見て喜んで契約書を交わし、渋々代価は一串銭と言う〔十言一百四句〕。陳徳輔は申し訳なさそうに一串銭を夫妻に渡すが夫妻は納得しない〔十言十八句〕。賈仁は徳輔が給料から銭を補塡すると言うと喜ぶ。賈仁は自分がどうしようもなく吝嗇なので徳輔に早く帳簿に記すよう促す〔十言十二句〕。徳輔は事情を話して夫妻に銭四串を渡す。周秀才は子に詫び妻は悲しんで息子に別れを告げて徳輔が連れ去る〔十言十六句〕。長寿は賈仁を親として育ち継志と改名する。賈仁は危篤になり継志を東岳廟に行かせ病気快復を祈願させる。継志は賈仁を欺いて大金を持参して参拝し和尚に金を渡して廟内にいた老人夫婦を追い出す〔十言四十句〕。継志は後悔して善行に努める。廟内にいた夫婦は周秀才夫妻であり曹南に帰ろうとして妻が病気になるが徳輔の薬を飲んで快復し息子の消息を聞いて再会を手配してもらう〔七言四十句〕。徳輔は継志に父母の到来を知らせる。継志は父母に再会して廟での非礼をわび父母は再会を喜ぶ〔七言十四句〕。継志が父母に献上した金銀は祖父の遺産で豚小屋に隠したものであった。徳輔はそれを聞いて元の持ち主に返ったと喜ぶ

〔十言十二句〕。継志は徳輔と店主に謝礼して父母を家に迎える。栄祖は子に家の没落の因果を語り経堂を再建させる〔十言二十句〕。

「宣講解冤」（孔継品敬刊）――『宣講集要』巻十四「宣講解冤」を転載。冒頭に『聖諭』十六条「解仇忿以重身命」に関連して来世で報復する話をすると説く。

荊州府枝江県江口後郷（湖北）の農民趙文漢の妻笱氏は咸豊九年（一八五九）に人事不省となる。姑と夫は驚いて嫁の実家に知らせ笱家の人々が来る〔七言二十六句〕。叔母は蘇生を待てばよいと言う。皆が見守っていると翌日息を吹き返す〔七言六句〕。笱氏は母に明日死ぬ運命であり、夫を殺して人妻を奪った罪と告げられた〔七言四句〕、自分は女子だと言ったが、前世は湖南岳州の蔡貴で、妻何氏の醜貌を嫌って離縁し五陵の王有昇を船から突き落として妻彭氏に言い寄ったため彭氏が入水自殺したと告げられた〔七言四十句〕、自分は地獄で笱家の娘に転生し短命で死ぬ審判を受けた〔七言十四句〕、何氏の舅が冥界に赴いて王有昇の霊を説得し暫時蘇生することができたと言う。文漢は信じず妖怪と罵る〔七言十句〕。笱氏は空中にあがり、有昇の言葉を話して笱氏を捕らえに行くと言う〔七言四句〕。笱氏は何氏の舅の声で有昇を制止し文漢に萃善壇で宣講を開催させる。宣講が開かれ観音が降臨して訓辞を垂れ死者は転生する〔七言二十八句〕。

「施公奇案」（9）（孔継品敬刊）――『宣講集要』巻十四「施公奇案」を転載。冒頭に『聖諭』十六条「解仇忿以重身命」に関連して仇忿は酒によることが多いと説く。

淄川（山東）の鄭倫が負債を償還した残り銀三百両を妻の兄胡成に預けると、胡成は酒に酔って隣人馮安に行商人を殺して金を奪い死体は南山の井戸に棄てたと放言する。馮安は復讐する好機だと考えて名判官の施愚山に訴える。胡成は鄭倫から預かった金だと弁明し鄭倫も証言するが〔七言二十二句〕、馮安は南山の井戸を調べるよう嘆願し〔七言四句〕、首無し死体が発見される〔七言四句〕。胡成は馮安の罠だと訴える〔七言十四句〕。施公は二人が犯人ではないと考え、死体を確認した者に銀三百両を与えると布告する。郎氏が出頭して夫何甲が交易から帰らないと言い死体の特徴が一致する〔七言十八句〕。郎氏は夫の死体を見て狼狽する〔七言十四句〕。施公が何甲の首に懸賞金をかけると寡夫王五が出頭する。施公は王五に首をどこで発見したか審問する〔十言六句〕。王五は作り話をする。施公は王五になぜすぐに発見できたかを質す〔十言六句〕。郎氏は施公を非難する。施公は郎氏を罵り王五と共謀して何甲を殺したと断言する〔十言十二句〕。郎氏はなお反論する。施公は死体を見ずに亡夫とわかるわけがないと反論する〔十言四句〕。施公は懸賞金で試したと言う。施公は何甲が貧乏で金があるはずがないと言う〔十言八句〕。施公は郎氏らを処刑する。施公は「勧世歌」を作って戯れ言を戒める〔十言十八句〕。

「溺女現報」――『宣講集要』巻十四「溺女現報」を転載。

咸豊七年（一八五七）、荊州（湖北）の李和が溺死させた長男と次男の娘に取り憑かれる。李和は泣いて妻に「溺女歌」を歌う〔七言二十四句〕。

「変牛償債」――冒頭に前世の負債を償還するという詩を置く。

道光二十九年（一八四九）、武昌県松滋鎮采穴（湖北）の雑貨店の店主高徳盛の子毓霊は劉正謨と合資して問安寺（枝江県）で雑貨店を開く。毓霊は資金を正謨に預けて帰郷する〔七言十九句〕。正謨は遊蕩してその金を使い果たす。正謨は毓霊に事実を語り儲かったら返却すると言う〔七言十四句〕。正謨は神に誓って牛馬に変じて返還すると言う。毓霊は不運だったとあきらめると言う〔七言八句〕。毓霊は金ができた時に返せばよいと言うが正謨は咸豊元年（一八五一）に河南大明府で凍死する。毓霊は咸豊二年に帰郷して夢を見る。夢で正謨が牛になって借金を返すと言ったため毓霊は家僕に確かめさせる〔七言十六句〕。水牛が生まれており売値は二十串であった。

「淫悪巧報」――『宣講集要』巻十四「淫悪巧報」を転載(10)。

咸豊己未九年（一八五九）、湖北省荊州府江陵県万城下街での事件。関廟裏の劉有元は馬道松の子が内臓を吐かされるところを見る。また本街の王光宗の子も腸を引き裂かれて殺害される。光宗と妻は悲しむ〔十言八句〕。有元は訴えるべきだと考え、門生謝秉圭と相談して訴えることにする〔十言十句〕。皆は賛同するが光宗だけは反対する。光宗は前世の定めであり訴える必要はないと言う〔十言八句〕。だが兄弟の意見に従って訴える。江陵県の張県令は現場に赴いて検屍する。張県令は殺害の理由がわからず神に祈る〔十言十八句〕。荊州府が賞金を懸けて調査しても解明できないが、観音大士と鎮江王爺が降臨して犯人は尹正順だと指摘する。正順は董陶氏と共謀したと供述し、董陶氏と姦通して応報を被ったと言う〔十言十六句〕。正順は光宗の妻陳氏が子春生に光宗と姦通した陶氏とその夫を罵らせたため、陶氏に替わって陳氏の子を殺して陶氏の歓心を買ったと自供する〔十言六十八句〕。正順は処刑され、その死体は豚や犬に食われる。

「大士救難」―冒頭に至誠は神を感動させ観音大士が救済すると説く。

荊州西城湾（湖北）の郭玉輝は継母に仕えて龍山寺の観音に絶えず参拝していたため、乾隆戊申（一七八八）六月、洪水が荊州城を掩うが筏に乗った僧に救われる〔七言二十句〕。僧は郭一家に食糧を与える。僧は水に落ちた老父を救う〔十言十八句〕。僧は石首県無奉寺の方願参と称し、龍山寺で再会すると告げる。玉輝は食事を心配する門人劉宗茂に観音斎があると説き、宗茂も納得する〔七言十四句〕。麦豌面が入った壺が流れて来て玉輝は飢えを充たし、沙市の叔父の船に乗って転覆しそうになるが僧に救われる。龍山寺の住職は僧が観音大士だと教える〔十言三十句〕。これより観音信仰が盛んになる。

「味心急報」

道光年間、広東仁化県の商人呉玉連は子大徳に荊州府江陵県（湖北）の総頭卞兆愷を義父として拝させるが、兆愷は禁令を恐れて大徳が預けた鴉片を騙し取る。兆愷は確かに預けたと言う大徳を罵って官に訴えると騒ぐ〔七言十八句〕。兆愷は家人に大徳の後をつけさせる。大徳は自殺するしか無いと悲嘆する〔七言二十句〕。家人が大徳の自殺を報告すると兆愷は喜ぶ。翌日総頭馮連陞が死んで蘇生する。連陞は冥界で大徳が兆愷を訴えていると告げる〔七言二十句〕。兆愷は恐れ、家族に死期を告げる〔十言十四句〕。兆愷の家は没落する。

「欺貧賭眼」(11)――『宣講集要』巻十四「欺貧賭眼」を転載。冒頭に貧乏を馬鹿にすべきではないと説く。

本朝乾隆年間、山東の程慶雲は高齢で子供がなく貧乏で妾も娶れず、『呂祖醒心経』を念じて子孝思を儲けるが、夫婦は死亡し、孝思は布政使を退官した胡銀台の書記となる。銀台は孝思の読書の声を聞いて気に入り三女の婿とする〔七言六句〕。孝思は学問に励む。だが兄嫂に白眼視され、夫婦は茅屋に住み、三姑の内助で孝思は科挙を受験する〔七言二十二句〕。孝思は落第するが呂祖の援助を受けて上京する。銀台の八十の誕生祝いに三姑は礼物が無く姉たちから嘲笑される〔七言三十二句〕。二女の侍女春香は孝思が出世しないことに目を賭ける。そこへ孝思が西台御史を拝命したという朗報が届くと、兄嫂は三姑に敬意を払い、春香は三姑の侍女に目をえぐられ、孝思と三姑は呂祖のおかげで出世できたことを喜ぶ〔七言四十二句〕。

「善全孝友」(12)

昔、趙彦霄は兄彦栄が諫言を聴かず分家を主張し遊蕩して破産したため家に招いて説教する。彦霄は兄が後悔したので再び一緒に住むと言う〔七言十六句〕。彦霄は彦栄の借金を返済し、父子は科挙に及第する。

「司命顕化」（当邑弟子陶徳宣敬刊）――『宣講集要』巻十四「司命顕化」を転載。冒頭に竈神を敬うべきだと説く。

荊州城外（湖北）の戴宜正夫妻は聖諭を聞き竈神を敬っていたが、長子元富は因果を信じず竈神に連行されて冥界で打たれる。次子元貴の徒弟張茂林は竈神を侮っていた。戴母は茂林を戒める〔十言十八句〕。茂林は悔悟せず竈神の譴責を受ける。人々は驚いて竈神にわびる〔七言十四句〕。茂林は竈神に冥界に連行され、祖母の仲介で救われたが、善悪殿で元貴の名を見たと語る〔十言二十四句〕。元貴は冥界に連行されて判官に帳簿を見せられ、前世で汚職し退職後に善行を施したため人に転生したが因果を信じないため地獄を見せられたと母に語る〔十言四十四句〕。第一殿に連行されて恐れたと言う。(13)

巻三

「江生遊冥」―宣詞なし。文語体。

荊門（湖北）の江興本は代々書記を務めていたが、道光丙申年（一八三六）に法を曲げて州知事に罷免されても反省せず、己亥年（一八三九）の冬、夢で冥界に遊び、「増減福寿関」で自分の名の下に「革」（危篤）字を見て不思議に思うが、孫姓の妻を強引に娶ったため、父母が刑罰を受け、自分も寿命を奪われることを悟る。

「鴨還銭」―宣詞なし。文語体。

馬家湖（湖北）の張叟は豚の解体を得意としていたが、雛を温めていた雌鴨が年末の夢に現れて、自分は鄭某であり、生前に借りた穀物一石（一串五百鈔）を返済したので、次は董洪昌に返済に行くと告げて去り、董の妻に殺される。咸豊二年の事、同郷の文生の話。

「豬償債」―宣詞なし。文語体。

江邑(14)管口の王金は木工曽開成の鈔票八串を返さなかったため、豚となって曽に鈔票三串で買われ、肉屋に鈔票十一串で売られる。咸豊三年の事。

「孝逆速報」―冒頭に「聖諭」第一条を説く。

乾隆年間、沔陽（湖北）の蘇大順は監利県（湖北）で女遊びと賭博にふけり、犬の解体を好んでいた。父正明は悪行を戒める〔十言三十六句〕。だが大順はますます凶悪になり、雷神の怒りを買って食べ物が蛇に変化し食べて苦しむ。大順は死ぬこともできず泣いて舌を噛んで死に、隣家の蔡従安が歌を作って伝える〔十言四十八句〕。又、蘄州大同県の王元長は孝順で、父居仁の留守中に母が死に、道光七年の洪水で棺を守って共に流されるが、天地が感動して棺を故郷に帰す。元長は帰郷した居仁を慰め、近所の者は元長の孝心を賛美して生活を援助し、陳翁の娘翠蘭との縁談を勧める〔十言六十句〕。元長は推挙されて州学に入学する。巡道はその孝心を称えて歌を作る。

「焚書減寿」―冒頭に富貴は善行によると説く。

湖北省荊州府江陵県沙市の陳徳光の養子元龍は学業に務めず賭博にふけり、兄洪仁と分家して困窮する。母が元龍を戒めると、元龍は賭博をすれば寿命を縮めるのでやめると誓う〔七言六十句〕。元龍は反省して道光三十年に宣講を開き善書を印刷するが、咸豊三年に宣講が禁止されると関与を恐れて善書を焼却する。元龍は突然気絶して冥界で寿命を削減されたことを母に告げる〔十言八十八句〕。元龍は衆人に別れを告げる〔十言十六句〕。元龍は二子に訓戒する〔七言二十六句〕。文昌帝君は衆人に元龍の短命は善行を貫徹しなかったからだと告げる。

「竈王救劫」―冒頭に女子は一家の主人である竈神を尊重すべきであると説く。

湖北襄陽府の常滋は竈神を崇敬していた。常滋は妻何氏を戒めて、山西省の兪良臣が善行を重ねながら不幸に遭ったわけを青衣の竈神から本心からの善行ではなかったからだと責められて竈神を敬重したという話を語る〔十言二百二十句〕。村人たちは話を聞いて司命廟を立てて竈神を祀る。

「継母不賢」

咸豊三年（一八五三）、咸陽府白水鋪（陝西）の曾朝貴は王氏と結婚して一子長寿を儲けるが、王氏は一年もたたないうちに重病に倒れる。王氏は朝貴に後を託し、村人は憂慮する朝貴に葬儀を促す〔十言三十句〕。朝貴は乳母を雇用するが、近所の胡成名は朝貴に再婚を勧め、朝貴は成名に媒酌を依頼する〔七言二十句〕。朝貴は王氏と再婚するが、王氏は長寿の毒殺を図り、朝貴が誤って毒を飲んだため、王氏は驚いて叔父王必高に相談する〔七言十二句〕。王氏が必高に銀十錠を渡すと、必高は朝貴を救う口実に長寿の首を切るよう唆す〔七言十六句〕。侍女秋魁はこれを聞き、長寿に学校へ避難させる〔十言十句〕。長寿が従者の迎えを拒絶したため、先生は長寿を叱るが、長寿は先生に事情を打ち明ける〔七言二十六句〕。だが先生が長寿を帰宅させたため、王氏は長寿を捉えて釘で手足を打つ〔十言三十六句〕。先生は怪異現象によって長寿の危機を知る〔七言二十句〕。必高は朝貴の快復のために祈願していると弁解するが先生は信じない〔十言二十句〕。先生は必高と祈禱師を連行して咸陽府に訴える。王氏は先生に許しを乞う〔十言八句〕。先生は王氏から賄賂を受け取らず、陳府尹に訴える。秋魁は王氏らの犯行を証言する〔十言二十句〕。必高・王氏等は処刑される。

「溺女惨報」—冒頭に女子を溺死させれば天罰を受けると説く。

宋代、徐流玉には四男三女があったが、夫婦は二度女子を堕胎しており、妻喩氏は奇病を患って因果を悟る。喩氏が泣いて子女に因果を説くと、四男はすべては家計のためであったと言い、三女は母親の身代わりになりたいと言う〔七言四十二句〕。かくて殺された女子二人が四男を取り殺し、一家は衰退する。流玉が喩氏に薬を与えて喩氏は懐妊するが、死者が命を奪いに来る。喩氏は衆人に因果を語ると肉包を出産して倒れる。流玉が肉包を切ると、夫婦は亡霊に命を奪われ、財産は衆人に奪われる〔十言二十句〕。

「木匠做官」—冒頭に人は志気を示すべきだと説く。

昔、重慶（四川）の貢生何興の三女秋香は周木工に嫁ぎ、夫婦は何興の六十歳の祝賀に赴く。夫婦は姉夫婦たちが豪華な祝儀を贈るのを見て恥じる〔七言二十句〕。何興が三人の女婿に身分に応じた寿字詩を詠ませると、大女婿と二女婿は何興を喜ばせるが、木工は詩が詠めず、甥何長生が代わりに詠んでからかうが、何興は戒める。長生が木工の帽子に人参を置くと衆人は笑うが、秋香は不愉快になる〔七言五十句〕。秋香は木工に帰宅を促して木工に勉学を勧め、木工は勉学に励む〔七言三十二句〕。秋香は銀四十両を工面して木工に渡し、木工は旅に出て鳳翔府（陝西）の挙人周全義を師と仰ぐ〔七言十四句〕。全義は木工を継謙と名付けて教育する。秋香は苦菜を食べて舅姑を養う〔十言二十句〕。数年後に姑が昏倒する。姑は気遣う秋香に平静を装う〔十言十句〕。秋香は察知して割股を決心する。秋香は神に祈って左腕を割く〔十言十二句〕。秋香はスープを作って姑に饗し、帰宅した継謙の前で昏倒する。秋香が腕の肉を割いたと告げると、継謙は感謝する〔十言三十句〕。秋香が継謙の勉学の成果を問うと、継謙は発憤して翰林に及第した経緯を語る〔七言三十二句〕。継謙は以前の木工の服装で何興の七十歳の祝賀に赴き、叔父何桂林は継謙の無能を笑う〔七言八句〕。大女婿と二女婿は詩を詠んで木工を嘲笑し、継謙も詩を詠んで二人を小人と嘲笑する。そこへ官誥が届き、夫婦は着替えて何興に挨拶する。大女婿は継謙の任官を祝い、非礼をわびる〔七言十二句〕。二女婿も非礼をわびる〔七言十二句〕。桂林も反省して許しを乞う〔七言二十句〕。何興は侮蔑ゆえに発憤があったと言って、継謙に三人を許させる。

「救女獲福」――冒頭に堕胎溺女の因果を説く。

高県（四川）の允成仁は金三期に殺生の悲惨さを語る〔七言二十二句〕。三期は聴かず、妾が生んだ女子を溺死させようとし、妾が拒絶するので怒る〔七言八句〕。近隣の尹慈の妻任氏が諌めるが、三期は聴かない〔七言二十八句〕。任氏は女子に喜姑と名付けて育てる。三期は姦通した寡婦に堕胎させて殺したため、寡婦の亡霊に追われて誤って我が子を撃ち殺し、子の死を悲しむ〔七言十四句〕。亡霊は三期に取り憑き、三期は自分の悪行を後悔して亡霊に許しを乞う〔十言三十六句〕。三期は端公（巫師）にお祓いをさせるが効力はなく、家も焼失する。喜姑は河南知県王大経に嫁ぎ、大経は尹慈の命を受けて「勧世歌」を作り、溺女の罪深さを語る〔七言二十八句〕。

「活変猪」―冒頭に不正な財を得ても結局は返済することになると説く。

咸豊初年、湖北宜昌府鶴峰州の汪心義は貪欲で、進学した二子を自慢し、自らの裕福さを自賛していた〔七言十四句〕。周廷芳は槽坊（食品店）を開くため心義に銀五十両を借りに来て、酒を勧められて忘れて帰るが、心義が知らぬと言い張ったため、廷芳は毎月の利子を払えず、家と豚を担保に返済しようとする〔七言三十八句〕。天は怒って心義の霊魂を豚の体内に入れ、番頭は主人が豚に変身しているのを見て、帰宅して心義に告げると、心義は応報だと悟る〔七言三十四句〕。心義の子継祖は心義に善行を積むよう勧める。心義は隠した銀を廷芳に返して善行に努め、神仙となる夢を見る〔七言四十四句〕。

「夢変猪」―「活変猪」の続篇。冒頭に貪欲を戒める詩を置く。

咸豊十一年（一八五八）、山東済南府の王其敏と妻張氏は傭人を勤めて銀数十両を稼いだ。夫婦は相談して高利貸しを始める〔七言十二句〕。周上元が田圃を買うため銀十両を借りに来る。上元は其敏を家に招待して金を借り、其敏は酒に酔って契約書を落として帰り、上元に告げるが、上元は契約書はなくても金は返すと答える〔七言五十六句〕。だが上元は期日になると契約書を要求し、告訴しても構わないと居直る。誠実な其敏は裁判と聞いて泣き寝入りするが、過往神が天庭に上奏し、上帝が過往神に応報を下すよう命ずる〔七言十四句〕。過往神は屠殺される其敏の豚に上元の霊魂を貼り付ける。屠殺人が肉を割くと上元は痛みに堪えられない〔七言八句〕。劉七爺が肉三斤を切らせ、さらに油皮を切らせると、上元は痛くて堪らず、目が覚めて改心し、其敏に金を返す〔七言四十句〕。

「烈女尋夫」―冒頭に女子は貞節が重要だと説く。

乾隆年間、河南開封府の周建新は遊興にふけり、妹月英の婚約者陳瑞亭の留守中に月英に再婚を迫るが、月英は泣いて拒絶する〔十言十四句〕。建新は瑞亭が死んでいると言うが、月英は殺されても再婚は嫌だと抵抗する〔十言十句〕。建新は瑞亭の帰りを待つなら家を出るよう迫る。月英は兄なら妹を養うべきだと反論する〔十言十句〕。建新は月英に衣服を脱いで出ていくよう迫る。月英は衣服を脱いで兄に渡し、父母の霊前で泣く〔十言十句〕。乳母は主人から託された銀三百両を持って月英とともに上京し、月英の書信を赤雲寺に仮寓する瑞亭に見せる。書信には銀三百両で勉学して成功するよう書かれていた〔十言十二句〕。瑞亭は科挙に合格して翰林を授かり、月英らとともに襄陽府に赴任する。建新は強盗になって瑞亭の船を襲って捕まる。建新は水夫で盗賊と間違えられたと弁解する〔十言十六句〕。瑞亭が家族について尋ねると、建新は妹月英と陳郎の婚姻に尽力したと答える〔十言十二句〕。建新は犯行を自供せず、拷問を受ける〔七言八句〕。月英が建新の前に現れ、建新は驚いて助けを求める〔七言十二句〕。月英が建新に強盗を犯した理由を尋ねると、建新は家産を蕩尽して悪事に手を染めた経緯を自供する〔七言十句〕。月英は家名を汚した兄を非難する〔七言十四句〕。建新は許しを乞うが、月英は兄の悪行を許せないと言う〔七言十二句〕。だが月英は兄妹の情に屈して瑞亭に許しを乞い、瑞亭は建新を門番として雇う。

「陰隲得妻」

大清雍正年間、湖北省沙市〔湖北〕の貧家の少年胡成名は便所で拾った銀十四錠百両を持ち主に返して父大進に報告する。だが父は怒って成名を追い出す〔十言十四句〕。成名は張布客に随行して家を出る。大進は愚かなことをしたと後悔する〔十言二十句〕。成名は帰州〔湖北〕の陳員外の両替屋の徒弟となり、三年後に帰郷を申し出るが員外に引き留められる〔七言三十二句〕。員外の子香保は五体不自由を隠して曾挙人の娘と婚約するが、婚礼の時に本人が迎えに来るよう要求され、員外は憂慮する〔七言八句〕。媒酌人は代人を立てるよう進言し、員外は成名を選ぶ。成名は断るが、員外は涙を流して説得する〔七言二十二句〕。成名は仕方なく応じるが、悪天候で陳家に帰還できない。曾挙人は新郎が気に入り、曾家で挙式する〔七言二十八句〕。成名が三晩床に入らないため、新婦は母に事情を話す〔七言十六句〕。挙人は成名に理由を質す。成名は仕方なく事情を話す〔十言十四句〕。挙人は成名に素性を尋ねる。成名は家を出た後のことを語る〔十言二十二句〕。挙人は銀百両の拾い主に再会できたのは応報だと喜ぶ〔十言十四句〕。挙人は娘にふさわしい婿だと言い、媒酌人を帰して陳員外に説明を求める〔十言十句〕。媒酌人が伝言に帰ると、員外は洪水が引かず焦っていた〔十言十六句〕。員外夫婦は挙人と成名を帰州に訴え、挙人は経緯を陳述する〔十言二十六句〕。官は関係者に尋問し、員外の過失を指摘する〔十言十四句〕。官は員外に結納を返して挙人の娘と成名の婚礼を認めさせ、成名の徳行を称賛する〔十言十句〕。成名はいっそう学問に励む。

巻四

「両世合指」――冒頭に因果が疑いないことを説く。

大明天啓年間、湖北荊州沙市（湖北）の胡従善は家が貧乏であった。従善は母鍾氏を慰める〔十言十六句〕。母は死期を悟って従善に別れを告げる〔七言十二句〕。従善は母を埋葬する。従善は母の死を悲しむ〔十言十四句〕。従善は三年の墓守を終えると善行に努め、道観の修築に寄付するが失明し、乞食をして生活する〔七言三十二句〕。張道人がわけを尋ねると、従善は経緯を語る〔七言十八句〕。従善は道人に随行して道観に赴き、参拝客に乞食する〔十言十二句〕。従善が落雷で死亡して右指が切れていたため、道人たちは従善がなぜ悪報を受けたか不思議に思う〔十言十六句〕。老道士は二十年後に明らかになると告げる。従善は開封府の徐為仁の家に転生して荊南道巡撫を授かり、その右指は切れていた。巡撫は道観に来て因果を説いた錦囊を見る〔七言八句〕。巡撫は道人に説明を求め、巡撫は因果を悟って隠棲して修行する〔十言三十四句〕。

「因妻免禍」―冒頭に賢妻は夫を戒めるべきだと説く。

乾隆年間、開封府（河南）の酒屋周明は鵲を可愛がっていた。周明は外出に際して妻雲氏に世話を命じる〔七言十四句〕。だが鵲は飛び出して、向かいの仕立屋王老幺が打ち殺す。雲氏は死骸を鳥籠に入れて夫の帰りを待つ。周明は帰宅して雲氏を打擲するが雲氏は堪えて真実を話さない〔七言三十八句〕。その時老幺は面疔ができて病気になり蘇生する。老幺は周明に前世の宿怨を雲氏が調停したと語る〔七言十六句〕。老幺の死体は毒気で焦げる。周明は妻に二度と打擲しないと誓って夫婦は仲直りし幸福な家庭を作る〔十言二十二句〕。

「応該餓死[15]」―冒頭に勤倹を勧める。

宋の包文正公が冥界で裁判していた時、餓鬼が転生して再び餓死することを望まず、財神を証人として富貴を保証させる。餓鬼は鄖陽府（湖北）の農民張方可の子張富として転生するが怠惰を改めない。方可は説教するが閻魔から富貴は保証されていると反論する〔十言二十四句〕。方可は真に受けて怠惰になって餓死する。張富は理由が分からずに嘆息する〔十言二十二句〕。張富は生活を改善せず妻まで売ってしまう。張富は財神が約束を守らないと言って怨む〔十言十二句〕。張富は憤懣やるかたなく閻魔殿に至る。張富は包公と財神に不満を述べる〔七言二十句〕。包公は財神に事情を尋ねる。財神は怒って張富の怠惰を罵り、包公は張富を永久に地獄に落とす〔七言三十六句〕。

「遺画成美[16]」

大宋順天府香県の倪守謙の先妻何氏の子善述は側室梅氏の子善継を守謙の子と認めなかった。守謙は臨終に善述に家産を譲って善継のことを托し善述も承諾する〔七言三十六句〕。梅氏は再婚しないと誓い守謙に母子の庇護を求める。守謙は善述から守るためだと語り絵図を清官に解読してもらうよう告げる〔七言二十句〕。善継は成長して善述に家産の分与を求める。善述は聞かず善継は母と相談して包公に訴える〔七言三十八句〕。包公は母子に事情を尋ねる。梅氏は包公に訴える〔十言十六句〕。包公は絵図を見て母子を帰宅させる。包公は絵図の中に書簡を発見して事情を知る〔十言三十四句〕。包公は母子の住む小屋に行って守謙から千金の在処を教えられる様子を示す。包公が地面を掘らせると銀五千両が出る〔七言十二句〕。包公は善継に収納させる。包公が続けて掘らせるとまた金銀が出る〔七言十四句〕。包公は善継に与える。梅氏は包公に感謝する〔七言十二句〕。包公は善述に争わないよう言い置く。後に善述は家が衰退し善継がその家産を管理する〔七言二十句〕。

「好賢妻」[17]―冒頭に夫婦和合を説く。

湖北省当陽県〔湖北〕の楊景春は父母を埋葬した後に字を売って生活する。景春は貧窮生活を恥じる〔七言十二句〕。景春は乞食の頭領柳緒から娘瓊芝の婿に求められる。景春は貧乏な自分は結婚できないと答える〔七言二十句〕。瓊芝は景春の詩を愛でる。柳緒は瓊芝との結婚を打診し景春は喜ぶ〔七言十四句〕。柳緒は景春を同居させる。景春は科挙に及第して善化県令を授かる〔七言二十句〕。景春は乞食の娘が妻であることを恥じる。景春は瓊芝だけを赴任に同行させる〔七言十句〕。景春は瓊芝を荊江に突き落とす。景春は船員に救いを求める〔七言四句〕。景春は赴任の後に死体を探すと言う〔七言四句〕。瓊芝は神助によって王路口の岸辺に流れ着く。官船の主人は死体を引き上げさせる〔七言四句〕。主人は長沙府の柳知府で、瓊芝は船上で息を吹き返す。知府は瓊芝に事情を聞く〔七言八句〕。瓊芝は景春が賤しい身分を嫌ったと考える。瓊芝は知府に話し知府は憤る〔十言十八句〕。夫人は瓊芝を養女として景春に嫁がせれば危害は加えないだろうと言う。知府は長沙に到着する〔七言四句〕。府尹は娘との結婚を許し、二人を引き合わせると、景春は亡霊かと恐れる。府尹は景春を弾劾すると言うが夫人が許しを求める〔七言二十六句〕。府尹は景春に娘を軽んじるなと告げる。景春は二度と間違いは犯さないと誓う〔七言十八句〕。

「好兄弟」―冒頭に兄弟喧嘩を戒める。

歴城県（山東）の胡友成には子がないが、妻張氏が妾を娶ることを許さない。弟友信は次子禄児を同伴して友成の誕生祝いに来る。友成は張氏に妾を迎えるよう勧めるが、張氏は家庭が崩壊すると言い、禄児を養子にと主張する〔七言十六句〕。友信夫妻はわざと禄児に張氏を母と呼ばせず、家産はいずれ自分のものになると言わせる。張氏は怒って意地になって妾を迎えると言う〔七言十句〕。友信夫妻は密かに費用を媒酌人に渡す。張氏は媒酌人に若い妾を要望し、媒酌人に不足分の費用を借りる〔七言八句〕。媒酌人は友信夫妻に報告し、友成の妾はめでたく男子を出産する〔七言二十四句〕。媒酌人は友信夫妻が費用を出したと告げる。媒酌人が友信夫妻はわざと張氏を怒らせ妾を娶らせたと教えると、友成夫妻は始めて感謝し、両家は繁栄する〔七言四十八句〕。

「好朋友」―宣詞は七言四句。冒頭に交友には財産を関わらせるべきではないと説く。

武昌省黄州府（湖北）の崔桂が蘇州に薬売りに出て江西の占い師の許午と出会う。崔桂は年末なのに金が無いと言う〔七言四句〕。許午も儲けが無いと言う〔七言四句〕。許午は崔桂に百文を預ける。崔桂は鶏と米を買って帰る〔七言四句〕。二人はその日の食事を済ます。崔桂は泥土で雄鶏を作る〔七言四句〕。二人は四十個ほど作って寒山寺で売る。それらを子どもが喜んで買う〔七言四句〕。半日で完売する。その金で食事をする〔七言四句〕。残った鶏は料理店に売る。一月で儲けが出る〔七言四句〕。崔桂は餡かけ豆を売ろうと提案する。蘇州には餡かけ豆が無いと言う〔七言四句〕。崔桂はその儲けを元に緞子を売ることを提案する〔七言四句〕。二人は大儲けする〔七言四句〕。彼らの売値は市価より安かった。一年で六百両儲ける〔七言四句〕。二人は服屋に反物の売買を任される。

彼らは店に転居する〔七言四句〕。その後二人は家庭を持ち、両家は繁栄する。（以下省略）

四　結び

『勧善録』は湖北荊州府荊山県張接港の両儀堂が復刊した宣講書である。神明（趙大真君）の序文があることから民間の善堂が編集した書である。現在のところ版式が同じく所蔵者が異なる一巻と写本形式の三巻、一巻とは版式が異なる四巻の存在が確認されているが、二巻が未発見のため案証の総数は不明であり、一巻に十四篇、三巻に十四篇、四巻に十四篇程度を収録していたところまでしか明らかでない。その中には湖北の信徒の義捐によって刊行された「誠孝格天」「孝婦逐疫」「逆子遭讉」（以上、当陽県曽得宗刊）、「宣講解冤」「施公奇案」（以上、孔継品刊）を含んでいる。また収録した故事の地域分布は湖北が巻一（8／14）、巻三（7／14）、巻四（4／7）と大半を占めている。なお巻一には代表的な宣講書『宣講集要』巻十四から故事を選出している。[18] これらの故事は三巻の二篇を除いてそのほとんどが因果応報を説き、代言体と叙事体をまじえた説唱形式で表現されている。

注

（1）古籍図書網にも同じ書名で収録する。

（2）明万暦『湖広総志』巻三十三水利二「附開復荊承二府属穴口疏」に、「該府所属旧有小河口、丁家河、泗港口、張接港、黒流渡、漁泛口、潭子口等処流入各湖。」尹玲玲『明清両湖平原的環境変遷与社会応対』（二〇〇八、上海人民出版社）上篇「過度墾殖与悪性循環・生態環境的演変（下）」第二章（下）三「囲墾―湖淤―洪災的悪性循環与時空特点」参照。

（3）「司命顕化」の収録位置が上海図書館所蔵本と異なるが、此方が本来の位置であったと思われる。
（4）「賢女周月英が陳姓の官吏に嫁ぎ、兄周建新の悪行に対して許しを乞う」という内容。
（5）「船客が銀十三両で人助けをして科挙に及第する」という内容。
（6）『宣講珠璣』巻三「鬼避孝婦」（破迷子著）は同工異曲。
（7）不詳。
（8）原典は『初刻拍案驚奇』巻三十五「訴窮漢暫掌別人銭、看財奴刁買冤家主」、元雑劇『看銭奴買冤家債主』。
（9）原典は『聊斎志異』巻九「折獄」。
（10）「淫悪巧報」は『宣講集要』「淫悪巧報」の前半部を省略している。『宣講集要』「淫悪巧報」の前半部では、湖北省荊州府江陵県西関外万城千街の黄自品が何伯春と楊文富に託して四川に花布（更紗）を販売させるが、伯春が河に落ちて死に、文富が遊蕩して資金を使い果たしたため、落胆した自品の妻が自害し、子復順がそれまでの遊蕩を反省して聖諭を宣講して母を済度したため、後に王光宗の子春生が殺害された事件でも、忠孝の人として容疑がかからなかったという内容を語る。「淫悪巧報」はもと長編作品であったと思われる。
（11）原典は『聊斎志異』巻七「胡四娘」。原作では孝思の父母については詳述せず、孝思は剣南（四川）の人である。孝思は三女ではなく四女と結婚する。
（12）わずか半葉あまりの故事で余白を埋めた観がある。
（13）これ以後の地獄巡りの描写は省略する。
（14）湖北省荊州府江陵県か。
（15）包公閻魔伝説。次の「遺画成美」と対になる説話。
（16）原典は『龍図公案』七十七回「扯画軸」。『緩歩雲梯集』巻一「画裡蔵金」、『宣講珠璣』巻一「鬼断家私」は同工異曲。
（17）原典は『古今小説』巻二十七「金玉奴棒打薄情郎」。なお「金玉奴棒打薄情郎」は宋代、杭州、莫稽が金玉奴を裏切る故事であるが、本案証では湖北の故事に改編している。

(18)『宣講集要』十五巻は巻十三までは巻ごとに故事を「聖諭十六条」に配して掲載しているが、巻十四はそうではなく、各故事の冒頭に『聖諭』第何条と明記していて、補巻の意味を持っている。また咸豊二年(一八五二)の序文を冠しているが、巻十四には咸豊九年の故事(「宣講解冤」「淫悪巧報」)を掲載しており、咸豊九年以後の刊本である。

第五節　民国の『福海無辺』四巻

一　はじめに

『福海無辺』四巻は封面に「民国元年初版／絵図福海無辺／上海江東書局印行」と題する石印の宣講書で、[1]各巻は冒頭に二、三帖の挿図を冠して案証を掲載する。序文は無く、冒頭に掲載する四巻二十五篇の案証の目次を見ると、採取源として『宣講大全』（一九〇八年）[2]、『万善帰一』[3]、『宣講金針』（一九〇八年）[4]、『救生船』[5]、『保命金丹』[6]、『福縁善果』[7]、『化迷録』[8]、『広化篇』[9]などを注記しており、当時の説唱形式の宣講書から案証を採取して再編集した書である。

巻一（五篇）「双孝子」（『上元灯』）、「節孝双全」（『化迷録』）、「恩義亭」（『福元善果』[10]）、「孝感姑心」（『広化篇』）、「望烟楼」（『宣講大全』[11]）

巻二（六篇）「忠孝節義」（『登彼岸』）、「孝児迎母」（『保命金丹』）、「梅花金釵」（『保命金丹』）、「血書餅」（『福縁善果』）、「当婦人」（『万善帰一』[12]）、「双誥封」（『宣講金針』[13]）、「霊亀穴」（『大結縁』）

巻三（六篇）「蘇草帽」（『撞晨鐘』）、「翰林硐」（『保命金丹』[14]）、「破毡帽」（『保命金丹』[15]）、「節烈坊」（『万善帰一』[16]）、「金玉満堂」（『喚迷録』）、「麒麟閣」（『福縁善果』）

巻四（八篇）「二難題門」（『渡人舟』）、「冤中冤」（『福縁善果』）、「節孝両全」（『上元灯』）、「友愛致祥」（『福寿花』）、「解相換元」（『培心鑑』）、「換一心」（『救生船』）、「雷神碑」（『阿鼻路』）、「義鼠搬糧」（『広化篇』）

これら採取源の宣講書は、筆者が注記したものを除いては現存が確認できないが、[17]四川で作成され、西南官話もそ

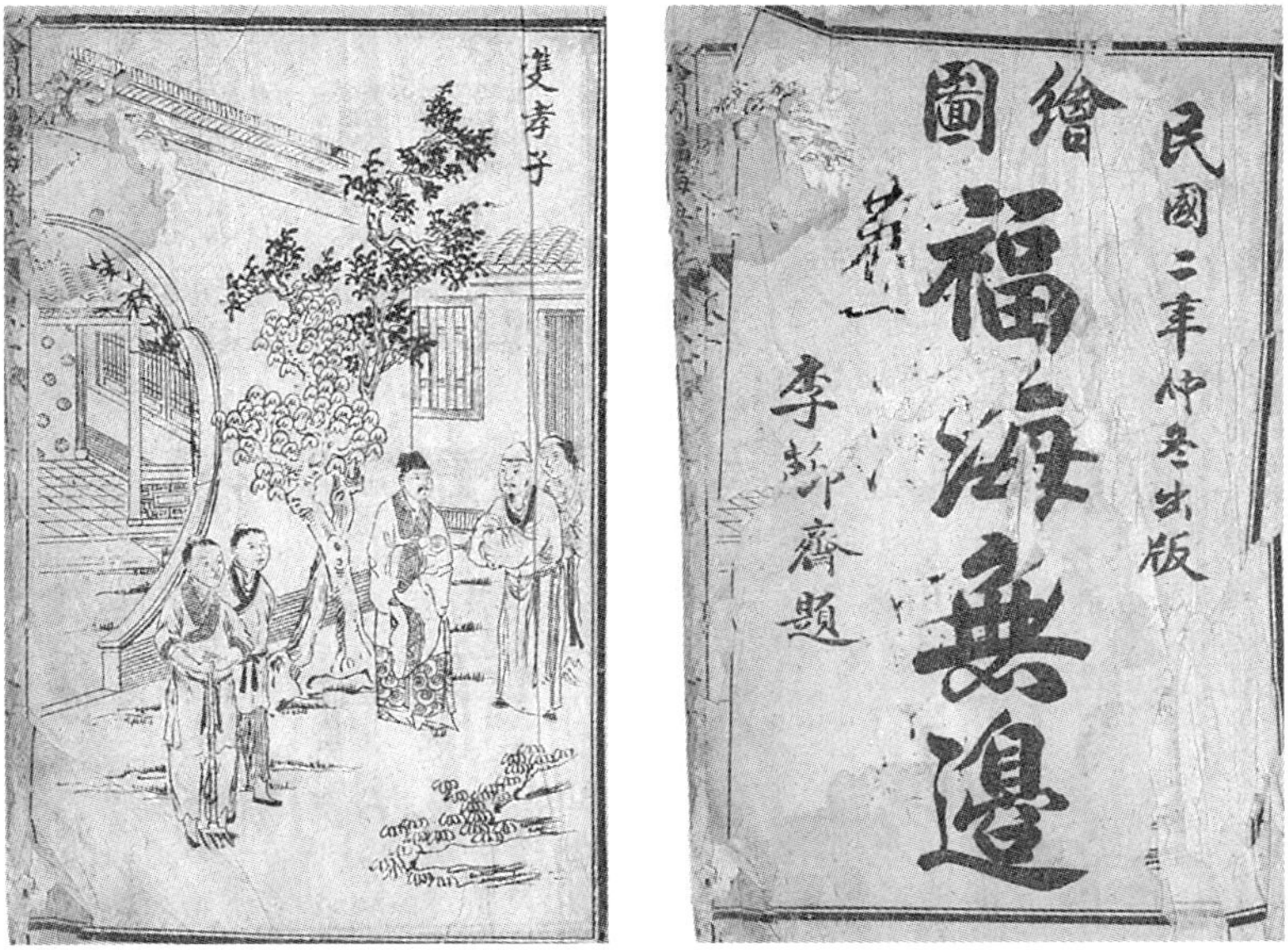

【図１】『福海無辺』民国二年石印本

のまま記載されている。冒頭には『宣講集要』十五巻首一巻など初期の説唱体の宣講書に掲載された「宣講聖諭規則」を掲載せず、案証を分類せずに掲載する簡易本であるが、案証の内容を見ると、宣講を担当する者の便宜のために、ある程度の分類をして案証を収録したものと思われる。また本書の特徴は、案証の中で善と悪が対峙する緊張のあるストーリーを設定して、聴衆に娯楽を提供している点にあり、民国時代における宣講の新しい展開と見ることができる。本節では民国二年刊石印本【図1】を底本にして、こうした本書の特徴について論じてみたい。

二　案証の概要

各巻の案証の概要は以下のように、孝行、節義、善悪、賢愚の主旨によって案証を掲載している。

巻一（五篇、二十二葉）讒言に耐え抜いて孝を実践する案証、養父の恩を忘れて迫害する案証、姑の虐待に耐えて孝を尽くす案証、善行を積んで子孫を儲ける案証など、孝行に関する案証を中心に掲載している。

「双孝子」（一葉表～五葉裏）（宣八場）―孝行。近隣の悪女に讒言されながらも母に孝行を尽くす兄弟。悪女は天罰を受ける。冒頭に貧家の孝に関する講説を冠する。昔、常州（江蘇）、李応発の二子存仁・存義。野菜を盗んだ近隣の余二娘を叱ったため、陰で肉を食べていると母程氏に讒言される。兄弟は勧善文を歌って乞食をし、肉を得て母に食べさせ、富者漆志良の山を開墾して銀塊を得る。二娘は罪を告白して惨死する。西南官話「我看爹媽在公婆前、在那一回是那們様[18]行為。」「多虧得、児的父、勤扒苦掙[19]。」

「節孝双全」（五葉裏～十二葉表）（宣十場）―節孝。隣家の悪女に讒言されて姑に追放され受難する母親と、母親を救うため奔走する孝子。悪女は天罰を受ける。『保命金丹』巻四「節孝双全」を転載。道光年間、蜀省安岳県（四川）、鄭福元の妻何秋桂。長屋の刁氏が塩米を貸さなかったことを恨み、秋桂が隠れて肉を食っていると姑に讒言する。秋桂は福元に離縁されて身投げし、悪人胡廷玉によって監生陳正に身売りされる。陳正の妻杜氏は、嫉妬して秋桂を毒殺しようとするが、誤って陳正を毒殺し、秋桂は冤罪を被る。杜氏の甥文連は、秋桂の子保童を殺害しようとして、誤って店主李長発の娘蘭香を殺害し、王成富の家に宿を借りて、蘭香の片手を犬に奪われる。成富は冤罪を被るが、弟成貴が犠牲となり、その子桂林が保童とともに総督に上訴し、刁氏は絞殺され、杜氏は地獄に堕ちる。西南官話「従今後、娘不来、把児撫引[20]。」「不但背倒[21]造飲食。」

「恩義亭」（十二葉表～十七葉表）（宣十場）―忘恩。恩知らずの甥が出世して宰相の婿となって叔父を迫害する。叔父は周囲の援助によって難を免れ、甥は最後には天罰を受ける。冒頭に忘恩に関する講説を冠する。昔五代の時、山西太原府、盧春芳。叔父薛義に養われ、薛義の妻秦氏が春芳の受験の旅費を借りに姉婿の傅家を訪れ、傅家の娘清香を娶る約束をして帰る途中で金を盗まれるが、春芳は秦氏を懐疑し、上京して探花に及第すると、宰相劉弼の娘銀瓶の婿となり、淮安知府として赴任して、叔父薛義が来ると鶏小屋に案内し、趙武に殺害を命じるが、趙武は事情を聴いて薛義と義兄弟となり、薛義に銀を贈って逃亡する。薛義は盗賊に銀を奪われるが豆腐屋に救助され、晋王の即位を聞いて上京し、山賊になった趙武とともに晋王に仕える。春芳は唐王が即位すると罷免されるが、薛義の前で『恩義亭』劇を上演したため、薛義も衆人に説得されて春芳を清香と結婚させるが、春芳は天罰を受けて死ぬ。西南官話「這秦氏素来淡泊。(22)」

「孝感姑心」(十七葉表～二十葉表)(宣五場)—孝行。姑が孝行な嫁を虐待するが、嫁はひそかに孝行を続ける。姑は不孝な次男の嫁に虐待される。『聊斎志異』「珊瑚」故事。『宣講集要』巻四「孝媳化姑」、『緩歩雲梯集』巻二「紫薇窖」、『宣講大全』「孝化悍婆」。冒頭に孝行に関する講説を冠する。昔、重慶府、安醇の長子大成の妻陳珊瑚。姑沈氏に離縁されるが密かに孝行を尽くし、沈氏は次子二成の妻臧氏に虐待される。西南官話「有活路(23)、他不做、都還得淡。」

「望烟楼」(二十葉表～二十二葉表)(宣三場)—積善。善行を積んで子を儲ける。福建、陳緒昌。妾を買っても子が出来なかったが、范仲淹の示唆に従って「望烟楼(24)」を建てて神に祈り、酒に酔った魏痞子に寛容に対応し、『太上感応篇』を皆に頒布し、飢饉を救済したため子を授かる。西南官話「過後悔、未留你、同把夜消(25)。」

巻二(七篇、二十八葉) 忠臣が奸臣の迫害に対抗する案証、母子が身を犠牲にして支えあう案証、妻が身を犠牲にして夫を救出する案証、亡父が危害に遭う遺子を救う案証、侍女が夫の遺子を教育する案証、悪人が善人を陥れるが失敗する案証など、節義に関する案証を中心に掲載する。

「忠孝節義」(一葉表～四葉裏)(宣四場)—忠孝節義。忠臣の子と婚約した娘が、周囲の援助に支えられ、苦難を経て夫と再会する。忠臣の子は神助を得て奸臣を処罰する。冒頭に忠は孝であるとする講説を冠する。昔明の時、山西省、韓輔臣の娘明珠。白不緇は一子玉堂を輔臣の娘明珠と婚約させるが、厳嵩父子に抵抗して憤死する。輔臣は玉堂に離婚を迫るが、明珠は離縁状を破って男装して逃亡し、寡婦趙氏の養女となり、その娘秀英と姉妹となる。玉堂は悪人鄔邦の魔手を逃れて赤松仙に武芸を伝授される。玉堂の母は太原で陳一を養子とする。玉堂は斬妖剣で賊を平定し、輔臣は恥じて死ぬ。玉堂は厳嵩一家を処刑し、後に家族と再会する。西南官話「遂咥（喊）一声站到（着）。」「皆因是、家淡泊、無有用度。」

「孝児迎母」（四葉裏〜七葉裏）（宣五場）―節孝。母は結婚資金を作るため再婚し、息子は苦労して金を稼いで母を迎える。冒頭に再婚した親にも孝を尽くすべきとする講説を冠する。新案。国朝道光初年、遂寧（四川）、楊大文の子正元。大文の死後、困窮したため、母劉氏が再婚して結納金を受け取るが、叔父大章も病死し、石炭を拾って黄三爺の食堂に住んで、黄三娘が買った石膏を売って雑貨店を開き、娘瑞蘭の婿となって母を迎える。西南官話「想要山上去偸盗、又怕捉倒（着）打得叫。」「只見幾個小児腰捍鈎鈎（鈎）、手提箢箢（箢）。」

「梅花金釵」（七葉裏〜十一葉裏）（宣四場）―節義。悪人が妻に横恋慕して夫を殺害し、妻と善人が冤罪を被るが、善人の妻が命をかけて訴え、悪人は捕らえられる。冒頭に七言四句の格言詩を冠する。河南彰徳府木星県、楊忠信の娘桂英。梅花金釵を証として熊文貴の子奉林と婚約するが、侯白嘴が横恋慕する。梁登榜は文貴の落とした銀三錠を拾って返し、奉林の婚礼に招待される。白嘴が楊家に紛れ込んで奉林を殺したことから桂英が冤罪を被り、登榜が金釵を拾って容疑者となるが、妻姚氏が縊死して知府に訴え、県令は城隍に祈って真犯人を突き止める。(26)西南官話「家淡泊、穿吃難、無有余剰。」

「血書餅」（十一葉裏〜十四葉裏）（宣三場）―猜疑。夫が妻の貞節を疑ったことから冤罪事件が発生し、妻は血書をしたためて夫を救出するが、猜疑した夫は病死する。冒頭に叔嫂に関する講説を冠する。四川徳陽県、呉廉の長子有国の妻李玉貞。呉廉の死後、有国が玉貞と弟有邦の仲を疑って故意に外出すると、有邦は玉貞を実家に帰した後、康才の妻任氏が逃げて来たため書館へ移るが、楊時有が任氏と姦通し、有国は二人を殺して李家に向かう。その間に賊が死体の首を王朝清の家に投げ入れる。玉貞は有国を救うため血書を餅に挟んで有国に届ける。官は事情を知って有国を釈放する。朝清の家人朱駝子の自供によって任氏の首が発見され、康才は処罰を受け、有国は病死する。西南官話「做活路不分重軽。」

「当婦人」（十四葉裏～十九葉裏）—奸悪。父の善行によって生まれた孤児とその妻がたびたび危害を被るが、亡父と太白金星の庇護によって幸福を得る。悪人は天罰を受ける。『万善帰一』巻一「当婦人」を転載。冒頭に奸悪を戒める講説を冠する。道光時、四川嘉定府、姜歩雲。吝嗇だが悔悟し、神に祈って一子豆龍を授かり、死んで広東監察となる。族弟歩梯らは陰謀をたくらんで遺族から家財を奪い、岳父何天培も豆龍の貧窮を嫌って援助しなかったが、豆龍は陳文進に救済される。好色な王国定は豆龍に借金の返済を迫り、妻秀英を質に出させるが、太白星君が秀英の肌を腐敗させて貞操を守らせる。豆龍は広東で窮するが、歩雲が兵書・宝剣を贈って賊を平定させ、広東兵備道に採用されて、道士の丹薬で秀英を治癒する。悪人は雷に打たれて死ぬ。西南官話「看你那們煞擱（結束）。」

「双詰封」（十九葉裏～二十三葉裏）—貞節。夫が病死したという誤報を得た途端、正妻と側室が再婚し、侍女が子を教育する。正妻と側室は落魄し、夫の金をだまし取った店主は処刑される。李漁『無声戯』十二回「妻妾抱琵琶梅香守節」故事。[27]『宣講金針』巻三「双詰封」を転載。西晋の時、河南孟津、馮仲景の侍女何碧蓮。馮仲景が銀五百両を店主張敬斎に預け、督撫に従って辺境に出ると、店主は仲景が病死したと偽って銀を着服する。誤報を聞いた正妻羅氏、側室莫氏は再婚し、子馮雄は碧蓮に反抗するが、羅氏・莫氏が金を貸さないのを見て碧蓮を母として尊重し、教育を受けて状元に及第する。仲景は東平侯として帰郷し、落魄した羅氏・莫氏を見て事情を知る。碧蓮は父子の官誥を授かる。店主は斬首される。西南官話「千万看、孩児来、撝（量）米幾斗。」

「霊亀穴」（二十三葉裏～二十八葉裏）―奸悪。悪人たちが犯した連鎖殺人事件を霊亀が解決する。冒頭に七言四句の格言詩を冠する。昔唐朝の時、安徽廬州合肥県鳳凰橋包家村、包容。風水樹下から「霊亀穴」と刻まれた石碑を発掘して金井に埋める。だが金井を監視する張麻子・李欠子が陳有品を殺して金井に埋める。王鉄巴は有品の妻馬氏を唆して表弟《いとこ》王文進を訴えさせ、さらに魯空子の妻呉氏と共謀して空子の頭に鉄釘を打ったうえ毒を飲ませて殺し、有品の死体に仕立てて文進を陥れ、文進の妻董桂英に求婚するが、桂英は姉婿二火搥に殴らせる。県の文昌会の演劇と道士の示唆で太守が金井から有品の死体を発見し、霊亀が「守金井」三字を描いて事件を解決する。西南官話「有根風水樹、正与側近（近隣）文昌宮並排。」「聞知丈夫丟監（収監）。」

巻三（六篇、二十五葉）　悪人が色情に溺れて自滅する案証、善人が逆境に耐えて幸福を得る案証、悪人が善人を陥れて報いを受ける案証、悪人が悔悟して子を授かる案証など、善悪に関する案証を掲載する。

「蘇草帽」（一葉表～四葉表）―奸悪。好色な夫が妻を離縁して美人の後妻を娶るが、財産を蕩尽し、後妻も使用人と姦通して、使用人に殺される。光緒年間、雅州（四川）、朱宏順。一子興発が善人でないことを苦にして死ぬ。興発は譚福喜と奸計を弄して妻黄氏を離縁し、彭家の賢女を娶るが病死させ、続いて娶った後妻姜氏の妖艶に迷って賭博に負け、財産を蕩尽する。姜氏は薬屋の学徒龍在田と私通し、学徒が藁帽子を忘れたと合図するが、姜氏は興発を殺せという意味に誤解する。この後、姜氏の死体が発見されて、提灯を忘れた福喜が疑われる。黄氏の離縁に手を貸した仲買趙三元は朱家の物を盗んで捕まり、在田も犯行を自供する。西南官話「後来遭報莫下梢（好結果）。」

「翰林硐」（四葉表〜七葉裏）―善行。前妻の子が継母に虐待され、叔父の援助で科挙受験の旅に出るが、盗賊に遭って洞窟に住み、家を追い出された嫁を保護して科挙に及第する。涪州（四川）、李毓霊の後妻陸氏。残酷な性格で、財物を盗んで実家に送り、前妻の子正江に罪を着せる。正江は叔父毓秀から銀を借りて毓霊に返す。毓秀は正江を科挙受験のため上京させるが、正江は途中で盗賊に遭い、安岳県の洞中に住む。そこに姑刁氏に家を追い出されてやって来た王正文の嫁張秀英を家に送り届けるが、刁氏は子其賢に離縁状を書かせ、秀英は正江に保護される。正江は科挙に及第して翰林を授かる。『保命金丹』巻四「翰林硐記」を転載。西南官話「是活路、苦刻我、我都不怨。」

「破毡帽」（七葉裏〜十三葉表）―善行。父親の善行で生まれた子が危難に遭遇しながらも神助によって最後に幸福を得る。『警世通言』巻二十二「宋小官団円破毡笠」故事。明朝正徳年間、蘇州府崑山県、宋敦の一子金。宋敦は閶門寺に出産祈願した時に死んだ一僧侶のために棺を買い、宋金を授かって死ぬ。母も死に、宋金は范挙人に従って江油県(28)に赴くが、衆人の讒言に遭って捨てられる。宋金は船頭劉有才に救われ、娘宜春が破毡帽を繕って雨を凌ぐ。宋金は宜春を娶るが風邪で寝込み、劉夫婦に捨てられるが、老僧の紅丸で快復し、強盗が隠した范県令の賄賂を得て南京に行く。宋金は富裕になり、宜春が再婚していないことを知って再会する。西南官話「你看他們淡泊之家。」

「節烈坊」（十三葉表〜十八葉裏）―奸悪。兄が奇薬を用いて弟嫁の不貞を誣告するが、弟嫁は亡霊として無実を訴える。昔、商州（陝西）、趙紀。弟趙彬の死後、妻羅氏が三子を趙彬の妻施氏の養子にすることを認めず、羅氏が独断で養子にする。施氏は羅氏の侍女が贈った茶を飲んで乳が出る。趙紀は知って県に訴え、施氏は縊死する。施氏の亡霊は学院劉芯に訴え、劉芯は趙紀の筆跡をまねて医者袁豹を捕らえ、薬を試して趙紀の陰謀を暴く。施氏は節烈仙姑に封じられる。西南官話「把賬項開消（決算）。」

「金玉満堂」（十八葉裏～二十二葉表）―節孝。妻が夫の留守を守って神に表彰され、近隣の不孝な嫁は雷撃を受ける。徽州（安徽）、葉元善の長子華堂の妻善瑜。夫と弟茂林が辺境に出征した間、倹約して両親の世話をしたため、三官大帝が「金玉満堂」の扁額を下賜する。近所の秦秋娘は善瑜の諫言を聴かず、雷に撃たれて惨死する。『宣講集要』巻十三(29)「金玉満堂」、『宣講珠璣』巻四「金玉満堂」、『宣講大全』巻一「金玉満堂」を転載。西南官話「紡花喂猪不歇気（休息）。一要擥（経営）穿要擥吃。」

「麒麟閣」（二十二葉表～二十五葉裏）―悔悟。吝嗇な男が悔悟せず子を失うが、金を棄てて初めて子を得る。昔年、太平州、趙宗玉。隠し金を言い当てた道士に翻弄されて地獄に導かれ、夢が覚めて子孫が病死するが、それでも悔悟せず、夢に麒麟閣に赴き、送子老母に会って一子を求めるが一人も希望者が無く、改心すると誓って懶児を得る。しかしその子も死に、人から奪った金をすべて返すと、老母の子を得て一家は繁栄する。西南官話「毎日裡牙床睡倒（着）。」


巻四（八篇、二十七葉）　兄弟が尊敬しあって周囲を感化する案証、清官が複数の犯罪を解決する案証、賢妻が一家を支えるため再婚する案証、書生が善行によって悪運を改める案証、貪欲な心を取り替えて子を授かる案証、愚婦が讒言によって天罰を被る案証など、賢愚に関する案証を中心に掲載する。

「二難題門」（一葉表～四葉裏）―友愛。兄弟が互いに諫言を聴き、嫁同士も仲良くする。宋太宗の時、張孟仁・孟義。兄弟仲がよく、孟義は孟仁の飲酒を諫め、孟仁は孟義の朝寝坊を諫める。妻鄭妙安と徐妙円も仲良く、妙円は貸した衣装を妙安が汚すが気にせず、妙安は妙円の失敗をかばい、病気快復を祈願する。二人は子供も一緒に育て、仲が悪い熊家の嫁厳氏と李氏を説得して仲直りさせる。『宣講摘要』巻二「二難題門」を転載。西南官話「徐妹妹、請坐下、嫂有話嘆（談）。」

「冤中冤」（四葉裏～八葉表）―清官。女子の思い人が殺人の冤罪を被るが、官は真犯人が女子の思い人を装った男でなく、別にいることを突き止める。『聊齋志異』「臙脂」故事。東昌（山東）、卞家の娘臙脂。秀才鄂秋隼に恋をするが、近隣の王氏の愛人宿介が鄂生と偽って臙脂を訪ね、鞋を奪い去ると、無頼毛大が拾ってその父親を殺す。臙脂は鄂生を訴え、鄂生は冤罪を被るが、済南府尹の呉南岱が鄂生の冤罪を確信し、宿介を死罪に決する。学使施愚山は城隍神が背に印をつけないよう廟壁に接触した毛大を犯人と断定する。王氏は地獄に堕ち、宿介は王氏に殺される。西南官話「字字悲切、言言傷慘（傷心）。」

「節孝両全」（八葉表～十二葉裏）―節孝。三男の嫁が飢饉を救い、再婚して結納金を家に遺して死ぬが、神助によって蘇生する。本朝、寧国府、王之紀の三男王恵の嫁崔氏。飢饉のため嫁入り道具を売って家計を助け、再婚して自害し、結納金を一家に遺して、後に蘇生する。『宣講集要』巻四「尽節全孝」を転載。西南官話「売尽嫁匳把家攎。」

「友愛致祥」弟兄類（十二葉裏～十五葉裏）―友愛。兄夫婦が弟の商売を支援し、店主が弟の金を着服するが、城隍の託夢で悔悟して返済する。本朝康熙年間、四川省忠州和順県、陳光宗・光祖。光宗夫妻は田圃を抵当にして光祖に商売の資本を与え、光祖は蘇州で儲ける。光祖はわざと古着を着て帰宅するが、光宗夫妻は何も言わずに歓迎する。蘇州の店主劉義順は番頭李太旺に教唆されて光祖が預けた銀一万両を着服するが、光祖が城隍に祈り、城隍が王之臣に託夢して金を着服した者が黄牛に変じることを知らせると、それを聞いた義順は悔悟して光祖に金を返す。『宣講福報』巻三「友愛致祥」を転載。西南官話「将要攏（到）屋、忽想道。」

「解相換元」（十五葉裏～二十葉表）―善行。善行によって悪運を改めて科挙に及第する。本朝康熙年間、湖広長沙府湘潭県、冉九思。城隍廟で道士から短命の相だと予言されるが、科挙に落第して貧窮のため妻を売る譚世坤を救うと、世坤夫妻が来訪したため死なずにすむ。その後、左成玉の妻陶宝珠を書館に雨宿りさせ、成玉が宝珠を離縁したため、文昌帝は九思を主席で、成玉を末席で科挙に合格させる。成玉は宝珠と改めて結婚する。西南官話「若是不辞労、勤扒苦挣。」

「換一心」（二十葉表～二十二葉裏）―善行。心を取り替えて善行を行うと子を授かる。明成化二年、湖南直隷桂陽州、苟遇春。同年の藍田玉の善報が自分より良いことを妬んで東岳神に訴え、東岳殿に導かれて別の小さな心に換えてもらって心から善行を行うと、双子が生まれて出世する。西南官話「将家中所搊一升分半升与他。」

「雷神碑」（二十二葉裏～二十四葉裏）―奸悪。義弟に讒言して嫁を追い出した嫂が雷撃を受ける。洪化年間、保寧府閬中県（四川）、何紹啓の妻林氏。紹啓の弟紹興に讒言して、その妻路氏を追い出させたため、雷神に撃たれて死ぬ。『宣講珠璣』巻二、『宣講大全』巻五「雷神碑」を転載。西南官話「不但家中的活路要他去做。」

「義鼠搬糧」（二十五葉表～二十七葉裏）―節孝。三男の嫁が孝行を尽くすと、鼠が吝嗇な伯父の家から米を運んで救済する。嘉慶時、南郡（湖北）、傅大全。長子文典の妻鄒氏と次子文誥の妻曽氏は性格が悪く、三子文謨の妻段秀姑が代わりに舅姑の世話をする。伯父段文基は吝嗇で援助せず、娘丁香が贈った米も取り戻すが、真夜中に鼠が文基の米を文謨の家に運ぶ。西南官話「我都陰倒（背地）未開腔。」

三　案証の構成

本書は簡易本ではあるが、聖諭第一訓「孝順父母」、第一条「敦孝弟以重人倫」を主旨とする案証を中心に構成している。以下にそれを論じてみたい。

1．巻一「双孝子」

取材源不詳。冒頭に七言四句詩と長い講説によって、聖諭第一条に説く孝弟こそ人倫の根幹だという主旨を明らかにしており、宣講書の第一案としてふさわしい案証を選んでいる。

「天経地義百行原、成仏成仙孝在前。……」各位、你想聖諭首条、就説「敦孝弟以重人倫」。無非望我們当百姓的入孝出弟、敦篤天倫、共為醇良之民也。……（「天経地義は百行の元、成仏成仙は孝行が前。……」皆さん、聖諭の第一条には「孝弟を敦くして人倫を重んずる」と言っておられます。我々庶民に孝と弟に出入りし、人倫を重んじて、みな淳良な民になるよう望まれているのです。……）

2．巻一「孝感姑心」

取材源の『広化篇』は不詳。原典は『聊斎志異』巻十「珊瑚」(30)。本書冒頭では、虐待に耐えてこそ孝心が証明されるという主題を西南官話によって親しみを込めて講説している。

「孝字原従苦内修、莫因磨難便成仇。果能感得親心転、福沢千般為爾留。」這幾句格言、説為児媳的事奉不慈愛的父母、百般磋磨而孝心不衰、這原是件大難事。果能於難処見真心久久不懈、……昔重慶府、安孝廉、妻沈氏、膝下二子、長名大成、配妻陳氏珊瑚。次名二成、聘媳臧姑未娶。不料孝廉早逝、沈氏居孀、性極悍悪、将媳陳珊瑚百般磋磨、一事稍不遂意、便是悪罵毒打。那珊瑚女子、素知孝順和睦、慈良貞静、雖遇婆婆不賢、毫無一点怨色。……（「孝は苦しんで修めるもの、艱難によって仇成すな。親の心を変えたなら、いろんな幸い待っている。」この格言は、息子夫婦が残酷な父母の世話をして、様々に虐待されながら孝心が変わらない。これはもともと困難なことであるが、それでも真心が長く変わらなければ、……昔重慶府の安孝廉には妻沈氏と二子があり、長男大成には妻陳氏珊瑚、次男二成には婚約者臧姑があった。はからずも孝廉は早死にし、沈氏は寡婦となって凶悪で、嫁の陳珊瑚を様々に虐待し、一事が気に入らなければ罵って打ち据えた。だが珊瑚は孝順和睦、慈良貞静を心得ており、姑が愚かでも少しも怨まなかった。……)

また珊瑚を擁護し姑の虐待を非難する主旨に従って、①珊瑚・②王氏・③大成・④沈氏等、人物全員の言葉を宣詞によって表現し、物語らしくしている。

①珊瑚が家を追い出されて悲しむ言葉（十言十六句）

②親戚の王氏が訪れた沈氏を非難する言葉（十言十四句）

③大成が沈氏の妹に臧姑が沈氏を虐待すると訴える言葉（十言十八句）

④珊瑚が姑沈氏の前に出現して慰め、姑が前非を悔いる言葉（十言二十八句）

ちなみに初期の宣講書である『宣講集要』巻四「孝媳化姑」は、文語体で叙述し、主題の講説はない[31]。ただ、①姑の虐待に苦しむ嫁の言葉、②嫁を虐待した姑の悔悟の言葉、③姑を虐待した次男の嫁の悔悟の言葉を宣詞で表現するところは、善書の文体である。

①珊瑚が家を追い出されて悲しむ言葉（十言十四句）

②珊瑚が姑の前に出現して慰め、姑が前非を悔いる言葉（七言二十六句）

③臧氏が姑を虐待したことを悔いる言葉（十言十六句）

また『緩歩雲梯集』巻二「紫薇窖」では冒頭に宣詞を置くが、主題は嫁の孝ではなく、姑が嫁を愛し嫁が舅姑を敬うことである。文体も口語体でわかりやすく語る。

「勧婆婆、愛媳婦、媳婦当如女看顧。……為媳婦、孝公婆、公婆本是活彌陀。……」聖朝重慶安孝廉、娶妻沈氏、所生二子、長名大成、次名二成。大成娶妻陳氏、小名珊瑚、二成定親臧氏、尚未過門。却説珊瑚自過安家、公公

已死、有婆婆在堂。珊瑚頗知孝道、毎早晨夜晩、都要穿件新衣装、穿双新鞋、恭恭敬敬、在婆婆近前問候、無如他婆婆性情偏僻、看見珊瑚穿好衣服、就罵他妖精、珊瑚穿破衣、説他做気。（「姑さん、嫁さんを、娘のように可愛がれ。……お嫁さん、義理の父母は、もともと生き仏。……」聖朝重慶の安孝廉は沈氏を娶って二子が生まれ、長男は大成、次男は二成と言った。大成は陳氏を娶り、幼名は珊瑚、二成は臧氏と婚約し、まだ家に迎えていなかった。さて珊瑚は安家に嫁いで、舅が死に、姑が残った。珊瑚は孝道をわきまえ、毎日朝早くから夜遅くまで、新しい衣服を着、新しい鞋を履いて、恭しく姑の前で世話をしたが、姑は性格が悪く、珊瑚が良い衣服を着ると化け物だと罵り、珊瑚が古着を着ると反抗していると言った。）

宣詞も主題に沿って、姑が嫁をほめ、嫁が姑を慰める言葉を表現している。

①沈氏が妹余氏の嫁をほめる言葉（七言十句）

②珊瑚が後悔した沈氏を慰める言葉（十言十六句）

『宣講大全』巻七「孝化悍婆」では、主題の講説はなく、案証も文言体で語られる。(32) ただ宣詞は多く設定し、人物の心情表現に努めて、物語をドラマチックにしている。

① 大成が沈氏をなだめる言葉（七言十句）

② 珊瑚が沈氏に謝る言葉（七言八句）

③ 大成が涙ながらに珊瑚にわびる言葉（十言十句）

④ 大成が沈氏にせかされて離縁状を書く言葉（十言十句）

⑤ 珊瑚が仕方なく大成と沈氏にいとまごいをする言葉（七言十八句）

⑥ 珊瑚が追い出されて泣く言葉（十言二十八句）

⑦ 珊瑚が後悔した沈氏の前に出て泣く言葉（十言六句）
⑧ 沈氏が珊瑚にわびる言葉（十言十句）
⑨ 珊瑚が帰宅して大成にわびる言葉（十言八句）
⑩ 二成と臧姑が反省する言葉（十言八句）

3．巻二「忠孝節義」

取材源不詳。冒頭に格言と講説を置いて、忠もまた孝であることを説く。

「従来世界号大千、包天括地孝為先。……。」……俗言、「尽得忠来、難尽孝。」是説做官的離郷別井、不能在家事親。不知揚名顕親、就是孝。……（「元来世界は大千世界、天地のどこでも孝を優先。……。」……俗に、「忠は尽くせても孝は尽くしがたい」と言う。官に就いて郷里を離れると家で親の世話ができないということであるが、名を揚げ親を知らしめるのも孝なのである。……）

4．巻二「孝児迎母」

新案。冒頭に格言と講説を置いて、子はやむを得ず再婚した母にも孝を尽くすべきだと説く。

「生我劬労比昊天。休因出嫁把心偏。……」這幾句話、説父母生養之恩、直如報答不尽的。……怎奈人的境遇不齐、往往有夫死子幼、家貧無以聊生、不得已而改嫁者、人子正宜曲体親心。（「生みの苦労は天にも当たる。再婚と言ってさげすむな。……」この格言は父母の養育の恩には十分に応えることは不可能であると説いている。……残念ながら人の境遇は異なり、夫が死に子が幼くても、貧乏で生活できず、やむなく再婚することもよくあり、人の子は親の心を理解すべきなのである。）

5．巻二「当婦人」

『万善帰一』巻一「当婦人」を転載。冒頭に七言詩によって、人を欺くと天罰が下るという主旨を明らかにした後に、次の案証を語っている。

道光年間、四川嘉定府の姜歩雲は善行を施さなかったため、善書を見て改心し、天に祈って一子豆龍を授かるが、歩雲が死ぬと、いとこの歩梯と甥姜知利・知財が乞食の死体を庭に投げ込んで歩雲の妻陳氏を脅迫し、財産を騙し取る。陳氏が豆龍に嫁秀英を迎えて死去すると、家屋が火災に遭い、飢饉にも岳父何天培は援助しない。豆龍は松林で自害を図るが、表兄で雑貨商の陳文進に救われて陳家で働くことになる。近隣の好色な富豪王国定は、秀英を奪うため歩梯と共謀して豆龍に資金を貸し、豆龍が商売に失敗すると、秀英を質に入れさせるが、太白金星が秀英に黄沙をふりかけて皮膚病を患わせて身を守らせる。豆龍は広東に行商に出て強盗に遭い、三皇老祖廟で神に祈ると、観察神になった亡父が現れて兵書・宝剣を授け、辺境で武功を立てて広東巡撫に封じられ、帰郷して道士から丹薬を授かって秀英の病を治す。国定は火災で家を失い発狂して豆龍にわび、歩梯・知利・知財とともに雷に打たれて死ぬ。

宣詞は十場面と多く、善書らしく人物の心情を表現している。

①歩雲が懺悔して子を授かるよう天に祈る言葉（七言十四句）
②歩雲が死期を悟って妻陳氏に後事を託す言葉（十言二十二句）
③陳氏が死期を悟って豆龍夫妻に後事を託す言葉（七言三十八句）
④豆龍が岳父に借金を拒絶されて泣く言葉（七言二十句）
⑤豆龍が秀英を質に入れて泣く言葉（十言十四句）
⑥秀英が落胆して豆龍と交わす言葉（十言十二句）

⑦秀英が立ち去る豆龍を引き留める言葉（十言二十八句）
⑧豆龍も悲しんで泣く言葉（十言八句）
⑨豆龍が資金を奪われて神に訴える言葉（十言十句）
⑩国定が巡撫になった豆龍の前で罪を自供する言葉（十言三十四句）

6．巻二「双誥封」

冒頭に格言・講説を置かない案証であるが、李漁の小説『無声戯』十二回「妻妾抱琵琶梅香守節」にもとづく物語案証を『宣講金針』巻三「双誥封」から採取している。ただ小説と宣講ではストーリーが異なるとともに、小説では宣講のように銀を着服する悪店主は出現せず、父子が科挙に及第して碧蓮が二つの誥封を授かる結末はない。

江西省建昌府の馬麟如は二十九歳で死ぬことを予見して、妻羅氏のほかに妾莫氏を娶り、侍女碧蓮とも閨を共にした。二十九歳で妾が子を出産すると、麟如は大病を患い、妻と妾に自分の死後のことを問うと、二人とも再婚はしないと誓う。麟如は病気が快復するが試験に落第したため、友人万子淵とともに揚州へ下って医業に従事し、知府の病気を治療して名医となり、名を子淵に貸して、自分は陝西副使に昇進した知府に随行して揚州を去る。子淵が病死すると、訃報を聞いた妻妾は麟如が死んだと誤解して再婚し、碧蓮が子を育てる。麟如は科挙に合格して帰郷して事情を知り、碧蓮を妻とする。羅氏と莫氏は侮辱を受けて死ぬ。

7．巻三「翰林硐」

『保命金丹』巻四「翰林硐記」(33)を転載。冒頭に七言四句の「格言」詩を置いて、孝子孝婦が悪い姑や継母の虐待を受けながら苦難を経て立派な人物になり、悪い姑は応報で残酷な最期を迎えるという典型的な因果応報の主旨を説明し、続いて案証を述べる。

這幾句格言説、自古孝子孝婦与大功名人、皆従苦難中得来。不是遇悪婆残刻、就是遭晩母不賢、傴出在外、流落四方、白日沿門乞食、夜来岩硐棲身、受尽十磨九難、捱過一跌三銛、有日蒼天開眼、姓顕名揚。男在朝廷頂戴、女得皇上誥封、何等体面、何等声名。那悪婆在家、患禍頻臨、或遇対頭、或染奇病、率至家敗人亡、方見報応分明。……（この格言は、昔から孝子・孝婦と功名を遂げた人が、みな苦難から成功したのであり、残酷な姑でなければ愚かな継母から外に追い出され、方々さまよって、昼には乞食、夜には洞窟に身を寄せて、多くの苦難を嘗め、失敗を経験して、あるとき日の目を見て、名を挙げ、男は朝廷に出仕し、女は上様に誥封されるのであり、なんと体面があり、なんと名声があることか。愚かな姑は家で禍が降りかかるか、敵に遭うか、奇病を患うかして、おおむね家はつぶれ人は死んで、応報が明らかになるのである。……）

8．巻四「節孝両全」

『宣講集要』巻四「尽節全孝」と内容は酷似するが、『福海無辺』には七言四句詩と、「世の女性が尽くすべき道は節孝二字にこそある」という主旨を示す長い講説を置いて宣講書の体裁を整えている。

「遍観女史多名媛、……克全節孝即称賢。」這幾句語的意思、是説世上婦女当尽之道、惟在節孝二字。你看於今風俗人心、大反乎古。……（「遍く女性の歴史を見ると名媛が多く、……節孝を全うした者が賢者と称えられる」という言葉の意味は、世間の女性が尽くすべき道は、節孝にこそあると言っているのである。今の風俗や人心を見ると、大いに古の道に反しているではないか。……）

四　結　び

『福海無辺』四巻は民国初年に刊行された宣講書で、案証に注記された採取源の宣講書については現存しないと考えられていたが、最近その存在が明らかとなった。これによって『福海無辺』が取材源の宣講書所収の案証を転載していること、宣講書が案証を継承しながら、それを聴衆が楽しめるような緊張のあるストーリーに改編していることがわかった。民国時代以後の宣講は『福海無辺』に見られるような特色をもったと言える。

注

（1）半葉二十行、行四十字。青州阿桂、二〇一一年十一月、孔夫子旧書網出品。上海図書館蔵石印本は封面に「民国二年仲冬出版／絵図福海無辺／李節斎題」と題する。同版。

（2）序文末尾に「大清光緒戊申仲夏、西湖侠漢、謹撰於漢口六芸書局」と記す。光緒戊申は光緒三十四年（一九〇八）。

（3）封面「民国三十年新刻／万善帰壱／儒興堂蔵板」。悔過子自叙。目録。石照（四川）、雲霞子編輯・安貞子校書。三字題目。悔過子自叙には時を記さず、『福海無辺』（民国元年）が案証を転載していることからすると、「民国三十年新刻」というが、復刻本と考えられる。

（4）四巻。各巻目録あり。封面裏「光緒戊申季春鐫、巴蜀善成堂蔵板」。中央研究院傅斯年図書館蔵。

（5）存四巻。封面「民国七年新刻／救生船／楽邑□□□□□□」。巻一第一行「救生船　楽邑松茂山房発刻」。巻三第一行「活神仙　楽至松茂山房発刻」。楽至は四川楽至県。半葉八行、行二十一字。巻一・巻三は、雒城空間、二〇一〇年八月、孔夫子旧書網出品。巻一案証「救生船一孝順一忤逆」「仙□□」「武穆祠全名節中高科」「望月□」「廻龍寺貪酒色誤□妻」「柳花□」、巻三「活神仙」「会春亭」「再生縁」「臥雲閣」「三侠剣」「磨盤石」「玉姑洞」。中国社会科学院文学研究所蔵本は同版。巻一を欠くため刊行年不詳。巻二「碧玉簪」「貪花報」「菩提果」「送瘟神」「玉蝶梅」「龍潭井」、巻三は民国七年刻本に同じ。巻四「酔月軒」「保命丹」「紅杏村」「漾月亭」「慈雲岩」「断脚板」「文昌閣」。笠青「稀見清末白話小説集残巻考述」（北京、中国社会科学院文学研究所編『中国古代小説研究』第一輯、人民文学出版社、二〇〇五年六月、三六三～三六七頁）参照。

（6）存四巻。半葉八行、行二十一字。巻一は、雒城空間、二〇一三年一月、孔夫子旧書網出品。封面「民国丙辰年重刊／保命金丹／板存□□」。目録裏「岳西破迷子編輯　果南務本子校書」。民国丙辰年は一九一六年。岳西は四川省の岳西県。果南は四川省の果城県。また槐軒一脈、二〇一三年四月、孔夫子旧書網出品。案証「保命金丹」「傭工葬母」「朴素保家」「行楽図」「会縁橋」「双槐樹」「三義全孤」「富貴有命」。巻二は、陳記古旧書屋、二〇一五年七月、孔夫子旧書網出品。案証「孝児迎母」「梅花金釵」「烈婦報仇」「刻財絶後」「還金得子」「負図尋夫」「七歳翰林」「驕奢遇賊」。巻三は、案証「抱骨投江」「烈女報仇」「姻縁分定」「安貧獲金」「赤縄繋足」「佳偶天成」「同日双報」「竈君顕霊」。巻四は、雒城空間、二〇一一年三月、孔夫子旧書網出品。案証「翰林硐」「破毡帽」。

（7）四巻。半葉八行、行二十一字。巻一は、槐軒一脈、二〇〇七年六月、孔夫子旧書網出品。封面「光緒癸巳年季春月重刊／福縁善果／成都王文成斎蔵板」。光緒癸巳年は一八九三年。また、于頭、二〇〇九年六月、孔夫子旧書網出品。封面「石照雲霞子編輯、安貞子校書」。案証「天官賜福」「閨女訓子」「虐母化慈」「烏碧免災」「賭場活祭」「鴛鴦巧瓶」等。巻二は、過濾嘴和007、二〇一二年十二月、孔夫子旧書網出品。案証「疑姦殺父」「剪髪完貞」等。巻三は、玖鑫書屋、二〇一二年三月、孔夫子旧書網出品。案証「彩霞配」等。巻四は、沈氏古旧書店、二〇一一年三月、孔夫子旧書網出品。案証「師弟異報」「天賜金馬」「嫌貧分産」「完貞証果」。

（8）存巻三。半葉八行、行二十字。槐軒一脈、二〇一二年十二月、孔夫子旧書網出品。案証「審烏亀」「雷撃屍」「悔後遅」等。

（9）存巻二。半葉九行、行二十二字。書成三、二〇一〇年九月、孔夫子旧書網出品。案証「油鍋烹逆」「激夫興家」「守正完貞」「安貧獲福」「害人□□」「三世奇報」「仮孝変畜」等。

（10）『福縁善果』の誤か。

（11）『宣講大全』未収録。
（12）『万善帰一』巻一収録。
（13）『宣講金針』巻三収録。
（14）『保命金丹』巻四収録。
（15）『保命金丹』巻四収録。
（16）『万善帰一』巻一収録。
（17）『上元灯』『登彼岸』『大結縁』『撞晨鐘』『喚迷録』『福寿花』『培心鑑』の諸本は現存が確認できない。
（18）「怎麼様」。「那們」③（那麼）、四川成都。復旦大学・京都外国語大学合作編纂『漢語方言大詞典』（一九九九、中華書局）、二二七二頁。
（19）「勤苦挣銭」、四川成都。『漢語方言大詞典』、六四一八頁。
（20）「撫伢」（撫養小児）、湖北武漢。『漢語方言大詞典』、二五二三頁。「引」③（照看）、四川成都。『漢語方言大詞典』、九六〇頁。
（21）「背面」「背後」。湖南常徳、四川南充。『漢語方言大詞典』、四〇六六頁。
（22）「平淡」「平常」、四川。『漢語方言大詞典』、五七七〇頁。
（23）「農活」「手工労作」。『漢語方言大詞典』、四三九七頁。
（24）望烟楼は、北宋時代に浙江諸曁の黄氏が建立した楼で、楊時（一〇五三～一一三五）の「望烟楼記」がある。
（25）「吃晩飯。」四川成都、奉節。『漢語方言大詞典』、五一〇〇頁。
（26）石印説唱『捨命救夫梅花金釵記』（上海槐蔭山房書荘発兌）がある。「楊忠信売米」「侯白嘴貪色」「白嘴刺新郎」「登榜拾遺釵」「陶氏伸冤自尽」「白嘴被獲伏誅」。山東創刊号、二〇〇九年五月、孔夫子旧書網出品。
（27）『無声戯』では、夫は馬麟如、妻は羅氏・莫氏、侍女は碧蓮。万子淵の死が誤って麟如の死として伝わり、羅氏・莫氏が再婚する。
（28）原文には浙江省というが、四川省の誤。

（29）副題「貧媳尽孝」。案証の発生地を莱州（山東）とする。

（30）「安生大成、重慶人。父孝廉、早卒。弟二成、幼。生娶陳氏、小字珊瑚、性嫺淑。而生母沈、悍不仁、遇之虐、珊瑚無怨色。每早旦靚粧往朝。值生疾、母謂其誨淫、詬責之。珊瑚退、毀粧以進。母益怒。」

（31）「重慶府一人、名安大成。父孝廉、早歿。母沈氏、悍妬不仁。幼弟、名二成。大成娶妻陳氏、名珊瑚、事奉婆婆極孝。每日梳粧潔浄、以進飲食。沈氏刻虐、見珊瑚容美衣新、罵曰、「冶容誨淫。」珊瑚即毀粧、以旧布纏腰間。沈氏又罵珊瑚使性」。

（32）「重慶府有一孝廉、姓安名醇、家貧好学、娶妻沈氏、生二子、長名大成、次名二成。大成忠孝純篤、青年遊伴、配妻陳氏、小字珊瑚、才貌兼全、性極賢淑。奈厳翁早逝、母性悍虐、珊瑚雖孝、難遂其意。兼之年荒米貴、沈氏見飲食淡泊、疑媳有私、朝日忿恨。見珊瑚収拾潔静、便罵妖精艶、珊瑚猶務不整、又罵懶撒。至問寝視膳、稍有不利、動輒怒罵。」

（33）務本子校書。巻四目次「翰林硐記」。未見。『宣講管窺』巻四「石洞翰林」。

第六節　湖北の「漢川善書」

一　はじめに

清代に至って政府は「聖諭宣講」を奨励したが、実際の宣講では民衆への浸透を目的として案証という説話が取り入れられ、『宣講集要』に続いて各地の善堂（慈善団体）によって陸続と編集刊行された。湖北省漢川市の宣講は民国初年に善書のメロディを創出し、娯楽性を帯びて主に湖北省の漢川で盛んとなり、「漢川善書」として名を馳せた(1)。こうした宣講活動は現代に至るまで非職業人によって継承されてきた。『中国曲芸音楽集成』湖北巻（一九九二）の「湖北音楽曲種分布図」によると、宣講活動が行われた地域は、漢川をはじめ、仙桃、天門、潜江、応城、安陸、雲夢、孝感、漢陽、武漢、武昌に及んでいた。

筆者が初めて漢川市を訪れたのは、二〇〇二年十月であった。当時は公案小説の研究をしており、『躋春台』という作品が宣講書であり、「聖諭宣講」という分野があることを知って、さらに『中国曲芸志』湖北巻（二〇〇〇、中国ISBN中心）「漢川善書」に『飛鴿案件』（『布穀鳥』文芸月刊一九八〇年第十一、十二期）、『匕首案』（同誌一九八一年第十一、十二期）が解説されていたことからであった。漢川市文化館を訪問した際に館長の魏文明氏から聖諭宣講が今でも行われていることを教えられて、研究するに至ったのである【図1】。その後、二〇〇四年九月に調査をして、聖諭宣講が漢川地域と仙桃地域の二カ所で依然として行われていることを確認した。後に漢川市の「漢川善書」は二〇〇六年六月に第一批国家級非物質文化遺産に指定された【図2】。また仙桃市の「沔陽善書」は二〇一一年八月に第三批

【図１】「漢川善書」の上演（2002.10.23、於漢川市）（筆者撮影）

【図２】　第一批国家級非物質文化遺産に指定された漢川善書

湖北省非物質文化遺産に指定された。

なお『中国曲芸志』及び『中国曲芸音楽集成』には四川・河南・湖北・湖南の善書類の曲目が掲載されている。(2) 筆者は聖諭宣講の活動の消息を求めて四川と河南を調査したが活動の実態を知ることができなかった。(3) ただ湖北の漢川市と仙桃市に活動の消息を得たのであった。(4) 本節では、筆者が二〇〇四年九月に湖北省漢川市周辺地方を調査した結果及びその後の追跡結果をもとに「漢川善書」について考察し、その演目に戯曲を改編した作品が多く、聴衆がそうした物語性のある演目を要求していることを論じる。

二　宣講活動の調査

筆者は二〇〇四年九月に漢川市政府の主催による「漢川善書研究会」に参加した。漢川市政治協商委員会、漢川市文化館、湖北省民間文学研究会、漢川市第一高等学校の協賛で、当時華中師範大学文学院教授劉守華氏、山口大学大学院東アジア研究科学生林宇萍氏等が参加した【図３】(5)。

漢川市においては、市内城関区西門橋の徐忠徳グループ、郊外

【図3】「漢川善書研究会」左から筆者、政治協商委員会主席李顕昌氏、劉守華氏。

馬口鎮電影院の袁大昌グループが存在し、経営者が演芸館を開いて毎日公演していることを確認した。上演は毎日正午に開始し、十六時頃まで行われていた。老人は現代社会をテーマとしたテレビドラマを鑑賞することはできず、こうした伝統的な家庭道徳をテーマとした物語を老後の大きな楽しみとしているという。一元(当時一元は約十三円)出せば四時間の上演を観ることができ、観客は毎日三十人程度であった。調査内容は以下のごとくである。

1　徐老書館(漢川市城関区西門橋)

参加者は九月二日十二時から、「徐老書館」において徐忠徳氏(当時七十歳)のグループの上演する『売子奉親』を鑑賞した【図4】。

リーダーの徐氏によってストーリーが語られ(「講」)、進行の過程で登場した人物が「対詞」を歌う(「宣」)。ストーリーは徐氏の脳裏に記憶されていて、テキストは前に置かず、対詞を担当するメンバー(熊紹軒・聶海子・祁敏新・黄春桃)が登場人物の対詞のテキストを見ながら歌う【図5】。

いまその「対詞」のテキストによってストーリーをまとめると以下のごとくである(( )内は宣を担当する芸人)。

一場　父子餞行(熊・聶)―父周子善は科挙受験に上京する子文俊を見送る。文俊は十六歳で秀才に合格し、妻梁

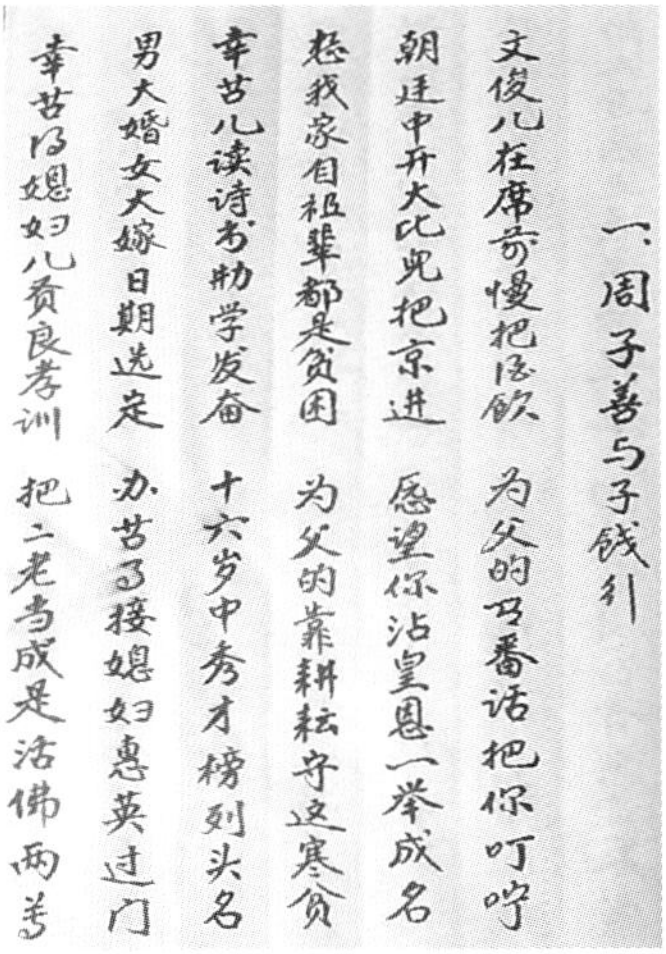
一、周子善与子饯行
文俊儿在席前慢把酒饮　为父的有番话把你叮咛
朝廷中开大比兜把京进　愿望你沾皇恩一举成名
想我家自祖辈都是贫困　为父的靠耕耘守这寒贫
幸苦儿读诗书勤学发奋　十六岁中秀才榜列头名
男大婚女大嫁日期选定　办苦了接媳妇惠英过门
幸苦的媳妇儿贤良孝训　把二老当成是活佛两尊

【図４】　徐忠徳『売子奉親』
（徐氏写本）

【図５】「講」を担当する徐忠徳氏（筆者撮影）

恵英を娶り、一子妙郎をもうけていた。文俊は、装飾品を売って旅費を作ってくれた妻恵英に感謝し、子善に対して科挙に合格して清官になることを誓う。

二場　恵英送夫（祁・聶）—恵英は夫を送別するに臨んで、夫に両親の信頼に応えて努力するよう励ます。文俊は妻が旅費を工面してくれたことに感謝し、決して妻を裏切ることはないと誓う。

三場　婆病対媳（黄・祁）—母呉氏は文俊が三年経っても帰宅しないため病気になり、飢饉を生き延びるため、不肖の子文俊を忘れて妙郎を連れて再婚するよう促す。恵英は文俊を信じていること、病母の世話をしなければならないことを告げ、飢饉を乗り切って夫の帰りを待とうと言って姑を励ます。

四場　文俊対妻（熊・黄）—文俊は恩師の婿となるが、故郷の家族を思って、既婚であることを妻張愛嬌に打ち明ける。愛嬌は大いに怒り、前妻を離縁しない限り一緒に暮らさないと宣告し、離縁状を書かせる。

五場　売子（祁・黄）—恵英は七歳の妙郎に向かって、太原が飢饉になり祖母が病死し、祖父も病気になったため、お前を売るしかないと告白する。妙郎は母に自分を売らず、父の帰りを待つよう懇願する。恵英は衆人の前で妙郎を買ってくれるよう訴える。

六場　恵英対大人（黄）—恵英は天官（吏部尚書）に向かって、病気の祖父を救うために我が子を売る事情を語り、養子にすると聞いて感謝する。

七場　子善罵媳（熊・祁）—子善は孫妙郎を売った嫁恵英を罵り、孫を連れ戻すよう迫り、打とうとする。恵英は文俊が御史を授かりながら変心したこと、送って来たのは書信ではなく離縁状だったことを告げる。子善は恵英にあやまり、不肖の子文俊を罵る。

八場　天官対義子（熊・聶）—天官は状元に及第した養子妙郎に向かって、太原に帰郷して実母に会うよう命令し、拒絶する妙郎を不孝者だと叱って打とうとする。妙郎は養父に向かって、実母を認めては恩知らずだと思われると弁明する。

九場　母子会（黄・祁）—妙郎は母と再会し、状元に及第して養父の命により帰郷したこと、母に誥命を授かるよう朝廷に上奏すること、途中で出会った乞食を下僕として雇って欲しいことを告げる。恵英は妙郎に過去の経緯を語り、我が子が出世して帰郷したことを喜ぶ。

このテキストは完結していない。結末は不孝者の周文俊が裁きを受けることになるのであろう。親孝行の倫理を説くことは民衆教化の基礎であり、清朝の聖諭でも第一に挙げていたし、孝をテーマにした物語は『琵琶記』『秦香蓮』をはじめとして民間に多く存在し、この物語にもその影響が見受けられる。

この作品ではまた民衆への浸透を目的とするため、以下のように漢川の方言である「西南官話」を使用している。

〔二場　恵英送夫〕若昧心、我日後、死無下梢（偽りならば、すぐに死に、よい結末はないだろう。）

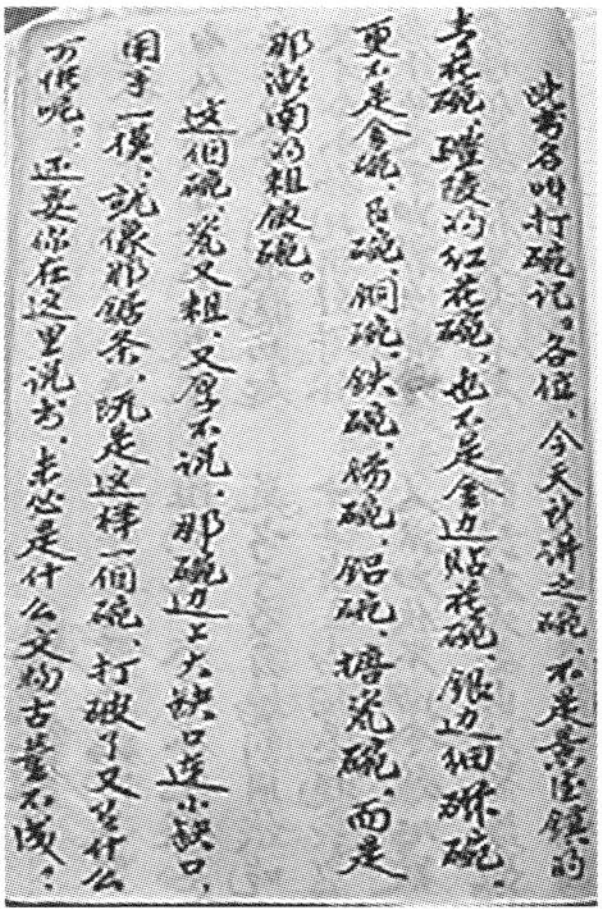

此书名叫打碗记。各位，今天我讲之碗，不是景德镇的
青花碗，醴陵的红花碗，也不是金边贴花碗，银边细磁碗。
更不是金碗，银碗，铜碗，铁碗，锡碗，铝碗，搪瓷碗，而是
那湖南的粗饭碗。
这个碗，瓷又粗，又厚不说，那碗边上大缺口连小缺口，
用手一摸，就像那锯条，就是这样一个碗，打破了又算什么
了不起呢。。还要你在这里说书，未必是什么文物古董不成。。

【図6】　袁大昌『打碗記』（袁氏写本）

【図7】「宣」を担当する袁大昌氏（左）（筆者撮影）

〔三場　婆病対媳〕把妙郎、帯出姓、撫養成人。（妙郎連れて、再婚し、立派な人に育てなさい。）

〔九場　母子会〕有算到、我的児、還能回来。（思わぬことに、我が息子、再び家に帰るとは。）

なお、徐忠徳氏は善書の創作に携わっており、『秦香蓮』、『鍘包勉』、『青風亭』、『尋児記』、『鳳頭玉簪』、『放白亀』、『双月図』、『売子奉親』、『李三娘』、『劉子英打虎』、『童媳化嫂』、『六月雪』などをはじめとして膨大な作品があるが、それらはほとんど戯曲を改編した作品である。

2　馬口鎮映画館（馬口鎮）

九月二日十五時からは馬口鎮において袁大昌氏（七十七歳）のグループによる『打碗記』を鑑賞した【図6】。[6] この日は研究会の参観があるということで、特別に馬口鎮中学で上演されたが、平日は映画館で上演が行われている。許国平氏（五十九歳）がストーリーを語り、袁大昌・王愛知（五十六歳）・何早娥（四十六歳）・王慧芳（四十六歳）諸氏が対詞を歌った【図7】。

テキストによってストーリーを要約すると、以下のごとくであ

る。

失明した七十二歳の老婆周元芝は「瞎婆」（盲目の老婆）と呼ばれ、沙市便河街橋東に住んでいる長男陳大年（妻孫如意）、橋西に住んでいる次男陳小寒（妻李艶艶）と生活している。元芝は大年の家に一ヶ月、小寒の家に一ヶ月と交替して暮らしている。大年と小寒は恐妻家であり、日常生活のこと全部を自分の妻に任せている。彼らの妻孫如意と李艶艶は不孝者であり、元芝を虐待し、劣悪で割れそうなお碗に饐えたご飯など粗末な食物を食べさせていた。その年の二月二十八日に大年の息子陳進は新婚の妻白玲を駅に出迎えに出かけると、如意は元芝を邪魔者扱いし、朝から元芝を追い出した。豪風大雪の中で元芝は橋を渡って次男の小寒の家へ行くが、艶艶はまだ一時頃なので、長男の家であと一食せよと言って元芝を受け入れず、ドアを開けない。元芝は自分が年をとり、目が見えず、子供らが自分を人間として扱ってくれないため生き続ける楽しみを失い、橋を渡る気持ちをなくして、河に身を投じて命を落とそうと思うが、幸い白玲によって命を救われる。元芝は橋東の家に庇護されて、如意の母（李育英）に苦衷を語る。かくて白玲と李育英は親孝行の道理を大年、如意、小寒、艶艶に説いて聴かせる。大年夫婦と小寒夫婦は後悔して元芝の専用粗碗を打ち壊し、以後は元芝を大切にすることを誓って、物語は円満に終結する。

この案証は、母を敬愛しない息子とその嫁を写実的に描写している。このように兄弟が順番に親を養うことは、『宣講集要』にも批判的に記述されている。「瞎婆」が汚いお碗を持って彷徨して泣く場面では、観客たちはみな涙していた。

なおこの作品は、「孝敬老人故事（老人を敬う説話）」類に属する物語である。「宝碗」という故事が全国的に流布しており(7)、淮劇『打碗記』（一九八〇年、姜邦彦・楽民合作）が流行し、各地の演劇に移植された。袁大昌氏は演劇脚本を

【図８】　演者が単独で上演する仙桃の善書（筆者撮影）

【図９】　上演前の焼香（筆者撮影）

善書に改作した可能性が高い。(8) 淮劇は江淮官話で上演されるが、『打碗記』は湖北方言（西南官話）で上演される。上演者は四人で、ストーリーを講じ、人物の詞を宣する。宣詞は対宣方式で、九場設定されている。

袁大昌氏は善書作者であり、『粉粧楼』、『楊家将』、『董小宛伝奇』、『天宝図』、『地宝図』、『三縁記』、『梁祝姻縁』、『秦雪梅』、『車棚産子』、『唐李旦』、『双婚配』、『再生縁』などの長篇物語を善書に改編している。また『打碗記』、『万花村』、『薛平貴回窯』、『陳三両爬堂』、『状元尋母』は、彼の弟子許国平氏が上演している。また、袁氏の師匠である何文甫氏の作品『王華買父』、『義侠伝（上下）』、『大審煙槍』も今なお上演されている。

3　仙桃市老城区夕陽紅倶楽部

全体による調査が終了して、筆者は、九月八日に仙桃市老城区の夕陽紅倶楽部において、鍾立炎（七十二歳）・尹業謨（六十八歳）・杜子甫（七十七歳）・王宗発（七十歳）諸氏による『父子双合印』の上演を鑑賞した。仙桃市の善書はもともと演者が単独で活動する古い形式を踏襲しており【図８】、漢川市のようにグループを結成して常時上演することはなく、招かれることがあれば協力して上演する程度だという。なお宣講を開始する前には焼香して天地を祀る【図9】。

宣講は民衆に浸透させるために信仰との結合がなされていた。これは酒井忠夫氏が指摘したように、宋代以来の伝統的な教化の形態である。それゆえ過去の案証には往々にして竈神や関羽などの神明が出現し、ストーリーにも因果応報、勧善懲悪の構想がなされていたのである。だが現在では社会の変化に即応して、神明の存在を強調することは少なく、儀式として痕跡を留めるに至っている。『父子双合印』のストーリーは以下のごとくである。

宋の真宗年間、浙江省郊外の秦家荘に秦百万という四品官吏がおり、その妻康氏、長子国保とその妻李秀英、次子国正とその妻黄四秀の六人で暮らしていた。国保は上京して科挙を受験し、状元に及第して八府巡按に任命され、金印・宝剣を賜って水路南京に向かう。途中秦家嶺に立ち寄ると、姑康氏は妊娠中の秀英に護身用として家宝の白羅衫を贈る。夫婦は黒水港を通過すると、五覇山の山賊鄂成虎に襲われる。国保は水中に身を投げて漁民万里爽に救われる。秀英は鄂にさらわれるが鄂の義弟羅成に救われ、白雲廟に逃れて男児を出産する。秀英は嬰児を白羅衫に包み、「血書」をつけて捨てる。嬰児は鄂の義弟高雄に拾われ、子どものいない鄂が養子として育て、天保と名づける。天保は勉学に励み、十六歳で科挙を受験するため上京する。秦百万は十年間も国保の消息がないため、国正を遣って国保を捜させる。国正は五覇山で鄂に殺され、百万は帰らぬ二子を思って病死し、黄四秀も国正を思って病死する。秦家は三度も火災に遭い、康氏は夫と嫁の霊を祭る。天保は鄂から与えられた馬で上京する途中、秦家荘で康氏に遭遇し、国保と顔が似ていたことから康氏を養祖母として拝し、家宝の藍羅衫を贈られる。天保は状元に及第して真宗の女婿となり、八府巡按の官職を授かって、金印を帯び、養祖母と拝した康氏を伴って十八年前に国保が向かった南京へ赴任する。天保が告示を貼って庶民に訴えを出させると、一日で三百六十余件の訴状が届く。それはすべて五覇山の山賊を訴えるものばかりであった。天保は怒って休廷するが、高雄から実情を聞き、白羅衫と血書を見、万里爽や秀英の訴状を見て、鄂を裁く。離散した秦家は円満に再会し、父子はともに八府巡按を務める。

この物語は『警世通言』「蘇知県羅衫再合」に由来している。家族の結びつきの強さを描いた作品であり、家族を核とする伝統的な儒教社会を重視する案証である。一般に善書の案証では悪人に神罰が下ることになっているが、いまの案証には見られない。

なお鍾立炎氏は『父子双合印』『蘇州訪賢』や、湖北の地方劇である漢劇を改編した作品『四郎探母』『緑花河斬子』『梱雲陽』『哭祖廟』、尹業謨氏は『鉄樹開花』、杜子甫氏は『望江楼』『法堂換子』『珍珠衫』『断臂姻縁』『珊瑚宝珠』『三子争父』など自作テキストを保存している。

また仙桃市民間芸人教会会長の李洪源氏からは案証集『勧善録』巻四を見せていただいた。『宣講集要』に類する案証集であるが、巻頭を欠くため刊行年は不明である。(9)

4　漢川市文化館

漢川市文化館は以下のように歴代の善書作品を多量に収蔵している。(10)

『貪妻失銀』、『天理良心』、『五子争父』、『火焼百花台』、『恩義亭』、『人頭願』、『双層縁』、『孝遇奇縁』、『茶碗記』、『双珠球』、『美人瓶』、『棲鳳山』、『珍珠塔』、『双槐樹』、『三姓一子』、『梅花記』、『描容尋夫』、『捨命救夫』、『双毛弁』、『審磨子』、『双膀記』、『翰林洞』、『湘郷情』、『双鳥倣媒』、『金石縁』、『逃生救父』、『浪子回頭』、『三槐宅』、『血羅衫』、『過後知』、『好姑娘』、『鴛鴦鏡』、『捨命伸冤』、『桂花橋』、『匕首案』、『珊瑚配』、『漁網媒』、『密蜂計』、

『九件衣』、『磨坊産子』、『趕春桃』、『白公鶏』、『争死受封』、『長寿橋』、『四害誤』、『五通橋』、『破肚顕賢』、『双状元』、『天賜金馬』、『打棕衣』、『蝴蝶盃』、『五子哭墳』、『打蘆花』、『吉祥花』、『三娘教子』、『哭長城』、『鳳凰図』、『唖巴告状』、『万花村』、『双婚配』、『剮子案』、『万尤村』、『狸猫換太子』、『龍鬚面』、『双官誥』、『桂花橋』、『童媳化嫂』、『六月雪』、『仮神化逆』、『一口血』、『孝婦受累』、『捨子救主』、『芙蓉屏』、『善悪分明』、『販馬記』、『紅蘿卜頂』、『八義図』、『血袍記』、『装瘋延婚』

この中には宣講本来の趣旨である伝統道徳を説く案証が多く、『宣講集要』などの案証集に収められた作品も収蔵している。『三娘教子』（『宣講集要』巻四「断機教子」）、『狗報恩』（同書巻六）、『安安送米』（同書巻十「積米奉親」）、『天理良心』（同書巻十一）、『善悪異報』（同書巻十二「団円報」）、『金玉満堂』（同書巻十三）、『双官誥』（『宣講拾遺』巻四「双受誥封」）、『恩義亭』（『福海無邊』巻一）、『破毡帽』（同書巻三）、『梅花金釵』（同書巻二）、『五子哭墳』（『宣講摘要』巻一）、『吉祥花』（『宣講福報』巻一）、『人頭願』（同書巻二「還人頭願」）、『四下河南』（同書巻三「三下河南」）、『白公雞』（『触目警心』巻一「白雞公」）、『双槐樹』（同書巻三）、『孝遇奇縁』（同書巻四）、『珍珠塔』（同書巻四）、『成人美』（同書巻四）、『双屈縁』（同書巻五）、『嫁嫂失妻』（『宣講珠璣』巻四）、『滴血成珠』（同書巻四）などがそれである。

ただ上演形式には発展が見られる。上演者はもと一、二人であったが、漢川善書では一組三～五人となった。たとえば取材源である『宣講福報』「吉祥花」では、善良な三番目の嫁吉祥花が八句の白話詞を宣して夫に読書に努めるよう勧め、嫁たちに飯を残さず食べるよう勧める。二人の村の女がそれぞれ七言の白話詞を宣して狡猾と無礼を自慢すると、吉祥花は白話の十言詞を宣して二人に改心を勧め、二人も白話の十言詞を宣して吉祥花に感謝する。この案証では一人の宣講者がストーリーを講じながら宣詞を宣することも可能であった。これに対して漢川善書の作者袁大昌（一九二七～現在、武漢市蔡甸区の人）が改編した『吉祥花』[11]では、三場の宣詞の場面を設定し、第一場「吉祥花勧夫」

「回詞」、第二場「祥花対両個嫂子」「回詞合宣」、第三場「奚荀氏対焦井氏」「回詞」「接出祥花對荀姣姣井宝宝」「姣姣宝宝回合詞」というように宣詞は双方が対宣する。上演者は四、五人であり、それぞれ講と宣を担当し、特に「対宣」「合宣」は演劇効果をあげて聴衆を感動させる。

漢川善書には創作案証もある。現代社会を背景とした漢川県馬口鎮工人業余善書組が創作した『飛鴿案件』(『布穀鳥』文芸月刊一九八〇年十一・十二期)、『匕首案』(『布穀鳥』一九八一年十一・十二期)が代表作であり、青少年を教導することを主旨として、作中人物が歌詞によって自分の言葉を表現する。

『匕首案』は濱江市の治保主任が老齢を顧みず社会工作に服務し、犯罪者となった青年を矯正する物語である。作中で治保主任は宣詞によって老妻に青年を教育することの重要性を説き、青年の祖母が宣詞によって孫が健康に成長することを期待する心情を表現し、青年が宣詞によって改心の決心を表明する。

『飛鴿案件』(12)は自転車を強奪する事件を描き、被害者の若者が女子の自転車を借りて追いかけて見失うが、女子が結婚する当日、新郎が犯人であることがわかり、若者が女子と結婚するというストーリーである。宣講者は自ら「説書人」と称し、作品は話本形式で叙述される。冒頭は「入話」詩から始まり、中間は「正是」で導かれる詩句でまとめ、一回を語り終えると、「且聴下回分解」(次回をお楽しみに)という決まり文句を述べる。そして末尾は伝統的な言い方で、「各位、照此書看来、学好終得幸福、作悪必受懲罰」(皆さん、この話から見ると、良いことをすれば最後には幸福を得、悪いことをすれば必ず罰を受けることがわかります)と結ぶ。

漢川善書で最も多く上演されるのは伝統戯曲小説を改編した作品である。たとえば『三月英』(何文甫抄本)は、三人の月英という同名の大家の令嬢が男装して逃走し、名を変えて出征して、最後に三人の才子と結婚するというロマンチックな物語である。勧善懲悪の表現がなされるとはいえ、人物は庶民ではなく、主題は明らかに娯楽である。

明朝嘉靖年間、四川犍為県の裴宣は妹月英と狩猟し、捕らえた黒狐を月英が放つが咎めなかった。尚書王朝善は盗賊に遭って病死し、月英の婚約者鳳鳴は裴宣に借金して科挙を受験する。悪党張培忠は鳳鳴を殺して月英を奪おうとする。月英は復讐のため張に嫁いで、張を殺して逃亡するが、盗賊に捕まり、土牢で盧月英と出会う。二人は男装して逃走し、裴月英は兄裴宣の名前で馬翰卿の娘月英と婚礼をあげ、馬月英に真実を話す。二女は馬家の養女となる。鳳鳴は張の部下熊豹に救われて、ともに異国平定に出征し、三女もそれぞれ裴宣・盧相・馬勝となのって出陣し、凱旋して三女はそれぞれ鳳鳴・裴宣・熊豹と結婚する。媒酌人汪二娘は口が腐れて死ぬ。

『双英配』（一九八二、陳貽謀抄本）もよく似ている。「嫌貧愛富」を描き、父親の死後、息子が婚約者の家に引き取られるが、岳母に虐待されて逃走し、途中で王家の娘と結婚して解元に及第し、岳父の冤罪を雪いで、最後に婚約者も娶る。

清朝乾隆年間、常州府江陰県。劉成必と傅松廷が婚姻を結ぶが、劉の死後、傅が劉の子天授をひきとると、妻陸氏が不満をもらす。傅は画を売りに出ると、娘瓊英は天授をかばう。だが瓊英が不在のとき、陸氏は天授に食事を与えず、金を盗んだといって追い出す。瓊英は母が頑固なため、天授に父を捜しにいかせる。天授は途中で王礼成に救われて娘碧英と結婚し、解元に及第する。傅は魯家に逗留するが強盗の嫌疑を受ける。天授は瓊英と陸氏と出会って傅の災禍を知る。天授は白扇をたよりに天子に拝謁し、傅の冤罪を訴えて自ら盗賊を裁く。

『双婚配』（一九八二、陳貽謀抄本）も「嫌貧愛富」を描いた作品である。左家の娘が親が結婚相手を替えたため逃走し、その途中で博徒の娘と遭遇して一緒に婚約者の家に隠れ、婚約者と結婚する。左家は後に零落し、子孫は流浪する。

清朝光緒年間、左天柱の娘梅蓉の婚約者閻景安の家が洪水に遭うと、左は婚約解消を告げ、周家と婚姻を結ぶ。梅蓉は知って逃走し、寡婦林氏の井戸に落ちる。林氏は白兎寺の和尚と姦通しており、和尚を隠して窒息させる。

左はしかたなく梅蓉の死体とし、周家に伝える。博徒賈三は梅蓉を井戸から引き上げ、博打のかたに老人劉鵬挙に嫁がせる。梅蓉と賈三の娘瑞南は景安の家に逃げ、三人は首を吊る。劉は賈三を殺して投獄され、南陽県の審判により、二女は景安に嫁ぐ。左は家が落ちぶれて子は流浪し、景安に養われる。

『義侠伝』上中下三集（何文甫抄本）[13]は、家僕が公子に変装してその岳父の家で女婿となるが、娘が家僕の欺瞞を見抜く。義侠劉子英は岳母を救い、家僕の両股を割いて屍体を野鳥に食わせる。

明朝嘉靖年間、許嬌春が父の死後、婚約者蔡蘭英の家を訪ねる途中、家僕劉青が嬌春を打ち殺し、嬌春に変装して蔡家を訪れる。嬌春は山賊劉子英に救われ、子英の妹翠英が蘭英の侍女春香となったことから劉青が嬌春でないとわかり、別の侍女を蘭英に変装させる。嬌春は子英とともに蔡家を訪れるが、蔡は婿と認めず、強盗として捕らえられる。南海県令はわが子を犠牲にして嬌春を救う。劉青は北京に逃げて、夫人を殺して宝物を奪おうとするが、子英が現れたため、劉青は黒水国へ逃げる。子英は広東を攻めて敗戦し、陳洪の娘に変装して蔡家を襲い、自首して県令に放免され、嬌春と再会する。嬌春は状元に及第して子英を推挙し、烏騰雲を平定する。劉青は中原に帰るが、子英がその股を引き裂き、死体は野鳥に食われる。蘭英は嬌春に父の免罪を嘆願する。

現代社会を描いた『双団円』（漢川県馬口鎮工人業余善書組創作、孝感地区代表隊印（印刷時期不詳））もまた物語性を重視しており、時代を文革期に設定しているが、実は「悲歓離合」の伝統戯曲を模倣しており、造反派を悪辣な権力者とし、それが原因で誘拐された子供の実の親と育ての親がどちらも幸福を得るというハッピーエンドとしている。

文化大革命の四人組支配時代における造反派が張善卿と婚姻を結べず復讐を謀る。娘桂蘭は張に科せられた罰金を払うため借金にいくが、無頼がその金を奪って誘拐し、造反派に売ろうとする。桂蘭は機転をきかせて無頼を家に招いて捕らえようとするが、無頼が子継偉を奪って逃走する。江漢県公安局が無頼を捕らえるが、継偉は置

【図10】「台書」上演（2013. 2 .17、於馬口鎮）（筆者撮影）

き去りにされ、大工李連喜が養育して来穏と名づける。公安局は継偉を探しだし、政府は大工夫妻に別の子供を紹介して双方がまるくおさまる。

これらの作品は物語性が強く、現代の漢川善書が当地の聴衆に娯楽の機会を提供していることがうかがえる。[14]

漢川善書はまた「漢川市文化館善書宣講団」と称して、毎年春節に舞台を組んで「台書」を三日間日夜二場上演している【図10】。その多くは戯曲小説故事である。筆者は二〇〇六年二月二日の『麒麟鎖』、二〇〇七年二月二十一日の『五宝記』（別名『白馬駄屍』）、二〇〇八年二月十日の『真仮和尚』、二〇〇九年二月二日の『笆斗冤』、二〇一一年一月二十七日の『販馬記』、二〇一三年二月十七日の『奎星下界』（別名『包公出世』）を取材した。『麒麟鎖』は明嘉靖年間、厳嵩が悪政を行って薛連登一家が迫害を受けて最後に出世して家族が再会するという物語。『五宝記』（別名『白馬駄屍』）は包公案で、劉文英と陸青蓮の恋愛宝物故事である。『真仮和尚』は河南上蔡県の弟嫁趙玉珍が嫂に遺産を奪われたため、偽和尚の計を用いて追い出し、済公も告訴を援助して、真相が明白になるという物語。『笆斗冤』は清末杭州の吝嗇な富豪の蔡家が遺産を次子に継承させようとするが、長子が次子を殺害して嫁と姦通したうえ、笆斗《かご》を用いて妻趙氏を絞殺し、官に賄賂を贈ったため趙家は敗訴するが、最後には棺を開いて真相が明らかになるという物語。『販馬記』は清乾隆年間河南西平県の馬を販売する李七の後妻が子女を虐待したため子女は逃亡し、帰宅した李七を誣告するが、後に娘は県令に嫁ぎ、子も出世して父を救出するという物語。『奎星下界』（別名『包公出世』）は包公案で、包公の不思議な出生を語る。

なお「台書」では上演の前に宣講者によって『関帝桃園明聖経』を奉納することを常としている【図11】。

【図11】「台書」前の納経（2013．2．17）（筆者撮影）

三　結　び

現在漢川で行われる善書は従来の聖諭宣講とは違って、観衆のニーズに応じて宗教性を希薄にし、娯楽性を強調して、ほかの曲芸と同じように演芸館で定期的に行われる経営型に変容している。上演される物語は親孝行の話や伝統的な話が多く、方言と素朴な言葉を多く使用しており、地方の高齢者の大きな娯楽となっている。また入場料も安く、観客にとって最も身近な娯楽とも言える。ただ、近年重視されることが少なくなり、民間の善書芸人も高齢化してきており、政府（文化庁、文聯、曲芸家協会）指導のもと、民間芸人の発掘と伝承者の育成、メディアの支援（ホームページ、テレビ、ラジオ）が必要とされる。もしこの状況に放置されたままであれば、全国ではこの地域しか現存しない貴重な伝統説唱文学が消滅する可能性もある。本節では、高齢者の娯楽芸能としてなおも存続する漢川善書の活動現状を報告し、無形文化遺産としてのさらなる保護を期待する。なお、筆者は二〇〇五年一月四日に孝感市南孝区（原孝感市）において善書活動の有無を調査したが、この地域では善書はすでに絶滅し、漢川市とおなじく書館が二カ所経営されていたが、そこでは善書は講じられず、「鼓書」が講じられていた。また善書を講じたことがあるという周家坑村五十五号の老人李仁高氏を訪問したところ、現在は農耕に専念しており、善書はまったく講じていないという回答であった。

注

（1）宣詞には「哭喪調」「小宣腔」「流水宣腔」「梭羅腔」「流浪腔」などのメロディがある。『中国曲芸音楽集成』湖北巻（一九九二、新華出版社）、『中国曲芸志』湖北巻（一九九三、文化芸術出版社）参照。
（2）『中国曲芸音楽集成』四川巻（一九九四、中国ISBN中心出版）、『中国曲芸志』河南巻（一九九五、中国ISBN中心出版）、同書湖北巻（二〇〇〇、中国ISBN中心出版）、同書湖南巻（一九九二、新華出版社）。
（3）二〇〇三年十二月十一日、筆者は成都市文化局『成都芸術』編輯部常務副主編蔣守文氏を訪問した時、蔣氏から四川の善書はすでに行われていないと聞いた。河南南陽でも消息は得られなかった。
（4）二〇〇二年十月十二日、筆者は漢川市文化館を訪問して、館長の魏文明氏から善書脚本と活動場所について教示を受けた。
（5）林宇萍・阿部泰記「湖北省における活動現状の調査報告」（二〇〇五、アジアの歴史と文化九）参照。
（6）袁大昌蔵本。
（7）『中国民間故事集成』浙江巻（一九九七、中国文聯出版公司）には浙江省紹興市の「一隻伝家宝碗」、同書福建巻（一九九八、中国ISSN中心）には福建省建陽県の「伝家宝碗」、同書江蘇巻（一九九八、中国ISSN中心）には江蘇省啓東市の「一隻黄砂碗」、同書四川巻「漢族」（一九九一、四川省民間文学集成編輯委員会）には四川省雅安市の「半辺碗」、『鄂西民間故

事集』（一九八九、中国民間文芸出版社）には湖北省恩施市の「婆婆碗」を掲載している。

（8）林宇萍「袁大昌による漢川善書『打碗記』の創作」（二〇〇五、東アジア研究四）参照。

（9）本書第四章第四節「湖北の『勧善録』残巻」参照。

（10）漢川市文化館所蔵の作品は『漢川善書案伝書目表』（二〇〇六年十一月、漢川市非物質文化遺産保護中心）に紹介され、「已収集百三十五種、待収集八十四種」という。

（11）袁大昌蔵本。

（12）姜彬主編『中国民間文学大辞典』（一九九二、上海文芸出版社）「会做媒的自行車」には、浙江に流行する新故事としており、漢川善書はそれを善書に改編したと考えられる。青年工人の小趙が自転車を盗まれて人の自転車を無断で借りるが、反省して持ち主の女性と知り合う。後に女性の結婚式に出席して自分の自転車を発見し、新郎が自分の自転車を盗んだと知る。女性は新郎が罪を認めなかったため結婚を解消し、後に小趙と結婚する。

（13）徐忠徳本では『劉子英打虎』。『群英傑』故事。

（14）阿部泰記「善書宣講における勧善と娯楽」（二〇〇七、東方書店『南腔北調論集』）参照。

第五章　新しい時代の宣講

第一節　吉林の『宣講大成』十六巻

一　はじめに

本書は民国二十二年（一九三三）に吉林省扶余県の明善堂が編輯刊行した宣講書である。[1] 上下二函十六冊から成り、各冊の表紙には赤字で題箋、分類、巻数、目録を記して、どの種の案証を収録しているか、宣講者にも読者にも一目瞭然にわかりやすく印刷している。収録する案証百六十篇は、便宜上、先行する宣講書から転載したものが多いが、改編を加えたり、欄外に注釈を加えたりして、理解しやすく工夫を施しており、地元である吉林省の新案証なども集めている。また何よりも特色として指摘すべきは、案証を孝悌忠信（上函）・礼義廉恥（下函）という民国時代の徳育の基本であった「八徳」によって分類していることである。これは民国時代に至って、社会に有用な人材を育てるという新たな観点から宣講が見直されたことによる。本節ではこのように民国時代に吉林省において編輯された特色ある宣講書『宣講大成』について考察したい。

二　編纂の方針

1 「敬天地論」

本書巻一の冒頭には、父母を敬うのが道理であるならば、人間の生みの親である天地を敬うのは当然であると述べる。そこには家庭倫理から社会倫理へと展開する近代道徳観が反映していると言えよう。

天也者、覆万物也。地也者、載万物也。雨露由天降、醴泉従地湧。……民之有頼於天地、至深至重。……各有父母而知為敬之、豈生我養我之大父母、人何竟不知恭敬哉。(天は、万物を覆う。地は、万物を載せる。雨露は天から降り、醴泉は地から湧く。……民が天地を頼りとするのは、至って深く至って重い。……各人には父母があって尊敬することを知っているのに、自分を生み自分を養う大父母に対して、人が恭敬を知らないことがあろうか。)

2 白賁「序」

続く白賁「序」(2)は、文学革命を経た近代らしく、口語体で記されている。教育が法律の補助をしており、孝悌忠信礼義廉恥の八則を立てて人心を正し綱紀をまもり、もしこの八則を実現できれば、自身は完璧な人となり、国家にとってよい国民となり、社会において健全な分子となって、争いは減少し、世界は大同に向かうであろうと述べる。

先王的神道設教、本是補助法律政令的。因為刑法僅懲於既犯、神権可禁於未発。所以古聖先賢都極重視此道、以正人心而衛綱紀、並擬定孝悌忠信礼義廉恥八則処世良方。這些訓話驟然聴到、似乎迂腐。但人們仮使都能做到、在本身便是一個完人、在国家便是一個好国民、在人群便是一個健全分子。人人如此克己安分、争端就可減少許多、

世界自会進於大同了。（先王が神道で教えを設けたのは、もともと法律・政令を補助するためであった。刑法は既犯を懲らしめるだけであるが、神権は未発のうちに禁じることができる。故に古聖・先賢はみな極めてこの道を重視して、人心を正して綱紀を守り、並びに「孝悌忠信礼義廉恥」八則の処世の良方を定めようとしたのである。これらの訓話をにわかに聴けば、迂腐のように思えようが、人々がみな実行できれば、自身においては一個の完璧な人となり、国家においては一個の良き国民となり、集団においては一個の健全な分子となる。一人一人がこのように克己安分すれば、争いはずいぶん減少でき、世界は自ら大同に進むであろう。）

そしてこの八則について詳細に説明を加え、第一則「孝」では、孝は人間であれば自然に起こる感情であるため、人格の立脚点であると規定し、関係が最も密接である父母に対して不孝である人間は、他の者に対しても関係を築くことができないため、人間として不可欠の条件だと述べる。

（一）孝　人類的孝思、原是基於天性的。這是感情的崇化人格的立脚点。想到父母的養育深恩、便会極自然的発生孝思。不過、人們的環境、時常会黙化他的性習。於是、便有許多人対於父母不敬不孝的。這様人、我們站在人的立場上看他、真与禽獣無異。便是就他本身説、和他関係最密情愛最篤恩誼最厚的人、当過如此待遇、別的人、更可想而知了。対父母不孝、便是万悪的出発点、以孝居首、古聖賢的用意、原匪浅鮮啊。（人類の孝心は、もともと天性に基づくものであり、これは感情が人格を崇高化する立脚点である。父母の養育の深い恩を思えば、極めて自然に孝心が発生する。しかし、人々の環境は、常にその習性にひそかに影響する。そこで、多くの人が父母に対して不敬不孝になるのである。こうした人は、我々が人の立場に立って見ると、真に禽獣と異ならない。彼自身にしても、彼と関係が最も密で情愛が最も篤く恩誼が最も厚い人に対してこのような冷たい待遇を与えるとすれば、別の人に対しては自ずと知れよう。父母に対する不孝は、万悪の出発点であり、孝を第一に置いた古聖賢の考えは、もともと浅薄ではなかったのである。）

第二則「悌」では、幼児期から兄は父母の次に最も有力な保護者であり、兄を敬愛することを知らない人間は、人間関係を構築することもできないと述べる。

(二)悌　人在幼時、除却父母的愛護外、最有力的看護者、便是同気連枝的関係和友愛的天性、対於兄長如何敬愛。況推己及人、理無二致。対於兄弟不能敬愛和睦的人、交朋友也不能忠誠篤敬。即小看大、公私利害間、原是極相関聯的呢。(人は幼時にあっては、父母の愛護を除いて、最も有力な看護は、同気連枝の関係と友愛の天性であり、兄長に対していかに敬愛するかである。いわんやこれを他人に及ぼしても同じ道理であり、兄弟に対して敬愛和睦できない人は、朋友との交流も忠誠篤敬でありえない。小をもって大を見ると、公私の利害はもともと極めて関聯しているのである。)

第三則「忠」では、団体のために尽力することが忠であり、少なくとも仕事に忠であれば責任が表現でき、地方に忠であれば公益事業ができ、国家に忠であれば偉大な功績を挙げ、社会に忠であれば皆に幸福をもたらし、人類に相当な貢献ができると述べる。

(三)忠　我們在任何団体中、当為這団体尽力、這就是忠。就小範囲説、忠於所事、総算是肯負任的表現。稍大些呢、忠於地方、便能作些公益事業。忠於国家、便能建立偉大功績。忠於人群、更能給大家造福、対於人類有相当的貢献。(我々はいかなる団体においても、その団体のために尽力すべきであり、それこそが忠である。小さいことで言えば、仕事に忠であることは、必ず責任を負うという表現である。やや大きな観点では、地方に忠であることは、公益事業ができるということであり、国家に忠であることは、偉大な功績を建立できるということであり、集団に忠であることは、みんなに幸福をもたらすことができるということであり、人類に相当な貢献をするということである。)

第四則「信」では、人類社会組織の中堅思想が信であり、交友のみならず、社会はすべて信によって維持されており、忠誠心のある人が信頼されて共に仕事に携わると述べる。

（四）信　信是人類社会組織中的中堅思想。在従前説、是専指朋友的交際、応以信守為原則。其実、社会上一切接触、都応以此維持下去、纔能永久立於不敗的地位。固為能守信的人、便是性格忠誠的人、自能得別人的信頼、而楽与共事。（信は人類の社会組織における核心思想である。昔は専ら朋友との交際を指して信守を原則とすべきだと言っていたが、実際には社会の一切の接触は信によって維持されて初めて永久に不敗の地位に立つことができるのである。もとより信を守る人は性格が忠誠である人であり、自ら他人の信頼を得てともに仕事を願う人である。）

第五則「礼」では、自ら儀容を確認し、相手に恭敬を表現するのが礼であり、家庭でも社会でも片時も欠かせず、倫理上で紛糾することがなく、交際の場で友情を促進させる。礼を堅持すれば堕落せず、人格は向上して人の尊敬を得ると述べる。

（五）礼　礼是人們儀容的自検、尤其是対人恭敬的表現。無論在家庭或社会、総是時刻不可離的。倫常間有礼、可免許多糾紛。交際場有礼、可促進許多友感。人能以礼自持、一切蕩検逾閑的事、便不会有。人格日進於高上地位、就益能引起人的尊視。（礼は人々の儀容の自己点検であり、とりわけ人に対する恭敬の表現である。家庭でも社会でも、必ず時々刻々離れることができないものである。倫常に礼があれば、多くの糾紛を免れ、交際に礼があれば、多くの友情を促進できる。人が礼をもって自ら持することができれば、一切の節度を損なうような事は決してない。人格は日々に向上し、人から尊敬されるようになる。）

第六則「義」では、正当な行為は義に合っており、何事も人のためになることをやるべきである。誰でも自我の観念を棄てることはできないが、天下のために自己を犠牲にする人との差は大きいと述べる。

（六）義　正当的行為、総是合乎義的。我們無論做什麼事、只要感到這事做了於人有益、就当做去。人総是抛不開自我的観念、凡事先為本身着想。在這時、為了利害関係、就要有所去取了。抜一毛而利天下都不肯的人、和那

捨生取義的人、利害観念、都是認的極清的。然而其間相差、真是遠的很呢。（正当な行為は必ず義に合っている。我々はどんなことをするにしても、それが人に有益であると感じれば、なすべきである。人はどうしても自我の観念が捨てられず、まず自身のことを考え、利害関係によって取捨することがある。わずかな事を犠牲にして天下を利することができない人と、生を捨て義を取る人は、利害観念がきわめてはっきりしている。しかしその差は真に大きいのである。）

第七則「廉」では、人は名利を追求するが、金銭というものは悪の媒体であり、注意しなければ名誉を喪失することになり、君子ならばそんな危険なことはしないと述べる。

（七）廉　人都好追逐名利之郷。実金銭這東西、常是做悪的媒介、去取之際、稍一不慎、一生名誉、便会掃地無余。所謂君子安貧、達人知命、原不是矯情的挙動。不過把金鈔和名誉両相比較的結果、終不肯令阿堵物累及清操罷了。（人はみな名利の郷を追い求める。実に金銭という物は、常に悪事の媒介であり、取捨の際に少しでも慎重でなければ、一生の名誉は地を掃くように無くなる。いわゆる君子は貧に安んじ、達人は命を知るというのは、もともと情に外れた挙動ではない。金銭と名誉を比較した結果、決して金銭に清操を汚されないようにするだけのことなのである。）

第八則「恥」では、人は間違ったことは恥だと知っており、利欲に駆られて間違いを犯すものであるが、事を行う前に心に戒めておけば失敗はしないと述べる。

（八）恥　一般人公認為不対的行為、便是作者的奇恥。可見羞恥的事、是違背人情的。人們所以犯這種病的、常由於利慾薫心而行険儌幸、並不是甘願冒此大不韙的。不過在做事以先、仮若能預存戒心、便不会失足了。（一般に人が間違っていると公認する行為は、行う者の大きな恥である。すなわち羞恥する事は、人情に背いたことである。人々がこのような病害を犯すわけは、常に利慾が心を惑わせ危険なことを行って利益を得るためであり、決してこの大きな過ちを冒そうと甘んじて願っているわけではない。ただ行為する以前に、もしあらかじめ警戒しておけば、失敗することはないのである。）

そして最後に、本書がこの八則に基づいて案証を編纂しており、婦女子にもわかりやすいため、扶余県に寄与すると結んでいる。

此書編次、就是以此為柱《ママ》意、而浅近通俗、婦孺可解、尤定広其宣伝、竟其功能、輯印行世、必能大有造於扶邑。（本書の編集はこのことを主旨としており、浅近通俗であるため、婦女子も理解できて、その宣伝を広め、その功能を尽くし、刊行して世に行われれば、必ず大いに扶余に貢献するであろう。）

白貫なる人物の詳細は不明であるが、本書の編纂に関わった人物であることは間違いない。

3　閻登五序

次に閻登五の序文(3)には、宣講という通俗的な方法を用いないと教化が広まらないと指摘する。

然而非宣講則化世之功、若有難竣者也。夫宣者宣其字義、講者講其奥者。始則一二人創之、継則千百人效之。初則一二処興之、後則各郷各鎮各城各省並行之。人不分賢愚可否、職不分士農工商。既欲置身於宣講、即能正己而化人、済身而済世。（しかし宣講でなければ世間を教化する功業はなしとげがたいであろう。そもそも「宣」とはその字義を宣し、「講」とはその深奥を講じるものである。最初は一二人が始めても、継いで千百人がまねをする。最初は一二箇所で始めても、後には各郷各鎮各城各省がみな行う。人は賢愚可否を分かたず、職は士農工商を分かたず、身を宣講に置きさえすれば、己を正し人を化し、身を救い世を救うことができるのである。）

4　「宣講大成原委記」

閻序の後の胡守中「宣講大成原委記」(4)には、宣講の芸術性について述べており、勧善懲悪の主旨が明白で、ストーリーの起伏と喜怒哀楽の情緒表現を取り入れて上演に適しており、宣（韻文）と講（散文）のスタイルで上演すれば風俗の教化に有益であると説く。

易於化転人心、移風易俗者、莫案証若也。其書多係清儒所輯、採取古今実事有関風化足資勧懲者、編為案証。……其中之孝子忠臣仁人義士烈女賢婦、暨夫不義不仁不忠不孝之輩、善悪之果報昭彰、境遇之順逆各殊。離合悲歓、状態畢肖、嬉笑怒罵、情景逼真、不防演作俚言。講之、如道家常、婦孺皆暁、宣之、如奏楽歌、冥頑易化。所謂有益於風俗人心者豈蜚語也。（容易に人心を転化し、風俗を変移させるには、案証が最適である。宣講書は多く清儒が編集し、古今の実事で教化に関連し勧善懲悪に資するものを採取して、案証として編集している。……その中の孝子・忠臣・仁人・義士・烈女・賢婦と、不義・不仁・不忠・不孝の輩とは、善悪の応報は明らかで、境遇の順逆はそれぞれ異なる。離合悲歓の状態はことごとく写実的で、嬉笑怒罵の情景は真に逼っており、俚言として上演してもよい。講ずれば日常を述べるようで婦女子も理解し、宣すれば楽歌を奏でるようで頑冥な者も教化される。いわゆる風俗人心に有益であるというのは偽りではない。）

また本書の縁起を述べ、胡守中の父が清末に各所の宣講堂を参考にして友人韓公らと本宅に宣講堂を設立し「明善堂」と名付けたこと、経書にならって刪定し、数ヶ月で百数十案を集めて[5]『宣講大成』と名付けたこと、儒者李鶴山に監修を委託したが、李公が慈善会を創立し、民国六年に水害の援助に出かけて三年後に死去したため、壬申（民国二十一年）の夏に、慈善会長をやめた畢蓋卿が韓公らと義捐金を集め、原目録に倣って石印刊行したと記す。

窃思、愚父之為人、性好義而志願宏。……於清季之時、嘗閲各処宣講堂、視其名義宗旨、……予父聞祖命、即先謀摯友韓公二人、……在本宅内設立宣講堂一処、名曰、「明善堂」。……窃思、六経之書、乃経邦定国之文、尚有繁駁之敝経、聖人刪定之後、始為万世不易之経、近世之宣講案証諸書、豈能免乎。乃於各部中選其純正無疵者、集為一部、以其志謀諸督講韓公二人、心同意合、閲数月、得百数十案、名之曰、『宣講大成』。……適有六堂総督

講李公鶴山者、清之名儒也。偶来堂、……即将始終責任完全付之李公、……李公乃去創辦慈善会。時民国六年、内省水旱為災、而公又往各処辦賑、……又三年、李公竟没於異郷。……壬申之夏、畢公藎卿因卸慈善会長之任、浮閒無事、想起『大成』一書、……爰偕韓公募款、倣原定目録、付之石印、邀請数人、為之校閲。（窃かに思うに、我が父の人柄は、性は義を好み、志は高かった。……清末の時に、各所の宣講堂を見て、その名義・宗旨を参照した。……我が父は祖父の命を承けて、まず摯友である韓公二人にはかり、……本宅内に宣講堂一処を設立して「明善堂」と名づけた。……窃かに思うに六経の書は経邦定国の文であるが、それでも繁駁の紕経があり、聖人が刪定して後に初めて万世不易の経典となるのであり、近世の宣講の案証諸書もこれを免れることはできない。そこで各部中から純正で無疵のものを選んで集めて一部とし、その志を督講・韓公二人にはかって意気投合し、数月かけて百数十案を得、『宣講大成』と名づけた。……そのとき六堂総督講の李公鶴山は清の名儒であり、たまたま来堂したので、……すぐに全責任を完全に李公に与えたが、……李公は慈善会を創設するために去った。時に民国六年、内省では水害干害が起こって公はまた各処に救済に出かけ、……三年後に李公は異郷で逝去した。……壬申の夏、畢公藎卿は慈善会長をやめて、仕事がなくなったので、『大成』一書のことを思いだし、……ここに韓公とともに募金をして、元来の目録にならって石印に付し、数人を招いて校閲を依頼した。）

5　「宣講聖諭規則」

本書は言うまでもなく小説書ではなく宣講書であり、『宣講集要』『宣講拾遺』等の宣講書と同じように宣講儀礼である「宣講聖諭規則」を掲載しているが、記述を前後して、まず「文昌帝君窓十則」「武聖帝君十二戒規」等を読誦し、「聖諭広訓十六条」「聖諭六訓」は最後に読誦する。

引讃賓旁立云、「大衆粛清。今為宣講聖諭敦行儀礼。鳴金。撃鼓。諸人虔誠排班。就位。跪。叩首叩首三叩首。

亜跪。叩首叩首六叩首。三跪。叩首叩首九叩首。詣聖諭台前跪。」代読生恭読「文昌帝君蕉窓十則」。……司講者登台恭読「聖諭広訓序」。

である。

6 「六訓解」

「宣講聖諭規則」の後には「〔聖諭〕六訓解」を掲載している。これは『宣講集要』『宣講拾遺』等の宣講書と同じ

7 李紹年序

下函冒頭には李紹年「宣講大成序」(6)を載せ、宣講の文体が卑俗で文士に笑われたり、注解が欠如していて講生が誤解したりしたため、胡公の召集に応じて共に群書の中から優れた案証を選定して注釈を付けたが、刊行しないうちに自分は編輯事業から離れたこと、今畢公藎卿が胡公等に協力して完成するのを待っていることを述べている。

遡宣講之風、於此有年、汗牛充棟、莫稽際涯。其中俚俗雑陳、則触高士之嗤疵、注解欠如、毎遺講生以誤会。是以善友胡公慨白璧之有瑕、善果之未円。爰集紹年等共勷善挙。……於是捜羅群書、撮拾精英、集腋成裘。……不意書未付梓、余已長逝。……今畢公藎卿協胡公及諸同人、……淹寝之挙、指日功成。(宣講の風をさかのぼれは、この数年に汗牛充棟であり、際限が無い状態である。そこでは俚俗を雑陳して高士に非難され、注解が欠如して講生に誤解されている。よって同志胡公は白璧の瑕あり、善果の完全ならざるを慨嘆し、紹年等を召集して共に善挙を助けた。……かくて群書を捜羅し、精英を収拾し、皆で資金を集めて事を成そうとした。……思わぬことに書を上梓しないうちに、余は長く去ることになった。……今畢公藎卿が胡公及び諸同人に協力して、……停滞していた善挙もまもなく完成するであろう。)

三　取材源と梗概

前述のように案証は「群書を捜羅し、精英を撮拾」したというが、私見によれば、実際には石印本が出て全国的に普及した『宣講集要』『宣講拾遺』や奉天で編集された『宣講醒世編』などから案証を転載して、「孝弟忠信礼義廉恥」八則に分類している。いま各案証の取材源と梗概を記すと、以下のごとくである。

なお＊印をつけた案証は新案を含む取材源が不明のものである。

孝字巻一（十案、全七十四葉）

「至孝成仙」（『拾遺』巻一）—武進県、楊一。親の墓で泣いて天から銀を賜る。

「堂上活仏」（『拾遺』巻一）—太原県、楊黼。母が仏祖と教えられ、母を買って奉養する。

「感親孝祖」（『拾遺』巻二）—枝江県、趙本固。子貴安は不孝な父松華が祖父母を山に送った車を捨てないでおくと言い、松華を悔悟させる。

「鬻子節孝」（『集要』巻四）—嘉慶年間、華陽県、余清の妻鄭氏。子を売って姑を養う。

「思親感神」（『拾遺』巻五）—嘉靖年間、定海県、孟継祥。留守中に一族の頼食猴が妻李氏に再婚を迫るが、関帝が継祥を定海へ送り届けて危機を救う。

「勧夫孝祖」（『拾遺』巻二）—重慶府、郭丙南の妻賈桂英。丙南の遊蕩を諫めるが、丙南は悔悟せず、祖母の殺害を謀ったため、罪を告白して死ぬ。

「賢女化母」（『拾遺』巻二）—宋、湖広、鄭廷林。後妻余氏が前妻の子春元とその嫁荊氏を虐待すると、余氏の娘瑞瑛は、嫁いで同じ目に遭いたくないと言い、母を諫める。

「孝婦免劫」（『宣講管窺』巻一「孝逆巧報」）―重慶府、支祖誼の妻喩氏。前世の不孝によって雷に撃たれる運命にあったが、孝心によって隣家の不孝な馬氏が身代わりになって死ぬ。

「慈孝堂」（『宣講彙編』巻一）―『竇娥冤』故事の改編。竇娥の処刑前に父成文が冤罪をはらし、夫蔡文茵が驢児と薬医を捕らえ、張氏と竇娥に「慈孝堂」の扁額が下賜される。

「孝子還陽」（『集要』巻一）―山西、耿万発。病死するが孝心により蘇生する。

孝字巻二（十案、全七十七葉）

「持刀化妻」（『集要』巻七）―文安県、曾開啓。一ヶ月孝行を装った後に母を殺せば疑われないと悪逆の妻楊氏に告げ、楊氏を改心させる。

「逆倫急報」（『拾遺』巻一）―咸豊年間、京山県、白克振。突然不孝不弟の罪を告白し、霊魂は妻に憑依して世人に訓戒する。

「賢孫孝祖」（『拾遺』巻二）―西蜀剣州、陳清華の祖母。嫁周氏が再婚するため清華の殺害を謀るが、清華をひきとって自分で育てる。清華は内閣学士の職を授かり、祖父母を孝養する。

「孝媳化姑」（『集要』巻四）―『聊斎志異』「珊瑚」故事。重慶府、安大成の妻陳珊瑚。姑に追放されて自殺を図るが救われる。姑は次男の嫁臧氏から虐待される。

「啣刀救母」（『集要』巻二）―嘉靖年間、崑明県、趙五。子牛が刀を隠して母牛を救う。

「愛女嫌媳」（『拾遺』巻一）―西漢、四川、姜詩の母陳氏。娘邱姑の讒言を聴いて子姜詩の妻龐三春を離縁する。三春の子安安は母に米を送って孝養する。

「還陽自説」(『拾遺』巻二)—道光年間、湖広黄梅県、周呆児の妻姜氏。讒言によって小姑蘭香を縊死させ、姑夫婦に乞食をさせたため、冥界で拷問を受け、自ら腹を割いて死ぬ。

*「孝友格天」(宣四場)—光緒年間、朝陽府(遼寧)、魏泰交。親孝行で餃子を秘薬だと言って母に与えて咳を治し、弟泰恵にも食べさせて回虫を吐かせる。

「化夫成孝」(『集要』巻七「賢妻勧夫」)—山西省、謝文欽の妻楊氏。賭博の五罪を数えて文欽の悪癖を改めさせる。

「送米化親」(『集要』巻二)—明、常熟、帰汝威。愚かな継母に米を送って感化する。

弟字巻三(十案、全七十三葉)

「埋金全兄」(『拾遺』巻二)—吉安府、趙雲霄。兄雲彦が悪に染まり、母が分けた財産も蕩尽したため、兄が反省するのを見て救いの手を延べる。

「勧夫友弟」(『醒世編』巻二)—『殺狗勧夫』故事。順天府涿城北、趙連璧の妻桑氏。犬の死体を人の死体と見せて、連璧を悪友孫銭から引き離し、弟連芳と親しませる。

「義嫂感娣」(『集要』巻八「接嗣報」)—山東済南府、蔣稼の嫂王氏。蔣稼の妻毛氏に妾を娶らせるため、故意に吾が子に養子にならずとも財産は自分のものになると答えさせる。

「七世同居」(『集要』巻八)—明朝、孝感県、程家。愚昧な子孫が棠棣の樹を枯らそうとするが、枯れなかったため同居を続け、表彰を受ける。

「田氏哭荊」(『集要』巻六「荊樹三田」)—昔、京兆、田翁の三子田真・田広・田慶。田慶の嫁季氏が分家を主張して紫荊樹を伐ろうとすると、樹が枯れる。

「唆夫分家」(『醒世編』巻二)—山西太谷県、龐倹の妻斉氏。私財を貯蓄して夫を唆して分家させたため地獄に堕ち、龐倹も殺人の冤罪を被って獄死する。

*「欺弟滅倫」（宣七場）—同治年間、青州府、張恩義。弟恩徳の妻李氏の子桂子を売るが、恩徳が落とした銀二錠を桂子が拾ったことから父子が再会する。

「譲産立名」（『集要』巻十）—漢明帝の時、会稽郡陽羨県、許武。御史に任命されると、わざと家産を自分が多く取り、不満を言わない二弟の名を著す。

「知恩報恩」（『彙編』巻二）—宋、廖忠臣の妻欧陽氏。忠臣の母が閏娘を生んで死ぬと、閏娘に授乳する。娘秀女は雷神に祈願して、病死した欧陽氏を復活させる。

「陰謀遭譴」（『拾遺』巻六）—湖北京山県、谷秀生の妻貢氏。兄秀実の子保寿を溺死させ、姦通を偽装して嫂張氏と下僕劉興を殺したため、亡霊に取り憑かれて死ぬ。

弟字巻四（十案、全六十五葉）

「釈冤承宗」（『集要』巻十）—乾隆五十九年、永州府、劉夢光の妻王氏。夢光が死ぬと、兄夢祥の妻杜氏が再婚を迫るが、後に杜氏と子が死亡して、子とともに家を継ぐ。

「稽山賞貧」（『集要』巻六）—道光年間、稽山（甘粛）、鄧春栄。匪賊を避けるため実子光後を捨て弟の子光前を抱いて逃げる。後に光後は父母と再会し、死んだ光前も蘇生する。

「悌弟美報」（『彙編』巻二「尊兄撫姪」[7]）—康熙年間、莒州、商兄弟。兄守財と妻白氏は吝嗇で賊に襲われ、守財は殺され白氏は乞食をする。弟守仁は兄の子を救い家を再興する。

「天工巧報」（『拾遺』巻四）—無錫県、呂宝と妻楊氏。兄呂玉の子喜娃を売る。呂玉は捜しに出て、陳留で揚州の陳朝奉の金を拾って喜娃と再会し、陳家の娘を嫁に迎える。

「孝友芳隣」*（宣四場）―福建、余兄弟。嫁の吝嗇が原因で分家し、裏庭の棗樹に自殺者が出て裁判に大金を出費したため嫁が死に、隣家の仲よい王兄弟を見て反省する。

「大団円」（『集要』巻六）―崇禎年間、東昌県、張炳之の後妻牛氏。先妻呉氏の子張訥を虐待すると、虎が次男張誠を銜え去る。

「全家福」（『集要』巻六）―常熟県、楊伯道。弟伯義の子に妻を娶らせ、財産を分ける。

「二子乗舟」（『彙編』巻二「二子乗舟」）―春秋、衛宣公の子公子寿と伋。弟朔が長兄伋を宣公に讒言したため、舟で宣公のもとに赴いた朔の兄寿と寿の後を追った伋が殺される。

「割愛従夫」（『拾遺』巻三「慈虐異報」(8)）―陝西、秦潤福の後妻柴氏。子有富が賈大戸殺害の冤罪を被ると、弟有貴に兄の身代わりを命じる。県令は柴氏と有貴を表彰する。

「至情化暴」*（宣三場）―蘭渓県、鍾兄弟。兄復初は素行の悪い弟復善を諫め、子鍾祥も毒蛇が変化した鼈を食べようとした復善を救い、復善は反省して地獄から蘇生する。

忠字巻五（十案、全七十九葉）

「闔府全貞」（『醒世編』巻二）―崇禎年間、代州総鎮周遇吉。母は誕生祝いに李自珍と戦うことを望む。一家はみな明朝のために殉死する。

「感天済衆」（『醒世編』巻二）―晋陵、張可乾。干害は人心の悪逆によると説き、雨乞いをしても雨は降らず、老人が字紙を敬惜することを説いて焼身すると、大雨が降る。

「凌孤逼寡」*（宣七場）―招遠県、仲文標。文標の死後、下僕戚寧が遺子と寡婦を騙して遺産を盗むが、戚寧は盗賊に殺される。県令が遺産を押収するが、督撫委員が公正に裁く。

「施公奇案」（『集要』巻十四）—淄川、胡成。行商人を殺して銀三百両を奪ったと放言したため、首無し死体が発見されて冤罪を被るが、施公が冤罪を雪ぐ。

*「義僕興家」（宣七場）—『醒世恒言』巻三十五「徐老僕義憤成家」故事。

*「欺主遭報」（宣八場）—平陽太守王建勲の子清明の書童張春。清明の振りをして婚約者の汪家を訪ねるが、京県令廉若水が真偽を明らかにし、張春は処刑される。

「駕破舟」（『福報』巻四）—咸豊三年、広西太平県、朱家の嫁李氏と雇用人崔忠正。太平天国の乱で姑と子丁元を太白仙の破船に乗せて救う。悪奴屈二は賊に殺される。

「排難解紛」（『拾遺』巻三）—武昌府、沈万言と妻顔氏。万言は李茂林・華林兄弟を和解させ、顔氏は兄弟の嫁を和解させる。万言は殺生を戒め、若い嫁に忍耐を勧め、家族に慈愛を求める。

*「公門種徳」（宣五場）—皂隷李中美。犯人の妻を強姦する同僚を諫め、銭糧が納付できない書吏を援助する。中美は二人から恩返しを受ける。

*「耿生択術」（宣四場）—河南、耿大能。塩の販売人、肉屋、書吏となることを拒絶し、西洋物を売る店に勤め、店主が病死すると、遺産をその妻に送る。

忠字巻六（十案、全七十七葉）

「損軀報主」（『醒世編』巻二「尽義存孤」）—『趙氏孤児』故事。晋、趙朔。奸臣屠岸賈が景公に讒言したため、一家が誅殺されるが、門客程嬰・公孫杵が孤児を護る。

*「善医美報」（宣五場）—湖南善化県、単薪伝。狼の疽を治して銀五十両を贈られ、殺人の容疑を被るが、盗賊から奪ったことを狼が明かし、憲台から褒賞を受ける。

「忠孝節義」（『集要』巻十三）―饒平県、鄭光先。王義を救うため顧大顕に預託金の返還を求めて殺される。妻劉氏は族兄に姦淫を迫られるが、縊死して貞節を守る。

「鳴鼓擒賊」（『集要』巻十三）―北魏宣武帝の時、兗州、李崇。刺史として盗賊を勧諭し、鼓楼を建てて盗賊を防ぐ。

「巧断租銭」（『醒世編』巻三）―唐、鳳陽城、高節度使。李忠と張誠が納付する銀を落とした事件を裁く。

「投身成仁」*（宣六場）―天啓年間、金長者。一家は李自成の乱で崇禎帝が崩じると自害する。

「撲火救主」*（宣六場）―晋、寧国府方文玉の老僕方義。悪僕の陰謀に対抗して主人の妻と子を護る。

「双受誥封」（『拾遺』巻四）―歴城県、挙人馮存義。存義が病死したという誤報が入ると、妾碧蓮が長子馮雄を教育し、父子は科挙に及第して、碧蓮は双誥封を受ける。

「左道惑衆」（『集要』巻九「送河伯婦」）―戦国の時、鄴都、西門豹。巫覡が漳川に河伯がいて犠牲を要求していると言うが、太守西門豹は巫覡を河に投げ込んで悪習を改める。

「除害衛民」*（宣六場）―清、安慶府、蕭瑞卿。鯉を河伯の使者だと言う巫医范太昌を河伯のもとに送ると言って殺す。

信字巻七（十案、全八十一葉）

「僧談冥報」*（宣五場）―嘉慶二十四年、孝廉倪延寿。南京報恩寺で、老僧が冥界に赴いて字紙を大切にせず飯粒を粗末にする二案に答えた話を聞く。

「破迷帰真」*（宣九場）―山東、王徳。夢で老人の示唆に従って谷良を訪ね、庶民が祖先、竈神、母を祀るべきことを教わる。

「生死全信」（『彙編』巻三）―漢、山陽の范式（巨卿）と汝南の張劭（元伯）。張劭の魂魄が平陽功曹の范式のもとを

訪れ、范式は約束どおり葬儀に駆けつける。『古今小説』「范巨卿雞黍死生交」故事
「信神獲福」（『集要』巻十四）―咸豊十一年、潜江県、尤有典。妻何氏が疫病に感染したため、『宣講集要』を荊州の清化堂において復刻すると、妻の疫病が快癒する。

「*良友可風」（宣八場）―山西交城県、張好礼。友人王友仁が商売に出た後にその妻李氏に生活費を都合しないが、実は手職を与えてそれを買い上げて助けていた。

「*背信食言」（宣九場）―元至正年間、山東、繆材。友人元自寔に借りた銀二百両を返さず、後に主人の王将軍に殺される。自寔は道士に前世を告げられて、後に廬山令を授かる。

「違訓債事」（『醒世編』巻四）―光緒年間、四川平武県、管成方。亡父居敬の教訓を守らず、機房をやめて天竺に出て旅館を開き、旅客の金を偽金に換えるが、盗賊に殺される。

「謗神遭譴」（『醒世編』巻五）―国朝、蜀川、施孔中。扶鸞による宣講を否定し、夏侯武が宣講堂に米を送るのを阻んだため、足を痛める。

「*背誓果報」（宣八場）―明、姑蘇、胡君寵と薛蘭芬。陳秀英から借金して山東曹梁知県を授かるが、秀英の子金哥と婚約したことを認めず、後に秀英の家の犬に転生する。

「*偏聴後悔」（宣四場）―江西、施徳馨。次男恒墉とその妻游氏の讒言を聞いて分家し、家から追放される。

信字巻八（十案、全六十三葉）

「*贅壻失望」（宣三場）―汴梁、雷正功の妻柳氏。正功の反対を押し切って親戚の余大亨を養子にするが、自分を扶養しないため、出稼ぎに出た弟正勲を呼び戻す。

「阻善毒児」（『拾遺』巻四）―嘉興県、金鐘。妻単氏が慈善を行って二子保福・保善を授かるが、老僧の毒殺を謀っ

たため、その二子を殺す。

「双善橋記」（『拾遺』巻六）―明、蜀川、朱琦。石橋を修築するが、建設中に目と足を負傷し、竣工すると雷に撃たれて死ぬ。朱琦はこうした試練を経て太子に転生する。

「良朋有信」（宣五場）＊―湖北京山県、郎徳。朋友任知心の死後、その子昌後の怠惰を諌め、任家を再興させる。

「貿易公平」（宣三場）＊―福建侯官県、雷成勲。信頼されて皮革店の執事となる。後に賊を招安して知府となり、郷宦の娘と結婚する。

「因果寔録」（『拾遺』巻五）―順治十五年、孝感県、林嗣麒。名前が似ていることから肉屋の凌士奇と間違えられて冥界に連行され、冥王の裁判を見て現世に伝える。

「悪壻遭譴」（『拾遺』巻二）―西安府、陸振徳の婿高青彪。振徳が養子を取ることを阻止し、振徳から家産を受け取ると追放する。振徳夫婦は甥純孝に救われ、青彪は焼死する。

「天眼難瞞」（『拾遺』巻三）―浙江、鄒子尹。張士信の子振邦を賭博に誘い、士信の家産の半分を奪ったため焼死する。振邦は官職を得て帰郷し、一家は幸福に過ごす。

「善愿感神」（『集要』巻十四「善愿速報」）―咸豊十一年、潜江県、孫行元。突然失明するが、何医者の勧めで竈神に祈願すると両目は快復する。

「遏悪揚善」（宣七場）＊―開封府、卜霖蒼。妻兪氏に諌められて善行に努め、過日仇敵関係であった書生が按撫となって赴任すると、非礼をわびて和解し、娘を嫁がせる。

礼字巻一（十案、全七十七葉）

「尚賢美報」（『集要』巻九「惜福報」）―広西、丁光昌。妻に節倹と善行を勧める。

「孝義善報」（『集要』巻二）―乾隆年間、瀘州、江洪興。悪事に手を染めず出世する。

「教子成名」（『拾遺』巻四）―本朝、武陵県、陳尚志の妻周氏。尚志の死後、子書章と娘玉蘭を教育し、玉蘭は嫁いで嫂たちの不仲を解消し、書章は後に翰林を授かる。

「惜字美報」（『集要』巻九「惜字獲金」）―山西、呉欽典。惜字のため棺から冥牒・路引・皇歴を取り出すが放免され、海外で八卦文字の亀殻を拾う。欽典を訴えた男は目を患う。

「天理良心」（『集要』巻十一）―昔、許克昌。「天理良心」の扁額の価値を妻に説くと、妻は質に入れず、質屋も克昌を経理に雇う。貧家が死体を質に入れるが、不思議なことにそれは金に変わる。

「溺愛失教」（『醒世編』巻四）―光緒八年、湖北黄梅県、秦振元の妻張氏。長子秦福を溺愛して阿片を吸わせたため、父母の死後、家は落ちぶれてしまう。

「正学獲福」*（宣五場）―山東泗水県、邢子儀。白蓮教徐鴻儒の余党楊宝の妖術で誘拐された劉士奇の娘を救い、楊宝の妻朱氏を保護し、後に大名太守となる。

「燕山五桂」（『拾遺』巻四）―五代晋時、竇禹鈞。非道な性格を亡父から戒められたため、善行に努めると、玉皇が五子を授け、五子は後に国家の棟梁となる。

「拒淫美報」（『拾遺』巻五）―江西南昌府、張万誠。妻は子を求めて、多子の呂培徳に妾と交わるよう要請するが、培徳が万誠に善行を勧めると、子を授かる。

「異端招禍」*（宣五場）―広西太平府崇善県、高其志。表弟《いとこ》衛薪伝の忠告を聞かず、南寧果化州で無為門を広めて州城を占拠するが、官兵に追われて自害する。

礼字巻二（十案、全八十五葉）

「異方教子」（『拾遺』巻四）―山西、黄徳輔の妻顧氏。一子宝善を厳しく教育する。王光瑤の後妻馬氏は一子宝珠を溺愛する。宝珠は遊蕩して罪人となり、母の溺愛を恨む。

「忍譲睦鄰」（『集要』巻八）―叙州府南渓県、何大栄。隣家の劉成華が境界の柏樹を伐るが、忍譲歌を送って争いを止め、帰宅して成華に詫びる。

「観灯致禍」*（宣九場）―光緒二十五年、山東登州府、劉玉璜。娘桂英が灯籠見物をして道に迷い、婚約者に罵られて縊死するが蘇生し、別の事件を引き起こす。

「種子奇方」*（宣二場）―江蘇宜興県、呉頤。九条の「種子奇方」を説き、広善堂を創立する。民衆は呉公を称賛する。

「釈冤成愛」（『醒世編』巻三）―宋、山西、孟洪。商売から帰還した甥陸端を殺して金を奪ったため亡霊に悩まされる。済公は陸端を孟洪の子に転生させて家産を継承させる。

「賢母訓子」（『醒世編』巻四）―『聊斎志異』「細柳」故事。中都、張氏細柳。夫高継先の死後、先妻の子福を厳しく教育する。

「訓女良詞」（『拾遺』巻四）―終南山、田氏夫人。娘玉英に三従四徳・七出・八則十不可・三綱五倫を講じる。

「婢母巧報」*（宣四場）―楡樹県、紀鴻図の四男の妻馮氏。姑に子の世話をさせながら不平を言ったため、子は夭逝し、瘤ができて死ぬ。四男立懦も失明する。

「勧夫四正」（『福報』二）―定遠県、謝翁。吝嗇で家産を無くし、一子文正も賭博にふけるが、妻楊氏が諫めたため悔悟し、姦淫、阿片、奢侈を戒める。

「宝善興家」*（宣十四場）―諸光。二子に訓戒するが聴かず、死後に次男の庶子守信が遊蕩したことから裁判で家産を没収され、嫡子守仁の子宝善が家業を復興する。

義字巻三（十案、全八十七葉）

「貞女祠」（『醒世編』巻二）―秦、臨洮、范杞梁の妻孟姜女。杞梁が長城の修築に出た後、姑を世話し、姑の死後、長城に行き杞梁の死骸を探して殉死する。

「節義斉眉」*（宣五場）―嘉慶年間、河南、王大富。賢妻徐氏の助言で、兄大本の死後、甥季山に学問をさせ、魏蕙英との婚礼を挙げさせたため、一子を儲ける。

「助夫顕栄」（『摘要』巻二、『大全』）―道光年間、黄玉堂の妻李氏。質屋王老陜に白雄鶏を盗んだと誤解されても忍耐し、王老陜から旅費の援助を得て玉堂を科挙に及第させる。

「棄家贖友」（『彙編』巻三）―『古今小説』巻八「呉保安棄家贖友」故事。

「大娘興家」*（宣十七場）―『聊斎志異』「仇大娘」故事。山西臨晋県、仇仲の娘大娘。魏明の通報で仇福が賭博で妻姜氏を売ったことを知り、太守に訴えて仇家の財産を取り戻す。

「義犬救主」（宣六場）―道光五年、四川金堂県、王家の犬。兄厚達と妻郎氏が弟厚賢の妻和氏が出産した嬰児を埋葬しようとするが、嬰児を育てて、和氏に知らせる。

「徳孽異報」（『醒世編』巻五）―徽州、王志仁。劉術士から悪運を告げられるが、人助けをして災難を逃れる。

「忍飢美報」（『集要』巻十「忍飢成美」）―明、江右蘭巌、敍芬の父。湖広で教えて帰郷する途中、官金を払えずに捕らえられた少年を救う。一子敍芬は状元に及第する。

「徳周一邑」*（宣五場）―明景泰年間、浙江徳清県、蔡良。租税搬送を引き受けて、山西人房之孝のために十隻の船の炭を売りさばき、その利益を租税に苦しむ人々に分与する。

「三善回天」（『集要』巻八）―華陽県（四川）、呂奇。東嶽廟の神将を塗り直したため神将から死期を告げられるが、人のために三つの善を行って寿命を延ばす。

義字巻四（十案、全九十二葉）

「節女全義」（『醒世編』巻五）─乾隆年間、貴州、張守貞。李珍哥と指腹婚姻し、珍哥が病死すると、指を切って貞節を誓い、養子二人を育てる。

「仁義格天」*（宣十三場）─宋初、高懐徳。(9) 軍に加わるため竇禹鈞に娘桂英を託す。禹鈞は桂英を養女として石守信と結婚させる。竇夫人は善行により五子を儲ける。

「仁慈格天」（『拾遺』巻二）─河南、楊万里。泌県の王好謙の三男の嫁羅愛廉が楊家に身を売るが、万里は愛廉を養女として好謙の三男と結婚させる。妻朱氏は高齢で懐妊する。

「盛徳格天」（『拾遺』巻三）─『初刻拍案驚奇』巻二十「李克譲竟達空函　劉元普双生貴子」故事。宋真宗の時、洛陽、劉元普。李克譲の無字の手紙を見て妻子を受け入れ、裴安卿の孝女を養女として、克譲の子春郎に嫁がせる。

「陰隲尚書」*（宣八場）─浙江台州府、応公。女鬼が替死鬼を捜しているのを知り、張合璧の妻袁氏を密かに援助し、陰隲によって尚書を授かる。

「義侠除暴」（『醒世編』巻三）─『聊斎志異』「崔猛」故事。明崇禎初、建昌、崔猛。不孝な王実の妻刁氏を惨殺し、李申の妻を奪った潘銀を殺すが、以前に救った趙僧哥に救われる。

「施徳巧報」（『醒世編』巻六）─咸豊年間、西省烏魯木斉、匪賊劉永財、綽名混江龍。首領を説得して村娘を護る。娘は参将の継室となり、捕らえられた永財を救う。

「捨身全交」（『彙編』巻三）─『古今小説』巻七「羊角哀捨命全交」故事。

「還妻得子」（『醒世編』巻三）─明末、陝西、袁永正。乱を江南に避け、鄭福成の妻を娶るが福成に返す。福成が永正のために子を買うと、永正が戦乱で見失った子であった。

「恩解讐冤」（『醒世編』巻五）—国初、蘇継先。常州で商人彭大成に父を殺されるが、天津で妻に横恋慕した胥吏に誣告されて彭大成に救われ、旧怨は解消する。

廉字巻五（十案、全七十七葉）

「義還金釧」（『醒世編』巻六）—明、羅倫。科挙のため上京し、従者が旅館の外で金の腕輪を拾う。羅倫は持ち主に返して主人の侍女の冤罪をはらし、科挙に主席で合格する。

「傾人顕報」（『醒世編』巻四）—順治年間、景州、喬際雲。綽名小老虎。織布業をやめ高利貸しになって人を苦しめたため、後に獄死する。

「見利忘義」（『彙編』巻三）—万暦年間、孝感県、劉尚賢と張時明。昵懇の間柄でありながら、道端で拾った黄金の独り占めを謀って殺し合う。

「来生債」*（宣五場）—乾隆五十八年、湖北麻城県、徐広。毛有倫から綿花の販売を託されて得た利潤を渡せず、来生という子に転生した有倫に説明して誤解を解く。

「龍雷顕報」（『醒世編』巻六）—康熙年間、吉林、張望明。飢饉のため妻を李機匠に売るが、金を学生張・李に盗まれて母子は自害し、張・李は雷に撃たれて死ぬ。

「改過栄身」（『集要』巻十二「用先改過」）—前代、張用先。空谷禅師に長子（秤）・次子（斗）・令愛（金銭）を犠牲にすれば救われると言われる。

「貪財受害」（『集要』巻十三）—定遠県（四川）、蔣志和。賄賂を好み、盗賊の陶六と関わって捕らえられる。

「息訟得財」（『集要』巻十）—昔、福寧県、何臻。法律を民衆に教え、兄弟の訴訟を戒める。

「悪覇明譴」*（宣十一場）―宣統年間、吉林新城府、孫玉堂。洋兵の首領となり、仇敵于宝を殺害するが、清廉な金太守によって逮捕され、処刑される。

「改道呈祥」（『拾遺』巻六）―昔、揚州、周祥泰。迎合を好んだため吃逆を病んで死に、子徳隆の二子も死ぬ。徳隆は冥界の裁判を見て善行に努める。

廉字巻六（十案、全六十三葉）

「怙悪自害」（『醒世編』巻三）―康熙年間、河間府、賈村雨。借金を返した段姓から奪い取る。献県の張青天は犯行の場所を知る村雨を自供させる。村雨は後に誤って我が子を殺す。

「唆嫁孽報」（『醒世編』巻六）―無錫県、張希宝と妻陳氏。秦氏に再婚を勧めて利を得るが、秦氏は自害し、亡夫に報復される。

「従父美報」*（宣六場）―『聊斎志異』「姊妹易嫁」故事。明宣徳年間、山東掖県、毛紀。牛飼いで解元及第の運命を持つが、姉張瑞華は結婚を拒み、妹舜華が嫁いで富貴を授かる。

「悍婦顕報」（『集要』巻十二「団円報」）―昌化県（浙江）、舒代遠の妻尤氏。兄代香が留守の間に嫂許氏を追い出すが、代香は後に妻子と再会し、尤氏は腹が破裂して死ぬ。

「悔過自新」（『醒世編』巻三）―直隷、朝陽県、馬瀛洲。吝嗇であったが、応報を知って王元棟に借りた金を返したため、家業が安定する。

「刻薄受報」（『集要』巻十）―川北、陳大才。吝嗇かつ卑劣な性格で、黄有徳が諫めるが聞かず、家が落ちぶれたため、臨終に際して後悔し、勧世歌を作って人に聴かせる。

「一念回天」*（宣四場）―明永楽年間、袁珙(10)。王部郎の従者鄭興児が凶相を持つと占うが、興児は善行によって悪運を好運に変える。

「謀財顕報」（『拾遺』巻六）―南昌府、張宏烈。傭人王苦児の金をだまし取る。苦児は母の墓前で泣いて縊死するが、宏烈は反省しなかったため非業の死を遂げる。

「償討分明」（『拾遺』巻六）―晋州古城県、張善友の妻李氏。葬儀の銀五十両を盗まれて、五台山の僧の銀百両を着服するが、二子が家産を蕩尽し、自らも地獄に連行される。

「悪叔遭譴」（『醒世編』巻五）―江西贛県、陳九思。官銀を私用して投獄され、子が準備した保釈金を無頼叔陳九成に騙し取られるが、関帝が九成を殺して取り戻す。

恥字巻七（十案、全七十六葉）

「嫌貧愛富」（『醒世編』巻四「棄夫遭譴」）―広南県、周志大。次女が呉遵道の子慶郎の貧乏を嫌って再婚するが、慶郎は侍女軽紅の援助で江西御史を授かり、軽紅を正妻とする。

「捜雞煮児」（『集要』巻八「捜雞煮人」）―宜賓県（四川）、林二。郷約が鶏を盗んで林二を讒言し、被害者が林二の子を熱湯の中に投げて殺したため、林二の妻秀英は縊死するが、雷神の力で復活する。

「血書見志」（『集要』巻十）―道光三十年、簡州（四川）、楊某。母の棺を買うために青苗を売った金を賊に盗まれ、妻を陝西の客人周某に売るが、妻は血書を遺して縊死する。

「冤孽現報」（『集要』巻十四）―荊門州、高大祥の妻李氏。兄大謙の子学岷を縊死させ、嫂王氏を売るが、学岷の亡霊が冥界に訴え、冥王から宣講を命じられる。

「估嫁妻」（『集要』巻十一）―乾隆年間、重慶府梁山県、甘克桂。賭博、飲酒、阿片によって家産を蕩尽し、妻涂氏が自害する。上司は克桂の眼を剔りぬき、手を切り落とす。

「崔氏逼嫁」（『集要』巻七）―漢、会稽県、朱買臣の妻崔氏。張石匠と再婚するが、石匠が死んで水売りをして生きる。買臣が五馬太守を授かると、石に頭をぶつけて死ぬ。

「悪婦受譴」（『集要』巻七）―安岳県、郭文挙の妻陳氏。凶暴で子を尿桶に捨てて殺したため竈神に打たれ、懺悔するが、罪業は深く流血して死ぬ。

*「医悍良方」（宣八場）―清袁枚『子不語』「医妬」による。康熙年間、武進県、馬学士。嫉妬深い新婦を制圧し、軒轅氏の嫉妬深い妻張氏を懲らしめて妾を娶らせる。

「淑慝異報」（『醒世編』巻二）―順治八年、晋陵、銭永成の嫁左氏。疫病を避けて実家に帰る途中で博徒の家に泊まって殺される。永成の娘は孝行で、一家は疫病が完治する。

「焦氏殉節」（『集要』巻十二）―本朝、寧国府宣城県、陸鑑銘。賭博で家産を蕩尽して妻焦氏を売り、焦氏は縊死する。県令は鑑銘の指を切り、両眼を潰す。

恥字巻八（十案、全八十四葉）

*「陰毒顕報」（宣十一場）―清許奉恩『留仙外史』「倪公春岩」による。潜山県、倪廷謨。新墳墓に蠅が群れる。城隍に祈って証人万年青を探し当て、陳氏が蛇で夫馬飛を殺害したと断じる。

「虐媳遭報」（『集要』巻五「嫌媳悪報」）―連江津（四川）、匡姓と妻王氏。幼い嫁を拷問し、嫁は実家に逃げ帰るが、匡姓は嫁を連れ戻して殺す。夫婦は冥界に連行される。

「鑽耳獄」（『集要』巻十「鑽耳獄宣講」）―道光二十五年、重慶府合州（四川）、余先徳の妻張氏。不孝で宣講を聞かず、鑽耳獄に落ちる。

「悔過愈疾」（『拾遺』巻六）―重慶府広安県、厳天郎の妻邢秀姑。わがままで大病を患って初めて反省し、竈神に懺悔して病気が快癒する。

「勧盗帰正」（『拾遺』巻六）―漢朝、陳実。梁上の盗賊のために袁了凡の「貧富利迷歌」を聞かせて改心させる。

「悍婦伝法」（『拾遺』巻五）―温州府永慶県、程継業の三媳曹氏。姑を制圧する策略を大媳崔氏に伝授する。二媳陳氏は諫めるが聞かず、冥界で罰を受ける。

「縦虐前子」（『拾遺』巻三）―昔、張開の後妻李氏。先妻の五子を虐待するが、五子が亡母から示唆されたとおり白巾を父に見せると、父は官に訴え、李氏は嶺南に流刑となる。

「毀墓墾田」*（宣四場）―辛亥年、吉林楡樹県、李洪国と妻李氏。荒務局に申請して古い墓地を開墾するが、子が松花江で溺死し、身体が爛れて死ぬ。

「嫌貧受辱」*（宣八場）―吉林懐徳県、趙禄と妻路氏。娘の婚約先を亡兄趙福の娘桂蘭の婚約者張春傑に換えようと謀るが失敗し、府官孟春彛によって厳罰を受ける。

「立志成名」（『福報』巻四「蘿蔔頂」）―『木匠做官』故事。康熙年間、南陽県、陳朝善。子福保は木匠となり、黄秀英を娶る。兄嫂に嘲笑されるが、奮起して主考官となる。

四　案証の編集

1　案証の転載

本書の案証は上記のように先行する案証集に改編の手を加えずほぼそのまま転載したものが多い。その際に東北地区でありながら「潑蕒」(11)（「孝子還陽」）、「家屋」(12)（「逆倫急報」）、「鴃罵」（「賢孫孝祖」）、「角孽」（「全家福」）など多くの西南官話をそのまま転載しているのは、おそらく修正するいとまがなかったものと思われる。

ただその中で改編を加えて内容を一新しているものも少なくない[13]。その主な改編の方法は宣詞の追加であり、これによって歌劇的な効果をより強く演出している。以下にそれを具体的に列挙しよう。

2　案証の改編

「鬻子節孝」（『集要』巻四）では、旭升が県衙に様子を見に行くと、①まさしく県主が堂に陞って吏役に対して鄭氏の孝心を称賛しており、②旭升が県令に夢で城隍が土地神を責罰するのを見たと述べ、③県令が廟に赴いて孝婦を称賛すると、④孝婦は当然の行為だと応答するという宣詞四場を挿入し、県令は売られた子孝感とともに義院（収容施設）に住まわせる。

この部分は原典『宣講集要』巻四「鬻子節孝」では、孝行な鄭氏を援助した旭升に対して城隍が土地神に命じて鄭氏と旭升を表彰するよう県令に託す夢を見させたため、「旭升醒来、驚訝不已」（旭升は目が覚めて不思議でならず）、「後華陽太爺果命差来接去」（後に華陽太守は果たして差役に命じて迎えさせ）と簡単に述べている。

なお『宣講集要』には「硎栤」（刁難）[14]、「開交」（処置）などの西南官話を用いているが、『宣講大成』でもこれを改めずにそのまま転記している。ただ「硎栤」について、欄外に「林達」と注記するように、この語彙を理解していたかは疑わしい。

「孝婦免劫」（『宣講管窺』巻一「孝逆巧報」）でも宣詞は多い。①兪氏が商売に出る祖誼を安心させる言葉、②姑が懐妊した兪氏を気遣う言葉、③兪氏が姑を安心させる言葉、④兪氏が傷寒病に罹った姑を治すため竈神に祈る言葉、⑤姑が馬氏に虐待される隣家の王媽媽を慰める言葉、⑥王媽媽が馬氏の虐待を姑に訴える言葉、⑦馬氏が兪氏に王媽媽を誹謗する言葉、⑧兪氏が馬氏を諫める言葉、⑨兪氏が覚悟して樹下で懺悔する言葉を表現しており、ストーリーも原典とはいささか異なっている。原典『宣講管窺』巻一「孝逆巧報」では宣による対話や発言を多く設定しており、①支祖誼の母が嫁喩氏の人柄について尋ねられて孝且つ賢と答える対話、②喩氏が前世の不孝によって雷に撃たれる運命にあることを祖誼に告げたため祖誼が驚く対話、③喩氏が姑にも運命を告げたため姑が悲しむ対話、④喩氏が神に懺悔する言葉、⑤弟嫁の馮氏が悍婦馬氏を諫めるが馬氏が反論する対話、⑥文昌帝君が上帝に喩氏の代わりに馬氏の命を奪うよう上奏する言葉などが宣詞で語られる。

「持刀化妻」(『集要』巻七)では、①曾開啓の妻楊氏が開啓に対して姑の悪口を言う場面、②開啓が一計を案じて親孝行の仕方を伝授する言葉を宣詞によって表現している。原典『宣講集要』巻七「持刀化妻」にはない。

「化夫成孝」(『集要』巻七「賢妻勧夫」)では、①謝文欽が子には学問は必要なく豚の世話をさせれば良いと告げる言葉、②楊氏が文欽を諫める言葉、③楊氏が冥界で判官から文欽が性格を改めなければ死ぬと言われたと告げる言葉、④楊氏が判官の言葉が真実であったと嘆く言葉、⑤楊氏が文欽に竈神の前で懺悔させる言葉、⑥文欽が罪を悔悟する言葉を宣詞によって表現している。

「送米化親」(『集要』巻二)では、①帰汝威が川に身投げした弟汝霊の死体が見つからず泣く言葉、②汝霊が猟師に救われて素性を語る言葉、③汝威が汝霊に母の死を告げて慰める言葉を宣詞で表現する。

「義嫂感娣」(『集要』巻八「接嗣報」)では、①蔣稼が妻毛氏に跡継ぎがないことを嘆く言葉、②毛氏がそれを聴いて怒る言葉、③嫂王氏が我が子を養子にしようとする毛氏を諫める言葉、④毛氏が王氏の子の養子にならずとも財産はいただくという言葉を聞いて怒る言葉、⑤毛氏が兄嫂の気持ちを理解せず非難する言葉、⑥毛氏が兄嫂の真意を知って詫びる言葉を宣詞で表現する。

「七世同居」（『集要』巻八）では、①程家の兄弟が同居を誓う言葉、②程至富の妻卞氏が分家をそそのかす言葉、③卞氏が涙を流して夫に分家を訴える言葉、④貧窮して至富が卞氏を怨む言葉、⑤卞氏も自ら恥じる言葉、⑥卞氏が破廟で泣き出す言葉、⑦卞氏が縊死して至富が慟哭する言葉、⑧至富が帰宅して罪を悔いる言葉、⑨家長が一族に分家を戒める言葉を宣詞で表現する。

「田氏哭荊」（『集要』巻六「荊樹三田」）では、①田翁が臨終に三子田真・田広・田慶に同居するよう教訓する言葉、②田真が弟たちに学問するよう励ます言葉、③季氏が田慶に分家をそそのかす言葉、④田真が季氏に樹上の鶴が別れたら分家を許すと言う言葉、⑤田広が季氏に紫荊樹が枯れたら分家を許すという言葉、⑥兄弟が紫荊樹が枯れたのを見て泣く言葉を宣詞で表現する。

「譲産立名」（『集要』巻十）では、①許武の二弟が分家を望まないと言う言葉、②許武が故意に怒って二弟に分家を促す言葉、③許武が赴任する二弟に教訓する言葉を宣詞で表現する。

「釈冤承宗」（『集要』巻十）では、①死んだ劉夢光の妻王氏に再婚を迫った夢祥の妻杜氏が悔悟する言葉を宣詞で表現する。

「稽山賞貧」（『集要』巻六）では、①鄧春栄が匪賊を避けるため実子光後を捨て弟の子光前を救う苦衷を述べる言葉、②常山と改名した光後が父母と再会して事実を知り泣いて語る言葉を宣詞で表現する。

「悌弟美報」（『彙編』巻二「尊兄撫姪」）では、①商守仁が兄守財に銭米を借りようと妻仲氏に相談する言葉、②守財と妻白氏が貸さなかったと守仁の子が父母に伝える言葉、③守財が賊に襲われ守仁を邪険にしたことを後悔する言葉、④守仁が吝嗇な守財に怒る言葉、⑤白氏が守仁の家を買い取ろうと守財を唆す言葉、⑥守仁が守財の遺児を嫌悪する仲氏を諫める言葉、⑦守財の亡霊が守仁に隠し金の在処を告げる言葉、⑧白氏が臨終に後悔する言葉を宣詞で表現する。

「割愛従夫」（『拾遺』巻三「慈虐異報」）では、①秦潤福が後妻柴氏に大義を教える宣詞、②潤福が子有福を教訓する宣詞を加える。

3　案証の創作

案証の中には『宣講集要』『宣講拾遺』『宣講醒世編』などに収録されないものも少数ではあるが存在する。それらは本書が刊行された吉林省とその近隣の奉天省の新案証であり（「孝友格天」「婢母巧報」「悪覇明譴」「毀墓墾田」「嫌貧受辱」）、また清代の筆記小説である袁枚『子不語』と許奉恩『留仙外史』所収の故事に採集した案証（「医悍良方」「陰毒顕報」）であった。

五　結び

西南地域で盛行した説唱形式の聖諭宣講が、民国時代には東北の吉林省にも普及したことは、扶余県で刊行された『宣講大成』の存在によって明らかになった。この宣講書は、石印本が出て全国的に普及していた『宣講集要』『宣講拾遺』や、近隣の奉天省で石印刊行された『宣講醒世編』などの先行する宣講書の案証を、そのまま或いは改編して収録したり、新たに案証を編集して収録したりしているが、「孝悌忠信礼義廉恥」という従来の聖諭とは違った「八徳」観念に基づいて再分類していることがわかり、明善堂の人々はこの書の案証を宣講することによって、新しい時代に有用な道徳心を身につけた人材を育成しようと考えたと思われる。

注

（1）哈爾濱市図書館蔵。石印。二函十六冊。縦二十五cm×横十五cm。各冊の表紙には赤字で題箋と各巻の目録を記す。封面は薄赤又は薄青紙を用い、「歳時癸酉清和月／宣講大成／吉林扶余県道徳宣講成書局印」と刻する。匡郭縦十八・五cm×横十二・三cm。本文は半葉十行、行二十四字。癸酉年は民国二十二年（一九三三）である。

（2）末尾に「歳次癸酉四月二十一日白賁序」と記す。

（3）末尾に「癸酉年中秋月中旬閻登五撰」と記す。

（4）「時癸酉之夏晩学胡守中謹題」と記す。

（5）実際には上下函百六十案である。

（6）末尾に「悟桂子鶴山李紹年敬序」と記す。

（7）原典『宣講彙編』巻二「尊兄撫姪」では、兄を商大、その妻を馬氏、弟を商二とする。

（8）原典『宣講拾遺』巻三「慈虐異報」ではストーリーがやや異なり、兄秦克礼が李丁混に侮辱されて殺したため、母柴氏が弟克譲に身代わりを命じる。

（9）高懐徳（九二六～九八二）、字蔵用、真定常山の人。周の天平節度、斉王行周の子。その武勇は『宋史』巻二五〇「高懐徳伝」に記されている。

（10）袁珙（一三三五～一四一〇）、字廷玉、鄞（寧波）人、号柳荘居士。著名な人相占い師。『明史』巻二九九「袁珙伝」。

（11）「肆無忌憚地撒潑」（『漢語方言大詞典』、三六六八頁）。

（12）「家庭」（『漢語方言大詞典』、五一五六頁）。

（13）弟字巻四「割愛従夫」までを比較する。それ以下の案証は省略する。

（14）蔣宗福『四川方言詞語考釈』（二〇〇二、巴蜀書社）、三四九頁。

第二節　民国・新中国の宣講

一　はじめに

清末には宣講所が設置されたが、そこでは「聖諭」だけではなく、新学・政策の宣講が行われるようになった。また民国時代には新しい道徳観念が取り入れられて、社会教育の一環として行われた。新中国においても毛沢東は文盲人口が多いことから、識字・迷信・衛生などに関する知識教育を説唱・演劇・歌謡形式によって行った。本節では清末から新中国に至る近代の宣講が「聖諭」宣講を継承しながらも、近代文化に関する知識の伝授にも主眼が置かれるようになり、識字率の低い時代にあって、白話講演形式や、民間芸能形式を採用して効果的に行われたことを論じてみたい。

二　清末の宣講

光緒三十二年（一九〇六）の「学部奏定勧学所章程」（『学部奏咨輯要』巻二）には、宣講の儀式は踏襲しながら、その内容に国民教育、修身、歴史、地理、格致などのやさしい学問や白話新聞も加えるとある。

一、実行宣講、各属地方一律設立宣講所、遵照従前宣講「聖諭広訓」章程、延聘専員、随時宣講。其村鎮地方亦応按集市日期、派員宣講。一切章程規則、統帰勧学所総董経理、而受地方官及巡警之監督。一、宣講、応首重

「聖諭広訓」。凡遇宣講聖諭之時、応粛立起敬、不得懈怠。一、忠君、尊孔、尚公、尚武、尚実五条諭旨、為教育宗旨所在。宣講時、応反復推闡、按条講説。其学部頒行宣講各書、及国民教育、修身、歴史、地理、格致等浅近事理、以迄白話新聞、概在応行宣講之列。……一、宣講員、由勧学所総董延訪、呈請地方官札派、以師範畢業生及与師範生有同等之学力、確系品行端方者為合格。如一時難得其人、各地方小学教員亦可分任宣講之責。……一、宣講附在勧学所、或借用儒学明倫堂及城郷地方公地、或賃用廟宇、或在通衢。……（一、宣講を実行するために、各地方は一律に宣講所を設立し、従前の宣講「聖諭広訓」章程により、専員を招聘して、随時に宣講する。村鎮地方でも市場の日に応じて、人を派遣して宣講する。一切の章程規則は、勧学所の総董経理が責任を持ち、地方官及び巡警の監督を受ける。一、宣講は、「聖諭広訓」を重視する。凡そ聖諭宣講の時には、厳粛に起立して敬意を表し、怠慢であってはならない。一、忠君、尊孔、尚公、尚武、尚実の五条の諭旨は教育の主旨であり、宣講の時には反復して説明し、一条ずつ講説すべきである。学部が頒行した宣講の各書、及び国民教育、修身、歴史、地理、格致等の浅近な道理、白話新聞も、概ね宣講の列に置く。……一、宣講員は、勧学所の総董が探し、地方官に文書で派遣を要請し、師範卒業生及び師範生と同等の学力を有し、確かに品行方正な人物を合格とする。もしすぐに得難い場合は、各地方の小学校教員も宣講の責任を分担する。……一、宣講は勧学所に属し、儒学明倫堂及び城郷地方の公地を借用したり、廟宇を賃貸したり、街路で行ってもよい。……）

また光緒三十二年（一九〇六）の「学部通行各省宣講所応講各書文」（『大清光緒新法令』第十三冊）には、宣講所で講じられる対象は、教育宗旨、各省勧学書章程、学堂章程、巡警官制章程、明劉宗周『人譜類記』、清陳宏謀『養正遺規』『訓俗遺規』、清張之洞『勧学篇』、国民必読、民権相安、警察白話、欧美教育観、児童教育鑑[1]、清方洌生『蒙師箴言』、英ダニエル・デフォー『ロビンソン漂流記』など、伝統的な内容に加えて近代的な内容のものが選ばれている。

査宣講所的設、所以開通民智、啓導通俗、収効甚捷、応一律速設。惟開弁伊始、或宣講不得其人、或有其人而所

講非純正浅顕之書、易滋流弊。現在本部悉心選択、另単開列。除「聖諭広訓」已経奏明応由各処敬謹宣講外、其余各書亦均于通俗教育深有裨益。……書単：教育宗旨、各省勧学書章程、学堂章程、巡警官制章程、人譜類記、養正遺規、訓俗遺規、勧学篇、国民必読、民権相安、警察白話、欧美教育観、児童教育鑑、蒙師箴言、魯濱孫漂流記、……（宣講所の設置は、民智を開き、啓発は通俗的にし、効果を早急にあげるため、一律に速やかに設けるべきである。ただ開始したばかりで、宣講に人材が得られなかったり、人材はあっても講じる書がわかりやすい書でなかったりして、弊害が生じやすいので、いま本部が意を尽くして選択し、別に目録を作った。「聖諭広訓」はすでに各所で恭しく宣講すべきことを上奏したが、そのほかの各書も等しく通俗教育に裨益するものである。……目録は、教育宗旨、各省勧学書章程、学堂章程、巡警官制章程、人譜類記、養正遺規、訓俗遺規、勧学篇、国民必読、民権相安、警察白話、欧美教育観、児童教育鑑、蒙師箴言、ロビンソン漂流記、……）

たとえば河北省蔚県の場合、一九一四年に宣講所が設けられ、流動宣講員が新政府の綱領や政策、法令を群衆に解説し宣伝した。一九三三年には、宣講所は民衆教育館に改組され、もっぱら時宜を宣講することになった。同時に館内は閲覧、講演、板報、遊芸、陳列部門に分かれ、群衆に各種の娯楽活動の場所を提供した。一九四九年には民衆教育館は文化館となった。周清渓『簡述宣講所与民衆教育館』（一九九〇、蔚県〔河北〕文史資料選輯第四輯）には次のように述べている。

一九一四年、蔚県当局在見城儒学廃署内開弁蔚県第一個宣講所。弁所的宗旨為：宣講時事政治、提高群衆文化素質。宣講所内配備流動宣講員六人、負責下郷宣講。当時、民国政府剛剛代替了満清王朝的統治、国家処于変革時期、新的綱領、方略政策、法令亟需向群衆宣伝講解。……一九三三年、蔚県各鎮的宣講所均改組為「民衆教育館」、……負責宣講時宜。館内分閲覧、講演、板報、遊芸、陳列等部。訂有報紙、雑誌、供群衆閲読。備有各種棋類、

楽器与乒乓球等、為群衆提供了豊富的文化娯楽活動的条件。一九四九年十一月、蔚県民衆教育館更名為蔚県文化館。（一九一四年、蔚県当局は現城内の儒学や廃署内に蔚県で初めての宣講所を開設した。開設の主旨は、時事政治を宣講し、群衆の文化素質を向上させることであり、宣講所内に流動宣講員六名を配備し、郷に下って宣講する責務を負わせた。当時、民国政府が満清王朝の統治と交替したばかりで、国家は変革の時期にあったため、新たな綱領、方略政策、法令を速やかに群衆に宣伝し講解する必要があった。……一九三三年、蔚県の各鎮の宣講所は均しく「民衆教育館」に改組され、……時宜を宣講する責務を負った。館内は閲覧・講演・掲示板・遊芸・陳列等の部に分かれ、新聞・雑誌を定期購読して群衆の閲読に供し、各種の棋類・楽器と卓球等を設備し、群衆に豊富な文化娯楽活動の条件を提供した。一九四九年十一月、蔚県民衆教育館は「蔚県文化館」と改名した。）

三　民国の宣講

宣講は民国時代に入って新しい道徳観念が取り入れられて、社会教育の一環として行われた。民国元年（一九一二）に教育部は社会教育司を設置し、民国四年には「通俗教育研究会」を設立した。その後、各地に陸続と通俗教育研究会や通俗教育機構が設立され、そこでは講演形式のほか、説唱形式や演劇形式など、民衆が親しめる方式によって社会教育が行われていった。(2) 現在、以下のような資料が見られる。

①浙江風俗改良浅説第一編（宣統二年（一九一〇）、浙江官報兼印刷局代印）

浙江提学使袁嘉穀（一八七二〜一九三七、雲南石屏の人）編。「例言」には、

一宣講本遵　部章、首重「聖諭広訓」、凡応勧応戒之事、包括靡遺。（宣講は本来学部の章程を遵守して、まず「聖諭

広訓」を重視し、凡そ勧めるべく戒しめるべき事は、遺すことなく包括する。)
一所輯各稿、意在分布各郷、使老媼都解、故極浅俗。至宣講員宣講時、不妨援引古事、随時参入。冀郷愚有所則効。(編輯した各稿は、各郷に配布して、老媼でも理解できるよう極めてわかりやすく表現する。宣講員が宣講する時には、援引した古事を随時に参入させても差し支えない。郷民に効果があることを期する。)

と述べ、「聖諭広訓」をはじめとして、老人にも分かりやすい宣講を行うよう指導している。主たる目録は、「勧読書」(仁銭勧学所)、「勧識字」(同上)、「勧勤倹」(同上)、「勧信実」(同上)、「勧尚武」(仁銭教育会)、「勧衛生」(仁銭勧学所)、「戒早婚」(於潜勧学所)、「戒迷信風水」(余姚勧学所)、「戒演唱淫戯」(同上)であり、近代的な道徳観念を養成する主旨の白話講演を掲載している。ちなみに「戒演唱淫戯」では宣講の手段ともなる演劇は忠孝節義を上演すべきだと述べる。

戯曲的縁起、本来為勧世上一般人、做出忠孝節義来、……不過現在的戯、眼所見、耳所聞的、淫戯居多。……我還記得先儒王陽明先生也曾論及。(3)(戯曲の縁起は、本来世上一般の人に忠孝節義を行うよう勧めるためであるが、……現在の演劇は、眼に見るもの、耳に聞くもの、猥褻な劇が多い。……私は先儒王陽明先生もかつて論及されていたと記憶している。)

②浙江各県宣講稿(民国年間刊)(4)

例言には、新しい民国時代の「講稿」(宣講原稿)を編集し、「実業」と「教育」関連のものが多く、「知識を開通」し、「風俗を改良」する内容のものを含んでいることを述べる。

一、本編以民国成立後各県新編講稿為限。従前勧学所教育会的宣講稿儘多佳稿、惟已有清宣統二年秋間前提学使袁嘉穀編印之『風俗改良浅説』可以参考、茲不闌入。(本編は民国成立後に各県が新たに編集した講演原稿だけに限る。従前の勧学所教育会の宣講原稿はよい原稿が多い。清宣統二年〔一九一〇〕秋に前〔浙江〕提学使の袁嘉穀が編印した『〔浙江〕風俗改良浅説』は参考にしたが、ここには入れなかった。）

一、共和国人民、最忌争権利而忘義務、而実業与教育尤為今日救国之要務。各県講稿、注意於此者頗多。故選輯較詳。其余関於開通知識改良風俗等事、亦以次類列。（共和国の人民は、権利を争い義務を忘れることを最も忌み、実業と教育は尤も今日の救国の要務である。各県の講稿は、これに注意したものが頗る多い。故に選輯もやや詳しい。その他、知識を開き風俗を改良する等の事も、また順次分類して配列している。）

目録には、従来の家庭教育に加えて、自由・平等・実業・衛生・警察・天文・地理・教育などに関する知識を有する近代人を育成するための社会教育の宣講題目七十篇を列挙する。

「説宣講原因」（宣講の由来）〔余杭〕、「説共和大意」（共和の大意）〔昌化〕、「説国民常識」（国民の常識）〔省城〕、「説勿信謡言」（デマを信じない）〔省城〕、「説人民義務」（人民の義務）〔昌化〕、「説振興実業」（実業を振興する）〔昌化〕、「説改良農業」（農業の改良）〔潜山〕、「説予防虫害」（虫害の予防）〔蕭山〕、「説改良蚕糸」（養蚕の改良）〔呉興〕、「説種植之利」（植栽の利）〔縉雲〕、「説改良風俗」（風俗の改良）〔奉化〕、「説注重衛生」（衛生の重視）〔省城〕、「説警察原因」（警察の由来）〔龍游〕、「説日月食」（日食・月食）〔崇徳〕、「説公徳」（公共道徳）〔紹興〕、「説自立」（自立）〔徳清〕、「説中国地理」（中国の地理）〔龍游〕、「説世界大勢」（世界の大勢）〔義烏〕、「釈自由」（自由）〔南田〕、「釈平等」（平等）〔南田〕、「釈衛戍」（防衛）〔省城〕、「勧愛国」（愛国）〔龍泉〕、「勧入学」（進学）〔紹興〕、「勧女学」（女子の学問）〔浦江〕、「勧家庭教育」（家庭教育）〔鄞県〕、「勧勤倹」（勤倹）〔龍游〕、「勧息訟」（訴訟を止める）〔昌化〕、「勧放足」（纏足の開放）〔雲和〕、「勧破除迷信」（迷信の打破）〔天台〕、「勧社会親愛」（社会の親愛）〔奉化〕、「勧対外有礼」（外国への礼儀）〔奉化〕

「説宣講原因」〔余杭〕では、国民の識字率が低いため省政府の命を受けて宣講所を設立し、近代知識を白話で宣講するとし、宣講とは通知と解釈の意味だと説明する。

今日自北二区宣講所設立的日子。甚麼叫做宣講所呢。……這宣字、同通知一様的意思。……講字、同解釈一様的意思。……因為我們民国識字的很少、不識字的太多。……所以想起這個法子来、補救他不読書不識字的壊処、由省城長官責成各県各郷鎮、設立宣講所、央我們来当講員、所有事体用白話向諸位宣講宣講、諸位自容易聴得明白了。（今日は自ら北二区の宣講所の設立の日である。何をもって宣講所と言うか。……「宣」は通知と同じ意味である。……「講」は解釈と同じ意味である。……我々の民国には字を識る者が非常に少なく、字を識らぬ者が非常に多い。……よってこの方法を考案して、勉学せず字を識らぬ欠点を補うため、省城の長官が各県各郷鎮に命じて、宣講所を設立させ、我々が宣講員に要請され、あらゆる事を白話で各位に宣講し、各位も自ら容易に理解するのである。）

「説改良風俗」（奉化）においては、宣講に利用される演劇は、忠孝節義の歴史を上演するものであって、淫猥な内容の劇を上演して風俗を破壊すべきではないと述べる。

一曰、戯文。戯文本是勧化人民的。把忠孝節義的歴史演出来与人看看。但近来的戯、只有壊処、没有好処。……我想有戯無戯、神道断不計較的。這個做戯的銭、還不若做了実在有益事情罷。（演劇はもともと人民を教化するものであり、忠孝節義の歴史を上演して人に見せるものであるが、近来の劇は悪いものばかりで良いものはない。……私が思うにそういう劇はあっても無くても神は決して気にしないであろう。そういう劇を上演する金があったら別に真に有益な事をすればよいであろう。）

③通俗教育事業設施法（民国元年〔一九一二〕十月）(5)

日本通俗教育研究会原著。中華通俗教育研究会訳印。(6)

「訳述本書之旨趣」には、本書が日本においても「空前の書」であり、訳して本国の人に餉《おく》るという。(7)

第九章「通俗教育と興行物」では、「演劇」「寄席」「活動写真」「お伽芝居」などの興行物が観客を感化する力が大きく、上演内容には十分に考慮すべきであることを説く(8)。

社会教育として、就中教化上最も大なる力を以って居るものは、興行物である。例へば、勇壮活溌なる動作を見るときは、自ら勇気を起して、快活に感ずるけれども、之と反対に淫猥野卑の動作を見るときは勇気を失ふばかりでなく、柔弱淫靡ならしむるのである。……その他の興行物に至っても、人々の感情を養ふ上に、非常に関係のあるもの故、呉々も注意する所がなければならぬ。

④社会教育白話宣講書第一編（民国元年〔一九一二〕十月）(9)

国民教育実進会編(10)。商務印書館。

幹事沈亮棨「組織社会教育宣講団編輯白話宣講書縁起」（民国元年六月）には、社会教育が限界ある学校教育に対して提唱されたもので、通俗的な宣講を実行することが重要だと主張し、フランスが普仏戦争でプロシアから受けた国辱を劇場で上演したため愛国心を高揚させることができたこと、日本が演説によって尊皇攘夷を実行したことを例示する。

昔法蘭西之被創於普魯士也、喪師失地、賠償兵費、普国駐兵挟制、要之以城下之盟、及既言和、法国智謀之士、忠義之民、即大開劇場影戯場、描摩国恥戦敗之状、以警醒一般国民、激刺其脳筋、而発起其愛国報恥之心。（昔フランスがプロシアに傷つけられ、軍と地を失い、軍事費を賠償し、プロシアが軍隊を駐留させて制圧し、城下の盟を求めた。和議に及んで、フランスの智謀の士、忠義の民は、すぐに劇場・影戯場を開いて、国恥・戦敗の惨状を描写し、一般国民を覚醒させ、その脳を刺激して、その愛国報恥の心を興させた。）

昔日本痛外侮之日偪、国権之喪失、政令之不一也。薩長二藩、首創尊皇攘夷之説、一時忠義之士、不憚舌敝脣焦、

奔走演説、以感動全国人士之心、義憤之気溢於三島、卒推翻徳清《ママ》氏而復日皇之位。（昔日本は外国の侮辱に日々逼られ、国権が喪失し、政令が一ならず、薩長二藩が、はじめに尊皇攘夷の説を唱え、すぐに忠義の士が舌が破れ唇が焦げても、奔走して演説し、全国の人士の心を感動させ、義憤の気が三島に溢れ、ついに徳川幕府を転覆させ天皇の時代を復活させた。）

「組織社会教育宣講団章程」の四「進行手続」の中には、識字者の少ない時代において簡単な小説や改良した歌謡が社会教育に有効であること、改良説書社を組織して弾唱家が不健康な内容を上演しないよう取り締まること、改良劇本を創作して説書者や弾唱者が人心を感動させる忠孝節義の内容を上演する材料を提供することを主眼としている。

（四）多作薄本小説及改良歌謡、以備叫売朝報人及擺小書攤者営生之用、毎本售十文二十文不等、専為識字極少之設法。(11)（薄い本の小説および改良歌謡を多く著し、朝刊売りおよび通りに店開きした書店の商売用に備え、毎冊十文二十文とかで売るのは、専ら識字の機会が極めて少ないために設けた方法である。）

（五）組織改良説書社、兼設法取締弾唱家。（改良説書社を組織し、同時に法を設けて弾唱家を取締る。）

（六）改良劇本。演新劇最足感発人心。然成本甚鉅、不如多著改良劇本、可演、可講、可唱。俾説書者、弾唱者作為材料。（劇本を改良する。新劇を上演すれば最も人心を感発するに足る。だが資本がかかりすぎるため、改良した劇本を多く著す方がよい。演じてよし、講じてよし、歌ってよし。説書する者、弾唱する者の材料とすることができる。）

なお沈亮棨「欲卜民国前途之幸福、須看今日国民所尽之義務」（民国の前途の幸福を占うには今日の国民の尽くすべき義務を見る必要がある）によれば、社会教育の効果については教育部や各省の都督が評価しており、多額の経費を補助しているという。

北京教育部切実提倡社会教育　各省都督熱心提倡演説団的也很多　補助経費多的毎年一万以上　少的毎年亦不下七八千金　……倘若熱心宣講　能够転移風俗　就是莫大的功劳了（北京の教育部は切に社会教育を提唱しており、各

省の都督も熱心に演説団を提唱するものが非常に多く、補助経費は多額のもので毎年一万以上、少額でも毎年七八千金を下らない。……もし熱心に宣講して風俗を好転させれば、莫大な功労である。）

また地方自治について、小説形式の宣講作品である社会小説『六不先生記』（何勁著）を掲載する。(12)

第一回　敍家世歴代清芬　錫嘉名尽人欽仰

当今有一個大英雄　人皆喊他做六不先生　他先生不肯做官　只在郷間辦些地方自治的事　我把他先生所做的事用小説体裁　做成六不先生記　使我国衆同胞看了（当今一人の大英雄がおり、人はみな彼を「六不先生」と呼んでいた。この先生は官吏になろうとせず、田舎で地方自治の事を行っていた。私はこの先生の活動を小説の体裁で「六不先生記」を著し、我が国の同胞にお読みいただく。）

⑤陝西省模範巡行宣講団講案（民国二年〜民国三年〔一九一三〜一九一四〕）

残本。陝西省教育司が社会教育資料として編纂させ、地方巡行に使用した宣講の原稿。種々の文明に関する宣講原稿を掲載する【図1】。

第一集第一編「説宣講」（民国二年九月）、第五編「留音器」（蓄音機）（同上）、第六編「民与国」（民と国）（同上）、第七編「談天」（同上）、第九編「脳部衛生」（同年十二月）、第二集第一編「告我農」（農民に告ぐ）（同年十月）、第二編「開知識」（知識を開く）（同上）、第七編「戒嗜好」（嗜好を戒める）（同上）、第九編「勧女学」（女子に学問を勧める）（同上）、第十二編「説籽種」（穀物の種子）（同上）、第十四編「勧種桑」（耕作養蚕を勧める）（同上）、第十六編「説人身生理」（同上）、第三集第四編「養蚕」（同年十一月）、第六編「説体育」（同上）、第八編「識字」（同上）、第四集第一編「新年楽」（民国三年一月）、第四編「夜学校」（同上）、第五編「戒説謊」（嘘を戒める）（同上）、第八編「改良牧羊」（同上）、第九編「説信用」（同年二月）、第十一編「天灯談」（同上）、第六集第九・十・十一・十二編

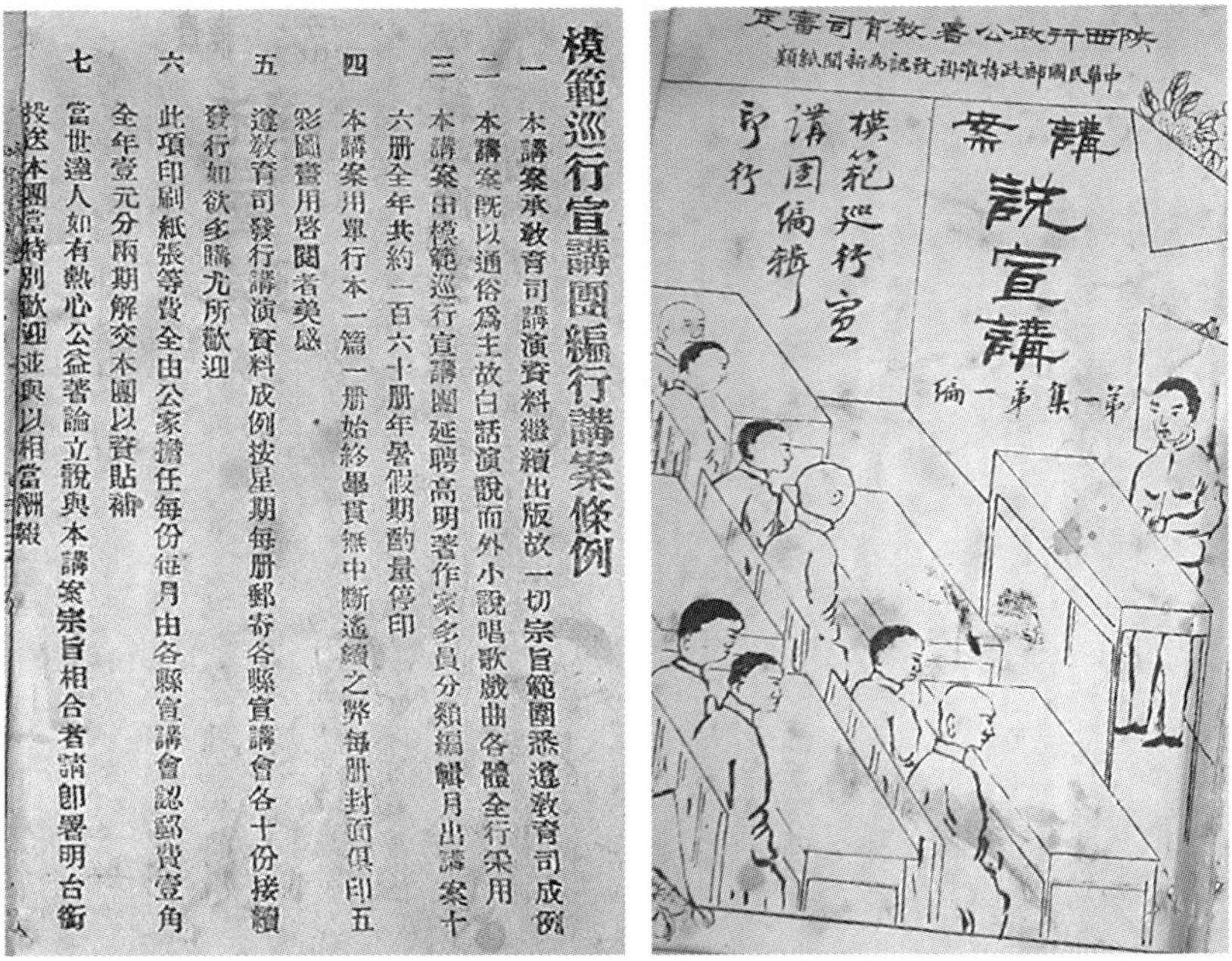

模範巡行宣講團編行講案條例

一 本講案承教育司講演資料繼續出版故一切宗旨範圍悉遵教育司成例
二 本講案既以通俗為主故白話演說而外小説唱歌戯曲各體全行采用
三 本講案由模範巡行宣講團延聘高明著作家多員分類編輯月出講案十六冊全年共約一百六十冊年暑假期酌量停印
四 本講案用單行本一篇一冊始終畢貫無中斷遙續之弊每冊封面俱印五彩圖畫用啓閲者美感
五 遵教育司發行講演資料成例按星期每冊郵寄各縣宣講會各十份接續發行如欲多購尤所歡迎
六 此項印刷紙張等費全由公家擔任每份每月由各縣宣講會認繳費壹角全年壹元分兩期解交本團以資貼補
七 當世達人如有熱心公益著論立説與本講案宗旨相合者請即署明台銜投送本團當特別歡迎並與以相當酬報

【図１】　陝西省模範巡行宣講団講案

「釈忠」「灌田新法」「経商談」「大彼得伝」（ピョートル大帝）（民国三年四月）、第七集第一・二・三・四編「李二曲」「戒驕傲」「骨粉肥田法」「自作孽」（自業自得）（同年五月）、第八集第十三・十四・十五・十六編「富春江」「韓世忠」「飲料衛生」「励恥」（恥の奨励）（同年六月）、第九集第五・六・七・八編「蘇武」「不薬良方」「勧募内国公債」（国債の勧め）「解釈中立条例」（同年十月）、第十集第五・六・七・八編「敬姜績麻」「豆腐」「椿蚕」「洋槐」（同年十一月）、第九・十・十一・十二編「胎教」「解釈国有荒地承墾条例」「李泌」「肥料」（同上）。

第一集第一編「説宣講」には、この宣講団が結成された経緯について、陝西省では学校教育を受けることができない者が多く、陝西教育司が社会教育を必要としたためだと説いている。

你道那宣講団是誰弁的呀。這是陝西教育司為実行社会教育纔開弁的。……陝西地方、面積五十万方里、人口八百万、九十一県、統共只有両千

来学堂、也不過有五六万学生。想起家貧上学的難為。……教育司就怕我陝西長是如此不肯改変、所以按照各国最新的方子、弁這些学堂以外的教育。（この宣講団は誰が設置したと思うか。これは陝西教育司が社会教育を実行するために開設したのである。……陝西地方は、面積が五十万方里、人口は八百万人、九十一県あるのに、全部で二千ほどの学校しかなく、五六万人の学生しかいない。家が貧しく入学するのが難しいのであろう。……教育司は我が陝西がいつまでも変わらないことを恐れて、各国最新の方法に倣って、こうした学校以外の教育を始めたのである。）

毎集表紙裏に「模範巡行宣講団編行条例」七条を掲示し、教育司の講演資料として出版したこと、通俗を主旨とするため、白話演説のほか、小説・唱歌・戯曲各形式を採用することなどを述べている。

一　本講案、承教育司講演資料、継続出版、故一切宗旨範囲、悉遵教育司成例。（本講案は、教育司の講演資料として継続出版する。故に一切の宗旨の範囲は、悉く教育司に遵うことを例とする。）

二　本講案、既以通俗為主、故白話演説而外、小説・唱歌・戯曲各体、全行采用。（本講案は、通俗を主旨としている。故に白話による演説のほか、小説・唱歌・戯曲の各スタイルを、すべて採用する。）

三　本講案、由模範巡行宣講団延聘高明著作家多員分類編輯、毎月約出講案二十冊、全年共約二百冊。（本講案は、模範巡行宣講団が優秀な著作者多数によって分類編輯して、一月約二十冊、一年で約二百冊を発行する。）

裏表紙には「大綱」を掲載しており、共和・法令・道徳・風俗・衛生・尚武・実業・科学を重視することを提唱している。

一、発揮共和真理（共和の真理を発揮する）。二、解釈現行法令（現行法令を解釈する）。三、尊崇公共道徳（公共道徳を尊崇する）。四、改良腐敗風俗（腐敗した風俗を改良する）。五、注意衛生要旨（衛生の要旨に注意する）。六、鼓励尚武精神（尚武精神を奨励する）。七、提倡各種実業（各種の実業を提唱する）。八、化除一切迷信（一切の迷信を排除する）。

本講案の特徴は、宣講の対象が陝西の人民であるため、陝西の人民に親近感をいだかせるよう、陝西の古今の出来事を例に挙げるところにある。たとえば「徳育」については、陝西の祖先である秦の商鞅（紀元前三九五～三三八）が私事よりも国事を重視したことを例に挙げて、その血統を継承する陝西の人民を鼓舞している。こうした形式は聖諭宣講の伝統を継承していると言える。

現在要先講徳育。我怕大家聴的不耐煩。先講一個古今。当初秦国（就是今日陝西地方）想覇諸侯、就到商鞅処問計。那商鞅対秦王説、「秦国向来風俗総是強悍、百姓都是替公家出力打仗。……。」秦王聴了這話、也覚有理、就因此設法錬兵、成了覇王。由此看来、陝西人民的祖先、是人人把国家的事看的重、把自己私事看的軽。……（今まず徳育について講じましょう。私は皆さんが退屈されるといけないので、まず故事を一つお話しましょう。昔、秦国（今の陝西地方です）が諸侯の覇者となろうと思い、商鞅に計略を問ねたところ、商鞅は秦王に対して、「秦国は従来風俗が総じて勇敢で、百姓はみな国家のために力を出し戦争をしてきました。……。」秦王はこれを聴いて、もっともだと思い、法を定め兵を鍛えて、覇王となりました。このことから考えると、陝西人民の祖先は、誰もが国家の事を重んじ、自己の私事を軽んじたのです。……）

『談天』[13]は演劇形式によって天文知識を受け入れることを宣講しており、西洋知識を排斥する義和団の乱を背景にしている。歌詞は聖諭宣講と同じく十言定型句であり、たとえば主人公の女学生王継英（小旦）が殺された父の吏部主事王英を悲しむ歌詞は以下のごとくである。

王継英、在輪船、涙流不断。思想起、老爹爹、心中痛酸。平日間、習天文、声光化電。凡儀器、与標本、様様置全。実想説、作家庭、教育模範。誰知暁、竟因此、惹下禍端。天不幸、義和拳、囲攻使館。誣良民、作教友、惨殺万千。他言説、読洋書、即是造反。無端的、害我父、冤屈屈冤。……（王継英、汽船にて、涙止まらず。父のこと、

思い出せば、心が痛む。常ひごろ、天文や、科学をならう。器具はじめ、標本も、いろいろ買った。本来は、家庭での、模範教育。禍を、起こすとは、思いもかけず。不幸にも、義和団が、大使館攻め。良民を、教徒といい、惨殺千万。西洋の、書籍を読めば、それは謀反。非道にも、父は殺され、無念の思い。……）

『富春江』（激揚節義、戒止躁進）[14]も演劇形式の宣講であり、後漢の厳子陵（老生）を模範的な人物として賞賛することを通じて、謹厳な生活態度によって富国強兵ができると説く。歌詞は十言定型句である。

（老生唱）漢天子、建中興、火徳再生。論新政、第一是、風俗改良。勧同胞、再休要、競争妄想。貪権利、必定把、実業抛荒。敢見人、都照我、一般一様。……那時節、我国家、民衆土広。又何難、一挙手、臣伏戎羌。（漢天子、中興を建て、火徳は再生。新政は、まず要す、風俗改良。同胞よ、くれぐれも、妄想するな。貪れば、必ずや、実業廃す。人人は、私見て、ならってほしい。……そうすれば、我が国は、発展しよう。難もなく、簡単に、異国に勝たん。）

『敬姜績麻』（励勤）[15]も演劇形式の宣講であり、母敬姜（老旦）が魯国大夫公父歜に勤勉を勧めることを通じて、国民に勤勉を勧める。出典は『国語』魯語下で、歌詞は十言定型句である。

老旦扮敬姜、柱杖上唱。「人在世、把光陰、不可空過。失却了、好光陰、悔之奈何。切莫説、富貴家、自在由我。更応当、尽職分、自做生活。」（老旦が敬姜に扮して、杖をついて登場し歌う。「人生きて、光陰を、むだに過ごさず。光陰を、失えば、悔いて及ばず。言うなかれ、富貴なら、自由自在と。なおさらに、職尽くし、生活すべし。」）

⑥山東通俗講演稿選粋（民国六年（一九一七）六月刊）[16]

講演形式の宣講。山東省長公署教育科編。残第七～十四編。「教育類」「実業類」「禁煙類」「風俗改良類」（七編）、「法治類」「国民常識類」（八編）、「提倡蚕桑染織類」「剪髪類」「国旗類」（九編）、「愛国類」「守法類」「勤倹類」（十編）、「道徳類」（十四編）に分類し、講演原稿を撰集している。編者は山東省立通俗図書館、山東省各県、他省（陝西・吉林・

奉天・福建・湖北・京兆・湖南・甘粛）、山東省立巡行講演団、山東私立通俗教育研究会、京師模範通俗教育講演所等である。

たとえば第十編教育類「図書館与宣講所的関繋」（図書館と宣講所の関係）（招遠県）では、識字者のために図書館があり、文盲者のために宣講所があると説明している。

那通俗図書館　是対於識字人設立的　……凡一切的新書報紙　無所不備　願大家常常到這館内閲覧　則多有点聞見　……至這個通俗講演所　是対於不識字設立的　那不識字的人　従未受半点教育　……於古今的実事　中外的政治　及一切風俗人情　毎日講演給大家聴聴（通俗図書館は識字者のために設立されたもので、……一切の新刊書・新聞はみな具備しており、みなさんがいつも館内に来て閲覧してもらえば、見聞を広めることができるでしょう。……通俗講演所というものは、文盲者のために設立されたもので、少しの教育も受けていないため、……古今の実事や中外の政治、および一切の風俗人情を毎日みなさんに講演して聴いていただきます。）

⑦『通俗教育叢刊』二十一期（民国八年〜民国十四年（一九一九〜一九二五））[17]【図2】

通俗教育研究会編。通俗研究会は民国四年（一九一五）七月、教育部が設置した機関であり、通俗教育事項（小説・戯曲・講演）を研究することを通じて社会を改良し、教育を普及することを宗旨とする。本書には「挿図」「論著」「訳叢」「小説」「戯曲」「講稿」「報告」「章程」「表冊」「函牘」「調査」「時聞」「紀事」「雑組」を掲載する。

第一輯（一九一九）には「小説」『立志小説小車夫』を掲載し、駱駝の名前を先生に聞いて覚える賢明な子供を主人公とする作品によって勤勉を奨励し、「此児自小就知道用心、所以後来成家立業、為一般国民的模範。」（この子は小さいときから賢明であったので、後に家業を興して一般国民の模範となったのである）とたたえる。「時聞」『教育部之新禁令（取締劇本）』では、「教育部以演劇一道関於社会風俗影響甚大、旧劇改良為不可緩之図、……毎日所演戯本、預為抄送

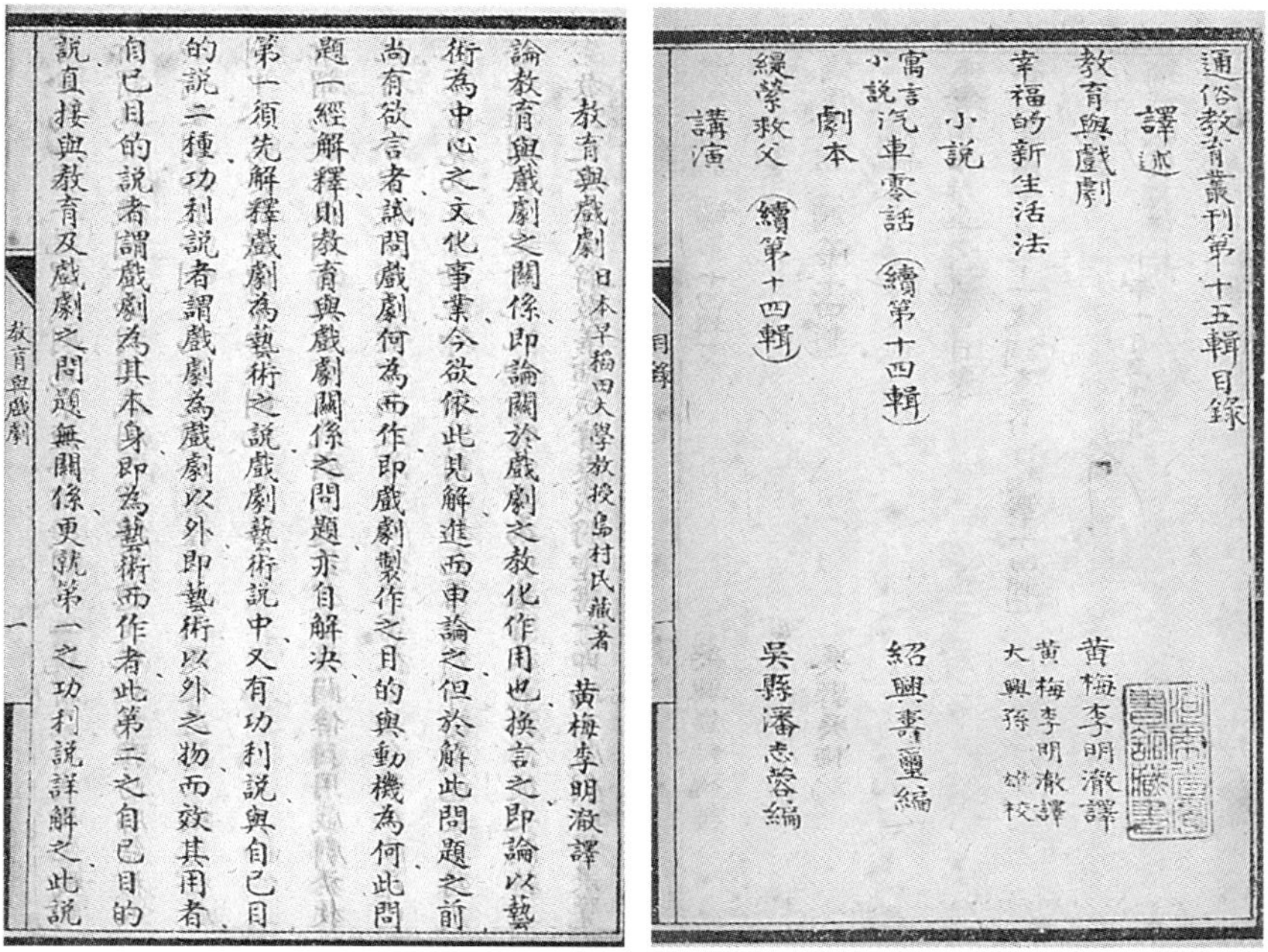

通俗教育叢刊第十五輯目錄

譯述

教育與戲劇　黃梅李明澈譯

幸福的新生活法　黃梅李明澈譯　大興孫　校

小說

寓言小說汽車零話（續第十四輯）　紹興壽璽編

劇本

緹縈救父（續第十四輯）　吳縣潘忠蓉編

講演

教育與戲劇　日本早稲田大學教授島村民藏著　黃梅李明澈譯

論教育與戲劇之關係即論關於戲劇之教化作用也換言之即論以藝術為中心之文化事業今欲依此見解進而申論之但於解此問題之前尚有欲言者試問戲劇何為而作即戲劇製作之目的與動機為何此問題一經解釋則教育與戲劇關係之問題亦自解決

第一須先解釋戲劇為藝術之說戲劇藝術說中又有功利說與自己目的說二種功利說者謂戲劇為戲劇以外即藝術以外之物而效其用者自己目的說者謂戲劇為其本身即為藝術而作者此第二之自己目的說直接與教育及戲劇之問題無關係更就第一之功利說詳解之此說

教育與戲劇　一

【図２】　通俗教育叢刊第十五輯

該部通俗教育会考査訂正。」（教育部は演劇の社会風俗への影響が甚大であり、旧劇改良が急を要する事だと考えて、……毎日上演される脚本をあらかじめ教育部の通俗教育会に送って考査し訂正させた（時報））ことを報告する。第七輯（一九二〇）には「劇本」『百錬鋼』を掲載して勤勉を推奨し、「宗旨」に「法重家庭教育立身勤倹、且為窮不失志者勧。」（家庭教育と立身勤倹を重視し、かつ窮して志を失わざる者を勧奨する）と言う。第八輯（一九二〇）「函牘」には『取締戯劇』を掲載して通俗教育に演劇を活用することを提唱し、「通俗教育之利器有三、曰報紙、曰演説、曰戯劇。……其収効溥而且大者、厥惟戯劇。」（通俗教育の利器に報紙、演説、戯劇の三あり。……その効果が大きいのは戯劇である）と述べる。第十五輯（一九二二）【図２】『教育与戯劇』（日本早稲田大学教授島村民蔵[18]著、黄梅李明澈訳）では、演劇に教化作用があることを論じている。

論教育与戯劇之関係、即論関於戯劇之教化作

用也。換言之、即論以芸術為中心之文化事業。（教育と演劇の関係を論じることは、演劇の教化作用に関して論じることである。換言すると、芸術を中心とする文化事業について論じることである。）

⑧通俗講演設施法（民国二十一年（一九三二）三月刊[19]）

朱智賢編。山東省立民衆教育館出版部[20]。第一章「何謂通俗講演」では、通俗講演とは、「用浅近的語言向普遍的大衆発表意見」（わかりやすい言葉で一般大衆に向けて意見を発表すること）と定義し、デンマーク・ロシア・スウェーデン・日本の例を挙げて、民国においては「鼓励愛国」（愛国を奨励する）、「勧勉守法」（法律を守らせる）、「増進道徳」（道徳を増進する）、「灌輸常識」（常識を植え付ける）、「啓発美感」（美感を啓発する）、「提倡実業」（実業を提唱する）、「注重体育」（体育を重視する）、「勧導衛生」（衛生を導入する）を要項とし、民国四年には通俗講演が盛行して省立講演所が設立され、民国六年（一九一七）には巡廻講演団が成立し、民国十八年（一九二九）には省立民衆教育館が成立し、講演部が普通講演・幻燈講演・化装講演を行ったこと、『山東通俗教育講演稿』のほか、『通俗講演専刊』『講演設施法』『通俗教育講演設施法』『通俗講演専刊』『通俗講演稿』『化装講演稿』を出版したことを述べている。

「団結禦侮」（化装講演稿）は民国二十年十月に民衆影戯院で上演された演劇作品であり、土地を争う張・李二人が日本人に土地を奪われて殺されると、王がその復讐をして、次のように国民に覚醒を呼びかける。

諸位。你看。現在日本是何等的猖獗。……諸位。不要再酔生夢死。快快拿出熱血来、在政府領導的下、努力救国、共禦外侮。（みなさん。ごらんなさい。現在日本はなんと横暴なのでしょう。……みなさん。もうぼんやりとしていてはなりません。早く熱血を注いで、政府の指導の下、救国に努め、一緒に外国の侵略をふせぎましょう。）

さらに化装講演の特色については、演劇と違って教訓を重視し、演劇という工具を借りて民衆教育を実施し、社会の風俗を改善すると述べる。

他一面採取戯劇的形式、但其目的不在演戯、而在以此為手段為工具来実施民衆教育、来改善社会風俗的。（それは一方で演劇の形式を採用するが、その目的は上演にあるのではなく、それを手段とし工具として民衆教育を実施し、社会の風俗を改善するのである。）

⑨〔浙江省〕通俗講演材料専号（民国二十四年〔一九三三〕一月刊）(21)

第九省学区地方教育輔導叢書之一。浙江建徳県立民衆教育館主編。第九省学区地方教育輔導会議辦事処発行。浙江の民衆教育館は、教育庁が民国十八年に各県の通俗教育館を改称したものである。(22) 主題として「新生活運動」「提倡国貨」「国慶与国難」「健康衛生」「拒毒」「破除迷信」「勧学」「防災救災」「其他」があり、その中で演芸形式を用いた通俗講演は「実行新生活」（化装講演）（建徳）、「勧用国貨」（化装対白）（建徳）である。「実行新生活」（二幕）では、女子の衣服改革を主題としている。

民先「姉姉！紅紅緑緑的衣服、我們新生活運動是禁止的。因為一来這種布料多是仇貨、二来穿了這種衣服、不免失了女子独立的人格、而有甘願做男子玩物的傾向、実在要不得的。」（姉さん！派手な衣服は、私たちの新生活運動が禁止しているの。一つにはこの種の布が輸入品であること、二つにはこの種の衣服が女子独立の人格を喪失させること、そして甘んじて男子の玩物になる傾向があって、非常に悪いことだから。）

「勧用国貨」は、対話形式で、国産品の購入を奨励する。

甲（老媽）「你現在有銭、不知道做人家。等到中国的金銭、統統被外国人賺去、財主的漸漸窮下去、窮的便精窮去、到了国家財政破産、農村崩潰、中国被人家管去、做了忘国奴的時候、你即使有銭、也用不成了。」（あなたは今お金があるのに、人間らしくないわ。中国のお金が、根こそぎ外国人にだまし取られ、金持ちが次第に貧乏になり、貧乏人が素寒貧になり、国家の財政が破産し、農村が崩潰して、中国が人に管理され、忘国奴になった時、あなたにいくらお金があっても、役に立たないのよ。)

⑩民衆教育館（民国三十七年〔一九四八〕七月刊[23]）

沈呂黙編。中華書局。第十章「推行民衆教育之実例」では、民国三十六年六月、上海市立実験民衆学校が挙行した余姚路棚戸区の民衆教育の実例を挙げる。その「民之所好好之—江淮戯」（民の好む所これを好む—江淮戯）では、民衆が愛好する従来の演劇を改良して宣講に用いることを提唱する。

棚戸区居民、対江淮戯有特殊的愛好。……但戯的内容都是神鬼奇怪、而封建意識非常濃厚。為了改良戯劇的内容、我們把劇本改編為勧識字和破除迷信的内容、改著現代服装、佈景也部分地依照話劇形式。（棚戸区の住民は、江淮戯を特に愛好している。……ただ劇の内容はみな鬼神怪奇であり、封建意識が非常に濃厚である。戯劇の内容を改良するため、私たちは劇本を識字を勧め迷信を破る内容に改編し、現代の服装に改め、舞台装飾も部分的に話劇形式によっている。）

四　新中国の宣講

毛沢東も解放区の人民に文盲が多く、文盲・迷信・衛生に関する教育には、学校教育のほかに、話劇・秦腔・秧歌など民間芸能の利用が適当であると考えた[24]。

解放区的文化已経有了他的進歩的方面、但是還有他的落後的方面。在一百五十万人人口的陝甘寧辺区内、還有一百多万文盲。……因此、在教育工作方面、不但要有集中的正規的小学、中学、而且要有分散的不正規的村学、読報組和識字組。……在芸術工作方面、不但要有話劇、而且要有秦腔和秧歌。（解放区の文化はすでに進歩している側面もあるが、まだ落後している側面も残っている。百五十万人の人口の陝西・甘粛・寧夏の辺境には、まだ百数十万人の文盲がいる。……よって教育工作の方面では、集中的な正規の小学校、中学校が必要であり、かつ分散的、不正規の村塾、新聞雑誌クラスと識字クラスが必要である。……芸術工作の方面では、話劇や、秦腔〔地方劇〕・秧歌〔歌舞〕が必要である。）

①『大衆詩歌』（一九四六年四月）[25]

銭毅編。鉛印本。中共塩城地委編『塩阜大衆報』（一九四三〜一九四六）発刊三周年記念。新時代の小調・民歌、新詩を収録する。総合目録と分類目録を掲載し、分類目録（一）には、「民主和平」「歌頌解放区」「生産」「談大衆詩歌」「参軍」「文化教育」「反迷信」「減租減息」「擁軍愛民」「戦闘」「反攻」「懲奸」「婦女」「民兵」「反敵偽」、分類目録（二）には、「小調」「反対反動派」「反特工」「其他」「歌謡・快板」「新詩」を収録する。

②『勧夫上河工』（一九四九年十二月）[26]

雑耍（雑技）。侍凱著。蘇北新華書店。水利事業を推進する演劇形式の宣講。妻が夫を説得して水利事業に参加させる。

大狗爸爸你是聴。政府扒河為人民。河不扒好水災大、鬧得人民不安寧。……扒河並非出公差、以公貸賑弁法好、一来扒河二救災。（大狗の父さん聴きなさい。政府の浚渫民のため。浚えなければ水害起き、民の生活不安定。……浚渫決して役務にあらず、工事に出れば借款でき、河浚えれば被害なし。）

③『自找麻煩』（一九五〇年一月）[27]

湖北大鼓。崔嵬著。武漢人民芸術出版社編。上海雑誌公司出版。共産党が人々の営業と財産を保証することを宣講する。

石家荘の祥順泰雑貨店の番頭李洪寛は、度量が狭く、共産党に資産を奪われると考え、保長の斉奉三に雑貨をだまし取られそうになるが、工商会が開催する会議に出て、それが嘘だということを知る。

那些甚麼平分共産工場商店、都是特務們陰謀破壊造的謡言。共産党保護工商業者合法的営業和財産、無論何人要想侵犯可不沾。（ああいう工場や商店を等分共有するという話は、みんな特務たちが破壊を陰謀して捏造した噂話であり、共産党は工商業者の合法的な営業や財産を保護しており、何人も侵犯することはできないのである。）

④『十勧』（一九五〇年一月）[28]

鳳陽花鼓。十思調。安瀾編著。河南省人民政府教育庁編輯。河南新華書店。「大烟」（阿片）、「懶惰」（怠惰）、「算掛」（占い）、「迷信」、「有銭」（富裕）、「土匪」、「旧職員」、「小偷」（盗賊）、「蔣匪軍」（国民党軍）、「賭博」を戒める歌謡形式の宣講。第一首は以下のごとくである。

（一）一勧大烟鬼、不要再抽烟。金銭名誉嚇都葬送完。拿銭買下賤。拿銭買下賤。（第一に阿片中毒者に勧めたい、二度と阿片は吸わないで。金銭名誉を失うよ。金を出して不名誉を買う。金を出して不名誉を買う。）

⑤『翠喜勧夫』（一九五〇年十二月）[29]

新編唱本。鍾紀明著。新華書店西北総分店。識字を奨励する語り物形式の宣講。十言定型句。

我政府、興文化、努力提倡。勧百姓、学認字、不当文盲。楊翠喜、把此事、対他夫講。要丈夫、学文化、努力増光。……（我が政府、文化を興し、提唱に努める。庶民には、字を知って、文盲になるなと。楊翠喜、このことを、夫に告げる。夫には、文化を学び、進歩を望む。……）

⑥『張香蘭改嫁』（一九五二年一月）[30]

湖北大鼓。季辛著。武漢通俗出版社。買売婚を禁じ、再婚を勧める共産党の政策を宣伝する。貧農の娘張香蘭が母によって悪人楊昌福に売られ、昌福の正妻に虐待されるが、昌福は一九四九年に共産党に銃殺され、香蘭は陳佔先と再婚する。

你是受圧迫的苦女子、共産党為的是提高女権。你不算楊家悪覇階級、又無勢力又没当権。寡婦是応把嫁改、打破旧礼教見青天。（あなたは圧迫を受けた可哀想な女子であり、共産党は女子の権利を高める。あなたは楊家の悪覇階級とは言えず、勢力は無く権力も無い。寡婦は再婚すべきであり、従来の礼教を打破して青天を見よう。）

⑦『打柴勧弟』（一九五三年十月）(31)

秦腔。蘇育民演唱本。長安書店。学問を奨励する演劇形式の宣講。兄陳勲が弟陳植に読書を勧める。十言定型句。陳勲（唱揺板）「叫兄弟、你莫把、心腸改変。耐着心、聴哥哥、苦口良言。只要你、発雄心、把書来念。為哥哥、縦受苦、我也心甘。」（弟よ、志を、改めないで。辛抱し、進言を、聴いてほしい。弟が、がんばって、勉学すれば。兄のこの、苦労など、当然のこと。）

⑧『春姐勧娘』（一九五四年十二月）(32)

鼓詞。魏子良著。湖北人民出版社。「増産節約」を奨励する語り物形式の宣講。「増産節約」は毛沢東が号令した政治運動。他に『新唱本増産節約』（一九五二年、華東人民出版社）(33)など多くの作品が創作された。この鼓詞では、豊作を喜んで穀物を鶏に与える柳大媽を娘の春姐が諌める。七言定型句。

「家家都像你這様、浪費的穀子好幾倉。今年水災寛又広、幾多災民欠米糧。政府号召増産節約、支援災区渡災荒。我家一天節約幾両、売給国家多栄光。」（家々お宅のようならば、浪費の穀物いかばかり。今年の水害ひどいもの、被災者どれだけ米不足。政府は増産節約呼びかけて、被災地救済支援する。我が家が少し節約し、国家に売ればさぞ光栄。）

⑨『勧公公』（一九五六年二月）(34)

豫劇。張庚辛著。河南人民出版社。徴兵志願を勧奨する演劇形式の宣講。婚約者王春花が未来の舅に息子の徴兵志願に同意するよう説得する。

王春花唱「青年参軍有責任、為的保国又保家。王春花、決心大、她先勧丈夫去参加。別看她還没結婚、為国家她可不怕人笑話。一顆心永遠交給他。十年八年也等他。」（青年の志願は責任があり、国を守り家を守るため。王春花は、決心して、まず夫に志願を勧めました。結婚前とはいうものの、国家のためには人から笑われても恐れません。心は永遠に夫にささげました。十年でも八年でも夫を待つでしょう。）

⑩『学文化山歌』（一九五六年五月）(35)

広西人民出版社編。識字を奨励する山歌形式の宣講。「掃盲運動大展開─山歌聯唱」「没有文化真困難─兄妹対唱」「決心攻上文化山─山歌聯唱」「学習模範受表揚─黄晩嫣学文化」四編から成る。その「掃盲運動大展開─山歌聯唱」は以下のごとくである。七言定型句。

学習文化好処多。能写会算心歓楽。手拿書報看得懂、記工算賬用得着。（文化の学習良い点多い。書写や計算うれしいもの。手紙や新聞読みとれて、記録や決算役に立つ。）

⑪『丟界石』（一九五六年五月）(36)

湖北大鼓。侯喜旺原作。張叔儀・陳謙聞改編。群益堂。合作社の良さを鼓詞形式で宣伝する。中年の農民が合作社を信頼して以前田圃に埋めて留保した境界石を掘り出した坑に、入社したばかりの若い農民が退社に備えて境界石を埋めようとするが取りやめる。

（張老漢）「正因為合作社裏様様好、今夜晩我才来到地頭間、我挖起了界石剛要走。」……（老李）「対不起我要把它揹起走、你挖的土坑該你填。」（「ちょうど合作社が良いところばかりなので、今夜田圃に来て境界石を掘り起こして行こうとしていたのだ。」……「すまないが私は背負って帰るから、掘った坑は自分で埋めてくれ。」）

⑫『救火』（一九五六年十一月）(37)

湖北大鼓。陳謙聞・許継武著。群益堂。武漢市民衆楽園曲芸隊上演。管理体制が不備な工場を風刺する語り物形式の宣講。電池工場の郭工場長が見習い工員に引火しやすいアルコール・火漆（接着剤）などの原料を扱わせたため大爆発を生じさせ、慌てて消防署ではなく産婦人科に電話する。

「喂。我們是国営電池廠、請你們趕快出動救火車。……」「失了火、你們去找消防隊。我們是市立医院的産婦科。」好容易打通了消防隊、……損失了人民的財産三十一万多。（「もしもし。こちらは国営電池工場ですが、早く消防車を出動させてください。……」「火事ならば、消防隊を呼んで。こちらは市立病院の産婦人科です。」やっとのこと消防隊に通じたが、……人民の財産三十一万元余りも損失した。）

⑬『博愛姑娘』（一九五六年十一月）[38]

湖北大鼓。陳謙聞改編。群益堂。武漢市民衆楽園曲芸隊上演。金銭と地位によって結婚相手を考える浅薄な世情を戒める。若い女性韓慰氷は軍人・記者・学生に同時に手紙を送るが、相手を間違えてその醜悪さが暴かれる。

三封信的内容是一個様。写的是「退回你的原信和愛情。你抱着這個又想那個。我不要你這卑鄙的千手観世音。」（三通の内容は同じ。それは「あなたの手紙と愛情をお返しします。あなたは一人を抱きながらもう一人を想う。私はあなたのような卑劣な千手観音は要りません。」）

⑭『勧妻識字』（一九五八年六月）[39]

演唱本。唐鉅著。上海文化出版社。識字を奨励する演劇形式の宣講。夫趙大器が妻許文蘭に器具の上に名前を記すという識字の方法を伝授する。

趙大器「（接唱）把文字写在那用具之上。」……「対啦。是卓子上面就貼上二個字卓子、椅子就貼上二個字椅子。……毎天看東西認字。」（「文字を用具の上に書くのだ。」……「そうだ。テーブルの上に卓子という二字を貼り、椅子には椅子という二字を貼るのだ。……こうして毎日物を見ては字を知るのだ。」)

⑮『勧嫂識字』(一九五八年九月)(40)

梆子・評劇通用。鄭曰安編。長安書店。識字を奨励する演劇形式の宣講。若い女性文教委員王桂芳が嫂に識字を勧める。嫂は手紙が読めず夫の遠方への赴任が分からず後悔して字をならい始める。

劉菊蘭(唱慢流水板)「早知道他要調往遠処去、我一定早日起身找你哥。這都怪没有文化誤了我。看起来学文化不能耽擱。」(あの人の遠方異動が分かっていれば、必ずや早く出かけて訪ねたものを。わたくしが字を知らないためにこうなった。わかったわ字を学ぶことの重要さ。)

⑯『勧婆打碗』(一九五八年六月)(41)

小評劇。月影著。遼寧人民出版社。嫁の老人虐待を戒める演劇形式の宣講。老いた胡家の姑を虐待する姑劉氏を息子の若い嫁趙金花が諫め、姑がその姑に冷たい飯を盛った碗を取っておいて姑にも使用すると脅す。

趙金花(唱)「趙金花見景生情把飯碗奪、児的奶奶呀。……碗雖破、千金難買這伝家之宝、伝留後世他的好処多。但等着奶奶黄金入了櫃、媳婦我、盛飯端菜孝敬婆婆。」(趙金花は臨機応変に飯碗を奪い、私のおばあちゃん。……碗が割れると、千金でもこの家宝は買えないわ。後世に伝えるため価値があるのよ。おばあちゃんがいなくなって、嫁の私は、お姑さんに料理を盛って差し上げるのだから。)

⑰『勧姑姑』(一九五六年二月)(42)

楚劇。武漢市楚劇団編。湖北人民出版社。倹約を奨励する演劇形式の宣講。嫂が浪費癖のある姑姑(義妹)に節約を勧める。

嫂嫂「把銭存在銀行裏、甚麼時候要用、甚麼時候取、又有利息、又支援了国家的建設。……(唱)一家大小七個

人、従不為差銭把急着。只因我們計劃得好、勤勤倹倹過生活。」（「お金を銀行に預ければ、使いたいときに取り出せて、利息も付いて、国家の建設を支援する。……（唱）一家は七人家族でも、お金が足りず慌てたこともない。それは家計を考えて、勤倹に生活しているから。」）

⑱『勧阿公』（一九六〇年五月）(43)

秦腔現代劇。王邦杰編。長安書店。倹約を奨励する演劇形式の宣講。青年男女が老夫婦に節約・増産を重視すべきことを説く。歌詞は十言定型句である。

金玉鳳（唱花音二六）「年老人、把児女、看得很重。対増産、和節約、理解不清。講道理、多解釈、耐心忍性。和他吵、和他鬧、你太不通。」（年寄りは、我が子だけ、大切にする。増産や、節約は、理解ができず。道理説き、説明尽くす、辛抱強く。老人と、喧嘩など、あってはならぬ。）

⑲『勧妹』（一九六一年二月）(44)

小演唱。念禾作。湖北人民出版社。農村居住を推進する演劇形式の宣講。嫂玉芝が都市から来た労働者新和に義妹彩翔の思想教育を依頼するが、新和は実は彩翔の恋人であり、二人は農村に住む。

新和「（唱）修水庫、我曾経下農村、遇見一位姑娘很年軽、……她向我介紹了很多情形、農村人民公社化、光芒万丈気象新。」（ダムを造り、曾て農村に来て、一人の若い娘に会いました。……その人は私に多くの事を紹介し、農村が人民公社化して、光芒が万丈も昇り、雰囲気も改新されたと言いました。）

⑳『巧勧媽媽』（一九六三年十月）(45)

独幕花灯劇。楊益・俗文著。雲南人民出版社。封建婚姻制度への反対を主張する演劇形式の宣講。若い王翠芳と劉志強が結納金を重視する翠芳の母にその間違いを諭す。

翠芳（唱）「恨只恨封建婚姻不合理、買売包辦坑害了多少人。我爹爹受尽剝削惨遭死、我媽媽含冤委屈度光陰。娘呀娘。難道你忍看翠芳重走娘的路。難道你希望志強也做欠債人。」（恨めしいのは封建的婚姻の不合理さ、買売仲介がどれだけ人を陥れたか。父さんは剝奪されて悲惨な死を遂げ、母さんは無念の気持ちで暮らしている。母さん、母さん。私にも同じ道を歩かせるつもりなの。志強にも借金させるつもりなの。）

㉑『愛香勧娘』（一九六五年八月）[46]

唱本。金華県文化館・金華県曲芸協会集体創作。浙江人民出版社。倹約を奨励する演劇形式の宣講。貧農の娘王愛香が節約を励行し、結婚衣装を派手にしたいという旧習を尊ぼうとする母を諌める。

唱起小鑼鬧開場、拉起胡琴喉嚨痒。……唱的是一位好姑娘、貧農的女児王愛香。……提倡晩婚她帯頭、二十五歳才找対象。……要做個移風易俗、勤倹節約的好榜様。……我們要、……把国家建設放心上、勤倹持家要帯頭。（小銅鑼を打って開場し、胡琴を引いて準備する。……話は一人の良い娘、貧農の娘王愛香。……進んで晩婚提唱し、二十五歳で相手をさがす。……古い習慣を改めて、勤倹節約の良い模範。……私たち、……国家の建設志し、進んで勤倹旨とする。）

㉒『金牛文芸』総一五六期（一九九〇年六月）[47]

人口・計劃生育演唱資料専輯。成都市金牛区計劃生育委員会・成都市金牛区文化館編。成都市出版局。計画出産を提唱する通俗文学形式の宣講。「誰象她」（四川方言）、「新問題」（金銭板）、「只生一個好」（四聯句）、「一対夫妻一個娃」（表演唱）、「登記」（四川方言）、「晩婚好」（四川方言）、「還是一個好」（方言相声）、「人口普査問答」（対口快板）、「怪哪個」（四川方言）、「搞好普査建四化」（対口詞）、「1＋1＝8」（方言相声）。「誰象她」（四川方言）は以下のごとくである。

（男人）全国都象你、掛児莽生起。不要説吃飯、水都供不起。要想過得好、人口要減少。只要国家富、把你餓得

倒。（全国あなたのようならば、子供はどんどん増えすぎる。ご飯は言うに及びません、水さえ飲めなくなるでしょう。生活改善したければ、人口減少させること。国家が富みさえするならば、飢える価値もあるでしょう。）

五　結び

民国時代及び新中国の宣講は清末の説唱形式の聖諭宣講の伝統を継承して「聖諭」を宣講しながら、新たに近代文化の伝授を主旨としていた。その形式は識字率の低い時代にあって文盲の聴衆が対象であったため、民衆が聴いてわかる白話による講演形式や、民衆を感動させる歌謡・演劇などの芸能形式を採用することが効果的であると考えられた。

注

（1）徐博霖口訳、民国六年（一九一七）、上海書局鉛印本。

（2）張蓉『中国現代民衆教育思潮研究』（二〇〇五年、中国文史出版社）第三章「主流—民衆教育派的民衆教育思想体系」、四「民衆教育的実施」（二）「民衆教育的実施手段、工具」、1.「説書」、2.「戯劇」、3.「講演」、4.「電影」、5.「広播」、6.「民衆読物」。第一一九頁。

（3）王守仁（一四七二～一五二八）は明代の演劇が古楽を継承するものと評価しながら、教化を目指さない演劇は社会に役立たず、演劇は妖艶な歌詞を削って忠孝説話を上演し、民衆が無意識のうちに感化されるよう貢献しなければならないと主張した。「古楽不作久矣。今之戯子、尚与古楽意思相近。韶之九成、便是舜一本戯子。武之九変、便是武王一本戯子。聖人一生実事、俱播在楽中。所以有徳者聞之、便知其尽善尽美与未尽美未尽善処。若後世作楽、只是做詞調、於民俗風化、絶無干渉、

何以化民善俗。今要民俗反樸還淳、取今之戯本、将妖淫詞調删去、只取忠臣孝子故事、使愚俗人人易暁、無意中感発他良知起来、却於風化有益。」（清陳宏謀編『五種遺規』「養正遺規」補編「王文成公訓蒙教約」。『王文成公全書』巻二「訓蒙大意示教読劉伯頌等」。）

（4）上海図書館蔵。無封面。

（5）上海図書館蔵。

（6）原題『通俗教育に関する事業と其施設方法』。通俗教育研究会編。明治四十四年（一九一一）十一月、明誠館書房刊。国立国会図書館蔵。通俗教育研究会はほかに『通俗教育逸話文庫』（明治四十四年、大倉書店）、『通俗教育修養講話全』（大正元年、同書房刊）、『通俗教育国民常識講話』（大正元年、同書房刊）などの通俗教育関係の書籍を編纂しており、『通俗教育修養講話全』「本書編纂の趣旨」には、「一、通俗教育は昨年から其声が高まって来た。……一、娯楽と修養とを伴はしめて、社会の悪化誘導に反対して、之れに引き着ける様に勧める。……一、通俗講演会の相手は社会民衆である。……極めて愉快に、耳目を楽しませる間にこの目的を達するの手段を講ずる。」というように、通俗教育の手段について重視している。

（7）王雷『中国近代社会教育史』（二〇〇三年十二月、人民教育出版社）第一章「中国近代社会教育的産生与発展」、第二節「中国近代社会教育的確立」、一「確立時期社会教育概観—在探索中転変」、（二）推広通俗教育、2.「通俗教育研究会的創弁以及其他教育団体的社会教育活動」に、通俗教育研究会が日本に通俗教育の情況を考察しに行き、本書を出版したと言う。

（8）以下、引用文は原著による。

（9）表紙裏の目次下に「民国元年十月出版」と記す。

（10）沈亮棨は光緒三十年（一九〇四）に「江蘇私塾改良会」を、光緒三十一年（一九〇五）に「上海私塾改良会」を設立し、「上海私塾改良会」は民国元年に「国民教育実進会」と改名した。

（11）原文は「説」。「設」の誤。

（12）残第十九葉。

（13）第一集第七編（民国二年九月）収録。

(14) 第八集第四冊第十三編（民国三年六月）収録。
(15) 第十集第二冊第五編（民国三年十一月）収録。
(16) 封面表「山東通俗講演稿選粋第七」、封面裏「中華民国六年六月山東省長公署教育科編」。上海図書館蔵。
(17) 中国国家図書館蔵。
(18) 島村民蔵（一八八八〜一九七〇）、劇作家、演劇研究家。『戯曲の本質——劇芸術及び演劇の原理』（一九二五、東京堂書店）、『劇の創作と鑑賞』（一九二四、新詩壇社）等の著作がある。
(19) 上海図書館蔵。
(20) 一九二九年創立。山東公立通俗図書館・社会教育経理処・通俗公演所が合併して成立した。
(21) 上海図書館蔵。
(22) 沈呂默編・愈慶棠校『民衆教育第一集　民衆教育館』（一九四八、中華書局）第一章「民衆教育館的演進」、三頁。
(23) 表紙「中華文庫　民衆教育第一集／民衆教育館／沈呂默編・愈慶棠校／中華書局印行」。上海図書館蔵。
(24)『民間文学論壇』一九八二年二期（民間文芸出版社）、李景江「毛沢東与民間文芸」、二十頁〜二十五頁。『毛沢東選集』（一九九一年六月、人民出版社）第三巻「文化工作中的統一戦線」（一九四四年十月）。
(25) 二〇〇七年九月、厦門大学出版社。王春瑜編『中国稀見史料』第一輯・第四十一冊。表紙「大衆的声／大衆詩歌／—紀念「塩阜大衆」三周年—」。
(26) 上海図書館蔵。
(27) 表紙「人民芸術叢刊⑤第二輯／自找麻煩　大鼓　崔嵬著／上海雑誌公司総発行」。上海図書館蔵。
(28) 表紙「文娯叢刊／十勧／安瀾編著／河南省人民政府教育庁編輯　河南新華書店発行」。上海図書館蔵。
(29) 表紙「通俗文芸小叢書／翠喜勧夫／作者：鍾紀明／新華書店西北総分店発行」。上海図書館蔵。
(30) 上海図書館蔵。
(31) 表紙「秦腔劇本／打柴勧弟／名演員蘇育民演唱本／長安書店発行」。上海図書館蔵。

(32) 表紙「春節演唱材料／春姐勧娘／魏子良著／湖北人民出版社」。上海図書館蔵。
(33) 芸軒書店、孔夫子旧書網、二〇一三年十二月出品。
(34) 上海図書館蔵。
(35) 上海図書館蔵。
(36) 上海図書館蔵。
(37) 上海図書館蔵。
(38) 上海図書館蔵。
(39) 表紙「小小演唱本　宣伝総路線／勧妻識字／唐鉅写／上海文化出版社」。上海図書館蔵。
(40) 表紙「梆子評劇通用／勧嫂識字　鄭曰安編／長安書店出版」。上海図書館蔵。
(41) 表紙「戯劇小叢書　小評劇／勧婆打碗　月影著／遼寧人民出版社」。上海図書館蔵。
(42) 上海図書館蔵。
(43) 上海図書館蔵。
(44) 表紙「春節文娯演唱材料（小演唱）／勧妹　念禾作／湖北人民出版社」。上海図書館蔵。
(45) 表紙「文娯演唱材料／巧勧媽媽（独幕花灯劇）／雲南人民出版社」。上海図書館蔵。
(46) 上海図書館蔵。
(47) 上海図書館蔵。

第三節　通俗芸能による宣講

一　はじめに

宣講は民衆啓蒙が目的であり、形式は「聖諭」を宣することから始まり、さらにそれを講じることへと発展し、律例や故事や勧善歌を付加するようになるが、その後、説唱形式や演劇形式など民衆が親しみを感じる様々な通俗芸能の形式を借用して行われ、今日に至っている。本節では、その中で、大鼓芸能として湖北大鼓・澧州大鼓・山東大鼓、歌謡芸能として広西山歌・台湾唸歌による宣講について考察する。

二　湖北大鼓

（1）　聖諭宣講の伝統

何遠志『湖北大鼓』（一九八二、長江文芸出版社）によれば、湖北大鼓は北方から伝来したものである。北方の大鼓は北方の語音、金属楽器を使用し、湖北の民衆の耳に心地よくなかったので、芸人はそれを当地の語音と雲板の伴奏に変えた(1)。湖北大鼓ははじめ聖諭を宣講し、伝統的な案証集をテキストとしており、「説善書」と称していたという(2)。

筆者は目下関連の文献資料を探し出していないが、次のような上演作品から見て、現代の湖北大鼓は「説善書」の伝統を継承していると言える。

（2）伝統曲目

伝統曲目には『聚宝盆』(3)、『三婿拝寿』(4)等の作品がある。たとえば『聚宝盆』は県令の汚職を非難した作品である。県太爺上前来把人数点、一共有六十四個人、這毎餐吃飯得八桌整。像這様吃下去、我就是貪污也貪不贏。人家貪汚得財宝、哎、我貪汚得了老子一大盆。（県令が前に出て人数かぞえれば、全員そろうと六十四人、毎食八卓にものぼる。こんなにたくさん食べられては、いくら汚職しても追いつけない。人は汚職で財宝得るが、私は汚職で老人たちが増えただけ。）

芸人張明智（一九四三～現在。湖北黄陂の人(5)）は、演劇と大鼓を結合させユーモラスな作品を創作している。その湖北大鼓形式で演じた楚劇作品に『討学銭』（二〇〇八(6)）、『売綿紗』（同前(7)）、『玉蓮吸水』（同前(8)）がある。特に現在の湖北省孝感市の董永伝説に取材した黄梅戯『天仙配』を改編した『天上人間』（二〇〇七(9)）は伝統故事の中に随意に現代の風俗を挿入して、その地域の人々を教導する作品である。第一場「孝感皇宮」では、七仙女が孝感市の経済繁栄を羨望し、仙界を離れて下界におりたいと思うと、姉妹たちは彼女に携帯を送って、何かあったら連絡するように告げる。第三場「孝感天神」では、張明智が董永に扮して本職の湖北大鼓を上演し、「ある企業の社長が、……いつも納税を免れようと細工をするが、結局は自業自得で大損をする」と歌唱する。七仙女は董永の行く手を遮り、避けようとする董永に対して、「あなたは交通法規を守っていない、歩道をきちんと歩かなきゃ。……」と注意する。第四場「孝感槐蔭」では、董永が孝感市の米酒を土地公に紹介するが、「飲酒は適度でやめること」と忠告し、また「土地廟の建築は法律違反のため、城管局がすぐに撤去する」と告げれば、土地公も、「すぐに撤去してよい」と答えて、最後に一緒に、「和諧建設の大孝感のために貢献しよう」と合唱する。

（3）現代曲目

現代曲目は現実生活を題材にしている。従来多く上演された曲目に『博愛姑娘』『救火』『丟界石』『一件批評稿』『親生的児子鬧洞房』『如此媳婦』等百余の作品がある。[10]筆者はこれら現代の作品も「説善書」時代の勧善文芸の性質を継承していると考えている。

たとえば『博愛姑娘』（一九五六）[11]、『愛情』（一九五六）[12]は虚偽の愛情を諷刺的に描写している。『博愛姑娘』は多情な娘が同時に軍官・記者・学生にラブレターを書き、宛先を誤ったため不実が暴露される。『愛情』は若い娘が同僚とデートするが、革靴と腕時計が高価でないのを見て収入が低いことを知り、交際を断る。『救火』（一九五六）[13]は無責任な電池工場長が操作技術を学んでいない作業員を試用して失火し、人民の財産三十一万元余りを損失することを風刺する。『一件批評稿』[14]は官僚主義の工程隊長が、「新家屋を建てても四面八方を木材で支えたため、風が吹くと不安定で、倒れなくとも、前後に揺れる」と批判する。

『親生的児子鬧洞房』[15]、『如此媳婦』[16]は家庭問題を描いており、現在も張明智氏によって上演されている。『親生的児子鬧洞房』は現代版の「陳世美」故事である。湖北黄陂人の張善良が科長に昇進して以後、農民の妻が自分と釣り合いが取れないことに不満を懐き、家族を欺いて新疆に赴任し、妻に離婚を逼って若い秘書と結婚を謀るが、息子が新疆に赴いて父親を非難する。『如此媳婦』では、嫁郭熙娥（渾名「悪雞婆」）が姑を虐待するが、自分の母親が嫁に虐待されていると訴えるのを聴いて後悔し、姑に対する態度を変える。

張明智氏はこのほかにも多くの社会の病態を描いた作品を創作している。『楼上楼下』[17]は利己的な住民が共用の水道を独占して人に使用させないことを批判する作品である。『吃水餃』は、餃子店の管理費を免除する代わりに餃子をただ食いする官員の腐敗を描写している。『酒鬼[18]』は飲酒が過ぎて見知らぬ人まで自宅に招く非常識を描写する。『酒司機』は、運転手が諫言を聴かずに酒を飲んで運転し、事故を起こして牢獄に入れられる不幸を描いている。『自作自受[19]』は、不衛生で至るところ痰を吐く人が、宣伝員の諫言を聴かず、処罰を受けて清掃をさせられることを描く。『如此乞丐[20]』は、乞食を仕事とする偽乞食が人々から罵られることを描く。『尿片事件[21]』は防災係の老婦から注意されても聴かず、部屋で襁褓を乾かして火災を起こし、危うく嬰児を焼死させそうになることを描く。『疑心病』は、夫が妻の浮気を疑い、出張を装って家を覗いて捕らえられることを描く。『煤球状元[22]』は、娘が母親を説得して練炭職人と結婚するという自由恋愛を主張する話を描く等。

湖北大鼓が聖諭宣講と相通じるところは、作品の末尾に案証と同じように評語を付加するところにもある。たとえば、「夫妻の間は相互に信じ合い、決してあれこれと疑心暗鬼にならないことである。」（『疑心病』）、「愛情の問題はとても奥深く、親であっても干渉しすぎてはならない。」（『煤球状元』）、「（嫁）皆さん家庭の絆は大事にしてね。大事にしないと「四化[23]」が後退します。（夫）ここにおいでのお嫁さん方、私の嫁を悪例として、決して「悪雞婆」（性悪女）になってはいけません。」（『這様的媳婦』）等である。

なお筆者は二〇〇九年二月に武漢大学社会学系における研究会において、張明智氏を交えて湖北大鼓の教化功能について話し合った【図１】。

湖北大鼓は地方政府の政策宣講にも活用されている。孝昌県委員会宣伝部では新農村建設政策精神を分かりやすく、信じやすく、学びやすくするために、二〇〇六年九月二十一日に百名の農民宣講員から成る宣講隊を設立して、湖北大鼓や評書等の形式で宣伝した【図２】。また「二〇〇八年宣伝思想文化工作総結」において、計画出産宣伝に関して県楚劇団が全省の「生育文明之光」の夕べで『趙二嬸懐孕』を上演し、全市廉政文化合同上演で『如今農村好事多』

【図１】　自作の作品について筆者に解説する張明智氏（右）

【図２】　孝昌県の百名農民宣講員の湖北大鼓による新農村政策の宣講

を上演し、湖北大鼓『王老二作検査』を上演したという。[24]

三　澧州大鼓

澧州大鼓は湖南省常徳市の澧県・臨澧県・安郷県・石門県・津市市に流行する大鼓芸能で、[25]二〇一二年に湖南省非物質文化遺産に指定された。『申報湖南省省級非物質文化遺産代表作澧州大鼓申報材料』（二〇〇六、常徳市澧県文化局）によれば、清の嘉慶年間（一七九六～一八二〇）に蘇金福（一七七九～一八四二）という落第書生が民間芸人から伝習した「喪鼓」に新たに板式を創造して表現力を高め、『白蛇伝』『平日閻羅』『白馬駝尸』などの作品を創作したと言われる。その上演は昼間には演芸場で、夜間には喪家にて行われている。それらはおおむね忠孝節義を主題とした歴史演義である。

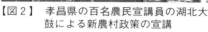

筆者は二〇一〇年三月に澧県文化館を訪問し、非物質文化保護センター責任者李凌雲氏と中国曲芸協会会員李金楚氏[26]にお会いして、李金楚氏から澧州大鼓の歴史についての解説を拝聴し、その著『澧州大鼓唱本』（二〇〇九、澧県文化館李凌雲・余軍捜集整理）を恵贈された。[27]

また湖南省曲芸協会会員である王方・呉三妹氏にもお会いして、県内人民路に設置された澧州大鼓協会弁事処の「古書大亭」において李金楚・呉三妹両氏

【図3】　李金楚・呉三妹両氏による澧州大鼓の上演（澧県古書大亭）（筆者撮影）

【図4】　葬儀における澧州大鼓の上演（筆者撮影）

の上演を参観した【図3】。夜には呉三妹氏に案内されて郊外の大堰壋鎮泉水村陳家の葬儀における上演も参観した。【図4】。

二〇〇六年から常徳市群衆芸術館が主催して、五県が隔年で順番に担当して「鼓王」コンクールが行われているが、李金楚・王方・呉三妹氏は「鼓王」の称号を獲得している。

「鼓王」コンクールでは、特に家庭問題・社会問題を主題とした創作が披露され、新農村建設に寄与している。

1．「安福新村杯」常徳市首届澧州流域鼓王擂台賽　臨澧県　二〇〇六年十月

①我勧児子離網巴（大鼓　澧県　洪家文・宋沢林）―ネットカフェ中毒の汪愛華。病気の母親が家の金を愛華が盗んだと知って悲しみ、学校の成績が低下していると叱ると、愛華は悪友に誘われたと告白して、母に改心を約束する。

②村長的礼物（大鼓　石門県　易立新）―村長の誕生日に当たり、幹部が特に貧窮する農民に支援をすると決定したことを話す。

③書記開会（大鼓　澧県　郭方中）―郷政府の新書記が病気で会議を欠席すると、村人は賄賂を要求していると誤解するが、書記は退院して礼物を送る悪習を諫め、貧困な病人を救おうと言う。

④大可与翠娥（対鼓　臨澧　謝開平・陳金萍）―寡婦孫翠娥は王大可と結婚して、迷信を戒める。

⑤娘教女（漁鼓　臨澧　顔昌春）―明嘉靖年間、臨澧県の富者王老七の三女は貧家に嫁ぐ。母は娘に、夫を励まして学問をさせ、出世をさせて父の尊敬を勝ち取るよう教示する。

⑥和諧歌（大鼓　津市　胡定浩）―国家主席胡錦濤が農村の生活を改善して格差を少なくしたことをたたえる。

⑦賛新農村（三棒鼓　安郷　于森良等二人）―生活が改善された新農村を賛美する。

⑧岩碗記（大鼓　石門　諶兵剛）―常徳の老人に、長男の嫁が石碗で、次男の嫁が竹碗で飯を与えて虐待する。老人が大金を持っていると孫に伝えさせると、二婦は急に老人を厚遇するが、死後に石碗と竹碗しか遺しておらず、孫はこれを家宝として遺して二婦に飯を食わせると告げる。

⑨山郷情（大鼓　澧県　劉静）―王暁玉は大学を卒業後に帰郷して地元に恩返しのため会社を設立して理事長となり、山村の道路を補修して新農村を建設する。

⑩伝承（大鼓　臨澧　邵丹）―高校の成績が良かったわたし邵丹（幼名舫伯）は大鼓芸人になり、出世した同級生からばかにされたこともある。父の遺産は二本のバチだけであったが、父は優秀な大鼓芸人で、言葉の芸術で人を感動させよという遺言は宝物であり、わたしはこの芸術を伝承したいと語る。

2．「金龍玉鳳杯」常徳市第二届澧州流域鼓王擂台賽　澧県　二〇〇八年六月　龍訳TV工作室編(28)

①媽媽的遺書（澧県文化局選送　洪家文・毛紅霞）―麻薬中毒者がやめられず、母親の部屋に入って金を探すが、子供の改心を願う母親の遺書を見つけて後悔し、母親の恩情を思い出す。

②特別情縁（臨澧県文化局選送　周明国・潘道明　作詞　張新）―出稼ぎの若者が悪事に染まって投獄され、母親に詫びを入れる。母親は実母ではないことを明かし、苦労して育てたことを語り、打とうとするが思いとどまり、若

者も悔悟する。

③倔強大伯移祖墳（津市文化局選送　沈佰軍）―伯父が先祖の墓が道路の開通にかかったと聞いて村長に抗議し、風水のおかげで子供が出世できたと主張して先祖の墓を移すことを拒絶するが、国家に功績のあった息子が軍人の家族として村落の建設に貢献すべきだと説得する。

④警鐘長鳴（臨澧県文化局選送　顔栄初・陳林）―妻がお金儲けのために夫に花火工場を開くよう勧めるが、夫は花火工場は危険で祖父と父が大怪我を負ったと言う。妻がそれなら離婚だと言うので結局はその言葉に従って大金持ちになるが、夫の誕生祝いに質の悪い花火を揚げて大事故が起き、妻の父親と妹が犠牲となる。

⑤好馬也吃回頭草（臨澧県文化局選送　熊波濤・呉三妹）―女と駆け落ちした夫が女に捨てられてみじめに帰郷する。妻は夫が去った後に味わった母子の苦痛を訴える。夫は復縁を求める。

⑥婆媳情（安郷県文化局選送　彭妮娟・邵峰）―電気工事職員謝明進が国家の仕事で犠牲になって烈士となり、その妻小英は夫の死後、懐妊がわかる。姑は烈士の家は出産ができると勧めるが、小英はすでに一女を儲けており、町に戸籍がある者には適用されず、女子も家を継承することができると説得する。

⑦浪子上岸（臨澧県文化局選送　游海平）―魚を盗み賭博を好む若者が貧窮し、改心して小娟と結婚するが、妻の出産のため出稼ぎして稼いだ金を賭博で摩ってしまう。魚を盗もうとするが水に溺れ、知人に救われて金を恵まれ、妻を病院に送って出産させる。

⑧喜看農村新風貌（臨澧県文化局選送　洪建軍・陳金平）―経済発展による農村の新風貌を讃頌する。

⑨吃酒前的風波（臨澧県文化局選送　肖守国・顔艶）―広東に出稼ぎに出た夫が帰宅するが、途端に叔父から宴会に参加せよとの電話があり、出かけざるを得ないが、これまでの宴会の出費が重なり、金がなく、夫妻は互いの親

戚を非難しあい、離婚騒動にまでなる。

⑩子教父（臨澧県文化局選送　李昌富・肖伍）―金持ちになった父が田舎者の母を捨てようとするが、息子が父に昔、母が父の怪我で心配したことを思い出させ、父を後悔させる。

⑪懺悔泪（津市文化局選送　朱瓊・朱瑋）―大学生が帰郷して、苦労して学費の援助をした姉に対して贅沢を言うが、姉が重点大学に合格しながら弟のために進学を断念し、父は鉱山事故で死亡し、母も病気になったことを知って、後悔する。

⑫特別紅娘（安郷県文化局選送　羅小林・王芳）―小学生の息子が離婚した父母に偽のメールを送って仲直りさせる。

⑬悔恨的泪（石門県文化局選送　易立新）―十三年後に出獄した農民が、過去に悪友の影響で金銭の誘惑に勝てず罪を犯したことを後悔する。

⑭真情（石門県文化局選送　田金華）―人付き合いをしない変わり者の農民が、病気になって後悔する。

⑮英雄頌（澧県文化局選送　馬寧）―山東孟祥斌。負傷の身で冬の川に飛び込んで、おぼれた者を救い、自分は溺死する。妻王天英は死を悼む。

⑯吸毒者的心声（澧県文化局選送　劉軍成）―戒毒所に収容された孫国慶が、大学受験に失敗して深圳に出稼ぎし、麻薬中毒で家庭を破壊するが、父の諫言で覚醒する。

3・「堯業国際杯」常徳市第三届澧州流域鼓王擂台賽　石門県　二〇一〇年十月[29]

①辺三棱売器官（石門県選送　田金華・陳元華　作詞　晏友淼[30]）―賭博をやめられない辺三棱。村長に呼ばれて妻が農薬を飲んで死んだと告げられ、臓器を売って棺を買おうとするが、博徒の臓器は役に立たないと聞いて泣き出す。村長は三棱が真に後悔していると知って妻を呼び起こす。

4・常徳市第四届澧州流域鼓王擂台賽（決賽）　津市　二〇一二年七月(31)

①粽葉与米（大鼓　津市文化館選送　張方貴・張輝・李芳）―養殖で裕福になった夫が女性と暮らして家に帰らなくなり、妻と口論になるが、息子が家庭を顧みない父を諫めて家族は和睦する。

②糊塗的愛（対鼓　安郷県文化館選送　陳忠孝・何玉蘭）―夫が食事を作って妻の帰宅を待つが、妻は博打好きで、稼ぎの少ない労働者の夫に不満を抱き、五万元を渡されると急に愛想よくなるが、夫が老人を襲って金を奪ったと告げると恐れる。だが老人は妻の父であり、娘の浪費癖を戒める。

③姜女情（大鼓　津市文化館選送　羅小林・石水秀　作詞　陳学軍）―津市郊外新洲の孟姜女。寒衣を携えて新郎范喜郎を長城に尋ねるが、喜郎が死んだと聞いて泣くと、長城が崩れて屍体を得る。

④捉情敵（大鼓　石門県文化館選送　陳元華・彭小華　作詞　晏友淼）―馬大義は研修から帰り、妻が光栄院（福祉施設）で院長といるのを誤解するが、実は舅の看護をしていたので恥じ入る。

⑤賑酒也煩悩（湘北大鼓　臨澧県文化館選送　謝斌峰・蘇参　作詞　卞徳棋・肖導国）―満大珍・陳大本夫婦は便所改築の名目で宴会を開くが、祝儀が少なく夫婦喧嘩となり、皆に宴会を戒める。

⑥万紫千紅大堰壋（漁鼓　澧県文化館選送　鼓麗娟・夏雪梅・劉蓮香・何雪梅）―大堰壋鎮の新農村建設を賛美する。

四　山東大鼓

筆者は山東省の芸能方式による宣講活動を知るために、平成二十五年九月二十六日、済南市曲芸団副書記劉娟氏を大明湖畔の「明湖居」において取材した【図5】。

中国では「寓教於楽」（芸能を通じて教育を行う）という考え方にそって、通俗芸能で民衆教化を行う手法が取られており、小冊子『済南市曲芸団』によれば、済南市曲芸団はかつて「赤十字会芸術団」「済南消防芸術団」「交通警察芸術団」を結成し、「12365質量監督」全省巡回公演を行っている。二〇〇四年六月十七日の大衆網新聞「走進12365晩会巡演」には、市文化局が芸術の形式を用いて質量監督方面の政策と法律を宣伝普及させるため、人民群衆の質量監督意識、消費意識、安全意識を高めることを企図し、市曲芸団、市児童芸術劇院、市芸術研究院の創作員を山東省質量監督直属単位に派遣して基層幹部職員から生きた素材を入手させ、相声・小品・山東快書等の芸術形式の作品を創作して晩会で上演させたと報道した。また二〇〇六年五月十二日の大衆網新聞「済南市曲芸団牽手紅十字会」には、済南市曲芸団が済南市赤十字会と手を結んで済南市赤十字博愛芸術団を結成したと報道した。また二〇〇九年六月十八日の済南市人民政府門戸網站「済南市曲芸団全省17地市消防巡演80余場」には、山東省公安消防総隊等が主催した消防百場文芸全省巡演において、済南市曲芸団が『消防法』を主題とした十五作品を創作し、徳州・青島・威海・濰坊など全省十七都市の企業・社区・広場・郷村・学校で上演して好評を博したことを報道している。

【図5】　明湖居の劉鶚像（右）と劉娟氏（左から2番目）

なお劉娟氏は一九六四年生まれで、山東評書を劉延広氏から継承した国家一級演員である。山東大鼓は犁鏵（スキ）の破片を伴奏に用いた説唱芸能であったため当初「犁鏵大鼓」と称したが、後に文人によって「梨花大鼓」と改称され、文化大革命以後に現在の名称となった。大鼓芸能は毛沢東が政策宣伝の宣講に大いに活用したが、その後は時代に即応せず滅亡の一途をたどり、二〇〇二年八月に香港から中国戯曲曲芸節に招待された際に主催者から山東の特色を出した演目を要求されたことから山東大鼓の発掘が行われ、評書の劉氏と琴書の趙倩氏が録音資料を収集して王振波氏の指導の下で『戦馬超』『大西廂』『草船借箭』の三作を復元したという。済南市曲芸団『精品曲芸専場』VCD版に収録する『戦馬超』は、『三国志』の張飛が馬超と対陣する一段を劉娟氏と趙倩氏が二人で語っているが、劉氏が指摘したように、山東大鼓では高音から低音まで音域が広いため、よほどの名手でなければ歌唱に困難を伴い、そこに継承が絶えた原因があるように思われる。劉氏は従来の梨花大鼓は語りの速度が緩慢であったため、現代風に速い語りに改めたという。

「明湖居」は明末に梨花大鼓の芸人郭大妮が建立したと言われる大明湖畔の演芸場であり、済南市曲芸団はここを拠点として経常的に上演を行っている。劉鶚（一八五七〜一九〇九）『老残遊記』第二回には、ここで白妞（王小玉）・黒妞姉妹が「梨花大鼓」を上演する様子を描写しており、小玉の高音と低音の妙を高山の上下にたとえているが、劉氏と趙倩氏の共演はそれを再現したものかと思われる。二〇一〇年、済南市は鐘楼寺の鐘楼跡に明湖居を再建した。

山東大鼓の音楽・歴史・作品についての資料として、中央音楽学院華東分院民族音楽叢刊『山東大鼓』（犂鏵大鼓・膠東大鼓）（一九五七、北京、音楽出版社）、中国文化知識読本『山東大鼓』（二〇一二、長春、吉林出版集団／吉林文史出版社）、説唱『玉堂春・忍字高・十大勧』（二〇〇七、三槐堂明龍）、唱詞『十大勧』（出版事項不詳）がある。

五　広西山歌

筆者が広西山歌による宣講を知ったのは、「口袋書」（ポケットブック）「建設社会主義新農村叢書一百冊」[32]第二冊の蒋欽輝編『新農村勧世謡』（二〇〇六年六月、広西師範大学出版社）[33]を閲読してからであった【図6】。この「口袋書」は、中共十六届五中全会（二〇〇五年十月）において「生産発展・生活寛裕・郷風文明・村容清潔・管理民主」の社会主義農村を建設するという重大な歴史任務が提出されたことにより、新観念・新政策・新技術・新生活・新風貌を主要な内容として、図書館など公共の場所で身近に見ることができる「口袋書」の形態でこのシリーズ一百冊を出版したという。目録は「環境篇」「教子篇」「敬老篇」「婚恋篇」「飲酒篇」「立志篇」「和諧篇」「戒賭篇」

【図6】 蒋欽輝氏（左）との会談（南方早報2010.9.23）

「戒毒篇」「持家篇」「交友篇」「勤学篇」で、たとえば「環境篇」は、村道の舗装、メタンガス製造、水道開設、便所の設置、住居の建造、造園、電化、電話の開設、礼節ある言行について、七言定型句の山歌によって提唱する。

農村建設有方向、改厠改路又改房。改厨改水改風俗、十項建設大文章。第一村道水泥化、路面清潔又平坦。半夜摸黒放心走、落雪落雨無泥漿。（農村建設前進し、便所や道・家新しい。厨房・水道・風俗改めて、十項の建設大仕事。まずは村道コンクリ化、路面は清潔かつ平坦。夜半に歩いて大安心、雪や雨でも大丈夫。）

なお筆者は二〇一三年十一月に宜州市主催「河池第十四届銅鼓山歌芸術節・広西宜州第四届劉三姐文化旅游節」に参加し、新編の廖明君等編『劉三姐歌謡情歌巻』（二〇一三年十一月、上海音楽学院出版

社）を収集した。宜州市は山歌芸能により観光振興を図る町である。

山歌による政策宣講は組織的に行われている。たとえば二〇一三年四月には、河池市で宣講方式を創新し、十名の歌王で宣講団を組織しており、十一の県市区を巡回して「走基層巡回擂台賽」を展開し、当地の群衆とともに通俗的でわかりやすく、政治説教とは一味違う歌を合唱したという。その「新型農村合作医療」（新農合）の利点を宣講する歌は、

合作医療実在好、有病住院得報銷。一年繳費幾十塊、好比拿鉄換金条。（合作医療は実によい、入院すれば費用は戻る。年間出費は幾十元、鉄を金に換えるよう。）

であり、河池では三百二十万人が「新農合」に加入して、加入率九十八パーセントを達成したという。また日常生活や冠婚葬祭の節約を推奨する歌もある。

為搞排場把銭借、又租花籃又租車。多年血汗都用尽、剰下一本空存折。（贅沢するため金を借り、装飾借りて車借る。長年の貯蓄は使い果たし、空の通帳残すだけ。）

移風易俗新風尚、優良伝統要発揚。以後輪到我出嫁、挑担山歌当嫁装。（生活風習改めて、優れた伝統発揮する。これから私が嫁ぐとき、嫁入り道具は山歌だけ。）

かくて巡回先では数万の聴衆が集まって政策宣伝の効果をあげたという。(34)

六　台湾唸歌

「台湾唸歌」は「歌仔冊」とも称し、月琴・大広弦を伴奏楽器とする歌語りで、清朝末期（十九世紀）に出現した。七字調・江湖調などの独特のメロディーにのせて喜怒哀楽の感情を表現し、緩急をつけてさまざまなストーリーや人

物を細緻に描写する。民国時代と日本統治時代における勧善歌には、悪行を行うと法律と天罰で処罰されるという『六諭衍義』に講説された基本的な聖諭宣講の主旨が継承されている。いま現存する勧善歌の一部分を紹介すると、以下のような作品がある。(35)

勧孝戒淫歌（民国年間　厦門会文堂石印）―七言八百六十句。父母の養育の苦労に報いて親孝行でまじめな人間になること、妓女を買えば恐ろしい梅毒に罹ると戒める。

勧世通俗歌（『械闘歌』『息訟歌』『溺女歌』『不孝歌』『野仔歌』『節倹歌』『烏烟歌』『十勧君』『十勧娘』『救命歌』『救牛歌』『救狗歌』（民国年間、厦門会文堂石印））―上図下文。七言五百二十六句。「野仔」は「浪子」（不良）、「烏烟」は「阿片」。

最新勧世文歌（大正十五年（一九二六）、台北王金火発行、台北黄塗活版所印刷）―七言二百四十八句。訴訟を戒める。

最新工場歌（民国十六年（一九二七）、会文書局石印）―七言二百三十二句。悪事を犯せば警察に捕まり、監獄の工場で地獄の責め苦を受けるように働かされると戒める。三十の工場における労働を描く。

社会風俗歌（昭和六年（一九三一）、台北林来発発行）―七言五百四十八句。男子に勤勉を勧め、女子に節操を教える。

新編人心不足歌（最新勧世了解歌）（陳清波編輯、台北周玉芳書店）―七言三百四句。台北蓬莱町、陳清波作。人の欲望には限りがないが、富貴貧賤は天命であり、悪事を行わず、父母兄弟を尊重せよと戒める。

最新打某歌（『新刻打某歌』『新様打某歌』『新伝厘某歌』『新刻手抄跪某歌』）（厦門会文堂書局）―夫に妻を虐待することを戒める。

重改（『打某』『跪某』『厘某』『打㕆』）合歌（民国二十二年（一九三三）、厦門鴻文堂書局）―夫に妻を虐待することを戒める。

【図７】「勧孝歌」を熱唱する王玉川氏（左）と楊秀卿氏（2008.11.15、於山口大学）

最新廿四孝歌上本（新編二十四孝歌）（高雄呂文海発行、昭和四年（一九二九）、高雄三成堂石版印刷部印刷）、新編二十四孝歌下本（新竹黄錫祉編輯、昭和二年（一九二七）、台北王金火発行、台北黄塗活版所印刷）―七言九百五十六句。

最新〔夫妻相好・夫妻不好〕合歌（『夫妻相好歌』『夫妻不好歌』『嘱郎勧世歌』『安慰寡婦之歌』『十想家貧歌』『十想度子歌』）（台南州嘉義市徐天有、昭和九年（一九三四）、台南州嘉義市黄淡発行、同和源活版所印刷）

現在活躍する芸人は楊秀卿・王玉川二氏等である。故洪瑞珍氏は楊氏の高弟で、二〇〇二年に「台湾唸歌団」を形成して伝承に努め、楊氏の作品に註釈をつけて出版するとともに、巡回公演をしながら国宝級の芸人を発掘した功労がある。二〇〇九年三月には台湾行政院文化建設委員会が楊秀卿氏を「重要伝統芸術説唱保存者」に指定した。現在では葉文生氏を団長として各地に巡行して台湾語文化として唸歌を広める活動を展開している。[36] 楊秀卿・王玉川・葉文生・鄭美氏は二〇〇八年十一月に山口大学東アジア国際フォーラムに出席して「勧孝歌」「勧世歌」を上演している[37]【図７】。

「古月琴声～被遺忘的台湾唸歌」（台北市内湖区明湖国民小学現代歌仔仙製作）によると、「勧世教化歌」には、『勧兄弟』、『勧姉妹』『勧夫妻』『勧戒賭博』『勧戒酒』『勧善歌』『十八地獄』『改悪従善』『三世因果』『天理良心』『好天粒積雨来糧』『兄弟著和好』『孝女伝』『二十四孝』等の作品があるという。

七　結　び

民衆啓蒙を目的とする宣講は説唱形式や演劇形式など民衆が親しみを感じる様々な通俗芸能の形式を借用して行われた。本節では、その中で湖北大鼓・澧州大鼓・山東大鼓・広西山歌・台湾唸歌を対象として考察した。湖北大鼓ははじめ聖諭を宣講し、「説善書」と称していた。今日でも湖北大鼓の名手張明智氏は社会を啓蒙する作品を多く創作して人気を博し、孝昌県等の地方政府は二〇〇六年に百名農民宣講隊を組織して、民衆が親しみを感じる湖北大鼓を活用して新農村建設政策精神を宣伝した。澧州大鼓は二〇〇六年から常徳市群衆芸術館が主催して、所属五県が隔年で順番に「鼓王」コンクールを挙行し、各県から推薦された芸人が家庭問題・社会問題を主題とした創作寸劇を上演して、新農村建設に寄与している。山東大鼓も済南市曲芸団が市政府と連携して、二〇〇九年に「済南市曲芸団全省17地市消防巡演80余場」を挙行し、『消防法』を主題とした十五作品を上演して民衆啓蒙に努めている。広西山歌は二〇一三年に河池市で歌王宣講団を組織して「走基層巡回擂台賽」を展開し、「新型農村合作医療」（新農合）を宣講する歌を上演している。またポケットブック『新農村勧世謡』（二〇〇六）によって新農村建設に寄与している。台湾唸歌は二〇〇二年に台湾唸歌団を結成し、二〇〇九年に楊秀卿氏が「重要伝統芸術説唱保存者」に指定され、『勧兄弟』『勧姉妹』『勧夫妻』『勧戒賭博』『勧戒酒』『勧善歌』『十八地獄』『改悪従善』『三世因果』『天理良心』『好天粒積雨来糧』『兄弟著和好』『孝女伝』『二十四孝』等の伝統的な「勧世教化歌」で民衆を啓蒙している。

注

（1） 何遠志『湖北大鼓』（一九八二、長江文芸出版社）総論「源流沿革」に、「清道光末年間、丁海洲由山東来武漢売芸、伝授黄玉山等五個徒弟、継至匡玉山、潘漢池、王鳴楽、陳謙聞、張明智等、共承襲了七代師徒。在鼓書早期的引進階段中、由北南来的鼓書芸人、在説唱芸術上仍保持着北方鼓詞的特点、即用北方語音、一手執両塊月牙形的鋼鐮（鉄制与銅制両種）打板、一手執木籤撃鼓進行演唱。後来、由這些外来芸人所伝授的弟子們、逐漸感到用北方語音不如用本地方言進行演唱更易為本地人民所接受、随着語音的改変、相応地在唱腔上也発生了変化。芸人們認為本地的語音腔調与鋼鐮的金属声不甚和諧、故漸以雲板代替鋼鐮。」（清道光末年間（一八五〇）に、丁海洲が山東から武漢に来て芸を売り物にし、黄玉山等五人の徒弟に伝授して、匡玉山、潘漢池、王鳴楽、陳謙聞、張明智等に引き継がれ、七代の師徒が伝承した。鼓書が伝来した早期の段階において、北方から南下した鼓書芸人は、説唱芸術ではなお北方鼓詞の特点を保持し、北方の発音を用いて、片手で二個の三日月形の鋼鐮（鉄制と銅制の二種がある）で調子を取り、片手で木籤で鼓を撃って演唱した。後にこれら外来芸人が伝授した弟子たちは、次第に北方の発音より当地の方言を用いて演唱した方が当地の人々に歓迎されると感じ、次第に発音を改めると、それに応じてメロディーにも変化が生まれた。芸人たちは当地の発音やメロディーが鋼鐮の金属音と調和しないと認め、次第に雲板で鋼鍊に代替したのである。）

（2） 何遠志『湖北大鼓』總論「曲目内容」には、「鼓書在過去（尤其是早期階段）曾以演唱（宣講）「聖諭」為主要内容、……但這種「説善書」与某些地方（如漢川、漢陽等県）的「説善書」、在表現形式上是完全不一様的。後者是没有鼓、板跟腔撃節的清唱、通常是両人表演、一人説問、一人唱答。鼓書的「善書」部分、大致有如下一些書目。『宣講大全』『宣講集要』『閨閣十二段錦』……等等。」（鼓書は昔――とりわけ早期の段階において――かつて「聖諭」の演唱（宣講）を主要な内容としていた。……ただこの種の「説善書」は別の地方――たとえば漢川、漢陽等の県――の「説善書」とは表現形式の上で完全に違っていた。後者は鼓、板で拍子を取らない清唱であり、通常は二人が上演し、一人が問いかけ、一人が答えた。鼓書の「善書」部分にはおおむね以下の書目がある。『宣講大全』『宣講集要』『閨閣十二段錦』……等等。」）と言って、湖北大鼓が聖諭宣講を鼓書の技法で行っていたことを述べている。

(3) 何遠志『湖北大鼓』「湖北大鼓現代曲目選」。王鳴楽演唱、何遠志記録。王鳴楽『聚宝盆』鼓詞（一九五七、湖北人民出版社）。又、張明智記録VCD（湖北音響芸術出版社、ISRC CN-F06-05-445-00/V.J8）。

(4) 何遠志『湖北大鼓』「湖北大鼓現代曲目選」。汪金山演唱、何遠志記録。又有張明智記録VCD。

(5) 国家一級演員。武漢市説唱団総監。二〇〇八年に「改革開放三十年、影響湖北三十人」に選ばれた。

(6) 揚子江音響出版社、ISRC CN-F04-08-0024-0/V.J8。

(7) 揚子江音響出版社、ISRC CN-F04-08-0025-0/V.J8。

(8) 揚子江音響出版社、ISRC CN-F04-08-0025-0/V.J8。

(9) 湖北音響芸術出版社、ISRC CN-F06-07-0025-0/V.J8。

(10) 何遠志『湖北大鼓』総論「曲目内容」では、「解放以来、鼓書芸人和曲芸工作者以現実生活為題材、創編了大量的新段子。各地鼓書芸人、在不同時期経常演唱的有、……『博愛姑娘』……『救火』『丟界石』……『一件批評稿』……『親生的児子閙洞房』……『如此媳婦』……等、初歩統計也有百余個。」（新中国になって以来、鼓書芸人と曲芸工作者は現実生活を題材として、大量の新作品を創作した。各地の鼓書芸人が、違った時期にいつも演唱した作品に、……『博愛姑娘』……『救火』『丟界石』……『一件批評稿』……『親生的児子閙洞房』……『如此媳婦』……等、初歩的な統計でも百余作ある。）と述べる。

(11) 陳謙聞、一九五六、武漢群益堂出版。

(12) 陳謙聞、一九五六、武漢群益堂出版。

(13) 陳謙聞・許継武、一九五六、群益堂出版。

(14) 陳謙聞・王鳴楽、一九五六、群益堂出版。

(15) 何遠志『湖北大鼓』「湖北大鼓現代曲目選」。張明智演唱、何遠志記録。

(16) 何遠志『湖北大鼓』「湖北大鼓現代曲目選」。陳世鑫・陶冬厳・張明智編詞、何遠志記録。

(17) 珠影白天鵝音響出版社、ISRC CN-A23-97-466-00/V.G8。

(18) 揚子江音響出版社、ISRC CN-F04-08-0023-0/V.J8。

(19) 珠影白天鵝音響出版社、ISRC CN-A23-97-466-00/V.G8。
(20) 湖北音響芸術出版社、ISRC CN-F06-04-0007-0/V.J8。
(21) 珠影白天鵝音響出版社、ISRC CN-A23-97-466-00/V.G8。
(22) 湖北音響芸術出版社、ISRC CN-F06-00-373-00/V.J8。
(23) 工業、農業、国防、科技の四つの近代化。
(24) 中国・孝昌網(孝昌県委宣伝部)。このほか京山県では彭光学氏が「京山県社会文化節」において「八十歳老人退低保」(二〇一一、東関区選送)、「計画生育好」(二〇一二、京山計生局)、「我的城市我的家」(二〇一三、京山劇団)などを上演して政策宣伝活動を行っている。
(25) 筆者は二〇一〇年十二月に常徳市を訪問し、常徳市鼎城南沅社区夕陽紅茶社、臨澧県大中華茶店、同県宋玉村馬家(葬礼)、安郷県保堤五組、津市市小渡口において上演を参観した。
(26) 李金楚(一九四七~現在)、中国曲芸協会会員。一九八九年に湖南省優秀民間芸人として評価された。
(27) 『澧州大鼓唱本』には、「五女興唐」「白馬駄尸」「天開榜」という歴史演義を収録している。
(28) 澧州大鼓工作室編『澧州流域鼓王擂台賽優秀曲目珍蔵版』(湖南文化音像出版社、ISRC CN-F37-08-0013-0/V.J6)には、以下の作品を収録している。(上)媽媽的遺書・特別情縁・倔犟大伯移墳堂・警鐘長鳴・好馬也吃回頭草・天堂聴歌 (中)婆娘情・浪子上岸・喜看農村新風貌・吃酒前的風波・子教父・懺悔泪 (下)特別紅娘・悔恨的泪・真情・英雄頌・吸毒者的心声。
(29) 石門県文化局等編『堯業国際杯常徳市第三届澧州流域鼓王擂台賽資料彙編』参照。
(30) 金鼓王賞。ほかに『酒司機接親』(澧県 郭方忠・馬寧)、『特別三十六』(石門県 董愛民・鄭海燕)、『在線刺玫瑰』(臨澧県 熊普・呉三妹)、『真心的呼喚』(津市市 陳克華・淡丹丹)、『法不容情』(安郷県 朱偉・朱瓊)が受賞した。銀賞・銅賞が各五名である。
(31) 石門県文化局等編『堯業国際杯常徳市第三届澧州流域鼓王擂台賽資料彙編』参照。

（32）全一百冊。中共広西壮族自治区委員会宣伝部・中共広西壮族自治区委員会組織部組織編写。
（33）上海図書館蔵。
（34）「河池歌王宣講団走基層小記」〈山歌伝頌中国夢〉（二〇一三年四月八日、広西日報）。
（35）国立台湾文学館「台湾民間説唱文学歌仔冊資料庫」。中央研究院漢籍電子文献「閩南語俗曲唱本歌仔冊全文資料庫」。『俗文学叢刊』第四輯「説唱類」歌仔冊（二〇〇一、新文豊出版公司）。
（36）公式ホームページ「台湾唸歌団」試用版。
（37）阿部泰記等編「東アジア国際学術フォーラム」〈東アジア伝統芸能の世界〉（二〇一〇、山口大学文学会志六〇巻）。

結語

本書の各章を要約すると以下のようになる。

第一章「宣講の歴史」は、筆者が「宣講」研究に着手した動機を言明して、その歴史を明らかにし、日本にも聖諭宣講が伝播したが説唱形式はとらず、中国では歌謡・説唱・宝巻・演劇形式をとったことを論じ、「攢十字」という日常会話調の十字句の歌詞が用いられたことにも論及した。

第一節「『躋春台』は擬話本か」では、筆者は胡士瑩『話本小説概論』（一九八〇、中華書局）が「最後一種擬話本集」として紹介した『躋春台』四巻四十篇（一八九九）という作品の文体に注目した。冒頭に「入話」に相当する詞を置くところは「擬話本」に似るが、登場人物が長篇の日常会話調で方言を交えた歌詞を歌い、最後に「従此案看来」という成句に導かれる教訓を述べる文体は従来の擬話本にはなかった。この作品は序文にもいうように「宣講」というジャンルの通俗文学であった。

第二節「宣講の伝統とその展開」では、宋代から清代に至る「宣講」の歴史を明らかにした。「宣講」は「郷約」という地方自治制度の中で行われた。宋代の郷約『呂氏郷約』（一〇七六、陝西藍田）では「宣講」は行われず、徳行や過失を帳簿に記録し、徳行を勧め過失を正したが、明代に至って王守仁の『南贛郷約』（一五一八、江西）では太祖の「六諭」が郷約の中で読誦され、項喬の『項氏家訓』（一五四一、温州）では王恕の解説にならって「六諭」の解説が行われた。これが実質的な「宣講」の始まりだと言えよう。「郷約」では余懋衡の『沱川余氏郷約』（一六二〇、安徽新安県）「聖諭衍義」がそれである。清代の郷約では、明太祖の「六諭」を踏襲した順治帝の「聖諭六訓」、及び康熙帝の「聖諭十六条」の宣講が行われた。『欽定学政全書』（一八一二）巻三「講約事例」には順治十六年（一六五九）に郷約を設立し、旧来の解説本によって「六諭」の講釈が行われたという。『上諭合律郷約全書』（一六七九、浙江）は「講諭」と「読律」から構成されており、「聖諭十六条」と律例の講釈が記されている。合刻された「六諭集解」（一六七四）は文字通り「六諭」の宣講書であった。『聖諭像解』（一六八二、江南繁昌県）は婦女子のために「聖諭十六条」に関する古人の図像を解説した。『六諭衍義』（一六八五、浙江会稽県）は琉球国の程順則によって復刻され、日本に伝わった。古今の善悪事跡を掲載し、善行悪行を例示するところに特色がある。『聖諭図像衍義』（一七〇四、広東連山県）は「図像」「演説」「事宜」「律例」「俗歌」「猺訓」に分けて民衆に聖諭を解説した。続いて『聖諭宣講郷保条約』（一七〇五）はこれを強化する意味で編纂したもので、「聖諭宣講儀注」を掲載して「在城宣講」「在郷宣講」「在館宣講」「在排宣講」に分けて実行性のある宣講を考案した。雍正帝は「聖諭十六条」を解説した「聖諭広訓」（一七二四）を発布し、王又樸『聖諭広訓衍』はこれを口語で解説した。また歌謡で表現したものに『聖諭繹謡』（一八六二、河北日献県）がある。『現行郷約』（一八六七、江陰県）「諭単式」では、古今の実話や目前の説話、因果応報故事を方言で述べるよう指示している。『聖諭広訓通俗』（一八九七、富陽県）は「聖諭広訓」を「聖諭衍義」によって方言を用いて解説したものである。『郷約要談』（一八九九、江陰県）は「聖諭十六条」について、崇明・温州・崑山・江陰など当地の人物を例に引いてわかりやすく解説している。このように「聖諭宣講」は郷約の中で様々な形式を活用して民衆教化の作用を発揮していった。

第三節「日本における宣講の受容」では、琉球国の程順則によって復刻された前掲の『六諭衍義』（一七〇八）が薩摩藩を通じて徳川幕府に献上され、八代将軍吉宗がまず荻生徂徠に訓点を施させ、次に室鳩巣に大意を翻訳させて、

『六諭衍義大意』（一七二二）を全国に普及させ、さらにわかりやすい『六諭衍義小意』（一七三一）、『教訓道しるべ』（一七九一、広島藩）、『六教解』（一八〇四、武州）などの続書が各地で編纂され、百年後には原板が少なくなったため、『官許首書絵入六諭衍義大意』（一八四四）上中下三巻が刊行されたことについて論じた。この書の特徴は、読者が日本人であることから、中下二巻に日本の偉人の伝記を掲載して善行を奨励しているところにある。このテキストも地方によって特色があり、小野藩版本では村長近藤亀蔵を模範とすべき人物として称揚し、その偉大な灌漑事業と平常の倹約生活についての記事を挿入している。『六諭衍義大意』の影響は明治時代に至っても甚大であり、『勧孝邇言』『修身要訣』『小学修身訓』『小学修身書初等科之部』『小学修身書中等科之部』『高等小学修身訓生徒用』『修身女訓』等の修身科教科書もその影響を受けていた。現代では程順則の故郷である沖縄県で、久米崇聖会によって『六諭衍義大意翻訳本』（二〇〇二）や、漫画形式の『小中学生のための現代版六諭衍義大意』（二〇〇四）が編纂されている。

第四節「様々な通俗形式の宣講」では、中国では歌謡・説唱・宝巻・演劇など様々な形式による宣講が行われ、民衆が耳を傾けるよう大きな配慮がなされたことについて論じた。

歌謡形式の宣講は郷約宣講の中でも行われていたが、その後も『勧善歌』（一八九八、浙江藩署）、『総督佐大人勧民』（清代、四川）、『四川大人勧民歌』（清代、四川楊総督）、『懶大嫂』（刊年不詳、四川）、『小姑嬢』（刊年不詳）、『全家宝』（一八七四）、『全家宝』（刊年不詳、湖南）、『全家宝』（刊年不詳、広西平南県）、『酒色財気』（刊年不詳、湖南中湘）、『醒人心』（一八七七、四川瀘州）、『免上当』（一八九一、四川）、『早回頭』（一九〇二）、『養育歌』（刊年不詳、湖南洪江）、『勧世良言十二条』（一九〇五、陝西）などの勧世歌謡が各地で刊行され、民国時代にも『勧民九歌』（一九二五、綏遠省）などが編纂された。

説唱形式の宣講書は一般に知られる『宣講集要』（一八五二、四川）や『宣講拾遺』（一八七二、河南）のほかにも多くの作品が刊行された。まず『法戒録』（一八七三、四川）は「六諭」（「聖諭六訓」）によって案証を分類した宣講書で、『宣講集要』が引用しており、『宣講集要』の編集を知る上でも貴重な資料である。説唱宣講は全国に普及しており、四川が最も多く、『渡人舟』（一八五六）、『脱苦海』（一八七三）、『閨閣録』（一八八四）、『宣講金針』（一九〇八）、『浪裏生舟』（一九一五）、『孝逆報』（一九一六）、『保命金丹』（一九一六）、『照胆台』（一九一六）、『万善帰一』（一九四一）などがあり、湖南では『宣講福報』（一九〇八）、『宣講摘要』（一九〇八）、『宣講彙編』（一九〇八）、『新刻勧世文』（民国年間）、湖北では『勧善録』（一八九三）、山西では『善悪現報』（一九一二）、雲南では『八柱撐天』（一九一七）、山東では『宣講宝鑑』（一九二八）、双城（北平代印）では『宣講選録』（一九三四）などの宣講書が刊行された。

聖諭宣講が宗教的語り物「宝巻」にも影響したことは、すでに澤田瑞穂氏が『増補宝巻の研究』（一九七五）で指摘したとおりである。澤田氏が引用した『潘公免災宝巻』（一八五八）、『立願宝巻』（一八六九）、『真脩宝巻』（一八八六）のほかにも、『孝心宝巻』（一八二四）、『逆子孝媳宝巻』（一八六六）、『鸚哥宝巻』（一八八一）などがあり、『勧世宝巻』（一八九九）は歌謡形式の「四川総督蔣大人勧諭歌」を宝巻形式に改編したものである。

演劇を勧善の手段にすることは、演劇が興隆した明代に王守仁が述べている。清の余治は『庶幾堂今楽』（一八六〇）において、この王守仁の演劇論を継承して、俗情に通じた演劇を用いて民衆を教化した。また『宣講戯文』（一八八六）は福建の人々が親しむ布袋戯（指人形劇）形式の宣講書であった。

宣講は民衆を教化するため、当地の民衆が親しむ歌謡・説唱・宝巻・演劇などの通俗形式を活用して行われたのであった。

第五節「「攅十字」形式の歴史」では、宣講の中で用いられたわかりやすい会話調の詩体「攅十字」について考察した。この詩体は『宣講拾遺』（一八七二）序に、歌によって感情を表し、人を感泣させ、人を鼓舞すると述べ、『宣講管窺』序（一九一二）に、歌を聴く者は喜んだり泣いたり驚いたり恥じたりすると述べるように、聴衆の感情に訴える効果的なものであった。「攢十字」は現代の「漢川善書」にも継承されている。この詩体は七言句の後に出現して清代に至って梆子腔など地方劇の中で人物の歌唱に用いられたものであり、宣講の歌詞は地方劇の歌詞との類似性を呈する。「攢十字」形式の歴史を調べると、唐代の敦煌変文では七字句歌詞が用いられ、元雑劇では「攢十字」は訴状や判決の言葉という限られた場合にのみ使用されていた。明代の中葉に出現した説唱詞話でも「攢十字」は語り手によって人物や光景の説明に用いられることの方が多い。その後、地方劇においてもっぱら人物の歌唱に用いられたと言える。これは『詩経』大序にも指摘するように、詩歌が人物の悲哀や憂愁などの感情を表現するのに最適であったからにほかならない。唐の白居易は、『新楽府』（八〇九）創作においてこの『詩経』の詩歌理論を用いた。後世に至って民衆が親しむ会話調の「攢十字」形式が出現し、宣講に活用されたのであった。

第二章「聖諭分類の宣講書」では、清代末期に最も普及した説唱形式の宣講書について、案証を聖諭によって分類する前期の宣講書と、案証を聖諭によって分類しない後期の宣講書にわけ、まず前者について論じた。

第一節「「聖諭十六条」と『宣講集要』十五巻」では、現在では最初の宣講書と見なされている『宣講集要』について論じた。編者は四川の名医王錫鑫であり、首巻の「宣講聖諭規則」には、「聖諭十六条」のほか、民間で信仰される関羽や竈神などの神明の聖諭や、善堂で守るべき規律「宣講壇規」十条を掲載している。また咸豊二年（一八五二）の序文を冠するテキストには咸豊七年から咸豊十一年の案証を掲載する巻十四を掲載しておらず、巻十四は後で補刊されたと考えられる。湖北荊州（一八六一）、福建漳州（一八八四）、湖南宝慶（一八八七）、湖北漢口（一九〇一）、湖南宝慶（一九〇六）、山東徳州（一九〇九）、山西襄汾（刊年不詳）の各地で復刊され、民国時代に入ると、上海で石印本が刊行されて全国に普及した。

「宣」とは登場人物の歌詞朗唱で、「講」とはストーリーの講述であった。そして「宣」の途中で別の人物が口を挟むことによって両者の感情がいっそう緊張感を増し、聴衆の関心度も向上する。また聴衆は方言しか理解しないため、当地の方言である西南官話を用いて表現している。

収録された案証は、後に『緩歩雲梯集』(同治二年)、『宣講拾遺』(同治十一年)、『庶幾堂今楽』(同治十二年)、『宣講戯文』(光緒十二年)、『宣講博聞録』(光緒十四年)、『勧善録』(光緒十九年)、『触目警心』(光緒十九年)、『宣講摘要』(光緒三十四年)、『宣講彙編』(光緒三十四年)、『宣講珠璣』(光緒三十四年)、『宣講福報』(光緒三十四年)、『宣講醒世編』(光緒三十四年)、『宣講大全』(光緒三十四年)、『宣講管窺』(宣統二年)、『福海無辺』(民国元年)、『万選青銭』(民国年間)、『宣講全集』(漢口)、『宣講至理』、『増選宣講至理』(宛南)、『宣講大成』(許昌)、『宣講大観』(許昌)、『宣講大成』(民国二十二年)のような宣講書や演劇作品に改編されて、民衆教化に大きな貢献をした。

第二節「「聖諭六訓」と『宣講拾遺』六巻」では、『宣講集要』の後に編纂された清末の説唱形式の『宣講拾遺』が、聴衆の要望に応じて新しい案証を掲載し、各案証の冒頭に主旨を解説してわかりやすくし、人物の「宣」を多く挿入して聴衆を引きつける工夫を施したため、各地で多くの版本が刊行され、さらに後世の宣講書や民間芸能に影響を与えて、民衆教化に貢献したことを論じた。

『宣講拾遺』は山東登州(光緒元年)、陝西西安(光緒八年)、河南周口(光緒九年)、安徽亳州(光緒十年)、山東聊城(光緒十八年)、甘粛蘭州(光緒十九年)、蘇州(同年)、天津(光緒二十四年)、山西解州(光緒二十九年)、山東煙台(光緒三十一年)、山東東昌(民国八年)など、清末から民国にかけて華北地域を中心に復刻され、後に石印本によって普及した。本書は冒頭に「聖諭六訓解」を掲載し、「聖諭六訓」に配して案証を収録している。本書は河南で編纂されたにもかかわらず、「淡泊」(貧困)、「出姓」(再婚)、「磋磨」(虐待)、「活路」(労働)、盤(世話する)、「角孳」(口論)など西南地区で使用される「西南官話」を使用した案証が見られ、別の宣講書から引用した案証を含んでいる。

本書の案証は後に、甘粛の『閨閣録』（光緒十年）、河南の『宣講管窺』六巻（宣統二年）、吉林の『宣講大成』（民国二十二年）、北平代印・双城翻板の『宣講選録』（民国三十三年）などの宣講書をはじめ、成兆才が改編した評劇、湖北大鼓、漢川善書、皮影戯に改編されて収録されている。

第三節「「聖諭六訓」と『宣講醒世編』六巻」では、奉天省で行われた説唱宣講について、現存する『宣講醒世編』六巻によって考察した。六巻の案証は「聖諭六訓」によって分類しており、各巻は冒頭に「攢十字」の「宣」によって主旨をわかりやすく解説している。「演礼」（宣講聖諭規則）は、四川の善書『救生船』から引用しており、四川から始まった宣講が奉天の宣講の形成に影響を与えていた。

第四節「『宣講拾遺』にならった『宣講管窺』六巻」では、河南洛陽の周景文が、『宣講拾遺』（一八七二）を朗誦するとみな感涙して聴きいったため、歌詞が人を感動させ、俗語が人に理解されることに気がついて、「聖諭六訓」に即して新しい宣講書を編纂したということに関して、当時の知識人は、本書を政府刊行の教科書と併用すれば、文盲の人々に対する啓蒙教育が普及すると高く評価していた。本書が引用した宣講書の案証と本書の案証を比較してみると、本書の案証が「宣」の場面を多く設定しており、それが聴衆を感動させた原因であると分析できる。また本書は人物の言葉だけではなく、ストーリーも「宣」形式で表現するところにも特徴がある。そして『喩世明言』『醒世恒言』中の物語を案証として語ったことも聴衆を魅了した原因である。

第五節「「聖諭」を注記した『緩歩雲梯集』四巻」では、『宣講拾遺』（一八七二）よりも早く刊行されて資料的に価値の高い、四川の宣講書『緩歩雲梯集』について論じた。本書は「宣講聖諭規則」を掲載せず、案証だけを掲載した簡易本であるが、宣講人あるいは読者がわかりやすいように、聖諭や善悪応報の主旨を各案証に注記しているところに特徴がある。そしてこうした簡易本の宣講書が『宣講拾遺』よりも早く出現していたことは意外なこととも言える。本書には四川の案証が全体の三分の一を占め（八十一案中二十八案）、四川以外の案証を含めて、すべての案証に西南官話が使用されていることから、西南官話地域である四川で編纂された宣講テキストだと考えられる。また案証の題名下には主題を付しており、各案証は「聖諭六訓」と「聖諭十六条」及び神明の聖諭に示す倫理観に基づいてわかりやすく分類している。さらに巻一は男子の案証、巻二は女子の案証、巻三は男子の案証、巻四は女子の案証と大きく分類している。本書は比較的早期に編集されており、いくつかの案証を共有している宣講書『万選青銭』（一九一三年以後）と比較すると、本書は地名・人名などが具体的であり、『万選青銭』は実は叙述を簡略化して本書の案証を引用したものであることがわかる。ただ本書の案証では人物の宣は一～三場に過ぎず、早期の宣講の特徴を呈している。

第三章「非聖諭分類の宣講書」では、『宣講集要』『宣講拾遺』などの初期の宣講書が「聖諭六訓」「聖諭十六条」に基づいて案証を分類して編集していたが、次第に「聖諭」にはよらず、一般的な勧善懲悪の主旨で案証を編纂した宣講書が出現することを論じた。

第一節「雲南の『千秋宝鑑』四巻」では、雲南臨安府で編纂された簡易本の宣講書『千秋宝鑑』について、一般の簡易本では「宣講聖諭規則」を省略しているが、本書では「聖諭六訓」「聖諭十六条」「蕉窓十則」を掲載して宣講儀式を行えるよう配慮しており、「宣」の場面を増加して聴衆を感動させ、善報悪報の対偶形式で案証をわかりやすく配列して勧善効果を狙うという工夫も凝らされていることを論じた。本書収録の案証はその一半が『宣講集要』『宣講福報』『宣講彙編』『万選青銭』など親しみのある先行する案証を改編しており、雲南の案証がないことから、後の一半も創作ではないと推測される。

第二節「湖南の『宣講彙編』四巻」では、本書は明確な分類基準が示されていないが、巻一は主として「孝」（親子愛）、巻二は主として「弟」（兄弟愛）、巻三は主として「義」（友人愛）、巻四は主として「貞」（夫婦愛）という主題によって分類されており、聖諭の中でもこの四主題の案証がとりわけ多かったことを論じた。案証は既存のものを改編したものが多いが、評語を加えたり、叙述を補充したり、表現を具体的にしたり、叙述を「宣」形式に変えたりして、より分かりやすい内容に変えている。

第三節「湖北の『宣講大全』八巻」では、『宣講大全』は上海六芸書局の湖北省漢口支店が刊行した宣講書であり、「二十四孝図説」を掲載して孝を善行の源とする儒教思想を表明しており、孝を中心に案証を構成して、案証の冒頭にその主旨の解説をする講説を置くことを特色としていることを論じた。本書には石印本が多く、全国に普及した宣講書である。『宣講集要』（一八五二）、『緩歩雲梯集』（一八六三）、『触目警心』（一八九三）、『宣講珠璣』（一九〇八）、『宣講摘要』（一九〇八）、『宣講彙編』（一九〇八）、『宣講管窺』（一九一〇）、『福海無辺』（一九一二）、『宣講全集』（一九四七）などの宣講書所収の案証と内容が一致しており、発行年からして、本書の案証は、『宣講集要』『緩歩雲梯集』『触目警心』『宣講珠璣』『宣講摘要』『宣講彙編』から転載し、『宣講管窺』『福海無辺』『宣講全集』に転載されたと考えられる。

第四節「四川の『万選青銭』四巻」では、早稲田大学蔵『万選青銭』には封面を欠いて出版情報が不明であったが、筆者が収集した版本により、宣統二年（一九一〇）、四川省夾江県で刊行されたことを明らかにした。簡易本ながら「宣講聖諭規則」を掲載しており、早期の簡易宣講書の特徴を見せている。また『緩歩雲梯集』（一八六三）、『触目警心』（一八九三）、『宣講集要』（一八五二）、『宣講彙編』（一九〇八）などの宣講書を引用しており、おおむね冒頭に講説を置いて案証をわかりやすく解説している。

第四章「物語化する宣講書」では、宣講書はもともと教訓性の強い内容のものが多かったが、聴衆のニーズに合わせて、次第に娯楽性の強い内容のものが多くなったことを論じた。

第一節「湖北の『触目警心』五巻」では、清光緒年間に湖北沙市で刊行された宣講書『触目警心』が収録した案証は、善悪・孝行・兄弟・夫婦・冤罪などに分類でき、さらにそれらは単行本としても刊行できる形態を取っており、内容も単純に教訓を説いたものではなく、多数の人物を登場させて起伏のあるストーリーを展開しており、宣講が時代を下るにつれて物語性を持つ娯楽性の強いものに変容した証拠であることを論じた。

第二節「四川の『萃美集』五巻」では、『萃美集』は中国社会科学院文学研究所、上海図書館に残巻を蔵しているが、情報公開が進んで、筆者は民国二十六年（一九三七）復刻本が大連図書館に蔵されていることを知り、その全容を把握して、宣講に用いられた案証（因果応報故事）が聴衆を楽しませるために次第に物語性を持つようになったことを論じた。本書に収録された案証も物語性が強く、迫害を受けた弱者が義侠の援助を受けて幸福を手に入れるという、清代に特徴的である通俗的な義侠小説の影響が見られる。筆者は『萃美集』の案証をその内容によって、迫害と抵抗の物語、虐待と応報の物語、善行と報恩の物語、冤罪と雪冤の物語、弾圧と逃亡の物語に分類した。

第三節「山東の『宣講宝銘』六巻」では、『宣講宝銘』が山東聊城県の私塾の教師王新銘の編著であり、善成堂刊本により、吉林省図書館蔵「宝巻六種」が、宝巻ではなく、本書巻二に相当することを明らかにした。車錫倫氏は、一般の研究者は宣講と宝巻を区別できず、現在でも此の類の宣講善書のテキストを宝巻目録に編入するものがいると述べて、『東北地区古籍線装聯合目録』（二〇〇三）で宝巻に分類された「宝巻六種」を例に挙げた。筆者は車氏の論を参考にして、それが『宣講宝銘』巻二であると論じた。さらに山東益都（青州）の城隍司王金銘が編集したテキストの民国石印本を収集して、本書が全国に普及した宣講書であることを明らかにした。石印本は全六巻で巻頭に序文（一九一七）を冠する。編者は民間故事を現地で採集したのではなく、『清稗類鈔』『北東園筆録』『聊斎志異』『夜雨秋灯録』などの文言故事集から物語性に富んだ故事を選び、それらを説唱宣講の形式に改編していた。

第四節「湖北の『勧善録』残巻」では、湖北で編集された『勧善録』が、代言体と叙事体の歌唱を巧みに使用して感動的な物語を展開していることを、上海図書館蔵本、張接港両儀堂蔵板本等、異なる所蔵者のもとにあるテキストを照合して、全体の概要を確認しながら論じた。「張接港」は荊州府荊門県に位置する一港湾である。冒頭の「趙大真君敍」は民間の善堂が祭る神明が述べた序文であり、聖諭宣講の故事が実話を採集したもので、模範的な人間となる手本として学ぶべきこと、歌唱形式によって雅俗ともに楽しめることを述べている。

第五節「民国の『福海無辺』四巻」では、『福海無辺』が民国元年初版の石印本で、案証の採取源として『宣講大全』『万善帰一』『宣講金針』『救生船』『保命金丹』『福縁善果』『化迷録』『広化篇』などを注記しており、それらの宣講書を収集して内容を分析し、本書が案証を再編集した宣講書であると論じた。本書の特徴は、案証の中で善と悪が対峙する緊張のあるストーリーを設定して、聴衆に娯楽を提供している点にあり、民国時代における宣講の新しい展開と見ることができる。

第六節「湖北の「漢川善書」」では、「聖諭宣講」が現在でも行われている地域は湖北省漢川市・仙桃市であり、筆者は二〇〇四年九月から現在にかけて調査した結果をもとに考察し、その演目に戯曲を改編した作品が多く、聴衆がそうした物語性のある演目を要求していることを論じた。漢川市においては、もともと徐忠徳・袁大昌二グループが存在していたが、現在では袁大昌氏が隠退して一グループに合併し、平常は演芸館を開いて毎日上演し、春節には「台書」を上演している。「漢川善書」は二〇〇六年六月に第一批国家級非物質文化遺産に指定され、仙桃市の「沔陽善書」は二〇一一年八月に第三批湖北省非物質文化遺産に指定された。

第五章「新しい時代の宣講」では、民国・新中国時代において、宣講の対象が新しい道徳観念や近代知識となる典型として、吉林の『宣講大成』、民国・新中国の宣講、通俗芸能による宣講について論じた。

第一節「吉林の『宣講大成』十六巻」では、民国二十二年(一九三三)に吉林省扶余県の明善堂が編輯刊行した『宣講大成』十六巻は、『宣講集要』『宣講拾遺』『宣講醒世編』などの先行する宣講書の案証を収録しているが、孝悌忠信礼義廉恥という民国時代の徳育の基本であった「八徳」によって案証を分類しており、冒頭には「敬天地論」を置いて、父母を敬うのが道理であるならば、人間の生みの親である天地を敬うのは当然であると述べ、家庭倫理から社会倫理へと展開する近代道徳観が反映していることを論じた。

第二節「民国・新中国の宣講」では、清末から新中国に至って「宣講所」が設置されて民衆啓蒙が行われたが、近代の宣講は「聖諭」宣講を継承しながらも、近代文化に関する知識の伝授にも主眼が置かれるようになり、識字率の低い時代にあって、白話講演形式や、民間芸能形式を採用して効果的に行われたことを論じた。

第三節「通俗芸能による宣講」では、聖諭宣講が説唱形式や演劇形式など民衆が親しみを感じる様々な通俗芸能の形式を借用して行われ、今日その成果を挙げている芸能の代表として、湖北大鼓・澧州大鼓・山東大鼓・広西山歌・台湾唸歌による宣講を考察した。

湖北大鼓ははじめ伝統的な宣講書を題材としており、「説善書」と称していた。現在でも張明智氏が国家級芸人として活躍して『如此媳婦』など五十作あまりの作品を創作しており、その内容は「説善書」の伝統を継承していると言える。湖北大鼓は地方政府の政策宣講にも活用されており、孝昌県委員会宣伝部では新農村建設政策を分かりやすく説明するために、二〇〇六年に百名の農民宣講員から成る宣講隊を設立した。

澧州大鼓は湖南省常徳市に伝承する文化遺産であり、二〇〇六年から二〇一四年まで隔年で「鼓王」コンクールを開催し、五県から推薦された鼓王経験者が家庭問題・社会問題を主題とした創作を披露して、新農村建設に寄与している。筆者は二〇一〇年に澧県文化館非物質文化保護センターの李凌雲氏と中国曲芸協会会員李金楚・王方氏を訪問し、呉三妹氏らの上演を記録して、日ごろ歴史演義を上演して民衆に親しまれる芸能が宣講機能を持つことを知った。山東大鼓は二〇〇二年の上演要請を機に復活した。日ごろは済南市大明湖畔の「明湖居」で公演しているが、二〇〇四年に芸術団を結成して「12365質量監督」のために全省を巡回公演して、民衆の質量監督意識、消費意識、安全意識を高めるなど、政策宣講に貢献している。

広西山歌はもともと男女の愛情表現などの手段であったが、これを用いた政策宣講も行われている。たとえば二〇一三年には河池市で十名の歌王が宣講団を組織し、「新型農村合作医療」(新農合)の利点を宣講した。蔣欽輝編『新農村勧世謡』(二〇〇六)は社会主義新農村を建設するためのポケットブックである。

台湾唸歌は月琴・大広弦を伴奏楽器とする歌語りで、民国時代と日本統治時代の勧善歌には、悪行を行うと法律と天罰で処罰されるという聖諭宣講の主旨が継承されている。国宝級の芸人楊秀卿氏を擁して二〇〇二年に「台湾唸歌団」が形成され、現在では葉文生氏を団長として各地に巡行して台湾語文化としての唸歌を広める活動を展開している。「勧世教化歌」として、『勧兄弟』『勧姉妹』『勧夫妻』『勧戒賭博』『勧戒酒』『勧善歌』などがある。

以上、本書は『躋春台』が宣講書であったことを確認することから論じはじめ、そこから「聖諭宣講」の歴史に及んで、「宣」(歌唱)と「講」(解説)とを交えた説唱形式の宣講が民衆に親しみを持たれて全国に普及したことを近来収集した資料によって論証し、次第に物語性を持つ案証が聴衆を魅了するようになったことを述べた。また宣講は説唱形式のみならず、他の通俗文学形式によっても行われ、現代に至って時代に即した内容に変化しながら、地方の特色を生かした宣講が行われていることも実地調査によって明らかにした。日本においても江戸時代に聖諭宣講のテキストが伝来し、現代に至るまで民衆教育に生かされていることにも言及した。

参考文献

一、郷約宣講

王中書勧孝歌一巻 （唐）王剛 桑寛訓点 日本明和七年（一七七〇）刻本

袁氏世範三巻 （宋）袁采 刻本

朱子増損呂氏郷約 （南宋）朱熹 （清）陳宏謀 五種遺規 乾隆八年（一七四三） 第三種 訓俗遺規収

教民榜文 （明）朱元璋 洪武三十一年（一三九二）序 皇明制書（万暦七年（一五七九）刻本、一九六六、東京古典研究会影印）巻九収

王文成公全書三十八巻 （明）王守仁 隆慶六年（一五七二）刻本

南贛郷約 （明）王守仁 王陽明全集（一九九二、上海古籍出版社）巻十七 別録九収

郷約篇 （明）葉春及 石洞集（欽定四庫全書収）巻七 恵安政書九

項氏家訓 （明）項喬 温州文献叢書（二〇〇六、上海社会科学出版社）第四集 項喬集 初編巻八

覆十四事疏 （明）沈鯉 （明）兪汝楫編 礼部志稿巻四十五 奏疏収

呂書四種合刻 （明）呂坤 （清）道光七年（一八二七） 開封府署雕版

新吾呂先生実政録七巻 （明）呂坤 万暦二十六年（一五九八）序 刻本

沱川余氏郷約三巻 （明）余懋衡 万暦四十八年（一六二〇）序 刻本

福恵全書三十二巻 （清）黄六鴻 康熙三十三年（一六九四）序 刻本

上諭合律郷約全書一巻 （清）陳秉直 附六諭集解 一巻 （清）魏象樞 康熙十八年（一六七九）刻本

聖諭像解二十巻 康熙二十年（一六八一）刻本 一九九五 北京線装書局影印

聖諭図像衍義二巻 （清）李来章 康熙四十三年（一七〇四）刻本

聖諭宣講郷保条約一巻　（清）李来章　康熙四十四年（一七〇五）刻本
六諭衍義一巻　（清）范鋐　（琉球）程順則　康熙四十七年（一七〇八）刻本
鹿洲初集二十巻　（清）藍鼎元　康熙六十年（一七二一）刻本
聖諭広訓衍二巻　（清）王又樸　清刻本
欽定学政全書八十六巻　嘉慶十七年（一八一二）刻本
義学条規　（清）栗毓美　牧令書（道光六年（一八二六）刻本）巻十六収
五種遺規　（清）陳宏謀　天保三年（一八三二）翻刻本　名遠堂蔵板　培遠堂補録
破邪詳弁三巻　（清）黄育梗　道光十四年（一八三四）刻本
牧令書二十三巻　（清）徐棟　道光二十八年（一八四八）刻本
聖諭繹謡一巻　（清）陳崇祇編　同治元年（一八六二）刻本
現行郷約一巻　江蘇江陰県　同治六年（一八六七）刻本
得一録十六巻　（清）余治　同治八年（一八六九）刻本
宣講引証十三巻　（清）戴奎編　光緒元年（一八七五）刻本
聖諭六訓解一巻　江西崇義県　光緒十六年（一八九〇）刻本
聖諭広訓通俗一巻　浙江富陽県　光緒二十三年（一八九七）刻本
郷約要談一巻　江蘇江陰県　光緒二十五年（一八九九）刻本
学部奏咨輯要四巻　（清）学部総務司案牘科輯　宣統元年（一九〇九）排印本
大清光緒新法令十三類　（清）商務印書館編訳所輯　宣統元年（一九〇九）排印本
聖諭広訓直解一巻　（清）内府官　光緒二十八年（一九〇二）刻本
勧世良言十二条　後附稀豆仙方　陝西董世観　光緒三十一年（一九〇五）刻本
宣講壇規　残巻上　紅崖邑種善壇　民国五年（一九一六）刻本

蒋大人勧善歌一巻　民国二十九年（一九四〇）　甘粛康県岸門口鎮賈運興写本
総督佐大人勧民一巻　四川濾州源盛堂刻本
四川大人勧民歌一巻　刻本
聖諭六訓　残貞部巻四　川東報国壇原本　蒙陽范大雄校録
度縁金筏　残巻二　清　雲南刻本

二、日本宣講

六諭衍義　范鋐（琉球）程順則　康熙四十七年（一七〇八）刻本
程氏本六諭衍義　沖縄県立図書館叢書第一巻　昭和五十五年（一九八〇）沖縄県立図書館影印
六諭衍義　范鋐（琉球）程順則　荻生徂徠訓点　日本享保六年（一七二一）刻本　江戸須原屋茂兵衛等
六諭衍義大意　室鳩巣訓読本　日本享保七年（一七二二）刻本　京都中川茂兵衛等
同　弘化四年（一八四七）明倫館刻本
同　土佐藩十三代藩主山内豊熙（一八一五～一八四八）写本「手許」朱印
同　明治三年（一八七〇）　進徳社蔵板　江州（滋賀県）高宮北川錦雲堂
同　活字本　安政四年（一八五七）初版　明治四十五年（一九一二）再版　奥州（宮城）白石　静情堂
官許首書絵入六諭衍義大意三巻　京都勝田知郷増訂　男知直・孫知之校　天保十五年（一八四四）刻本
同　播磨国小野藩刻本　小野市立好古館（歴史博物館）蔵
六諭衍義小意　享保十六年（一七三一）　中村平吾三近子編　西村載文堂
教訓道しるべ　広島藩　寛政三年（一七九一）石川松太郎監修　往来物体系36（一九九三、大空社）収
六教解　武州（武蔵国）久喜藩代官早川正紀　文化元年（一八〇四）刻本
六諭衍義大意抄　水野正恭抄　安政二年（一八五五）刻本
勧孝邇言前後編　上羽勝衛纂　明治七年（一八七四）東京金港堂蔵板　明治十三年（一八八〇）翻刻　日本教科書体系　近代編第

二巻修身（一）（一九六四、講談社）収
孝行のさとし　岡崎左喜介抄出　明治八年（一八七五）活字本　文部省交付
小学修身訓　明治十三年（一八八〇）文部省編輯局翻刻
絵入孝行のさとし　弘前秋元源吾　明治十五年（一八八二）活字本
六諭衍義鈔　鈴木重義編　亀谷省軒校閲　明治十三年（一八八〇）東京光風社
修身要訣　南摩綱紀閲　石村貞一著　明治十四年（一八八一）京摂書屋合梓
六諭衍義大意読本　山本喜兵衛和解　藤沢南岳校閲　明治十五年（一八八二）赤志忠七刊
改正六諭衍義大意　長崎県師範学校校正　明治十五年（一八八二）松本乇翻刻　活字本
同　呉文聡　明治刊　須原屋茂兵衛等　東京友善社蔵板
同　大正八年（一九一九）大阪市大井伊助　広島県丹下まつ子蔵本　活字本
小学修身書初等科之部　明治十六年（一八八三）文部省編輯局
小学修身書中等科之部　明治十六年　文部省編輯局
高等小学修身訓生徒用　松謙澄編　明治二十五年（一八九二）東京八尾書店
修身女訓　末松謙澄編　明治二十六年（一八九三）東京八尾書店
六諭衍義大意翻訳本　田名真之監修　二〇〇二　久米崇聖会
小中学生のための現代版六諭衍義大意　喜名朝飛・新里堅進漫画　二〇〇四　久米崇聖会

三、聖諭宣講

法戒録六巻六冊　夢覚子彙輯　同治十二年（一八七三）刻本
同　残本一冊（巻二、巻三）刻本
同　残本一冊（巻一）刻本
同　五冊　光緒十七年（一八九一）雲南騰陽明善堂　闔閣録合刻本

同　五冊　光緒九年（一八八三）　甘粛蘭州復刻　河北文昌宮蔵板　関閣録合刻本
同　四巻四冊　光緒七年（一八八一）刻本
同　八巻八冊　〔光〕緒七年湖南永州鎮総兵官才勇巴図魯復刻序　民国元年（一九一二）　江西贛州千頃堂刻本
同　残本二冊（巻一、二）　刻本
同　残本一冊（巻二）　刻本
宣講集要十五巻首一巻　王錫鑫編　咸豊二年（一八五二）序　福建後街宮巷口呉玉田蔵版
同　光緒十年（一八八四）福建漳州積善堂刻本
同　残六巻五冊　光緒二十七年（一九〇一）　湖北武昌等処承宣布政使司布政司宛平瞿廷韶序　漢口陳明徳刷善書印行本
同　光緒三十二年（一九〇六）　湖南宝慶経元堂呉辛民刻本
同　宣統元年　山東徳州城東王官荘蔵板　東昌府景慶海刻本
同　残本一冊巻六　刊行年不詳　山西襄汾刻本
同　民国年間石印本　上海錦章図書局蔵版
緩歩雲梯集四巻序一巻　羅永儀編　同治二年（一八六七）王紹棻序　刻本
宣講拾遺六巻　義都（河南淮陽）荘跛仙編　同治十一年（一八七二）序　刻本
同　光緒元年（一八七五）　山東登州府蔵板
同　光緒八年（一八八二）　西安省蔵板
同　光緒九年（一八八三）　河南周口文成堂刻本
同　光緒十年（一八八四）　安徽亳州楽善局刻本
同　光緒十八年（一八九二）　山東聊城書業徳刻本
同　光緒十九年（一八九三）　甘粛蘭州東奎元堂刻本
同　同年　蘇州上海掃葉山房江左書林刻本

同　光緒二十年（一八九四）同善堂蔵板
同　光緒二十四年（一八九八）天津済生社蔵板
同　光緒二十九年（一九〇三）山西解州城内崇実巷劉宅蔵板
同　光緒三十一年（一九〇五）山東誠文信書房烟台支店刻本
同　民国八年（一九一九）山東東昌公善堂刻本
同　愛女嫌媳　康徳三年（一九三六）安東市宏道善書局石印
同　縦虐前子　附五元哭墳　民国年間　陝西省義興堂石印
脱苦海　残辰集巻一　四川岳西破迷子編輯　果南務本子校書　同治十二年（一八七三）刻本
二十四孝案証　同治十二年（一八七三）雲南桃笑山得道唐仙序　光緒八年（一八八二）騰陽明善堂蔵板
省惺集　残巻陸　同治十二年　雲南刻本
救生船四巻　光緒二年（一八七五）刻本
千秋宝鑑四巻　光緒十年（一八八四）雲南臨安府悔過堂刻本
閨閣録一巻　夢覚子編　光緒十年　甘粛省城河北文昌宮蔵板本
同　光緒十五年（一八八九）刻本
福報編　別善悪　漢中府学李長青編輯　万邑亜拙王錫鑫較訂　光緒十二年（一八八六）四川省城文古斎蔵板　夔関曾定純同室王氏刊
宣講博聞録十六集〔広州〕調元善社　光緒十四年（一八八八）羊城板箱巷・翼化堂承印　西樵・雲泉仙館蔵板
触目警心五巻　光緒十九年（一八九三）湖北沙市善成堂蔵板
躋春台四巻　劉省三編　光緒二十五年（一八九九）序
同　影印本　一九九〇　上海古籍出版社　古本小説集成収
同　蔡敦勇校点　一九九三　江蘇古籍出版社　中国話本体系収
同　金蔵・常夜笛校点　一九九九　群衆出版社　古代公案小説叢書収

醒世奇聞　残貞集上冊　光緒三十一年（一九〇三）岩邑西街三元社刻本
萃美集五巻　呉永清編　光緒三十二年（一九〇六）四川銅梁県蔵板
同　四川濾州源盛堂蔵板
同　民国二十六年（一九三七）四川成都王成文斎刻本
宣講回天四巻　光緒三十三年（一九〇七）四川益元堂刻本
敬修録　残巻信　光緒三十三年　四川刻本
宣講金針四巻　光緒三十四年（一九〇八）四川善成堂蔵板　石印本
同　宣統元年（一九〇九）山東登州府劉循卿　石印本
同　奉天省営口〔庁〕成文厚蔵板
宣講福報四巻　光緒三十四年　湖南呉氏経元書室刻本
宣講珠璣四巻　光緒三十四年　湖南呉氏経元書室刻本
宣講彙編四巻　光緒三十四年　湖南呉氏経元書室刻本
宣講摘要四巻　光緒三十四年　湖南呉氏経元書室刻本
宣講大全八巻　光緒三十四年　西湖侠漢序（於漢口六芸書局）石印本
同　残一冊（巻八）上海裕記書荘校　石印本
合刻王祥臥氷郭巨埋児双孝子伝　後附　戒吃洋煙歌方　光緒三十四年　山右郇陽王刻本
宣講醒世編六巻　古同昌城（奉天省北鎮県西北）楊占春　光緒三十四年序　宣統元年（一九〇九）刻本
万選青銭四巻　林棟樑等　宣統二年（一九一〇）刻本
新編宣講大全　六冊　宣統三年（一九一一）刻本　山東済南府慎徳堂蔵板
同　四冊四巻　上海広益書局発行　上海裕記書荘校　石印本
同　不分巻　民国二十六年（一九三七）上海鴻文書局活字本

新編宣講大全最好聴八巻　宣統三年（一九一一）　海寧陳氏珍蔵本　古今図書館石印本
同　残巻三・巻四・巻七・巻八　上海裕記書荘校石印本
同　八巻　民国九年（一九二〇）　上海鋳記書局石印本
同　六冊八巻　民国十二年（一九二三）　上海錦章図書局石印本
宣講管窺六巻　河南洛陽悔過痴人（周景文）編　宣統二年序（一九一〇）　刻本
同　民国二十四年（一九三五）　謙記商務印刷所代印本
善悪現報　民国元年（一九一二）　山西同善堂刻本
福海無辺四巻　民国元年　石印本
善悪現報一巻　民国元年　山西同善堂蔵板
宣講至理六巻　民国二年（一九一三）　河南衛輝府万善堂蔵板
同　残一冊　民国七年（一九一八）　宛南明善堂蔵板
増選宣講至理　残巻二・四　民国年間石印本
浪裏生舟四巻　雲霞子編　石照自省子校　民国四年（一九一五）　四川新都鑫記書荘蔵板
孝逆報四巻　破迷子編　務本子校　民国五年（一九一六）　四川銅梁県虎峰鎮栄華堂蔵板
保命金丹　残一巻　四川岳西破迷子編・果南務本子校　民国五年（一九一六）　刻本
照胆台　残二・三・四巻　四川果南務本子編校　民国五年（一九一六）　刻本
八柱撐天八巻　民国六年（一九一七）　雲南彌渡県楊官村清和善壇蔵板
木匠做官　民国六年　山西虞邑守身堂蔵板
同　民国九年（一九二〇）　山西潞安・沢州同善堂・至善堂刻本
同　民国二十二年（一九三三）　解州時壹心堂蔵板
長城找夫　民国七年（一九一八）　東昌府金善堂刻本

宣講明快五冊　李貢珊　民国十三年（一九二四）　湖北大冶県王薌谷等　活字本
宣講新録八巻　民国十六年（一九二七）　山東歴城城東北郷師家小荘敦化壇蔵板
珍珠塔　民国十六年　四川新都鑫記書荘刻本　浪裏生舟巻二収録本
猪説話　民国十六年　四川新都鑫記書荘刻本　浪裏生舟巻三収録本
節孝格天一巻　民国十七年（一九二八）　河南沁陽県董青山刻本
宣講宝鑑四巻〔山東〕聊城王雨生編　民国十七年　山東東昌善成堂蔵板
宣講金鑑　附帰一宝筏　残巻一　民国二十二年（一九三三）　山東泰安城南龐家荘蔵板
新註悪媳毒婆　後附照心宝鏡　民国二十二年　河南彰徳明善堂蔵板
宣講大成二函十六冊　吉林省扶余県明善堂　民国二十二年刻本
宣講選録十二巻　民国二十三年（一九三四）　双城崔献楼翻板　北平大成印書社代印
二世翰林一巻　民国二十五年（一九三六）　河南彰徳明善堂石印
二十四孝宣講大全不分巻　民国二十五年　上海広益書局石印
比目魚　民国二十五年　文化正俗会刻本
宣講警世録　残巻一・二　民国二十六年（一九三七）　河南彰徳明善堂石印
万善帰一四巻　雲霞子編　民国三十年（一九四一）　四川石照県儒興堂蔵板
新編宣講全集四冊　附閨閣十二段錦　湖北石陽周去非　漢口鑫文社選輯　民国三十六年（一九四七）　重慶大同書局　活字本
宣講提要　残巻一　民国年間刻本
蓬萊阿鼻路　残敏部巻四　刻本
明心集録　残巻三　四川綿東宣講銭景明輯　同邑処士王徳才書　高陞閣堂諸子校　刻本
福縁善果　残巻三　四川石照雲霞子編輯　安貞子校書　刻本
消劫大全　残巻五　高霊宗手書　四川古臨江挽劫堂編輯

救生船　残巻二　刻本
驚人炮　残巻四　刻本
福寿宝集　残巻五・六　民国年間刻本
八宝金丹　残廉集巻七　民国年間刻本
輔世帰正　残智集　民国年間刻本
省心規過録　残巻三　刻本
新民鑑　残義集・廉集　刻本
千秋明鏡　残巻一　民国年間刻本
消劫金図　残巻三　刻本
再泛仙槎　残巻四　雲南刻本
自新路　残巻三　刻本
清心宝筏　残巻　刻本
宣講大成　前集　残巻六　河南許昌県清善局刻本
宣講大観　後集　残巻一　河南許昌県清善局刻本
宣講宝銘　残巻二・三・四・五・六　王新銘編　民国年間　山東聊城善成堂刻本
同　六巻　民国十三年（一九二四）　上海大成書局石印
〔宝巻六種〕　清抄本　吉林省図書館蔵
雷声普化　残巻四　民国年間刻本
失信毀親・巧姻縁・節孝報・放白亀・武穆福　年代不詳　写本
善悪巻　積善堂　写本
新刻勧世文活人変牛　民国年間　湖南永州文順書局刻本

審煙槍　民国年間刻本
孟姜女長城找夫　民国年間写本
六明珠　荊州　活字本
案証真言　民国年間　北平道徳学社印刷所鉛印
最好聴　民国年間　長沙宝善堂刻本　晩清四部叢刊第三編（二〇一〇、文听閣図書）収
同　残一冊
絵図閨閣十二段錦　民国年間　中漢民益書局石印
陰陽帽　刻本

四、歌謡宣講

新刻勧世文（新刻養育歌・深恩難報徳・三巻搞不得・此段不要学・真話悔後遅）　刻本
免上当（無価宝・迷魂陣・慎早戒・積銀銭）　刻本
大衆詩歌　銭穀編　中共塩城地委編　塩阜大衆報（一九四三～一九四六）発刊三周年紀念　一九四六年鉛印本　中国稀見史料第一輯（王春瑜編、二〇〇七、厦門大学出版社）第四十一冊収
学文化山歌　一九五六　広西人民出版社編
畢節区山歌選―福利山歌　第二集　中共畢節地委生活福利委員会編　一九六〇　畢節専区人民出版社
新農村勧世謡　小冊子　広西山歌　蔣欽輝編　建設社会主義新農村叢書（二〇〇六、広西師範大学出版社）収
閩南語俗曲唱本歌仔冊全文資料庫　中央研究院漢籍電子文献
俗文学叢刊第四輯　中央研究院歴史語言研究所　二〇〇六　新文豊出版公司
勧孝戒淫歌　民国年間　厦門会文堂石印
勧世通俗歌（械闘歌・息訟歌・溺女歌・不孝歌・野仔歌・節倹歌・烏烟歌・十勧君・十勧娘・救命歌・救牛歌・救狗歌）　民国年間　厦門会文堂石印

最新勧世文歌　大正十五年（一九二六）　台北王金火発行　台北黄塗活版所印刷
最新工場歌　民国十六年（一九二七）　会文書局石印
最近新編工場歌　民国二十一年（一九三二）　厦門博文書局石印
国語白文新歌　警世二十四孝在内　台北高連碧　昭和四年（一九二九）　台北星文堂活版印刷所
新編国語白話歌　昭和十三年（一九三八）　台北周協隆書店
社会風俗歌　昭和六年（一九三一）　台北林来発発行
新編人心不足歌（最新勧世了解歌）　陳清波編輯　台北周玉芳書店
最新打某歌（新刻打某歌・新様打某歌・新伝厘某歌・新刻手抄跪某歌）　厦門会文堂書局
重改〔打某・跪某・厘某・打尩〕合歌　民国二十二年（一九三三）　厦門鴻文堂書局
最新廿四孝歌（新編二十四孝歌）上本　高雄呂文海発行　昭和四年（一九二九）　高雄三成堂石版印刷部印刷
新編二十四孝歌下本　新竹黄錫祉編輯　昭和二年（一九二七）　台北王金火発行　台北黄塗活版所印刷
最新〔夫妻相好・夫妻不好〕合歌（夫妻相好歌・夫妻不好歌・囑郎勧世歌・安慰寡婦之歌・十想家貧歌・十想度子歌）　台南州嘉義市徐天有　昭和九年（一九三四）　台南州嘉義市黄淡発行　同和源活版所印刷
風流阿片歌（新様風流歌・新様阿片歌）　大正十五年（一九二六）　台北王金火発行　台北黄塗活版所印刷
文明勧改歌上下本　鉛印本
最新覧爛歌（最新手抄覧爛）　大正十五年（一九二六）　台北王金火発行　台北黄塗活版所印刷

五、故事宣講

新刻日記故事続集上下巻　同治四年（一八六五）序　寄雲斎学人編輯　瓣香斎諸子参較
循環鑑四巻　広東蒼城悟道人謝宗亮著

六、近代宣講

浙江風俗改良浅説第一編　袁嘉穀編　宣統二年（一九一〇）　浙江官報兼印刷局代印

浙江各県宣講稿　浙江各県宣講所　民国年間　杭州文粋印刷局代印
通俗教育に関する事業と其施設方法　通俗教育研究会編　明治四十四年（一九一一）　明誠館書房
通俗教育事業設施法　日本通俗教育研究会原著　民国元年（一九一二）　中華通俗教育研究会訳印
社会教育白話宣講書　上海国民教育実進会編　民国元年　商務印書館
陝西省模範巡行宣講団講案一～十集　陝西省模範巡行宣講団　民国二～三年（一九一三～一九一四）
山東通俗講演稿選粋　残第七～十四編　山東省長公署教育科編　民国六年（一九一七）
通俗教育叢刊二十一期　通俗教育研究会編　民国八～十四年（一九一九～一九二五）
通俗講演設施法　朱智賢編　山東省立民衆教育館出版部　民国二十一年（一九三二）
〔浙江省〕通俗講演材料専号　第九省学区地方教育輔導叢書之一　浙江建徳県立民衆教育館主編　第九省学区地方教育輔導会議辦事処発行　民国二十四年（一九三五）
民衆教育第一集　民衆教育館　沈呂黙編　兪慶棠校　民国三十七年（一九四八）　中華書局

七、説唱宣講

勧夫上河工　雑要　侍凱　一九四九　蘇北新華書店
勧妻識字　演唱本　唐鉅　一九五八　上海文化出版社
勧嫂識字　梆子・評劇通用　鄭曰安編　一九五八　長安書店
勧婆打碗　小評劇　月影　一九五八　遼寧人民出版社
凶婆悪媳　淮劇　一九六〇　江蘇省地方戯劇院油印
勧姑姑　楚劇　武漢市楚劇団編　一九五六　湖北人民出版社
勧阿公　秦腔現代劇　王邦杰編　一九六〇　長安書店
勧妹　小演唱　念禾　一九六一　湖北人民出版社
巧勧媽媽　独幕花灯劇　楊益・俗文　一九六三　雲南人民出版社

愛香勧娘　小唱本　金華県文化館・金華県曲芸協会集体創作　一九六五年八月　浙江人民出版社
金牛文芸総一五六期　人口・計劃生育演唱資料専輯　成都市金牛区計劃生育委員会・成都市金牛区文化館編　一九九〇　成都市出版局
十勧　鳳陽花鼓十思調　安瀾編著　一九五〇　河南省人民政府教育庁編　河南新華書店
翠喜勧夫　小唱本　鍾紀明　一九五〇　新華書店西北総分店
打柴勧弟　秦腔　蘇育民演唱本　一九五三　長安書店
勧公公　豫劇　張庚辛　一九五六　河南人民出版社
伝家宝碗　快書　純康　一九六三　江蘇人民出版社
打碗記　淮劇　姜邦彦・楽民　江蘇戯劇　一九八〇年第五期収
同　一九八〇　宝文堂書店
打碗記・喜鵲鬧梅・蔡九賠鴨　一九八二　中国戯劇出版社
搶碗記　馬俊凱　家庭期刊集団　網絡文学　二〇〇五年八月八日
一個碗　佚名　約那之家　生活小品集　二〇〇四年七月二十二日
自找麻煩　湖北大鼓　崔嵬　一九五〇　武漢人民芸術出版社編　上海雑誌公司出版
張香蘭改嫁　湖北大鼓　季辛　一九五二　武漢通俗出版社
春姐勧娘　鼓詞　魏子良　一九五四　湖北人民出版社
丟界石　湖北大鼓　侯喜旺原作　張叔儀・陳謙聞改編　一九五六　武漢群益堂
救火　湖北大鼓　陳謙聞・許継武　一九五六　群益堂　武漢市民衆楽園曲芸隊上演
博愛姑娘　湖北大鼓　陳謙聞改編　一九五六　群益堂　武漢市民衆楽園曲芸隊上演
愛情　湖北大鼓　陳謙聞　一九五六　群益堂
一件批評稿　湖北大鼓　陳謙聞・王鳴楽　一九五六　群益堂

勧妻納税　湖北大鼓　楚才等　一九九六　税収徴納六期

親生的児子鬧洞房　湖北大鼓　張明智演唱　何遠志記録　湖北大鼓（何遠志、一九八二、長江文芸出版社）　湖北大鼓現代曲目選収

如此媳婦　湖北大鼓　陳世鑫・陶冬嚴・張明智編詞　何遠志記録　湖北大鼓　湖北大鼓現代曲目選収

楼上楼下　湖北大鼓　張明智演唱　珠影白天鵝音響出版社　ISRC CN-A23-97-466-00/V.G8

自作自受　同　ISRC CN-A23-97-466-00/V.G8

尿片事件　同　ISRC CN-A23-97-466-00/V.G8

如此乞丐　同　湖北音響芸術出版社　ISRC CN-F06-04-0007-0/V.J8

煤球状元　同　ISRC CN-F06-00-373-00/V.J8

酒鬼　同　揚子江音響出版社　ISRC CN-F04-08-0023-0/V.J8

山郷情　澧州大鼓　李志民　二〇〇六　曲芸八期

首届澧州流域鼓王擂台賽優秀曲目　臨澧県　二〇〇六年十月

（一）開篇
（二）我勧児子離網巴　大鼓　澧県　洪家文・宋沢林
（三）十字配歌　跳喪歌　安郷　鄭慶典等三人
（四）村長的礼物　大鼓　石門県　易立新
（五）書記開会　大鼓　澧県　郭方中
（六）大可与翠娥　対鼓　臨澧　謝開平・陳金萍
（七）娘教女　漁鼓　臨澧　顔昌春
（八）和諧歌　大鼓　津市　胡定浩
（九）賛新農村　三棒鼓　安郷　于森良等二人
（十）岩碗記　大鼓　石門　諶兵剛
（十一）山郷情　大鼓　澧県　劉静
（十二）伝承　大鼓　臨澧　邵丹

第二届澧州流域鼓王擂台賽優秀曲目　澧県　二〇〇八年六月　龍訳TV工作室

（一）媽媽的遺書　澧県文化局選送　洪家文・毛紅霞
（二）特別情縁　臨澧県文化局選送　周明国・潘道明（作詞）張新
（三）倔強大伯移祖墳　津市文化局選送　沈佰軍
（四）警鐘長鳴　臨澧県文化局選送　顔栄初・陳林
（五）好馬也吃回頭草　臨澧県文化局選送　熊波濤・呉三妹
（六）婆媳情　安郷県文化局選送　彭妮娟・邵峰

（七）浪子上岸　臨澧県文化局選送　游海平
（八）喜看農村新風貌　臨澧県文化局選送　洪建軍・陳金平
（九）吃酒前的風波　臨澧県文化局選送　肖守国・顏艶
（十）子教父　臨澧県文化局選送　李昌富・肖伍
（十一）懺悔泪　津市文化局選送　朱瓊・朱瑋
（十二）特別紅娘　安郷県文化局選送　羅小林・王芳
（十三）悔恨的泪　石門県文化局選送　易立新
（十四）真情　石門県文化局選送　田金華
（十五）英雄頌　澧県文化局選送　馬寧
（十六）吸毒者的心声　澧県文化局選送　劉軍成

澧州流域鼓王擂台賽　優秀曲目珍蔵版　澧州大鼓工作室編　湖南文化音像出版社　ISRC CN-F37-08-0013-0/V.J6
（上）媽媽的遺書・特別情縁・倔犟大伯移墳堂・警鐘長鳴・好馬也吃回頭草・天堂聴歌
（中）婆媳情・浪子上岸・喜看農村新風貌・吃酒前的風波・子教父・懺悔泪
（下）特別紅娘・悔恨的泪・真情・英雄頌・吸毒者的心声

譲洞房　湖北大鼓　焦随東・牟廉玖　二〇〇八　曲芸十二期

第三届澧州流域鼓王擂台賽優秀曲目　石門県　二〇一〇年九月
　辺三梭売器官　石門県文化局選送　田金華・陳元華

評税官　湖北大鼓　丁和嵐　二〇一一　税収徴納九期

第四届澧州流域鼓王擂台賽優秀曲目　津市　二〇一二年七月
　賑酒也煩悩　臨澧県文化局選送　蘇栄・謝賓鋒
　姜女情　津市文化局選送　羅小林・石水秀

八、漢川善書

忘恩報　油印本

復配鸞鳳　余青山　写本

飛鴿案件　漢川市馬口鎮工人業余善書組　一九八〇　布穀鳥文芸月刊十一・十二期

乜首案　馬口鎮工人業余善書組創作　劉徳謙執筆　漢川市文化館整理　一九八一年七月

同　漢川市馬口鎮工人業余善書組　一九八一　布穀鳥文芸月刊十一・十二期
茶碗記　孫大和　一九八二　写本
五子争父（原名三子同堂）　一九八二　羅文彬改編　写本
趕春桃　羅文彬　一九八三　写本
双英配　陳貽謀　一九八二年四月二十八日　写本
双婚配　陳貽謀　一九八二年六月　写本
大審煙槍　何文甫　摘自福海無辺　写本
三月英（原覃広化）　何文甫　写本
王華買父　何文甫　写本
義侠伝上下巻　何文甫　写本
人頭願　何文甫　写本
双鳥做媒　何文甫　写本
五子争父　袁大昌　写本
打碗記　袁大昌　写本
万花村　袁大昌　写本
趙氏孤児　袁大昌　写本
双教子　袁大昌　写本
以此為戒　袁大昌　写本
換子　袁大昌　写本
四個婆婆説媳婦　袁大昌　写本
粉装楼　袁大昌　写本

楊家将　袁大昌　写本
秦淮歌妓董小宛伝奇　袁大昌　写本
天宝図・地宝図　袁大昌　写本
三縁記　袁大昌　写本
梁祝姻縁　袁大昌　写本
秦雪梅弔孝　袁大昌　写本
車棚産子　袁大昌　写本
唐李旦　袁大昌　写本
双秋配　袁大昌　写本
華麗縁　袁大昌　写本
孟麗君　袁大昌　写本
劉公案　袁大昌　写本
武松殺嫂　袁大昌　写本
母女血涙　袁大昌　写本
妹代姐嫁　袁大昌　写本
安公子投親　袁大昌　写本
孝遇良縁　袁大昌　写本
三宝記　袁大昌　写本
恩讐記　袁大昌　写本
吉祥花　袁大昌　写本
魚網媒　袁大昌　写本

血手印　袁大昌　写本
血羅衫　袁大昌　写本
五命奇縁　袁大昌　写本
梅花褡褳　袁大昌　写本
孝子得妻（鶏換妻）　袁大昌　写本
状元尋母（大合銀牌）　袁大昌　写本
花燭奇縁（審煙鎗）　袁大昌　写本
双玉蟬　袁大昌　写本
双女逃婚　袁大昌　写本
還妻得妻　袁大昌　写本
比武招親　袁大昌　写本
狸猫換太子　袁大昌　写本
尼俗姻縁　袁大昌　写本
鳳落梧桐　袁大昌　写本
鳳凰山（漁女恨）　楚劇改編　袁大昌　写本
陳三両爬堂　袁大昌原本　許国平　二〇〇二　写本
孝遇良縁（神虎媒）　袁大昌原本　許国平　写本
大合銀牌　許国平　写本
碧玉簪　許国平　一九九四　写本
鍘包勉　許国平　一九九一　写本
薛平貴回窯　許国平　写本

劉子英打虎　徐忠徳　写本
真仮和尚　徐忠徳　写本
巴斗冤　徐忠徳　写本
販馬記　徐忠徳　写本
秦香蓮　徐忠徳　写本
尋児記　徐忠徳　写本
青風亭　徐忠徳　写本
双月図　徐忠徳　写本
売子奉親　徐忠徳　写本
放白亀　徐忠徳　写本
鳳頭玉簪　徐忠徳　写本
李三娘　徐忠徳　写本
鍘包勉　徐忠徳　写本
三子不認娘　徐忠徳　写本
白馬駄屍　徐忠徳　写本
雪冤録　熊廼国　二〇〇一　写本
天仙配　熊廼国　写本
包公出世（奎星下界）　熊廼国　二〇一一　写本
漢川文史資料叢書第二十一輯　漢川善書　二〇〇五　湖北省漢川市政教学習文史資料委員会
漢川文史資料叢書第二十二輯　善書案伝　二〇〇六　湖北省漢川市政教学習文史資料委員会
経書（関帝桃園明聖経）　徐忠徳　写本

法堂換子・機房訓子　写本
白玉圏上下巻　油印本
孫媳報仇　写本
三子争父　杜子甫　写本
珊瑚宝珠　杜子甫　写本
巡按斬子　杜子甫　写本
孝感動天・泥人産子・売花姑娘　杜子甫　写本
断臂姻縁　杜子甫　写本
珍珠衫　杜子甫　写本
法堂換子　杜子甫　写本
望江楼　杜子甫　写本
双合印　鍾立炎　一九九九　写本
蘇州訪賢　鍾立炎　二〇〇三　写本
鉄樹開花　尹業謨　写本

九、小説戯曲宝巻

敦煌変文集　王重民等編　一九五七　人民文学出版社
明成化説唱詞話叢刊　一九七三　上海文物保管委員会
清平山堂話本　（明）洪楩編
花影集　（明）陶輔　朝鮮万暦十四年（一五八六）跋刊本　中国古代手抄本秘笈（老根主編、一九九九、中国戯劇出版社）収
新刊京本通俗演義全像百家公案全伝　万暦二十二年（一五九四）朱氏与畊堂刻本
元曲選　（明）臧晋叔編

聊斎志異十二巻（清）蒲松齢　張友鶴輯校　一九六二　中華書局
無声戯十二回（清）李漁　丁錫根校点　一九八九　人民文学出版社
十二楼十二巻（清）李漁　蕭容標校　一九八六　上海古籍出版社
絵図真修宝巻二巻　道光十二年（一八三二）序　上海惜陰書局石印
孝心宝巻一巻　毛芷元編　咸豊二年（一八五二）楽善堂刻本
庶幾堂今楽二集（清）余治　咸豊十年（一八六〇）刻本
日記故事続集（清）寄雲齋学人編　同治四年（一八六五）刻本
逆子孝媳宝巻一巻　同治五年（一八六六）徳培写本
宣講戯文一巻　光緒十二年（一八八六）刻本
宣講戯文校理　呉守礼校訂　二〇〇五　従宜工作室
鸚哥宝巻一巻　光緒七年（一八八一）宝善堂刻本
陳善宝巻一巻　光緒十四年（一八八八）刻本　杭州瑪瑙経房蔵板
立願宝巻一巻　光緒二十三年（一八九七）初版　民国二年（一九一三）三版　上海翼化堂蔵版
潘公免災宝巻三巻　上海城隍廟内翼化堂刻本
勧世宝巻一巻　光緒二十五年（一八九九）杭州昭慶慧空経房刻本
成兆才先生評劇劇本選集　成兆才紀念委員会編　一九五七　中国戯劇出版社
楚漢劇選　合銀牌（漢劇）一九五七　湖北人民出版社
陳三両爬堂（豫劇）安陽市戯劇団整理　一九五九　中国戯劇出版社
湖北地方戯曲叢刊　一九五九　湖北地方戯曲叢刊編輯委員会編印
湖北地方戯曲叢刊　一九八〇　湖北省戯劇工作室編印
群衆演唱小叢書　打碗記　姜邦・彦楽民　一九八〇　宝文堂書店

湖北地方戯曲叢書　湖北省戯劇工作室編　一九八四　長江文芸出版社
水鬼作城隍　西田社布袋戯　許王指導　黄明隆編劇　二〇〇四

十、歴史書

重修合州志十二巻　乾隆五十三年（一七八八）刻本
江安県志四巻　嘉慶十七年（一八一二）刻本
光緒新寧県志二十六巻　光緒十九年（一八九三）刻本
中江県志二十四巻　民国十九年（一九三〇）刻本
汈汊黄氏雪冤録　一九八八　汈汊黄氏譜志委員会
漢川王氏宗譜　一九四一　三槐堂
湖北省漢川県地名志　一九八一　漢川県地名領導小組弁公室編
湖北省沔陽県地名志　一九八二　沔陽県地名領導小組弁公室編
小野市史　本編Ⅱ（近世）　二〇〇三　小野市立好古館
武漢市地情文献　武漢市志（一八四〇～一九八五）　文化志　社会文化　表演芸術交流　二〇一四

十一、書目・辞典

読史方輿紀要索引中国歴代地名要覧　青山定雄編　一九三三年初版　一九七四年四版　省心書房
湖北説唱音楽集成　一集～五集　一九八一～一九九二　湖北省群衆芸術館編印
増補中国通俗小説書目　大塚秀高　一九八七　汲古書院
中国民間故事集成　鄂西民間故事集　鄂西土家族苗族自治州民族事務委員会・鄂西土家族苗族自治州文化局主編　一九八九　中国民間文芸出版社
同　四川巻　漢族　一九九一　四川省民間文学集成編輯委員会
同　陝西巻　一九九六　中国ISSN中心出版

同　浙江巻　一九九七　中国ISSN中心出版
同　福建巻　一九九八　中国ISSN中心出版
同　江蘇巻　一九九八　中国ISSN中心出版
中国通俗小説総目提要　江蘇省社会科学院明清小説研究中心編　一九九〇　中国文聯出版公司
中国曲芸音楽集成　湖北巻　一九九二　新華出版社
同　四川巻　一九九四　中国ISBN中心出版
同　雲南巻集成　玉渓地区曲芸音楽　玉渓地区行政公署文化局・玉渓地区群衆芸術館編　一九九四　雲南大学出版社
中国曲芸志　湖南巻　一九九二　新華出版社
同　河南巻　一九九五　中国ISBN中心出版
同　湖北巻　二〇〇〇　中国ISBN中心出版
中国民間文学大辞典　姜彬主編　一九九二　上海文芸出版社
中国歴代小説辞典　黄霖・苗壮・王継権・侯忠義　一九九三　雲南人民出版社
玉渓地区曲芸音楽　玉渓地区行政公署文化局・玉渓地区群衆芸術館編　一九九四　雲南大学出版社
通海県曲芸志初稿　張家訓主編　一九九五　通海県文化旅遊局・通海県文化館編印
漢語方言大詞典五巻　復旦大学・京都外国語大学合作編纂　一九九九　中華書局
風陵文庫目録　一九九九　早稲田大学図書館
四川方言詞語考釈　蔣宗福　二〇〇二　巴蜀書社
東北地区古籍線装聯合目録　王栄国等編　二〇〇三　遼海出版社

十二、研究書

安徽俗話報二巻（一～二十二期）　光緒三十～三十一年（一九〇四～一九〇五）　陳独秀主編　一九八三　人民出版社影印
中国地方自治発達史　和田清　一九三九年初版　一九七五年影印版　汲古書院

評劇創始人之一　成兆才紀念集　成兆才紀念委員会編　一九五七　河北人民出版社
山東大鼓（犁鏵大鼓・膠東大鼓）　一九五七　音楽出版社
中国善書の研究　酒井忠夫　一九六〇初版　一九七二再版　国書刊行会
庶民教科書としての六諭衍義　東恩納寛惇　一九六五　国民教育社再版
校注破邪詳弁　澤田瑞穂　一九七二　道教刊行会
増補宝巻の研究　澤田瑞穂　一九七五　国書刊行会
戯曲小説叢考　葉徳鈞　一九七九　中華書局
話本小説概論　胡士瑩　一九八〇　中華書局
往来物解題　ネット版　小泉吉永　随時更新
湖北大鼓　何遠志　一九八二　長江文芸出版社
成兆才与評劇　王乃和　一九八四　文化芸術出版社
曲芸芸術論叢　一九八四年第四輯　中国曲芸出版社
中国板式変化体戯曲研究　孟繁樹　一九九一　天津出版社
綿竹文史資料選輯　第十輯　一九九一　四川省綿竹県政協文史資料委員会編印
中国戯曲通史　張庚・郭漢城主編　一九九二　中国戯劇出版社
中共与民間文化（一九三五～一九四八）　李世偉　一九九六　知書房出版社
中国教育体系歴代教育制度考　一九九四　湖北教育出版社
民間勧善書　袁嘯波編　一九九五　上海古籍出版社
中国宝巻研究論集　車錫倫　一九九七　学海出版社
中国善会善堂史研究　夫馬進　一九九七　京都大学出版会
道教勧善書研究　儒道釈博士論文叢書　陳霞　一九九九　巴蜀書社

明清民間宗教経巻文献　王見川等編　一九九九　新文豊出版公司
増補中国善書の研究上下　酒井忠夫　二〇〇〇　国書刊行会
歌謡与生活――日治時期台湾的歌謡采集及其時代意義　楊麗祝　二〇〇〇　稲郷出版社
詩言志弁　朱自清　二〇〇一　頂淵文化事業有限公司
近代文化生態与其変遷　王爾敏　二〇〇二　百花洲文芸出版社
漢川風光游　王老黒　二〇〇二　湖北省新聞出版局
中国近代社会教育史　王雷　二〇〇三　人民教育出版社
中国現代民衆教育思潮研究　張蓉　二〇〇五　中国文史出版社
善与人同――明清以来的慈善与教化　游子安　二〇〇五　中華書局
壮族倫理道徳長詩伝揚歌訳注　梁庭望・羅賓　二〇〇五　広西民族出版社
聖諭広訓集解与研究　周振鶴整理　二〇〇六　上海書店
明清民間宗教経巻文献続編　王見川等編　二〇〇六　新文豊出版公司
半方斎曲芸論稿　蔣守文　二〇〇六　四川大学出版社
申報湖南省省級非物質文化遺産代表作澧州大鼓申報材料　二〇〇六　常徳市澧県文化局
説唱「玉堂春・忍字高・十大勧」　二〇〇七　三槐堂明龍
晩清民国志怪伝奇小説研究　張振国　二〇一一　鳳凰出版社
山東大鼓　二〇一二　吉林出版集団・吉林文史出版社

十三、論文

文化工作中的統一戦線　毛沢東　一九四四　毛沢東選集三巻（一九九一、人民出版社）収
六諭衍義大意異本の研究――芸州版教訓道しるべと武州版六教解　井上久雄　一九八八　広島修大論集二九―一
毛沢東与民間文芸　李景江　一九八二　民間文学論壇二期　民間文芸出版社

鶏冠山宣講堂与神壇赴鸞瑣記　閻宝璋　一九八八　中国人民政治協商会議赤峰市郊区委員会文史資料工作委員会編　赤峰市郊区文史資料一輯収
中国通俗小説書目補編　欧陽健・蕭相愷編　一九八九　文献一期　江蘇省社会科学研究院文学研究所
降鸞与宣講　朱肇全　一九九〇　四川省達県政協文史資料研究委員会編　達県文史資料三輯収
宣講「聖諭」　一九九〇　中国人民政治協商会議湖北省宣恩県委員会文史資料委員会編　宣恩文史資料五輯収
簡述宣講所与民衆教育館　周清渓　中国人民政治協商会議河北省蔚県委員会文史資料徴集委員会編　蔚県文史資料選輯四輯収
我見到清末民初的聖諭講演　楊茂生　一九九一　綿竹文史資料選輯　十輯　四川省綿竹県政協文史資料委員会編印
清末四川の宗教運動――扶鸞・宣講型宗教結社の誕生　竹内房司　一九九二　学習院大学文学部研究年報三七
宣講及其唱本研究　陳兆南　一九九二　中国文化大学中国文化研究所博士論文
王守仁与南贛郷約　曾国慶　一九九三　明史研究三輯
曲芸発展史研究的活標本――雲南聖諭　黄林　一九九四　雲嶺歌声四期
同（続）　黄林　一九九四　雲嶺歌声五期
日治時期台湾的宣講勧善　李世偉　一九九七　台北文献直字一一九期
山歌勧世倡新風　鍾貞培　一九九八　農村発展論叢一期
『躋春台』与四川中江話　張一舟　一九九八　方言三期
戯曲・戯迷・戯曲人　陳金良　二〇〇一年六月五日　河南報業網絡中心
永憶郷情迎帰客　時聆清唱在雲間――記著名湖北大鼓表演芸術家張明智　裴高才等　二〇〇二　武漢文史資料十一期
話本小説的美学特徴　欧陽代発　二〇〇二　孝感職業技術学院学報五巻三期
張明智自述　張明智　二〇〇三　湖北檔案七期
民間巧女故事形成的思想基礎及芸術特徴　尚穀　二〇〇四　中州学刊三期
「教民榜文」訳註稿（上）　伊藤正彦　二〇〇四　熊本大学文学部論叢八二

稀見清末白話小説集残巻考述　竺青　二〇〇五　中国古代小説研究（中国社会科学院文学研究所中国古代小説研究中心編）一輯
袁大昌による漢川善書『打碗記』の創作　林宇萍　二〇〇五　東アジア研究四
漢川善書における伝統宣講の継承と変容　林宇萍　二〇〇六　九州中国学会報四十四
曇花一現的民初通俗教育研究会初探　賈芯花・賈俊蘭　二〇〇六　滄桑六期
経眼騰冲明善堂印刷的八種書籍　段暁林　二〇〇六　保山師専学報二十五巻四期
綿陽市農村文化機構的設置　二〇〇七　綿陽市文化局網站
稀見嶺南晩清聖諭宣講小説《宣講博聞録》耿淑艶　二〇〇七　韓山師範学院学報二十八巻五期
一部被湮没的嶺南晩清小説《宣講余言》耿淑艶　二〇〇七　広州大学学報（社会科学版）八期
嶺南孤本聖諭宣講小説《諫果回甘》耿淑艶　二〇〇七　嶺南文史一期
従宝巻到善書――湖北漢川善書的特質与魅力　劉守華　二〇〇七　文学遺産一期
伝統曲芸与新農村文化建設――以「漢川善書」為例　侯妹蕙　二〇〇八　文学遺産一期
従宣講聖諭到説善書――近代勧善方式之伝承　游子安　二〇〇八　文化遺産二期
澧州大鼓的芸術特徴与現場調査　陳君凡　二〇〇九　人民音楽六期
読清末蔣玉真編《醒心宝巻》兼談〝宣講〟（聖諭、善書）与〝宣巻〟（宝巻）車錫倫　二〇一〇　文学遺産二期
清末民初〝説善書〟文学探析　湯志波　二〇一一　民間文学論壇一期
浅談澧州大鼓的現代伝承和発展　呉超・王北海　二〇一一　当代教育論壇（管理研究）二期
清代川刻宣講小説集芻議――兼述新見三種小説集残巻　汪燕崗　二〇一一　文学遺産二期
清代聖諭宣講類善書的刊刻与伝播　張禕琛　二〇一一　復旦学報（社会科学版）三期
二〇世紀初期下層民衆的時政教育――基於宣講活動的考察　段潁恵　二〇一二　内蒙古師範大学学報（教育科学版）二十五巻九期
群衆宣講　大実話講出好声音――略陽開展群衆宣講工作紀実　記者宋志明等　二〇一三年八月十三日　陝西日報
民間視野下的法律唱叙：近代文学中的聖諭宣講与公案書写――以小説《躋春台》為中心的考察　崔蘊華　二〇一三　社会科学論壇

九期

十四、拙論

『躋春臺』——宣講スタイルの清末公案小説　笠征先生還暦紀念論文集（二〇〇一、学生書局）収

宣講の伝統とその変容　二〇〇三　アジアの歴史と文化七

宣講における歌唱表現——二重の案証効果　二〇〇四　アジアの歴史と文化八

湖北省における漢川善書の活動現状の調査報告——漢川善書の中国民間文化遺産としての保護の提唱　林宇萍・阿部泰記　二〇〇五　アジアの歴史と文化九

西田社布袋戯腳本『水鬼作城隍』説話について　二〇〇五　山口大学文学会志五十五

歌唱形式の宣講による民衆啓蒙活動に関する研究　二〇〇五　平成十五年度～平成十六年度科学研究費補助金基盤研究（C）（2）研究成果報告書

四川に起源する宣講集の編纂——方言語彙から見た宣講集の編纂地　二〇〇六　アジアの歴史と文化九

宣講聖諭——民衆文学特色的演講文　二〇〇六　アジアの歴史と文化十

漢川善書における宣講形式の変容　二〇〇六　アジアの歴史と文化十

湖北省における漢川善書の宣講活動の実態に関する調査・研究　二〇〇七　平成十七年度～平成十八年度科学研究費補助金基盤研究（C）（2）研究成果報告書

善書宣講における勧善と娯楽　二〇〇七　南腔北調論集　東方書店

宣講聖諭の伝統と創新　二〇〇七　立命館文学五九八

聖諭宣講の歴史——果報故事の付加　二〇〇八　アジアの歴史と文化十二

雲南の宣講書『千秋宝鑑』残巻について　二〇一一　異文化研究五

宣講本《躋春臺》是不是〝公案小説〟？　二〇一一　東アジア研究九

河南の宣講書『宣講管窺』——通俗性の強化　二〇一一　アジアの歴史と文化十五

中日宣講聖諭的話語流動　二〇一二　興大中文学報三十二期
山東の宣講書『宣講宝銘』残巻について　二〇一二　山口大学文学会志六十二
湖北の宣講書『勧善録』残本について　二〇一二　アジアの歴史と文化十六
『宣講拾遺』――『宣講集要』を継承した宣講書　二〇一三　東アジア研究十一
吉林の宣講書『宣講大成』について　二〇一三　山口大学文学会志六十三
『宣講彙編』四巻―案証の再編　二〇一三　アジアの歴史と文化十七
『触目警心』五巻―湖北の物語宣講書　二〇一四　山口大学文学会志六十四
『万選青銭』四巻―簡易宣講書の先駆　二〇一四　異文化研究八
四川の宣講書『萃美集』五巻―物語化する案証　二〇一四　アジアの歴史と文化十八
漢川善書の台書上演――『奎星下界』を例として　林宇萍・阿部泰記　二〇一四　アジアの歴史と文化十八
日本における聖諭宣講の受容　二〇一五　山口大学文学会志六十五
中国近代における宣講について　二〇一五　異文化研究九
通俗形式による勧善宣講について　二〇一五　アジアの歴史と文化十九
漢川善書の台書上演――『販馬記』　林宇萍・阿部泰記　二〇一五　アジアの歴史と文化十九

あとがき

筆者の宣講研究は公案小説研究から始まった。まず胡士瑩『話本小説概論』（一九八〇）で「清末最後の擬話本」と見なされた『躋春台』四巻（一八九九序）の文体を見て、会話調の長編の通俗詩歌を登場人物が歌う場面が多いことに違和感を覚えた。そして序文や作中に「宣講」という語がしばしば出現することから、この作品が「宣講」という曲芸ジャンルのテキストだと知った。こうした宣講書は『宣講集要』『宣講拾遺』など「聖諭六訓」（孝順父母・恭敬長上・和睦郷里・教訓子孫・各安生理・無作非為）と「聖諭十六条」（敦孝弟以重人倫・篤宗族以昭雍睦・和郷党以息争訟・重農桑以足衣食・尚節倹以惜財用・隆学校以端士習・黜異端以崇正学・講法律以儆愚頑・明礼譲以厚風俗・務本業以定民志・訓子弟以禁非為・息誣告以全善良・戒匿逃以免株連・完銭糧以省催科・聯保甲以弭盗賊・解讐忿以重身命）を宣講するテキストの流れを汲んでおり、テキストは『躋春台』のみならず数多く現存することを知り、「『躋春臺』――宣講スタイルの清末公案小説」（二〇〇一、学生書局『笠征先生還暦紀念論文集』収）という論文にまとめたが、実は公案ではないものも含んでおり、「公案小説」と定義するのではなく、「宣講書」だと定義すべきであったと今では考えている。

そして東京大学東洋文化研究所の大木幹一氏旧蔵の聖諭宣講関連の資料によって聖諭宣講の歴史を知り、早稲田大学図書館の故澤田瑞穂氏旧蔵の『宣講集要』『宣講拾遺』をはじめとする一連の宣講書によって説唱宣講の歴史を知って、ますます自分の考えを固めていった。最近では情報化の進展によってこうした説唱形式の宣講書を収集することができるようになり、筆者はそうした資料を検証して説唱宣講が中国各地で行われていたことを明らかにすることができた。

聖諭宣講は説唱形式ばかりではなく、歌唱形式や演劇形式も採用している。これは歌唱が人々の胸に響いて感動させるためであり、そうした詩歌の理念はすでに漢代の『詩経』（『毛詩』）大序にあらわされており、それが歴代の知識人に伝えられ、教化を主旨とする詩歌や演劇の創作が行われたのであった。民衆教化には民衆が聴いて親しむ通俗形式が用いられたのである。現在の台湾で行われている「布袋戯」も清代には教化の方法として活用されており、それが現代にも伝承されていると考えることができる。筆者は二〇〇四年に山口大学において「東アジア伝統人形劇の継承と発展」と題する国際シンポジウムを担当し、台北の西田社に『水鬼作城隍』という『聊斎志異』「王六郎」故事を上演していただいたが、布袋戯も演劇の一種で、福建地方において民衆教化に関わってきた重要な伝統芸能であり、この劇も父母が子供に人助けをすることを教える内容に改編して上演された。

二〇一一年には沖縄県立図書館が資料をデジタル化して読者に提供し、東恩納寛惇氏（一八八二〜一九六三）が収集した『六諭衍義』関係の資料を容易に閲覧することができるようになり、日本においても聖諭宣講は全国に普及したこと、しかし中国のように説唱形式の宣講は発生しなかったことも明らかになった。日本では模範的な日本人の伝記を宣講することが行われ、さらに各地には特色あるテキストがあり、たとえば兵庫県小野市小野好古館には村長を務めた近藤亀蔵の活躍を称える碑文を挿入した独自の『官許首書絵入六諭衍義大意』を蔵していることもわかった。

中国の説唱宣講のテキストの内容を分析すると、時代とともに次第に物語性を強化していったことがわかる。これは聴衆を獲得するための方策であった。『躋春台』が「擬話本」のように「入話」詞を冒頭に置いたのも、そうした意図があったからであろう。こうした説唱宣講はすでに滅びて、現在ではわずかに湖北省漢川市・仙桃市一帯に伝承を確認するのみであるが、そこでも主として忠孝節義をテーマとした伝統劇を善書体に改作して上演している。そして冒頭には「擬話本」のように「入話」詞を置いている。筆者は二〇〇二年に漢川市を訪れて文化館の館長魏文明氏に資料を提供され、演芸場に案内されて、初めて宣講とは小説ではなく説唱芸能であることを体感したが、その後もほぼ毎年のように春節の「台書」（舞台上演）を見て、伝統劇の改作であることを知らされた。教訓性とともに娯楽性が重視された結果であろう。「漢川善書」は二〇〇六年に国家級非物質文化遺産に指定された。聴衆はほとんど老人であり、若者も楽しめる作品を創作すべきだという説もあるが、高齢化社会において老人の娯楽となっているのは否定できまい。

宣講は近代に入ると文化啓蒙の様相を帯びた。民国時代には教育を受けられず文字を知らない民衆のために白話による文化講演が行われたが、演唱形態の講演も同時に行われた。そうした資料も現在では手に入れやすくなっており、本書ではできるだけ多く紹介した。

新中国に至っても、政策宣伝に各地の大鼓芸能や山歌などが活用されており、「寓教於楽」（教化を娯楽の中に行う）の方法が機能している。澧州大鼓などの通俗芸能も通常は伝統劇を改編して上演しており、政策宣講とは別に民衆の娯楽として存続している。筆者は澧州大鼓における民衆教化のビデオ資料を収集して、常徳市管下の澧県・臨澧県・津市・安郷県・石門県を訪問したが、平常は昼間には演芸館で、夜間には喪家で歴史演義を上演し、鼓王選抜の時に社会教化の内容の創作寸劇を上演することを知った。鼓王選抜は二〇〇六年から隔年で行われており、筆者は残念ながら鑑賞する機会に恵まれなかったが、記録ビデオを入手し、李金楚・王方・呉三妹・田金華・陳元華など鼓王に選ばれた優秀な芸人の方々を取材することができた。

台湾では国家級芸人の楊秀卿氏の高弟である故洪瑞珍氏が二〇〇二年に「台湾唸歌団」を結成していた。洪氏は楊氏の作品に註釈をつけて出版するとともに、巡回公演に努めた功労がある。二〇〇九年三月には台湾行政院文化建設委員会が楊秀卿氏を「重要伝統芸術説唱保存者」に指定し、各地を巡業し、台湾語文化として「唸歌」を広める活動を展開している。楊秀卿・王玉川・葉文生・鄭美氏には二〇〇八年の山口大学東アジア国際フォーラム「東アジアにおける伝統文化の継承と交流」において上演していただいた。

筆者の研究は二〇〇一年から開始した。その後十四年の歳月が流れたが、情報化時代に入って宣講関係の文献資料や視聴資料が入手できるようになり、研究成果を出版物としてまとめることができた。この間、山口大学からは「研究主体教員」（二〇〇七年四月～二〇一一年三月）、台湾国立中興大学からは「台湾行政院国家科学委員会招聘国立中興大学客員研究員」（二〇〇九年九月～同年十二月）、中国長江大学からは「中国湖北省教育庁認定楚天学者長江大学講座教授」（二〇一二年十二月～現在）、武漢大学からは「外籍科研専家」（二〇一五年八月～同年九月）として研究に便宜を図っていただいた。時代が下って資料の収集や宣講活動の取材が可能になったことや、諸先学から惜しみない協力をいただいたことに心から謝意を表したい。

本書は日本学術振興会「平成二十七年度科学研究費助成事業研究成果公開促進費」による出版物である。刊行に際しては汲古書院編集部に大変お世話になった。

なお本書に掲載した宣講関係の図版は特に注記しているもの以外は著者所蔵のものであることを付記する。

二〇一五年十二月

阿部泰記

著者略歴

阿部　泰記（あべ　やすき）

1949年、福岡県生まれ。比較社会文化博士（九州大学）。山口大学名誉教授、梅光学院大学文学部特任教授、長江大学文学院講座教授。主著『包公伝説の形成と展開』（2004年、汲古書院）。

宣講による民衆教化に関する研究

平成二十八年二月八日　発行

著　者　阿部泰記

発行者　三井久人

整版印刷　富士リプロ㈱

発行所　汲古書院

〒102-0072 東京都千代田区飯田橋二-五-四

電話　〇三（三二六五）九七六四

FAX　〇三（三二二二）一八四五

ISBN978 - 4 - 7629 - 6556 - 2　C3098

KYUKO-SHOIN, CO., LTD. TOKYO.

Study on Edification of Masses by Preaching with Recitation

Yasuki Abe

Contents

中文要旨

我在研究明清通俗小说的过程中看到了《跻春台》。学者认为这篇作品是“拟话本”，但我过去没有看过作品里面常常人物朗诵劝善歌曲的“拟话本”。当时又没有人注意到作品里面常常出现“宣讲”的场面。这样我认识到《跻春台》不是一般的“拟话本”，而是以“宣讲”为背景的读本或演出本。我对《跻春台》里面的语言也觉得很不明白。我没有看过“阴倒”“做活路”等词汇。以后我认识到这些词汇是一种方言，是在四川等西南地区讲的西南官话。因为没有读过书的百姓只能听懂当地的方言，所以宣讲人使用这些方言才能劝诫当地百姓了。

这样的白话宣讲只在中国西南地区施行了吗？有人说过去全国都有白话宣讲，那么怎么知道过去全国都有了呢？现在很少有白话宣讲的信息，所以我开始搜集宣讲的本子，发见了日本早稻田大学、中国上海图书馆藏着这方面的资料。我才知道除了四川以外，河南、湖北、湖南、奉天(辽宁)也编过白话宣讲的本子。后来信息多起来，我发现了好多民间所藏的宣讲本子，知道山东、吉林、云南等地方也曾经有过白话宣讲。

白话宣讲究竟什么时候出现了呢？大约在清代末期道光咸丰年代出现了。但现在能看到的文献资料都是复刻本，所以具体的时间不明白。一般认为最早的白话宣讲本是《宣讲集要》，也是福建复刻本。它的序文里说引用了很多俗讲本子，其中大部分的本子现在看不到。我搜集到《法戒录》一书，虽然它出版的年代在《宣讲集要》的后面，但它收录的故事跟《宣讲集要》收录的故事重复，显然它是《宣讲集要》采取的俗讲本之一。

《宣讲集要》以后，《宣讲拾遗》《宣讲管窥》《缓步云梯集》等陆续出版了。这些宣讲本子都按着《圣谕》分类了故事。原来宣讲本子是宣讲《圣谕》的。《圣谕》就是明太祖《六谕》、清世祖《圣谕六训》、清圣祖《圣谕十六条》，都是教化民众的简单的标语。它们在《乡约》里宣讲。以后本子里附加读律、故事、歌诗。故事以后独立讲，变为《案证》了。《宣讲集要》等初期的宣讲本子都前面戴着《宣讲圣谕规则》，就是宣讲《圣谕》的仪式。这仪式里读诵皇帝的《圣谕》和神明的

《圣谕》、《坛规》。神明就是民间崇拜的文昌帝君、武圣帝君、孚佑帝君、灶王帝君。《坛规》就是民间善堂的规则。我们能看到清末的宣讲《圣谕》的主办单位是民间的善堂。

按照《圣谕》分类故事的宣讲本子以后，《千秋宝鉴》《宣讲汇编》《宣讲大全》《万选青钱》等非《圣谕》分类故事的宣讲本子出现了。原因是世上的善恶故事中还是孝弟节义故事偏多，不能按照《圣谕》平分分类了。

后来又出来了一个现象，就是宣讲本子渐渐重视娱乐性。《触目警心》《萃美集》《宣讲宝铭》《劝善录》《福海无边》等都有这样的倾向。现在唯一留存而认为国家级非物质文化遗产的《汉川善书》取材于戏曲作品，也重视娱乐兴趣。

到了民国年代，代替了《圣谕》，宣讲了新道德。吉林的《宣讲大成》宣讲了民国时代推重的“八德”。当时出版的《浙江风俗改良浅说》《浙江各县宣讲稿》《社会教育白话宣讲书》《陕西省模范巡行宣讲团讲案》《山东通俗讲演稿选粹》《通俗教育丛刊》《通俗讲演设施法》《通俗讲演材料专号》《民众教育馆》等宣讲资料，都是为了培养民众的社会道德而出版的。新中国成立以后，毛泽东认识到，为了实行扫除文盲、反对迷信、培养卫生观念等的运动，需要利用话剧、秦腔、秧歌等民众爱好的通俗文艺形式。当时编了杂耍《劝夫上河工》、湖北大鼓《自找麻烦》、凤阳花鼓《十劝》、唱本《翠喜劝夫》、秦腔《打柴劝夫》、鼓词《春姐劝娘》、豫剧《劝公公》、山歌《学文化山歌》、演唱本《劝妻识字》、小评剧《劝婆打碗》、楚剧《劝姑姑》、花灯剧《巧劝妈妈》等作品。

这样的文化宣讲到现在还存在。大鼓形式的宣讲在湖北有《湖北大鼓》，湖南西部(湘西)有《澧州大鼓》，山东有《山东大鼓》，山歌形式的宣讲有《广西山歌》，唸歌形式的宣讲有《台湾唸歌》(《歌仔册》)等等。我知道还有其他的通俗文艺形式的宣讲，例如山西《潞安鼓书》、《太谷秧歌》等，我在网络上看到视频，但在本书上来不及介绍了。

中国文学原来重视社会功能，到现在还没有变化。宣讲圣谕后来还是跟文学结合，更发挥了它的社会功能了。我原来不是主要研究历史，而是主要研究文学，所以从来不知道宣讲圣谕跟文学有这么大的关系。现在发现了这重大的事实，我非常感激。

末尾感谢帮助我的诸位学者和有关人士。如果没有很多方面的帮助的话，我写不成这本书。又感谢时代的发展。如果没有时代的发展，我不能搜集到资料，也写不成这本书。我感谢有缘接受了各方面的帮助。

索　引

書名・人名・事項名索引

か行

さ行

た行

な行

は行

ま行

や行

ら行

わ行

案証名索引

た行

な行

は行

ま行